東方文化集成

『东方文化集成』为季羡林教授所倡导，由北京大学东方学研究院『东方文化集成』编委会组织撰写出版。这是一项迎接21世纪东方文化复兴和再创辉煌的世纪性文化工程。

本书出版获创新基金赞助，谨致谢忱。

教育部人文社会科学重点研究基地
北京大学东方文学研究中心
2005 年度重大项目成果

東方文化集成

季羡林 创始主编

东方文化综合编

《三国演义》在东方

—中卷—

陈岗龙 张玉安 主编

北京大學出版社
PEKING UNIVERSITY PRESS

图书在版编目(CIP)数据

《三国演义》在东方．中卷／陈岗龙，张玉安主编．—北京：北京大学出版社，2016.2

（东方文化集成）

ISBN 978-7-301-26138-5

Ⅰ．①三…　Ⅱ．①陈…②张　Ⅲ．①《三国演义》评论　Ⅳ．①I207.413

中国版本图书馆CIP数据核字(2015)第177835号

书　　名	《三国演义》在东方（中卷） 《SANGUO YANYI》ZAI DONGFANG (ZHONG JUAN)
著作责任者	陈岗龙　张玉安　主编
责任编辑	李　娜
标准书号	ISBN 978-7-301-26138-5
出版发行	北京大学出版社
地　　址	北京市海淀区成府路205号　100871
网　　址	http://www.pup.cn　　新浪微博：@北京大学出版社
电子信箱	345014015@qq.com
电　　话	邮购部62752015　发行部62750672　编辑部62759634
印 刷 者	北京大学印刷厂
经 销 者	新华书店
	650毫米×980毫米　16开本　22印张　334千字
	2016年2月第1版　2016年2月第1次印刷
定　　价	64.00元

本书隶属教育部人文社会科学重点研究基地北京大学东方文学研究中心2005年度重大项目“《三国演义》在东方各国的流传和影响”终期成果。
项目批准号:05JJD750.47-99160
项目主持人:张玉安 教授

《三国演义》在东方

主编: 陈岗龙　张玉安
上卷(东南亚): 张玉安　裴晓睿　金　勇　夏　露　黄跃民　谢爱萍
中卷(朝鲜半岛、蒙古): 肖伟山　陈岗龙　聚　宝
下卷(日本): 张哲俊　李　简　李　勇　杨　静

目　录

“东方文化集成”总序

季羡林

我们正处在一个新的“世纪末”中。所谓“世纪”和“世纪末”，本来是人为地创造出来的。非若大自然中的春、夏、秋、冬，秩序井然，不可更易，而且每岁皆然，决不失信。“世纪”则不同，没有耶稣，何来“世纪”？没有“世纪”，何来“世纪末”？ 道理极明白易懂。然而一旦创造了出来,它就产生了影响，就有了威力。上一个“世纪末”，19 世纪的“世纪末”,在西方文学艺术等意识形态领域中就出现过许多怪异现象，甚至有了“世纪末病”这样的名词，这是众所周知的事实，无待辩论与争论。

当前这一个“世纪末”怎样呢?

我看也不例外。世界上许多国家和地区都出现了政治方面天翻地覆的变化，不能不令人感到吃惊。就是在意识形态领域内，也不平静。文化或文明的辩论或争论就很突出。平常时候，人们非不关心文化问题，只是时机似乎没到，争论不算激烈。而今一到世纪之末，人们非常敏感起来，似乎是憬然醒悟，于是东西各国的文人学士讨论文化的兴趣突然浓烈起来，写的文章和开的会议突然多了起来。许多不同的意见，如悬河泄水，滔滔不绝，五光十色，纷然杂陈。这样就形成了所谓“文化热”。

在这一股难以抗御的“文化热”中，我以孤陋寡闻的“野狐”之身，虽无意随喜，却实已被卷入其中。我是一个有话不说辄如骨鲠在喉的人，在许多会议上，在许多文章中，大放厥词，多次谈到我对文化，特别是东方文化与西方文化的联系，以及东方文化在未来的新世纪中所起的作用和所占的地位等等的看法。颇引起了一些不同的反响。

为说明问题计，现无妨把我个人对文化和与文化有关的一些问题的看法简要加以阐述。我认为，在过去若干千年的人类历史上，民族和国家，不论大小久暂，几乎都在广义的文化方面作出了自己的贡献。这些贡献大小不同，性质不同，内容不同，影响不同，深浅不同，长短不同：但其为贡献则一也。人类的文化宝库是众多的民族或国家共同建造成的。使用一个文绉绉的术语，就是“文化多元主义”。主张世界上只有一个民族创造了文化，是法西斯分子的话，为我们所不能取。

文化有一个很突出的特点，就是，文化一旦产生，立即向外扩散，也就是我们常说的“文化交流”。文化决不独占山头，进行割据，从而称王称霸，自以为“老子天下第一”，世袭珍藏，把自己孤立起来。文化是“天下为公”的。不管肤色，不择远近，传播扩散。人类到了今天，之所以能随时进步，对大自然，对社会，对自己内心认识得越来越深入细致，为自己谋的福利越来越大，重要原因之一就是文化交流。

文化虽然千差万殊，各有各的特点；但却又能形成体系。特点相同、相似或相近的文化，组成了一个体系。据我个人的分法，纷纭复杂的文化，根据其共同之点，共可分为四个体系：中国文化体系，印度文化体系，阿拉伯伊斯兰文化体系，自古希腊、罗马一直到今天欧美的文化体系。再扩而大之，全人类文化又可以分为两大文化体系：前三者共同组成东方文化体系，后一者为西方文化体系。人类并没有创造出第三个大文化体系。

东西两大文化体系有其共同点，也有不同之处。既然同为文化，当然有其共同点，兹不具论。其不同之处则亦颇显著。其最基本的差异的根源，我认为就在于思维方式之不同。东方主综合，西方主分析，倘若仔细推究，这种差异在在有所表现，不论是在人文社会科学中，还是在理工学科中。我这个观点曾招致不少的争论。赞成者有之，否定者有之，想同我商榷者有之，持保留意见者亦有之。我总觉得，许多人(包括我自己在内）对东西方文化了解研究得都还不够深透，有的人连我的想法了解得也还不够全面，不够实事求是，却唯争论是尚，所以我一概置之不答。

有人也许认为，我和我们这种对文化和东西文化差异的看法，是当代或近代的产物。我自己过去就有过这种看法。实则不然。法国伊朗学者阿里·玛扎海里所著《丝绸之路》这一部巨著中有许多关于中国古代发明创造的论述，大多数为我们所不知。我在这里不详细介绍。我只引几段古代波斯人和阿拉伯人论述中国文化和希腊文化的话：

由扎希兹转载的一种萨珊王朝(226—Ca.640 年）的说法是：“希腊人除了理论之外从未创造过任何东西。他们未传授过任何艺术。中国人则相反。他们确实传授了所有的工艺，但他们确实没有任何科学理论。”(329 页)

羡林按：最后一句话不符合事实，中国也是有理论的。这就等于黑格尔说：中国没有哲学。完全是隔膜的外行话。书中还说：

在萨珊王朝之后，费尔多西、赛利比和比鲁尼等人都把丝绸织物、钢、砂浆、泥浆的发现一股脑儿地归于耶摩和耶摩赛德。但我们对于丝织物和钢刀的中国起源论坚信不疑。对于诸如泥浆——水泥等其余问题，它们有 99%的可能性也是起源于中国。我们这样一来就可以理解安息——萨珊——阿拉伯——土库曼语中一句话的重大意义：“希腊人只有一只眼睛，唯有中国人才有两只眼睛。”约萨法·巴尔巴罗于 1471 年和 1474 年在波斯就曾听到过这样的说法。他同时还听说过这样一句学问深奥的表达形式：“希腊人仅懂得理论，唯有中国人才拥有技术。”(376 页)

关于一只眼睛和两只眼睛的说法，我还要补充一点：其他人同样也介绍了另外一种说法，它无疑是起源于摩尼教：

“除了以他们的两只眼睛观察一切的中国人和仅以一只眼睛观察的希腊人之外，其他的所有民族都是瞎子。”(329 页)

我之所以这样不厌其烦地引这许多话，绝不是因为外国人夸中国人有两只眼睛而沾沾自喜，睥睨一切。令我感兴趣的是，在这样漫长的时间以前，在波斯和阿拉伯地区就有了这样的说法。我们今天不能不佩服他们观察的细致与深刻，一下子就说到点子上。除了说中国没有理论我不能同意之外，别的意见我是完全同意的。在当时的世界上，确实只是中国和希腊有显著、突出、辉煌的文化。现在中国那一小撮言必称希腊的学者们或什么“者们”，可以憬然醒悟了。

但是这也还不是令我最感兴趣的问题。我最浓烈的兴奋点在于，正如我在上面所说的那样，畅谈东西文化之分，极富于近现代的摩登色彩。波斯和阿拉伯传说都证明：东西文化之分的说法，古已有之，于今为烈而已。其次，令我感到欣慰的是，文化的东西二分法，我并非始作俑者，古代的“老外”已先我言之矣。令我更感到欣慰的是我讲的东西方思维方式是东西文化的基础。波斯和阿拉伯古代的说法，我认为完全证实了我的看法。分析出理论，综合出技术，难道不是这样子吗？

时至今日，古希腊连那一只眼睛也早已闭上，欧洲国家继承并发扬了古希腊辉煌的文化，使欧洲文化光照寰宇。工业革命以后，技术也跟了上来，普天之下，莫非欧风。欧美人昏昏然陶醉于自己的胜利之中，以“天之骄子”自命，好像有了两三只眼睛。但他们完全忘记了历史，忽视了当前的危机。而中国呢，则在长时期内，由于内因和外因的缘故，似乎把两只眼睛都已闭上。古代灿烂文化不绝如缕。初则骄横自大，如清初诸帝那样，继则震于西方的船坚炮利，同样昏昏然拜倒在西方的什么裙下，一直到了今天，微有苏醒之意，正在奋发图强中。

从上面谈到的历史事实中，我得出了一个结论：上下五千年，纵横十万里，东西文化的变迁是“三十年河东，三十年河西”。这本来是两句老生常谈，是老百姓的话，并不是我的发明创造。我提出来说明东西文化的关系,国内外都有赞成者，国内外也有反对者，甚至激烈反对者。我窃以为这两句话只说明了一个事实。中国古代哲学讲变易，佛家讲无常，连辩证法也讲事物时时都在变化中。大自然、人类社会和人类内心，无不证明这两句话的正确。我不过捡来利用而已。《三国演义》开宗明义就说：“话说天下大势，分久必合，合久必分。”说的不也就是这个浅显的道理吗？

可是东西方都有人昧于这个浅显的道理。特别是在西方，颇有人在有意识或无意识中，觉得自己的辉煌文化会万岁千秋地辉煌下去的。中国追随者也大有人在。他们根本没有意识到，文化也像世间的万事万物一样，不会永驻的，也是有一个诞生、发展、成长、衰竭、消逝的过程的。

但是，中国有一句俗话：是非自在人心。人是能够辨是非，明事理的。以自己的文化自傲的西方人也不例外。在第一次世界大战以前，西方这种人简直如凤毛麟角。一战爆发，惊醒了某一些有识之士。事实上在一战爆发前，就有人有了预感。德国学者奥斯瓦尔德·斯宾格尔(Oswald Spengler)在 1911 年就预感到世界大战迫在眉睫。后来大战果然爆发。从 1917 年起,斯宾格尔就开始写《西方的没落》。书一出版，立即洛阳纸贵。他的基本想法是：文化都可以分为四个阶段：一、青春， 二、生长， 三、成熟， 四、衰败。尽管他的推论方法，收集资料，还难免有主观唯心的色彩。但是，他毕竟有这一份勇气，有这一份睿智，敢预言当时如日中天的，他认为在世界历史上八个文化中唯一还有活力的文化也会“没落”。我们不能不对他表示敬意。美中不足的是，他还没有认识到东方文化和西方文化的存在和交流关系。(参阅齐世荣等译《西方的没落》上、下册，商务印书馆，1995 年)

在西方，继斯宾格尔而起的是英国历史学家汤因比(Arnold J.Toynbee,1889—1975)。他自称是受到了前者的影响。二人同样反对

“欧洲中心主义”，是他们有先见卓识之处。汤因比继承了斯宾格尔的意见，认为文化——他称之为“文明”——都有生长一直到灭亡的过程。他把人类历史上的文明分为21种，有时又分为26种。这些意见都表述在他的巨著《历史研究》中(1934—1961年)，共12卷。他比斯宾格尔高明之处，是引入东方文化的讨论。到了70年代，他同日本社会活动家池田大作对话时，更进一步加以发挥，寄希望于东方文化。(参阅《展望二十一世纪》，国际文化出版公司，1985年)

我并不认为，斯宾格尔和汤因比——继他们之后欧美一些国家还有一批哲学家和历史学家、社会学家赞成他们的意见，我在这里不具引——等的看法都百分之百正确。但在举世昏昏，特别是欧美人昏昏的情况下，唯独他们闪耀出一点灵光，是十分难能可贵的。他们的看法从大体上来看，我认为是正确的。如果借用上面提到的古代波斯和阿拉伯人的说法，我就想说：希腊人及其后代的那一只眼睛，后来逐渐变成了两只眼睛；可物极必反，现在快要闭上了。中国人的两只眼睛，闭上了一阵，现在又要睁开了。

闭上眼睛的欧美人士，绝大多数一点也不了解东方，而且压根儿也没有了解的愿望。我最近多次听人说到，西方至今还有人认为中国人还缠小脚,拖辫子，抽大烟，养小老婆。甚至连文人学士还有不知道鲁迅为何许人者。在这样地球越变越小，信息爆炸的时代，西方之“文明人”竟还如此昏聩,真不能不令人大为惊异。反观我们中国，情况恰恰相反。欧美的一切，我们几乎都加以崇拜。汉堡包、肯德基、比萨饼，甚至莫须有的加州牛肉面，只要加一个洋字，立即产生大魅力，群众趋之若鹜。连起名字，有的都带有点洋味。个人名字与店铺名字，莫不皆然。至于化妆品，外国进口的本来就多。中国自造的也多冠以洋名，以广招徕。爱国之士，无不痛心疾首，谴责这种崇洋媚外的风气和行为。然而，从一分为二的观点上来看，也有其有利的一面。孙子说：“知己知彼，百战不殆。”专就东西而论，现在的情况是,我们对西方几乎是了若指掌，而西方对东方则如上面所说的那样，是一团漆黑。将来一旦有事，哪一方面占有利条件和地位，昭如日月矣。

对西方的文化，鲁迅先生曾主张“拿来主义”。这个主义至今也没有过时。过去我们拿来，今天我们仍然拿来，只要拿得不过头，不把西方文化的糟粕和垃圾一并拿来，就是好事，就会对我们国家的建设有利。但是，根据我上面讲的情况，我觉得，今天，在拿来主义的同时，我们应该提倡“送去主义”，而且应该定为重点。为了全体人类的福利，为了全体人类的未来,我们有义务要送去的，但我们决不会把糟粕和垃圾送给西方。不管他们接受，还是不接受，我们总是要送的。《诗经·大雅》说：“投我以桃，报之以李。”西方文化给人类带来了一些好处。我们中国人，我们东方人，是懂得感恩图报的民族。我们决不会白吃白拿。

那么，报些什么东西呢？送去些什么东西呢？送去的一定是我们东方文化中的精华。送去要有针对性，针对的就是我在上面提到的那一个西方文化产生的“危机”。光说“危机”，过于抽象。具体地说，应该说是“弊端”。近几百年以来，西方文化产生的弊端颇多，举其大者，如环境污染、大气污染、臭氧层破坏、生态平衡破坏、物种灭绝、人口爆炸、新疾病丛生、淡水资源匮乏等等。此等弊端，如不纠正，则人类前途岌岌可危。弊端产生的根源，与西方文化的分析的思维方式有紧密联系。西方对为人类提供生存所需的大自然分析不息，穷追不息，提出了“征服自然”的口号。“天何言哉!”然而“天”——大自然却是能惩罚的，惩罚的结果就产生了上述诸种弊端。

拯救之方，我认为是有的，这就是“改弦更张”“改恶向善”，而这一点只有东方文化能做到。东方文化的基本思维方式是综合，表现在哲学上就是“天人合一”，张载的《西铭》是一篇表现“天人合一”思想最精辟的文章：“乾称父，坤称母，予兹藐焉，乃混然中处。故天地之塞吾其体，天地之帅吾其性。民吾同胞，物吾与也。”(下略) 印度哲学中的“梵我一如”,也表达了同样的思想。总之，东方文化主张人与大自然是朋友，不是敌人,不能讲什么“征服”。只有在了解大自然，热爱大自然的条件下，才能伸手向大自然索取人类衣、食、住、行所需要的一切。也只有这样，人类的前途才有保障。

我们要送给西方的就是这种我们文化中的精华。这就是我们“送去主义”的重要内容。

我们的“李”送了出去，接受不接受呢？实际上，我们还没有正式地送，大规模地送。连我们东方人自己，其中当然包括中国人，还不知道，还不承认自己的这种宝贝，我们盲目追随西方，也同样向自然界开过战，我们也同样有那一些弊端，立即要求西方接受，不也太过分了吗？不过，倘若稍稍留意，人们就会发现，现在世界各国，不管出于什么动机，也不管是根据什么哲学，注意到上述弊端而又力求改变的人越来越多了。今年《日本经济新闻》刊载了高木韧生的文章，说21 世纪科研重点将是“人类生存战略”。这的确是见道之言。我体会，这里所说的“科研”包括文理两个方面。作者把科研提高到“人类生存”这个高度来看，不能不谓之有先见之明，应该受到我们大家的最高的赞扬。至于惊呼人口爆炸的文章，慨叹新疾病产生的议论，让人警惕环境污染、臭氧层破坏、生态平衡的破坏、淡水资源的匮乏等等的号召，几乎天天可见。人类变得聪明起来了，人类前途不是漆黑一片了。我想，世界各国每一个有心人，无不为之欢欣鼓舞。我这一个望九之年的耄耋老人，也为之手舞足蹈了。

我在上面刺刺不休说了那么多话，画龙点睛，不出一点：我曾在一次国际学术讨论会上说过一篇短话，题目叫做“只有东方文化能够拯救人类”。我在上面说的千言万语，其核心就是这一句短短的话。至于已经来到我们门前的 21 世纪究竟是什么样子？西方文化究竟如何演变？东方文化究竟能起什么具体的不是空洞的作用？人类的前途究竟何去何从？所有这一切问题，都有待于历史发展的进程来加以证明。从前我读过一个近视眼猜匾的笑话。现在新的一个世纪还没有来临，匾还没有挂出来，上面有什么字，我们还不能知道。不管自诩眼睛多么好，看得多么远，在这一块尚未挂出来的匾前，我们都是近视眼。

在这样的情况下，我认为，我们最重要的任务就是学习，就是了解。我们责怪西方不了解东方文化，不了解东方，不了解中国，难道我们自己就了解吗？如果是一个诚实的人，他就应该坦率地承认，我们中国人自己也并不全了解中国，并不全了解东方，并不全了解东方文化。实在说，这是一出无声的悲剧。

了解的唯一途径就是学习，而学习首先必须有资料。对我们知识分子来说，学习资料首先是文字，也就是书籍。环顾当今世界，在“欧洲中心论”还有市场的情况下，在西方某一些人还昏昏然没有睁开眼睛的时候，有关东方的书籍，极少极少。有之，亦多有偏见，不能客观。西方如此，东方也不例外。即使我们有学习的愿望，也是欲学无书。当然，东方各国的情况不尽相同，各国刊出书籍的多寡也不尽相同。但总之是很少的。有的小一点的国家，简直形同空白。有个别东方国家几乎毫无人知，它们的存在在一团迷雾中，若明若暗，似有似无。这也是一出无声的悲剧。

就是为了这个缘故，我们这一批人不自量力——或者更明确地说是认真“量”过了自己的“力”，倡议编纂这一套巨大空前的“东方文化集成”。虽然，我们目前的队伍，由于历史造成的原因，还不是太大；我们的基础还不是太雄厚；但是，我们相信主观能动性。我们想

“挽狂澜于既倒”，我们决非徒托空言。世界人民、东方人民、中国人民的需要，是我们的动力。东方人民和西方人民的相互了解，是我们的愿望。东方人民和西方人民越来越变得聪明，是我们的追求。我们老、中、青三结合，而对著作的要求则是高水平的。我们希望，能通过这个活动，既提高了中国对东方文化的研究水平,又能培养出一批学有专长的人才，收得一举两得之效。

我们既反对“欧洲中心主义”，我们反对民族歧视；但我们也并不张扬“东方中心主义”。如果说到或者想到，在 21 世纪东方文化将首领风骚的话,那也是出于我们对历史发展的观察与预见，并不出于什么“主义”。本着这种精神，我们对东方几十个国家一视同仁。国家不论大小，人口不论多寡,历史不论久暂，地位不论轻重，我们都平等对待，决不抬高与贬低，拜倒与歧视。每一个东方国家都在我们丛书中占有地位。但国家毕竟不同，资料毕竟多寡悬殊。我们也无法强求统一。有的国家占的篇幅多一点，有的少一点。这是实事求是，与歧视毫无关联。我们虔诚希望，在即将来临的 21 世纪中，中国的两只眼睛都能睁开，而且睁得大大的，明亮而睿智。西方的一只眼睛能变成两只，也同样睁开，而且睁得大大的，明亮而且睿智。世界上各个民族也都有了两只眼睛，都要睁得大大的，明亮而且睿智。我们共同学习，努力互相了解。我们坚决相信，只要能做到这一步，人类会越来越能相互了解，世界和平越来越成为可能，人类的日子会越来越好过，不管还需要多么长的时间，人类有朝一日总会共同进入太平盛世，共同进入大同之域。

1996 年 3 月 20 日

总 论

《三国演义》在东方

陈岗龙　张玉安

《三国演义》是中国古代文学四大名著之一。它在中国文学史和文化史上的重大影响是众所周知的，但是在东方国家的传播情况，就未必有很多人关注。至于《三国演义》在其传入的东方国家所产生的文学和文化乃至思想方面的影响，关注的人可能就更为有限。而实际上，三国故事在罗贯中的《三国志通俗演义》之前便已经在古代的日本、朝鲜和一些东南亚国家开始传播和流布。在《三国志通俗演义》尤其是毛宗岗评本《三国演义》被东方国家译介之后，三国故事在这些国家的传播便更为迅速，传播的范围更加广泛，所产生的影响就更加深远了。值得注意的是，《三国演义》在某些东方国家的影响，不仅表现在文学的翻译与交流上，而且还渗透到文化生活的方方面面，尤其在日本、韩国、泰国等国家“三国热”常常是一波未平一波又起。这就给研究中国古典文学和东方文学乃至中国传统文化的学者提出两个问题：这些东方国家为何如此热衷于《三国演义》的翻译和传播？《三国演义》为这些东方国家所接受和重视的原因何在？要回答这两个问题，就有必要认真考察《三国演义》在这些东方国家翻译和传播的具体情况，就要认真分析《三国演义》融入这些东方国家本土文化土壤中的细枝末节，从而通过考证和比较来探究《三国演义》对东方国家本土文学和文化所产生的具体影响。《〈三国演义〉在东方》的研究目标正是考察和分析《三国演义》在东方国家的翻译、传播和影响的具体情况。

而考察《三国演义》在东方国家的翻译、传播和对其文学与文化产生的具体影响，则需要查阅相关国家的古今典籍，包括文学作品和其他文献，还要考察东方相关国家的民族文化背景。这就要求研究者必须具备跨语言的阅读能力和跨文化的研究能力，必须在熟悉《三国演义》和中国传统文化的大前提下，运用东方相关国家的语言进行实地考察和具体研究。过去，《三国演义》在海外的影响研究基本局限在海外汉文学的研究范畴，考察的对象也基本局限于世界各国收藏《三国演义》的各种版本及相关文献（如年画等），而《三国演义》被植入东方国家之后是如何开花结果的课题则往往留给相关国家的本土学者作为民族文学进行研究。这种研究，虽然可以成功地考证《三国演义》在东方国家，甚至在世界范围内的译介和收藏情况，但是并不能深入考察《三国演义》这条长河在流入东方某些国家之后所滋养的一片片绿洲。可以说，这种只探其源不究其流的研究方法到了应该改变的时候了。而我们将东方文学研究和中国古典文学研究结合起来，正好兼顾了源头和支流，冲破了既有的藩篱，弥补了以往的不足。其实，在国内《三国演义》研究已经取得重大成就，很多基本问题已有明确定论。今天，我们将“源”和“流”结合起来，重在考察和分析《三国演义》在东方国家的传播与影响的过程和结果就是很自然的事情了。为此，本课题的研究侧重于挖掘东方国家《三国演义》译本的第一手原典资料，通过与《三国演义》原著的跨语言对比和实证研究，详细描述和考证《三国演义》被翻译和被植入东方国家的具体途径和过程，并辨析和阐释东方国家受《三国演义》的影响而产生和创作的民族文学作品中的中国影响因素及其本民族的特征，通过这种共性和个性的比较和阐述来探究中国与周边国家之间文学和文化交流中的一些规律性的东西。

对《三国演义》在东方国家的传播和影响的研究，一方面，可以为国内研究《三国演义》的学者，乃至研究中国古代文学在海外传播的学者提供大量可靠的以东方国家语言为载体的文学资料，另一方面，还可以为我国相关学科的学者与东方相关国家的学者进行这一课题的对话创造必要的条件。因此，可以说，我们是在中国古典文学研究、东方国家民族文学研究以及比较文学研究之间构筑一座学术桥梁。要想建好这座桥梁，除了要熟悉中国的《三国演义》研究学术史，还要掌握相关的东方国家本土学者对《三国演义》在其本民族文学和文化的影响研究状况。如果做不到这两点，我们的研究就会失之偏颇，就无法实现中外贯通的目标。因此，本课题在具体实施过程中，以下几个问题始终是我们关注和强调的重点：

1. 力求全面系统地掌握东方相关国家的学者对《三国演义》在其国家的影响研究情况，并做详细的学术史梳理，总结他们所取得的成就，并分析其研究中存在的问题。有些国家的学者已有良好的《三国演义》研究基础，为本课题研究提供了不可或缺的重要条件；其中有的成果甚至可以成为本课题研究的重要依据。只有在相关国学者的研究基础上，才能迈出更精彩的一步，将我们的课题研究提升到新的高度。而相关国家学者在研究中未能关注的问题或存在的偏颇，则很可能成为本课题所寻找的突破口，或是我们应该去弥补的地方。

2. 尽量全面地掌握在东方国家流传和出版的《三国演义》翻译全本、翻译片断、改编本乃至再创作作品等各种版本，为跨语言的比较研究奠定扎实的原典资料基础。本课题成员广泛搜集了日语、韩（朝）语、蒙古语、泰语、越南语、印度尼西亚语、马来西亚语的《三国演义》译本以及与《三国演义》相关的资料，将这些语种的资料集中展现给国内外学者。

3. 对《三国演义》在东方相关国家的影响进行全方位的考察，获得尽量多的感性认识。《三国演义》被译介和传播到东方国家以后，其影响不仅局限于文学方面，而且渗透到文化领域的多个方面，因此本课题对《三国演义》在东方国家影响的考察，在以文学影响研究为重点的同时，也考察了文化的其他领域，特别是关帝崇拜、民间信仰和民俗生活等方面。

一、《三国演义》在东方国家传播和影响的研究概况

首先，我们认真梳理了相关国家学者的《三国演义》研究学术史。比较而言，日本和韩国学者对《三国演义》及其与本国文学的关系的研究起步较早，研究成果也更为丰富，对一些基本问题的看法也已经达成一致；越南、泰国等东南亚国家20世纪后半叶才开始研究《三国演义》，也取得了一些初期成果，大体描述了《三国演义》在本国的传播和翻译情况；而印度尼西亚、马来西亚和蒙古等国家对《三国演义》的研究则刚刚开始，还处于介绍性的阶段。因为三卷本的每一章都详细评述了对象国《三国演义》研究的概况，所以下面只列举这些国家最具代表性的《三国演义》研究成果目录，从中便可窥见每个国家的研究程度。

日本的《三国演义》研究更多集中在正史《三国志》和罗贯中的小说《三国演义》，尤其侧重版本考证，出版了很多有分量的研究成果。其中，小川环树的《中国小说史研究》（岩波书店，1968年）、金文京的《三国志的世界》（东方书店，1993年）、中川谕的《三国志演义版

本研究》（汲古书院，1998年）、杂喉润的《三国志与日本人》（讲谈社，2002年）等都是功底深厚、考证严密的学术著作，受到中国古典文学研究界的重视。然而，日本学者的研究偏重于中国古典文学的研究而对《三国演义》与日本国民文学之间关系的关注显得不够。这正是本课题所要侧重研究和探讨的。韩国的《三国演义》研究也开始得较早，且不说金万重的《西浦漫笔》对《三国演义》等明清小说的评述，就现代意义上的文学研究来讲，李庆善的《三国志演义的比较文学研究》（一志社，1976年）、闵宽东的《三国演义在国内的流入和版本研究》（《中国小说论丛》第4辑，1995年）以及《三国演义在韩国的流传与再创作》等都关注了《三国演义》传入朝鲜半岛以后对古代朝鲜文学的影响。韩国仁荷大学出版部编辑出版的论文集《〈三国演义〉的韩国语翻译和叙事转换》（仁荷大学出版部，2007年）收录了多篇有关《三国演义》的研究著述。而且，日本和韩国学者对《三国演义》及其传播和影响的研究，已经被编成研究目录发表。如日本学者中川谕、上田望编的《〈三国志演义〉研究文献目录稿》和韩国仁荷大学编辑的《〈三国志〉韩国语译本解题》《三国志报纸杂志连载资料集（1—3）》反映了日、韩学者在《三国演义》研究以及《三国演义》在日本和韩国传播与影响的研究都已取得丰硕成果。可以说，日本和韩国学界的《三国演义》研究是比较深入的，本课题的学者在虚心吸收日、韩学者前期研究成果的基础上，及时对研究策略进行了调整，我们没有进行面面俱到的描述，而是重点选择几个问题进行深入挖掘和进一步探讨。如对《三国演义》日本接受史的文献考证和对日本古代戏曲中三国题材的研究，正好与日本学者的研究形成互补。

泰国学者对泰语译本《三国》的研究始于“泰国历史之父”丹隆拉查努帕亲王于1928年撰写的经典论文《〈三国〉纪事》。20世纪60年代开始有几篇重要的学位论文都是专门研究泰国《三国》的，如巴萍·马诺麦维本的《〈三国〉：比较研究》（朱拉隆功大学硕士论文，1967年）、玛丽尼·蒂洛瓦尼的《〈三国〉：中国小说的泰文改编本研究》（美国华盛顿大学博士论文，1983年）、金达娜·探瓦尼瓦的《关于〈三国〉中、泰文版本中比喻的比较》（朱拉隆功大学硕士论文，1984年）、苏南·朋普的《诸版本泰文〈三国〉的创作意图研究》（艺术大学硕士论文，1985年）等。这些研究成果对泰国《三国演义》各种译本、改写本和再创作本进行了论述和比较。越南学者潘春黄的《读〈三国志〉》（普通出版社，1962 年）是越南学者较早对《三国演义》进行全面分析研究的专著。陈春题的《中国古典小说略考》（1965 年）一书，对包括《三国演义》在内的六部中国古典小说进行了分析研究，一直作为越南研究中国小说的经典学术著作，多年来多次重印或再版。范秀珠的《〈皇黎一统志〉的版本、作者及人物》（社会科学出版社，1997 年）一书中涉及与《三国演义》的比较研究。陈黎保的博士论文《罗贯中〈三国演义〉的结构特点》是目前为止越南唯一对罗贯中《三国演义》加以研究的专著。阮氏顺的硕士论文《〈三国演义〉对〈皇黎一统志〉的影响》对两书的思想内容、组织结构以及人物形象进行了较为细致的比较。相比之下，由于特殊的历史和国情，印度尼西亚和马来西亚的《三国演义》研究基本还处于初创阶段。而蒙古国学者对《三国演义》蒙古文译本的研究也有其自身的特殊情况，具体研究成果很少。

从东方国家学者的《三国演义》研究成果看，日本和韩国的研究比较发达，越南和泰国也已经有了初步的基础性研究，而印度尼西亚和马来西亚以及蒙古国的《三国演义》研究则刚刚起步，尚未发现有分量的研究成果。这便决定了本课题的研究特点：在日本和韩国的《三国演义》传播与影响的研究更侧重于特定问题的研究，而对东南亚国家的《三国演义》传播与影响的研究更侧重于整体性的描述和论述。

与上述东方国家的《三国演义》研究相比，国内学界对《三国演义》在东方国家的传播和影响的研究尚停留在简要介绍和文献描述阶段，而且此类研究多半是结合中国古典文学的海外传播的研究进行的。我们可以举出四部这一类的著作，其中三部是国内学者编写的，一部是外国学者编写的。首先应该提到的是法国学者克劳婷·苏尔梦编写的一部高水平的论文集《中国传统小说在亚洲》（国际文化出版公司，1989 年），收入了《中国故事与小说对朝鲜小说的影响》（金东旭）、《朝鲜国语小说中的中国小说情节》（阿·夫·特洛切维奇）、《中国通俗小说在日本江户时代》（大木精、大帾秀高）、《中国古典小说的蒙古文译本——尝试性文献综述》（李福清）、《汉文小说和短篇故事的满文译本》（马丁·吉姆）、《中国小说对越南文学的影响》（颜保）、《泰译中国文学作品》（白拉宾·马诺麦维波）、《爪哇移植中国小说简记》（克劳婷·苏尔梦）、《汉文小说的马来文译本在印度尼西亚》（克劳婷·苏尔梦）等。这些由多国学者撰写的有关中国古典文学在东方国家传播的研究论文，都谈到《三国演义》的翻译、传播和改写情况，克劳婷·苏尔梦写的长篇“总论”中还专门论述了《三国演义》的接受情况。虽然《中国传统小说在亚洲》是一部亚洲和西方的优秀学者撰写的论文集，但是基本上还是文献目录式的研究，还处在中国古代小说在东方国家传播和翻译的统计和普查阶段，多数论文还是概述性的。然而，作为一部认识和了解东方国家接受包括《三国演义》在内的中国古代小说情况的入门读物，这本论文集的确是最佳选择。中国学者王丽娜的《中国古典小说戏曲名著在国外》（学林出版社，1988年）介绍了《三国演义》等古典小说和戏曲在国外的流传情况，也介绍了国外学者的相关研究成果。另一部中国学者的著作是宋柏年主编的《中国古典文学在国外》（北京语言学院出版社，1994年），其中第五编“明代文学在国外”专设一章简单介绍了《三国演义》在日本、欧美和亚洲其他国家的流传情况以及国外学者对《三国演义》的研究（第380—420页）。而《三国演义》在特定的东方国家传播和影响的研究方面，邱岭和吴芳龄合著的《三国演义在日本》（宁夏人民出版社，2006年）是国内第一部专题著作，比较系统地论述了《三国演义》在日本传播和影响的相关基本问题。该书的两位作者还合作翻译出版了韩国学者金文京的《三国志的世界》，其中第九章是专门论述《三国演义》在朝鲜、韩国和日本传播和翻译情况的。邱岭和吴芳龄对《三国演义》在日本传播和影响的研究方面做出的成绩是应该给予肯定的。除了上述专题著作外，一些东方文学史著作也概述了《三国演义》在东方国家的翻译传播情况。如梁立基、李谋主编的《世界四大文化与东南亚文学》（经济日报出版社，2000年），概要介绍了《三国演义》在泰国、越南和其他东南亚国家的翻译和改写情况；孟昭毅的《东方文学交流史》（天津人民出版社，2001年）也简介了《三国演义》在韩国、越南、泰国和印度尼西亚、马来西亚的翻译流传情况。虽然，上述专题论文集、专著以及近来出版的东方文学史著作都不同程度地介绍和论述了《三国演义》在东方国家的传播和影响，但是基本上都是文献综述性质的或概括性的描述，还缺乏跨语言、跨文化的比较研究和文学交流研究，尚未深入文本层面的探讨。因此，《〈三国演义〉在东方》将研究的性质定位为深入对象国传统文化的语境之中，对《三国演义》的翻译文本、改编文本和再创作文本进行逐字逐句的（即使是片段的）跨语言比较研究，从而探讨《三国演义》在其传入国的被接受和被改编情况以及对传入国民族文学已经产生的和依然潜在的深远影响。

二、《三国演义》在东方国家翻译和传播的共同特征

《三国演义》在东方各国的传播大致经过了四个阶段，这四个阶段也是中国古代小说在东方国家传播的四个阶段[①]：一是《三国演义》原著通过书籍贸易或者使臣、移民等途径传入东方国家。在日本、韩国、越南等“汉文化圈”国家，《三国演义》的植入首先经历了这个阶段；而在其他非汉文化圈国家，譬如泰国、印度尼西亚和马来西亚等国家则是首先经历了华人移居海外传播《三国演义》原著的过程。二是《三国演义》在传入的国家再次被刻印发行，早期日本《三国演义》的“和刻本”、古代朝鲜的“翻刻本”“活字本”和近代印尼—马来的刊刻本就属于这种情况。三是《三国演义》被翻译为东方国家语言的阶段，这是《三国演义》真正融入传入国民族文学中的关键阶段。四是《三国演义》被东方国家的作家改编和再创作的阶段。在这个阶段，《三国演义》被改编成各种“翻案小说”，而且还被搬上舞台，改编成戏曲艺术，或者流入民间，成为民间文学的说唱表演题材。除此之外，我们还应该留意《三国演义》随着中国移民以口传方式传播到中国周边一些国家的情况。下面，我们根据子课题研究成果，集中讨论《三国演义》在东方国家翻译和传播的一些共同特征。

《三国演义》传入东方国家的时间各不相同，日本、韩国等国家接受和翻译《三国演义》的时间比较早，这些早期接受《三国演义》的国家所依据的底本大多是《三国志通俗演义》，后来随着毛宗岗评本《三国演义》的流行，又重新翻译《三国演义》，或者根据毛宗岗评本修订早期译本。而东南亚一些国家接受和翻译《三国演义》的时间比较晚，因此一开始便接受和翻译了毛宗岗评本。通过比较，我们发现，东方各国接受和翻译、修订《三国演义》都经过了一个从早期的编译到晚期的忠实《三国演义》原著的精确翻译的阶段。而这个过程正好与《三国演义》版本在中国本土发展流变的过程平行进行。其中应特别引起我们注

---

①〔日〕高岛俊男：《水浒传与日本人》，东京：筑摩书房，2006年，第45页。日本中国文学研究者高岛俊男指出，中国白话小说在日本的传播及对日本文学产生影响，通常要经历四个逐步深入的阶段，分别为“原书”（明清所刻印的汉语本）流行的阶段、“和刻”（日本所刻印的汉语本）流行的阶段、“翻译”（日本译本）流行的阶段和“翻案”（改编作品）流行的阶段。

意的是，几乎所有上述东方国家的《三国演义》翻译都存在着在早期翻译中省略原著诗词到晚期译本或修订本中补充翻译诗词的共同现象。

《三国演义》的第一个日译本——湖南文山译本出版于1689年。湖南文山翻译《三国演义》的主要目的是为了满足町人阶层的文化消费，因此并没有逐字逐句翻译《三国演义》原著，而是采取了一种有删有添的编译方式。湖南文山删去了几乎每回末尾必有的“且听下回分解”的套语，抹去了原著中的说唱痕迹，将作品由以听为接受方式的说唱故事完全改变成了以读者为接收方式的阅读小说，真正意义上实现了由说唱到读本的转换。[①]日本学者德田武曾在《日本近世小说与中国小说》中比较《李卓吾先生批评三国志》和湖南文山译文的基础上对湖南文山的翻译方式进行了详述：湖南文山的译文只是大致地忠实于原著，总体上沿用了罗贯中《三国演义》的叙述框架，核心故事和回目的名称并未发生改变。对于小说中出现的文言文，译文采取了两种截然不同的翻译方式。如咏史诗、论赞诗等都省略不译，而如书、表等文章则仅以训点的方式译出。比如在《李卓吾先生批评三国志》第四十一回“刘玄德携民救主 赵子龙单骑救主”有赞颂糜夫人的一段诗文：“后来史官有诗赞糜夫人曰：‘贤哉糜氏，内助刘君。言词无失，进退有伦。心如金石，志似松筠。身虽归土，名不沾尘。千载之后，配湘夫人。’”湖南文山在翻译时对诸如此类的诗文都省略不译了。2002年井波律子重新翻译的七卷本《三国志演义》由筑摩书房出版。译本《三国志演义》依据的版本是目前最为流行的毛宗岗评本，翻译时所用的文本是由人民文学出版社1957年出版的第二版。译本除了忠实于原著外，还做了详细的注解，对与《三国演义》相关的典章制度、历史典故、文化习俗等进行了详尽的说明。2000年渡边精一翻译的《新译三国志》（由《天之卷》《地之卷》《人之卷》三卷组成）由讲谈社出版。《新译三国志》以乾隆十七年（1752年）刊出的《毛声山评三国志》为底本。和《三国演义》的其他译本相比，《新译三国志》不仅再现了原著的风味，而且尽量使用通俗易懂的语言。特别是在原著古典诗歌的翻译中，渡边精一刻意把直译和意译的两种译文同时呈现，这样既有利于诗词原貌的展现，又便于日本读者的阅读和理解。虽然《新译三国志》的注解并没有井波律子所译的《三国志演义》详细，但是渡边精一的注解对于深入理解作品来说更加重要。比如对于《三国演义》开卷词的注解，井波律子《三国志演义》的注解对“词”

---

① 邱岭、吴芳龄：《三国演义在日本》，银川：宁夏人民出版社，2006年，第57页。

这种诗歌样式进行了简要的说明，然而渡边精一《新译三国志》不仅如此，而且进一步对《三国演义》开卷词进行说明：此词题名为《临江仙》，为明代杨慎（1488—1559）所作的《二十一史弹词·说秦汉》中的一首词。可见，日本的《三国演义》翻译也经过了一个从早期的编译故事情节到现代的完全忠实于原著的精确翻译的过程。

泰国最早的《三国演义》译本——洪版《三国》保留了《三国演义》的散文体形式（相对于韵文体诗歌而言），在内容和结构上做了大量的取舍。《三国演义》原著有近 200 首诗词，但是洪版《三国》里绝大部分都删去不译，甚至连最著名的开篇词《临江仙》也一并删去，只保留了对情节推动较为重要的 11 首，并采取意译。1977 年，万崴·帕塔诺泰出版了《新译〈三国〉》，与洪版《三国》相比，更加忠实于原著。在内容上，几乎毫无遗漏地翻译了每一处细节内容，甚至对被洪版删去的大段诗词，都进行了补译。译文中若出现洪版《三国》中没有翻译的与中国文化相关的泰国读者难以理解的地方，都一一添加脚注，详细加以说明。

《三国演义》越南最早且最流行的全译本——阮安居翻译的《三国演义》删除了原著中的不少诗词，开头著名的《临江仙》也没有翻译，译本更关注的是故事情节。而潘继秉重新翻译的《三国演义》则没有删除《三国演义》原著中的诗词，相反几乎翻译了所有的诗词。

在韩国小说中插入诗词的现象是较为少见的，即使在才子佳人小说类作品中插入的诗词也是凤毛麟角。中国小说在被译成韩（朝）文后，原文中所插入的诗词往往被省略掉。首尔大学奎章阁所藏的 30 卷本《三国演义》是韩国民间流行的《三国演义》译本，这个译本的内容基本上是对嘉靖本《三国志通俗演义》的直译，但同时也受到了毛宗岗评本内容的影响。译本删减了原著中的大部分诗词。而在后来的《三国演义》衍生作品《张飞马超实记》中翻译并插入了部分诗词。但是其中翻译的诗词并不是《三国志通俗演义》中的诗词原文，而是毛宗岗评本《三国演义》中的诗词。也就说，《张飞马超实记》在翻译创作的过程中虽然以《三国志通俗演义》作底本，但是插入的诗词内容基本上是从毛宗岗评本《三国演义》翻译而来。这可能与《张飞马超实记》秉承的蜀汉正统思想有关。也就是说，是《张飞马超实记》基于“尊刘抑曹”的蜀汉正统思想使译者选择了毛宗岗评本《三国演义》中的诗词。

马来西亚曾锦文翻译的马来语《三国》（1892—1896 年间分 30 卷

出版）是一部相当灵活的意译文本。虽然译本保留了罗贯中《三国演义》一百二十回的整体构架，但是曾锦文并没有逐字逐句地翻译原著，他不但对《三国演义》原著中的多数诗词没有翻译，而且在正文中对原著中的难点还不时地加以解释。不过，译者保留了《三国演义》每回回末的结束语“未知其事如何，且听下文分解”，以使读者迫不及待地购买下一卷即将出版的译本。

蒙古人的译本情况也一样。几乎与满文译本同时完成的《三国演义》蒙古文译本确实把《三国演义》当作兵书来翻译，重视其实用性而忽略了其以诗词为特征的文学性。俄罗斯著名汉学家李福清指出，蒙古人没有翻译诗词的现象。从早期蒙古文《三国演义》的目录看，蒙古文译本完全是按照满文《三国演义》翻译的，并没有考虑汉文《三国志通俗演义》目录的七言特征。可见，满蒙译本翻译确实没有重视汉文原著中的诗词格律特征。然而，1928 年出版的特睦格图翻译的蒙古文《新译带批三国演义》则补译了毛宗岗评本《三国演义》中的所有诗词和评语，并且在“跋”中说：“我们诸蒙古中流行的《三国演义》均系从旧本翻译而来，多有遗漏，且除了本义根本没有译出评注诗词。此为作书之一缺憾也。故本社不惜重金，邀集博学之士费十六个月之漫长时日翻译评注附于每回回后，望诸贤者与往时之《三国演义》区分明察。”特睦格图的“跋”也说明了特睦格图之前的蒙古文《三国演义》没有翻译汉文原著中评注和诗词的实际情况。特睦格图重新组织人员翻译毛宗岗的评注，说明这位学者对《三国演义》文学功能的重新认识。

综上所述，可以将东方国家《三国演义》的翻译特征总结为：起初，东方国家对《三国演义》的翻译基本上采取以故事情节为核心进行重点编译的方式，对包括《临江仙》在内的原著诗词基本上省略不译。后来，随着《三国演义》传播和影响的进一步深入，不断出现新的精确翻译版本，这些版本不仅追求语言文字和细微情节准确到位的逐字逐句翻译，而且重新补译了原著中的诗词和评注。尤其值得注意的是，新译本中补译的诗词几乎都是根据毛宗岗评本一百二十回《三国演义》，而不是最初的《三国志通俗演义》。这也充分证明，东方国家翻译《三国演义》的活动一直是与中国本土《三国演义》版本的发展和流变保持同步的。

三、《三国演义》对东方国家民族文学的影响

《三国演义》传入东方许多国家以后，对这些国家的民族文学产生了深刻影响。它不仅起了一部文学译作所应起的借鉴作用，而且在一些国家促使了新的文类的产生。应该说，这是革命性的、非同一般的巨大影响。

这里首先要提到的是，泰国小说文类生成的起点就是泰文《三国》等中国历史小说译本的问世，而不是传入泰国的西方小说的影响。正是由《三国》开始，泰国才正式出现了散文体文学作品，才出现了将人物性格、人物对话、景物渲染、细节描绘等融入虚构成分和作者的思想倾向、感情色彩的文本，在形式上已经接近现代小说，也为泰国接受西方式的现代小说奠定了基础，为近代西方新小说在泰国迅速蔓延、将泰国文学推入现代发展阶段创造了有利条件，提供了肥沃的土壤。从 19 世纪末到 20 世纪 20 年代，西方新小说传入泰国之初，正是先行一步的中国古小说在泰国风靡的年代。如果缺少了中国古小说在泰国广泛流传的基础，泰国古典诗歌文学直接向西方新小说过渡，无论从东西方文化的相异性还是文学形式上的巨大落差来看，西方新小说在泰国的被接受就不会那么顺利。以《三国》为代表的汉文学的介入促成了泰文古小说文类的生成，古小说文类的出现和发展又为新小说的生成和发展做好了铺垫。因此，以《三国》等古小说为代表的汉文学的介入在泰国文学发展史和中泰文学、文化交流史上所起到的特殊作用是应该得到高度重视和积极评价的。

《三国演义》对越南文学产生的深远影响，首先表现在它促进了越南历史小说的开创，使越南形成了独特的汉文历史小说体系，影响了越南小说家的历史观及创作艺术。越南的书面文学是以汉文学为开端的，但早期汉文学的体裁主要是史书诗词。由于得到统治阶级和士人阶层的普遍喜爱，早期的汉文学，诗词十分盛行，其后出现了志怪、传奇等汉文散文作品，而历史小说则是比较晚近出现的文学体裁。尽管越南历史演义小说的产生有其自身的发展规律，但显然亦是受《三国演义》等中国历史小说长期影响所形成的。陆凌宵在《越南汉文历史小说研究》一书中说："由于《三国演义》的传入，越南国内士人开始用历史小说这一文学形式来思考和反映后黎朝的历史，由此开始了越南汉文历史小说创作的进程。"[①]越南学者也认为："我国章回体小说的产生是对我国社

① 陆凌宵：《越南汉文历史小说研究》，北京：民族出版社，2008 年，第 1 页。

会中的新内容的反映。这种现象的连续出现有它自身的发展规律，但与中国小说尤其是《三国演义》的影响分不开。”[①]目前已知的越南的第一部章回体小说是17世纪的《鹳州记》，从中可明显感受到《三国演义》的影响。越南学者提到它时，常将之与《三国演义》并举，认为“中国的首部章回小说《三国演义》是将《三国志》小说化，而越南，首部章回小说《鹳州记》是将一个族谱小说化。”

在韩国的情况也很相似，韩国传统社会的文学观念是以诗为中心发展、演变过来的，小说作为后期出现的一种文学形式必然会经历一个由排斥到接受的过程。《三国演义》传入朝鲜半岛之后对军谈小说在内的韩国古代小说也产生了不小的影响。

蒙古文学也深受《三国演义》的影响，大文豪尹湛纳希创作出的蒙古族第一部历史长篇小说《青史演义》中明显有《三国演义》影响的痕迹。

可以毫不夸张地说，正是因为《三国演义》的传播和影响，东方一些国家的民族文学中才生成和发展了散文体叙事文学——主要是小说，或者生成和发展了小说中的重要门类——章回体历史演义小说。这种影响超越了作品内容的范畴，促进了一些国家或一些民族文学传统格局的结构性变革。

四、《三国演义》的衍生与再创作文本

《三国演义》就像取之不尽的宝藏。东方国家自从接受和翻译《三国演义》以来，作家们争相挖掘《三国演义》的题材和内容，模仿《三国演义》，不断地创作出大量的“翻案”作品。这些再创作的《三国演义》汇集成东方国家《三国演义》文化的一道亮丽的风景。下面，仅就相关子课题的描述选择一些最典型的“三国”题材再创作作品，简单探讨一下它们的共同特点。

《太平记》是日本文学中取材于三国故事的最早作品，《太平记》中与三国故事相关的题材共有15处。但是《太平记》的三国故事是来源于正史《三国志》还是小说《三国演义》，学术界还存在争议。不过，《太平记》选用三国故事与元明时期日本出现的三国现象有关。中国元

① 〔越〕裴维新：《中世纪中国文学与越南文学之间的体裁关系——接触、革新与创新》，《文学杂志》1992年第1期。

明时期大量涌现《三国志平话》、三国戏等作品，以致波及日本，日本文人也开始关注三国故事，并特别注意三国故事中的战争内容。于是记载三国故事的各类文献如《三国志》《晋书》《蒙求》《文选》《艺文类聚》等在日本共同汇成了三国历史的综合知识，其中可能包括《三国志平话》《太平记》的三国故事应该是这个时期三国故事综合作用的结果，而不只是某一典籍产生作用的结果。《太平记》的人物形象、战争描写、宝马描写，等等，都与《三国演义》相似。可以说，这是古代日本借鉴和取材于三国故事的创作，但还不能算是严格意义上的《三国演义》再创作作品。

以吉川英治的《三国志》为开端，《三国演义》在昭和时代不断地被文学家和艺术家所改编。最为读者所熟悉的是“三国志”三大系列，即吉川英治的《三国志》、柴田炼三郎的《英雄三国志》和陈舜臣的《秘本三国志》。在吉川英治看来，《三国演义》中所表现的兴亡史观同样适应于现代的中国。内部的积贫积弱和外部的列强入侵，使中国再度处于乱世之中。但是，这样的乱世并不会持续很久，“合久必分，分久必合”，中国会再度兴盛起来。日本侵华战争期间在中国的所见所闻，使吉川英治感到，三国那个英雄辈出的时代虽然一去不复返了，但是东方人的生命活力和热血豪情并没有消逝，依然存在于中国人民的心中。而《三国志》开头的“黄河”意象就是这种精神的象征。吉川英治的《三国志》由十卷组成，包括《桃园卷》《群星卷》《草莽卷》《臣道卷》《孔明卷》《赤壁卷》《望蜀卷》《图南卷》《出师卷》《五丈原卷》，另外还有《篇外余录》。不无夸张地说，《三国志》十卷之中的七卷都是以诸葛亮为核心而展开的。由此可见，诸葛亮是《三国志》毋庸置疑的主角。

《英雄三国志》是武侠小说家柴田炼三郎的代表作。其故事情节的安排与罗贯中的《三国演义》大致相同，但是故事情节更加紧凑。《英雄三国志》中删减了著名的“桃园三结义”的故事。在改编《三国演义》时，柴田炼三郎有意识地对原本的故事进行划分，把它分成六个各自独立又前后相继的单元；《英雄三国志》正是由各讲述一个核心故事的六卷组成。第一卷《义军并起》描写汉末乱世中各路豪杰势力的形成过程；第二卷《霸者的命运》描写豪杰势力此消彼长，最后曹操、孙权和刘备脱颖而出，成为三国时代的真正霸者；第三卷《三国鼎立》以赤壁之战为中心，突出渲染曹操压倒性的军事实力与刘备军师诸葛亮的智谋之间的多次较量，最终赤壁之战以吴、蜀联军的胜利，曹操的失败而告终；第四卷《出师表》的主角为诸葛亮，着重叙述了七擒孟获、上《出师表》、征讨魏军等故事；第五卷《功放五丈原》依然重点描写孔明，就在诸葛亮和司马懿要一决雌雄的时候，诸葛亮的健康状况急转直下，最后病逝于五丈原；第六卷《梦的终焉》主要写三国鼎立局面的终结，吴、蜀投降于魏，而魏政权却掌握在司马氏手中，最后司马氏的晋朝取代曹魏。与罗贯中的一百二十回《三国演义》相比，柴田炼三郎的《英雄三国志》有着明显的侧重点。《义军并起》对应于《三国演义》前二十回，《霸者的命运》对应于《三国演义》的第二十至四十回，《三国鼎立》对应于《三国演义》的第四十一至八十回，《出师表》和《功放五丈原》对应于《三国演义》的第八十一至一百五回，《梦的终焉》对应于《三国演义》的第一百六至一百二十回。在《英雄三国志》中，柴田炼三郎用了一半的篇幅着重写《三国演义》后四十回的故事，而其中用两卷的篇幅重点讲述诸葛孔明的故事。

陈舜臣的《诸葛孔明》（1992 年）、《曹操》（1999 年）等作品是国内读者和学者比较熟悉的，这里就不再详细介绍了。

除了小说体裁的再创作外，日本作家中还有土井晚翠(1971—1952)创作的《三国演义》题材抒情长诗《星落秋风五丈原》（《帝国文学》1898 年 11 月）。《星落秋风五丈原》共有六节，第一节刻画诸葛孔明六出祁山时病危五丈原的情景；第二节回顾诸葛孔明南阳草庐的闲云野鹤生活；第三节写诸葛孔明运筹帷幄、指点江山的英雄人生；第四节着重描写诸葛孔明为报刘备的知遇之恩而六出祁山，危病之中还巡视军营；第五、六节首尾相应，再次歌颂诸葛孔明非凡的才华，悲叹其壮志难酬的悲剧。全诗用沉郁悲凉和含混的语言回顾了诸葛孔明的一生，着重刻画了病危中依旧鞠躬尽瘁的诸葛孔明形象。

《三国演义》传入韩国之后，不仅深受广大民众的喜爱，而且对韩国的文学创作也产生了一定的影响。20 世纪初韩国集中出现了一批《三国演义》派生作品，这一类作品主要有《华容道》《山阳大战》《赤壁大战》《刘忠烈传》《姜维实记》《玉人记》《魏王别传》《张飞马超实记》《关云长实记》《黄夫人传》等。本课题的韩国子课题通过文本间的对比分析，发现一部分《三国演义》再创作作品都兼有《三国志通俗演义》和毛宗岗评本《三国演义》两者的内容，从而推论出这些《三国演义》再创作作品很有可能是以首尔大学奎章阁所藏的 30 卷译本为底本进行创作的。此外，《五关斩将记》和《黄夫人传》等再创作作品都已经含有明显的韩国本土文化因素，《五关斩将记》反映了韩国的七星信仰，而《黄夫人传》中不仅有对于本土文化的描写，作品本身也具有浓厚的本土文学特征。这说明这些作品已经经过了韩国传统文化的过滤。此外，韩国的《三国演义》再创作作品还呈现出了多样性，《张飞马超实记》《关云长实记》以及《大胆姜维实记》等作品基本上依据《三国演义》的内容改写加工而成，《山阳大战》《黄夫人传》等作品则是作者依托《三国演义》的人物或故事情节而创作的，而《梦见诸葛亮》和《诸葛亮传》等作品则主要反映了开化期知识分子对于现实的批判意识。

泰国的《三国》再创作作品与报刊业的发展紧密相关。报刊业成为《三国》在泰国传播的一大关键因素，不仅仅是因为刊载《三国》和大量"三国文体"的作品，使得《三国》受到更多泰国人，特别是那些非华裔泰国人的喜爱，还因为它为许多作家提供了一个创作和交流的平台，刺激了更多新版本《三国》的产生。雅各布的《卖艺乞丐版〈三国〉》是最早的泰文《三国》改写本。从1942年到1955年，雅各布选取了《三国演义》的18个重要人物，以人物传记的形式重写了《三国》，并刊载在当时的《民族报》上。之后，他以三国人物为中心分册撰写，出版一系列《三国》人物丛书，并定名为《卖艺乞丐版〈三国〉》，于1964年结集出版。雅各布主要参考的是洪版《三国》校勘本、布鲁威特·泰勒的《三国演义》英译本以及其他相关材料。在《卖艺乞丐版〈三国〉》中，雅各布模仿说书艺人的口气和讲述方式，语言以简洁平实的口语体为主，通俗流畅，在写作手法上还有倒叙、夹叙等当时还很新鲜的手法。《卖艺乞丐版〈三国〉》的成功影响到另一位泰国文豪——克立·巴莫亲王，他模仿雅各布的创作手法，创作了《孟获：被生擒活捉之人》和《曹操：终身丞相》，分别于1949年和1950年出版，这两本书被统称为《富豪版〈三国〉》系列，以对应雅各布的《卖艺乞丐版〈三国〉》。和雅各布一样，克立也模仿讲故事的口吻讲述，虚构了一个场景，假设听众是来参加丰盛宴飨的社会名流。《富豪版〈三国〉》系列的第二部以曹操为主人公，该书一反惯常的"拥刘抑曹"的观点，站在曹操的立场，认为曹操是保国忠臣，而刘备才是奸诈之徒。另一部由冷威塔亚库创作的《卖国者版〈三国〉》是迄今为止篇幅最长的泰文《三国》版本，足有四千余页。也结合当时的时局状况加入分析和评论，揭露部分"卖国"政客的丑恶嘴脸，虽然作者不点明影射何人，但泰国读者一看便心知肚明，了然于心。因此，在结集出版之时，冷威塔亚库将此书定名为《卖国者版〈三国〉》。

在《三国演义》再创作中，对原著的核心思想如何把握始终是一个重要原则。其中“拥刘抑曹”的正统思想在大多数国家的《三国演义》的翻译改写中得到了传承，而且几乎所有的再创作作品也都秉承了这个思想。当然也有例外，如上述泰国作品中的情况。在多数再创作作品中，经过文化过滤以后，人物的选择上还是以诸葛亮为故事的核心的，很多再创作作品都是围绕诸葛亮建构起来的。另外，再创作作品在取材、模仿和沿袭《三国演义》原著的同时，还结合本国的历史文化和当时的时代背景，创作出了将《三国演义》与本国历史文化传统和时代精神融为一体的本土化的民族文学作品。从东方国家对《三国演义》的再创作作品中可以看出，《三国演义》不仅是过去的古老的故事，而且是具有时代感的与时俱进的文学大宝藏，许多东方国家的作家们从《三国演义》中随时都能找到适合于表达他们那个时代特征的创作素材。

五、《三国演义》与东方国家的戏曲艺术

《三国演义》在东方国家的翻译和传播还对相关国家的戏曲艺术产生了比较广泛的影响。长期以来，不少东方国家的民族曾将《三国演义》搬上舞台。

泰国古代文学作品中就有三国戏的描述：“大戏演‘三国’，髯口当胡须。泰人听不懂，‘做’‘打’却有趣。棍棒刀枪剑，虚晃即若离。我等如上台，劈头何所惧。”这说明，有关三国题材的戏曲很早就传入了泰国。但是，主要还是在泰国华人中演出，还不能算是泰国民族戏剧的组成部分。随着泰文《三国》在泰国日渐风靡，《三国》也开始出现在泰式戏剧“洛坤”（Lakhorn）的舞台上。在曼谷王朝五世王时期，塞纳努琪（杰）（Senanuchit〔Chet〕）和乔蓬叻（提）（Chobphonrak〔Thim〕）等泰国戏剧大家都推出了各自的民间剧《三国》，曼桂本（Mengkuibun）还创作了泰式歌剧《貂蝉计赚董卓》等。19世纪是三国戏在越南传播的一个高峰，这尤其体现在越南民族戏剧——从剧的创作中。与《三国演义》有关的从剧不少，越南汉喃研究院及有关图书馆的资料中就有《三国演歌·三顾草庐》《三国演歌·江左求婚》《华容小路》等喃文从剧。

越南从剧研究院保存的与《三国演义》有关的从剧剧目有：《凤仪亭》《回古城》《演武亭》《护生坛》《周仓过河》《古城》《张飞守古城》《三气周瑜》《关公回古城》《南阳城》《关公过关》等。此外，越南学者近年来在荷兰莱顿汉学院搜集到一批汉喃文献，其中涉及三国的主要是从剧剧本。如喃文剧本《三国志国语》抄本两册，包括从“三顾茅庐”到“当阳长坂”的内容。越南从剧《三国》，就人物形象而言，因为舞台的容量有限，要突出重点角色，就必须对作品有所改编。譬如越南19世纪诗人、著名从剧作家陶晋的至今常演不衰的《张飞醉酒》对张飞形象的重塑，就是一个典型。“越南张飞”最大的特点是这个人物既保留了脾气暴躁的一面，又具有一定的抒情性。19世纪中后期是越南逐步沦为法国殖民地的时期，虽然从皇帝到民众都曾经顽强抵抗，但终究不能阻挡法国的入侵。这个动乱年代是越南所谓“悲剧英雄”辈出的年代，英雄都曾有轰轰烈烈的业绩，但结局又都是悲惨的。因此，这一时期的文学作品中的英雄几乎都是善于抒情的。在这样的背景下越南从剧中出现一个抒情的张飞似乎是顺理成章的。

《三国演义》传入日本以后，在多种传统戏剧形式中都有不同程度的表现，《〈三国演义〉在东方》中卷对此已有较充分的考证和分析，这里就不再赘述。下面只谈几个最新的歌舞伎剧目。进入20世纪，日本的歌舞伎大师市川猿之助把《三国演义》改编成新歌舞伎并搬上舞台。这些新歌舞伎分别为《新·三国志》（1999、2000年上演）、《新·三国志Ⅱ：孔明篇》（2001、2002 年上演）、《新·三国志Ⅲ：完结篇》（2003年上演）和新歌舞伎《新·三国志》的特点，概括起来就是“动”“静”“气”“华”“美”。所谓“动”，就是用庞大的演出阵容、恢弘的场面来烘托两军交战的场面，以充分展现三国英雄们在战场上的英姿和智谋。作为军记类歌舞伎的《新·三国志》，这可以说是必不可少的一部分。而所谓“静”，与“动”的场面形成了鲜明的对比，偌大的舞台上只有主要人物登场，演员通过语言和身体的表演来着力刻画人物的内心世界。“气”是对人物性格和特征的展现，也就是说，不管是“动”，还是“静”，都是要服务于人物的性格、气质的丰富及其多层次的展现。在这一点上，《新·三国志》和中国传统三国戏曲不同，后者在塑造人物形象时强调性格定型化和“脸谱化”，不太注重人物形象内心世界的挖掘，而《新·三国志》则设计了大量的“内心戏”。“华”即是华丽、华美之意，新歌舞伎继承了传统歌舞伎的特征，不管在舞台和场景的设计上，还是在人物的服装和化妆上，都具有华美艳丽的特点。另外，新歌舞伎也借鉴了电影手法，在音乐和灯光上多有创新。所谓“美”则是唯美、幽玄之意，即通过象征化的舞台设计和表演来表现隐含、幽微的余情和凄美。市川猿之助的《新·三国志》成功地实现了三国故事与日本戏剧艺术的结合，呈现出与中国三国戏曲完全不同的三国舞台世界。

六、《三国演义》与东方国家的关公信仰

《三国演义》在东方国家的翻译和传播过程中还伴随着另一个重要的宗教文化现象，那就是关公信仰在东方一些国家的普遍流行。当然，关公信仰不一定与罗贯中小说《三国演义》的翻译和传播有必然的对应联系，但是《三国演义》的翻译和传播对关公信仰的传播和进一步深化具有促进作用，是毋庸置疑的。

日本的关帝信仰已有四百多年的历史。日本的关帝庙既有华人崇拜的商业保护神功能，又有佛教寺院的伽蓝护法神功能。日本的关帝信仰在江户幕府时代日益发展扩大，而独立的关帝庙的大规模修建则始于明治时代。日本关帝信仰的一个最突出的特点就是关帝信仰与武士道精神的契合。武士道精神具体表现为一系列的道德品质和行为准则，是“武士在其职业上和日常生活中所必须遵守之道”。武士道道德观念体系由义、勇、仁、礼、诚、名誉、忠、克己等品质组成。不管是关帝信仰中的道德观念，还是武士道的道德观念，其渊源均为儒家思想。“至于说到严格意义上的道德教义，孔子的教诲就是武士道的最丰富的渊源。君臣、父子、夫妇、长幼以及朋友之间的五伦之道，早在经书从中国输入以前，就是我们民族本能地认识到了的，孔子的教诲只不过是把它们确认下来罢了。有关政治道德方面，他的教诲特点是冷静、仁慈，并富于处世的智慧，这些特别适合作为统治阶级的武士。孔子的贵族、保守的言论极为适应武士政治家的要求。继孔子之后的孟子，对武士道也发挥了巨大的权威。他的强有力的而且常常是颇为平民的说法，对于具有同情心品质的人很有魅力。”日本本民族的神道教观念，同时也强化了孔孟所提倡的伦理道德。“由神道道德教义所刻骨铭心的对主君的忠诚、对祖先的尊敬以及对父母的孝行，是其他任何宗教所没有教导过的东西，

靠这些对武士的傲慢性格赋予了服从性。”[1]由此可见，武士道与关帝信仰在内在精神上是相通契合的。这就为关帝信仰的日本化提供了便利条件，作为道德楷模的关帝，很容易被武士阶级所接受和崇拜。

越南的关帝信仰也非常流行。雍正三年（1725 年）五月关公被加封为安南王。在越南的北部、中部、南部，几乎每个地方都有关公庙，其中有的是华人所建，有的则是越南本土化的关帝庙。被联合国教科文组织列为世界文化遗产的会安古街就有越南所有关公庙中最为古老、最为壮观的一座关公庙，这座庙约在 1653 年左右修建。在越南，每年有两个与关帝有关的重要节日，即农历正月十三的关圣诞生纪念日和农历六月二十四的关公殿诞生典礼。越南本土宗教——高台教也供奉关公。

韩国的关帝信仰最初是在壬辰倭乱时期通过明朝的援军将领传入朝鲜半岛的，并逐渐成为了韩国民间信仰的一个重要组成部分。与其他民间信仰不同，关帝信仰在韩国的普及经历了一个自上而下的过程，也就是说关羽信仰先是一种政府行为，而后才逐渐成为了民间行为。韩国的关帝庙中最早建造的是宣祖三十一年（1598 年）建在首尔崇礼门（现南大门）外的南关王庙，为应明朝将领陈寅之请而修建。康津的关王庙由明朝水军提督陈璘修建，始建于 1684 年；安东的关王庙由明朝真定营都司薛虎臣修建；成州的关王庙由明朝将军茅国器修建。虽然关帝信仰最初由明朝援军将领传入朝鲜半岛，但随着时间的推移，关帝信仰逐渐本土化，成为了韩国民间信仰的一部分。朝鲜王朝高宗之后，对关帝的崇拜逐步转化为民间信仰，与韩国的巫俗紧密结合在一起。关帝不仅是人们祈求物质财富的财神，而且还是一位能够治病驱鬼的万能神。关帝的信仰还逐渐延展到了《三国演义》的其他人物身上。刘备及诸葛亮被作为昭烈皇帝和卧龙先生也广受韩国民众的崇拜。不仅如此，张飞等五虎大将以及甘夫人、糜夫人、孙夫人等也成为了民间信仰的对象，甚至关帝的夫人也同样被供奉起来。

在印度尼西亚群岛，华人的关公信仰更是香火鼎盛。不仅有专门的关公庙宇，在众多的中国庙宇中，也供奉有关公的神像。根据统计，仅在雅加达，供奉有关公神像的庙宇就达 24 座之多。关公信仰是由移居南洋的中国侨民以民间信仰的方式带到印度尼西亚群岛的。由于来到印度尼西亚群岛的华裔其来源地各异，对关公的称呼也不尽相同。比如关圣帝君（Kwan Seng Tee Kun）、关公（Kwan Kung）、关世帝君（Kwan Shia

---

① 〔日〕新渡户稻造著，张俊彦译：《武士道》，北京：商务印书馆，1993 年，第 18 页。

Te Kun）、关帝（Kwan Tee）、辖天大帝（Hiap Thian Tai Tee）和财神（Dewata Harta），等等。之所以称谓如此繁多的另一个重要原因还在于，关公在这里并不被单纯视作道教神灵，而且还是儒、释道三栖。为此，关公的神像经常和其他诸神混在一起，供人祭祀。在印度尼西亚群岛，关公作为财神，一方面既是华商的保护神，另一方面更是他们价值观和企业文化的重要基础。对印度尼西亚和马来西亚的华人社会来说，关公不仅是一种信仰，更是一种保持民族特性和民族认同的重要文化象征。事实上，关公信仰跨越了宗族、地域和方言的界限，成为联合印度尼西亚群岛华人社会的重要因素。值得研究的是，随着时代的发展，印度尼西亚群岛上的华人关公信仰不但没有减弱，反而有加强之势。

《三国演义》被翻译成蒙古文以后在蒙古地区（包括蒙古国和内蒙古）广泛传播的同时，清朝统治者在蒙古地区修建了数量众多的关帝庙。久而久之，在蒙古人那里，关羽和史诗人物格斯尔便结合在一起，甚至混合在一起，出现了“汉地的关云长就是蒙古的格斯尔”的说法。清廷在蒙藏各地驻屯军队，大事修建关帝庙，将关羽作为驻屯军所信奉的武神，将关帝庙作为驻屯军队的武庙来祭祀，也正因为关帝庙的出现，格斯尔和关羽便联系到一起了。清朝早期的文献《满洲实录》中将关帝庙翻译成格斯尔庙，实际上就意味着清朝政府已经把关帝有意识地当作蒙古的格斯尔了。可以说，蒙古地区的关帝庙，蒙古族人误称为“格斯尔庙”，不是自下而上的，而是自上而下的，是国家意识在民间渗透的结果。在格斯尔与关帝的关系上，还有一个有趣的现象。那就是1716年在北京出版木刻蒙古英雄史诗《十方圣主格斯尔可汗传》，制版时出现了与《三国演义》有关系的标志和符号，如版框刻有“三国志”字样，题图把格斯尔画成关公像。由此可推断，当时是有意把它当作蒙古文《三国演义》刻印的。至少从图像看，把格斯尔描绘成红脸关公是有意所为。

上述东方国家的关公信仰体现出一些明显的共同性。首先，关公信仰在东方国家都有一个本土化过程，与当地的民间信仰相结合，逐渐成为本土民间信仰的重要组成部分。例如关羽的“忠义”思想与古代日本的武士道精神契合而受到武士阶层的崇拜。在当代，关帝信仰也与当地的民间信仰相融合，关圣帝君仍在为印度尼西亚和马来西亚的华人提供健康积极的精神食粮。其次，东方国家的关帝庙已经成为中国传统文化最具代表性的文化符号之一。可以说，一部《三国演义》和一座关帝庙便把中国“三国文化”传遍了许多亚洲国家，经久不衰，而且使这些东方国家的人民从中获益良多。这不能不说是中国传统文化的辐射和中国文化软实力的张扬。顺便值得一提的是，在上述东方国家，诸葛亮也是备受崇拜的三国人物，而且在这些国家翻译、改编和再创作的三国作品中以诸葛亮为核心的文学作品更受欢迎，然而对诸葛亮的崇拜则远没有形成像对关帝那样的信仰。实际上，在文学和信仰领域，诸葛亮和关羽都获得了各自的至尊地位。

结 语

以上只是粗略地概述了我们这一阶段对《三国演义》在东方国家的传播和影响的研究成果。和其他许多研究者一样，每到上交“答卷”的时候，我们才发现，通往自由王国的大门才刚刚开启，眼前又是一幅幅柳暗花明的诱人风景！的确，我们只是发挥了自己的某些优势，运用东方相关国家的第一手原典材料，对《三国演义》在东方的概况进行了迄今为止较为全面和系统的描述。我们前面的路还很长，问题还很多，我们还要沿着自己开辟的道路继续走下去。

第一章

《三国演义》在朝鲜半岛

肖伟山

绪　论

堪称中国历史演义小说典范的《三国演义》是罗贯中在“据正史，采小说”的基础上创作的一部不朽名著。中国历史上的三国时代是一个风云变幻的时代，又是一个英雄辈出的时代。西晋史学家陈寿（233—297）所撰的六十五卷《三国志》是第一部系统记载汉末三国时期历史的纪传体史书，其中《魏书》三十卷，《蜀书》十五卷，《吴书》二十卷。从《三国志》的体系就可以看出，陈寿是将魏、蜀、吴作为三个对等的政权来看待的。而在记载三国的历史时，陈寿的态度比较公正，做到了秉笔直书。但陈寿的《三国志》记述较为简略，对于一些重要历史事件及人物的记载不够详尽，甚至有遗漏。到了南朝刘宋时期，史学家裴松之（372—451）广泛收集资料，于元嘉六年（429 年）撰写了《三国志注》，又简称“裴注”。裴注引书多达二百余种，补充缺漏，记载异说，矫正谬误，辨明是非，并对有关史家和著作予以评论，极大地弥补了《三国志》的不足[①]。而有关三国的故事早在隋唐时期就已广为流传，并成为了艺术表现的素材；到了宋代更是脍炙人口，深入民间，成为了百姓喜闻乐见的说话艺术内容；在金、元时代涌现出了大量的三国戏，三国故事以戏曲的形式展现了其魅力。此外，在元代至治年间（1321—1323）还出现了《全相平话三国志》。丰富的史料和民间文学的积累为《三国演义》的创作提供了坚实的基础，罗贯中正是以《三国志》和裴注为底本，

① 有关《三国志》和《三国志注》的叙述，参照了《沈伯俊说三国》一书。见沈伯俊：《沈伯俊说三国》，北京：中华书局，2005 年，第 4—5 页。

并在汲取前代丰富文学遗产的基础上进行再加工和创作，写出了这部“七分实事，三分虚构”的长篇历史演义小说。

既往研究表明，现存最早的《三国演义》版本是明代嘉靖壬午年间（1522年）刊刻的，原名为《三国志通俗演义》。全书共二十四卷，每卷又分为十个章节。卷首题署为：“晋平阳侯陈寿史传 后学罗本贯中编次”。后来的《李卓吾先生批评三国志》将其合并为一百二十回，再经清初毛伦、毛宗岗父子的修订而最终定型为一百二十回本《三国演义》。关于作者罗贯中的生平以及《三国演义》的成书年代，学界至今未有定论。学者们只能通过元末明初戏曲作家贾仲明所著《续录鬼簿》中的相关记载将罗贯中生卒年代粗略地限定在1315—1400年之间[①]。也有学者认为嘉靖本的《三国志通俗演义》并不是现存的最早版本，其作者也不是罗贯中，而是南京司礼监的某一文人[②]。

现在为广大读者所熟知的毛本《三国演义》描写了魏、蜀、吴三国的兴亡史。故事讲述起始于汉末黄巾起义，终止于西晋统一，其间共96年。作品不仅塑造了众多栩栩如生的人物形象，而且还描写了许多恢宏的战争场景，情节跌宕起伏，引人入胜。《三国演义》问世后，产生了很大的影响。不仅作品中所宣扬的“忠义”为后世所纷纷效仿，作品中许多个性鲜明、形象丰满的人物和曲折动人的故事也成为众多文人和民间艺人进行再创作的素材。《三国演义》在为后世的文学和艺术提供丰富养料的同时，也成为众多学者所热衷的研究对象。《三国演义》作为中国文学史上的不朽名著，不仅在我国家喻户晓，在世界上也是广为流传。这部散发着无限魅力的文学作品在国外不仅成为了广大读者喜爱的读物，也引发了众多作家和学者的浓厚兴趣，成为了他们创作的素材和研究对象。

---

① 《续录鬼簿》中有如下记载：“罗贯中，太原人，号湖海散人，与人寡和。乐府隐语，极为清新。与余为忘年交。遭时多故，天各一方，至正甲辰复会，别来又六十余年，竟不知其所终。”根据《续录鬼簿》作者贾仲明的生卒年代以及文中的相关记载对罗贯中的生卒年代进行推断的相关研究著述有沈伯俊的《沈伯俊说三国》（北京：中华书局，2005年，第9页）、齐裕焜的《中国历史小说通史》（南京：江苏教育出版社，2000年，第79页）。

② 中国学者张志和通过与其他版本的细致比较研究，认为明代书商黄正甫刊刻的《新刻考订按鉴通俗演义全像三国志传》比嘉靖本《三国志通俗演义》要早20年以上。见张志和：《透视三国演义三大疑案》，北京：中国社会科学出版社，2002年。

一、研究的目的与意义

中国小说很早就传入了朝鲜半岛，在《高丽史》和《朝鲜王朝实录》中都可以找到相关的记载。中国小说的传入对韩国古代小说的创作有着深远的影响。而《三国演义》是韩国古代小说史上影响最大的作品，而且是最受欢迎的作品。无论是在现存版本还是从翻译与改作及再创作的层面上来说，都是其他作品所无法比拟的。如前文所述，长篇历史演义小说《三国演义》不仅塑造了众多个性鲜明、栩栩如生的人物形象，还描写了许多恢宏的战争场景，这部作品在韩国古代小说的创作过程中扮演了重要角色。对于《三国演义》在韩国传播影响的考察是中韩文学比较研究的重要组成部分。

壬辰倭乱（1592 年）与丙子胡乱（1636 年）前后[①]，中国小说大量流入朝鲜半岛，特别是演义类和军事类小说极受朝鲜半岛读者的欢迎。《三国演义》《隋唐演义》《封神演义》等作品都是在这一历史时期传入并深受民众的喜爱。随着职业说书人——传奇叟的出现以及小说的商品化，《三国演义》在朝鲜半岛很快家喻户晓，妇孺皆知。韩（朝）民族对于《三国演义》的喜爱并不仅仅停留在阅读和鉴赏的层面上，以《三国演义》的人物和故事情节为底本的《三国演义》派生作品也在朝鲜半岛开始出版发行。《张飞马超实记》《关云长实记》《山阳大战》《大胆姜维实记》《五关斩将记》《黄夫人传》等就是很好的例子。这些小说作品都是以《三国演义》为底本进行翻译或再创作的产物。此外，韩国许多小说作品特别是以战争和军事为题材的军谈小说的创作也从《三国演义》中汲取了养分。《柳文星传》《刘忠烈传》《张翼星传》《壬辰录》等军谈小说[②]或是模仿了《三国演义》人物描写手法，或借鉴了《三国演义》的场景描述方式，又或是借用了《三

---

① 1592 年春，完成日本国土统一大业的足利幕府部将丰臣秀吉派遣 15 万大军进攻朝鲜，在攻陷釜山后又兵分三路北上，朝鲜王朝军民奋起抗击，明政府也派遣援军与朝鲜王朝共同抵御日军的侵略。后来，由于丰臣秀吉的病死，日军开始全面撤军。这场长达 7 年的战乱在韩国历史上被称为“壬辰倭乱”。1636 年，清太宗要求朝鲜王朝成为清朝的宗属国，在遭到拒绝后，清太宗亲率大军进攻朝鲜半岛。清军一路势如破竹，最终迫使朝鲜王朝仁祖讲和，答应了清朝的全部要求。这场战乱在韩国历史上被称为“丙子胡乱”。

② 韩国学者赵东一在《英雄的一生，其文学史的展开》一文中指出：“所谓军谈小说是指流行于朝鲜朝后期以主人公的一生为主线描写其英雄事迹的韩文小说作品群。由于这一类小说中的大部分作品都以英雄为主人公，以英雄传记的模式展开叙事，因此，这一类作品又被称为英雄小说。”

国演义》的文体和故事情节。《三国演义》在促进韩国古代小说创作的同时，作为一种文化现象、其人物形象，思想内涵，乃至语言都深深地植根于韩国的土地，融入了韩（朝）民族的血脉。在深受儒教文化以及程朱理学影响的韩国，关羽这一人物形象已经成为了“忠义”的代表，而曹操则被视为“奸诈”的典型。在盘骚俚[①]的传统剧目《赤壁歌》中，作者有意识地放大了曹操这一反面人物的形象，他为了满足个人的私欲，不顾人民疾苦，发动战争。而同时他又极为刚愎自用，不仅在赤壁大战中一败涂地，还招致了谋士程昱的无情讽刺和嘲笑。《三国演义》对于韩国古代文学的影响还不仅仅停留在小说的层面上，在韩国的时调、散文、民间故事以及俗语中都可以发现与这部作品相关的内容。在韩（朝）语当中，“白眉”一词是用来形容优秀事物的，例如《春香传》就常常被称为韩国文学史上的白眉作品。众所周知，“白眉”一词正是源自《三国演义》中“马家五常，白眉最良”一语。可见，《三国演义》在韩国的流传之久远，影响之深刻。

也正是因为如此，《三国演义》不仅成了韩国民众喜爱的文学读物、小说创作素材和模本，同时也成了韩国学界人士所关注的焦点和研究课题。从目前的研究现状来看，韩国学者对《三国演义》研究的热衷并不亚于《春香传》等韩国本土作品。韩国学者有关《三国演义》的研究成果已经达到了相当的规模，一部《三国演义》孕育并产生了大量的学术论文和著作，对于《三国演义》的研究可谓经久不衰，至今韩国有关的著述仍在不断地涌现。

《三国演义》不仅在历史上对韩国文化的发展起到了推动的作用，与现代韩国社会也是息息相关的。在经过了接收和融合的过程后，《三国演义》已经成为韩国本土文化中密不可分的一个重要组成部分。同日本一样，韩国也有大量的三国迷，三国漫画和游戏在韩国也是屡见不鲜。甚至在类似“智力快车”的电视节目中，《三国演义》中“三顾茅庐”的典故以及吕布的表字还出现在考题中。可见三国的故事和人物至今在韩国还是被津津乐道的。

综上所述，《三国演义》在韩国的影响不仅历史久远、层次多元，而且效用持久。然而，国内有关《三国演义》对韩国影响的研究却是凤

① 盘骚俚为韩国语“판소리”的音译，此前多被译作“盘骚里”，笔者认为盘骚俚是一种平民艺术，其语言也极为平民化，与单纯的音译“里”相比，“俚”更为恰当，因此笔者在本文中将其译作盘骚俚。

毛麟角。同时，韩国学者的研究中也存在着一些不足，如对于《三国演义》派生作品的细致文本分析以及文学发生学层面上的研究等。通过细致的文本分析我们可以将作品进行还原，从而把握其实像。而通过文学发生学层面上的研究来分析和阐释产生文学作品的文化语境更可以说是比较文学的终极目标。因此，本文的写作将有希望填补这一领域的学术空白。开展《三国演义》对韩国影响的研究，不仅能够探究韩国文学发展的脉络，促进中韩文化的交流，同时也会给国内的相关研究提供参考和借鉴。

二、研究史的考察

正如前文所述，韩国学界对于《三国演义》的研究可谓林林总总，经久不衰。从我们目前掌握的资料来看，从丁奎福的《韩国古代军谈小说考——以三国志演义的影响为中心》[①]和《三国志演义对韩国军谈类小说的影响序说》[②]伊始，韩国学界对《三国演义》的研究就从未中断过，研究的方向和视角也逐渐趋于多元化，其间已经累积了大量的研究成果。下面笔者将对主要的研究著述作一简要的梳理。

除了丁奎福的研究著述之外，韩国学界有关《三国演义》的早期研究成果主要有金时俊的《三国志演义考》[③]。从内容看，金时俊的这篇论文主要考察了《三国演义》的成书过程，其论述涉及了三国故事的流传、《全相三国志平话》《三国志通俗演义》、嘉靖本《三国志通俗演义》和明代诸刻本以及第一才子书等层面。由此可见，这篇论文只是论及了《三国演义》的形成过程和版本，并没有探讨《三国演义》在韩国的传播与影响问题。

---

①〔韩〕丁奎福：《韩国古代军谈小说考——以三国志演义的影响为中心》，首尔：高丽大学硕士论文，1958年。

②〔韩〕丁奎福：《三国志演义对韩国军谈类小说的影响序说》，《国文学》第4号，1960年。作者主要从地名、文体、人物描写、占星术、背景描写、阵法等几个方面对《三国演义》的影响展开了论述。本章引用论文集较多，均无出版社信息。——主编注

③〔韩〕金时俊：《三国志演义考》，《首尔大学教养课程部论文集Ⅰ》，1969年5月，第144—164页。

韩国学界较早对《三国演义》展开系统研究的著述当属李庆善的《三国志演义的比较文学研究》①。全书在整体上分为三个部分，分别是源流研究、媒介研究和影响研究。

在第一部分，作者又分别对《三国演义》的成书过程以及《三国演义》中的英雄形象和正统思想等进行了分析和阐述。在论述《三国演义》成书过程的章节中，作者详尽地介绍了陈寿的《三国志》以及裴松之的《三国志注》，进而又从唐、五代的变文，宋代的话本以及杂剧的发达等方面阐述了民间文艺的发达。接下来，作者又介绍了《全相平话三国志》，最终过渡到了罗贯中的《三国演义》。从这一部分内容来看，作者是按照纵向的发展脉络来阐释《三国演义》成书过程的。在此基础上，李庆善还指出了《三国演义》在中国文学史上的地位、小说语言和文体上的特点以及作品内在的思想内涵。此外，作者在这一部分的论述中还涉及了罗贯中的生平问题。可以说作者是在收集大量资料，参照相关论述的基础上展开研究工作的。

在阐述了《三国演义》的成书过程之后，作者又论述了《三国演义》中的人物形象。在"《三国志演义》中的英雄形象"这一章中，作者通过文本分析分别对刘备、关羽、张飞、诸葛亮以及曹操进行了评述，并指出刘备是理想的圣君，关羽是义将，张飞是勇将，诸葛亮是神格化的贤相，而曹操则是典型的奸雄。接下来，作者又从中世纪东方英雄形象的角度对这几个人物进行了进一步的阐释。李庆善不仅对《三国演义》中的几个主要人物进行了评述，还在"《三国志演义》人物考"一章中将作品中人物按类别进行了划分，分别是：义理的人物、仁爱的人物、勇猛的人物、智谋的人物以及其他各种人物。从每个人物的相关记述来看，作者划分的标准应该是根据罗贯中的《三国演义》和陈寿的《三国志》。但笔者认为其中有些人物的划分法还是有待商榷的。比如，李庆善将凌操划归到了勇猛的人物类型当中，而无论是《三国演义》还是《三国志》对于凌操这一人物的介绍都是极为有限的。《三国演义》中与凌操相关的描写可谓是只字片语，而在《三国志》中，陈寿也并没有给凌

---

①〔韩〕李庆善：《三国志演义的比较文学研究》，首尔：一志社，1976年。

操单独立传，而是通过其子凌统才顺便对凌操作了简要的交代[1]。从对于凌操的描述来看，李庆善对人物进行划分的依据主要是来自于《三国志》的记载。笔者认为，虽然《三国志》中的记载也在一定程度上表现了凌操的勇猛，但毕竟较为简略，而且与之相比，甘宁等更为勇猛的人物还大有人在，而这些人物却并没有被划归至勇猛型人物的范畴之内。

在对《三国演义》的人物形象进行考证后，李庆善又从蜀正统论的思想背景、历史背景以及作品中所表现的蜀正统思想等几个方面对《三国演义》的正统思想进行了阐述。

在全书的第二部分，李庆善主要阐释了《三国演义》在朝鲜半岛的传入和植根过程。作者首先阐述了明代小说传入朝鲜半岛的途径以及《三国演义》传入的时间；接下来又阐述了士大夫阶层对于《三国演义》的反应以及《三国演义》在朝鲜半岛的植根过程，进而介绍了《三国演义》的翻译情况。

李庆善对于《三国演义》的比较文学研究主要集中在全书的第三部分。作者将《三国演义》的影响作品分为两大类：一类是三国故事、人物部分插入的作品，主要包括了时调、歌辞和小说等文学类别；另一类则是全篇影响的作品，主要包括了时调、歌辞（杂歌）、小说、俗语等文学类别。在第二类作品中，作者主要是对小说这一文学类别进行了集中的阐述。作者列举了《赤壁大战》《大胆姜维实记》《关云长实记》《山阳大战》《三国大战》《华容道实记》《黄夫人传》《梦决楚汉讼》《赤壁歌》（包括申在孝本和世昌书馆本）、《五虎大将实记》以及《梦见诸葛亮》这 11 部《三国演义》派生作品，并从小说的生成、内容构成及特点等几个方面对作品进行了概述。在介绍过《三国演义》的派生作品之后，作者又将韩国的军谈小说以及《九云梦》和《玉楼梦》两部作品与《三国演义》进行了比较研究。其比较研究主要是从形式、描写手法、战法、背景、人物、战争场面、作品结构等层面上展开的。作者在全书的最后集中考察了关羽信仰，分别从中国的关羽信仰、韩国的关羽信仰以及关羽信仰对韩国民间信仰的影响等几个方面进行了阐述。

---

①《三国志通俗演义》卷八之“孙权跨江破黄祖”中对凌操作了如下描述：“权手下骁骑将军凌操，轻舟当先，杀入夏口，被甘宁一箭射死。”（罗贯中：《三国志通俗演义》，上海：上海古籍出版社，1980 年，第 372 页）而《三国志》对于凌操的描述如下：“凌统字公绩，吴郡余杭人也。父操，轻侠有胆气。孙策初兴，每从征伐常冠军履锋，守永平长，平治山越，奸猾敛手，迁破贼校尉。及权统军，从征江夏，入夏口，先登，破其先锋，轻舟独进，中流矢死。”见卢弼：《三国志集解》，北京：中华书局，1982 年，第 1032 页。

总的来说，韩国学者李庆善的这部研究著述作对于《三国演义》在韩国的影响问题展开了比较全面和系统的论述，为后学的研究提供了丰富的资料，打下了坚实的基础。不过，笔者认为其著述中也存在一些不足。最为关键的一点是李庆善用来和韩国文学作品进行比较研究的版本是毛伦、毛宗岗父子修订过的一百二十回本《三国演义》，而不是罗贯中的二十四卷本《三国志通俗演义》。虽然两者之间在主要故事情节的叙述及人物描写上没有太大的出入和根本的差异，但两者之间并不完全一致，尤其是在拥刘反曹思想上体现出明显的不同。自清初以来，毛氏父子修订的《三国演义》就广为流传，毛本《三国演义》删减了许多《三国志通俗演义》中对曹操的肯定描写，进一步丑化了曹操，赞誉了刘备。在此前提下，如果将毛本《三国演义》作为研究罗贯中及其创作的依据，或是把毛本《三国演义》中体现出的毛氏父子的观点作为罗贯中的创作思想来研究，就难免会与真相产生偏差。即使是在叙事和人物描写上，罗贯中的《三国志通俗演义》和毛本《三国演义》也存在着细微的差异，如果在比较研究中不加以辨别，一概而论，那么就很难接近作品的真相。李庆善虽然在论述中也提到了毛本《三国演义》，但并没有将其与《三国志通俗演义》详加区分。不仅如此，在阐述韩国的《三国演义》派生作品时，笔者认为李庆善对小说作品的分析还不够详尽细致。此外，作者的论述脱漏掉了《张飞马超实记》这部《三国演义》的派生作品。关于以上几点，笔者力争在本文的研究中寻求突破。

此外，有关《三国演义》的比较文学研究著作还有韩国学者李相翊的《韩中小说的比较文学研究》[①]以及徐大锡的《军谈小说的结构和背景》[②]等。李相翊在其著作的第二部分展开论述了《三国演义》和军谈小说的影响关系。作者首先谈到了《三国演义》传入韩国的时间和被接受被本土化的情况，进而又从人物、背景、结构、文体、主题等方面对《三国演义》和韩国军谈小说展开了比较研究。而徐大锡在其著作的第七章也论述了《三国演义》和军谈小说的关系。作者在对既往的研究进行了考察后，对《三国演义》和军谈小说分别进行了宏观的比较和微观的对比。从这两位学者的著述内容来看，与《三国演义》相关的论述都集中在和韩国军谈小说的对比研究上，而其采用的版本也同样都是是毛本《三国演义》。

---

①〔韩〕李相翊：《韩中小说的比较文学研究》，首尔：三英社，1983年。

②〔韩〕徐大锡：《军谈小说的结构和背景》，首尔：梨花女子大学出版社，1985年。

韩国学者针对《三国演义》版本及再创作的研究著述主要有闵宽东的《三国演义在国内的流入和版本研究》[①]以及《三国演义在韩国的流传与再创作》[②]。闵宽东在《三国演义在国内的流入和版本研究》中阐述了《三国演义》在韩国的流传和出版情况，并在此基础上根据韩国三十余个主要图书馆出版的《古书目录》以及个人藏书和学术杂志，以图表形式编辑整理了韩国国内所藏《三国演义》版本的资料。除此之外，闵宽东还整理了近期《三国演义》在韩国的出版和翻译情况。而《三国演义在韩国的流传与再创作》则是在阐述《三国演义》在韩国的流传和出版情况的基础上，着重考察了《三国演义》在韩国的翻译情况。作者将《三国演义》的翻译情况分为完全翻译本、部分翻译本、翻案（改作）本和再创作本四类，并加以概述。由于缺少了细致的文本分析，我们还是无法通过作者的论述确切地把握韩国《三国演义》派生作品的实际情况。不过，作者对于版本的研究和整理还是给《三国演义》的研究者提供了很大的便利。

除此之外，韩国学者对《三国演义》版本的研究还有朴在渊的《对于朝鲜刻本〈新刊古本大字音释三国志传通俗演义〉的考察》[③]。朴教授以中国学者刘世德的研究成果为依据，通过例证得出了朝鲜刻本为周曰校本甲本的复刻本的结论，同时也指出了朝鲜刻本各卷在韩国国内的所藏地。不仅如此，朴教授还通过论证推断朝鲜刻本的刊行年代为1567年，是朝鲜王朝刊行本中最早的版本。在此基础上，朴教授又通过朝鲜刻本与万卷楼本的比较推断中国的周曰校本最早刊本的刊行年代为1552年，较现存的万卷楼本（1591年）早了39年。朴在渊的著述不仅对朝鲜刻本的内容和刊行年代进行了考证，还为周曰校本的相关研究提供了重要的信息。中国社会科学院图书馆只收藏了周曰校本甲本的三部残卷，而周曰校本甲本的各卷却散落在韩国各地图书馆，通过对韩国所藏版本的考察可以把握周曰校本甲本的全貌。

韩国学者对《三国演义》派生作品的研究有权纯肯的《〈三国演义〉的受容及其指向》[④]。权纯肯在这篇论文中将16种《三国演义》派生作

①〔韩〕闵宽东：《三国演义在国内的流入和版本研究》，《中国小说论丛》第4辑，1995年。

②〔韩〕闵宽东：《三国演义在韩国的流传与再创作》，《稗海新航》，1996年。

③〔韩〕朴在渊：《对于朝鲜刻本〈新刊古本大字音释三国志传通俗演义〉的考察》，《中国语文学志》，2008年。

④〔韩〕权纯肯：《〈三国演义〉的受容及其指向——以活字本古小说为中心》，《泮桥语文研究》第9辑，1998年。

品分为了四类，并针对《梦诀楚汉讼》《关云长实记》《张飞马超实记》《大胆姜维实记》《山阳大战》《黄夫人传》以及《诸葛亮传》等《三国演义》的派生作品展开了论述[①]。权教授通过论证指出，在1910年前后出现的这些作品是历史低质通俗化的表现，使历史沦为了增强小说趣味的工具，同时也是一种对于殖民地现实的逃避。

此外，关于《三国演义》派生作品的研究还有金道焕的《〈三国志演义〉的旧活字本小说改作样相》[②]。金道焕在论文中将《三国演义》的派生作品分为了两大类，即将《三国演义》一部分内容进行缩略处理的派生作品和对于《三国演义》内容进行改动创作的派生作品。对于第一类作品，金道焕主要考察了《赤壁大战》《关云长实记》《大胆姜维实记》《张飞马超实记》以及《五关斩将记》等作品；而对于第二类作品，作者则主要考察了《诸葛亮传》《黄夫人传》以及《山阳大战》这三部作品。在此基础上，金道焕还阐述了《三国演义》派生作品在韩国小说史上的意义。

最近由韩国仁荷大学出版部编辑出版的论文集《〈三国演义〉的韩国语翻译和叙事转换》收录了多篇有关《三国演义》的研究文章[③]。论文集中所收录的研究成果主要分为四大类：第一类是东亚古典文学层面上的《三国演义》研究，包括了《对于〈三国演义〉正统性的考察》《吉川英治本〈三国志〉的接受融合及历史意义》《从童谣看〈三国志〉的版本比较》等多篇论文。第二类是《三国演义》的韩（朝）语翻译和流通，包括了《旧活字本〈三国志〉的流通和样态》《对于〈三国志〉韩国语译本序文的考察》等多篇论文。第三类是韩国古代文学对于《三国演义》的接受与融合，包括了《〈赤壁歌〉对于〈三国志〉的吸收运用和诙谐表现手法》等多篇论文。第四类是媒体时代和《三国演义》的转换运用，包括了《韩语版动漫〈三国志〉的种类和变换运用》《〈三国志〉，电脑游戏与讲故事》等多篇论文。从论文集所收录的论文内容来看，不仅有《三国演义》在古代文学层面上的各类问题研究，还有对这

---

① 权纯肯教授将《三国演义》的派生作品分为以下四类：1. 将《三国演义》全部内容缩略处理后，在汉字后添加韩（朝）文词尾的作品；2. 围绕《三国演义》人物展开叙事的作品；3. 以《三国演义》人物为中心的作品；4. 以《三国演义》事件为中心的作品。

②〔韩〕金道焕：《〈三国志演义〉的旧活字本小说改作样相》，《中国小说论丛》第20辑，2004年。

③〔韩〕仁荷大学韩国学研究所：《〈三国演义〉的韩国语翻译和叙事转换》，仁川：仁荷大学出版部，2007年。

部小说在现代文化语境中的应用问题的探讨，这说明韩国学界对于《三国演义》的研究方向已日趋多元化，研究范畴也日益扩大。论文中所体现的许多问题视角以及相关资料都是值得借鉴和参考的。

除了这本论文集外，韩国仁荷大学还编辑了《〈三国志〉韩国语译本解题》和《〈三国志〉报纸杂志连载资料集》（1—3）。这些资料汇编于2005年刊行，但没有标注定价，当属内部流通的研究资料。其中，《〈三国志〉韩国语译本解题》按照翻译（毛宗岗/吉川英治）、独立创作/评译、应用的体系编辑整理了大量的《三国演义》韩（朝）语译本相关资料；而《〈三国志〉报纸杂志连载资料集》则收录整理了《朝鲜日报》《新时代》等报刊上所连载的《三国演义》内容。对于《三国演义》的研究者来说这些资料汇编是弥足珍贵的。笔者在《〈三国志〉韩国语译本解题》中挑选了一例较有代表性的题解并作了翻译整理，以供参考。

例：

1. 译者：朴钟和
2. 原作者：未注明
3. 书名：《朴钟和三国志》
4. 系列：毛宗岗
5. 出版社：三省出版社
6. 出版地：首尔
7. 年度：1967年
8. 册数：5册
9. 版式：13×18.5（cm） 精装本
10. 特记事项：

   排版：竖版

   插图：金世钟

   题字：金基升

   封面绘画：金世钟

   扉页题字：朴钟和

   价格：每册550元

《朴钟和三国志》与韩龙云、李文烈等的《三国志》一样，在读者群中具有较高的认知度，是《三国志》代表版本之一。由三省出版社于1967年出版的该版本可以称得上是十余个现存朴钟和版本的母本。

虽然译者在序文中提到本书是依据毛宗岗版本翻译编写而成，但实际上却没有采用毛本的七言二句式章回标题，也没有遵循一百二十回的体例，而是参照了吉川英治的体例，自成一体。例如：毛本的叙述起始于第一回“宴桃园豪杰三结义 斩黄巾英雄首立功”，终止于一百二十回“荐杜预老将献新谋 降孙皓三分归一统”。而朴钟和本的叙述则是从歌辞、十常侍、祭天地桃园结义等开始，到天下统一结束。此外，朴钟和还将一百二十回的章回体分为五卷，分别冠以“桃园结义篇”“群雄割据篇”“赤壁大战篇”“伏龙凤雏篇”“孔明出师篇”。虽然朴钟和本与吉川英治本都是在“星落五丈原”（毛本第一百四回）的章节中终了叙述，但朴钟和本还将毛本第一百五回至第一百二十回的内容浓缩处理，作为译本的附录。

还有一点应当指出的是，本书是整理润色自1963年1月1日至1968年5月8日在《韩国日报》上连载内容的结果。

尽管《朴钟和三国志》基本上遵循了毛本的内容，但相对于忠实原文的译作来说，本书更近似一部融翻译和润色添加于一体的二度创作。不仅如此，笔者在书中还发现为数不少的误译现象。例如在第一卷“十常侍”篇中有如下的描写：“灵帝建宁二年四月望日，帝御温德殿。方升座，殿角狂风骤起，一条大青蛇从梁上直落于椅上，帝惊到，满朝百官俱奔避。卫士救帝入内，欲擒之，须臾，青蛇不见了。忽然雷电震天动地，雨雹交加，殿阁房屋坏却无数。”这段描写的原典正是出自毛本第一回“宴桃园豪杰三结义 斩黄巾英雄首立功”，原文如下：“方升座，殿角狂风骤起，只见一条大青蛇，从梁上飞将下来，盘于椅上，帝惊到，左右急救入宫，百官俱奔避，须臾，蛇不见了。忽然大雷大雨，加以冰雹，落到半夜方止，坏却房屋无数。”朴钟和本在对原文进行添加润色的同时，却将原文中插入的诗词全部删减了。此外还有一些细小的错误，例如将刘备的叔父“刘元起”误作“刘元”等。

朴钟和本之所以具有较高的人气与认知度，主要是缘于以下几方面原因：首先是突出夸大了张飞鞭打督邮的场面。这代表了饱受欺压、备受苦痛的普通百姓的心声，有大快人心之感。此外，朴钟和本还添加杜撰了一些毛本中所没有的吕布戏貂蝉的相关场景，以起到吸引读者眼球，引发读者兴趣的作用。吕布在清晨闯入衣衫不整的侍女房间等场面描写就是很好的例子。

总之，《朴钟和三国志》充分体现了大众小说的风格与指向，展现了作者历史小说家的独特视角与文采，因而深受广大读者的欢迎。①

除了上述的主要研究和资料以外，韩国学界还有一些与《三国演义》相关的研究，例如《朝鲜时代中国通俗小说的传播范围和方式》②《〈三国演义〉构成上的“连断”技法分析——与毛宗岗的评点相关联》③《〈三国演义〉对比修辞法研究——与毛评分析相关联》④《三国演义转入韩国与韩国人喜好原因之研究》⑤等。其中，《三国演义转入韩国与韩国人喜好原因之研究》在阐述了《三国演义》成书、传入等问题的基础上，还在文化和时代两个层面上分析和论述了韩国人喜爱《三国演义》的原因，这对于研究韩国《三国演义》派生作品产生的文化语境具有一定的启示。

总的来说，韩国学者对于《三国演义》的研究主要是集中在传入、版本、影响以及接受融合等几个层面上，其中涉猎较多的内容主要是《三国演义》与军谈类小说的比较研究。随着研究范畴的扩大和研究视角的转换，韩国对于《三国演义》的研究呈现出日趋多元化的局面，除了对于古代文学层面上的研究之外，“三国”文化在当今社会的实际应用问题也逐渐成为了学界关注的焦点。笔者力求能够采纳百家之长，在《三国演义》对于韩国的影响研究上有所突破。此外，还要提到的是，中国学者关于这一方面的专门性研究著述虽然凤毛麟角，但也有值得借鉴和参考之处。中国学者韦旭生的《韦旭生文集》第二卷中专门论述了壬辰战争文学问题，其中就包括了《三国演义》与韩国小说《壬辰录》的比

①该版本先后由语文阁（1974、1984、1991、1992、1994），英文出版社（1975年），三京出版社（1978年），大现出版社（1999年）再版发行，详情请参照相应版本的解题。见韩国仁荷大学韩国学研究所：《〈三国志〉韩国语译本解题》，2005年，第39页。

②〔韩〕郑沃根：《朝鲜时代中国通俗小说的传播范围和方式》，《中国语文论丛》第13辑，1997年。

③〔韩〕李镇国：《〈三国演义〉构成上的“连断”技法分析——与毛宗岗的评点相关联》，《中国语文学》第32辑，1998年。

④〔韩〕李镇国：《〈三国演义〉对比修辞法研究——与毛评分析相关联》，《人文科学研究》第2辑，1999年。

⑤〔韩〕郑东国：《三国演义转入韩国与韩国人喜好原因之研究》，《大丘人文科学研究》卷1，1982年，第237—252页。

较研究[①]。韦旭升分别从主题和题材，人物形象的塑造，历史的真实与艺术的真实，事件、现象与词语的模仿、移植和借鉴，悲剧与悲剧色彩五个方面对《三国演义》和《壬辰录》进行了比较研究，指出了两者的异同。单纯地从韩国学者看问题的视角出发，遵循他们的思路来展开研究必然会导致研究结论与问题真相之间的偏差，反之亦然。因而，笔者在参考韩国学界研究成果的同时，也将关注中国学界的相关著述，以便能够从多元文化语境的跨文化视角出发来看问题，最大限度地接近问题的本质。

三、本文的思路及研究方法

正如前文所述，韩国学界对于《三国演义》的影响研究很多，这些研究著述为后续研究提供了丰富的资料，打下了坚实的基础。但其中也存有不足和缺憾，正如笔者在前文中所指出的那样，韩国学者在就《三国演义》的影响问题展开论述时，普遍采用了毛本《三国演义》作为研究版本。诚然，毛氏父子修订的《三国演义》自清初以广为流传，从韩国学者闵宽东整理的《三国演义》版本收藏情况来看，题为“罗贯中（明）撰 金圣叹（清）编 毛宗岗（清）评”的《三国演义》版本也占据了主流，但毛本《三国演义》与罗贯中的《三国志通俗演义》在描写上还是存在一定差异的。如果仔细阅读文本，就会发现《张飞马超实记》《关云长实记》等《三国演义》派生作品的描写不仅仅源自一百二十回本《三国演义》，有些翻译和表述更加贴近二十四卷本《三国志通俗演义》。在脱离文本分析的前提下，简单地对作品结构下定义很显然是不够严谨的。例如：闵宽东在《三国演义在韩国的流传与再创作》一文中论述《三国演义》翻译（改作）作品时指出《张飞马超实记》是由《三国演义》第二十七回至第七十三回的内容添减而成[②]。笔者认为这一表述是较为笼统和模糊的。其实，《张飞马超实记》的内容更加贴近于《三国志通俗演义》，在情节的叙述上也有大幅度的跳跃，不能简单地归结为对《三国演义》第二十七回至第七十三回内容的添削。此外，韩国学者在论述《三国演义》的相关问题时，对于蜀正统思想也多有提及。毛本《三国演义》与罗贯中的《三国志通俗演义》在拥刘反曹思想的体现上还是存

---

① 韦旭生：《韦旭生文集》第二卷，北京：中央编译出版社，2000 年，第 355—385 页。

②〔韩〕闵宽东：《三国演义在韩国的流传与再创作》，《稗海新航》，1996 年，第 55 页。

在一定差异的，笔者认为简单地将曹操评定为《三国演义》中奸雄的典型也是有失妥当的。

鉴于上述问题，笔者在本文的写作中将以严绍璗先生提出的“原典性的实证研究”作为主要研究方法。所谓“原典性的实证研究”是指在研究过程中依靠“实证”和“原典”来求得结论的“确证性”。这是双边文化关系或多边文化关系研究的最基本的方法论[①]。笔者正是要本着这一方法论，通过对韩国原版作品的解读和对比分析来接近和揭示文化事实。此外，在本文的写作中，笔者还将借鉴严绍璗的“文学发生学”理论，本着文化传递与变异的问题意识，在比较文学的意义上，在多元文化语境中，还原文学文本的发生轨迹，探究其形成的内在成因。文学的发生学，即探明文学文本之所以形成现在已经显现的面貌的内在成因。而文化语境（culture context）是文学文本生成的本源。从文学发生学的立场上说，“文化语境”指的是在特定的时空中由特定的文化积累与文化现状构成的“文化场”（the field of culture）。所谓在“文化语境”中“还原”文学，便是在一定的“文化语境”层面上，透过组合成“文学”的各个“装置”，例如意象、情节、人物、故事等，对其内含的各种虚构、象征、隐喻等进行“实在意义”上的分析，这样便可以凸现“文学文本”的内涵的真正的美意识特征，并相应阐明“文学文本”的实际成因[②]。文化传递的问题是比较文学和比较文化研究观念和方法论上的又一个基本问题。在比较文学的研究中，我们十分注重对文化语境构成的分析，而在这一分析过程中，文化传递问题是不可回避的。原话语经过中间媒体的解构和合成，成为文化的变异体，文化的变异体已经不再是文化的原话语。这就是文化传递的基本形态[③]。

具体来说，本文将分四节来阐述《三国演义》在朝鲜半岛的传播与影响问题。第一节探究《三国演义》在朝鲜半岛的传入与植根过程。从现存的资料来看，几乎所有的学者都只能将《三国演义》的传入时间大致确定于朝鲜王朝宣祖二年（1569年）之前。本文在这一节的第一和第二部分将在援引史料的基础上着重就中国图书传入朝鲜半岛的时间与途

---

① 严绍璗：《“原典性的实证研究”的方法论问题》，《多边文化研究》第一卷，北京：新世界出版社，2001年，第64页。

② 严绍璗：《“文化语境”与“变异体”以及文学的发生学》，《多边文化研究》第一卷，北京：新世界出版社，2001年，第83—85页。

③ 严绍璗：《文化传递的基本形态》，《在北大听讲座》第十三辑，北京：新世界出版社，2005年。

径以及《三国演义》相关的图书和故事在朝鲜半岛的传入展开论述。在第三部分笔者还将阐述《三国演义》在朝鲜半岛被接受的过程。现存资料表明，《三国演义》并非在传入朝鲜半岛之初就被接纳，以士大夫阶层为代表的一部分文人对这部小说还是持有批判的态度，但随着士大夫阶层小说观念逐步改变、小说读者层的壮大以及民间文艺的发达，《三国演义》逐渐成为了韩国妇孺皆知的作品。对《三国演义》植根过程的探究不仅能够使我们了解《三国演义》在韩国被接受融合的过程，也有助于我们把握韩·朝文学的发展脉络。

本文的第二节将对《三国演义》的韩国国内版本情况、派生作品等问题进行阐述。韩国学者一般将《张飞马超实记》《关云长实记》等归于《三国演义》的翻译作品类中。对此，笔者持有不同观点，因为这些作品虽然没有改变《三国演义》的主要叙事情节，只是作了相应的删减和改动，但由于叙述中的跳跃性很强，有些叙述已经破坏了《三国演义》故事的完整性。笔者认为这与作者的创作动机是不无相关的，因此笔者将这些作品归类于《三国演义》的派生作品。而对于这一部分的阐释将是本文研究的重点之一。笔者将通过细致的文本分析和比较研究，找出这类作品的共同特征，并在其文化语境中还原文本，探究作品的内在成因。

本文的第三节是第二节的延续。在这一节中，笔者将对《三国演义》与韩国军谈小说及其他小说的关系展开比较论述。《三国演义》与韩国军谈小说的关系一直以来都是韩国学者关注的焦点问题，笔者将在充分重视既往研究成果的基础上，通过对原版文本的解读和分析来接近文化现象的本质。此外，笔者还将通过对于盘骚俚《赤壁歌》的考察来着重阐释文化的传递与变异问题。“三国文化”传到韩国，经过与本土文化的融合过程后，已经呈现出不同于原来面貌的形态了，并且这种形态随着时代的发展还在不断变化。而造成这种文化变异现象的因素还不仅仅是韩国的本土文化，也有一些其他的外来因素。笔者在这一节将透过现象，追寻本质，着重分析“三国文化”在韩国发生变异的内在与外来因素。

在本文的第四节中，笔者将对韩国的关帝信仰进行考察。韩国的关羽信仰最初是通过援助朝鲜抗倭的明军将领传入朝鲜半岛的，但《三国演义》的传入无疑对关羽信仰的本土化起到了推动的作用，在韩国关王庙的相关传说中不难看到《三国演义》的影子。

韩国《三国演义》绘画（人物服装已经变成韩国传统民族服装）

第一节 《三国演义》在朝鲜半岛的传入与植根

中国的小说经过唐、宋时期的发展，到了明代已臻于成熟，成为当时的文学主流。明代不仅出现了大量的小说，部分作品还传入了朝鲜半岛。以往研究成果表明，明代以前传入朝鲜半岛的中国小说有三十余种，而明代以后传入朝鲜半岛的中国小说竟达到了一百余种，其中包括了《剪灯新话》《三国演义》《水浒传》《西游记》《金瓶梅》《东汉演义》《隋唐演义》《盛唐演义》《残唐五代史演义》《封神演义》《孙庞演义》《开辟演义》《包公演义》《后三国志》《后水浒传》《后西游记》《玉壶冰》《醉醒石》等作品①。由此可见，当时传入朝鲜半岛的中国小说作品数量相当惊人，而《三国演义》也是其中之一。韩国学界有关《三国演义》的研究著述基本上都论及了《三国演义》在韩国的传入问题，而大部分研究著述均根据《朝鲜王朝实录》的相关记载将《三国演义》的传入时期界定在了宣祖二年（1569 年）之前。前面提到的朴在渊教授则通过论证指出朝鲜刻本《新刊古本大字音释三国志传通俗演义》为周曰校本甲本的复刻本，也是《三国演义》在韩国的最早刊本，其刊行年代为 1567 年。较既往研究成果，朴教授的论述将《三国演义》在韩国的传入时期又推到了更早的时段。此外，关于《三国演义》传入韩国的相关研究，还有闵宽东、郑沃根等的研究著述。在本文中，笔者将在借鉴前人研究成果的基础上结合史料对《三国演义》在韩国的传入与植根问题进行探讨。

一、中国书籍流入朝鲜半岛的途径

在古代，中国书籍传入朝鲜半岛的途径主要有购买，赠书以及口传等。早在古代朝鲜的三国时期，就有很多学者在中国留学，崔致远就是其中之一。他们在回国的同时也把中国的小说和民间故事带回了朝鲜半岛。此外，一些移居或长期居住在朝鲜半岛的汉人也成了中国小说及故事的传递媒介，而这种传递方式基本上都是口耳相传。在宋、元时期，就曾有不少人移居当时的高丽，此后子孙繁衍，有的甚至形成庞大的家

---

①〔韩〕闵宽东：《对于中国古典小说在国内流入和受容的研究》，《中国语文学》第 49 辑，2007 年，第 346—353 页。

族。朝鲜王朝建立之后，移民中的不少人还在朝廷供职，家族日益兴盛。这些中国移民当中包括了孔子后裔，朱子后裔，偰逊后裔，岳飞后裔以及造船工匠刘思义、李宣和通晓医术的李敏道，教授汉语的韩昉、李原弼等。在明朝初期，由于政治、军事上的多方面原因，中国民众大量移居朝鲜半岛，而朝鲜王朝也对中国移民予以了较为优厚的待遇。明代移居朝鲜的中国人主要有史繇、胡克己等赴朝使臣以及施文用、徐鹤、杜师忠等征倭将领，还有一些流民和散漫军[①]。

正如前文所述，有关三国的故事早在隋唐时期就已广为流传，并已经有了多种艺术表现形式；到了宋代更是脍炙人口，深入民间，成为了百姓喜闻乐见的说话艺术内容；在金、元时代涌现出了大量的三国戏，三国故事以戏曲的形式展现了其魅力。明代前期以及明代时期移居到朝鲜半岛的中国民众必然会将中国的文化带入半岛，虽然没有确切的史料记载，但可以想象为民众所喜闻乐见的三国故事也必然会以口传的方式随着中国移民而传入朝鲜半岛。

除了这种口耳相传的方式以外，中国的书籍还往往通过赠送的方式传入朝鲜半岛。以下所引用的资料就是很好的例证。

> 太宗四年（1404 年），明帝赐《古今列女传》。
>
> 《海东绎史》卷四十四“艺文志三”

> （肃宗六年六月）新卯如奉恩寺丙申，王嘏吴延宠，还自宋，帝赐王太平御览一千卷。
>
> 《高丽史》卷十一“‘世家’肃宗条”[②]

> 十一己亥朔，进贺使李至、赵希闵赍帝赐《列女传》、药材、礼部咨文回自京师。咨文曰：钦奉圣旨，朝鲜国缺少药材，差臣来这里收买，恁礼部照他买小的数目关与他将去。与王用来的使臣告说，先蒙颁赐《列女传》 分散不周，再与五百部，钦此药材、《列女传》交付差来使臣李至等。麝香二斤、朱砂六斤、沉香五斤、苏和油一十两、龙脑一斤、白花蛇三十条、《古今列女传》五百部。

① 杨昭全，何彤梅：《中国—朝鲜·韩国关系史》，天津：天津人民出版社，2001 年，第 520—536 页。

②〔韩〕闵宽东：《中国古典小说在韩国之传播》，上海：学林出版社，1998 年，第 362 页。

《太宗实录》卷八，太宗四年十一月己亥朔

庚辰，帝赐世子禔《仁孝皇后劝善书》一百五十本，《孝慈皇后传》一百五十本。

《太宗实录》卷一五“太宗八年庚辰”[①]

壬午……左议政韩明浍进《新增纲目通鉴》《名臣言行录》《新增本草》《辽史》《金史》《刘向说苑》《欧阳文忠公集》各一帙，庆会楼、大成殿、明伦堂、藏书阁匾额、龙脑一器，苏和香油耳器、墨二封及中朝文士所和押鸥亭诗轴，仍启曰：《纲目》，太监金辅素知上好学，付臣献之，此本中朝亦罕有之，若一失，难再购。龙脑、苏和油各一器，墨一封，太监姜玉所献也，余皆臣私买也。匾额，金辅养子年十二所书，书法甚奇，臣请书以来……

《成宗实录》卷五六“成宗六年六月壬午”[②]

从以上的资料来看，在古代，特别是朝鲜王朝时期，一部分中国的书籍正是通过下赐或赠送的方式传入了朝鲜半岛。

虽然一部分中国书籍通过口传或是赠送的方式传入了朝鲜半岛，然而由于种类和数量有限，还远远满足不了朝鲜半岛文人以及读者的要求。因此购买就自然而然地成为中国书籍流入朝鲜半岛的重要手段和途径，而朝鲜王朝时期由半岛派遣来中国的朝贡使节则是完成书籍采购任务的主要力量。朝鲜王朝与明朝间官方贸易中的书籍主要有《四书五经大全》《古今烈女传》《劝善书》《十八史略》《性理大典》《元史》《朱子成书》《春秋会通》《通鉴集贤》《胡三省音注资治通鉴》等[③]。朝鲜王朝自建立以来，一直定期或不定期地向明朝派遣使者。所谓定期使者是指在冬至、正朝、圣节以及千秋的时候派遣的使者；而不定期使者是指在王的薨去、嗣位、册妃、建储等时候，为谢恩、奏请、进贺以及陈慰而派遣的使者。这些使节一般都是在10月到12月间出发，并于当年到达燕京，逗留40乃至60天后，于第二年2月出发，在3月或4月初返回朝鲜王

---

① 〔韩〕柳铎一：《韩国古小说批评资料集成》，首尔：亚细亚文化社，1994年，第4页。

② 同上书，第12页。

③ 杨昭全、何彤梅：《中国—朝鲜·韩国关系史》，天津：天津人民出版社，2001年，第510页。

朝。在定都金陵的明初，朝鲜王朝使节通过海路来到中国；而在 1421 年明迁都北京后，朝鲜王朝使节则是通过陆路来到中国①。这些使节不仅担负着朝贡的任务，还在引进中国文化技术的过程中起了重大作用。一些随使团来到中国的朝鲜王朝文人不仅对中国书籍表现出了极大兴趣，还将其购入朝鲜半岛。朴趾源（1737—1805）在《热河日记》中对燕京的书肆作了如下描述：“厂外皆廛铺，货宝沸溢，书册铺最大者曰文粹堂、五柳居、光月楼、鸣盛堂，天下举人、海外知名之士，多寓是中。”洪大容（1731—1783）在《湛轩燕记》中也作了如下描述：“书肆有七，三壁周设悬架为十余层，牙签整秩，每套有标纸，量一肆之书，已不下数万卷。仰而良久。不能遍省其标号。而眼已眩昏矣。”李德懋（1741—1793）在《入燕记》中写道：“陶氏所藏，尤为大家。揭额曰‘五柳居’，自言书船从江南来，泊于通州张家湾，再明日当输来，凡四千余卷云。因借其书目而来，不惟吾之一生所求者尽在此。凡天下奇异之籍甚多。始知浙江为书籍之渊薮。来此后，先得浙江数目，近日所刊者，见之已是环观。陶氏书船之目。亦有浙江书目所未有者，故誊其言。”

从以上的引文中我们不难看出，朝鲜王朝文人不仅对中国书籍之多慨叹不已，而且对中国书籍也是极度渴求的，而这种对书籍的渴求自然也就成了他们的购买动机。李德懋在《入燕记》中对当时使臣在中国购书的情况作了如下描述：“每年使臣，冠盖络绎。而其所车输东来者，只演义小说及八家文抄、唐诗品汇等书。此二种，虽曰实用，然家家有之，亦有本国刊行，则不必更购。中国则此二书亦广布，不必珍贵，价亦甚低，但朝鲜使来时，必别为储置，以高价卖之。东人之固陋，类如是。”

每年从朝鲜半岛来的朝贡使节络绎不绝，他们在中国购买了大量的演义小说等书籍，正是由于他们这种对于中国书籍的喜爱和购买欲，中国的书商才会在他们到来时，将小说等书籍别为储置，并以高价出售。此外，我们还可以找到许多这样的朝鲜王朝人购书的相关记述。

> 姜绍书《韵石斋笔谈》“朝鲜国人最好书，凡使臣入贡，限五六十人，或旧典，或新书，或稗官小说，在彼所歧者，日出市中，各写书目，逢人遍问，不惜重直购回，故彼反有异书藏本也。余曾见朝鲜

① 〔韩〕全海宗：《韩中关系史研究》，首尔：一潮阁，1970 年，第 66 页。

所刻《皇华集》，乃中朝勅封使臣与彼国文臣唱和之诗，镂板精整，且茧纸，莹洁如玉。海邦缃帙，洵足称可。

壬戌……传曰《剪灯新话》《剪灯余话》《効颦集》《娇红记》《西厢记》等，令谢恩使贸来。

《燕山君日记》卷六三“燕山君十二年四月壬戌”①

甲寅……传曰《联芳集》与他可见书，令赴京人贸来。承政院以《香台集》《游艺录》《丽情集》书启。传曰，此等书，何所据而书启耶。承旨等启，《香台集》《游艺录》则载在《剪灯新话》。《丽情集》则姜浑以所闻书启。传曰，《丽情集》广索以入，尝览重增《剪灯新话》。有兰英、惠英，相与唱和，有诗百首，号《联芳集》，当时豪士，多传诵之，故令贸来耳。且魏生尝出室，娉携侍姬兰苕，见有《娇红记》一册云云，故知《娇红记》，今下册乃此集也。前教“竹窓幽户尚如初”之句，亦在于此，但间有汉语，多不可解，其以文字注解开刊。

《燕山君日记》卷六三“燕山君十二年八月甲寅”②

综合以上资料，我们可以看出，朝鲜王朝的朝贡使节在当时的中朝文化交流当中充当了桥梁与纽带的作用，他们不仅对中国的书籍表现出了极为浓厚的兴趣，还不惜重金将所需书籍购回朝鲜王朝。朝鲜王朝每年都向明朝派遣使者，所以我们不难推断出中国当时的新刊书籍，包括元末明初乃至后来创作的小说作品也在不间断地传入朝鲜王朝。柳梦寅（1559—1623）在《於于野谈》中就中国小说传入朝鲜王朝的情况作了如下描述：“今年春，中原新刊书七十，小说目曰《钟离》《葫芦》，自西湖所来，淫亵不忍睹见。”

由此可见中国新刊书籍流入朝鲜半岛的速度之快、数量之多。除了朝贡使节之外，来往于两国之间的朝鲜半岛商人也将中国的书籍作为商品购回本国。在《原本老乞大》中就有如下的记述：“更买些文书，一部《四书》，都是《晦庵集注》，又买一部《毛诗》、《尚书》、《周易》、《礼记》、《五子书》、韩文柳文、东坡诗、渊源诗学押韵、君臣故事、

① 〔韩〕柳铎一：《韩国古小说批评资料集成》，首尔：亚细亚文化社，1994年，第125页。
② 同上书，第17—18页。

《资治通鉴》、翰院新书、标题《小学》、《贞观政要》、《三国志评话》，这些行货都买了也。”[①]

《老乞大》原来是司译院使用的汉语会话教材，其内容是以高丽商人到中国经商，在沿途遇到中国商人同行时所经历的事件为题材编写的汉语对话。从以上的引文中我们可以看出高丽时期的商人已经将图书当作商品贩入本国，从所列举的书目来看，既有诗词、典籍，也不乏故事、小说，种类可谓十分多样化，这也例证了韩国对中国书籍广泛需求的事实。

从以上的诸多材料当中我们可以看出中国的书籍很早就已经通过口传、赠送以及购买等途径流入了韩国。特别是在朝鲜王朝时期，随着使节和商人的频繁往来，中国书籍更是大量地传入了朝鲜半岛。

二、《三国演义》传入朝鲜半岛的阶段性考察

大量的中国图书通过购买等手段流入了朝鲜半岛，这其中自然也包括《三国演义》。虽然通过现有的资料很难准确地判定《三国演义》传入朝鲜半岛的具体时间，但我们还是可以根据史料来作出合理的推断。《三国志》早在古代朝鲜的三国时期就已传入了高句丽。李延寿的《北史》列传第八十二，高句丽条就记载：“书有五经，三史，三国志，晋阳秋。”

在中国很早就出现了以三国时期历史故事为基础而创作的作品，现在留存作品中最古远的一部当属《全相平话三国志》。这部作品为元至治年间（1321—1323）建安县的虞氏所刊行，在日本的内阁文库存有其唯一古本。天台山人在《朝鲜小说史》中以当时不便利的交通条件以及《马武传》等作品为依据推断作为元刊本的《全相平话三国志》在传入日本的过程中必然经由了朝鲜半岛，从时代上来推算，当时应该是高丽时期[②]。而我们从上文所提及的《原本老乞大》的引文中也可以得出相同的推论。在高丽商人所购买的书籍中就包括《三国志评话》。正史《三国志》以及《全相平话三国志》在朝鲜半岛流传使中国三国时期的史实

---

①〔韩〕郑光主编，〔韩〕梁伍镇、郑丞惠编：《原本老乞大》，北京：外语教学与研究出版社，2002年，第65页。

②〔韩〕李庆善：《三国志演义的比较文学研究》，首尔：一志社，1976年，第113、114页。

以及相关的历史故事得以传播和普及，从而为《三国演义》的传入和植根打下了基础。

《三国演义》为一百二十回本，又称《三国志通俗演义》或《三国志演义》。这部小说的版本很多，前人研究成果表明，目前所能看到的最早版本是明嘉靖元年（1522 年）刻本，全书二十四卷，二百四十则，尚未分回，保留了平话痕迹，题"晋平阳侯陈寿史传，后学罗本贯中编次"。嘉靖以后，明清两代刻本约有十余种，均有不同改动。在李卓吾（1527—1602）的《李卓吾先生批评三国志》问世后，清初毛纶、毛宗岗父子重新修订清代以来的通行本《三国演义》，把则目改为偶句回目，将原书的二百四十则整理成一百二十回，使长篇章回小说的形式从此固定下来，此时大概是康熙十八年（1679 年）前后[①]。而目前《三国演义》最早传入朝鲜半岛的记录则见于《朝鲜王朝实录·宣祖实录》宣祖二年（1569 年）六月的壬辰条。

> 上御夕讲于文政殿，进讲《近思录》第二卷，奇大升进启曰，顷日张弼武引见时，传教内张飞一声走万军之语，未见正史，闻在三国志演义云，此书出来未久，小臣未见之，而或因朋辈间闻之，则甚多诞妄，如天文地理之书，则或有前隐而后着，史记则初失其传，后难臆度，而敷衍增益极其怪诞，臣后见其册，定是无赖者裒集杂言，如成古谈，非但杂驳无益，甚害义理。自上偶尔一见，甚为未安，就其中而言之。如董成衣带中诏及赤壁之战胜处。各以怪诞之事。衍成无稽之言。自上幸恐不知其册根本。故敢启……又启曰……三国志演义则怪诞如是，而至于印出，其时之人，岂不无识。观其文字亦皆常谈。只见怪僻而已……
>
> 《宣祖实录》卷三"宣祖二年六月壬辰"

以上引文是侍读官奇大升（1527—1572）以"违背正史，驳杂无益有害义理"为理由，劝谏宣祖不要读《三国演义》的启奏内容。从这一资料来看，《三国演义》应在宣祖二年之前的一段时间内传入了朝鲜半岛。李庆善以《朴通事谚解》和《元生梦游录》为佐证，主张将《三国演义》传入朝鲜半岛的时间追溯到比宣祖二年更早的朝鲜王朝初期。李庆善教授推

① 〔韩〕闵宽东：《中国古典小说在韩国之传播》，上海：学林出版社，1998 年，第 250 页。齐裕焜：《中国历史小说通史》，南京：江苏教育出版社，2000 年，第 80 页。

断，在元昊的《元生梦游录》之前，《全相平话三国志》或《三国演义》就已传入了朝鲜半岛。而对于奇大升“此书出来未久”的说法，李庆善教授则持怀疑态度，他认为前人对于时间的表述比较模糊，而且一本书要流布到王宫也需要相当长的时间①。此后，李相翊教授在其研究著述中也沿用了这一说法②。从《原本老乞大》的引文中我们可以得出《全相平话三国志》在高丽时期就已传入朝鲜半岛的推论，然而《三国演义》在朝鲜王朝初期就已流入朝鲜半岛的推断笔者认为还有待商榷。

首先，从李成桂正式建立朝鲜王朝（1393 年）到宣祖二年（1569 年）相隔了近二百年，相信无论前人对于时间的表述多么模糊，也不至于相差如此久远。既然《全相平话三国志》在高丽时期就已传入朝鲜半岛，那么《元生梦游录》中与《三国演义》的诸多类似人物描写也极有可能是来源于《三国志平话》，而并非后来罗贯中编次的《三国演义》。此外，正如前文所提及的那样，派遣到明朝的朝贡使节以及文人是购买书籍的主要力量，而在《燕山君日记》中也有令谢恩使购买《剪灯新话》《剪灯余话》《效颦集》《娇红记》和《西厢记》等书籍的记录。如果购书是一种官方行为，那么朝鲜王朝的王就很有可能在相对的第一时间看到由中国传入的书籍。此外，在朝鲜王朝时期，能够接受高等教育的也仅限于王和士大夫等上层社会人士，普通百姓是无法阅读汉字创作的《三国演义》的。

还有一点需要说明的是，韩国传统社会的文学观念是以诗为中心发展、演变过来的，小说作为后期出现的一种文学形式必然会经历一个由排斥到接受的过程。虽然通过《燕山君日记》我们可以看到小说传入朝鲜半岛的相关记述，然而由于他的奢侈和残暴，燕山君在位 12 年后，于 1506 年被流放，中宗同时即位。中宗为了整顿紊乱的政治秩序，大力推行传统的儒教政治。中宗执政时期的蔡寿（1449—1515）就因为创作了《薛公瓒传》而遭到司宪府的弹劾并被贬谪到咸阳隐居。有关蔡寿的笔祸事件可见于《朝鲜王朝实录·中宗实录》。

> 乙酉，台谏启前事，宪府启：蔡寿作《薛公瓒传》，其事皆轮回福祸之说，甚为妖妄，中外惑言，或翻以文字，或异以谚语，传

① 〔韩〕李庆善：《三国志演义的比较文学研究》，首尔：一志社，1976 年，第 117、118 页。
② 〔韩〕李相翊：《韩中小说的比较文学研究》，首尔：三英社，1983 年，第 203 页。

播惑众，府当行移收取，然恐惑有不收入者，如有后见，治罪。答曰：《薛公瓒传》事涉妖诞，禁戢可也，然不必立法，余不允。

《中宗实录》卷一四“中宗六年九月乙酉”

乙丑……命罢仁川君蔡寿职，以其撰《薛公瓒传》，早怪诞之说形诸文字，使人信惑，依左道乱正扇惑人民律，宪府照以当绞，只命罢职。

《中宗实录》卷一四“中宗六年十月乙丑”

由此可见，中宗在位期间，小说创作是受到打压的。在这样一个时期，奇大升眼中驳杂无益、甚害义理的《三国演义》是很难得以流通和传播的。

综上所述，笔者认为《三国演义》在朝鲜王朝初期就传入朝鲜半岛的推论还有待进一步的考证。

结合第一小节所述内容，我们可以推断三国故事早在明代前期就随着中国移民以口传的方式流入了朝鲜半岛，而《三国志平话》也通过民间贸易的方式传入了朝鲜半岛。此外，根据现有史料，大部分学者只能将《三国演义》传入的时期界定在1569年之前，而根据朴在渊的论证则可将《三国演义》的传入时期推至1567年之前。然而，从相关记载来看，《三国演义》并非在传入初期就受到了广泛的欢迎，其植根和兴盛还经历了一个过程。

三、《三国演义》在朝鲜半岛的植根过程

正如前文所述，中国小说在朝鲜半岛的传播最初是受到士大夫阶层非议和排斥的，《三国演义》当然也包括在内。作为侍读官的奇大升就是反对派的代表之一，从其对宣祖的劝谏中我们不难看出奇大升对于《三国演义》的排斥态度。此外，李瀷（1681—1763）在《星湖僿说》中也写道：“宣庙之世，上教有张飞一声走万军之语，奇高峰大升进曰，三国志演义出来未久，后因朋辈间闻之，甚多诞妄云云，盖此书始出而上偶及之，高峰之启真得体矣。在今印出广布。家户诵读。试场之中，举而为题，前后相续，不知愧耻，亦可以观世变。”由此可见，《三国演义》不仅在传入之初受到攻击，即使在印出广布，举而为题之后仍然遭

到部分人的非议。诸如此类的描述可谓不胜枚举，李德懋（1741—1793）的《雅亭遗稿》中有如下的描述：“不肖尝观《西游记》《三国演义》，先君见辄大责曰：‘此等杂书，乱正史，坏人心。’”当然，也并不是所有的士大夫阶层都对小说持否定的态度。众所周知，金时习（1435—1493）正是在瞿佑《剪灯新话》的影响下创作了传奇小说集《金鳌新话》。与奇大升一样在理学方面有着很深造诣的柳希春（1513—1577）对于《三国演义》表现出了与奇大升不同的态度。柳希春在《眉巖日记草》中写道：“师傅朴光玉送《三国志》二十册来。虽未备者十册，然亦感喜。”[①]从以上引文中我们不难看出，柳希春在得到师傅送来的《三国演义》后所流露出的欣喜之情。此外，《九云梦》及《谢氏南征记》的作者金万重（1637—1692）还在《西浦漫笔》中对《三国演义》作了如下的描述：

今所谓《三国志演义》者，出于元人罗贯中，壬辰后盛行于我东，妇孺皆能颂说。而我国士子多不肯读史，故建安以后数百年之事，举于此而取信焉。如桃园结义，五关斩将，六出祁山，星坛祭风之类，往往见引于前辈科文中转相承袭，真赝杂糅。如吕布射戟，先帝失匙，的卢跳檀溪，张飞据水断桥之类，反或疑其不经，甚可笑也。李彝仲为大提学，尝出风雪访草庐二十四排律，以试湖堂诸学士，余谓令公，何以演义出题乎。李笑曰，先主之三顾，实在冬月，其冒风雪，不言可知矣。

东坡志林曰，涂巷中小儿薄劣，其家所厌苦，辄与钱，令聚坐听说古话，至说三国事，闻刘玄德败，频蹙有出涕者，闻曹操败，即喜唱快。此其罗氏演义之权舆乎。今以陈寿史传、温公通鉴，聚众讲说，人未必有出涕者，此通俗小说之所以作也。

李德懋的孙子、实学派学者李圭景（1788—？）则对稗官小说作出了如下的评述：

世以稗官小说专归五征者亦为俗见也。或有可补史牒者，《虞初酉阳》之所录者，是已不可废也。如《虞初新志》，新安黄永增心庵所辑，从人借见，则其中多异闻新见，故略记可考之目焉。

---

①〔韩〕尹世旬：《16世纪中国小说的国内流入和享有样相》，《民族文学史研究》第25号，2004年，第152页。

《五洲衍文长笺散稿》卷四五“稗官小说亦有征补辨证说”

经籍志中，虽稗官小说，古人不废，然罗列不伦，何以垂远，乃格言也。谢肇淛。《五杂俎》小说野俚诸书，稗官所不载者。虽极幻妄无当然，亦有至理存焉，如《水浒传》，无论已。

《五洲衍文长笺散稿》卷四五“小说辨证说”

从以上引文中我们不难看出，金万重对于《三国演义》这样的小说基本上还是抱着肯定态度的。即便是小说中的部分精彩描写被误认作史实，也是由于小说读者不肯读史的缘故，而并非小说本身荒诞不经，起了误导作用。尽管力图维持封建统治秩序的士大夫阶层中的大部分人始终对诸如《三国演义》的小说作品持有反对态度，但随着中国小说的不断传入和本国小说的创作以及读者群体的不断扩大，他们对于小说的观念也发生了变化。对小说持拥护态度的人逐渐增多，同时越来越多的文人不仅成为了小说的读者，还直接加入了创作行列。如前文所述，《三国志》和《全相平话三国志》的传入已经为《三国演义》的传播和植根打下了基础，而士大夫阶层小说观念的逐步改变以及小说读者层的扩大则为《三国演义》在朝鲜半岛的植根提供了条件。金万重在《西浦漫笔》中的描述说明了《三国演义》在当时不仅是妇孺皆知，还成为了试场中的考题。而李瀷和李德懋的表述也恰恰可以作为《三国演义》在当时极为盛行的反证。士大夫这样的识字阶层可以直接来阅读《三国演义》，而大部分妇女和儿童则是以“聚坐听说古话”的方式来了解《三国演义》。除金万重的《西浦漫笔》之外，赵秀三（1762—1845）的《秋斋集》中也有关于职业说书人的记述。

叟居东门外，口诵谚课稗说，如《淑香》《苏大成》《沈清》《薛仁贵》等传奇也。月初一日坐第一桥，二日坐第二桥下，三日坐梨岘，四日坐桥洞口，五日坐大寺洞口，六日坐钟楼前。上既自七日沿而下，下而上，上而又下，其月也。改月亦如之。而以善读故傍观匝围，夫至最吃紧甚可听之句节，忽默而无声，人欲听其下回，争以钱投之，曰此乃邀钱法云。儿女伤心自涕零，英雄胜败剑难分。言多默少邀钱法，妙在人情最急闻。

从金万重的《西浦漫笔》可以得知，《三国演义》在壬辰之后盛行于朝鲜王朝。可见壬辰倭乱与《三国演义》在朝鲜半岛的植根有着紧密的联系，是《三国演义》在朝鲜半岛植根的重要契机。在战乱时期人民饱受疾苦，而战争所留下的创伤在战后也不能很快抚平。民众们渴望能够有英雄出现，来拯救国家和人民于水火之中，因而塑造了诸多英雄人物形象的《三国演义》也自然在当时的韩国受到了极大的欢迎。韩国的文学创作，特别是军谈小说的创作从《三国演义》当中汲取了很多养分。有些小说中插入了《三国演义》中的部分人物和事件，如《郭海龙传》《壬辰录》等。还有一些小说是以《三国演义》中的人物和事件为中心而创作的，也可以看作是《三国演义》的派生作品，如《华容道实记》《赵子龙实记》以及《黄夫人传》等。

综上所述，《三国演义》在传入朝鲜半岛的初期并没有受到广泛的认同和欢迎，特别是一些士大夫对小说还持有一种排斥和批判的态度。但随着一部分贵族、文人对于小说态度的转变以及小说读者层的不断扩大，《三国演义》逐步由上层社会深入民间。而作品中所表现的忠义思想也符合朝鲜王朝的治国理念，因而在壬辰倭乱之后，《三国演义》成为了古代朝鲜人民所喜爱的小说作品。

第二节 《三国演义》在朝鲜半岛的影响（一）

《三国演义》传入朝鲜半岛之后，逐渐深入人心，成为了朝鲜半岛人民喜爱的小说作品。随着《三国演义》在朝鲜半岛的兴盛，与之相关的译作和派生作品也不断涌现出来。同时，《三国演义》对于韩国军谈类小说以及其他文学艺术作品的创作也产生了一定的影响。在以下的两小节中，我们将对《三国演义》在朝鲜半岛的影响问题展开论述。

一、《三国演义》韩国版本的考察

一部小说在国外的出版发行正是该作品在该国深受欢迎的有力证据。《三国演义》在传入朝鲜半岛后由于深受读者的喜爱而被多次出版发行，出现了许多不同的版本。李庆善教授在其《三国志演义的比较文学研究》中已经按照手抄本、木刻本、初期活字版、现代语译本的顺序对《三国演义》的版本情况进行了梳理[①]。此后，闵宽东又根据韩国三十余个主要图书馆出版的《古书目录》以及个人藏书和学术杂志，以图表的形式编辑整理了韩国国内所藏《三国演义》版本的资料。通过闵宽东所整理的资料我们可以较为全面地把握《三国演义》在韩国国内的版本情况。在这一节，笔者将主要介绍闵宽东所整理的《三国演义》版本资料以及最近出版和翻译情况资料。在此基础之上，笔者还将对仁荷大学韩国学研究所编辑的《〈三国志〉韩国语译本解题》进行介绍，鉴于内容较多，笔者将所翻译整理的内容制成表格，以供参考。

《三国演义》在韩国国内的版本情况[②]

<table>
<tr><th>书名</th><th>编、著者名与出版事项</th><th>对照事项与版式事项</th><th>一般注记事项</th><th>现所藏</th></tr>
<tr><td rowspan="3">《四大奇书第一种》</td><td>（明）罗贯中撰、（清）金圣叹编、（清）毛宗岗评，中国木版本。刊年未详（清版本）。</td><td>60 卷 20 册。有图、16.4×11。</td><td>序《时顺治岁次甲申（1644）金人瑞圣叹氏题》。标题《三国志演义》。版心题《第一才子书》。</td><td>高丽大学</td></tr>
<tr><td rowspan="2">（明）罗贯中撰、（清）金圣叹编、（清）毛宗岗评，中国木版本。清光绪十四年（1888 年）扫叶山房刊。</td><td>19 卷，目录，合 20 册。有图 23.5×15.5、半郭 20×14 四周单边、12 行 26 字、白口上黑鱼尾。</td><td>序《时顺治岁次甲申（1644）金人瑞圣叹氏题》。标题《三国志》。版心题《第一才子书》。</td><td>涧松本高丽大学（华山本晚松本）中央图书馆</td></tr>
<tr><td colspan="3">* 残本 17 册……………………高丽大学（六堂本）
* 残本 11 册……………………高丽大学（六堂本）</td></tr>
</table>

① 〔韩〕李庆善：《三国志演义的比较文学研究》，首尔：一志社，1976 年，第 130—134 页。
② 〔韩〕闵宽东：《中国古典小说在韩国之传播》，上海：学林出版社，1998 年，第 64—82 页。

	（明）罗贯中撰、（清）金圣叹编、（清）毛宗岗评，中国木版本。清光绪二十三年（1897年）江左书林刊。	19卷合20册。有图、四周单边、23.2×15.4、半郭19×14.3、注双行、12行26字、上内向黑鱼尾。	序《时顺治岁次甲申（1644）金人瑞圣叹氏题》。标题《三国志》。纸质，棉纸。里题《第一才子书》。	东国大学
		* 12册……………………………………朴在渊		
	（明）罗贯中撰、（清）金圣叹编、（清）毛宗岗评，中国木版本。清版复刻本。	残本（卷14）。28×17.6、半郭20.5×14.2、12行26字。		中央图书馆（无咎斋）
	（明）罗贯中撰、（清）金圣叹编、（清）毛宗岗评，中国木版本。刊年未详（清版本）。	19卷20册中（卷4、9—10、12—13、17缺）。四周单边、30.5×20.5、半郭22×14.5、12行26字、上白口黑鱼尾。	序《时顺治岁次甲申（1644）金人瑞圣叹氏题》。标题《三国志》。版心题《第一才子书》。	涧松本
		* 19卷20册中（卷4、16、18缺）………涧松本 * 19卷20册。29×19、半郭21×14.5……涧松本 * 19卷20册中（卷3—11、13、14、16、19存）。28×？、半郭22.1×14.5………………延世大学 * 19卷20册。半郭20.5×15、上花纹鱼尾……………………………………延世大学		
	（明）罗贯中撰、（清）金圣叹编、（清）毛宗岗评，中国木版本（清版本）。	19卷20册中（卷2、6、15—17存）。25.8×15.9。	标题《三国志》。版心题《三国志》。	高丽大学（晚松本）

	（明）罗贯中撰、（清）金圣叹编、（清）毛宗岗评，中国木版本。刊年未详（清版本）。	19卷20册中(卷1缺)。有图。四周单边、26.6×18.8、半郭 21.6×14.6、无界、12 行 26 字。	序《时顺治岁次甲申(1644)金人瑞圣叹氏题》。标题《三国志》。版心题《第一才子书》。	高敞郡玄谷书院
	（明）罗贯中撰、（清）金圣叹编、（清）毛宗岗评，中国木版本。刊年未详（清版本）。	* 残本13册。29.1×18.7。1806—1906年刊……………………………高丽大学（六堂本） * 20 卷 20 册……………………………中央图书馆 * 残本 16 册………………中央图书馆（无咎斋） * 残本 2 册……………………………岭南大学		
	（明）罗贯中撰、（清）金圣叹编、（清）毛宗岗评，中国木版本。刊年未详（清版本）。	10卷11册中(卷1—4、8、15—19、目录)。有图、四周单边、27.5×18.7、半郭19.7×14、无界、12行26字。	序《时顺治岁次甲申(1644)金人瑞圣叹氏题》。标题《四大奇书》。版心题《第一才子书》。	全北大学
	（明）罗贯中撰、（清）金圣叹编、（清）毛宗岗评、（清）邹梧冈参定，中国木版本。刊年未详(清版本)。	51 卷 16 册（卷首，卷1—51）25×15.5。	版心题《第一才子书》。标题《绣像第一才子书》。	高丽大学（华山本）
	（明）罗贯中撰、（清）金圣叹编、（清）毛宗岗评，中国木版本。刊年未详（清版本）。	1卷1册（卷10）。四周单边、24.9×16.6、半郭22×14.1、无界、12行字数不定。	纸质，棉纸。	洪川郡乡校

	（明）罗贯中撰、（清）金圣叹编、（清）毛宗岗评、（清）杭永年定。中国木版本。刊年未详（清版本）。	19卷20册。有图、四周单边、26.5×18、半郭22.6×14.4、无界、12行26字。	版心题《第一才子书》。标题《三国志》。纸质，楮纸。序《时顺治岁次甲申（1644）金人瑞圣叹氏题》。	全北大学
		* 残本16册……………………………朴在渊		
	（明）罗贯中撰、（明）施耐庵评，中国木版本。清光绪十九年(1893年)刊。	残本11册(卷9—19)。23.3×15.8。		高丽大学(景和堂)
	（明）罗贯中撰、施耐庵评，中国木版本。刊年未详（清版本）。	51卷16册。有图、25.6×15.7　。	序《时顺治岁次甲申（1644）金人瑞圣叹氏题》。版心题《第一才子书》。标题《绣像第一才子书》。	高丽大学(景和堂)
《贯华堂第一才子书〈三国志〉》	(明)罗贯中撰、(清)金圣叹编、(清)毛宗岗评，韩国木版本。朝鲜王朝后期，肃宗年间（1674年—1720年）。	卷首，19卷，合20卷。有图四周单边、30.4×20.4、半郭20×13.8、有界、8行15字、上花纹鱼尾。	序《时顺治岁次甲申（1644）金人瑞圣叹氏题》。标题《三国志》。卷首书名《四大奇书第一种》。	奎章阁
		* 合20卷中存3册（卷6、11、12）奎章阁朴在渊		
	(明)罗贯中撰、(清)金圣叹编、(清)毛宗岗评，韩国木版本。朝鲜王朝后期，肃宗年间(1674年—1720年)。	卷首，19卷，合20卷。有图四周单边、27.7×18.2、半郭20.5×14.4、无界、12行26字、注双行、上二叶花纹鱼尾。	序《时顺治岁次甲申（1644）金人瑞圣叹氏题》。标题《三国志》。卷首书名《四大奇书第一种》。	启明大学

		* 30×19.7……………………………高丽大学 * 28.9×18.8………………高丽大学（新庵本） * 30.7×20。版心题；第一才子书……高丽大学 * 残本 1 册。28.5×18.5 …高丽大学（晚松本） * 20 卷 20 册（后印）…………………朴在渊		
		卷首，19 卷，合 20 卷。有图四周双边、27.6×18.4、半郭 20.5×14.4、无界、12 行 26 字、注双行、上黑鱼尾。	序《时顺治岁次甲申（1644）金人瑞圣叹氏题》。标题《三国志》卷首书名《四大奇书第一种》。版心题《第一才子书》。	高丽大学（晚松本）
		卷首，19 卷，合 20 卷。有图四周单边、26.2×16、半郭 25×15.2、无界、12 行 26 字、注双行、上黑鱼尾。	序《时顺治岁次甲申（1644）金人瑞圣叹氏题》。标题《三国志》。卷首书名《四大奇书第一种》。版心题《第一才子书》。	江陵市船桥庄
		* 2 卷 2 册（9. 18）。28.4×18、半郭 21.9×15、封面题《奇书》 ……………………江陵市船桥庄 * 2 卷 2 册（卷 15. 16）。26.5×17.6、半郭 21.5×14.4、封面题《三国志》纸质，褚纸 ……………………………………江陵市船桥庄 * 合 20 卷。30×？、半郭 20.6×14.6 ………………………………………延世大学 * 首卷 1 册。28×18.2、半郭 21.3×14、纸质，褚纸。版心题《第十才子书》 ……………………………成均馆（诚庵本） * 残本 1 册。23.5×15.5、半郭 19.8×14 ……………………………………建国大学		

		1册。有图、四周单边、29.5×19、半郭 21.3×14.2、无界、12 行 26 字、上黑鱼尾。	序《时顺治岁次甲申（1644）金人瑞圣叹氏题》。标题《鼎峙志》。	奎章阁（白想本）
		* 合 20 册中 1 册缺（卷 10） ……………朴在渊		
《新刊校正古本大字音释三国志通俗演义》	（明）罗贯中撰、韩国木版本。朝鲜改刻版，仁祖五年（1627年刊）。	1卷1册。四周单边、31.1×21.3、半郭 21.4×17.2、有界、13行24字、上下内向花纹鱼尾。	版心题《三国演义》	奎章阁（白想本）
	（明）罗贯中撰、（明）林周日校，韩国木版本。朝鲜改刻版，仁祖五年刊。	1卷1册（卷5）。25×20.1 半郭 22.5×18、13 行 24 字。上下一叶花纹鱼尾。	内封题《三国志通俗演义》。纸质，竹纸。	东国大学
	（晋）陈寿史传，（明）罗贯中编，韩国木版本。朝鲜改刻版，仁祖五年刊。	1卷1册（卷12）。21.8×20 半郭 21×17、13行24字。	版心题《三国演义》。纸质，褚纸。刊记，耽罗开刊。	李谦鲁
	（晋）陈寿史传，（明）罗贯中编，叶才音释。韩国写本。刊年未详。	1卷1册。11行20字。	封面题《三国志》。明弘治甲寅（1494）仲春几望庸愚子拜书。	延世大学
《第一才子书》	（明）罗贯中撰、（清）金人瑞圣叹编、（清）毛宗岗评，中国石印本。光绪庚	首卷60卷，合12册。四周双边、20×？、半郭 15×10、25 行 40 字、注双行、上黑鱼尾。	内题《绣像三国演义》。外题《增像全图三国演义》。序《时顺治岁次甲申（1644）金人瑞圣叹	延世大学

	寅（1890年）上海书局刊。		氏题》。	
	（明）罗贯中撰、（清）金圣叹编、（清）毛宗岗评，中国铅活字本。清咸丰三年（1853年）上海广益书局刊。	16卷16册。四周单边、20×？、半郭 17.5×11.6、15行31字、注双行、上黑鱼尾。	内题《足本铅印三国志演义》。外题《精校全图三国志演义》。序《时顺治岁次甲申金圣叹题》。	延世大学
	（明）罗贯中撰、（清）毛宗岗评，中国石印本。清咸丰三年（1853年）上海锦章书局刊。	60卷60册。四周双边、20×13.3、半郭 17.4×12、16行32字、有图、有界、上黑鱼尾。	外题《增像三国全图演义》。三序《咸丰三年（1853）孟夏吴清溪居士书》。	崔钟瑚（江陵市）
	* 三多斋藏板、19 卷 20 册、清初中期刊……………………朴在渊			
	（明）罗贯中撰、（清）毛宗岗评。中国石印本。刊年未详。上海锦章书局刊。	60卷20册。有图、20×13.5、四周双边、有界。	外题《增像全图三国志演义》。序《时顺治岁次甲申（1644）金人瑞圣叹氏题》。标题《增像全图三国演义》	高丽大学
		* 27卷4册（卷19—31、38—44、54—60）。20.8×14.6、半郭17×12、16行32字、纸质，竹纸 ……………………………………… 洪在昭（春城郡）		
	（明）罗贯中撰、（清）金圣叹编、（清）毛宗岗评，中国铅印本。刊年未详	残本（首卷，卷1—8、17—20、41—60）。有图、20.2×13.3。	标题《绘图三国演义》。标题《增像全图三国演义》。序《时顺治岁次甲申（1644）金人瑞圣叹	高丽大学

	（清）同文书局刊。		氏题》。	
	（明）罗贯中撰、（清）毛宗岗评，中国木版本。扫叶山房刊。	19卷20册。		岭南大学
《第一才子书》	（明）罗贯中撰、（清）金圣叹编、（清）毛宗岗评，中国木版本。刊年未详（清）成文信刊。	卷首31卷9册。四周单边 26×15.7、半郭19.9×13.5、有界、12行28字、上黑鱼尾。	序《时顺治岁次甲申（1644）金人瑞圣叹氏题》。 纸质，竹纸。	成均馆
		* 残本 8 册（卷 8—15）…………………朴在渊		
	（明）罗贯中撰、（清）毛宗岗评，中国铅活字本。1911年时中书局刊。	60卷16册。四周单边、有图、20×13.5、半郭17.3×12.3、15行30字、有界上内向黑鱼尾。	标题《校正全图三国志演义》。序《时顺治岁次甲申（1644）金人瑞圣叹氏题》。	东国大学
	（明）罗贯中撰、（清）毛宗岗评，中国铅活字本。清咸丰三年（1853年）上海时中书局刊。	60卷16册。四周单边、有图、20×13.6、半郭16.9×11.6、15行30字、有界上内向黑鱼尾。	封面题《三国志》。序《时顺治岁次甲申（1644）金人瑞圣叹氏题》。序《清咸丰三年（1853）孟夏吴清溪居士书》。纸质，竹纸。	金大经（全州市）

《三国志演义》	（明）罗贯中撰、（清）毛声山评。中国木版本（复刻）。刊年未详（清版本）。	20卷20册。四周单边、有图、25.8×17.3、半郭22.3×14.4、12行26字、无界、注双行、上二叶花纹鱼尾。	内题《毛声山先生批点贯华堂第一才子书》。标题《三国志》。	中央图书馆
	（明）罗贯中撰、（清）毛声山评。中国木版本（复刻）。刊年未详（清版本）。	19卷20册。四周单边、29.3×19、半郭21×14.5、12行20字、无界、上黑鱼尾。	序《时顺治岁次甲申（1644）金人瑞圣叹氏题》。标题《三国志》。	梨花女子大学
	（明）罗贯中撰，（清）毛声山评。中国木版本（复刻）。刊年未详（清版本）。	20卷40册。四周单边、29×19、半郭19×15、12行15字、上花纹鱼尾。	序《时顺治岁次甲申（1644）金人瑞圣叹氏题》。标题《三国志》。	建国大学
	（明）罗贯中撰、（清）金圣叹编，木版本。刊年未详。	20卷20册。四周单边、27×18.5、半郭21.5×14.5、12行26字、下向花纹鱼尾。	序《时顺治岁次甲申（1644）金人瑞圣叹氏题》。标题《三国志》。	建国大学
		* 残本（15卷12册）。有图、23.6×15.6、上海善成堂刊……………………………………全南大学		
	（明）罗贯中撰，木版本。刊年未详。	残本18册。四周单边、26×18、半郭22×14.3、12行26字、上黑鱼尾。	标题《三国志》。	建国大学
	（明）罗贯中撰、（清）毛声山评。中国木版本（复刻）。刊年未详（清版本）。	残本10册。左右双边、23×15、半郭19.6×13.7、12行26字、上黑鱼尾。	序《时顺治岁次甲申（1644）金人瑞圣叹氏题》。标题《三国志》。	建国大学

《三国志演义》	（明）罗贯中撰，木版本。刊年未详。	残本9册(存卷2—10)。四周双边、33×21.5、半郭 21.3×17、13 行 24 字、有界、上下内向花纹鱼尾。	标题《三国志》。	奎章阁
	（明）罗贯中撰、（清）金圣叹编、（清）毛宗岗评，中国木版本。清顺治（1644 年）后印。翠筠山房刊。	19卷20册。四周单边、23.3×16.1、半郭 20.8×14、注双行、无界、12行26字、上黑鱼尾。	序《时顺治岁次甲申(1644)金人瑞圣叹氏题》。纸质，竹纸。	成均馆
	（明）罗贯中撰、（清）金圣叹编、（清）毛宗岗评，中国木版本。刊年未详（清）扫叶山房刊。	19卷20册。四周单边、23.6×15.3、半郭 18.4×12.3、注双行、无界、12行26字、上黑鱼尾。	序《时顺治岁次甲申(1644)金人瑞圣叹氏题》。纸质，竹纸。	成均馆
	（明）罗贯中撰、（清）金圣叹编、（清）毛宗岗评，中国木版本。刊年未详（清）文兴堂刊。	19卷20册。四周单边、24.7×15.6、半郭 18.8×13.6、注双行、无界、12行26字、上黑鱼尾。	序《时顺治岁次甲申(1644)金人瑞圣叹氏题》。纸质，竹纸。里题《绣像第一才子书》。	成均馆
	（明）罗贯中撰、（清）金圣叹编，（清）毛宗岗评，中国木版本。刊年未详（清版本）。	* 20 卷 20 册 ………………………… 建国大学 * 20 卷 20 册 ………………………… 中央图书馆 * 20 卷 20 册 ………………………… 全北大学 * 20 卷 20 册 ………………………… 国民大学		

	（明）罗贯中撰，木版本。刊年未详。	* 20 卷 20 册 ……………………………… 庆熙大学 * 20 卷 20 册 ……………………………… 中央大学 * 20 卷 20 册 ……………………………… 忠南大学 * 8 册，1 册 ……………………………… 釜山大学 * 20 卷 20 册 ………………………… 庆州市立图书馆 * 8 册 ………………………………………… 姜周镇 * 7 册 ………………………………………… 李廷发 * 16 册，10 册 ……………………………… 丁风泰 * 1 册（卷 3—4） …………………………… 赵润济 * 4 册，5 册 ………………………… 韩国银行图书馆 * 21 册，18 册 ……………………… 徽文高校图书馆 * 20 册 ……………………………………… 钓水楼 * 1 册 ……………………………… 东亚大石堂本 * 5 册 ………………………………… 淑明女大学		
	* * 《三国志通俗演义》；木版本、1 册。…………………… 岭南大学 * * 《三国志通俗演义》；木版本、12 册。……… 汉城市农图书馆			
	（明）罗贯中撰，韩国木版本。1859 年红树洞刊。韩文本。	3 册。四周单边、25.7×20、半郭 21.5×17.5、上花纹鱼尾。		金东旭
《绣像全图三国演义》	（明）罗贯中撰、（清）金圣叹编、（清）毛宗岗评，中国石印本。刊年未详。上海锦章书局（1903）刊。	16 卷 8 册。四周双边、20.5×13.6、半郭 17.7×11.9、28 行 56 字、有图、有界。	版心题《绘图三国志演义》。纸质，洋纸。序《时顺治岁次甲申（1644）金人瑞圣叹氏题》。	高敞郡玄谷书院
		20.2×13.4、半郭 17.3×12、25 行 54 字………成均馆		
	（明）罗贯中撰、（清）金圣叹编、（清）毛宗岗评，中国石印本。清后期	2 册。四周双边、20.6×13.8、半郭 17.2×12、25 行 34 字、无界	标题《三国志》。纸质，竹纸。	黄秉宽（高敞郡）

	刊。			
	（明）罗贯中撰、（清）毛宗岗评，中国铅印本。清末上海蒋春记书刊。	60卷20册中（卷29—32、37—39、41—60、7册）。19.8×13.3、有界。	版心题《绣像全图三国志演义》。	高丽大学晚松本
	* 《精校全图绣像三国志演义》：活字本、8册 ……………………………………………………中央图书馆（东谷本） * 《精校全图绣像三国志演义》：铅印本、鸿文……………朴在渊 * 《精校全图绣像三国志演义》：活字本、7册、有图、19.9×13.2、中新书局刊……………………………………… 中央图书馆（东谷本）			
《增像全图三国演义》	（明）罗贯中撰、（清）金圣叹编、（清）毛宗岗评，中国石印本。刊年未详（清末）。	16卷8册。有图、20.2×13.4。	标题《绘图三国志演义》。序《时顺治岁次甲申（1644）金人瑞圣叹氏题》。	奎章阁
	（明）罗贯中撰、（清）金圣叹编、（清）毛宗岗评，中国石印本。刊年未详，清末锦章书局刊。	7册。四周双边、20.2×13.4、半郭17.5×11.5、16行32字、有界、上内向黑鱼尾。		建国大学
	（明）罗贯中撰、（清）金圣叹编、（清）毛宗岗评，中国石印本。刊年未详，清末天宝书局刊。	16卷8册。四周双边、20.5×13.5、半郭18×12.3、行字数不定、无界、上黑鱼尾。	序《时顺治岁次甲申（1644）金人瑞圣叹氏题》。	启明大学

	（明）罗贯中撰、（清）金圣叹编、（清）毛宗岗评，中国石印本。刊年未详。	28 卷 10 册。有图、20.2×12.6。		全南大学
	（明）罗贯中撰、（清）金圣叹编、（清）毛宗岗评，中国木印本。清末刊。	16 卷 8 册。有图、20.4×13.6。		全南大学
*** 韩国写本 *** 《三国志》30 卷 30 册（韩〈朝〉文）。37.8×22.4 ……………………奎章阁 17 卷 17 册（韩〈朝〉文）。33.5×20。1871 年光州李氏………………中央图书馆 1 卷 1 册（韩〈朝〉文）。30.5×19.8 ………………………………中央图书馆 1 册（韩〈朝〉文）。30×21.5 ……………………………………………国史编 20 册（韩〈朝〉文）。24×21 ………………………………………梨花女子大学 15 册（卷 2—19），13 册（卷 4—19），6 册（卷 6—12） 5 册（卷 1—5），1 册（卷 12），3 册（卷；天地人） 2 册（卷 6—7），1 册（卷 4），1 册（卷 5），1 册（卷 3） 1 册（卷 1）。韩（朝）文本……………………………………………… 金东旭 38 卷 38 册（韩〈朝〉文）。34.5×22.8 ……………………………… 高丽大学 残本 7 册（卷 1.2.3.4.5.6.7，中文）……………………………………… 朴在渊 * 《三国志演义》1 册。31×20 ……………………………………… 岭南大学 * 《正本三国志》18 卷 18 册（韩〈朝〉文）。27.7×16.4 ……………… 奎章阁 * 《三国志通俗演义》：39 卷 39 册（韩〈朝〉文）。25.4×17.4、9 行 20 字、纸质，褚纸……………………………………………………………………… 精文研 27 卷 27 册（韩〈朝〉文）。28×19.5 ………………………………… 奎章阁				
《绣像后三国演义》	陈元评释，中国石版本。1911 年上海源记书庄刊。	10 卷 8 册。四周双边、20.4×13.6、半郭 17.5×12、23 行 50 字、上黑鱼尾。	标题《绘图后三国演义》。 纸质，竹纸。	成均馆

《后三国石珠演义》	（清）梅溪遇安撰，中国木版本。刊年未详（清）。	6册。22.9×14.2。	版心题《后三国演义》。标题《三国后传》。序，庚申（?）…………澹园主人	中央图书馆
《后三国石珠演义》	（清）梅溪遇安撰，中国木版本。刊年未详（清）武林大成斋刊。	4册。上下单边左右双边23×14.4、半郭22.7×14.2、无界、10行22字、白口上黑鱼尾。	版心题《后三国演义》。标题《三国后传》。序，庚申（?）…………澹园主人	涧松本
	（清）梅溪遇安撰，中国木版本。刊年未详（清）。	34卷4册。		岭南大学

《三国演义》最近出版和翻译情况资料[①]

《三国志》：

《三国志通俗演义》： 1569年以前（1522—1569年），失传

《新刊校正古本大字音释三国志》：朝鲜王朝仁祖五年（1627年）刊行，林周曰校正，13行24字，耽罗开刊[②]

《贯华堂第一才子书》：肃宗年间（1674—1720年），总20卷20册（卷首，19卷，合20册），一名《鼎峙志》，亦有复印本

《三国志》：1859年刊行，红树洞坊刻本（翻译本），共3册数种版本

《修正三国志》：5卷，博文书馆，1904

《删修三国志》：普成馆，1913

《删修三国志》：朴健会编，前后集（9册），京城书馆，1915

《悬吐三国志》：5册，汇东书馆，1915

《悬吐三国志》：李柱浣，永丰书馆，1916

《三国志》：高裕相，前后3册，诚友社，1917

《谚文三国志》：大昌书院，普及书馆合刊，1918

---

① 〔韩〕闵宽东：《中国古典小说在韩国之传播》，上海：学林出版社，1998年，第416—420页。

② 朴在渊在其论述中指出该版本的刊行年代应为1567年。

《三国志》：白斗镛编，3卷3册，京城瀚南书馆，1920
《无双谚文三国志》：朴健会编，1册，朝鲜书馆，1921
《三国志》：太华书馆，1923
《修正三国志》：博文书馆译，1册，博文书馆，1926
《原本校正谚文三国志》：5册，永昌书馆，1928
《悬吐三国志》：5卷，永昌书馆，1941
《三国志》：正音社译，10册，正音社，1952
《三国志》：徐仁局译，1册，平汎社，1953
《三国志》：方基焕，1册，学友社，1953
《三国志》：金思烨，1册，文运堂，1955
《全增图像三国志演义》：李成学，10册，先进出版社，1958
《三国志》：金东里等译，5册，博英社，1959，1964
《三国志》：崔瑛海，3册，正音社，1959，6册（1984）
《三国志》：金东成，5册，乙酉文化社，1960
《三国志》：李元洙，1册，真文出版社，1961
《三国志》：金明焕，1册，百忍社，1961
《三国志》：崔泰雄，1册，启蒙社，1962
《原本悬吐三国志衍译》：世昌书馆悬吐，5册，1962
《三国志》：申泰和，1册，三文社，1962
《三国志》：三协出版社译，1册，三协出版社，1964
《新译三国志》：金光洲，3册，创造社，1965
《原本国文三国志》：申泰三，5册，世昌书馆，1965
《三国志》：〔日〕吉川英治，李容浩译，3册，白潮出版社，1965
《原本三国志》：乡民社译，5册，乡民社，1965
《三国志》：向民社译，3册，向民社，1965
《三国志》：5册，奎文社，1966
《三国志》：朴钟和，5册，语文阁，1968
《三国志》：〔日〕吉川英治，李仁光译，3册，康友出版社，1968
《三国志》：金龙济，5册，文友社，1971
《三国志》：吉宪英，大韩出版社，1972
《三国志》：崔乙林，3册，三正出版社，1973
《大三国志》：金龙济，赵诚出 共译，10 册，平民社，1976（1—5册《三国志》，6—10册《后三国志》）
《三国志》：〔日〕吉川英治，朴钟镇译，大亚出版社，1976

《三国志》：梁柱东，7 册，进贤出版社，1976
《三国志》：李元燮，2 册，大洋书籍，1976
《三国志》：方基焕，5 册，三熙社，1977
《完译定本三国志》：金丘庸，5 册，三德出版社，1980
《完译三国志》：禹玄民，5 册，朴英社，1980
《东西三国志》：许文列，11 册，东西文化社，1980
《三国志》：郑飞石，5 册，三贤出版社，1981
《三国志》：蔡正铉，7 册，三中堂，1982
《三国志》：方基焕，李元燮 共译，10 册，大昊出版社，1982
《三国志》：金光洲，6 册，瑞文堂，1983
《三国志》：吴英，5 册，恩光社，1983
《三国志》：方基焕，李元燮 共译，10 册，三仙出版社，1983
《三国志》：黄秉国，10 册，汎友社，1984，1994（4 版）
《小说三国志》：李祯树，1 册，圣贞出版社，1986
《三国志》：李炳柱，5 册，锦湖书馆，1986
《三国志》：鱼文淳，15 册，东西文化社，1986
《三国志》：方基焕，10 册，诚干文化社，1986
《三国志》：黄钟勋，5 册，奎文社，1985
《三国志》：李文烈，10 册，民音社，1987，1992
《小说三国志》：郑飞石，5 册，高丽苑，1987
《悲愤三国志》：韩武熙，5 册，日月书阁，1987
《三国志》：方基焕，4 册，清和出版社，1987
《三国志》：陈舜臣，6 册，（图书出版）中原文化，1990
《定本三国志》：延世大学翻译组，4 册，青年社，1990，1992
《三国志》：高盛毅，5 册，三省书籍，1991
《三国志》：朴钟和，8 册，语文阁，1991（12 版）
《演义原本直译三国志》：成元圭，5 册，伏翁轩舍，1992
《小说三国志》：李容浩，10 册，光信出版社，1993
《三国志》：金光烈，5 册，三省出版社，1993
《三国志》：朴正秀，8 册，青木，1994

《三国演义》部分翻译本：

《赤壁大战》：汇东书馆（1925）、东洋书馆、世昌书馆、德兴书馆、唯一书馆、汉城书馆、京城书馆等

《大胆姜维实记》：朴健会编，大昌书馆、普及书馆合刊，1922

《华容道实记》：朝鲜书馆（1913、1914、1915、1917），光东书馆（1920），太学书馆（1917），大昌书馆（1919），黑匡郭（1916，平壤）等

《三国大战》：永昌书馆（1918、1920、1921、1923），德兴书馆（1912），东洋书院（1925），世昌书馆（1935）

《关云长实记》：李钟植，光东书局（1917、1918），洪淳泌发行，京城书籍业组合（1926）

《赤壁歌（Pansoli）》：唯一书馆，汉城书馆（1916），京城书籍业组合（1926），德兴书馆（1930），东洋大学堂（1932）

《山阳大战》（《赵子龙实记》同种异本）：汉城书馆（1916、1917），京城书籍业组合（1919、1920、1926），朝鲜书馆（1922），东洋书院（1925），太华书馆（1929），汇东书馆（1925），唯一书馆（1916），以文堂（1935）等

《张飞马超实记》：光东书局（1917、1918、1919），京城书籍业组合（1926），朝鲜图书（1925）等

《黄夫人传》：世昌书馆（？）[①]

《梦决楚汉讼》：新旧书林（1914）

《五虎大将军记》：刊行处、刊行年度不详

《梦见诸葛亮》：刊行处、刊行年度不详

《诸葛亮传》：广益书局（1917）

《鸡鸣山》（《三国演义》略本 6 回））：姜夏馨发行，太华书馆（1928）

《桃园结义录》：坊刻本（京本），刊行年度不详

《独行千里五关斩将》：1 册，大昌书院、普及书馆合刊，1918

《后三国志》：

《后三国志》：李元燮，5 册，东洋出版社，1968

《后三国志》：赵诚出，5 册，文友社，1968

《后三国志》：李元燮，6 册，（图书出版）청화，1987

《后三国志》：李元燮，5 册，明文堂，1992

《小说后三国志》：黄钟勋，7 册，（图书出版）空间，1992

① 关于《黄夫人传》书志情况可参照后文中笔者对于金仁会论文的引用部分。

二、《三国演义》在朝鲜半岛的派生作品

《三国演义》传入朝鲜半岛之后，不仅深受广大民众的喜爱，而且对韩国的文学创作产生了一定的影响。20世纪初集中出现的一批《三国演义》派生作品就是很好的证明。据天台山人《朝鲜小说史》论述，因为《三国演义》深受广大读者的喜爱，所以出现了一批《三国演义》的节选译作，这一类作品主要有《华容道》《山阳大战》《赤壁大战》《刘忠烈传》《姜维实记》《玉人记》《魏王别传》等。李庆善指出《刘忠烈传》并不能归属于这类作品的同时，还说明了因为自己没有读过《玉人记》和《魏王别传》，所以无法考证这两部作品的归属问题。笔者也认为《刘忠烈传》不同于《山阳大战》《姜维实记》等作品，应当划归于韩国军谈类小说的范畴。此外，笔者在韩国学者曹喜雄所编著的《古典小说故事梗概集成》中找到了《玉人记》和《魏王别传》，但只见其名，不见其文。曹喜雄援引《朝鲜书志》的记录指出前者是以甘夫人为主人公而展开叙事的小说，后者也是《三国演义》的系列作品[①]。除了天台山人所列举的上述作品外，这一类作品还有《张飞马超实记》《关云长实记》《黄夫人传》等。李庆善在其著作中对部分作品的梗概做了介绍，并进行了简要的评述。前人研究成果对于我们接近和把握这些作品提供了一定的帮助，但由于这些研究往往缺少细致的文本比较，因而很难对作品进行更为详尽的了解。以下笔者将通过文本间的比较分析来对《三国演义》的派生作品进行考察，以便把握其存在状况。

（一）《张飞马超实记》[②]

《张飞马超实记》大体上讲述了从桃园结义至刘备进位汉中王这一段故事。这部作品在形式上与章回体的《三国演义》有所不同，全文没有回目，不分章节，卷首写有“万古名将张飞马超实记”的字样。其故事梗概如下[③]：

---

①〔韩〕曹喜雄：《古典小说故事梗概集成》，首尔：集文堂，2002年，第946、1045页。

②《张飞马超实记》有多个版本，本文以韩国国立中央图书馆所藏的光东书局本为研究对象。见〔韩〕李钟桢：《张飞马超实记》，首尔：光东书局，1918年。

③ 该作品的故事梗概是笔者根据光东书局本《张飞马超实记》的内容并参照韩国学者曹喜雄的《古典小说故事情节集成》的内容整理而成的。

话说东汉末年，在涿郡有一位贤士。此人姓张，名飞，字益德。一日，张飞在酒店里遇到刘备和关羽，三人同到张飞家中，共议天下大事并于桃园之中结为义兄弟。此时，奸臣弄权，朝政日非，群雄蜂起。曹操拥兵百万，胁迫天子，自称魏王，图谋篡逆。孙权雄踞江东，兵精粮足。刘表占据荆州，袁绍、袁术、吕布等也纷纷举兵，割据一方。这时，刘备也招募义兵，讨伐黄巾军。因破贼有功，官拜左将军、宜城亭侯，领豫州牧。后刘备为吕布和曹操所败，屯兵新野。刘备在新野得遇颍川徐庶，遂拜为军师。在徐庶的谋划下刘备大败曹军，不想曹操用计囚禁徐庶老母，徐庶只得赶奔曹营。临行前，徐庶向刘备举荐了诸葛孔明。刘备三顾茅庐，最终请得诸葛亮出山作了军师。刘备凭借诸葛亮的智谋韬略成功击退了夏侯惇率领的曹军。曹操亲率大军进犯，张飞在当阳长坂力拒敌军。但由于一时失去计较，拆毁桥梁，遭到了曹军的追击，幸得关羽率军赶到才化险为夷。曹操又企图联合孙权共伐刘备，东吴阵营一时间为主战主和而彷徨不定。在此紧要关头孔明来到东吴，舌战群儒，智激周瑜，终于说服周瑜与曹军开战。孙权听从周瑜的建议坚定了与曹操决一死战的信念。然而，因孔明的足智多谋而晓夜不安的周瑜却试图除去孔明，进而要加害刘备。慑于关羽的威仪，周瑜未敢轻举妄动，刘备也因此渡过险关。周瑜在赤壁与曹操展开了激战。此后刘备迎娶孙权之妹，孙刘和亲，汉上九郡已有一半归属玄德。曹操闻听这一消息，不禁手足无措，大惊失色。曹操采纳程昱的计策企图离间孙刘两家的联盟。恰在此时，为讨还荆州，周瑜行假途灭虢之计，不想为诸葛亮识破，愤懑不已，一命归天。孔明借吊唁周瑜之际，为刘备网络人才。与此同时，才智出众的庞统来投靠孙权，却未能受到重用。于是刘备接纳了庞统，拜为副军师。闻知周瑜的死讯，曹操企图先伐孙权再讨刘备，却又担心西凉马腾领兵来攻。于是曹操用计将马腾骗至许昌杀害。马超为报父仇，兴兵征讨曹操。马超率西凉兵大破曹军，杀得曹操割须逃窜，闻风丧胆。曹操重整军队，大破马超，班师回都。感到张鲁威胁的刘季玉请宗亲刘备出兵相助，刘备在张松和法正的帮助下引军攻打四川，庞统不幸在落凤坡遇难，刘备军也陷入危难之中。闻知情况危急，孔明和张飞引军来救。张飞用计擒获并义释蜀中名将严颜并在其帮助下直抵雒城救刘备于危难时刻。诸葛亮用计擒获张任，吴懿、雷铜等蜀将也先后倒戈，刘璋万般无奈之下向张鲁求救。话说马超在长安为曹操所败之后进入羌胡，数载有余，结好羌兵，攻拔陇西州郡。所到之处，尽皆归降。却说这时耿纪、韦晃二人欲举事讨伐曹操，无奈寡不敌众为夏侯惇所擒遇害。曹洪自到汉中，张郃、夏侯渊各据险要，曹洪自进兵直抵下辨。张飞、马超各守隘口，曹洪恐马超有谋，引军退回。张郃在曹洪面前夸下海口，立了军令状，引军来取巴西。张飞用计大破张郃。曹洪又令张郃去取葭萌关，让他戴罪立功。刘备遣黄忠与严颜两位老将前去迎敌。却说曹操亲率十万大军出兵斜谷，结果为刘备所败，又被魏延射伤，只得退兵回许都。孔明等诸将拥戴刘备作了汉中王。

该版本是于大正六年（1917年）九月二十七日由光东书局出版发行的，在扉页上明确竖版标记了如下的字样：

大正六年九月廿七日初版发行
大正七年一月十日 大正七年一月十五日再版印刷
定价金 三十五钱
京城府松岘洞七十一番地
著作兼发行者 李钟桢
京城府嘉会洞二百十六番地
印刷者 金宏奎
京城府寿松洞四十四番地
印刷所 普成社
京城府松岘洞七十一番地
发行者 光东书局
京城府坚志洞三十八番地
发卖所 太学书馆
平壤府大同门通
分卖所 光文册肆

此外，扉页上还分别印有一个方形图章、一个圆形图章以及一个椭圆形图章，其中方形图章的内容为“不许复制”四字；圆形图章的内容为“朝鲜总督府图书馆”；而椭圆形图章除了“朝鲜总督府图书馆”的字样外，还有“图书登录番号”的字样，图章中间部分刻有“昭和 7.12.15”以及图书登记号“13981”。

从图书扉页的内容上我们不难看出，《张飞马超实记》这一版本的出版发行时间为日本殖民时期。而从初版、再版的时间间隔来看，这本小说在当时还是较为畅销的，这也说明了三国故事在当时是极为受欢迎的。该作品是以古韩（朝）文创作的谚解本，全文没有句读①，只是在“却说”“且说”等启承转接的表现方式前进行了断句隔写。竖版印刷，甚至在人名和地名以及官名等专有名词后也没有标注汉字。从小说的内容看，该作品主要是在对罗贯中的《三国志通俗演义》进行节选翻译的基础之上，作了一些相应的修改，大体上讲述了从桃园结义至刘备进位汉中王这一段故事。但小说对于三顾茅庐之前的事件描述极为简略，只是寥寥数笔带过。从小说的语言特征看，作者的翻译手法接近直译，内容基本上贴近《三国志通俗演义》。例如《张飞马超实记》在描写诸葛亮的容貌时说孔明“身长八尺，面如冠玉，头戴纶巾，身披鹤氅，眉聚江山之秀，胸藏天地之机”②。这一段描写与罗贯中的《三国志通俗演义》是相吻合的③。在毛本《三国演义》中略去了“眉聚江山之秀，胸藏天地之机”。此外，当诸葛亮得知刘备在涪关进退两难之际，决定率军前往相助。临行前他将守备荆州的重任托付给关羽并叮嘱道：“……云长想桃园结义之情，竭力守之。据此之地，北挡曹操，东敌孙权，非小可之事也。公宜勉之。”④这一段描写同样是与《三国志通俗演义》相一致⑤。在毛本《三国演义》中则简略为“……云长想桃园结义之情，可竭力保守此地。责任非轻，公宜勉之”⑥。此外，在《张飞马超实记》中当刘备

① 这里所说的“句读”主要是指韩（朝）文书写中的断句隔写。

② “신장이팔척이요얼골이관옥ᄀᆞᆺ 고머리의윤건을쓰고몸의학창의입엇ᄂᆞᆫ눈섭의ᄂᆞᆫ강산정긔를씌 여잇고가의텬지조화를감츄어잇ᄂᆞᆫ지라”，〔韩〕李钟桢：《张飞马超实记》，首尔：光东书局，1918 年，第 5 页。

③ 罗贯中：《三国志通俗演义》，上海：上海古籍出版社，1980 年，第 368 页。

④ “운장은도원결의를ᄉᆡᆼ각ᄒᆞ 야심써직히라이써 북으로조조를당코동으로손권을 적ᄒᆞ 니져근일이아니라고은맛당이힘써ᄒᆞ 라”，〔韩〕李钟桢：《张飞马起实记》，首尔：光东书局，1918 年,第 67 页。

⑤ 罗贯中：《三国志通俗演义》，上海：上海古籍出版社，1980 年，第 607 页。

⑥ 罗贯中：《三国演义》，北京：北京出版社，2014 年，第 522 页。

进位汉中王后，诸葛亮命谯周作表，申奏献帝，以下还附有表的内容①。这一段描写也只见于《三国志通俗演义》②，在毛本《三国演义》中则被隐去。值得注意的是作者在翻译创作的过程中也参照了毛本《三国演义》，关于这一点我们将在后文中加以论述。从整体上来看，《张飞马超实记》并没有对于《三国志通俗演义》的叙事主线进行大幅度的改动，只是作了相应的删减和改编。具体来说，与《三国志通俗演义》不同的是，《张飞马超实记》首先就对张飞这一人物作了简要的介绍。小说在开篇写道：“话说东汉末年，在涿郡有一位贤士。此人姓张，名飞，字翼德。身长八尺，豹头环眼，燕颔虎须，声若巨雷，乃堂堂一世英雄。”③在《三国志通俗演义》中对于张飞的介绍直到刘备与张飞相遇后才出现。此外，作品对于刘、关、张三人相遇的场面也作了相应的改动。在《三国志通俗演义》中，刘备是在看招募义兵榜文时与张飞相遇的，而后二人一同来到酒店叙话并在酒店中遇到了关羽。而《张飞马超实记》则将三人的会面进行了简单化处理，在对张飞进行了简单的描述后就直接描写了张飞与刘备、关羽在酒店相遇的场面，并没有交代黄巾起义以及刘焉贴榜招募义兵等故事情节。不仅如此，正如前文所述，刘、关、张三人斩寇立功、张飞鞭打督邮、三英战吕布、千里走单骑以及马跃檀溪等三顾茅庐之前的诸多事件都在作品中被隐去，作者只用寥寥数笔便将故事的发展由桃园结义推进到了三顾茅庐。而作者对于三顾茅庐的场景描写也是相对简化的，只讲述了刘、关、张三人造访卧龙岗的主要过程，至于刘备和崔州平、石广元、孟公威以及黄承彦等人的相遇场面则均被隐去。三顾茅庐之后的事件叙述基本上是遵循着《三国志通俗演义》的发展脉络展开的，但在叙述的过程中也不乏一些作者主观的删减和改动。例如孙权跨江破黄祖、孔明遗计救刘琦以及刘琮降曹献荆州等描写均被隐去。对于赤壁大战的叙述也是到曹操任命蔡瑁、张允二人为水军都督训练水

---

①〔韩〕李钟桢：《张飞马超实记》，首尔：光东书局，1918年，第89、90页。

② 罗贯中：《三国志通俗演义》，上海：上海古籍出版社，1980年，第700页。

③ “화셜동한말의 탁군쟝 에일위현ᄉᆞ 잇스되셩은쟝이오명은비오ᄌᆞᄂᆞᆫ 익덕이니신쟝이팔쳑이오표범의머리오눈은고리눈이오턱은졔비턱이오슈염은범의나룻이오쇼ᄅᆡᄂᆞᆫ 우뢰ᄀᆞᆺ ᄒᆞ니당당ᄒᆞᆫ 일셰여웅일너라”，〔韩〕李钟桢：《张飞马超实记》，首尔：光东书局，1918年，第1页。

军就戛然而止，进而话锋一转描写了赵云迎接诸葛亮回夏口，并没有讲述曹操败走华容等场面①。而对于赵云迎接诸葛亮回夏口的描写作者也进行了简化处理。《三国志通俗演义》描写了赵云箭射蓬索，力退徐盛的场面②，《张飞马超实记》却略去了表现赵云勇武的这一节，只是说孔明辞别周瑜乘船回到夏口③。此后作品又略去了周瑜南郡战曹仁、诸葛亮一气周瑜、傍略四郡以及二气周瑜等情节描写，一笔带过玄德东吴招亲，将故事的发展直接推进到了诸葛亮三气周瑜。此外，落凤坡箭射庞统的场面描写也是一笔带过④，而许褚大战马孟起、赵云截江夺幼主以及葭萌张飞战马超等场面均被隐去。作者的这些处理有些并不影响故事叙述的连贯性，有些却使故事的完整性遭到了破坏，给读者一种有始无终的感觉。

从叙事方式来看，《张飞马超实记》并不是一部围绕张飞和马超展开描写的英雄传记。正如前文所述，这部小说是循着《三国志通俗演义》的故事情节主线而展开叙事的改编作品。虽然小说在开篇就提到了张飞，但故事的讲述却终止于刘备进位汉中王，谯周作表申奏献帝。作者在小说的结尾又采取了一种章回体小说的惯用表述方式："欲知后事如何，且看下回分解"，进而又写道："张飞马超实记终"⑤，对于张飞和马超并没有进行单独表述和交代，这难免给读者造成一种意犹未尽的感觉。具体来说，作品对于张飞的描写主要集中在三顾茅庐、博望烧屯、据水断桥、义释严颜以及瓦口关战张郃等几个场景中，与《三国志通俗演义》相比，鞭打督邮、智擒刘岱、斩周善夺阿斗、葭萌关战马超等场景均被隐去。尽管作者删减了一些与张飞相关的描写，但三顾茅庐、据水断桥、

① "장윤ᄎᆡ 모이인이슈군을교련ᄒᆞᆯᄉᆡ 연강에이십ᄉᆞ 좌문을ᄂᆡ 고큰ᄇᆡᄂᆞᆫ 밧게잇셔셩곽이되고 젹은ᄇᆡᄂᆞᆫ 안에잇셔가히왕ᄂᆡᄒᆞ 니져믈ᄆᆡ 등화가슈면의휘황찬난ᄒᆞ 니ᄉᆞᆷᄇᆡᆨ 여리에화광이숫 치지안터라각셜이ᄯᆡᄂᆞᆫ 동십일월이십일갑ᄌᆞ가되엿ᄂᆞᆫ 지라현덕이ᄌᆞ 룡을불너군ᄉᆞ 를조발 ᄒᆞ야젼션을타고남녁언덕에가기다리니공명이주유를하직 ᄒᆞ고나오거날"，〔韩〕李钟桢：《张飞马超实记》，首尔：光东书局，1918年，第45页。

② 罗贯中：《三国志通俗演义》，上海：上海古籍出版社，1980年，第474页。

③〔韩〕李钟桢：《张飞马超实记》，首尔：光东书局，1918年，第45页。

④ "각셜이ᄯᆡᄂᆞᆫ 건안칠월초칠일의군사방통이낙봉파의셔장님의게살을마져죽엇다ᄒᆞ 거ᄂᆞᆯ"，〔韩〕李钟桢：《张飞马超实记》，首尔：光东书局，1918年，第67页。

⑤ "이뒤가엇지된지하문을보아분해하라 장비마초실긔죵"，〔韩〕李钟桢：《张飞马超实记》，首尔：光东书局，1918年，第90页。

义释严颜以及瓦口关战张部等几个场面的描写还是能够彰显人物豪放直爽、勇猛威武、粗中有细的性格特征。因此，从整体上来看，作品对于张飞这一人物形象的塑造还是比较丰满的。而反观作品中马超的人物形象则略显单薄。《三国志通俗演义》中对马超的描写主要有刺王方擒李蒙、兴兵取潼关、渭桥六战、大战许褚、步战五将以及葭萌战张飞等。其中刺王方擒李蒙的描写见于卷二“李傕郭汜杀樊稠”，是马超第一次在作品中登场，同时这也是三顾茅庐之前发生的事件。正如前文所述，《张飞马超实记》略去了三顾茅庐之前的诸多事件，因而刺王方擒李蒙德的场面描写自然也被隐去。作者见缝插针，将马超的登场安排在了周瑜向孙权陈说利害，劝说孙权破操的段落中。《三国志通俗演义》在卷九“周瑜定计破曹操”中描写了周瑜向孙权陈说曹操南征的四点用兵之患，其中第一点就是“今北土未平，马超、韩遂为操之后患”[①]。而《张飞马超实记》的作者在翻译创作的过程中则借题发挥，在“北土未平”之后，以“却说”这样的叙述方式先介绍了马腾，进而引出马超，然后又言归正传，让周瑜继续陈述其他三点用兵之患[②]。这样的插话显然是生硬且不符合逻辑的。不仅如此，作者还删减了大战许褚、步战五将以及葭萌战张飞等场面描写，只保留了兴兵取潼关以及渭桥六战的一小部分内容。尽管对于曹操兵败潼关，割须仓皇逃窜的描写也在一定程度上衬托出了马超的英勇无敌，但由于作者所着笔墨不足，还是使得马超这一人物形象缺乏生动感。作者在叙事过程中基本上采用了章回小说的表现手法，除了结尾处“欲知后事如何，且看下回分解”的表述方式外，“话说”“却说”“且说”等表现手法在作品中也是屡见不鲜的。此外，作者还常常利用对于时间的表述来转换场景描写，上文中提到的刘备派赵云迎诸葛亮回夏口的描写就是一个很好的例子：“却说这时是冬十一月二十日甲子，玄德唤子龙调拨军士驾舟到南岸等候。”[③]为了能够突出中心人物，作者还采用了移花接木的手法，但从效果上来看并不十分理想。博望烧屯是诸葛亮初出茅庐所指挥的第一个经典战役，《三国志通俗演义》卷

---

① 罗贯中：《三国志通俗演义》，上海：上海古籍出版社，1980年，第435页。

②“조조가이번여긔일으미병법에 리믈만이범ᄒᆞᆫ 지라북녁을평정치못ᄒᆞ 얏스 장찻엇지ᄒᆞ 리잇가각셜이셔량의한명장이잇스되셩은마요명은등이라일즉아달을두엇스되얼골이준슈ᄒᆞ 고의ᄉᆡ 할달ᄒᆞᆫ 지라일홈을마초라ᄒᆞ 리라마등이십만군을거ᄂᆞ 려조조를쳐항복밧기를원ᄒᆞ 야항상포함ᄒᆞ 기를원ᄒᆞᄂᆞᆫ 지라이ᄯᅢ 조조가오ᄅᆡ 남을치ᄂᆞᆫ 거시졔일 림이오”，〔韩〕李钟桢：《张飞马超实记》，首尔：光东书局，1918年，第35页。

③〔韩〕李钟桢：《张飞马超实记》，首尔：光东书局，1918年，第45页。

八在诸葛亮博望烧屯中描写了诸葛亮指挥若定以及博望坡战役的场景。诸葛亮在排兵布阵，调拨将士时让云长引一千五百军埋伏在豫山，令益德带一千五百军埋伏于安林，又命赵子龙为前部，不要赢，只要输。[①]在《张飞马超实记》中诸葛亮作了同样的部署，只是略去了关羽。然而，在随后的战斗场景中佯输诈败，引诱敌军的赵云却变成了张飞，《三国志通俗演义》中与赵云相关的描写也全部置换到了张飞身上[②]。不仅如此，《三国志通俗演义》中火烧新野时用布袋堰住白河水的关羽在《张飞马超实记》中也摇身一变就成了张飞。[③]如果说白河用水这一场景描写中的人物置换还不留痕迹的话，与此相比，博望烧屯时的移花接木则显得颇为牵强，给读者一种张冠李戴、前后矛盾的感觉。当庞统在落凤坡遇伏身亡之后，诸葛亮与张飞兵分两路，前来救援。张飞率一万精兵，取大路，杀奔巴州、雒城之西。孔明拨一支兵，派赵云为先锋，溯江而上，会于雒城。张飞义释严颜并在其帮助下直抵雒城。此时，刘备调拨军士攻打张任的营寨，他令黄忠领军取左，魏延引兵取右，而自己率军取中路。张任退入雒城后，刘备又率军攻城。不想张任令吴兰、雷铜二人分别敌住黄忠和魏延，自己则径奔军中来捉拿玄德。刘备敌不过张任，向山僻小路落荒而逃。正当此危急时刻，张飞率军赶到救了刘备。这一段描写见于《三国志通俗演义》卷十三“张益德义释严颜 孔明定计捉张任”[④]。《张飞马超实记》却将这一场景中的刘备置换成了张飞，而取代张飞的则是马超[⑤]。这样的处理显然是不符合逻辑的，因为在刘备调拨军士之时张飞尚未赶到，况且以张飞的勇武又怎能敌不过张任？而马超此时也还没有归顺刘备，不可能在此现身。《张飞马超实记》的作者只是单纯地将

---

① 罗贯中：《三国志通俗演义》，上海：上海古籍出版社，1980 年，第 384 页。

② “ 하후돈이장비의진바라보고크게웃거제장이웃연고를무른하후돈왈전진을보고웃노라견양을모라호를치미라고나아가니장비말을달녀오거마싸화슈합에장비거짓야닷거하우돈이로더니장비십여리식다라나다가말을돌녀싸호다닷거놀 하후돈이써 라박망파의이르러”，〔韩〕李钟桢：《张飞马超实记》，首尔：光东书局，1918 年，第 9 页。

③“원릐 장비공명의령으로일진을거ᄂ 려포ᄃ 의흙을느어ᄇ 하상류물을막앗다가인마를네ᄂ 소릐 를듯고포ᄃ 를일시에헷치니물이창일ᄒ 야인마ᄒ 슈즁에 져죽ᄂ 지라”，〔韩〕李钟桢：《张飞马超实记》，首尔：光东书局，1918 年，第 11 页。

④ 罗贯中：《三国志通俗演义》，上海：上海古籍出版社，1980 年，第 607—613 页。

⑤“장비장님을ᄃ 적지못ᄒ 야말을도로혀산벽소로를바라고다라ᄂ 니장님이ᄯ 라와졈졈미치게되엿스 ᄆ장비ᄂ 다만혼 ᄌ오장님은뒤에밋쳐오더라장비압을바라고진을쳐닷더니문득산로일군이 ᄂ닷거 놀장비탄왈압 ᄒ복병이잇고뒤ᄒ 츄병잇스니하놀 이날을죽게ᄒ 시도라ᄒ 더니그군ᄉ 다닷거놀 보니옷듬쟝슈셔량ᄉ 람마등의아달마초더라”，〔韩〕李钟桢：《张飞马超实记》，首尔：光东书局，1918 年，第 73 页。

事件中的人物进行了简单置换，却并没有理顺事件的来龙去脉，也没有对事件前后的故事情节进行相应的合理化处理。作者在这里还特别指出救张飞的是西凉人马腾的儿子马超，因而我们可以断定这样的处理并非是作者的笔误或是排版中的错误，而是作者有意而为。此外，当张飞中计被张任和吴懿围困，赵云率军从江边杀出，交战只一回合就生擒了吴懿。这一场面的描写同样见于《三国志通俗演义》卷十三“孔明定计捉张任”。而《张飞马超实记》的作者却将此处的赵云置换成了马超。作者的意图无非是想通过这些描写使马超这一人物形象更加突出，然而由于没有对前后的故事情节发展进行相应的处理，这种移花接木式表现手法的运用反而损害了叙事的逻辑性和完整性。正如前文所述，作者在描写雒城之战时，通过人物的置换突出表现了马超的英勇，但在前文中诸葛亮发兵之时明明是令赵云为前部先锋，溯江而上，会于雒城[①]。不仅如此，在后文中作者又描写了赵云解吴懿见玄德，这显然与前文中马超生擒吴懿的描写是自相矛盾的[②]。此外，作者在后文中还描述了马超为曹操所败之后入羌胡，数载有余，结好羌兵，攻拔陇西州郡。所到之处，尽皆归降[③]。显然这时的马超尚未归顺到刘备的麾下，赵云到马超的转换愈发令人费解。这种表述上的前后矛盾将整个故事割裂开来，使之成为了一个个相对独立的片断。

除了上述的几个层面之外，这部作品还有一点是值得我们注意的。这就是在《张飞马超实记》的创作过程中作者还翻译并插入了部分诗词。在韩国小说中插入诗词的现象是较为少见的，即使在《红白花传》这样的才子佳人小说类作品中插入的诗词也是凤毛麟角。中国小说在被译成韩（朝）文后，原文中所插入的诗词往往被省略掉。而在《张飞马超实记》中则插入了部分翻译的诗词。举例来说，无论是《三国志通俗演义》还是毛本《三国演义》都描写了孔明昼寝醒后吟诗的场面。在小说中插入的诗词原文如下：

---

①“공명이셕 일군을죠발ᄒᆡ 야됴ᄌᆞ 룡으로ᄒᆡ 야곱션봉을ᄉᆞᆷ 아강을거사려올나낙셩의모드라하고”，〔韩〕李钟桢：《张飞马超实记》，首尔：光东书局，1918年，第68页。

②“ᄌᆞ룡이오의를잡아다가현덕을뵈인ᄃᆡ”，〔韩〕李钟桢：《张飞马超实记》，首尔：光东书局，1918年，第75页。

③“건안팔년팔월의마초쟝안의셔 야강호의드러간지슈년의남은지라강호를 괴여농셔제군을이르는곳의항복지아니미업시니일 에명쟝이라 더라”，〔韩〕李钟桢：《张飞马超实记》，首尔：光东书局，1918年，第79页。

大梦谁先觉？平生我自知。
草堂春睡足，窗外日迟迟。①

《张飞马超实记》的作者将以上的诗词翻译后插入了小说中，诗文的内容如下：

큰ᄭᅮᆷ 을뉘먼져ᄭᆡ 다른고평ᄉᆡᆼ 을ᄂᆡ 스ᄉᆞ 로알니로다쵸다의봄
조름이족ᄒᆞ 니창밧긔ᄂᆞᆯ 이더듸고더듸도다

此外，在张飞据水断桥，独挡曹兵的场面描写之后，作者翻译并插入了赞颂张飞的诗词，其原文如下：

후인이시를지어왈쟝판교머리에살긔가나니챵을빗기고말을세
우ᄆᆡ 눈이두렷ᄒᆞ 더라ᄒᆞᆫ 쇼ᄅᆡ 가됴히뇌진을치ᄂᆞᆫ 것蒚ᄀᆞᆺᄒᆞ 야홀노죠
가의ᄇᆡᆨ 만병을물니더라②

确切地说，在这里作者翻译的并不是《三国志通俗演义》中的原文，而是毛本《三国演义》中的诗词。《三国志通俗演义》中插入的诗词如下：

长坂桥头杀气生，横枪立马眼圆睁。
一声好似轰雷吼，独退曹公百万兵。③

以下是毛本《三国演义》中插入的诗词：

长坂桥头杀气生，横枪立马眼圆睁。

① 罗贯中：《三国志通俗演义》，上海：上海古籍出版社，1980年，第368页；罗贯中：《三国演义》，北京：人民文学出版社，2014年，第317页。

②〔韩〕李钟桢：《张飞马超实记》，首尔：光东书局，1918年，第15页。

③ 罗贯中：《三国志通俗演义》，上海：上海古籍出版社，1980年，第413页。

一声好似轰雷震，独退曹家百万兵。①

比较以上两首诗文，我们可以看到《三国志通俗演义》中的“吼”字在毛本《三国演义》中变成了“震”字，而“曹公”也变为了“曹家”。另外，在诗词插入前，《三国志通俗演义》中写道：“后史官有诗一首赞曰”，在毛本《三国演义》中则为“后人有诗赞曰”。虽然两者之间只存有这些细微的差别，但从作者一贯直译的翻译手法来看，不难判断这首诗词是从毛本《三国演义》中翻译而来的。这也说明了作者在翻译创作的过程中虽然是以《三国志通俗演义》为底本，但同时也参照了毛本《三国演义》。

除了以上的诗词之外，《张飞马超实记》中还翻译并插入了《铜雀台赋》，这是诸葛亮使用激将法智说周瑜时所背诵的。从内容上来看，《铜雀台赋》也同样是译自毛本《三国演义》。之所以这样说，是因为《三国志通俗演义》与毛本《三国演义》中所插入的《铜雀台赋》有一处明显不同，《三国志通俗演义》中的“挟‘二桥’于东南兮，若长空之蝃蝀”在毛本《三国演义》中变为了“揽‘二乔’于东南兮，乐朝夕之与共”。两者相比较，毛本《三国演义》中的内容显然更容易激怒周瑜，细微的变动使故事情节更加合理化，而《张飞马超实记》中《铜雀台赋》的内容正是与毛本《三国演义》相一致。②这些也是《张飞马超实记》在创作过程中参照了毛本《三国演义》的另一佐证。

通过比较我们可以断定《张飞马超实记》中插入的诗词内容基本上是从毛本《三国演义》翻译而来的。那么，为什么小说的语言表述贴近于《三国志通俗演义》，而插入的诗话则更接近于毛本《三国演义》呢？笔者认为这与小说作者的蜀汉正统思想不无相关。毛纶、毛宗岗父子所修订的《三国演义》虽然在主要内容上与罗贯中的《三国志通俗演义》没有太大的出入，但毛本《三国演义》拥刘反曹的立场却更加明确。尽管《三国志通俗演义》对曹操也是毁多誉少，但罗贯中对于这一人物的描写也不乏赞美之词，还是在一定程度上对曹操给予了肯定。反观毛本《三国演义》，毛氏父子删减了许多《三国志通俗演义》中对曹操肯定的描写。举例来说，当曹操第一次在作品中登场时，《三国志通俗演义》

① 罗贯中：《三国演义》，北京：人民文学出版社，2014 年，第 349 页。

②“두교녀를동남으로당긔미여조셕으로질거움을한가지 ᄒᆞ리로다”，〔韩〕李钟桢：《张飞马超实记》，首尔：光东书局，1918 年，第 33 页。

对其进行了如下的描述："为首闪出一个好英雄，身长七尺，细眼长髯，胆量过人，机谋出众，笑齐桓、晋文无匡扶之才，论赵高、王莽少纵横之策，用兵仿佛孙吴，胸内熟谙韬略"[①]。通过这一段描写我们不难看出罗贯中对曹操的评价还是很高的。而在毛本《三国演义》中这一段描写则被简化为"为首闪出一将：身长七尺，细眼长髯"[②]，毛氏父子将对于曹操的誉美之辞尽皆删掉了。《三国志通俗演义》在卷六"关云长千里独行"中不仅引用了裴松之的评语和宋贤的诗来赞美曹操，而且还进一步加以阐发："此言曹公平生好处，为不杀玄德，不追关公也，因此可见得曹操有宽仁大德之心，可作中原之主。"[③]而这一系列的描述在毛本《三国演义》中也是踪迹全无。此外，《三国志通俗演义》卷六"曹操乌巢烧粮草"一节描写了曹操将部下暗通袁绍的书信全部焚毁，并引史官之诗加以赞美。作者在这里写道："史官有诗曰：尽把私书火内焚，宽宏大度播恩深。曹公原有高光志，赢得山河付子孙。此言曹公能捞笼天下之人，因而得天下也。"[④]这一段誉美之辞也毫不例外地被毛本《三国演义》删掉了[⑤]。除了上述例子之外，从上文赞誉张飞勇武的诗词中也可以看到这样的倾向。相比之下，"曹公"还算是一个略显尊敬的称谓，而"曹家"则完全没有了这样的含义。《张飞马超实记》的作者也正是基于这种尊刘抑曹的蜀汉正统思想才选择了毛本《三国演义》中的诗词内容作为翻译的对象。关于蜀汉正统论我们将在后文中加以论述。

（二）《关云长实记》[⑥]

《关云长实记》大致讲述了从桃园结义至关羽归神这一段故事。这部作品与《张飞马超实记》一样，没有回目，不分章节，在卷首写有"万古名将关云长实记"的字样。其故事梗概如下[⑦]：

---

① 罗贯中：《三国志通俗演义》，上海：上海古籍出版社，1980年，第8页。

② 罗贯中：《三国演义》，北京：人民文学出版社，2014年，第7页。

③ 同上书，第259—260页。

④ 同上书，1980年，第301页。

⑤ 关于《三国志通俗演义》和毛本《三国演义》在曹操这一人物描写上的差异，可参见《三国志通俗演义》"前言"。罗贯中：《三国志通俗演义》，上海：上海古籍出版社，1980年，第10—11页。

⑥《关云长实记》有多个版本，本文以韩国国立中央图书馆所藏的光东书局本为研究对象。

⑦ 该作品的故事梗概是笔者根据光东书局本《关云长实记》的内容并参照韩国学者曹喜雄的《古典小说故事情节集成》的相关内容整理而成的。

东汉末年，在河东解良出了一位英雄人物，此人姓关，名某，字云长。灵帝登基之后，朝政日非，人心思乱。这时巨鹿人张角在山中遇到南华仙官得授天书，他聚集人众，号为黄巾军，攻城略地，致使天下大乱。朝廷大惊，遣中郎将卢植、皇甫嵩、朱儁兵分三路征讨黄巾军。此时，刘备在看到刘焉招募义兵的榜文后与关羽、张飞相遇，三人在桃园结为义兄弟，并召集义兵讨伐黄巾贼。由于董卓弄权，左右朝政，诸侯对董卓进行讨伐，刘、关、张三兄弟在征讨董卓的过程中于虎牢关前战退吕布，立下了战功。司徒王允将貂蝉先后献给吕布和董卓，设计离间二人。陶谦死后虽然将徐州城让给了刘备，但不久就为吕布所夺。刘备与曹操联合征讨吕布的军队，刘备以攻打袁术为借口离开许昌并击溃袁术的军队，走投无路的袁术吐血身亡。关张二人用计杀死图谋杀害刘备的车胄并率兵迎击曹操派遣的王忠和刘岱军队。刘备兵败当阳长坂，幸得张飞力拒操军，又得关羽率援军杀出，才迫使曹操退兵，幸免于难。刘备在与曹操的战斗中大败之后寄身于荆州，孙刘两家联合在赤壁大战中凭借诸葛亮的奇谋巧计击溃了曹操的百万大军。关羽虽然几近生擒曹操，但念其旧情，最终还是放走了他。在此期间刘备攻取了四郡，而东吴却一无所获，荆州归属问题致使孙刘两家出现了不睦。刘备进位汉中王并派遣关羽守备荆州。同时，刘备还封关羽、张飞、黄忠、赵云、马超为五虎大将。关羽在水淹七军并生擒于禁、庞德后，声威大震。然而在攻打曹仁守备的樊城时为毒箭所伤，毒深入骨。名医华佗为其刮骨疗毒，将箭毒去除干净。看到关羽全然不顾疼痛，泰然自若地一边饮酒下棋一边接受治疗的样子，华佗十分感佩。曹操听从司马懿的进谏遣使东吴陈说利害，劝说孙权攻取荆州。吴国探知荆州空虚，趁机发兵攻打。东吴大将吕蒙用白衣渡江之计袭取了荆州。关羽闻讯急忙回军救援，结果败走麦城，最终中计被擒，不幸遇害。关公所乘赤兔马数日不食草料而死。成功用计擒杀关羽的吴国大将吕蒙在庆功宴上为关羽的魂灵所杀。吴国为了转嫁蜀国的仇恨，将关羽的尸身送到了魏国。曹操以王侯之礼厚葬了关羽。闻知关羽的死讯后，刘备与张飞放声痛哭，誓要为其报仇雪恨。诸葛亮劝说刘备要伺机而动。关羽死后，后人为了纪念这位万古的英雄建了关王庙。关王庙四时香火不断。

该版本是于大正六年（1917年）十月二十七日由光东书局出版发行的，在扉页上明确竖版标记了如下的字样：

大正六年十月廿七日初版发行
大正七年一月廿五日再版发行
大正七年十二月十七日 大正七年十二月二十日三版印刷发行
关云长实记[①] 定价金 拾八钱
京城府钟路通二丁目五十一番地
著作兼发行者 李钟桢
京城府嘉会洞二百十六番地
印刷者 金宏奎
京城府寿松洞四四番地
印刷所 普成社
京城府钟路通二丁目五十一番地
发行者 光东书局

此外，扉页上还分别印有一枚方形图章、一枚圆形图章以及一枚椭圆形图章，其中方形图章的内容为“不许复制”四字；圆形图章的内容为“朝鲜总督府图书馆”；而椭圆形图章除了“朝鲜总督府图书馆”的字样外，还有“图书登录番号”的字样，图章中间部分刻有“昭和7.12.15”以及图书登记号“13711”。

从出版时间来看，《关云长实记》这一版本的出版发行时间也是在日本殖民时期，该作品与读者见面的时间要比《张飞马超实记》晚一个月。而从初版、再版乃至三版的时间间隔来看，这本小说在当时也同样是极受欢迎的。

光东书局版的《关云长实记》同《张飞马超实记》一样，也是以古韩（朝）文来进行创作的谚解本，全文没有句读，只是在“却说”“且说”等启承转接的表现方式前进行了断句隔写。竖版印刷，只是在人名及部分代名词的后面标注了对应的汉字。从小说内容看，作者主要是在直接或间接参照罗贯中的《三国志通俗演义》以及毛纶、毛宗岗父子修改过的《三国演义》的基础上，对其中主要的故事情节进行了节选翻译，并作了一些相应的改动，大致讲述了从桃园结义至关羽归神这一段故事。

① 原文为“관운장실긔”。

从小说的语言来看，翻译的手法接近直译，绝大部分内容都贴近《三国志通俗演义》的原文。具体来说，首先是在小说开篇描写宦官弄权的段落中，作者除了提到曹节和段珪外还提到了王甫①。罗贯中的《三国志通俗演义》在开篇写道："……至秋九月，中涓曹节、王甫弄权，窦武、陈蕃预谋诛之，机谋不密，反被曹节、王甫所害。"②而在毛本《三国演义》中并没有提到王甫。此外，在《关云长实记》描写曹操兵败赤壁，败走华容的场景中，当曹操向手下军卒询问哪条路去南郡江陵更近时，军士禀告说："取南夷陵过葫芦口去最便。"③这一描写与《三国志通俗演义》中的内容是相一致的④。而在毛本《三国演义》中军士则禀告说："取北彝陵过葫芦口去最便。"⑤不仅如此，在《关云长实记》中，当关羽在华容道义释曹操后，诸葛亮援引高祖斩丁么，封雍齿的典故指出王法乃国家典刑，不容人情，假意要将关羽军法从事⑥。高祖斩丁么，封雍齿的典故只见于《三国志通俗演义》，而在毛本《三国演义》中却找不到这样的描写，只是说孔明要按军法从事⑦。由此可以，《关云长实记》主要是以《三国志通俗演义》为底本来进行翻译创作的。而之所以说《关云长实记》的作者参照了毛纶、毛宗岗父子修改过的《三国演义》主要是缘于以下几点原因。首先是在《三国志通俗演义》中张飞的表字写作"益德"⑧，而在《关云长实记》和毛本《三国演义》中均作"翼德"⑨。除此之外，

---

①"이ᄯᅢ 텬운이슌환ᄒᆞ 야환데붕ᄒᆞ 고령데(靈帝)즉위ᄒᆞᆫ 지이십이셰라됴졀(曹節)왕보(王甫)단규(段珪)동이권셰를희롱ᄒᆞ 야조뎡을탁난케ᄒᆞ더라"，〔韩〕李钟桢：《关云长实记》，首尔：光东书局，1918年，第1页。

② 罗贯中：《三国志通俗演义》，上海：上海古籍出版社，1980年，第1页。

③"군ᄉᆞ 왈남여릉으로호로곡을지나가ᄂᆞᆫ 거시가장편ᄒᆞ 니이다"，〔韩〕李钟桢：《关云长实记》，首尔：光东书局，1918年，第37页。

④ "伏道人禀曰：取南夷陵过葫芦口去最便"，见罗贯中：《三国志通俗演义》，上海：上海古籍出版社，1980年，第484页。

⑤ 罗贯中：《三国演义》，北京：人民文学出版社，2014年，第412页。

⑥"옛날고죠황데뎡공(高祖皇帝丁公)을버히고옹치를봉ᄒᆞ 심은군법을졍히ᄒᆞ 심이니엇지군령을폐ᄒᆞ 니오ᄒᆞ 고무ᄉᆞ 를호령ᄒᆞ 야ᄂᆡ 여버히라ᄒᆞ 니운장셩명이경각의잇ᄂᆞᆫ 지라"，〔韩〕李钟桢：《关云长实记》，首尔：光东书局，1918年，第43页。《三国志通俗演义》中为"丁么"，此处的"丁公"应为"丁么"的讹误。

⑦ "此是云长想曹操昔日之恩，故意放了。昔日斩丁么，封雍齿，所以正军法也。王法乃国家之典刑，岂容人情哉！既已责下军令状，罪不能免，推出斩之，以正军法。"见罗贯中：《三国演义》，北京：人民文学出版社，2014年，第415—416页。

⑧ 罗贯中：《三国志通俗演义》，上海：上海古籍出版社，1980年，第4页。

⑨〔韩〕李钟桢：《关云长实记》，首尔：光东书局，1918年，第2页；罗贯中：《三国演义》，北京：人民文学出版社，2014年，第4页。

《关云长实记》在描写关羽败走麦城，被俘遇害时明确写明了当时是建安二十四年冬十月，关羽亡年五十八岁①。在毛本《三国演义》中也有同样的描写，只不过时间是建安二十四年冬十二月②。而在《三国志通俗演义》当中却没有这样的描写。由此可见，《关云长实记》的作者在其翻译创作过程中兼顾了两个版本的内容。当然，细节处的微小改动也可能源自于其他韩国《三国演义》派生作品的影响，但即便是这样，我们也有理由说《关云长实记》这部小说是在间接参照《三国志通俗演义》以及《三国演义》的基础翻译创作而成的。从整体上来看，《关云长实记》的作者并没有对《三国志通俗演义》或是《三国演义》的主要情节进行大幅度的改动，只是做了细微的处理和相应的删减。例如：小说在开篇就提到“东汉末年，在河东解良出了一位英雄人物，此人姓关，名某，字云长”。并且当关羽遇到刘备后仍然是如此介绍自己，称自己姓“关”名“某”③。而在《三国志通俗演义》和《三国演义》中关羽登场自报家门之时明确说道：“吾姓关，名羽，字长生，后改云长，河东解良人也”④。显而易见，作者将关羽的名字由“羽”改成了“某”。李庆善曾经指出，也许是由于作者崇尚关羽，所以才不敢直呼其名。关于这一点笔者抱有不同的看法。诚然，朝鲜王朝时期对于关帝的崇拜在民间十分盛行，但关帝信仰本就是在明代时期由中国传入朝鲜半岛的，对此我们将在后文中详加论述，而且无论是在《三国志通俗演义》还是在《三国演义》中“关某”“关羽”“云长”这几种称谓都是交替使用的。中国的小说作家对于关帝的名字尚无此讳忌，更何况是国外的小说作者呢？因而笔者认为李庆善的这一见解是缺乏说服力的。那么又是什么原因使《关云长实记》的作者为关羽改换了名字呢？如果我们细读罗贯中的《三国志通俗演义》，就不难在其中找到答案。在《三国志通俗演义》中关羽向刘备报过姓名之后接着说道：“因本处豪霸倚势欺人，关某杀之，

①“관공부ᄌᆞᄂᆞᆫ 잡힌바되여ᄒᆡ 를만나시니ᄯᅢ 는건안이십ᄉᆞ 년동십월이오츈츄ᄂᆞᆫ 오십팔셰러라”，〔韩〕李钟桢：《关云长实记》，首尔：光东书局，1918年，第74页。

② 罗贯中：《三国演义》，北京：人民文学出版社，2014年，第624页。

③“각셜동한말의하동 량에한영웅이잇스되성은관(關)이요명은모(某)요 운장이라”，“셩명을무르니대왈셩은관이오명은모요 는운쟝이라”，〔韩〕李钟桢：《关云长实记》，首尔：光东书局，1918年，第1、3页。

④ 罗贯中：《三国志通俗演义》，上海：上海古籍出版社，1980年，第5页；罗贯中：《三国演义》，北京：人民文学出版社，2014年，第5页。

逃难江湖五六年矣”[①]。在刘备率部初次迎击程远志和邓茂为首的黄巾军时，作者又写道：“玄德出马，左有关某，右有张飞……程远志见了，心胆皆碎，措手不及，被关某刀起处，挥为两段”[②]。此外，刘备初次向公孙瓒介绍关羽以及公孙瓒向袁绍介绍云长时都称关羽为关某。由此可见，在《三国志通俗演义》中，无论是关羽自身还是他人都将其称为“关某”。而在毛本《三国演义》中“关某”则被改为“吾”“关羽”“云长”等。虽然在《三国演义》当中也出现了“关某”这样的称谓，但其使用频率却远远不及《三国志通俗演义》。如此看来，《关云长实记》中“关某”的称谓当来自于《三国志通俗演义》。此外，《关云长实记》在描写宦官弄权的开篇部分就提到了段珪，而无论是在罗贯中的《三国志通俗演义》还是毛本《三国演义》中段珪的名字都是出现在稍后登场的十常侍中。而《三国志通俗演义》以及《三国演义》中所提到的“南华老仙”在《关云长实记》中被改为“南华仙官”。不仅如此，《三国志通俗演义》以及毛本《三国演义》中所提到的《太平要术》在《关云长实记》中亦被隐去，只是说张角在南华仙官处得到了天书而已。除此之外，在毛本《三国演义》中关羽的身高为九尺，在《三国志通俗演义》中为九尺三寸，而在《关云长实记》中则为九尺五寸。诸如此类的细节改动在这里就不一一列举了。

从叙事方式来看，《关云长实记》同《张飞马超实记》一样，也并非是一部名实相符的“英雄一代记”。众所周知，在《三国志通俗演义》以及《三国演义》中重点描写关羽的场景主要有温酒斩华雄，斩颜良诛文丑，千里走单骑过关斩将，华容道义释曹操，战长沙义释黄汉升，藐吴臣单刀赴会，水淹七军擒于禁、庞德，刮骨疗毒以及败走麦城和玉泉山显圣等。反观《关云长实记》，作品在开篇分别写道：“东汉末年，在河东解良出了一位英雄人物，此人姓关，名某，字云长”；又在结尾处写道：“云长是万古名将，他的魂灵也如同在世时一样威风凛凛，天下人都爱戴他，因而建了关王庙，关王庙至今四时香火不断”[③]。作者这样的叙事手法使得作品前后呼应，给读者一种小说全篇都是围绕关羽这一主人公来展开的感觉。但具体来看，《关云长实记》并没有详尽地一

① 罗贯中：《三国志通俗演义》，上海：上海古籍出版社，1980 年，第 5 页。

② 同上书，第 7 页。

③“운장이만고의명장이오영혼도ᄉᆡᆼ 시와곳 치위풍이늠늠ᄒᆞ 기로텬하만민이다ᄉᆞ 랑ᄒᆞ 고관암묘를건축ᄒᆞ 여ᄉᆞ 시향화를이셔 지긋치지안터라”，〔韩〕李钟桢：《关云长实记》，首尔：光东书局，1918 年，第 80 页。

一描写上述与关羽相关的重要事件。作者将温酒斩华雄、斩颜良诛文丑、千里走单骑过关斩将以及单刀赴会这些表现关羽神勇威武形象的经典场面都删减掉了，斩颜良诛文丑以及过关斩将之事直到赤壁大战曹孟德兵败华容的时候才通过关羽和曹操之口被提及。而水淹七军，生擒于禁、庞德的场面描写也基本上被省略了，作者的叙述从庞德请命出兵直接过渡到了于禁被俘乞命，庞德凛然就戮[①]。败走麦城和玉泉山显圣部分的描写基本上与《三国志通俗演义》的主要情节相一致，只是较为简略。可以说《关云长实记》的作者在塑造关羽这一人物形象时，真正泼洒笔墨之处只有华容道义释曹操以及刮骨疗毒这两节，这两个场面的叙述基本上是对《三国志通俗演义》原文内容的翻译。由此可见，小说《关云长实记》并不是以关羽为中心来展开叙述的，而是按照《三国志通俗演义》的故事情节，特别是刘备军事集团的发展主线来进行叙事的。可以说整部作品就是《三国志通俗演义》的浓缩版，只不过故事的讲述终止于关羽归神，而不是三国归晋。如前文所述，作者删减了一些与关羽相关的事件。不仅如此，在翻译创作的过程中作者还删减了许多《三国志通俗演义》中重要的场面描写。例如：吕布诛董卓、曹操白门斩吕布、官渡之战、三顾茅庐、博望烧屯、火烧新野、长坂坡赵云救主、诸葛亮舌战群儒、草船借箭、七星坛祭风、三气周瑜、落凤坡箭射庞统以及刘备智取汉中等主要故事情节在《关云长实记》中均被隐去。作者大刀阔斧式的删减使得故事的叙述缺乏了连贯性，给读者过于跳跃的感觉。作者往往在一个事件还没有讲述完的情况下就以“却说”这样的字眼将话题转到了另一个场景。“却说”这样的表述方式在《三国志通俗演义》以及《三国演义》当中是随处可见的，然而，在《关云长实记》作者的手中“却说”似乎变成了一个具有超级功能的剪辑工具，“游刃有余”地剪接着各个场景画面。这使得许多故事的讲述戛然而止，给读者造成了一种有始无终的感觉。具体来看，在司徒王允设计离间吕布与董卓之后，故事的发展应该是以吕布诛董卓为结局而告一段落，但在《关云长实记》中作者则以“却说”的表述方式将故事的发展由司徒王允说貂蝉直接推

①“죠죠ᄃᆡ 희ᄒᆞ 야왈령명은짐짓강쟝이로다하더라각셜관공이쟝막의올나안즈 도부쉬우금을잡아오니우금이ᄶᅡ 업ᄃᆡ 여절ᄒᆞ 여살기를청ᄒᆞ 거ᄂᆞᆯ ……관공이방덕을잡아오라ᄒᆞ 니방덕이ᄃᆡ 로ᄒᆞ 야눈을부릅ᄯᅳ 고셔셔ᄶᅮ 짓거ᄂᆞᆯ ……관공이ᄃᆡ 로ᄒᆞ 야도부슈를ᄶᅮ 지져미러ᄂᆡ 여버히라ᄒᆞ 니방덕이목을느리어형벌을바드니관공이어엿비녀겨쟝ᄉᆞᄒᆞ 다”，〔韩〕李钟桢：《关云长实记》，首尔：光东书局，1918 年，第 69、70 页。

进到了曹嵩途经徐州被杀，曹操兴兵报父仇①。从《三国志通俗演义》的回目来看，这一跨越跳过了四个章节。此外，当作者刚刚讲述完张飞请命去生擒刘岱后，故事情节就通过“却说”直接发展到了张飞在当阳长坂独退曹军②。而当鲁肃叮嘱诸葛亮切不可向孙权实言曹操兵多将广之后，作者又将故事的发展直接推进到了张辽箭射黄盖，救曹操上岸③。不仅如此，刘备至东吴招亲的描写也是有始无终，故事情节由孙权向吴国太及乔国老表明招亲不过是赚取荆州的计策直接过渡到了曹操遣使东吴劝说孙权袭取荆州④。从《三国志通俗演义》的回目来看，这段叙事由诸葛亮舌战群儒直接过渡到了曹操败走华容道，其间隐去了诸葛亮舌战群儒、诸葛亮智激孙权、群英会瑜智蒋干、诸葛亮智伏周瑜、黄盖献计破曹操、庞统进献连环计、曹孟德横槊赋诗、七星坛诸葛祭风等多个场景。由此可见，作者运用“却说”这种表述方式在这里完成的不仅仅是跨越，而是飞跃。诸如此类跳跃式的描写还有前文提到的关羽水淹七军。作者同样是运用“却说”这一表述方式将故事的进程由庞德请命出兵轻描淡写地转到了于禁被俘乞命，庞德凛然就戮。《关云长实记》的故事演绎方式就如同一部电视连续剧在播放了一、二集之后，略去了三、四集，进而又播放了五、六集一样。这种大幅度跨越式的表现手法使得许多场面都独立成章，这无疑影响了故事叙述上的连贯性，似乎只有熟知三国故事的读者才能将各个片断贯穿连接起来。此外，由于缺少了古城聚义、三顾茅庐

---

①“왕윤이칭찬을마지아니ᄒᆞ 더라한나라텬하창기쵸션갓흔인물과의사ᄂᆞᆫ 이로칭냥치못ᄒᆞᆯ 너라이러무로셰상일이여ᄎᆞᄒᆞ 더라각셜쵸죄정병을조발ᄒᆞ 야류비운쟝쟝비를치고ᄌᆞᄒᆞᆯᄉᆡ 조숭을다려올ᄉᆡ숭이셔주에이르니ᄒᆞ 슈도겸(陶謙)이마ᄌᆞ 진치ᄒᆞ 야관ᄃᆡᄒᆞ 고……”〔韩〕李钟桢：《关云长实记》，首尔：光东书局，1918年，第13页。

②“현덕왈네다만졔셩명을히ᄒᆞ 면ᄂᆡᄃᆡᄉᆞ를그릇ᄒᆞᆯ 가ᄒᆞ 노라장비왈져를죽이면ᄂᆞᆯ 을그갑ᄉᆡ죽이리라ᄒᆞᆫᄃᆡ 현덕이ᄉᆞᆷ천군을쥬어보ᄂᆡ 니라각셜문빙(文聘)조인(曹仁)리젼하후돈하후연(夏侯淵)악진(樂進)장뇨(張遼)장합(張郃)허져(許褚)등이장판교의일으러바라보니일원ᄃᆡ 장이고리눈부릅ᄯᆞ 고호슈를거스르고손의장팔ᄉᆞ 모빗겨들고말을모라다리우에셧스니이ᄂᆞᆫ 곳쟝익덕이라”，〔韩〕李钟桢：《关云长实记》，首尔：光东书局，1918年，第29页。

③“노숙이공명다려부탁ᄒᆞ 야왈이제우리쥬공을보고일졀조죠의군ᄉᆞ 만흐믈말ᄒᆞ 지말나공명이쇼왈량이스ᄉᆞ 로견긔ᄒᆞ 야변통ᄒᆞ 리니장군은념려치말나ᄒᆞ 더라각셜장요ᄉᆡ 살노황ᄀᆡ燿(黃蓋)를쏘아물에나리치고조죠를구완ᄒᆞ 야필마를어더다라나니……”〔韩〕李钟桢：《关云长实记》，首尔：光东书局，1918年，第34页。

④“손권왈그러치아니ᄒᆞ 다이ᄂᆞᆫ 주유의계교라형주를취ᄒᆞ 려ᄒᆞ 되병긔를일으혀치면ᄉᆡ 녕이도탄 ᄒᆞᆯ가져어ᄒᆞ 야일노써일홈을ᄉᆞᆷ 고현덕을속여불너다가가두아두고형주를달나ᄒᆞ 야듯지아니ᄒᆞ 면죽이려ᄒᆞ 니일노써된묘ᄎᆡ 일너라ᄎᆞ 셜손권이조조의글월을보고만총(滿寵)을후ᄃᆡᄒᆞ 더라손권이모ᄉᆞ 로더부러의논ᄒᆞᆫᄃᆡ ……”〔韩〕李钟桢：《关云长实记》，首尔：光东书局，1918年，第61页。

等场面的描写，略去了必要的交代和说明，赵云、诸葛亮等人物的登场也显得颇为突兀。赵云在作品中的第一次登场是在刘备为解徐州之围而向公孙瓒借兵之时①，而第二次出场则是在率兵于乌林截杀曹操之时②，作者不但没有交代赵云是如何成为刘备麾下的一员，甚至连赵子龙长坂坡单骑救主这样的经典场面也删减了。而诸葛亮的登场则是在刘备兵败当阳，关羽率援军赶到，曹操惊叹中计之时③，作者对于此前的三顾茅庐只字未提。

除了上述这些问题之外，《关云长实记》这部小说中还存在一些错误，有些错误还是较为明显的。例如：与《三国志通俗演义》相对照来看，“刘岱”被误作“刘代”；“丁么”被误作“丁公”。三英战吕布，攻打虎牢关时，十八路诸侯联军的先锋官孙坚在文中有一处被误作孙权④。当作品描写关羽率军攻打樊城为毒箭所伤之时，文中先是提到关羽右臂中箭，然而后文在王甫的口中却又变成了左臂损伤，这很显然是自相矛盾的⑤。

与《张飞马超实记》不同，在《关云长实记》中看不到一首诗词。正如前文所述，中国小说在翻译成韩（朝）文后，其中的诗词部分往往被略去。

（三）《大胆姜维实记》⑥

该作品虽然名为《大胆姜维实记》，但实际内容并不是姜维的英雄一代记。作品内容与毛本《三国演义》第一百五回“武侯预伏锦囊计 魏主拆取承露盘”中间部分至一百二十回“荐杜预老将献新谋 降孙皓三分归一统”的内容完全一致。只是没有翻译毛本中插入的诗词。此外，作

---

①“공손찬이허락ᄒᆞ 고군ᄉᆞ 이쳔과장슈조운(趙雲)을주니운에ᄌᆞᄂᆞᆫᄌᆞ 룡(子龍)이오상산사 ᄅᆞᆷ이라”，〔韩〕李钟桢：《关云长实记》，首尔：光东书局，1918年，第14页。

②“일원ᄃᆡ 장이크게불너왈나ᄂᆞᆫ 상산조ᄌᆞ 룡이라군ᄉᆞ 에장을밧드러여긔셔기다린지오ᄅᆡᆺ 노라”，〔韩〕李钟桢：《关云长实记》，首尔：光东书局，1918年，第37页。

③“조조ᄃᆡ 경ᄒᆞ 야급히군ᄒᆞ 를물리며제장을도라 와가로ᄃᆡ 제갈양(諸葛亮)의계교에속앗도다ᄒᆞ 고다라ᄂᆞᆫ 거ᄂᆞᆯ”，〔韩〕李钟桢：《关云长实记》，首尔：光东书局，1918年，第31页。

④“ 잇튼날현덕운쟝쟝비션봉손권으로더부러호뢰관을쳐아스니모든제후낙양으로드러가둔치고잇더라”，〔韩〕李钟桢：《关云长实记》，首尔：光东书局，1918年，第11页。

⑤“관공이급히말을도로혀다가올흔팔에살을마ᄌᆞ 말게나려지다……왕보왈군후의왼편억ᄀᆡ 가상ᄉᆞ 심을보고모다의논ᄒᆞ 오니……”〔韩〕李钟桢：《关云长实记》，首尔：光东书局，1918年，第71、72页。

⑥ 本文以韩国国立中央图书馆藏本为研究对象。该版本的作者为朴健会，发行处不详。

者在小说的开篇除了对姜维进行了简单的介绍之外，还阐明了创作动机。作者对于姜维尽心报国，却无力回天的悲惨结局深表惋惜，因而才翻译创作了这部小说作品[①]。从总体上来说，《大胆姜维实记》除了开篇部分以及原作中所插入的诗词之外，其内容与毛本《三国演义》别无二致，可以看作是毛本《三国演义》后半部的译作。

（四）《山阳大战》（《赵子龙实记》）[②]

《山阳大战》是一部章回体小说，全文共分为十个章节，在卷首写有“三国风尘山阳大战”的字样。其回目及故事梗概如下[③]：

回目：

第一章 曹操商议伐汉，先锋韩晓进军

第二章 先主孔明忧贼兵，云长孟起发救兵

第三章 斩八将建立首功，诛名武横行魏阵

第四章 马超战韩晓，云长救孟起

第五章 斩韩晓大破魏兵，迫无奈三国请兵

第六章 关云长被困魏阵中，赵子龙马跃山阳水

第七章 赵子龙横扫三国兵，曹孟德割须大逃亡

第八章 大排宴慰劳三将，九稽山汉魏相会

第九章 孔明举数罪曹操大惭，两军阵前诸将大比武

第十章 老将黄忠擒曹仁，斗阵法曹操退兵

---

① 화셜지라삼국시졀에텬슈현귓다에 담크고특이한일ᄃᆡ 명장이잇스니셩은강이요명은유요ᄌᆞ는ᄇᆡᆨ약이니그사ᄅᆞᆷ 되오미신장이팔척이오낫츤거무며수염은길고눈을발근별갓흐며상묘는당당ᄒᆞ 고위풍은름름ᄒᆞᆫ 지라어미를지셩으로셤기며문무가쌍젼ᄒᆞ 고지용이겸비ᄒᆞ 니참당셰영걸일너라쳐음에는텬슈ᄃᆡ 슈마준의휘하부장이되엿다가후에졔갈량의게항복ᄒᆞ 공명이평ᄉᆡᆼ 의ᄉᆡᆼ 혼바ᄌᆡ 조를구젼심슈ᄒᆞ 야가르치니강유진심으로ᄇᆡ 슈ᄒᆞ 더라이른바졔갈량이죽으면강유난다ᄒᆞ 더니과년졔갈무후가오장원에셔별릿더러진뒤로공명의지우와부탁을바다진심갈력ᄒᆞ 야아홉번긔산에나아가중원을쳤으나후쥬는암약하ᄒᆞ 야황호를신임ᄒᆞ 며경사를다사리지아니ᄒᆞ 니비록열강유가잇스나텬의를엇지ᄒᆞ 리오담크다강ᄇᆡᆨ 약이여구사일ᄉᆡᆼ 으로종회쳐결ᄒᆞ 야장게취게ᄒᆞ 야한실를회복하려다가십통병니이러나난군중에죽엇스니엇지가련ᄒᆞ 고원통치아니ᄒᆞ 리오져ᄌᆡ 삼국지를보다가가유의구벌중원ᄒᆞᆫ 사실을보면그림에 이되엿스니한번소릐지르고ᄎᆡᆨ 상을치지아니치못ᄒᆞ 리로다

② 本文以韩国国立中央图书馆所藏的唯一书馆版《山阳大战》为研究对象。见〔韩〕南宫楔：《山阳大战》，首尔：唯一书馆，1916 年。

③《山阳大战》的回目是笔者根据原文翻译而成的，而故事梗概则是根据唯一书馆本《山阳大战》的内容并参照韩国学者曹喜雄的《古典小说故事情节集成》的相关内容整理而成的。

故事梗概：

话说汉末，汉、魏、吴三国纷争时期，曹操在山阳水与汉军的战斗中大败之后，难以抑制胸中的怨气，与手下的谋士程昱和诸将商议出兵伐汉。程昱向曹操阐明了汉军在军事上的优势以及诸葛亮那神鬼莫测的妙计奇谋，并劝说曹操要修德养性，伺机而动。此时西凉太守韩晓嘲笑对汉给予高度评价的程昱，并自愿率领军队进攻汉。尽管程昱提醒曹操不要忘记山阳水战斗失败的教训，但曹操依然任命韩晓为先锋率军攻汉。韩晓率领大军渡过山阳水，经过马下驿，昼夜行军，最终到达汉境内。韩晓差遣一个将官把战书转交给了汉王。此时正在新野与先主刘玄德共议天下大事的诸葛亮通过星象得知曹操不甘在山阳水大战中的失利，又要侵犯汉境，因而劝说刘备提兵防御。然而令人担心的是子龙、孟起、汉升、云长、翼德都在远方。这时守城将士通报说魏兵已来到城下，刘备看到城外遍野的魏军，不禁灰心丧气，放声痛哭。诸葛亮吩咐太史官说，如果过些时候依然没有好消息就保护先主暂避一时。这时马超和关羽率军赶到，孔明极为高兴。虽然马超自请为先锋，孔明却任命关羽为先锋。看到马超十分不快，关羽劝说军师任命马超为先锋官。于是，诸葛亮任命马超为先锋，让关羽率领中军，同时还告诫马超在与韩晓的八员名将交锋时不要轻敌，如果不敌韩晓，要与云长商议。听了军师的嘱托，马超与关羽率军直突魏军阵营。韩晓的八员副将出阵迎战，瞬间都被马超斩落马下。马超斩下敌将首级，在魏军阵营冲杀一阵后返回中军，并向关羽夸耀自己的才能。关羽一方面称赞了马超的勇武，一方面又叮嘱他不要轻敌。马超再次杀向魏军阵营，徐恢为了报杀弟之仇出马迎战。正在胜负难分之时，魏将张叔又出马与徐恢双战马超，结果二将先后死于马超的枪下。魏将韩玄企图以弓箭射杀马超，结果也死在马超枪下。韩玄之弟韩聪为了替兄报仇出马迎战，虽然射中马超的臂膀，最终也被马超刺死。此时云长赶上马超，担心他为弓箭所伤，所幸弓箭未能穿透三层甲胄，没有伤到马超。就在魏军阵营中没有人能与马超争锋匹敌时，先锋韩晓亲自出马了。韩晓与马超缠斗百余合，待马超气力渐渐衰竭，便布下了鸳鸯阵，将其围困在阵中。关羽冲进敌阵救出马超，安抚一番后又杀进魏军阵营。关羽与韩晓交战并最终将其斩落马下。曹操惊闻韩晓的死讯叹息不已，此时程昱献计让曹操向吴王孙权以及西蜀江东借兵来报仇雪恨。吴王孙权以及西蜀江东也正想借机伐汉，因此马上就答应了曹操借兵的请求。三方约定在南屏山下布营结阵，曹操亲自登上武劫山观望阵势。关羽在万军丛中所向披靡，如入无人之境。曹操下令将关羽围困在阵中。尽管关羽斩杀敌军无数，但无奈被数十层敌军所围，一时间难以杀透重围。见此情景，马超也杀入敌阵，结果也被困在阵中。为了生擒关羽，曹操派出大将徐晃，结果却死于关羽的刀下。当张辽也铩羽而归之后，程昱又献计困死云长。关羽被困数日，粮草断绝，不禁仰天长叹。且说赵子龙本来镇守四川，一日夜不成寐，凭几而坐之时，恍惚中猛然见到关羽满身是血，告知汉正处于危机。子龙猛然惊醒，原来是南柯一梦。子龙夜观天象，发现汉形势危急，于是告知众将随后赶来，自己则急忙赶奔南屏山下。与此同时，程昱也通过观测天象得知赵云正在赶来，于是毁掉山阳水侧近的船只，迁徙了附近的居民，企图以此来阻挡子龙。赵云单枪匹马来到山阳水，却发现人迹船只皆无，不禁仰天长叹。百般无奈之下，赵云催马跃过了山阳水。赵云登上韩山姑苏台瞭望敌情，只见魏军漫山遍野，却不见汉军。子龙以为关羽和马超已死于魏军阵中，正在痛哭之际遇到了马超手下的将官。得知二位将军被困于阵中。于是赵云杀入阵中，将关羽和马超救至彤云桥，随即又突入敌阵，要生擒曹操。曹操割须，仓皇逃窜。赵云发现曹操将星明亮，心知不能擒获曹操，于是开弓放箭。程昱舍命用盾牌和马鞍将来箭一一挡下。赵云为程昱的忠心所感动，于是放走了曹操。曹操因南屏山大战的失败而懊恼不已，程昱又献计让曹操在九稽山设下伏兵，企图诱引汉王刘备至此并一举擒获。诸将都表示赞同，于是曹操传书约刘备在九稽山见面讲和。不知就里的刘备十分高兴，当场作书答复。孔明识破了曹操的奸计并制定了对策。刘备与曹操在九稽山相见叙谈之后，曹操提出要见孔明。孔明带着子龙和翼德出现在九稽山。看到孔明仪表不俗，曹操劝说孔明投靠自己。孔明大笑并严词指责了曹操的篡逆行为，使得魏军将士无不羞愧难当。曹操又提议通过比试武艺来决定胜负，孔明欣然应允。魏军中的曹洪、许褚、文聘以及汉军中的刘封、关平等出列比试了箭法。孔明对张飞面授机宜，让其在一百五十步开外射中目标，从而先拔头筹。曹操愤愤不平，又提出比试枪法，结果又是大败亏输。赵云击败郭淮，王平击败夏侯惇，张飞击败许褚，马超生擒曹洪，关平击败张郃，只有魏延败给了庞德。在最后一战中黄忠生擒曹仁，去其头盔并用墨涂黑了曹仁的脸，然后将其放归本阵。盛怒之下，曹操再次向孔明挑战。孔明让赵云箭射曹操的头盔，曹操大惊失色，连忙逃归本阵。孔明又令张飞、黄忠、马超、刘封、赵云布阵。曹操向左右询问阵法，司马懿告诉曹操此为奇门遁甲阵，阵法变化莫测。曹操听后，斗志丧失殆尽，心生退意。孔明又命赵云在米仓山设下伏兵于三更时分伏击曹军。赵云依计行事，果然大败曹军，高奏凯歌。孔明见子龙得了许多军械马匹，大喜，于是拔寨返回新野。

该版本是于大正五年（1916年）二月二十九日由唯一书馆出版发行的，在扉页上竖版标记了如下的字样：

大正五年二月二十五日初版印刷
大正五年二月二十九日发行
山阳大战[①] 定价金 三十五钱
京城府钟路二丁目十九番地
著作兼发行者 南宫楔
京城府中林洞三三三番地
印刷者 金重焕
京城府寿松洞四四番地
印刷所 普成社
京城府宽勋洞七十二番地
发行所 唯一书馆
京城府钟路通二丁目十九番地
发卖所 汉城书馆

此外，同《关云长实记》《张飞马超实记》等作品一样，图书的扉页上还分别印有一枚方形图章、一枚圆形图章以及一枚椭圆形图章，图章的内容也与上引几部作品基本相同。

从出版时间来看，《山阳大战》这一版本的出版发行时间同样是在日本殖民时期，唯一书馆版的《山阳大战》同《关云长实记》《张飞马超实记》等作品一样，也是以古韩（朝）文创作的谚解本，全文没有标

① 原文为“산양 ᄃᆡ뎐”。

点，但从第二章后半部分起进行了断句隔写，全文竖版印刷。所不同的是全文标注了大量的汉字，不仅人名、地名旁边标有汉字，文中的汉字词旁边也标有对应汉字。从叙事形式上来说，《山阳大战》采用了章回体小说的文体形式，每一章都以“话说”“却说”“且说”等表现形式起始，而又以“下回分解”结束。从小说的内容来看，这是作者根据《三国演义》的部分情节独立创作的一部《三国演义》派生作品[①]。与《关云长实记》《张飞马超实记》等作品不同，《山阳大战》中没有任何一部分内容直接翻译自《三国演义》。作者不仅借用了《三国演义》中的部分人名和地名，还杜撰了一些新的人物，描写了蜀魏之间的虚构战争场面。举例来说，作品中的南屏山和米仓山都来自于《三国演义》，其中南屏山是诸葛亮筑坛祭风之地[②]，而米仓山则是曹军的屯粮之所[③]。作品中登场的赵云、关羽、张飞以及曹洪、夏侯惇、张郃等大部分蜀魏战将都是我们耳熟能详的，然而西凉太守韩晓以及韩玄之弟韩聪却是作者杜撰出来的。《三国演义》中的西凉太守是马腾[④]，而韩玄之弟为韩浩[⑤]。作者不仅在作品中创造了新的人物，还改变了一些三国人物的命运。例如：《三国演义》中的韩玄本是在长沙被魏延所杀[⑥]，但在《山阳大战》中却死于马超的枪下[⑦]。而魏国大将徐晃在《三国演义》中本是为孟达所射杀[⑧]，但在《山阳大战中》却是被关羽斩落马下[⑨]。尽管《山阳大战》

---

① 罗贯中的《三国志通俗演义》与毛氏父子修订过的《三国演义》在主要故事情节的叙述上是一致的，本文在分析《山阳大战》的过程中以毛本《三国演义》为比较参照对象。

② “都督若要东南风时，可于南屏山建一台……”见罗贯中：《三国演义》，北京：人民文学出版社，2014 年，第 402 页。

③ “张郃寻见夏侯尚、韩浩议曰：‘此天荡山，乃粮草之所，更接米仓山，亦屯粮之地……’”见罗贯中：《三国演义》，北京：北京出版社，2006 年，第 226 页。

④ “一日，人报西凉太守马腾、并州刺史韩遂二将引军十余万，杀奔长安来，声言讨贼”，见罗贯中：《三国演义》，北京：北京出版社，2006 年，第 37 页。

⑤ “韩浩曰：‘我在长沙知此老贼厉害。他和魏延献了城池，害吾亲兄，今既相遇，必当报仇！’”见罗贯中：《三国演义》，北京：人民文学出版社，2014 年，第 582—583 页。

⑥ “魏延直杀上城头，一刀砍韩玄为两段，提头上马，引百姓出城，投拜云长”，见罗贯中：《三国演义》，北京：人民文学出版社，2014 年，第 434 页。

⑦“마초(馬超)오는 살을잡아썩 거바리고창(槍)을날녀한현(韓玄)을질너마하(馬下)에나리치고……”〔韩〕南宫楔：《山阳大战》，首尔：唯一书馆， 1916 年，第 17 页。

⑧ “却说徐晃被孟达射中头额，众军救到寨中，取了箭头，令医调治，当晚身死，时年五十九岁”，见罗贯中：《三国演义》，北京：人民文学出版社，2014 年，第 782 页。

⑨“관공(關公)의청룡도(青龍刀)빗나는 곳에셔황(徐晃)의머리마하에써 러지는 지라”，〔韩〕南宫楔：《山阳大战》，首尔：唯一书馆，1916 年，第 33 页。

中的场面描写都来自于作者的创作，所讲述的故事也与《三国演义》不同，但我们还是不难在其中发现《三国演义》故事情节的痕迹与影子。

《山阳大战》的第一章描写了曹操与手下谋士及将佐商议出兵伐汉的场面。谋士程昱分析了战局，说明了蜀汉兵精粮足的实际情况。他向曹操陈说利害，劝说曹操要实修德政，勤练士卒，以待天时。而西凉太守韩晓则对程昱的看法不以为然，他主动请命，率军伐汉，要生擒刘备与诸葛亮。如上文所述，韩晓是作者独创的一个人物形象，并没有出现在《三国演义》当中。然而，韩晓请命伐汉的故事场景却可以在《三国演义》中找到相近的片断。《三国演义》第三十九回“荆州城公子三求计 博望坡军事初用兵”中描写了曹操聚文官武将商议南征的场面[①]。夏侯惇向曹操禀告说：“近闻刘备在新野，每日教演士卒，必为后患，可早图之”。于是曹操即命夏侯惇为先锋，领兵十万，直抵博望，以窥新野。此时，荀彧和徐庶都提醒曹操不要轻视刘备，说刘备英雄，更兼诸葛亮为军师，如虎添翼。而夏侯惇却不以为然，在曹操面前夸下海口，要一阵生擒刘备，活捉诸葛亮。由此可见，韩晓请命伐汉与夏侯惇请命南征的情节描写是极为相似的。两个人都是刚愎自用，一意孤行，夸口要生擒刘备和诸葛亮。

《山阳大战》第六章叙述了关羽被困于敌军阵中，赵云赶来相救的故事。镇守四川的赵云一日夜不能寐，伏几而卧之时，恍惚间看到一员大将臂挽头盔，倒提青龙刀，满身鲜血，告知他蜀汉正处于危机之中，责问他为何还不赶往救援。子龙急问缘由之时，猛然惊醒，原来是南柯一梦[②]。这一场面描写与《三国演义》中刘备梦中见关羽的场景颇为相似。《三国演义》第七十七回“玉泉山关公显圣 洛阳城曹操感神”中有一段关羽遇害之后，托梦给玄德请他起兵雪恨的描写。刘备也是在不能宁睡，神思昏迷，凭几而卧之时见到了关羽，关羽泣告玄德要他起兵雪恨，而

① 罗贯中：《三国演义》，北京：北京出版社，2006年，第129页。

② “각셜조ᄌᆞ 룡(却說趙子龍)이ᄉᆞ 쳔(泗川)을직히엿더니ᄎᆞ 시(此時) ᄂᆞᆫ 동십월망간(冬十月望間)이라월ᄉᆡᆨ (月色)은만졍(滿庭)ᄒᆞ 고ᄒᆞᆫ 풍(寒風)은소슬ᄒᆞᆫ 데잠을일우지못ᄒᆞ 고등쵹(燈燭)을도도고셔안(書案)에의지(依持) ᄒᆞ 야잠간(暫間)조으더니문득일원ᄃᆡ 장(一員大將)이투구를버셔팔에걸고쳥룡도(青龍刀)를거구로집고몸에유혈(流血)이랑자(浪藉)ᄒᆞ 야가로ᄃᆡ 지금ᄒᆞ (漢)나라위ᄒᆞ (危殆) ᄒᆞ 미시각(時刻)에잇거ᄂᆞᆯ 장군(將軍)은엇지모르고구치안ᄂᆞ 뇨자룡(子龍)이급(急)히그연고(緣故)를뭇고져ᄒᆞᆯ 지음에놀나ᄭᆡ 다르니남가일몽(南柯一夢)이라”，〔韩〕南宫楔：《山阳大战》，首尔：唯一书馆，1916年，第36页。

刘备忽然惊觉后发现原来是一场梦[①]。此外，《山阳大战》在这一章还描写了赵云马跃山阳水的场面。当赵云发现无船渡河之时，对自己的坐骑说，现在汉形势危急，如跳过山阳水，就能君臣相见，救民于水火，如若不然，就一同死在此处。那马听了这番话，猛然倒退数十步，腾空跃过了山阳水[②]。这一描写自然会使我们联想到《三国演义》中刘玄德马跃檀溪的场面。在《三国演义》第三十四回“蔡夫人隔屏听密语 刘皇叔跃马过檀溪”中，刘备为了躲避蔡瑁的追杀，跃马跳过了檀溪。那马也是听了玄德的话后，忽然从水中涌身而起，一跃三丈，飞上对岸[③]。

《山阳大战》第七章描写了赵子龙单枪匹马冲入敌阵救出云长和孟起以及曹操割须逃窜的场面[④]。在这一章的描写中，子龙单枪匹马冲锋陷阵的场面与《三国演义》中赵云于汉水救黄忠和张著的情节颇为相似[⑤]。在两部作品中，赵云都是杀入重围，左冲右突，无人敢阻，从而救出了被围困的友军。而且曹操通过向众将询问方才知道这就是当年长坂坡救阿斗的赵子龙以及子龙浑身是胆等描写也均见于两部作品中。而曹操割须仓皇逃窜的场面描写则是源于《三国演义》第五十八回“马孟起兴兵雪恨 曹阿瞒割须弃袍”。在《三国演义》中本是马超在潼关大破曹军，使得曹操割须弃袍，仓皇逃命。作者以移花接木的手法将这一场景挪移到了《山阳大战》之中，以此来表现赵云的英勇无敌。此外，这一章还有一处细节描写也源于《三国演义》。当曹操被赵云追赶，仓皇逃命之时，惊问左右自己的头颅是否还在[⑥]。这一描写本是《三国演义》第一百四回“陨大星汉丞相归天 见木像魏都督丧胆”中的内容，惊问头颅尚在与否的是司马懿[⑦]。作者将这一描写转接到曹操身上，也是为了反衬赵云的勇武。值得一提的是曹操割须以及惊问头颅尚在与否的描写还见于韩国盘骚里作品《赤壁歌》中，关于这一点我们将在后文中加以论述。这一章还描写了程昱忠心护主的场面。当程昱搀扶曹操上船后，赵云开弓放箭射曹操。程昱用盾牌挡住来箭，在盾牌碎裂后，程昱又急忙摘掉马

---

① 罗贯中：《三国演义》，北京：人民文学出版社，2014年，第637—638页。

②〔韩〕南宫楔：《山阳大战》，首尔：唯一书馆，1916年，第39页。

③ 罗贯中：《三国演义》，北京：人民文学出版社，2014年，第294页。

④〔韩〕南宫楔：《山阳大战》，首尔：唯一书馆，1916年，第40—44页。

⑤ 罗贯中：《三国演义》，北京：人民文学出版社，2014年，第592—593页。

⑥“조죠놀나좌우다려문왈(問曰)네 머리그져잇나냐”，〔韩〕南宫楔：《山阳大战》，首尔：唯一书馆，1916年，第45页。

⑦ 罗贯中：《三国演义》，北京：人民文学出版社，2014年，第868页。

鞍遮挡来箭，舍命保护曹操[①]。这一场景与《三国演义》中许褚举鞍遮挡马超的弓箭，独奋神威保护曹操的场面是较为接近的[②]。

《山阳大战》第九章讲述了诸葛亮举数罪痛斥曹操以及蜀魏将领比武的内容。其中诸葛亮举数罪痛斥曹操的描写应是参照效仿了《三国演义》第九十三回“姜伯约归降孔明　武乡侯骂死王朗”的内容。无论是《山阳大战》诸葛亮痛斥曹操的言语还是《三国演义》孔明骂死王朗的说辞中都有 “于九泉之下，何面目见二十四帝”这样的质问[③]。而蜀魏将领比试武艺，特别是比试弓箭一节则与《三国演义》第五十六回“曹操大宴铜雀台，孔明三气周公瑾”中曹操手下将官比试弓箭的场面比较接近。

从以上的比较分析来看，《山阳大战》虽然是一部由作者独立创作的作品，但其中的很多情节描写都可以还原到《三国演义》中。由此可见，作者是在熟读并参照《三国演义》的基础上创作了《山阳大战》。在蜀魏将领的弓箭比试后，作者又描写了比试枪法的场面。正如故事梗概所描述的那样，在这一场比试中，几乎所有的蜀将都取得了胜利，只有魏延败给了庞德，而且魏延没有遵守比试的规则，输得很不光彩。作者的这一描写想来也是受了《三国演义》的影响。魏延在《三国演义》中虽然也是蜀汉的一员骁将，但在孔明死后却意图谋反，结果被早有预见的孔明遗计杀死。而马超的旧部庞德虽然后来归降曹操，但被关羽擒获后却忠贞不屈，引颈受戮。庞德虽是曹营将领，但《三国演义》对其正面描写极多，他不仅忠贞不屈，而且骁勇善战。魏延虽是追随刘备，但却晚节不保，落得个身首异处的悲惨下场。这两个人物在《山阳大战》作者的心中早有了高下之分，因而也就有了作品中魏延败给庞德的场面描写。《山阳大战》的作者在创作过程中还刻意突出了《三国演义》中人物形象的特征。诸葛亮的足智多谋，赵云、关羽、马超的勇猛善战以及刘备动辄落泪在作品中均有体现。诸葛亮的足智多谋在作品中不仅体现在深谙韬略、熟知兵法上，还表现在通天文、晓地理、能掐会算、先知

---

① “뎡욱(程昱)이급히방패(防牌)를들어오ᄂᆞᆫ 살을여러번막으ᄆᆡ 방ᄑᆡ (防牌)ᄭᅴ 여지ᄂᆞᆫ 지라ᄯᅩ 말달ᄋᆡ 를ᄯᅢ 여들고쥭을힘을다ᄒᆞ 야분분(紛紛)이드러오ᄂᆞᆫ 살을막으니……”〔韩〕南宫楔：《山阳大战》，首尔：唯一书馆，1916 年，第 45 页。

② 罗贯中：《三国演义》，北京：人民文学出版社，2014 年，第 475 页。

③ “그ᄃᆡ 디하(地下)에도라가하면목(何面目)으로이십ᄉᆞ 황뎨를뵈오며……”〔韩〕南宫楔：《山阳大战》，首尔：唯一书馆，1916 年，第 55 页；“汝即日将归于九泉之下，何面目见二十四帝乎”，见罗贯中：《三国演义》，北京：人民文学出版社，2014 年，第 772 页。

先觉等方面。在韩晓的军队还未到来之时，孔明就已然通过天象预知了曹军来犯的情况①。在《三国演义》中对于通过观天象或是星象来预测判断事物的描写很多，诸葛亮、司马懿、谯周等都是观测天象的能手。而作者在《山阳大战》中更是将观天象这一技能进行了普及化，不仅孔明能观天象，知未来，关羽、马超、赵云等也是深谙此道的能手。当赵云在梦中见到关羽告急之后，即刻来到庭院中观测天象，结果发现汉王的主星摇摇欲坠，关公和孟起的主星也被云雾笼罩，十分昏暗②。而对于刘备爱哭的特点在作品中也有表述。韩晓率军伐汉，当刘备看到漫山遍野皆是曹军之时，就禁不住放声痛哭③。

《山阳大战》的作者在创作过程中不仅采用了前文所提到的移花接木手法，还用了对比及夸张等手法来刻画人物形象。举例来说，马超敌不过韩晓，而关羽却斩了韩晓，救出马超。当两人都陷入重重包围之后，赵云又赶来相救，在曹军阵营中所向披靡，无人敢挡。通过这样的对比，赵云武艺绝伦、骁勇善战的形象就更加突出了。此外，夸张的叙事手法在作品中也随处可见。举例来说，小说中曹军先锋韩晓所用的铁锥居然重达三百斤④。而关云长一声大吼就将张辽所乘的战马惊退数十步，而张辽也大吃一惊，不敢再战，急忙败归本阵⑤。这样的夸张描写要比《三国演义》有过之而无不及。

---

①“공명(孔明)이쥬왈(奏曰)신(臣)이거야(去夜)에천기(天氣)를보오니조죠(曹操)의군ᄉᆞ (軍士)미구(未久)에침노(侵擄)ᄒᆞᆯ 듯ᄒᆞ 오니밧비군사(軍士)를총독(總督) ᄒᆞ 여방비(防備) ᄒᆞ 사이다”,〔韩〕南宫楔：《山阳大战》，首尔：唯一书馆，1916 年，第 6 页。

②“즉시ᄲᅡᆯ 에나려텬긔(天氣)를숌 혀보니ᄒᆞᆫ 왕(漢王)의쥬성(主星)이츄측(墜仄) ᄒᆞ 엿고관공(關公)과ᄆᆡᆼ긔의쥬성(主星)이운무(雲霧)에싸이여희미(稀迷) ᄒᆞ 야ᄶᅥ 러지고져하거ᄂᆞᆯ”，〔韩〕南宫楔：《山阳大战》，首尔：唯一书馆，1916 年, 第 36 页。

③“위병(魏兵)이만산편야(滿山遍野) ᄒᆞ 여그형세(形勢)가장호ᄃᆡ (浩大) ᄒᆞ거늘션쥬(先主)망극(罔極) ᄒᆞ 여방셩통곡(放聲痛哭) ᄒᆞ 시니……”〔韩〕南宫楔：《山阳大战》，首尔：唯一书馆，1916 年，第 8 页。

④“한효(韓曉)할일업셔갑쥬(甲冑)를갓쵸고손에삼ᄇᆡᆨ 근쳘퇴(三百斤鐵椎)를들고청총마(青驄馬)를힝ᄒᆞ 거ᄂᆞᆯ”，〔韩〕南宫楔：《山阳大战》，首尔：唯一书馆, 1916 年，第 21 页。

⑤“관공(關公)이ᄃᆡ 로(大怒) ᄒᆞ 야청룡도(青龍刀)로두루며호통일셩(呼痛一聲)에장뇨(張遼)의탄말이놀나슈십보(數十步)를물너가니장뇨(張遼)ᄯᅩᄒᆞᆫᄃᆡ 겁(大怯) ᄒᆞ 야감(敢)이다시싸호지못ᄒᆞ고급(急)히본진(本陣)으로다라나 ᄂᆞᆫ지라”，〔韩〕南宫楔：《山阳大战》，首尔：唯一书馆，1916 年，第 34 页。

（五）《五关斩将记》

同《张飞马超实记》《关云长实记》《山阳大战》等小说作品一样，《五关斩将记》也是在日本殖民时期出版发行的小说，该作品同样是以古韩（朝）文来进行创作的。从内容上来看，与《关云长实记》相比，《五关斩将记》更接近于关羽的英雄一代记。小说的叙述是围绕关羽这一人物形象而展开的，大致讲述了《三国演义》第二十四回“国贼行凶杀贵妃 皇叔败走投袁绍”至第二十八回“斩蔡阳兄弟释疑 会古城主臣聚义”的内容，重点描述了斩颜良、诛文丑，千里走单骑，过五关斩六将等故事情节。不过，作者并没有单纯地对原作进行翻译，而是在《三国演义》所讲述内容的基础之上进行了一定的加工，添加了一些原作中所没有的描写。虽然小说的故事情节与《三国演义》第二十四回至第二十八回内容基本一致，但《五关斩将记》的作者并没有完全采用《三国演义》的回目，而是自行拟了九个标题，加上开篇部分，全文大体上可以看作是由十个章节构成的作品。小说卷首写有“独行千里 五关斩将记 全”字样，其故事梗概如下：

汉献帝建安四年，曹操兵精粮足，在许昌挟天子以令诸侯，常怀不轨之心。献帝赐予董承衣带诏，密谋图操，不想行事不密，被曹操发觉。曹操诛杀了董承满门，又发兵攻打驻兵小沛的刘备。刘备派孙乾持书向袁绍求援，袁绍却因小儿疾患无心出兵，坐失良机。无奈之下，刘备采用张飞的计策去劫曹操的营寨，怎奈计策被识破，大败亏输。张飞兵败后逃往芒砀山，刘备则匹马投奔袁绍。此时，关羽保护刘备的家眷驻守下邳。曹操深爱云长的武艺人才，想招为己用。关羽中了曹操的计策，被困于土山之上，张辽又前来劝降。在与曹操约定三事后，关羽来到曹操的阵营并与其一起班师许昌。曹操在许昌以客礼相待关羽，不仅三日一小宴，五日一大宴，还赠袍、赠马、赠金银，极力想收买关羽的人心。而关羽则丝毫不为所动，时刻不忘与刘备的君臣之义和兄弟之情。此时，袁绍遣大将颜良为先锋进攻白马。颜良虽勇冠三军，最终却死于关羽的刀下。为颜良前来报仇的河北名将文丑也为云长所斩。因两员爱将均为关羽所杀，袁绍迁怒于刘备。幸得刘备巧言饰过，才化险为夷。却说云长自斩颜良之后，备受曹操钦敬，曹操表奏朝廷，封云长为汉寿亭侯，并铸印送关公。关羽诛杀了文丑之后又率部进军汝南。在汝南关公通过孙乾得知了玄德的消息，后又通过袁绍部下陈震得到了刘备的书信。得知兄长消息的关羽心急如焚，因屡次想拜辞曹操而不得相见，最后封金挂印，护送两位嫂夫人去寻玄德。一路之上，关羽突破重重险阻，于东岭斩孔秀；在洛阳诛孟坦、韩福；又于泗水关杀了卞喜；在荥阳杀了王植；在黄河渡口斩了秦琪。关羽一路所历关隘五处，斩将六员，故曰“五关斩将”。此后，关羽又在古城斩杀了蔡阳，消除了张飞的误解，并最终与从袁绍处脱身的刘备相会。其间关羽得了周仓、关平二人，刘备又新收了赵云，因而欢喜无限，连饮数日。此后，刘备又起军赶往汝南驻扎，招兵买马，渐自峥嵘。

该版本是于大正七年（1918年）十月二十日出版发行的，在扉页上明确竖版标记了如下字样：

大正七年十月二十日 初版发行
大正十年十一月十日 大正十年十一月二十三日 再版印刷发行
千里独行 五关斩将记 定价 二十五钱
京城府仁寺洞四十九番地
编辑兼发行者 朴健会
京城府坚志洞三十二番地
印刷者 鲁基祯
京城府坚志洞三十二番地
印刷所 汉城图书株式会社印刷部
京城府坚志洞《旧典洞》八十番地
发卖所 振替八八六三 大昌书院 口座八七二 普及书馆

该版本除标题外，通篇没有标注汉字，全部为古韩（朝）文。正如前文所述，小说基本上叙述了《三国演义》第二十四回至第二十八回内容，但其中也不乏作者的创作和改动。除了前文所提到的回目和作品结构外，作者在开篇还简要介绍了关羽一生的主要事迹并说明了创作动机。这在同类作品中是不多见的。作者在开篇首先介绍了关羽的出生和相貌，并特别提到关羽在行走江湖之时，路遇相者，相者指出关羽胸怀天地精气，将来必然名垂青史。接下来，作者就一一罗列了关羽平生主要事迹。

尽管作品主要讲述的是斩颜良、诛文丑以及五关斩将等事件，但作者在开篇对于关羽的介绍还是极为详尽的，包括了杀土豪流落江湖、桃园结义、斩程远志、温酒斩华雄、三英战吕布，救张辽于曹操、许田围猎时欲斩奸雄、赚城斩车胄、屯土山约三事、秉烛达旦守君臣之礼、斩颜良、诛文丑、封金挂印、过五关斩六将、斩蔡阳兄弟释疑、三顾茅庐、华容道义释曹操、战长沙、义释黄忠、官拜荆州牧、将诸葛亮的赞誉书信遍示宾客、单刀赴会、辱使拒婚、官拜五虎大将之首、攻取襄阳、水淹七军、刮骨疗毒、大战徐晃、中计失荆州、败走麦城、父子归神。作者的描述虽然简略，但基本涵盖了关羽一生所有的重要事件，使读者对于关羽这一人物形象有了较为全面的把握。因此说《五关斩将记》较《关云长实记》而言，更接近于关羽的“英雄一代记”。在对关羽的简要介绍中，《五关斩将记》的部分描写与《三国演义》的内容是不尽相同的。作者在开篇不仅详细讲述了关羽的出生日期和出生地，还极为细致地描写了关羽的容貌。而《三国演义》只是简要地交代了关羽为河东解良人，并没有表明其出生日期。另外，对于关羽的相貌描写，《五关斩将记》的作者除了“身长九尺六寸，髯长一尺八寸，面如重枣，唇若抹朱，丹凤眼，卧蚕眉”等与《三国演义》相近的描述外，还添加了“面上七颗痣正应北斗七星”的描写。此外，《五关斩将记》中关羽与相者相遇的描写是《三国演义》中所没有的内容。在讲述关羽失荆州、守麦城时，作者还添加了一处对于关羽梦境的描写。关羽假寐之时，在梦境中见到了一位身着黑衣的男子，其人自称是北海龙神，平时隐匿于关公的须髯之中，在战场上助关羽克敌制胜，现在缘分已尽，自将离去。关公从梦中惊醒，手捋胡须，其中最长的一根脱落了。这一段描写也是《三国演义》中所没有的内容。尽管《三国演义》也有对于关羽梦境的描写，但这一段描述出现在水淹七军之前，而且梦境的内容也不相同。《三国演义》第七十三回“玄德进位汉中王　云长攻拔襄阳郡”描写了关羽假寐帐中之时，梦见一猪，其大如牛，浑身黑色，奔入帐中，径咬其足，拔剑斩之，声如裂帛。不仅如此，作者接下来还叙述了创作动机。在关羽众多的事迹当中，作者认为秉烛达旦、封金挂印、五关斩将等最为令人钦敬，所以将作品命名为“五关斩将记”，以期得到读者的喜爱。由此可见，作者在创作过程中并没有一味地对原作进行翻译，而是做了相应的加工处理，这集中体现于小说的开篇部分。此外，作品对于关公土山约三事之前的描写也较为简略，并没有一一对译原作的内容。

除了开篇部分之外，正如前文所指出的那样，作品的故事发展脉络与毛本《三国演义》第二十四回至第二十八回的内容大体一致。但从语言的叙述上来说，作品的前半部更贴近于毛本《三国演义》，而从五关斩将的叙述伊始则更贴近于《三国志通俗演义》。通过细致的比较分析，我们不难看出这一点。以下我们就试举几例来加以说明。当玄德得知袁绍不肯发兵相救时，毛本《三国演义》中描写到“玄德大惊曰：……”而《三国志通俗演义》中的描写则为“玄德哭曰：……”在关羽跟随曹操班师回许昌的途中，曹操欲乱其君臣之礼，使关公与二嫂共处一室。关羽则秉烛立于户外，自夜达旦，毫无倦色。操见公如此，愈加敬服。这一段描写并未见于《三国志通俗演义》，只见于毛本《三国演义》。当关羽斩了颜良之后，曹操对其倍加钦敬，表奏朝廷，封云长为寿亭侯，铸印送与关公，印文为“寿亭侯印”，关羽推辞不受。后曹操将印文改为“汉寿亭侯之印”，关羽才拜谢受之。这一段描写同样只见于《三国志通俗演义》，毛本《三国演义》将这段描写简化为“且说曹操见云长斩了颜良，倍加钦敬，表奏朝廷，封云长为汉寿亭侯，铸印送关公”。关羽从汝南回到许昌后，张辽奉曹操之命前来探听消息。在《三国志通俗演义》中，关羽分别将自己与玄德之交同管鲍之交以及自己与张辽之交进行了对比，说明自己与玄德是同生共死的交情，非管鲍的相知之交以及同张辽的邂逅之交所能相比。而在毛本《三国演义》中，关羽则强调了自己和张辽的交情是朋友之交，与玄德是朋友而兄弟，兄弟而主臣，二者不可相提并论。此外，《三国志通俗演义》和毛本《三国演义》中刘备通过陈震转交给关羽的书信内容以及关羽的回信内容也不尽相同。以刘备的书信为例，《三国志通俗演义》中的内容为：“备尝谓古之人，恐独身不能行其道，故结天下之士，以友辅仁。得其友，则益；失其友，则损。备与足下，自桃园共结刎颈之交，虽不同生，誓以同死。今何以中道割恩断义？君必欲取功名、图富贵，愿献备级以成全功。书不尽言，死待来命。”而毛本《三国演义》中的内容为：“备与足下，自桃园缔盟，誓以同死。今何中道相违，割恩断义？君必欲取功名、图富贵，愿献备首级以成全功。书不尽言，死待来命。”

同样，关羽投宿胡华家中的场景描写在《三国志通俗演义》和毛本《三国演义》中也是不尽相同的。当胡华见到关羽极为敬重二位嫂夫人后，不禁问道：“公异姓，何如此之敬也”，关公答道：“某曾共刘玄德、张益德结义兄弟，誓同生死。二嫂相从于兵甲之中，未尝敢缺礼”，胡华赞道："将军天下之义士也。"《三国志通俗演义》中关羽与胡华间的这番对话未见于毛本《三国演义》。我们在这里对于《三国志通俗演义》与毛本《三国演义》的不同之处不再赘述，从《五关斩将记》的内容来看，小说到此为止的描写与毛本《三国演义》的内容是基本一致的。而以此为分水岭，《五关斩将记》从关羽离开胡华家到古城聚义的描写则更贴近于《三国志通俗演义》。以下我们再通过几个例子来加以说明。当关羽离开胡华家，向洛阳进发时，《三国志通俗演义》中写道："次日天晓，胡华馈送饮馔。关公请二嫂上车，辞别胡华，披甲提刀上马，投洛阳来"。而毛本《三国演义》中的内容为："次日早膳毕，请二嫂上车，取了胡华书信，相别而行，取路投洛阳来"。在《三国志通俗演义》中，当东岭关守将孔秀见关羽没有曹操的文凭时，说道："一日不禀，要住一日；一年不禀，要住一年"。这一番话未见于毛本《三国演义》。当关羽过五关斩六将后，《三国志通俗演义》中写道："公所历关隘悟出，斩将六员，故曰'五关斩将'……"而毛本《三国演义》中省略了"故曰'五关斩将'"一语。接下来，《三国者通俗演义》中又写道："却说公马上自叹曰：'吾非欲沿途杀人，奈事不得已也。曹公知之，必怀痛恨，以我为无仁义之人也。'"而毛本《三国演义》中的内容为："关公于马上自叹曰：'吾非欲沿途杀人，奈事不得已也。曹公知之，以我为负恩之人矣'"。在古城聚义之后，《三国志通俗演义》中写道："玄德遂起军，前赴汝南驻扎，招军买马，渐自峥嵘"。而毛本《三国演义》中的内容为："于是遂起军往汝南驻扎，招军买马，徐图征进，不在话下"。从《五关斩将记》的内容来看，小说以上几处的描写均与《三国志通俗演义》相一致。由此可见，《五关斩将记》的作者在翻译创作的过程中，既参照了《三国志通俗演义》也参看了毛本《三国演义》。尽管《三国志通俗演义》与毛本《三国演义》大同小异，但诸如能够突出关羽重义守礼的"秉烛达旦"场景的描写只见于毛本《三国演义》，正如作者在小说开篇所提到的那样，关羽秉烛达旦的事迹是令人钦敬的。此外，与《三国志通俗演义》相比，毛本《三国演义》对于关羽阐述与刘备之交的描写更加符合儒家思想的三纲五常，"朋友而兄弟，兄弟而主臣"的表述显然比简单的"同生共死"更具高度，更能体现关羽的忠义。作者在翻译创作过程中兼顾两个版本的内容，意在使关羽这一人物形象更加丰满生动。

总体上来说，《五关斩将记》是作者以《三国志通俗演义》和毛本《三国演义》为底本翻译创作而成的小说作品，但其中也不乏作者的创作和改作。与《张飞马超实记》所不同的是，《五关斩将记》的改作并不仅仅局限于对原作的削减或是移花接木手法的运用，正如前文所提及的那样，小说在开篇对于关羽相貌等的描写是原作中所没有的内容，这应当是来自于作者的创作，尽管诸如此类的创作成分在整部作品中所占的比重还不是很大。

李庆善在其《三国志演义的比较文学研究》中并没有论及这一作品。金道焕在其论文中援引既往研究成果指出《五关斩将记》的创作意图是为了迎合大众的通俗趣向。同时，金道焕也指出《五关斩将记》在一定程度上反映了民众对于已被神化的关羽这一人物的喜爱，与其他单纯照搬并翻译《三国演义》内容的作品存在一定差异。不过金道焕在文中并没有就这一问题展开更为深入的讨论。以下笔者将针对这一层面展开补充论述。如前文所述，《五关斩将记》中的部分内容并非直接翻译自《三国演义》，比如说有关关羽的相貌以及梦境描写等，这应当视为作者的创作。而作者的这些创作正是本土文化的体现，揭示并分析这些本土文化因素对于作品发生学层面上的研究具有一定意义。

《五关斩将记》在开篇部分介绍了关羽的生平事迹，其中，有些细节是《三国志通俗演义》以及毛本《三国演义》中所未提及或是与之有所出入的。首先是关羽的出生日期和地点在《五关斩将记》中被描述得相当具体。即关羽于东汉桓帝延熹三年庚子六月二十四日出生在河东解梁县常平村宝池里。此外，作者还描写了关羽路遇相士和手刃豪强吕熊七人以及兵败麦城时梦见北海龙神等情节。这些内容基本上都是《三国志通俗演义》和毛本《三国演义》中所没有的。如果说《五关斩将记》的内容主要是以《三国志通俗演义》和毛本《三国演义》为底本来进行翻译创作的，那么，开篇的描写又源自何处呢？ 日本学者大塚秀高在其著述《关羽的故事》中援引了大量的史料分别从“变形的故事”“作为水神的关羽”以及“《神仙鉴》中的关羽故事”这几个方面论述了关羽的相关故事。

根据大塚秀高的论证，《三国志平话》中已经有了关羽作为龙神升天的一节。明代薛朝选的《异识资谱》、李日华的《紫桃轩杂缀》、金嘉会等编写的《西湖关帝庙广记》等都有关于北海龙神的描述。而清代王朱旦的《汉前将军壮缪侯关圣帝君祖墓碑记》、卢湛的《关圣帝君圣迹图志全集》中不仅有关于北海龙神的描述，还有见龙生圣、诣郡陈言、路遇相士、手刃郡豪等的相关描述。成书于康熙年间的《神仙鉴》中也有见龙生圣、诣郡陈言、路遇相士、手刃郡豪等的相关描述。为了对照比较上的方便，我们将相关描述转引如下：

关云长公美髭髯，内有一须尤长，二尺余。色如漆，索而□（劲）。常自震动，必有大征战。公在襄阳时，夜梦一青衣神，辞曰：我乌龙也。久附君身，以壮威武。今君事去矣，我将先往。语毕，化为乌龙，驾云而去。公寤而怪之。至夜，公走麦城，与吴兵对。天曙，将（捋）须，失其长者。公始悟前梦辞去者是须也。叹数已定，将奈之何！（括号内为大塚秀高校正）

《异识资谐》

云长公美髯，一须长二尺余，色如漆，索而劲。常自振动，则有大征战。一夕忽梦青衣神，辞曰：我乌龙也。久附君身，以壮威武。今君事去，我亦从此逝矣。公寤而怪之。及至樊城，长须忽然堕地。（此故事亦载于《西湖关帝庙广记》卷四“灵应”）

《紫桃轩杂缀》

帝祖石磐公，讳审，字问之，以汉和帝永元二年庚寅生。居解梁常平村宝池里五甲。……已为桓帝延熹二岁。明年庚子六月廿四日生圣帝……帝生而英奇雄骏，既受《春秋》《易》，旁通淹贯，以古事为身任。稍长，娶胡氏，于灵帝光和元年戊午五月十三日生子平。次年弱冠，谢父母曰：儿已有后，足奉祖祢。今汉将烬盈廷，觚稜辐邪，谁为扶红日照人心者？遂诣郡陈事，不报。有相人目之曰：君禀乾坤正气，当血食万年，何论名业！归旅舍，闻邻人哭极哀，叩之，曰：韩守义也。造郡豪吕熊荼毒。吕党连七姓，黠猾事珰，蔑职纪。帝眦裂发竖，命守义导至七所，悉斩刈之，潜引去。……帝讳某，子长生，号云长。修伟美髯髭。一髯特长，战辄跃跃。被害之前夕，梦乌衣丈夫，拜曰：“余北海龙。附帝助威猛，今期尽，请辞。”晨起，特长之髯，触手落。心恶之。

《汉前将军壮缪侯关圣帝君祖墓碑记》

见龙生圣：汉桓帝延熹三年庚子六月廿四日，有乌龙见于村，旋绕于道远公之居，遂生圣帝。异哉！犹之二龙绕室，五老降庭生孔子也。

诣郡陈言：圣帝生而英奇。及长，膂力敌万夫，忠孝性生。读书明《易传》，尤好《左氏春秋》，以古今事为己任。及戊午，生子平。次年己未，圣帝二十岁。遂谢父母曰：儿已有后，足奉祖祢。今汉将烬盈廷，觚稜辐邪，谁为扶红日照人心者？遂诣郡陈时事，不报。

回途遇相：圣帝诣郡，归途遇一相士。目之曰：君禀乾坤正气，当血食万年，何论名业！殆神相士也。

悯冤除豪：圣帝止旅舍，闻邻人哭甚哀。叩之，乃韩守义也。造郡豪吕熊荼毒。吕党连七姓，黠猾事珰，蔑职纪。帝眦裂发竖，命守义导至七所，悉斩刈之。

乌衣兆梦：帝美须髯，一髯特长，战辄跃跃。被害之前夕，梦乌衣丈夫拜辞曰：余北海龙。附帝助猛威，今请辞去。晨起，特长之髯，触手落。帝心恶之。

《关圣帝君圣迹图志全集》

庚子三年六月十五日，忽快雨如驶，一黑龙现于村，旋绕道远之庭，有顷不见。夫人淹芳方娠，至二十四日，产一子，啼声达远。……幼从师受学，取名长生。及长，膂力敌万夫。读书明易象，尤好《春秋》。娶妻胡氏，于光禾戊午岁五月十三日生子，名平（俗传平为继子，及年月日俱非）。次年，谢父母诣郡陈时事，不报。归途一相士目之曰："君禀乾坤正气，后当血食万年。何论名业！" 殆神相士也。言毕而去。追问之，曰："咸武戴成子，偶游王屋耳。" ……后自名羽，字云长，以寓远举之意。身长九尺五寸，须长一尺八寸。面如重枣，唇若抹硃。丹凤眼，卧蚕眉。因止旅店，闻邻人哭甚哀。叩之，乃贫者造郡猾豪霸倚势欺侮。羽不平，眦裂须竖，命其指猾处，白昼提刀杀之。

《神仙鉴》[①]

---

① 以上所引资料均来自于大塚秀高的论文《关羽的故事》。〔日〕大塚秀高：《关羽的故事》，见周兆新主编：《三国演义丛考》，北京：北京大学出版社，1995年。

通过以上的资料我们不难看出，《五关斩将记》开篇与相士以及北海龙的相关描写同民间流传的关羽故事是不无相关的。作者在小说创作时显然从中汲取了所需素材。同时我们还应注意的是关羽作为龙神升天的内容虽然早在《三国志平话》中就有所描写，但笔者认为《五关斩将记》对于关羽和龙的关系的描述并不仅仅是源自《三国志平话》以及民间流传的关羽故事，这与韩国的巫教信仰也有一定关系。

韩国的巫教既不是已经消亡的古代宗教，也不是未开化民族的原始宗教，而是古代宗教与韩国文化史相结合发展并以民间信仰的形态存在的宗教现象[①]。韩国巫教的基本形态就是通过歌舞祭祀神灵，以达到消灾招福的目的。当人类遇到用通常方法所不能解决的问题时，就会借助巫堂的力量来祈求神灵的帮助。在巫教神话中，人类原来都具有与超自然存在相沟通的能力，后来大部分人丧失了这种能力，只有极少数人才能与神灵沟通，而这一部分人就被称为巫堂。在韩国神话和祭礼中我们可以找到巫教的原型。关羽在梦中见到了一个黑衣男子，自称是北海龙神。正是由于龙神的庇佑，关羽才得以在战场上大显神威，同样也正是由于龙神的离去，关羽才最终被殒命。《五关斩将记》的作者将关羽的命运与龙神紧紧地联系在了一起，而这一描写与巫教信仰是紧密相关的。早在新罗时期，龙神信仰就较为兴盛。韩国巫教所信仰的神灵大体上可分为天神和地神两类，始祖祭和山神祭属于天神信仰，而对于地神的信仰主要体现在对于作为农耕神的龙神的祭祀上。在《三国史记》中有关龙神的记载屡见不鲜。

对于龙神的崇拜可以说是亚洲一带的共同信仰。中国古代的伏羲氏就是人首蛇身，他背负龙马图自江中而出，画了八卦。龙观念的形成本源于地上的蛇与天上的星星，正是在蛇与天的关系中，龙成为了主管降雨的神灵。因而作为农耕神的龙在祈雨的祭祀仪式当中就成为了信仰的对象。中国古代的龙神信仰随着农耕文化一起传入了朝鲜半岛，然而在中国的龙神信仰传入朝鲜半岛之前，半岛上就已经存在了水神信仰。记录汉代史实的一些书籍将当时居住在西北小兴安岭至朝鲜半岛之间的北方民族统称为濊貊族。貊人居住在山谷中，以狩猎和原始农业为生，而濊人则居住在海边或江边，以捕鱼为生，因而形成了水神观念。在新石

① 关于巫教和龙神信仰的阐述，作者参照了以下相关的著述。〔韩〕柳东植：《韩国巫教的信仰和构造》，首尔：延世大学出版部，1997 年。〔韩〕崔俊植：《作为韩国文化来读的韩国宗教》，首尔：四季出版社，1998 年。

器时代初期，朝鲜半岛的居民主要是濊人，但后来他们被从事农耕的貊人所征服和融合，貊人带来的作为农耕神的龙神观念与濊人的水神观念相结合，从而成了龙神信仰的基础。

从《三国史记》和《三国遗事》的相关记载来看，当时的龙神信仰主要可以分为三大类。一是关于农耕的，二是关于护国的，三是关于个人辟邪进庆的。农耕与水的关系是密不可分的，农耕仪礼与水神信仰自然而然就有密切的关系。在韩国建国神话朱蒙神话中将谷种交给儿子朱蒙的柳花就是河伯的女儿，也就是水神。而朴赫居世的夫人阏英就是来自鸡龙的水神，同时也是谷神。从古代神话的内容来看，农神就是水神，水神就是农神。如前文所述，早在中国的龙神信仰传入朝鲜半岛之前，半岛上就已经有了水神信仰。早在龙神信仰传入之前，朝鲜半岛又已经有了相当于龙神信仰的“弥里信仰”。“弥里”一词为朝鲜半岛的土著语，当龙神信仰随着中国的农耕文化传入之后，“弥里”也就为汉字“龙”所替代了。在《三国史记》中就有关于龙的记载。

七年夏四月，龙见宫东池，南卧柳自起。自五月至七月不雨，祷祀祖庙及名山乃雨。年饥，多盗贼。

《三国史记》卷二“新罗本纪二”，沾解尼师今零九年

作为部落联合体的新罗从 4 世纪开始转变为君主国家体制，到了 6 世纪又形成了专制国家体制。此时，随着佛教的传入逐步形成了宗教绝对观念，由此又产生了国家绝对观念，并最终在统治阶层形成了护国思想。龙王在佛教中是作为佛法的守护神而受到崇拜的，这一信仰与传统的农耕龙神信仰相结合，逐步发展成了护国龙神信仰。在新罗时期，由于倭寇屡次侵犯东海岸，因而也就自然形成了东海龙神信仰。《三国遗事》中的脱解王神话和文虎王传说均有关于护国龙神信仰的相关记载。

脱解王神话：

脱解齿叱今。南解王时，驾洛国海中有船来泊，其国首露王，与臣民鼓噪而迎，将欲留之，而舡乃飞走，至于鸡林东下西知村阿珍浦。时浦边有一妪，名阿珍义先，乃赫居王之海尺之母。望之谓曰：“此海中元无石岩，何因鹊集而鸣？”拏舡寻之，鹊集一舡上，舡中有一柜子，长二十尺，广十三尺。曳其船，置于一树林下，而

未知凶乎吉乎，向天而誓尔。俄而乃开见，有端正男子并七宝、奴婢满载其中。供给七日乃言曰："我本龙城国人。我国尝有二十八龙王，从人胎而生，自五六岁，继登王位，教万民修正性命。而有八品姓骨。然无栋择，皆登大位。时我父王含达婆，娉积女国王女为妃，久无子胤，祷祀求息，七年后产一大卵。于是大王会问群臣：'人而生卵，古今未有，殆非吉祥。'乃造柜置我，并七宝、奴婢载于舡中，浮海而祝曰：'任到有缘之地，立国成家。'便有赤龙护舡而至此矣。"

《三国遗事》卷一"纪异第一"，第四"脱解王"[①]

脱解王（67—80）是公元1世纪的新罗王，然而与其相关的神话却似乎是在护国龙神信仰形成的6世纪出现的。从神话的内容来看，"二十八龙王""有缘之地"等佛教用语都暗示着这一神话产生于佛教普及的6世纪以后，而脱解出生于龙城国，在赤龙的守护下来到新罗等描述也说明了这一神话是在龙神信仰的背景下产生的。

文虎王传说：

大王御国二十一年，以永隆阴二年辛巳崩，遗诏葬于东海中大岩上。王平时常谓智义法师曰："朕身后愿为护国大龙，崇奉佛法，守护邦家。"法师曰："龙为畜报何？"王曰："我厌世间荣华久矣。若粗报为畜，则雅合朕怀矣。"

《三国遗事》卷二"纪异第二"，文虎王法敏[②]

高句丽、百济、新罗三国的统一正是新罗文虎王时期的事，在谋求国家的统一和繁荣的当时，极为强调和发展的就是护国思想。文虎王和智义法师的对话就十分鲜明地体现出了当时的龙神护国信仰。

新罗文化进入衰退期后，政局混乱，社会动荡，因此，相对于国家的安危而言，人们更加关注自身安全，在日常生活中逐渐形成了辟邪进庆的思想。原来的护国龙神信仰也逐渐转变成了以保护自身安全为目的

① 〔韩〕一然著，〔韩〕权锡焕、陈浦清注译：《三国遗事》，长沙：岳麓书社，2009年，第48页。

② 同上。

的除灾招福的巫神信仰。《三国遗事》中的处容郎传说就很好地说明了这一点。

> 第四十九宪康大王之代，自京师至于海内，比屋连墙，无一草屋，笙歌不绝道路，风雨调于四时。于是，大王游开云浦。王将还驾，昼歇于汀边，忽云雾冥曀，迷失道路，怪问左右，日官奏云："此东海龙所变也，宜行胜事以解之。"于是勅有司为龙创佛寺近境。施令已出，云开雾散，因名开云浦。东海龙喜，乃率七子现于驾前，赞德，献舞，奏乐。其一子随驾入京，辅佐王政，名曰处容。王以美女妻之，欲留其意，又赐级干职。其妻甚美，疫神钦慕之，变为人，夜至其家，窃与之宿。处容自外至其家，见寝有二人，乃唱歌作舞而退。歌曰："东京明期月良，夜入伊游行如可，入良沙寝矣见昆，脚乌伊四是良罗。二肹隐吾下于叱古，二肹隐谁支下焉古，本矣吾下是如马于隐，夺叱良乙何如为理古。"时神现形，跪于前曰："吾羡公之妻，今犯之矣。公不见怒，感而美之。誓今已后，见画公之形容，不入其门矣。"因此，国人门帖处容之形，以僻邪进庆。王既还，乃卜灵鹫山东麓胜地，置寺，曰望海寺。亦名新房寺，乃为龙而置也。
>
> 《三国遗事》卷二"纪异第二"，处容郎 望海寺[①]

从处容郎神话中我们可以得到以下信息：首先是处容作为东海龙王的儿子辅佐王政。其次是处容通过歌舞来驱除疫神。此外就是新罗人将处容的画像贴在门上以求辟邪进庆。处容郎神话既可以看作是望海寺的起源说，也可以看作是巫祖传说。但在这里应当注意的是，护国龙神信仰已经转变成了辟邪进庆和除灾招福的巫神信仰。

由此可见，龙身信仰在朝鲜半岛不仅由来已久，而且形态多样。龙神不仅是农耕的根本保障，而且还是国家和个人安危的守护神。这一民间信仰已经成为了民众生活的一个组成部分。在《五关斩将记》的创作中，通过作者对关羽梦境的描写，这一巫教信仰也自然地融入了作品中。此外，《五关斩将记》在描写关羽的容貌时还特别提到"面上七颗痣正应北斗七星"。可以说这一描写与朝鲜半岛的巫教信仰也是有着紧密联

---

① 〔韩〕一然著，〔韩〕权锡焕、陈浦清注译：《三国遗事》，长沙：岳麓书社，2009 年，第 141—142 页。

系的。在朝鲜半岛的巫教信仰中七星信仰占有很大的比重。寺庙中供奉三神的场所被称为三圣阁，也被叫作七星阁。而所供奉的三圣神正是道教的七星神、巫教的山神和佛教的独圣。三圣神信仰并非佛教的原本信仰，却是朝鲜半岛佛教信仰中不可或缺的组成部分。朝鲜半岛自古以来就有对于三神的信仰，在朝鲜王朝世宗时期，黄海道九月山就建有三圣祠，洞里供奉了桓因天王、桓雄天王和檀君天王。可以说三圣神信仰与朝鲜半岛固有的传统信仰有着十分密切的关系。在三圣阁所供奉的三神中，七星神一定是位居中央的。七星信仰在朝鲜半岛是一种非常普遍的民间信仰，家庭主妇们常常会将一碗水摆在面前，非常虔诚地向七星神祈求事遂人愿。而巫堂们也会举行专门祭祀七星神的仪式。七星信仰的主要内容就是祈求寿福和子女。不仅如此，七星信仰在韩国还具有相当长的历史。通过李奎报的诗文我们可以得知，早在12世纪七星神就已经被韩（朝）民族作为巫神来供奉了。祈求寿福和子女的信仰原本就是巫教信仰内容的一部分，与此相似的外来信仰传入朝鲜半岛以后就与这种巫教信仰结合在一起了。由此可见，《五关斩将记》中有关七星的描写并非是毫无来由的赘笔，而是七星信仰在小说中的体现。作者通过这样的描写旨在表现关羽的不平凡，也为后文中相者的预见和五关斩将埋下了伏笔。

《五关斩将记》中所表现出来的巫教信仰因素通过《三国史记》和《三国遗事》中有关金庾信的记述也可以得到很好的印证。

在法兴王（514—540）和真兴王（540—576）时期，新罗王国取得了飞跃性的发展。法兴王时期，新罗自中国引入了官制和佛教文化，开创了新罗文化的新纪元。而到了真兴王时期，为了培养新型青年领导者，新罗制定了一种新的人才培养制度，这就是花郎道。花郎组织并非一般的青年团体，而是在巫教的背景下形成的宗教青年团体。根据《三国史记》的记载，花郎徒们相悦以歌乐，而歌舞本身就带有除厄的宗教意味。直到今天在巫俗仪式当中主要进行歌舞的巫堂还被称为“花郎”。此外，男巫着女装的风俗也可以在有关花郎道的记述中找到其渊源。因此，可以说花郎道体现了巫教的特性。金庾信是新罗花郎中最具名望的一人，正是他率军统一了三国。从有关金庾信出生和死亡的相关记述来看，我们不难发现其中的巫教信仰特征。通过《三国史记》的相关记述我们可以得知金庾信是其母亲万明梦到一个金甲童子驾云来到家中后怀胎20个月而生下的。而《三国遗事》中则描写了金庾信因禀精七曜，所以背后有七星图案，并且天赋异禀。这一描写很显然是来自于前文中所提到的七星信仰。正因为有七星神的庇佑，金庾信才能够具备超出常人的才能，日后成就一番事业。不仅金庾信的出生带有宗教信仰的意味，他的死亡也同样带有神秘色彩。《三国史记》中就描写了金庾信死前其守护神离去的场景。正是因为守护神的离去，金庾信才抱病而终。通过比较我们不难看出，《五关斩将记》中有关七星和关羽梦境的描写同金庾信传记中的相关描写如出一辙。无论是金庾信还是关羽都因为从七星处得到了精气而具有了卓越的才能，最终又都是因为守护神的离去才离开人世。所不同是金庾信的守护神是数十个戎装带甲之人，而关羽的守护神则是北海龙神。

由此可见，《五关斩将记》中与七星和龙神相关的描写都与朝鲜半岛传统的巫教信仰有着一定的联系。七星信仰和龙神信仰可以说是外来宗教与韩国巫教相融合的产物，并以民间信仰的形态融入了民众的生活当中，成了韩国文化不可割裂的一部分。而《五关斩将记》也正是《三国演义》这一外来文化与朝鲜半岛本土文化有机结合的产物。也就是说，《三国演义》在传播的过程中与巫教信仰等朝鲜半岛本土文化相结合，从而产生了变异，呈现出了与原著不同的状态。

（六）《黄夫人传》①

《黄夫人传》是一部取材于《三国演义》的古典小说，创作年代及作者不详。小说主要描写了黄承彦之女黄小姐与诸葛孔明的结缘成婚以及三顾茅庐和火烧博望的故事。小说从结构上大体可以分为两个主要组成部分，前半部主要描写了黄小姐与诸葛亮的婚姻，后半部则是《三国演义》中的三顾茅庐和火烧博望的场景描写。其故事梗概如下：

> 在荆州九月山中有一位叫黄承彦的隐士，此人胸藏锦绣，才高八斗，却不求闻达，与妻子魏氏过着平淡的生活。黄承彦年过四十才生下一女，不料此女容貌极为丑陋，双眼突圆，四方大口，面色发青，还布满红点。黄小姐芳龄二八却仍未婚配，因而烦恼不已。一日，黄小姐在梦中见到一位道人，道人和她说了两件事。一是明

① 既往研究表明《黄夫人传》的异本包括了手抄本和旧活字本等多种版本，本文以世昌书馆本《黄夫人传》作为研究对象。由于世昌书馆本较好地体现了黄夫人的故事，因而这一版本也是众多韩国学者开展相关研究时普遍采用的版本。

> 日外出之时要将自己的画像挂在轿外，如果有人问起就如此这般回答，若此人求婚即可应允。二是婚姻当日，即便新郎嫌弃妻子的丑陋容貌想要回家，也一定要设法挽留。黄小姐征得父母的同意后，按照梦中道人的吩咐做好准备出了家门。与此同时，身处南阳的诸葛亮也在梦中见到了一位道人，道人嘱咐他明日会在某地见到一乘挂有画像的轿子，如若能与轿中的女子结为夫妇将受益无穷。次日，诸葛亮来到道人在梦中所说之处，果然见到了黄小姐。双方父母经过商议定下了婚期。婚姻当日，尽管诸葛亮想着道人的嘱托一再忍耐，但黄小姐丑陋的面容还是使他无法忍受，终于起身要走。黄小姐拽住诸葛亮的衣襟，恳求他再稍留片刻，诸葛亮却执意要走。争执之间，诸葛亮的衣服被黄小姐扯破，于是黄小姐请求诸葛亮待衣服缝补好之后再走。黄小姐补好的衣服丝毫不留痕迹，如新衣一般。诸葛亮穿上补好的衣服又要离去，黄小姐又请求他吃过饭之后再走。黄小姐为诸葛亮准备了饭菜，口味极佳。诸葛亮吃过饭后又要离去，不料一只猛虎守在门口，无奈只得返回房中。待猛虎走后，诸葛亮再行离去，不想走来走去却只是在篱笆墙内打转。此时诸葛亮才意识到这都是黄小姐的法术，于是回心转意，再次回到房中。在与黄小姐交谈中诸葛亮发现黄小姐不仅知书达理，而且声音也十分柔美。次日，诸葛亮惊喜地发现自己的妻子黄小姐在一夜之间变成了绝色美人。原来黄小姐本是月宫姮娥，因得罪了玉皇大帝而投胎变为丑女，直到此时才恢复了原貌。诸葛亮带着新婚妻子回到了家中，开始了幸福的生活。一日，诸葛亮正因常常受到朋友的款待，而自己家贫不能回报而烦恼时，黄夫人让丈夫宽心，只管请朋友来家里做客。黄夫人用法术将曹操母亲生日宴上的珍馐美味搬回家中，以此款待了诸葛亮的诸多好友。又一日，诸葛亮向夫人询问军务，黄夫人以石头、沙袋和草木布阵，阵势变化无穷。此后，诸葛亮还向岳父黄承彦学习了天文、地理及道术。这时，为了讨伐逆贼，辅佐汉室，刘备三顾茅庐，终于请得孔明出山。诸葛亮凭借智谋击溃了前来进犯的曹军。

《三国演义》中与诸葛亮夫人的相关描述极为有限，可谓“只字片语”，只在第一百十七回“邓士载偷度阴平　诸葛瞻战死绵竹”中对黄夫人作了如下的描述：“原来武侯之子诸葛瞻，字思远。其母黄氏，即黄承彦之女也。母貌甚陋，而有奇才：上通天文，下察地理；凡韬略遁甲诸书，无所不晓。武侯在南阳时，闻其贤，求以为室。武侯之学，夫人多所赞助焉。及武侯死后，夫人寻逝，临终遗教，惟以忠孝勉其子瞻。”此外，《三国演义》第三十七回“司马徽再荐名士　刘玄德三顾草庐”以及第八十四回“陆逊营烧七百里　孔明巧布八阵图”中还提到了诸葛亮的岳丈，也就是黄夫人的父亲黄承彦。而《三国志通俗演义》基本上参照了裴注的内容，对黄承彦父女作了简要的交代[①]。从《黄夫人传》的内容来看，前半部分的描写主要是围绕着诸葛亮与黄夫人的婚姻而展开的，《三国演义》中所提及的“黄小姐相貌丑陋而有奇才，凡韬略遁甲诸书，无所不晓”等内容在小说中均有体现。但作者在创作的过程当中，并没有简单地翻译转述《三国演义》的内容，而是在这一部分描写的基础上添加了诸多细节，丰富了其内容。《黄夫人传》中黄小姐与诸葛亮分别在梦中得到仙人的指引而结缘成婚以及黄小姐运用道术在新婚之夜挽留孔明并且变身为美女等描写都是《三国演义》中所没有的内容。与前面所提及的诸如《张飞马超实记》《关云长实记》等作品相比，可以说《黄夫人传》的改作力度是相当大的，这从小说结尾处作者的说明上也可以推测出来。作者在小说的结尾处特别提到，由于《三国演义》中没有黄夫人事迹的相关记录，因而作了大体记述[②]。正如前文所述，《黄夫人传》的内容从整体上可以分为两个部分。黄夫人在小说的后半部分中并没有登场，故事的叙述主要是围绕着三顾茅庐和火烧博望而展开的。小说后半部分的内容与《三国演义》的描述大体一致，基本上是作者对于《三国演义》的缩略翻译，但其中也不乏作者的改动和加工。举例来说，《三国演义》第三十八回“定三分隆中决策　战长江孙氏报仇”描写刘备三顾茅庐而最终得以与孔明相见时，先叙述了隆中对策，而后讲述了孔明见刘备意诚而允诺出山。《黄夫人传》的作者则将这两个场景的顺序作了置换，先叙述了孔明应允出山，然后才讲述了隆中对策。而张飞见刘备侍立阶下，不禁勃然大怒的场景描写也同样被置换到了隆中对策

① 《三国志通俗演义》卷八“玄德风雪访孔明”中对黄承彦父女作了如下的描述：“黄承彦乃河南名士，一见孔明而异之。后孔明要娶妻，承彦曰：‘闻君择妇，吾有一丑女，黄头而色黑，才堪相配，肯容纳乎？’孔明忻然而娶之。时人乃笑孔明，为之谚曰：‘莫学孔明择妇，正得阿承丑女。’”《三国志·诸葛亮传》的裴注中有以下的相关记录：“《襄阳记》曰：黄承彦者，高爽开列，为沔南名士，谓诸葛孔明曰：‘闻君择妇，身有丑女，黄头黑色，而才堪相配。’孔明许，即载送之。时人以为笑乐，乡里为之谚曰：‘莫作孔明择妇，正得阿承丑女。’”

②황부인ᄉᆞ 젹은삼국지에업ᄂᆞᆫ 고로대강긔록ᄒᆞ 노라

之后。此外，在孔明离家之前向夫人告别时，黄夫人感叹孔明虽遇明主，未遇其时，并嘱托丈夫勿以自己为念，自身多加保重。这一段描写也是《三国演义》中所没有的内容①。《三国演义》第三十七回“司马徽再荐名士刘玄德三顾草庐”中虽然也有关于孔明“虽得其主，不得其时”的描写，然而发出慨叹的却是司马徽，并非黄夫人。前人研究表明，《黄夫人传》前半部分的描写与韩国古代小说《朴氏传》的内容是有一定相似之处的。《朴氏传》是以历史上的丙子胡乱（1636 年）为背景而创作的小说，和大部分朝鲜王朝时期出现的小说一样，这部作品的创作年代和作者也均为不详。前人研究根据作品本身以及其他相关文献的记述，大体将这一作品的创作年代界定在朝鲜王朝肃宗（1675—1688）至英祖（1725—1748）期间内②。从小说的内容来看，《朴氏传》中所描写的女主人公由丑妇变身为美女以及道术的运用等都与《黄夫人传》的内容相类似。不仅如此，《朴氏传》中还插入了黄夫人的故事。在小说中男主人公李时白因朴夫人容貌丑陋而对其敬而远之，见此情景，李时白的父亲李处士就借用了黄夫人的典故对其进行规劝③。从这一点上来看，《朴氏传》的作者显然知道黄夫人的相关故事。

韩国学界对于《黄夫人传》的研究几乎都无一例外地谈到了该作品与《朴氏传》的影响关系。李庆善在《三国志演义的比较文学研究》中首先说明了《黄夫人传》除了没有分章回外，其内容与《华容道实记》第一回至第五回的内容相一致。在介绍了作品的故事梗概之后又进而指出《黄夫人传》与《朴氏传》在内容叙述上有相通之处，但两者在叙事模式上并不完全一致。赵东一在《韩国文学通史》第三卷中指出《黄夫人传》是《朴氏传》的改作作品。权纯肯在《〈三国演义〉的受容及其指向》一文中论及《黄夫人传》时也同样指出该作品是模仿《朴氏传》而创作的④。金仁会的《〈黄夫人传〉研究》⑤从作品的版本、结构、人

---

①부인이초창ᄒᆞ 믈먹음고왈군자의금일힝ᄒᆞ 시미도시텬의라인력으로밋츨배아니오ᄒᆞ 믈며류황숙은중산정왕에후예어한경뎨의현손이니금금황뎨의숙항이라조정법

②〔韩〕金基铉：《〈朴氏传〉研究》，首尔：高丽大学硕士论文，1967 年。

③ 옛날제갈무후의부인황씨는인물이박색이로되공명의대접이후하고필경나와벼슬하며유황숙을도와설계할때에황부인의팔문돈갑법과호풍환우하는술법을무후에게전수하여삼국에이름이진동하였으니어찌아름답지아니하리오자부의도학은신명함이옛날제갈무후의부인황씨를압도할것이오

④〔韩〕权纯肯：《〈三国演义〉的受容及其指向——以活字本古小说为中心》，《泮桥语文研究》第 9 辑，1998 年，第 314 页。

⑤〔韩〕金仁会：《〈黄夫人传〉研究》，《兜率语文》15，檀国大学，2001 年。

物特征以及小说史上的意义等几个方面对《黄夫人传》作了较为全面的考察。金仁会提出《黄夫人传》在创作过程中受到《朴氏传》影响，同时也指出两者在篇幅、时代以及读者的反响等方面都存在着一定的差异。金道焕的《〈三国演义〉的旧活字本小说改作形态》在总结前人研究成果的基础上，也指出《黄夫人传》在创作过程中借用了《朴氏传》的叙事模式，但二者在侧重点上有所不同。如果说《朴氏传》着重于表现主人公作为女性英雄的一面，那么，《黄夫人传》则更侧重于体现黄夫人超过诸葛亮的卓越才能。除了上述韩国学界的研究以外，台湾中国文化大学的Wang Meirong还在《〈黄夫人传〉与〈朴氏传〉的叙事形态比较》[①]一文中从出生、婚姻、变身、道术等方面对两部作品的叙事进行了比较，从而得出结论认为两部作品在叙事上有许多相通之处，但《朴氏传》所表现出来的女性英雄面貌较《黄夫人传》而言更为突出，从作品的内容和时代的发展来看，《朴氏传》受到了《黄夫人传》诸多影响。由此可见，在论及《黄夫人传》时，另一部古代小说《朴氏传》已经成为了不可回避的话题。这不仅仅鉴于两部作品在故事的内容上有一定的相似之处，更是因为《朴氏传》中插入了黄夫人的相关故事。同时，我们也应注意到前人研究在肯定两部作品之间存在关系的同时，在两部作品之间的影响问题上也存在着一定的分歧。因此，笔者将在参考《黄夫人传》和《朴氏传》相关研究成果的基础上对《黄夫人传》作进一步的考察和论证。

首先是《黄夫人传》的版本情况。对于作品版本情况的了解不仅能够使我们加深对于作品的认识，还有利于我们把握其他相关作品的情况。金仁会在参照诸多文献资料的基础上，对作品的版本作了详尽的整理。鉴于论述的需要，我们将其转录如下：

《黄夫人传》版本

1. 笔写本（手抄本）

《卧龙先生出师记》(朴淳浩教授藏本)

《黄处士传》（精神文化研究院〈韩国学中央研究院〉所藏本）

《黄处士传》（李能雨教授藏本）

《黄处士传》（平壤）

---

① Wang Meirong：《〈黄夫人传〉与〈朴氏传〉的叙事形态比较》，《国语教育研究》第41辑，2007年。

《黄处士传》（国立图书馆藏本）

2. 旧活字本

《黄夫人传·赤壁歌》（申三泰著/发行，世昌书馆，1952；文昌书馆，1957.12.30；天一书馆，1962. 12.30。35 页）

《黄夫人传》(崔锡鼎著/发行，博文书馆，新旧书林，1925.11.25，35 页）

《黄夫人传》（永昌书馆，韩兴书林，1925）

《华容道实记》（旧活字本）

《华容道实记》（京城书籍业组合）

《华容道实记》（光东书局，初版 1917.11.5，第 4 版 1920，170 页）

《华容道实记》（光东书局，大学书馆，第 5 版 1917，170 页）

《华容道实记》（光文册肆〈平壤〉），1916，181 页）

《华容道实记》（大东书院，普及书院，1917）

《华容道实记》（大昌书院，1919）

《三国风尘华容道实记》（16 回，世昌书馆，1952，170 页）

《三国风尘华容道实记》（国汉字并记，全 16 回，朴健会编/发行，新旧书林，1913.7.15，207 页）

《华容道实记》（永昌书馆，韩兴书馆，1925，170 页）

《华容道实记》（朴健会编，永和出版社，1953）

《华容道实记》（以文堂）

《华容道实记》（韩字汉字合璧，16 回，朴健会编，朝鲜书馆，初版 1913.7.15；再版 1915，219 页）

《华容道实记》（朝鲜书馆，初版 1914.7.15；第 3 版 1916；第 4 版 1917.1；第 5 版 1917.6，170 页）

《三国志演义》

《无双谚文三国志》（大昌书馆，永昌书馆，普及书馆）

金仁会不仅对《黄夫人传》的版本情况作了整理，还阐述了异本间的差异。从以上的版本来看，金仁会将所有插入黄夫人相关故事的作品都当作《黄夫人传》的异本小说来处理了。而从小说内容看，只有手抄本中的《黄处士传》和《卧龙先生出师记》与《黄夫人传》是基本一致的。这一点从曹喜雄的《古典小说故事梗概集成》中也可见一斑①。《黄夫人传》在整体上由两个部分组成，前半部分主要描写了黄小姐与诸葛孔明的结缘成婚，而后半部分则主要描写了三顾茅庐和火烧博望。与此相比，《黄处士传》省略了徐母自缢、三顾茅庐以及火烧博望等细节，取而代之的是赤壁大战，而且赤壁大战的相关描写也较为简略。这应当是作者为了突出黄夫人的故事而有意为之。较《黄处士传》而言，《卧龙先生出师记》更加突出了黄夫人的故事，小说的描写基本上终止于三顾茅庐。不仅如此，《卧龙先生出师记》的作者还让黄夫人在刘备三顾茅庐时直接登场，劝说诸葛亮辅佐明主，以求名标青史。正是听从了夫人的劝告，诸葛亮才决定出山辅佐刘备。关于《华容道实记》，李庆善曾指出小说的前五回与《黄夫人传》的内容是相一致的，小说自第六回至第十六回描述了从诸葛亮火烧新野到关云长义释曹操的故事。《无双谚文三国志》则是插入黄夫人故事的小说中篇幅最长的一部作品。从曹喜雄的《古典小说故事梗概集成》所提供的章回目录来看，《无双谚文三国志》分为前后两集，故事的叙述从桃园结义一直延伸到了武侯遗计斩魏延。其中后集前卷的章回目录与《华容道实记》完全一致，有关黄夫人的故事主要集中于三顾茅庐前的两章②。不仅如此，在《古典小说故事梗概集成》中我们还可以发现另一部插入了黄夫人故事的小说，这就是博文书馆版的《修正谚文三国志》，其章回目录与《无双谚文三国志》完全一致，可以看作是《无双谚文三国志》的修订版。同时，曹喜雄还指出永昌书馆版《原本校正谚文三国志》的回目与《修正谚文三国志》基本一致。而这两部作品并没有收录在金仁会所整理的《黄夫人传》版本中，我们在这里作一补充。

从《黄夫人传》的版本来看，多部小说中插入了黄夫人的相关故事，或者说这些作品均由黄夫人的故事和《三国演义》的部分情节所组成。手抄本《黄处士传》和《卧龙先生出师记》在篇幅上与旧活字本《黄夫人传》最为接近，基本上是以黄夫人为主人公来展开故事的叙述。而《华容道实记》则在黄夫人故事的基础上添加了赤壁大战的故事情节，黄夫

① 在曹喜雄的《古典小说故事梗概集成》中，《黄处士传》与《卧龙先生出师记》以及《黄夫人传》故事梗概为同一内容。〔韩〕曹喜雄：《古典小说故事梗概集成》，首尔：集文堂，2002年，第965、1738、1751页。

②〔韩〕曹喜雄：《古典小说故事梗概集成》，首尔：集文堂，2002年，第498页。

人的相关故事在作品中只占据了相对小的一部分，是以插话形式被纳入作品当中的。正如前文所述，在插入黄夫人故事的小说中，《无双谚文三国志》的篇幅最长，黄夫人的相关故事作为《华容道实记》中的一个组成部分随着《华容道实记》被纳入《无双谚文三国志》中。此外，与旧活字本《黄夫人传》相比，《华容道实记》不仅刊行年代更早，且其发行量也更大。金仁会整理的《黄夫人传》版本虽然没有明确标示手抄本《黄处士传》以及旧活字本《无双谚文三国志》的年代，但韩国国立中央图书馆所藏《黄处士传》的手抄年代被推定为 1903 年，是这一系列作品中最早的版本[①]。而韩国国立图书馆所藏《无双谚文三国志》为朴健会著作并发行的大昌书馆本，其刊行时间为大正七年（1918 年）。前文提到的博文书馆版《修正谚文三国志》以及《原本校正谚文三国志》的刊行时间分别为 1926 年和 1928 年[②]。由此看来，黄夫人的相关故事很有可能最初以手抄本的形式流传，之后又与《三国演义》中赤壁大战的故事情节相结合而形成了《华容道实记》，而《华容道实记》又作为一个插话出现在《无双谚文三国志》等作品中。随着活字印刷技术的普及和《华容道实记》等小说的热销，黄夫人的相关故事又与火烧博望等故事情节相结合，并以《黄夫人传》的面貌呈现在读者面前。

由于《黄夫人传》和《朴氏传》在叙事上的相似性，两部作品经常被作为比较研究的对象而相提并论。在对《黄夫人传》进行研究时，《朴氏传》已经成了用来参照研究的姊妹篇。探讨两者之间的影响关系将有助于我们了解和把握黄夫人相关故事的生成过程。从前人研究成果来看，大部分学者都认为《黄夫人传》是受了《朴氏传》的影响而创作的文学作品。金仁会指出《朴氏传》是以丙子胡乱为背景创作的小说，而《黄夫人传》是一部在 20 世纪初受到广大读者欢迎的读物，因而从其先后关系内容来看，理应是《朴氏传》早于《黄夫人传》[③]。金道焕则在前人研究基础上指出《黄夫人传》是以《三国演义》中的相关内容为底本，结合了民间传说故事，并借用了《朴氏传》的叙事模式而创作的小说。然而，学界对于二者间的影响关系，意见并不统一。韩国学者申东一在《李朝战争小说〈朴氏传〉研究》中就指出《朴氏传》是受了《黄夫人传》

---

①〔韩〕金埈亨：《〈黄处士传〉解题》，《国立中央图书馆作品解题》，2003 年。

②〔韩〕闵宽东：《三国演义在国内的流入和版本研究》，《中国小说论丛》第 4 辑，1995 年，第 408 页。

③〔韩〕金仁会：《〈黄夫人传〉研究》，《兜率语文》15，檀国大学，2001 年。

的影响而创作的[1]。Wang Meirong也在《〈黄夫人传〉》与〈朴氏传〉的叙事形态比较》一文中通过两部作品之间叙事模式的比较得出了《朴氏传》在创作过程中受到了《黄夫人传》影响的结论。从上述版本和作品内容来看，笔者认为《朴氏传》影响《黄夫人传》的说法更可靠。如上文所述，前人研究将《朴氏传》的创作年代界定在朝鲜王朝肃宗（1675—1688）至英祖（1725—1748）期间，而属于《黄夫人传》各种版本系列的最早版本《黄处士传》的手抄年代则被推定为1903年。从时间上看，《朴氏传》的出现远远早于《黄夫人传》。从小说内容上看，《朴氏传》中所插入的黄夫人相关故事并没有超出《三国演义》的内容范围，仅限于黄夫人“相貌丑陋，而有奇才”而已，这些相关记述已见于《三国演义》第一百十七回中，因而，不能以此来判断两者间的影响关系。比较《三国演义》与《三国志》中裴注的内容，我们就会发现黄夫人故事的核心部分应来源于《三国演义》的内容。因为从裴注的内容我们只能得到黄夫人容貌丑陋，但与诸葛亮才堪相配的信息。与此相比，《三国演义》中则详述了黄夫人精通天文地理、奇门遁甲，而孔明所学也多得益于夫人，这些描写均与《黄夫人传》的内容相吻合。不仅如此，毛评中还有“武侯是天上神仙，夫人亦是天上神仙，皆不从人间来者”的内容，毛氏这样的评语也极有可能成为《黄夫人传》作者在相关记述的基础上进行拓展创作的依据[2]。当然，作者不可能仅仅依靠这些简单的记述和评语就创作出黄夫人的故事，金仁会指出《黄夫人传》中有关猛虎以及运用道术获取筵席等描写都是韩国民间传说中常见的内容。不仅如此，韩国精神文化研究院（今韩国学中央研究院）组织编写的《韩国口碑文学大系》（1985年）中就收录了韩国全罗南道和全罗北道“诸葛孔明夫人”以及“诸葛亮夫人传授诸葛亮”的民间传说[3]。金道焕也指出《黄夫人传》的创作借鉴了有关异人的民间传说。由此可见，《黄夫人传》应该是以《三国演义》的相关记述为基础，在结合韩国民间传说的同时，借鉴了《朴氏传》的故事情节而创作出来的。《朴氏传》与《黄夫人传》在情节上的相通之处主要体现在黄夫人相貌丑陋、道术的运用以及丑妇变美女等几个方面。其中变身的故事情节一直受到学者们的关注，成为

① 〔韩〕申东一：《李朝战争小说〈朴氏传〉研究》，《论文集》6，陆军士官学校，1968年，见《朴氏传》的结构和后半部内容来源的考察。

② 罗贯中著，毛纶、毛宗岗评，刘世德、郑铭点校：《醉耕堂本四大奇书第一种 三国志演义》，北京：中华书局，1998年。

③ 〔韩〕金仁会：《〈黄夫人传〉研究》，《兜率语文》15，檀国大学，2001年。

了研究的焦点之一。韩国学者史在东在《〈朴氏传〉的形成过程》中指出朴氏变身的情节来自于波斯匿王丑女金刚的故事。波斯匿王丑女金刚的故事以佛典和变文的形式而闻名（如《杂宝藏经》“波斯匿王女善光缘第二十一”），并最终以《金刚公主传》的形式成为了韩国本土文化的一部分[①]。由于《黄夫人传》与《朴氏传》有着紧密的联系，作品中的变身情节也可以遵循着同一脉络来寻找其根源。除了变身的故事情节以外，在《黄夫人传》中我们还可以找到一些与韩国本土文化相关的细节描写。举例来说，当诸葛亮到九月山迎娶黄小姐时，带了一对大雁。在迎娶新娘时，男方带着一对大雁来到女方家的做法是典型的韩国传统婚俗礼仪，一对大雁寓意新人成双成对。此外，在新婚之夜，黄小姐为了挽留诸葛亮，亲自下厨杀鸡做糕。而打糕也是韩民族的传统饮食之一。这些细节描写虽然零星散见于作品中，但却体现了外来文化与本土文化相融合的一面。

《黄夫人传》虽然取材于《三国演义》，以诸葛亮的夫人为主线展开了故事的叙述，但通过以上的论述，我们不难看出作品的构成中包含了诸多韩国本土文化、文学的因素。除了上述几个方面外，我们认为《黄夫人传》还具有以下几个韩国本土文学的特征。

首先是仙人谪降类小说的特征。仙人谪降类小说中的主人公本是天上的人物，因得罪玉帝或是犯了其他过失而被贬谪至人间，在人间经历种种磨难后获得美满的婚姻亦或功成名就，而最终又重返天界。例如韩国古代小说中的《淑香传》就被一些学者定义为仙人谪降类小说[②]。而从《黄夫人传》的内容来看，可以说黄夫人的相关叙述基本上符合仙人谪降类小说的叙事特征。在黄小姐梦中出现的道人声称黄小姐本是月宫嫦娥，因骄慢放恣得罪玉帝被贬至人间。黄小姐在人间虽然没有经历种种磨难，但毕竟是通过道术和变身才最终使丈夫回心转意，这也可以看作是一个克服苦难取得成功的过程。

其次，《黄夫人传》还具有女性英雄小说的特征。韩国军谈小说中的一部分作品塑造了才能比男主人公还突出的女主人公形象。这一类作品被称为女豪杰系小说或女将军系小说。在作品中，黄夫人的才能比诸

---

①〔韩〕史在东：《〈朴氏传〉的形成过程》，《佛教系国文小说的研究》，首尔：中央文化社，1994年。

② 韩国学者成贤庆将《淑香传》定义为仙人谪降类小说。〔韩〕车允焕：《〈淑香传〉的结构和意义》，见韩国古小说学会：《古小说研究》第4辑，首尔：国学资料院，1998年，第206页。

葛亮还突出。这一点无论是在新婚之夜的道术运用还是在日后获取曹操母亲寿筵，乃至八阵图的传授等内容里均有体现。然而，黄夫人并没有直接参与战斗，而是充当了诸葛亮的贤内助，在幕后帮助丈夫。因而，《黄夫人传》又可以划归为这一类作品中的消极型。

《黄夫人传》具有多种类型小说特征的原因就在于作品在生成的过程中结合并融入了多种素材。这也是韩国古代小说所具有的一般特征，在韩国古代小说中我们往往可以发现多个民间故事或传说的原型。上文所提到的《淑香传》在被看作是仙人谪降类小说的同时，也被作为爱情小说、神圣小说甚至是英雄小说而成为研究的对象。而在一部《春香传》中我们也可以发现信物交换传说、梦祥传说、手记传说等多个民间传说故事[①]。

综上所述，《黄夫人传》虽然取材于《三国演义》，但是与黄夫人相关的大部分内容都是出于作者创作，小说中包含了韩国本土文化元素，也具有韩国小说的特征。

（七）《华容道实记》

通过对《黄夫人传》的考察，我们可以得知，《华容道实记》基本上是由《黄夫人传》的故事与赤壁之战的故事结合而成的。我们在这里不再赘述，只将其回目和故事梗概整理如下：

回目：

1. 九月山中逢淑女，黄妇人道屈卧龙
2. 黄夫人脱丑恶态，诸葛亮放山水间
3. 徐庶临行荐诸葛，刘玄德三顾草庐
4. 定三分隆中决策，战长江孙氏报仇
5. 荆州城公子三求计，博望坡军师初用兵
6. 蔡夫人议献荆州，诸葛亮火烧新野
7. 刘玄德携民渡江，赵子龙单骑救主
8. 张翼德大闹长坂桥，刘豫州败走汉津口
9. 诸葛亮舌战群儒，鲁子敬力排众议
10. 孔明用计激周瑜，孙权决计破曹操
11. 三江口曹操折兵，群英会蒋干中计

---

①〔韩〕金东旭：《春香传研究》，首尔：延世大学出版部，1985 年。

12. 用奇谋孔明借箭，献密计黄盖受刑
13. 阚泽密献诈降书，庞统巧授连环计
14. 宴长江曹操赋诗，锁战船北军用武
15. 七星坛诸葛借风，三江口周瑜纵火
16. 诸葛亮智算华容，关云长义释曹操

故事梗概：

东汉末年，有一个叫诸葛珪的人。他有三个儿子，长子为瑾，次子为亮，三子为均。诸葛珪早逝，长子诸葛瑾在孙权帐下为官，次子诸葛亮带着弟弟诸葛均迁至南阳卧龙岗，在草庐中安身立命。兄弟俩每日勤于耕作，与闲云野鹤为伴，家道清贫。一日，诸葛亮按照梦中道人的指示在荆州九月山中遇到黄小姐并与之结为夫妇。最初，诸葛亮嫌弃妻子的丑貌，几次三番想要离去，但最终为夫人的道术所折服，而且黄夫人也换骨脱胎，变成了绝色美人。诸葛亮带着妻子回到草堂，过着隐居的生活。他每日与好友游历名山大川，研习孙武兵法，六韬三略。一日，诸葛亮感叹自己总是受到朋友的款待而无以为报，于是黄夫人用法术将曹操母亲寿筵上的山珍海味取来招待了诸葛亮的朋友。献帝建安年间，奸臣弄权，曹操篡逆，孙权雄霸江东，刘表盘踞荆州。此时涿州出现了一位英雄，此人是汉宗亲，姓刘，明备，字玄德。刘备与关云长及张翼德在桃园结义，对天盟誓要同生共死，共扶汉室。这时，谋士徐庶向刘备举荐了孔明，于是刘备亲至卧龙岗，三顾茅庐，请诸葛亮出山为军师。此时，孙权在江东广招谋士良将，势力日渐强大。孙翊的妻子徐氏用计杀死贼党，为夫报仇，江东百姓广颂徐氏之德。孙权与周瑜商议制定了攻打刘表的计策，江东军在长江大破黄祖，报了杀父之仇。自此东吴广造战船，勤练兵士。孙权领兵驻扎在柴桑，周瑜则在鄱阳湖训练水军，准备对抗曹操与刘备。此时，刘备已探知孙权击破黄祖，驻军柴桑，适逢刘表来请，刘备与诸葛亮率领军队来到荆州与刘表相见。孔明用计使刘表、刘琦带领三千人马守备江夏。与此同时，曹操命夏侯惇率十万大军进犯新野。孔明带兵迎敌，用火攻大破曹军。孔融因进谏曹操劝说他不要再攻打刘备，结果三父子为曹操所害。曹操共起五路大军杀向新野，孔明令关羽、张飞和赵云率军埋伏，火烧新野，大败曹军。为躲避曹操的大军，玄德带领新野的百姓向襄阳进发，后又转向江陵。刘备在途中遭遇敌军的袭击，关羽和张飞奋力冲杀，终于杀开一条血路，刘备率军向东败走。关羽和张飞先后报知刘备说赵云已投靠曹操，而实际上赵云是为在百万军中救出糜夫人和阿斗才落在后面。张飞在长坂桥据水断桥，力拒曹军。与此同时，孔明奔赴夏口搬取救兵。孙权派鲁肃来到刘备军中，于是孙刘两家结为联盟。为探知东吴的情况，孔明随鲁肃来到江东，并与孙权共议破曹大计。此时，孙权手下的众谋士因惧怕曹军，企图劝说孙权投降。诸葛亮舌战群儒，智激周瑜，使得孙权和周瑜坚定了与曹军决战的信念。然而，周瑜为消除后患企图加害孔明并借机除去刘备，但最终都失败了。周瑜率水军在三江口大败曹军，进而又假借群英会使蒋干中计。孔明用二十只草船从曹营得到了十五六万支箭。东吴的黄盖用苦肉计，阚泽下诈降书，庞统又献连环计，试图用火攻击破曹军。孔明又在南屏山的七星坛上祭风，东南风起，周瑜率军在三江口用火攻大破曹军。此时，孔明与前来迎接的赵云一同返回刘备的阵营。孔明令赵云在乌林小路埋伏，又令张飞埋伏在通往彝陵的葫芦口，然后命糜竺、糜芳、刘封三人乘船沿江捉拿残兵败将，最后又令云长埋伏在华容道小路。孔明担心云长不忘旧恩，放走曹操，而云长则表示一定要捉住曹操并立下了军令状。曹操为周瑜所败，一路又连中孔明的埋伏，在势穷力尽之时来到了华容道。关云长想起曹操往日的恩情，最终还是义释曹操。

（八）《梦见诸葛亮》

刘元杓的这部混用韩（朝）文和汉文创作的小说于隆熙二年（1908年）由广学书铺发行，并于同年8月在三洞精舍印刷。该作品由申采浩作序，唐城洪钟校阅。作品还附有作者刘元杓的照片和两幅图片，并有李钟泰的题签。虽然封面上的标题为“梦见卧龙”，但扉页上却题为“梦见诸葛亮”。《梦见诸葛亮》于隆熙三年（1909年）年再版发行，但在当时的日本殖民统治下，该作品被列为禁书。

《梦见诸葛亮》的作者刘元杓号蜜哑子，生卒年月不详。但从“洌水刘元杓”的题署来看，可以推断出作者为今首尔人。此外，刘元杓自光武四年（1900年）至光武九年（1905年）以参尉和副尉的官级在黄州任职。乙巳条约签订后，刘元杓从军队退职，在开城近郊进行演讲，并致力于著书立说。《梦见诸葛亮》的回目和故事梗概如下：

回目：

议者谓为非计

容或无怪十条

先生历史演义

东土文学虚实

黄白关系真状

支那政略改良

故事梗概：

辞官归隐的蜜哑子虽安于击壤逸民的生活，却仍然心系天下，忧国忧民。一日，蜜哑子在无聊而坐之余，阅览《俾斯麦传》之际，倦意袭来，进入了梦乡。在梦中，蜜哑子来到了中国湖北襄阳的卧龙岗，见到了诸葛亮。二人见礼之后，诸葛亮恳请蜜哑子就《出师表》中的“议者谓为非计”之说发表看法，于是蜜哑子指出在读到《出师表》中“议者谓为非计”的字句时就已料到孔明六出祁山后必然驻军五丈原，且屯田以为长久之计。诸葛亮叩问原因，蜜哑子答道：“先生受先帝讨贼之托虽五出祁山，然才弱贼强，不能取胜，且南征北讨，年年出师，必然是国弊民疲。满朝臣僚中虽有非议，却莫敢阻抗。而先生力排众议，六出祁山，倘若能攘除奸凶，则众人之非议不攻自破；倘若不能成功，则必然引发众人的非议和民心的骚动。若不讨贼，则有负先帝之托。因而六出祁山时，先生已决意驻军五丈原，屯田以为长久之计，未复中原，誓不班师。”诸葛亮听了蜜哑子的一番话后，不胜感慨，又恳请蜜哑子开诚布公地对自己加以评判。蜜哑子先是对诸葛亮作了高度的评价，认为孔明“有仁人君子之心，有英雄豪杰之才，有忠臣义士之节”。进而又指出以当时益州民众的眼光来看，孔明的做法则有不然之端，因为对于人的评判在其生前和死后是大不相同的，所以当时对于孔明的一些非议也是可以理解的。接下来，蜜哑子又罗列了十个事例来说明当时的非议也是不足为怪的。首先是攻取益州、占据荆州不还的做法难免有背信弃义之嫌；其次是劝刘备先进汉中王位而后奏报朝廷的做法也难逃公议；三是当得知庞统遇难后，荆州守将的委任上存有问题，关公虽勇武有余，但智谋不足。且关羽遇害后，未能力阻先帝伐吴；四是夺取四川之后，法正曾说孔明所制定的刑法过重，这并非是法正一人之意，而是川中众人的普遍想法。因为刘璋一向暗弱，以致政令紊乱。正所谓积习难改，以今人之眼光来看，虽然对于孔明的严法治国莫不称颂，然而当时却不免有所非议；五是在军令的执行方面存在两面性，关羽于华容私放曹操得以赦免，而马谡丢失街亭却被问斩，这也难免会引起非议；六是在入川之后频繁发动战事，虽百战百胜亦不益于民生；七是北伐之时用魏延为先锋而不用其言，渭桥之战时误中司马懿之计，损失辎重，锐气大挫。而街亭之战时又不信先帝之遗言，误用马谡，结果兵败城失。不安裕自守而发动战事，却又无功而返。八是穷兵黩武，使益州一地民疲财竭；九是应知人善任，不应事必躬亲；十是知黄皓之奸恶而不能除，知魏延之勇武而陷其于不义。同时，蜜哑子也指出，有些做法经过反复推敲，还是能够理解的，总的来看诸葛亮有王佐之才，对诸葛亮不然之端的评说不乏吹毛求疵之嫌。诸葛亮对于蜜哑子的论说给予了高度评价，认为这是前所未有之新论。同时，诸葛亮认为今日世界各国之发展都得益于长久以来的积淀，特别是近来得西势东渐为东方各国的发展提供了极大的可能性，这在当时是力不能及的。于是蜜哑子以当时的实际情况为例指出了诸葛亮在治国方面应实行议院制并推行实业兴国的方略。诸葛亮又指出当时一人为一国之主，而一国为天下之主，没有竞争也就没有发展。蜜哑子则指出西方的发展无非是对前人发明的因袭和变通，以诸葛亮当时的诸般发明创造以及对国家的忠诚只要能推行有效的发展方略就一定能安邦定国。听完蜜哑子的一番话，诸葛亮慨叹不已，十分钦佩。接下来，二人又对东土文学展开了探讨。蜜哑子认为物胜于事，事胜于文，国家自然兴盛，反之，国家就会衰败。他还特别援引了太白醉酒的例子说明当时是文胜于事，事胜于物。而太白之醉即唐帝之醉，而唐帝之醉即朝廷之醉，朝廷之醉即天下之醉，天下之醉即后世之醉。诸葛亮认为中国之文学虽然过于注重虚饰，却不致丧失国体。而蜜哑子则指出东土学问以四书五经为主，而科考也是八股择士，并非实用之理论，只是纸上空文，因而中国虽有泱泱人众，丰富物产，却未能发展进步，反而退缩不前，以致受辱于他人。蜜哑子还指出东方各国保持和睦友好的关系，共同抵御外侮，并提出了改良方案。在一番长谈之后，蜜哑子向诸葛亮作别。一觉醒来，原来是大梦一场。

正如上文中的回目和故事梗概一样，《梦见诸葛亮》全文共分为六章，以作者在梦中与诸葛亮相遇，并针对过去的处事以及现今的政局进行讨论的形式展开了叙述。辞官归隐的蜜哑子虽然与家人过着恬适的田园生活，却无时无刻不心系天下，忧国忧民。一日，蜜哑子在翻阅报纸，看《俾斯麦传》之际，倦意袭来，不觉进入梦乡。在梦中，蜜哑子来到了中国湖北省荆州的卧龙岗，并见到了吟诵《梁甫吟》的诸葛孔明。蜜哑子就胸中所存疑惑与诸葛亮展开了讨论。在讨论的过程中，蜜哑子对诸葛亮当时的一些做法提出了质疑和批评，同时，讨论还涉及了民生、法制、利用后生以及中、日、朝三国关系和更张改革等方面的内容。在讨论之后，蜜哑子与诸葛亮作别，并从梦中醒来。

由此可见，《梦见诸葛亮》只是借用了《三国演义》中诸葛亮名字和一些相关事件以及梦游录小说的叙事模式，其内容却是以宣扬开化和启蒙思想为中心，反映了作者的社会批判意识。作者的创作意图就在于唤起民众团结一致，捍卫国家主权的热情和意志。在这一历史时期，韩国文学史上出现了很多描写英雄人物的历史传记小说，这些在小说作品中登场的英雄人物或是为民族独立运动而奔走，或是为实现富国强兵而奋斗，亦或尽显对国家民族的热爱和忠诚。在这些作品中，最先出版的当属一些以为实现富国强兵而投身民族独立运动的英雄为主人公的传记小说。光武九年（1905 年）出版的《埃及近世史》，光武十年（1906 年）出版的《法兰西新史》和《比律宾战史》以及隆熙一年（1907 年）出版的《越南亡国史》《伊大利建国三杰传》《意大利独立史》《瑞士建国志》《俾斯麦传》等都是很好的例子。到了隆熙二年（1908 年），一部分以韩国历史人物为主人公，描写独立斗争、救国救民内容的历史传记小说也相应出现了。《乙支文德》《李舜臣》《姜邯赞传》等作品就是很好的例子。这些历史传记小说的出现就是为了唤醒民众克服困难，建设强大国家的意识。也就是说通过记述韩国历史上英雄人物的事迹，从而唤起国民的自尊心和自豪感，鼓舞民众抵抗日本侵略爱国意志。

在这一大的历史背景下所创作的《梦见诸葛亮》也同样蕴含着救国救民的思想。但从小说的内容看，作品通篇只是讲述了蜜哑子和诸葛亮二人的讨论，并没有故事情节，因此能否将这部作品归类到小说范畴也成了争议的焦点。但无论怎样，从当时特殊的时代背景看，这部作品还是极具现实意义的，作者作品中流露出的忧国之情和自强思想也正是应运而生的。

（九）《诸葛亮传》[①]

《诸葛亮传》又称为《诸葛武侯传》，作品基本上是围绕诸葛孔明的一生来展开叙述的。其回目和故事梗概如下：

回目：
1. 躬耕南阳
（1）天下胜地山东
（2）自比管仲乐毅
2. 汉末略记
（1）外戚和宦官如虎狼
（2）东汉多清节名士
（3）天变地异的预兆
（4）群雄蜂起
（5）治世之能臣，乱世之奸雄
（6）孙策雄霸江东
（7）刘玄德与关羽和张飞
3. 三顾草庐
（1）伏龙和凤雏
（2）草庐中的对策
（3）草庐对策的内容
（4）嘲笑美谈的人
4. 赤壁大战（上）
（1）曹操进军荆州
（2）孔明出使吴国
（3）周郎定大计
（4）曹孟德横槊赋诗
5. 赤壁大战（下）
（1）决定天下大事
（2）玄德攻取荆州四郡

① 笔者研究的版本是玄公廉著作发行、1917 年广益书馆出版的《诸葛亮传》。

（3）周瑜死后鲁肃代其职
6. 天下三分
（1）蜀国张松、法正等依附玄德
（2）玄德入川
（3）两刘相争
（4）孔明入川
（5）玄德取得蜀中之战的胜利
7. 荆州和汉中
（1）孙权和刘备的反目
（2）曹操与刘备争夺汉中
（3）刘备占据汉中
8. 关云长的末境
（1）吕蒙图谋攻取荆州
（2）关羽出兵中原
（3）吴军掩袭云长背后
9. 汉室的大变
（1）曹丕篡夺汉室
（2）玄德登基
10. 秭归的败军
（1）玄德大举伐吴
（2）陆逊大败玄德
11. 白帝城
（1）魏和吴的关系
（2）玄德将国家之事托付孔明
12. 施政
（1）谨慎施政
（2）施政的态度
（3）施政的方针
13. 征讨南蛮
（1）与吴联合
（2）大举征讨南蛮，攻心为上
（3）南征杂事
14. 北征

（1）前出师表
（2）失街亭
（3）后出师表
（4）孔明大破仲达

15. 五丈原
（1）孔明屯田渭滨
（2）魏吴的胜败
（3）秋风中大星陨落
（4）孔明的子孙
（5）遗事杂记

故事梗概：

由于黄巾之乱，东汉王朝已是风雨飘摇。年幼的灵帝168年即位之后，外戚与宦官争权夺势，诸侯并起，天下大乱。董卓进军洛阳，废灵帝，立献帝，借机独揽大权。董卓的做法激起众怒，各路诸侯推举袁绍为盟主，共同讨伐董卓。董卓见战事不利，火烧洛阳，迁都长安。此时，曹操在兖州起兵，于青州大破黄巾军。曹操在一年的时间里收复兖州，迎接献帝回朝，挟天子以令诸侯。袁绍起兵讨伐曹操，正当曹操忙于迎战之时，刘备以制约袁军的行动为借口逃出许昌，占据了徐州。随后曹操发现刘备也参与了图谋自己的行动，于是发兵攻打刘备。兵败后，刘备逃往青州投靠袁谭。袁绍兵败后逃往荆州。刘备在荆州向司马徽询问天下名士，司马徽向刘备举荐了"伏龙"和"凤雏"二人。"伏龙"即诸葛孔明，而"凤雏"则是庞统庞士元。徐庶又劝说刘备亲自去拜访孔明。荆州之主刘表死后，刘琦和刘琮为了荆州争执不休，结果刘琮降了曹操。刘备带着百姓向江陵进发，张飞据水阻断了曹军的追击。徐庶的母亲为曹所执，无奈之下只得投奔曹操。这时孔明说服孙权与刘备联手，孙权在征求了周瑜的意见后在赤壁与曹军展开了战事。孙刘联军凭借诸葛的计谋在赤壁大战中取得了胜利。周瑜死后，荆州归属了刘备。张松、法正等依附刘备后，刘备将荆州托付给了孔明、关羽、张飞、赵云等并入川作战取得了胜利。至此蜀地尽属刘备，天下三分。在刘备取得益州后，孙权派诸葛瑾去讨还荆州，不想遭到拒绝，从此两家不睦。然而，当曹操企图攻汉之后，孙刘两家再度联合。曹操在占据了汉地之后，没有听从谋士建议继续进攻蜀地，而刘备则听从法正的进谏趁机占领了蜀汉。吕蒙劝说孙权攻打守备荆州的关羽，结果关羽由于腹背受敌而被擒遇害。这一年，曹操寿终，曹丕即位，汉室已亡。刘备为了报关羽之仇要与张飞起兵伐吴，不想张飞为范疆、张达所害。刘备独自率军与东吴作战，最终为陆逊所败。刘备临终之时，将国家之事托付给了诸葛亮。临危受命的诸葛亮在平定了南蛮之后又与东吴联手开始北伐。与孔明交战的司马懿也非泛泛之辈，双方未分胜负之际，因国事操劳过度的孔明将后事托付给姜维，星落五丈原。

《三国演义》的大部分派生作品均是根据小说《三国演义》的内容改写而成。与这些派生作品有所不同是，《诸葛亮传》是作者根据史料创作的作品。权纯肯教授指出，《诸葛亮传》是在正史的基础上围绕诸葛孔明的事迹展开叙事的小说。小说中还融入了作者对历史的考证和对现实的批评，也正是因为如此，小说本身的趣味性有所削弱①。金道焕在其论文中也考察了《诸葛亮传》的改写形态，并指出该作品具有一定的教化意义②。此后，李恩奉（音译）在总结前人研究成果的基础上，通过与《三国志》《诸葛忠武书》等史料的比较指出《诸葛亮传》是作者依据史料创作的具有教化意义的小说③。

综上所述，前人研究成果对《诸葛亮传》的观点是基本一致的，笔者通过考察小说的内容，也认为该作品虽然基本上按照《三国演义》的故事发展脉络展开叙事，但对于人物和事件的描写基本上都是遵循史料的，《三国演义》中的许多虚构和夸张的描写在作品中均被删减了。而在故事的叙述过程中，作者也不时地加入了个人观点，体现了对于现实的批判，这一点从作品的回目中就可见一斑。

除了上述作品之外，《三国演义》的派生作品还有《梦诀楚汉讼》《三国大战》《五虎大将实记》等。《梦诀楚汉讼》又被称为《诸马武传》，讲述了诸马武到冥府，判决楚汉英雄的诉讼，使其托生为三国人

① 〔韩〕权纯肯：《〈三国志演义〉的受容和指向——以活字本古小说为中心》，《泮桥语文研究》第9辑，1998年，第318页。

② 〔韩〕金道焕：《〈三国志演义〉的旧活字本古典小说改写形态》，《中国小说论丛》第20辑，2004年，第202页。

③ 〔韩〕李恩奉：《旧活字本〈诸葛亮传〉的创作形态研究》，《古小说研究》23卷，2007年，第97页。

物的故事。从小说的内容看，与《三国演义》相比，这部作品更接近于《三国志平话》，表现了因果报应的思想。《三国大战》先讲述了《三国演义》中从三顾茅庐到关云长义释曹操的这一段故事，而后又添加了《山阳大战》的故事，只是登场人物与《山阳大战》略有出入，而且《山阳大战》最后蜀、魏两国将领比试武艺的场面描写也被删减了。《五虎大将实记》收录于《三说记》中，讲述了一个普通士兵借蜀国五虎大将的事迹嘲讽两班贵族的故事，这部小说也体现了现实批判意识[①]。

在参考和借鉴前人研究的基础上，笔者用原典性的实证研究方法着重对《三国演义》的派生作品进行了考察。通过文本间的对比分析，笔者认为一部分《三国演义》派生作品都兼有《三国志通俗演义》和毛本《三国演义》的内容。这说明此类《三国演义》派生作品很有可能是以首尔大学奎章阁所藏的30卷本为底本来进行创作的。吴秀美在其硕士论文《三国志演义的演变和比较文学研究》中通过论证指出，首尔大学奎章阁所藏的30卷本是民间流行的《三国演义》译本，这一版本的内容基本上是对嘉靖本的直译，但同时也受到了毛本内容的影响。译本删减了原作中插入的大部分诗文，体现了强烈的拥刘反曹思想[②]。通过文本的比较分析，我们基本上把握了《三国演义》派生作品的存在状况。此外，笔者还通过分析，发现《五关斩将记》和《黄夫人传》等作品都含有明显的本土文化元素。《五关斩将记》中反映了的七星信仰，而《黄夫人传》中不仅有本土文化的描写，作品本身也具有浓厚的本土文学特征。

总的来说，《三国演义》的派生作品还是呈现出了多样性，不能一概而论。如果说《张飞马超实记》《关云长实记》和《大胆姜维实记》等作品基本上是依据《三国演义》的内容改写加工而成，《山阳大战》《黄夫人传》等作品则是作者依托《三国演义》的人物或故事情节而创作的产物。而《梦见诸葛亮》和《诸葛亮传》等作品的重点不是小说的趣味性，而是映射了开化期知识分子对于现实的批判意识。

---

①〔韩〕李庆善：《三国志演义的比较文学研究》，首尔：一志社，1976年，第168、172、181页。

②〔韩〕吴秀美：《三国志演义的演变和比较文学研究》，首尔：首尔大学硕士论文，1973年。

第三节 《三国演义》在朝鲜半岛的影响（二）

《三国演义》传入韩国之后，不仅产生了一些派生作品，而且还对韩国的军谈类小说和其他文学艺术作品的创作产生了一定的影响。本节的论述可以说是第二节的延续。在本节中，我们将针对《三国演义》与韩国军谈小说、盘骚俚（Pansoli）以及其他文化表现形式的关系展开论述。

一、《三国演义》与韩国军谈小说

在讨论《三国演义》与韩国军谈小说的关系之前，首先有必要交代清楚军谈小说的概念，这是因为人们并不像对爱情小说那样熟知军谈小说。如果单纯从字面意义来理解，似乎所有以军事战争为题材的小说都可以划归到这一范畴之内，然而，作为韩国文学，特别是韩国古代小说的一个固有类别，军谈小说还具有其他方面的含义。韩国学者赵东一在《英雄的一生，其文学史的展开》一文中指出："所谓军谈小说是指流行于朝鲜朝后期以主人公的一生为主线描写其英雄事迹的韩文小说作品群。由于这一类小说中的大部分作品都以英雄为主人公，以英雄传记的模式展开叙事，因此，这一类作品又被称为英雄小说。"[①]这一概念的确立不仅从时间和内容上对军谈小说予以了界定，还对这一类小说的叙事模式予以了限定。通过这一概念我们可以了解和把握军谈小说的基本形态，然而如果细加推敲，我们就会发现这一概念中也存在值得商榷的地方。韩国学者徐大锡在其《军谈小说的结构和背景》一文中就提出了不同意见，指出了军谈小说和英雄小说的区别。其主要依据是军谈小说根据创作素材的不同又可细分为创作军谈小说、历史军谈小说、翻译及翻案军谈小说。创作军谈小说是指以写虚构主人公和事件的小说作品；历史军谈小说是指以壬辰倭乱或丙子胡乱等历史事件为背景描写历史真实人物和事件的小说；而翻译及翻案军谈小说则是指中国小说翻译本或翻案小说中的战争题材作品。虽然创作军谈小说均可以被看作是英雄小说，但历史军谈小说中的《壬辰录》就很难归属为英雄小说。此外，翻译及

---

①〔韩〕赵东一：《英雄的一生，其文学史的展开》，《东亚文化》10，首尔：首尔大学东亚文化研究所，1971 年。

翻案军谈小说中的《楚汉战》《三国大战》《华容道实记》等作品也很难归入英雄小说。其原因主要在于这些作品并不是围绕主人公的一生展开叙事，描写其英雄事迹的作品。此外，也并不是所有采用英雄一代记叙事模式的作品都可以被看作为英雄小说，我们在讨论《黄夫人传》时提及的《淑香传》就是一个例子。因为《淑香传》等韩国古代小说中插入了多种素材，所以作品就会呈现出多面性，很难简单地对其进行界定。如此看来，能否将英雄小说与军谈小说等同视之的问题成为了争论的焦点。笔者认为英雄小说是以英雄人物的一生为主线展开叙事，而在故事的叙述过程中为了表现主人公的勇武又插入了军事战争素材的小说，从某种意义上说英雄小说可以被看作是狭义的军谈小说，也是军谈小说中的主流。而英雄小说再加上《壬辰录》这样的历史军谈小说就形成了广义的军谈小说。至于《楚汉战》《三国大战》《华容道实记》等作品还是作为中国历史演义小说的翻译或翻案作品比较妥当。本节所讨论的军谈小说主要是指广义的军谈小说，即创作军谈小说和历史军谈小说。《苏大成传》《张丰云传》《赵雄传》《刘忠烈传》《金铃传》《张国振传》《郭海龙传》《柳文星传》《李大凤传》以及《林庆业传》《朴氏传》《壬辰录》等均属于这类作品。

军谈小说从朝鲜王朝后期至开化期一直深受广大读者的喜爱，无论是从作品数量还是刊行情况来看，都堪称具有代表性的韩国小说作品群，在韩国小说史上占有重要的地位。因而，军谈小说自然也就成为了韩国学界关注和研究的对象。正像讨论《黄夫人传》就会涉及《朴氏传》一样，在研究军谈小说的时候，《三国演义》的影响也成了不可回避的话题。关于《三国演义》与韩国军谈小说之间影响关系的研究成果主要有丁奎福的《韩国古代军谈小说考——以三国志演义的影响为中心》《三国志演义对于韩国军谈小说的影响序说》《中国小说对韩国小说的影响》、李庆善的《三国演义的比较文学研究》、徐大锡的《军谈小说的结构和背景》以及李相翊的《韩、中小说的比较文学研究——军谈小说和〈三国志演义〉》等。从总体上看，韩国学者的研究在《三国演义》对韩国军谈类小说到底有多少程度的影响的问题上存在着一定的分歧。具体来说，以丁奎福为代表的早期的研究认为壬辰倭乱和丙子胡乱的时代思潮以及《三国演义》的传入对韩国军谈类小说的出现产生了决定性的影响，而徐大锡则指出外来文学的影响效果只有当接受一方的条件成熟时才能显现出来，一种新的文艺形式的出现应该是对于传统继承和发展变化的结果，不能单纯地归结为外来文化的影响[①]。为此，徐大锡还通过宏观的比较总结了《三国演义》与韩国军谈小说在结构上的四点差异。其观点如下：

1. 军谈小说是叙述个人一生的文学作品，而《三国演义》是描写国家兴亡的小说。

2. 军谈小说以家庭为中心展开叙事，而《三国演义》则以国家为中心展开叙事。

3. 军谈小说将男女间的爱情作为一个重要的主题来描写，而《三国演义》中则没有爱情描写。

4. 军谈小说中的战争描写与《三国演义》中的战争描写在性质上有所不同。具体来说，《三国演义》中所表现的战争是一种用兵战和智略战，相对于个人的勇武而言，更加强调智谋。而军谈小说中战争的胜败往往取决于个人的超能力。

不仅如此，徐大锡还在比较作品细节描写的基础上，一一指出，虽然军谈小说与《三国演义》之间有类似之处，但是军谈小说的产生与《三国演义》之间并无直接联系，强调了军谈类小说并不是模仿《三国演义》的作品，或是在《三国演义》的影响下产生的作品。

正如徐大锡指出的那样，一种新的文学样式的出现并不能仅仅依靠外来文化的影响，本土文化语境在其形成过程中必然起着至关重要的作用。韩国军谈小说的产生与当时的时代背景有着紧密的联系。壬辰倭乱、丙子胡乱给朝鲜王朝带来了巨大的战争创伤，这种创伤不仅仅体现在国力上，也表现在国民的心理上。战败的耻辱以及同仇敌忾的民族情绪的高涨使人们渴望英雄的出现。不仅是《壬辰录》《林庆业传》《朴氏传》等历史军谈小说与当时的历史背景有着不可割裂的紧密关系，《刘忠烈传》等创作军谈小说的部分内容也取材于当时的历史事件。同时，作为军谈小说主流作品的英雄小说的英雄传记叙事模式的根源可以直接追溯到东明王神话。载于《三国史记》等文献中的东明王神话作为韩国的建国始祖神话叙述了高句丽始祖高朱蒙从出生、成长、建国直至死亡的人生历程，可以说东明王神话已经具备了英雄传记的叙事模式。关于这一点，赵东一

①〔韩〕徐大锡：《军谈小说的结构和背景》，首尔：梨花女子大学出版社，1985 年，第 265 页。

已在其著述中明确指出[①]。而徐大锡更是在此基础上对军谈小说的结构和巫俗仪式进行了比较研究，论证了二者间的相似性。从前人研究已经取得的这些成果来看，可以说军谈小说的出现有其自身的历史背景和文化渊源。但笔者认为，《三国演义》在韩国的传入及其影响在军谈小说的产生过程中也起到了不容忽视的作用。《三国演义》的投影在军谈小说中随处可见，而且这种投影还不仅限于一两部作品。从宏观的角度看，描写了恢宏战争场面并塑造了众多英雄人物形象的《三国演义》非常符合经历两乱之后的韩国读者的口味，这也必将会对相关文学作品的创作起到刺激和推动的作用。如果说特定的历史背景和文化渊源是军谈小说产生的内在动因，那么《三国演义》的传入和影响就可以看作是军谈小说产生的外在动因。这两者是相辅相成的关系。虽然我们不能单纯地将军谈小说视为《三国演义》的模仿之作，但也不能全盘否认《三国演义》在军谈小说创作过程中所起到影响作用。尽管军谈小说中与《三国演义》相似的内容乃至表述方式也常见于其他中国小说作品中，但作为中国第一部章回体历史演义小说的《三国演义》较其他作品而言，显然更加受到韩国读者的喜爱。单从这一点看，《三国演义》对韩国文学创作的影响也不容小视。只有用客观的视角来看待问题，才会避免矫枉过正。当然，任何一种文化在传播的过程中都会经历一个变异的过程。《三国演义》在传播的过程中也必然会通过分解和再合成最终以本土文化形态呈现在读者面前。下面我们将在总结吸收前人研究成果的基础上结合实例对《三国演义》在军谈小说中的存在状况进行考察。

我们不可能在军谈小说中看到《三国演义》的全貌，这是《三国演义》作为一种文化在传播中必然经历的分解过程所决定的。从已有研究成果来看，《三国演义》的内容主要是通过以下几种形态出现在军谈小说中。

（一）《三国演义》人物和故事的引用

军谈小说的人物或场面描写中经常会引用《三国演义》中的人物或事件。

> 赵子龙在长坂桥独当曹操亿万雄兵（《柳文星传》）
> 除了当年摆下八阵图的诸葛亮，谁人能知（《柳文星传》）

---

①〔韩〕赵东一：《英雄的一生，其文学史的展开》，《东亚文化》10，首尔：首尔大学东亚文化研究所，1971年。

当年关云长四马单枪过五关斩六将（《柳文星传》）

当年三国时期，汉寿亭侯关云长华容道义释曹操，其高义和忠节流传千古（《柳文星传》）

当年三国时期，刘关张三人桃园结义，寡人与卿也结义为兄弟（《刘忠烈传》）

即便是当年诸葛武侯七擒七纵的才智也有所不及(《郭海龙传》)

秀吉的智略堪与周代的吕尚和汉代的诸葛亮并驾齐驱（《壬辰录》）①

除了上述例子以外，在讨论《黄夫人传》时提到的《朴氏传》中也引用了黄夫人的故事。通过以上的例子我们不难看出，韩国军谈小说往往将《三国演义》中的人物和相关事件作为典故插入作品中。由此可见，三国故事当时在朝鲜半岛已是妇孺皆知，而《三国演义》中的人物形象也是深入人心。无论是小说的作者还是读者对于桃园结义、五关斩将、长坂坡之战、七擒七纵等《三国演义》中的经典故事已然耳熟能详。军谈小说的作者就如同运用本土文化中的典故一般将《三国演义》中的人物和故事信手拈来，插入了作品中，增强了小说的表现力。

（二）《三国演义》人物和场面描写手法的借用

军谈小说与《三国演义》在人物和场面的描写上有许多相似之处。这主要体现在对人物容貌的描写和战斗场面的叙述上。

身长十余尺，形容甚伟，眼若流星（《刘忠烈传》）

两耳垂肩，凤眼自顾其耳（《刘忠烈传》）

---

① 引文原文：

조ᄌᆞ 룡은 쟝판교에셔 죠죠의 억만 군ᄉᆞ 를 한 칼로ᄃᆡ 적ᄒᆞ 엿거든

옛날 팔진도 치던 제갈량이 아니면 알 업슬너라

옛날 관운쟝은 필마단창으로 오관에 참륙장ᄒᆞ고

옛날 삼국시절에 한슈정후 관운장이 화룡도에셔 조조를 노와 보ᄂᆡ며 그 의리와 충절이 쳔추에 류전하엿스니

옛날 삼국시절에 류관장 삼인이 도원결의하얏더니 과인도 겨으로 더부러 결의형제하리라

옛날 제갈무후 칠중칠검하던 재조라도 밋지 못하리라

수길이 스스로 그 지략을 헤아리며 주대의 여상과 한 대 제갈량으로 더불어 병구할 것이요

面如冠玉，熊背狼腰（《金铃传》）
身长九尺，面色火赤，眼若流星（《张伯传》）
身长九尺，面如冠玉，眼若流星，威风凛凛（《张翼星传》）
身长八尺，眼若铜铃，面似涂墨（《赵雄传》）
凤眼圆睁，声若震雷，大喝一声，好似霹雳（《李大凤传》）①

从军谈小说中的人物描写上我们不难看到《三国演义》的影子。垂肩的两耳以及凤眼还有巨雷般的声音本是刘、关、张三人的标志性特征，作者将其嫁接到了军谈小说中的人物上。而面如冠玉、熊背狼腰以及眼若流星等表现手法也是自《三国演义》对于马超的描写中套用而来的。《三国演义》第十回“勤王室马腾举义 报父仇曹操兴师”中就对马超作了如下的描述：“只见一位少年将军，面如冠玉，眼若流星，虎体猿臂，彪腹狼腰，手执长枪，从阵中飞出。”

通过比较，军谈小说与《三国演义》在人物描写上的相似之处就显而易见了。下面我们再来看看军谈小说中的战斗场景描写。

未及一合，文杰挥刀将李幸斩落马下（《刘忠烈传》）
在亿万军中如入无人之境，横行无阻（《刘忠烈传》）
刀到处，死尸堆积如山。东西南北横行无阻，如入无人之境，恰似当年当阳长坂的常山赵子龙（《柳文星传》）
猛听得军中一声炮响，鼓角铮鸣，矢石如雨（《张伯传》）②

---

① 引文原文：
신쟝이 십여쳑이요 면목이 웅장ᄒᆞ 고 두 눈은 샛별갓흐며
두귀는 량엇개를 눌러난데 봉안은 두귀를 돌아다보니
얼골은 관옥갓고 곰의 등에 이리 허리요
신쟝이 구쳑이요 얼골은 불빗갓고 눈은 샛별갓흐며
신장이 구척이오 얼골은 관옥갓 고 눈은셔별갓고 풍 칙늠늠ᄒᆞ 야
신쟝이 팔쳑이요 눈은 방울갓고 얼골은 먹장갓흔지라
봉의 눈을 부릅 고 우레갓흔 소릐 벽력갓치 지르며
② 引文原文：
일합이 못ᄒᆞ 야 문걸의 칼이 진즁에 빗나며 리행의 머리 마하에 ᄯᅥ러지는지라
억만군중의 무인지경갓치 횡행하야
칼나는 곳마 다 죽엄이 산갓치 싸이고 동셔남북으로 무인지경갓치
횡ᄒᆡᆼ 는 거동이 옛날 장판교에서 츅답조조ᄒᆞ 던 상산조ᄌᆞ 룡갓고
문득 장대에서 방포 일성에 고각 함성이 진동하여 시석이
비오듯하는지라

以上的这些战斗场景描写在《三国演义》中随处可见，透过这些描写我们似乎又看到了《三国演义》中关羽斩孔秀，赵云救黄忠的战斗场面[①]。

（三）《三国演义》人物的登场

《三国演义》中的人物不仅被当作典故插入军谈小说中，而且一些人物还直接出现在军谈小说中，并起到了关键的作用。在《李大凤传》中，关羽通过梦境将青龙刀赠给了大凤，并嘱托他击退匈奴，匡扶大明社稷。而在《壬辰录》中，关羽则直接率军击退了倭寇。其相关描写如下：

> 那将答曰："吾乃汉寿亭侯关云长。三国时期，本欲斩曹操，诛孙权，以报先主之恩，怎奈时运不济，未能平定天下，误中吕蒙奸计身死，实是怨痛不已。如今空余青龙刀、赤兔马，英雄魂灵怎能安息。吾虽身死，然率领军士，摆下八阵图，震慑敌军魂魄，抚慰冤鬼亡魂。而今，吾见汝也是英雄，故将所用青龙刀相赠，望你速去金陵，大破匈奴，匡扶大明社稷。"（肖伟山译）
>
> 《李大凤传》[②]
>
> 猛然间，南大门飘起五彩祥云，一员大将率领亿万大军直冲倭寇阵营。只见那将声似震雷，向加藤清正喝道："我朝鲜国社稷已四百余载，尔等安敢不识天时，肆意妄为，滥杀无辜，扰乱清平？还不速速退去！吾乃三国关云长是也。"加藤清正大惊失色，遥遥望去，只见一员大将端坐在赤兔马上，三绺长髯，凤眼圆睁，手执青

① 《三国演义》第二十七回"美髯公千里走单骑　汉寿侯五关斩六将"中对关羽杀孔秀作了如下描写："两马相交，只一合，钢刀起处，孔秀横尸马下。"而第七十一回"占对山黄忠逸待劳　据汉水赵云寡胜众"在描写赵云杀入重围，救出黄忠的场面时又作了如下描述："云大喝一声，挺枪骤马杀入重围，左冲右突，如入无人之境。"罗贯中：《三国演义》，上海：上海古籍出版社，2007年，第314页，第929页。

② 引文原文：
그 장슈ᄃᆡ 답ᄒᆞ 되 나는 한나라 슈경후 관운쟝이로다ᄉᆞᆷ 국시절에 조조와 손권을 버혀 우리 션쥬의 은혜를 갑고져ᄒᆞ엿더니 시운이 불힝ᄒᆞ 야 천하를 평정치 못ᄒᆞ 고 속절업시 려몽의 흉계에 죽엇스니 슯흐다 날ᄂᆞᆫ 청룡검 어ᄃᆡ 다 쓰며 젹토마의 원성으로 우ᄂᆞᆫ 소ᄅᆡ 영웅의 혼백이 엇지 온젼ᄒᆞᆯ 가 내몸이 비록 죽엇스나ᄆᆡ 양 군ᄉᆞ 를 거ᄂᆞ 리고 팔진도를ᄇᆡ 셜ᄒᆞ야 적군의 혼백을ᄯᆞ 짓고 비명의 원귀를 위로ᄒᆞ 더니 이제 너를 보니 ᄯᅩ한 영웅이라 나의 쓰던 청룡도를 쥬노니 급히 금릉으로 가셔 흉적을 파ᄒᆞ 고 대명의 사직을 회복ᄒᆞ 라(이대봉전)

龙偃月刀，率领着千军万马，俨然正是关云长。加藤清正恍然大悟，催马直奔平安道而去。（肖伟山译）

《壬辰录》[①]

从《李大凤传》和《壬辰录》的相关描写来看，关羽这一人物形象已经被直接揉入了军谈小说中，并在故事情节发展中起到了至关重要的作用。这不仅与《三国演义》的描写和刻画有关，而且与关帝崇拜等韩国民间信仰也是不无关联的。

（四）《三国演义》战法

《三国演义》中的很多战例成功地运用了古代的兵书战法，特别是运用了《孙子兵法》，从这一点来说，《三国演义》也是一个文化载体。它以小说的形式承载了包括军事在内的众多文化因素。

因为《三国演义》描写了大量的战争场景，而且战争中敌对双方在战法的运用上又是层出不穷、精彩纷呈，所以有关战争中战法运用的描写也成了韩国军谈小说参照和模仿的对象。丁奎福、李庆善、徐大锡、李相翊等韩国学者都曾对这一问题考察和论证。从他们的研究成果来看，军谈小说在单骑战、埋伏战、火攻战、道术战等战法的描述上都借鉴了《三国演义》，但正如前文所述，军谈小说中战斗的胜败往往取决于战将个人的勇武。在两军阵前的对决中，战将胜，则战斗胜。与此相比，《三国演义》则更加注重用兵之道，战斗的胜利不仅仅依靠万夫不当的勇将，更决定于运筹帷幄、决胜千里的谋士。

（五）《三国演义》故事情节的套用

军谈小说不仅效仿了《三国演义》对人物和场面的描写方法，还套用了《三国演义》中的一些故事情节。例如，在《刘忠烈传》中，密谋叛逆的郑汉潭拘禁了刘主簿，企图让他劝说刘忠烈归降，在遭到断然拒

---

① 引文原文：
문득 남대문으로 오색 구름이 일어나며 일원 대장이 억만 대병을 거느리고 왜진을 허쳐 우레 같은 소래를 지르며 청정을 불러 왈 우리 조선국 사직이 사백년이 넉넉하거늘 너는 방자히 천운을 모르고 불쌍한 백성만 죽여 시절을 요란케 하느뇨 바삐 물너가라 나는 삼국적 관운장이라 하거늘 청정이 대경하여 바라보니 일원 대장이 적토마를 타고 삼각수를 거사리고 봉의 눈을 부릅뜨고 청룡도를 빗겨 들고 천병만마를 거느리고 서시니 완연한 관운장이라 황급하여 말게 나려 평안도로 행하니라(임진록)

绝后又用伪造信函欺骗刘忠烈。这一故事情节与《三国演义》中曹操以一纸伪书骗取徐庶信任的描述如出一辙。此外，在《壬辰录》中，在战乱突起之前，太白星常现，白虹贯日，江水干涸，东海之鱼聚于西海，猛虎伤人于平壤城中，黄海道之水变为血色，沸腾三日，水族死却无数，尽漂浮于水面之上。这一系列异乎寻常的自然界变化都预示着灾祸的发生。而这样的描写也可以说是与《三国演义》不谋而合。在《三国演义》中，黄巾之乱发生之前，青蛇现于殿内，洛阳地震，海水泛滥，雌鸡化雄。这些自然界的异变也都是战乱的警兆。虽然军谈小说没有描述与《三国演义》完全一致的内容，但在某些故事情节的设置上极为相近。《三国演义》故事情节的套用说明了军谈小说的作者不但熟知三国故事，而且能够将其灵活地运用于作品的创作当中。相对于人物及场面描写语句的借用而言，这种故事情节的套用在一定程度上体现了军谈小说作者的独创性。

（六）《三国演义》中地名的借用

对军谈小说与《三国演义》在地名上的影响关系问题，韩国学界的观点有分歧。丁奎福在其研究成果中指出军谈小说并非全盘照搬《三国演义》中的地名，但《三国演义》中频繁出现的地名也间或出现在军谈小说中，只是军谈小说的作者有时全然不顾其实际的地理位置，随意混用。此外，丁奎福通过比较指出，《三国演义》中经常出现的冀州、荆州、青州等地名在军谈小说中出现的频率较高。[①]李庆善则在其研究中指出不能因为军谈小说中出现了《三国演义》中的地名就当作依据来判断二者间的影响关系，至多只能以此来推断军谈小说的作者通过《三国演义》了解了中国的某些地名。此后，李相翊也在其著述中指出，丁奎福教授在论及地名问题时所涉及的部分作品并不在军谈小说的范畴之内，而且从军谈小说和《三国演义》的内容来看，与同一地名相关的事件并无关联。不过军谈小说的作者通过《三国演义》熟知了中国的地名，并

---

①〔韩〕丁奎福：《韩国古代军谈小说考——以三国演志演义的影为中心》，首尔：高丽大学硕士论文，1958 年。〔韩〕丁奎福：《三国志演义对于韩国军谈小说的影响序说》，《国文学》第 4 号，1960 年。

将其反映到了作品当中，由此来看，军谈小说的创作还是受了《三国演义》直接或间接的影响[①]。

大部分军谈小说均以中国为背景展开叙事，因而作品中中国地名的大量出现也不足为奇。单纯地依据相同的地名来探讨军谈小说与《三国演义》的影响关系的确存在一定风险。但正如前文所述，《三国演义》在传播的过程中，既是一个文化主体，也是一个文化载体。金万重在《西浦漫笔》中业已指出朝鲜王朝士子对中国历史的了解在某种程度上就是来自《三国演义》。那么，军谈小说的作者也很有可能通过《三国演义》而习得了中国的部分地名。从军谈小说创作在其他方面对于《三国演义》的借鉴来看，《三国演义》中的地名也有可能同人物描写手法等一道被借用到了作品中。

（七）《三国演义》文体形式的借用

所谓文体形式的借用主要指的是在《三国演义》中经常出现的“话说”“且说”“却说”“欲知后事如何，且听下回分解”以及章回体形式为军谈小说所采用的现象。关于文体的借用问题，韩国学界也同样存在着不同意见。丁奎福在其著述中指出，不仅是军谈小说，韩国很多古代小说都以“话说”来开篇并展开叙述，而具有接续性质的“且说”“却说”等用语在韩国小说中也是频繁出现。虽然这些用语在《水浒传》等其他中国小说中也经常使用，但将“话说”只在开篇作一次性使用的只有《三国演义》和军谈小说，从而得出了军谈小说的创作在文体形式上模仿了《三国演义》的结论。而李庆善和徐大锡二位学者则指出这种文体形式上的借用对象不应仅仅局限于《三国演义》。因为除了《三国演义》之外，中国其他的小说也都采用了章回体形式，“话说”“且说”等用语也均见于作品当中。而且，一部分军谈小说并没有采用章回体，也没有在开篇使用“话说”等用语。所以《三国演义》在文体形式上对军谈小说的影响是局部的，而不是整体的。徐大锡还进一步指出，章回体形式本源自于讲谈，而章回体形式在韩国小说中呈现出了解体的现象，一部分《三国演义》派生作品取消章回的做法就是证据。此后，李相翊在其研究成果中论及这一问题时指出，虽然众多的中国小说均采用了章回体形式，但毕竟《三国演义》是最典型的章回体小说，较其他小说而

① 〔韩〕《韩中小说的比较文学研究——军谈小说和三国志演义》，《韩国古小说研究》1983年2月。

言，《三国演义》在韩国也拥有更多的受众，因而，军谈小说章回体形式的采用应该是受了《三国演义》的影响。

笔者认为韩国学界的相关研究并不存在本质上的差异。一部分军谈小说采用了章回体形式是不争的事实，而“话说”“且说”“却说”等字眼还出现在了一些没有采用章回体形式的军谈小说中。此外，《三国演义》不仅是最典型的章回体小说，也是章回体小说中最早传入韩国的作品。因此，部分军谈小说借用了《三国演义》文体形式的说法并无不妥。

综上所述，《三国演义》的故事情节、人物和场面描写以及文体形式等在军谈小说中均有体现。由此可见，壬辰倭乱及丙子胡乱之后，《三国演义》在朝鲜半岛的盛行不仅刺激了韩国军谈小说的创作，而且还为其创作提供了养分。虽然军谈小说并没有照搬《三国演义》的故事，但在军谈小说中随处可见《三国演义》的痕迹。可以说《三国演义》的传播及影响是生成韩国军谈小说的多元文化语境的一个重要组成部分。

以上我们讨论了《三国演义》对韩国军谈小说的影响问题。然而，《三国演义》对韩国文学创作的影响并不仅仅局限于军谈小说。《渔龙传》《申遗腹传》《林虎隐传》《九云梦》《玉楼梦》等小说虽然都不能看作是军谈小说，但在作品中也可以看到《三国演义》的痕迹。其中，《渔龙传》属于家庭题材小说；《申遗腹传》可以看作是爱情小说；《林虎隐传》可以归类为幻想小说；而《九云梦》和《玉楼梦》则可以归属到梦字类小说的范畴。当然，这些作品的共通之处就是作品中都有关于战争的描写，而《三国演义》对这些作品的影响也主要是体现在典故的引用、人物和场面描写以及故事情节套用等方面。通过下面的几个实例我们就可以对这一情况有所了解。

昔日，诸葛亮身在西城，内无救援，外有敌军。孔明让童子敞开四门，洒扫街道，自己则于城头抚琴，敌军疑惑退去。我又怎能中你之计（《林虎隐传》）

若非当年独行千里的关云长，谁敢应承（《渔龙传》）

诸葛孔明乘一叶扁舟来到江东，凭三寸不烂之舌陈说利害，说得周公瑾、鲁子敬一干人等瞠目结舌，哑口无言（《九云梦》）

出师未捷身先死，长使英雄泪满襟，汉室兴旺系于天地运数(《玉楼梦》)[①]

除了军谈小说之外，朝鲜王朝后期出现的许多小说中也都插入了战争描写。小说中的战争描写不仅丰富了作品的内容，提升了读者的阅读热情，而且还是小说主人公建功立业、功成名就的必要功能项，也就是说小说中的主人公往往都是以战争为契机才得以成就一番事业，最终出将入相，显赫于世。而《三国演义》堪称描写战争的典范作品，从以上的几个例子我们就可以看出《三国演义》的人物及相关事件已经被作为典故广泛应用于韩国古代小说的创作中。在小说中插入读者所熟知的三国故事不仅可以增强作品的表现力，而且还可以引发读者的兴趣。《渔龙传》援引了关云长独行千里、过关斩将的故事，而其他几部作品则引用了与诸葛孔明相关的空城计、舌战群儒以及出师表等内容。《申遗腹传》虽然是一部爱情小说，但同大部分朝鲜王朝后期出现的小说作品一样也插入了战争相关描写，并且套用了《三国演义》的故事情节。当主人公申遗腹成为救援兵都督后，在攻打胡国可达的途中得到圆光道士的指引，前往凤仙庵寻访日向道士。申遗腹在途中先是遇到了在井边清洗药材的童子，从童子那里得知日向道士采药归来正在安寝。于是申遗腹效仿玄德三顾茅庐的做法在外边耐心等待，最终见到了日向道士。这一段描写不仅借用了三顾茅庐的典故，其情节也与《三国演义》中的三顾茅庐如出一辙。

韩国古代小说中的《九云梦》和《玉楼梦》均在韩国文学史上占有重要的地位，尤其是《玉楼梦》，堪称是韩国长篇章回体小说的代表作。而这两部作品的创作也均与《三国演义》有着一定的联系。李庆善分别将这两部作品与《三国演义》进行了比较研究，分析阐述了《三国演义》

---

① 引文原文：
석에 제갈량이 서성에 있어 안에 구원병이 없고 밖에 토병이 급하매 동자로 하여금 살문을 열고 길을 쓸며 탄금하니 적병이 의혹하야 물러갔으니 내 어찌 저의 꾀에
속으리오 (임호은전)
독행천리하던 관운장 안니면 뉘 감히 접손하리요 (어룡전)
제갈공명이 일엽편주로써 강도에 들어가 세 치 혀를 흔들어 이해를 말한즉 주공근 노자경의 무리 오작 입을 벌이고 기가 눌려 감히 한 말을 토하지 못하고 (구운몽)
츌ᄉ 미쳡신션ᄉᄒ 니 쟝ᄉ영웅루만금은 텬디운수와 한실 흥망의 관게ᄒᆞᆫ 일이라(옥루몽)

与两部作品的影响关系。[1]笔者将在总结前人研究成果的基础上作补充和拓展研究。

《九云梦》的作者为西浦金万重（1637—1692）。该作品描写了五台山莲花峰六观大师的弟子性真和八个仙女因思凡遭贬，投胎人世，杨少游与下凡的八个仙女先后结成夫妇，在享尽人间欢乐之后大彻大悟，同皈佛门"极乐世界"的故事。从《西浦漫笔》的相关记述中我们就不难看出金万重对《三国演义》的熟知程度，而《九云梦》的创作也受到了《三国演义》的影响，这种影响关系主要体现在故事情节的套用上。《九云梦》的主人公杨少游在征讨吐蕃之时，率军来到泰山脚下，在经过一条羊肠小路之后来到开阔之地。口渴的众军士在山下找到了一潭清水，于是争相痛饮，不想凡饮用过此水的军士均全身乏力，口不能言，奄奄一息。杨元帅令众军掘井取水，然而连挖几百处，也不见水。想要迁营，又被敌军扼住要塞。正在进退两难之际，杨少游于似梦非梦之间遇到了洞庭龙王之女白凌波。白凌波不但以身相许，还将毒潭变成了甘泉，治愈了饮用过毒水的众军士。这一场面描写让我们很容易联想到《三国演义》第八十九回"武乡侯四番用计　南蛮王五次遭擒"中诸葛亮率大军途遇哑泉的故事情节，只是金万重并没有完全照搬《三国演义》的故事内容而已。《三国演义》中的诸葛亮通过向伏波将军马援祈拜而得到山神的指引，最终在孟获兄长孟节的帮助下解了哑泉之恶。此后又焚香告天，得到了满井甘泉。而《九云梦》中的杨少游则是在天定佳偶白凌波的帮助下解决了诸般困难。虽然两者在细节上有所出入，但是就故事母题本身而言，还是大同小异的。

《玉楼梦》的作者为潭樵南永鲁（1810—1859）。该作品描写了汝南才子杨昌曲与五个女子间的爱情纠葛，以及他们抵御外侮，在沙场建立赫赫战功的故事。《玉楼梦》与《九云梦》的主人公均为两班贵族，两部小说都是反映了贵族意识，而且两部作品中也都插入了战争的相关描写。但与《九云梦》相比，《玉楼梦》不仅采用了章回体形式，而且对于战争本身的描写也更为具体。虽然《玉楼梦》仍然是一部以主人公一生为主线展开叙事的小说，与描写国家兴亡的《三国演义》有着本质上的区别，但就其文体形式和具体内容而言，还是与《三国演义》有很多相通之处。《玉楼梦》不仅采用了章回体，而且除首章以"话说"开

---

①〔韩〕李庆善：《国的军谈小说〈九云梦〉〈玉楼梦〉和〈三国志演义〉的比较》，《渊波车相辕博士颂寿纪念论文集》，1971 年。

头之外，其他每章均以“却说”开始；除却终章而外，每一章又均以“且看下回”结尾，这种自始至终的文体形式上的一致性与《三国演义》极为相近。不仅如此，《玉楼梦》每一章的标题均为对偶句式，这与《三国演义》也是一致的。从具体内容来看，《玉楼梦》同《九云梦》一样，不但以典故的形式插入了《三国演义》的人物和事件，还套用了《三国演义》的故事情节。此外，《玉楼梦》的作者南永鲁还直接让《三国演义》中的人物在作品中登场亮相，帮助主人公渡过难关。南永鲁似乎尤为偏爱《三国演义》中的诸葛亮，《玉楼梦》中插入的人物和事件基本上都与这位蜀相有关，而在主人公的人物形象刻画方面也与《三国演义》中诸葛亮的相关描写颇为相似。《玉楼梦》第七回“尹尚书东床迎佳婿　杨翰林江州遇仙娘”中就提到了“诸葛夫人的黄发黑面”，而人物形象刻画上的效仿以及故事情节的套用等则主要集中在小说的第十一回“元帅大捷黑风山　卧龙显圣盘蛇谷”和第十二回“失洞壑哪咤请兵　荐道士云龙还山”中。主人公杨昌曲率军平定南蛮之时，本可多次生擒蛮王哪咤，却又有意一次次放其逃生，等待其真心降服，这与诸葛亮七擒孟获的故事情节是相一致的。从作品中杨昌曲与手下诸将的对话就可以得知这一点。

> 在黑风山大破蛮王之后，部将先是称赞杨昌曲的用兵之道即使是当年的诸葛武侯也有所不及，接着又询问杨昌曲何以知道黑风山未时会起西北风，又何以知道黑风山的土石与火药别无二致。杨昌曲笑着答道：“为将而上不通天文，下不晓地理，何以为将？”当部将询问其为何故意放走蛮王哪咤时，杨昌曲又笑着答道：“吾意在使南蛮心服，此乃首次交战，吾故意放走哪咤，欲使其尽展才能。将军岂不闻诸葛武侯的七擒七纵？”①

---

① 引文原文：
"원슈의 용병ᄒᆞ 시믄 졔갈무후로 당치 못ᄒᆞᆯ 가ᄒᆞ 노니 이번 흑풍산 ᄡᆞ흠의 소쟝이 의아ᄒᆞᄂᆞᆫ비 두 가지라. 미시 셔북풍을 엇지 알으시며 흑풍산 흙의 불리 달희여 화약과 달으미 업스믄 그 무산 곡졀이니잇고?" 원슈ㅣ 소왈 “쟝슈 되여 우흐로 텬문과 아ᄅᆡ 로 디리를 통치 못ᄒᆞᆫ 즉 엇지 쟝슈라 ᄒᆞ리오."
원슈ㅣ 소왈“ᄂᆡ남만을 마ᄋᆞᆷ 으로 항복밧고져ᄒᆞ 노니 금번은 처음ᄡᆞ 홈이라 나탁을 즘즛 노하 그ᄌᆡ 죠을 다ᄒᆞ 게ᄒᆞ 미라. 쟝군이 엇지 졔갈무후의 칠죵칠금ᄒᆞ 믈 듯지 못ᄒᆞᄂᆞ 뇨.”

通过这些对话内容我们不难看出南永鲁在创作小说的过程中对《三国演义》的借鉴和模仿。而这种模仿很显然不是内容的照搬，而是故事情节的套用，并且这种故事情节的套用也不仅仅是源自于《三国演义》的某一章节，而是多个章回内容的融合。具体来说，杨昌曲第一次笑答的内容并不是源自于诸葛亮征讨南蛮的诸章回，而是来自于《三国演义》第四十六回“用奇谋孔明借箭　献密计黄盖受刑”。当孔明用草船从曹营获取了十万余箭之后，鲁肃说道：“先生真神人也！何以知今日如此大雾？”而孔明则答道：“为将而不通天文，不识地理，不知奇门，不晓阴阳，不看阵图，不明兵势，是庸才也。”由此可见，杨昌曲与部将的对话完全套用了《三国演义》的情节描写，只是内容上略有不同，“大雾”变成了“西北风”而已。此外，当杨昌曲率大军来到盘蛇谷时，空山中喊声大作，还传来鬼魅的哭声。杨昌曲来到诸葛武侯的祠堂拜祭，孔明显圣并告知杨昌曲这是当年阵亡在盘蛇谷的藤甲兵冤魂在作怪。于是昌曲让部将诵读祭文，并以酒和牛羊祭之，冤魂尽散。显然这一故事情节也是套用《三国演义》的内容，只是将诸葛亮拜祭伏波将军马援从而解读泉之恶的场景与泸水祭冤魂的场景结合在一起而已。另外，杨昌曲在征讨南蛮时一些战法运用也与《三国演义》的描写颇为相近，凡此种种，笔者在这里不再一一赘述。

综上所述，韩国军谈小说和插入战争描写的一部分古代小说或是用典故的方式插入了《三国演义》的故事，或是模仿了《三国演义》的人物事件描写手法，或是借用了《三国演义》的故事情节和文体形式，或是直接描写了《三国演义》中的人物。从具体内容来看，《三国演义》中以诸葛亮、关羽以及赵云为代表的蜀汉人物及其相关事件尤为受到韩国古代小说作者的青睐，《三国演义》中的相关描写也成了他们效仿和借用的重点对象。而效仿和借用的形式也逐渐从简单的描写手法模仿过渡到了故事情节的借用，进而又发展到了多个场景故事的融合。总的来说，《三国演义》作为描写战争场面的典范作品，不仅对韩国军谈小说的创作起到了一定的推动作用，还为其他一些插入了战争描写的小说的创作提供了素材。《三国演义》中的人物和事件往往被作为典故而插入小说中，关羽、诸葛亮等人物还直接登场，起到了推动故事发展的作用。而《三国演义》的人物描写手法以及故事情节、文体形式等也为韩国古代小说作者所效仿和借用。《三国演义》在传播的过程中经过分解后又被融入到韩国本土文学形式中，通过韩国古代小说作者的创作呈现出了变化的状态。

二、《三国演义》与盘骚俚

如果说军谈小说和《九云梦》《玉楼梦》等作品都反映了贵族意识，那么，盘骚俚作品则充分体现了民众意识。军谈小说和盘骚俚类小说是韩国古代小说的两大主流。盘骚俚类小说就是盘骚俚的小说化，与盘骚俚有着紧密的联系。盘骚俚作为韩国传统艺术表现形式，具有很多自身的特点，这些特征在盘骚俚与外来文化碰撞及融合的过程中起到了一定的作用。因而，在探讨《三国演义》与盘骚俚作品的关系之前，我们有必要先对盘骚俚作一个基本了解。

盘骚俚是朝鲜王朝后期随着民间文化的发展而兴起的韩国传统艺术表演形式。盘骚俚一词本来是由“盘”和“骚俚”两部分组成，“盘”具有环境、舞台以及多人聚集之所的意思，而“骚俚”则是指声音。由此可见，盘骚俚是指在观众聚集的场所进行的表演艺术形式。盘骚俚是由一名演唱者和一名鼓手共同表演的，盘骚俚的职业演唱者被称为“广大”。在演出时，广大要在鼓手的配合下以讲唱的方式向观众讲述一个故事，在演唱的同时广大还要辅助以简单的肢体语言来增强表演效果。鼓手不但要用有节奏的鼓点为广大伴奏，还要通过和唱来配合广大。此外，盘骚俚的表演也十分注重现场的气氛和表演者与观众间的互动。在表演盘骚俚之前，广大要先唱几首短曲来调调嗓子，做一下热身。其目的不仅在于调节自身状态并协调与鼓手间的配合，还可以借此来了解观众的反应和欣赏水平。听众的欣赏水平可以通过他们的和唱来进行判断，能通过适时和唱来烘托气氛的观众是内行，反之则是外行。如果观众反应热烈、配合积极，广大也会受到鼓舞，尽情表演。反之则会丧失表演的兴趣，敷衍了事。此外，盘骚俚作为一种讲唱艺术，其语言朴实生动、诙谐幽默，而广大往往会根据观众层次的不同，在即兴发挥时灵活运用表演中所插入的诙谐话语，以便和观众融为一体。

盘骚俚是以韩国湖南地区的巫俗为背景而产生的艺术表演形式，最初就是在借用韩国巫俗叙事诗——叙事巫歌的叙事原理和表演形式的基础上，对一些有趣的民间故事材料进行加工，在非祭祀场所的市井面向广大平民进行表演，并由此逐渐发展起来的。在韩国湖南地区的世袭巫中，女巫负责巫俗仪式中跳神，起到了主导作用，而男巫则主要是做一些辅助性工作，收入也是以女巫为中心来进行分配的。有时男巫也可以参与到跳神中来，并获得相应的报酬，但其工作也仅限于唱一些神歌。这样一来，唱得好的男巫不但免去了繁重的劳动，还可以获得丰厚的报酬，于是很多男巫都为了过上富裕的生活而刻苦练习演唱。因而，世袭巫中“名唱”辈出。朝鲜王朝建立之后，士大夫阶层对巫俗采取了打压政策。到了朝鲜王朝后期，人们对于巫俗的信仰也逐步减弱。随着商业的不断发展，曲艺、杂技、舞蹈等都走向商品化，成为了人们观赏的对象，于是一些世袭巫出身的名唱们开始在公共场所进行表演，并受到了大众的欢迎。可以说湖南地区的巫俗特征和朝鲜王朝后期的社会变化共同推动了盘骚俚的生成和发展。随着职业表演者的出现和演唱水平的日益提高，贵族阶层也逐渐接受并喜爱上了这一表演形式，于是盘骚俚得以进入上流社会并传播到全国各地。

大约在朝鲜王朝肃宗和英祖时期，盘骚俚主要是在全罗道一带的市井百姓中表演。据说忠清道贵族柳振汉（1711—1791）于英祖三十年（1754年）在全罗道游玩时观看了艺人表演的盘骚俚后创作了长篇汉诗晚华本《春香歌》，这是流传至今的最早的盘骚俚作品的相关文献。由此可见，盘骚俚在18世纪中叶已经在民间广为流传。到了纯祖年间，出现了盘骚俚八大名唱①，盘骚俚也进入了繁荣期。此后，在高宗时期，掌权的大院君很喜欢盘骚俚，盘骚俚也迎来了其鼎盛期，并出现了后八大名唱②。盘骚俚著名理论家申在孝（1812—1884）在这一时期不仅创作了《广大歌》，指出了作为盘骚俚表演者所应具备的条件，在理论上对盘骚俚进行了规范，还对流传下来的《春香歌》《沈清歌》《赤壁歌》等盘骚俚作品进行了编辑整理，纠正了其中的错字，将作品中不合理或较为庸俗的内容修改得更为合理而高雅。日本殖民时期，盘骚俚不断萎缩，作品种类不断减少。此后，盘骚俚在新剧、话剧、电影等现代表演形式的冲击下呈现出不断衰退的趋势，曲调和辞说③均完整流传至今的盘骚俚作品只有五部，分别为《春香歌》《兴夫歌》《沈清歌》《水宫歌》和《赤壁歌》。

盘骚俚是一种综合艺术，融合了戏曲、文学、音乐等因素，盘骚俚的辞说就是作品中的文学要素。将盘骚俚小说化的作品即被称为盘骚俚

---

① 权三得、宋兴禄、廉溪达、牟兴甲、高寿宽、申万叶、黄海天、方万春。

② 朴满顺、李捺致、金世宗、郑昌业、韩松鹤、宋尤龙、郑春风、张子伯。

③ 这里的辞说是指盘骚俚的剧本台词。

类小说，其代表作主要有《春香传》《兴夫传》《沈清传》《卞强钊传》和《裴裨将传》等。盘骚俚类小说同盘骚俚辞说一样，采用律文体，语言生动诙谐。大部分盘骚俚类小说都创作于19世纪，而其作者则无从考证。盘骚俚作为韩国口传文学中的一种，其辞说在最初也是口耳相传的。每个表演者在表演时都会根据实际情况对内容进行相应的修改，比如说插入有趣的故事，或是删减拖沓的内容。每个表演者在对盘骚俚辞说进行传承的同时，也在对其进行创作。因而，盘骚俚的辞说作者应该是一个群体，而不是某个特定的个人。本小节所要考察的对象主要是指取材于《三国演义》的盘骚俚作品《赤壁歌》以及盘骚俚类小说中的部分作品。李庆善在其《三国志演义的比较文学研究》中对盘骚俚作品《赤壁歌》以及盘骚俚类小说中《三国演义》的存在状态进行了研究，其论述主要集中在文本间的对比和盘骚俚类小说中《三国演义》典故的出处考察和归纳分类方面。笔者将在前人研究成果的基础上作进一步的分析和论证。

在上一节中我们集中讨论了《三国演义》与军谈小说等韩国古代小说的关系，分析了《三国演义》在传播过程中经过分解后在韩国古代小说中的存在状态。盘骚俚类小说是韩国古代小说的一个重要分支，从其创作过程中借鉴《三国演义》的层面上来看，既有与其他小说相同的一面，也存在着一定的差异，而这种差异正是源自盘骚俚本身所具有的特征。我们先通过实例来看一看《三国演义》在盘骚俚类小说中的存在状态。

二九十八阵图乃诸葛亮的阵法（《兴夫传》）

诸葛孔明东南风（《兴夫传》）

吕布的貂蝉（《兴夫传》）

三国圣主刘玄德、西蜀名将张翼德、乱世奸雄曹孟德、西凉名将庞德（《兴夫传》）

只听得葫芦中传来声音，“吾乃刘玄德之弟车骑将军张飞是也。”……只见一将自葫芦而出，面色漆黑，络腮胡须，眼似铜铃。头戴凤翅盔，身着龙鳞甲，手执丈八蛇矛（《兴夫传》）

即便是才高八斗的孔明先生借来东南风，小女的一片丹心也绝不屈服（《烈女春香守节歌》）

若有赵子龙当年越江的青骢马，今日便可前往（《烈女春香守节歌》）

西面墙壁上绘有三国时期汉宗室刘玄德一片至诚，紧催赤兔马于风雪中赶往南阳草堂拜会卧龙先生的图画（《烈女春香守节歌》）

如赵子龙挥舞长枪一般（《裴裨将传》）

关云长的青龙刀没有斩杀被华容伏兵擒获的曹操，放其逃生（《裴裨将传》）

若能骑上赵子龙当年越江的青骢马，今日便可赶往皇城（《沈清传》）

赤壁江尚在流淌，苏东坡游玩的风景依旧，然一世之雄曹孟德今日安在（《沈清传》）

越国灭亡，西施音讯皆无；董卓死后，貂蝉不知所踪（《卞强钊传》）[1]

从以上的例子来看，《三国演义》中的人物和事件主要以典故的形式被插入盘骚俚类小说中，诸葛亮、关羽、赵云等蜀汉人物以及三顾茅

---

① 引文原文：
이구십팔진도는 제갈량의 진법이오
제갈공명 동남풍
녀포의 초선이오
삼국 셩쥬 류현덕 셔촉 명장 장익덕 란세 간웅 조맹덕 셔량 명장 방덕
박 속에서 하는 말이 나는 유현덕의 아우 거기장군 장비로다 하니 ……한 장수 나오되 얼굴은 검고 구레나룻을 거사리고 고리눈을 부릅뜨고
봉 그린 투구에 용린갑을 입고 장팔사모를 들고 내달으며
공명션　놉픈지　조 동남풍은 비러씨되 일편단심 소여마음 굴복지
못하리라
조자룡의 월강하던 천총마가 있거드면 금일노 가련마는
서벽에는 삼국풍진 요란시에 한종실 유현덕이 적토마 바삐 몰아 남양
초당 풍설중에 와룡선생 보려하고 지성으로 가는 형상을 그렸고
조자룡 장창 쓰듯
관운장의 청룡검은 화용 복병 잡은 조조 범치 않고 놓았으니
조　룡 월강하던 청총마나 룻스면은 오 놀황셩 가랸마는
적벽강 그저 가랴 소동파 노던 풍경 의구히 있다마는 조맹덕
일세지웅이 금 안재오
월나라 망한 후에 서시가 소식 없고 동탁이 죽은 후에 초선이 간데
없다

庐、赤壁大战、华容道等经典场面仍然是盘骚俚类小说作者重点关注的对象。这一点同军谈小说或其他古代小说并没有太大的区别。但是，盘骚俚小说是盘骚俚小说化的结果，因此，其语言也必然具有盘骚俚辞说的特点，也就是说盘骚俚小说的语言与其他小说相比，更为朴实生动，诙谐幽默，也更适合于表演。《兴夫传》中所插入的《三国演义》人物故事就很能说明问题。《兴夫传》主要讲述了虽然贫穷却善良正直的兴夫在燕子的帮助下成为富人的故事。兴夫治愈了受伤的燕子，燕子为了报答兴夫，给他衔来葫芦种子。兴夫锯开长成的葫芦后，获得了无尽的财富。而兴夫的哥哥孬夫为了获得财富不择手段，他故意折断燕子的腿，然后又简单包扎了燕子的腿。第二年燕子也为他衔来了葫芦种子，孬夫满怀希望地锯开长成的葫芦，谁知不但没有得到预期的财富，反而受到了应有的惩罚。从《兴夫传》的故事内容看，其中并没有与战争相关的情节，描写《三国演义》人物故事情节插入应该是为了增强其趣味性。比如说，“二九十八阵图”这样的表现方式显然就是一种文字游戏，这样的语言如果出现在其他小说作品中就会显得荒诞不经，但在面对观众表演时，这种诙谐的表现方式却能起到活跃气氛、引发兴趣的作用。而“三国圣主刘玄德、西蜀名将张翼德、乱世奸雄曹孟德、西凉名将庞德”这种排比式的罗列也很符合盘骚俚的语言特点。就其内容来说，也许与小说要表达的思想并无太大关联，然而这种文体却是盘骚俚作品经常采用的表现方式。在《沈清传》中有一个描写盲人重见光明的段落就全部采用了排比句式。这种押韵的排比句式的运用也同样是为了现场表演的需要。此外，张飞还直接出现在《兴夫传》中，惩戒了心地恶毒的孬夫。《三国演义》中的张飞粗鲁直爽、嫉恶如仇，鞭打督邮就充分体现了他性格中的这一面。可以说《三国演义》所塑造的张飞这一人物形象较诸葛亮、关羽等神格化的人物而言，更加贴近于民众。张飞在作品中登场并惩戒孬夫的场面描写被作者处理得十分诙谐幽默，在面对观众进行表演时，这样的表现方式不仅能够引发观众的兴趣，还能够使他们体会到直抒胸臆的快感。

此外，我们还应注意的是，从严格意上来讲盘骚俚类小说中插入的部分三国人物故事并非全部源自《三国演义》。比如说“刘玄德一片至诚，紧催赤兔马”“赵子龙当年越江的青骢马”等就是很好的例子。众所周知，《三国演义》中刘玄德所乘之马名为“的卢”，而赤兔马先由董卓送给吕布，吕布死后又被曹操赠与关云长，关羽被俘就义后，赤兔马被孙权赐给马忠后不食草料而死。从《三国演义》的描写来看，虽然赤兔与的卢都是名马，但较的卢而言，作者在赤兔马上泼洒的笔墨显然更多。不仅在描写吕布时，就有“人中吕布，马中赤兔”之语，而且此后关公斩颜良、诛文丑之时也多仗赤兔的脚力。相比之下，赤兔马更为大家所熟悉。在盘骚俚辞说中插入观众熟悉的内容，才能更好地和观众进行互动。盘骚俚是一种平民艺术，在创作过程中作者所关注的焦点应在于故事的趣味性，而不是真实性。“赵子龙骑青骢马跃江”也不是《三国演义》中的故事，而是前文提到的《三国演义》派生作品《山阳大战》的内容。李庆善在其著作中指出，这是对《三国演义》派生故事或杂歌中讹传内容的引用。笔者则持有不同观点。首先，《山阳大战》中的确描写了赵子龙骑马跃江的场面，因此，这不能看作是“讹传”的内容。其次，《山阳大战》的这一场面描写是作者在借用《三国演义》中刘备马跃檀溪故事情节的基础上进行再创作的结果，也可以视为《三国演义》对盘骚俚类小说的间接影响。因此，从文化传播和变异的视角来看，这是文化传播和变异的一种细分化现象。小说《山阳大战》既是文化传播和变异的产物，同时也是一个文化载体。正是这一作品将变异后的三国人物故事又传递给了盘骚俚类小说。

综上所述，同其他韩国古代小说一样，盘骚俚类小说也经常引用《三国演义》的人物故事。但与其他插入战争故事情节的小说所不同的是，盘骚俚类小说对于三国人物故事的引用往往不是为了表现战争场景或是刻画英雄人物，而是为了增强作品本身的趣味性，这与盘骚俚的语言特点是不无相关的。同时，盘骚俚类小说在引用三国人物故事的过程中还出现了文化传播与变异的细分化现象，这也从另一个侧面证明了盘骚俚类小说作为平民文学，相对于真实性而言更加重视趣味性的特点。

与《三国演义》关系最密切的盘骚俚作品当属《赤壁歌》。同其他韩国古代小说作品一样，盘骚俚《赤壁歌》也有许多异本，如申在孝本、世昌书馆本、宋春燮本等。本小节将以前人研究中广泛采用的申在孝本《赤壁歌》作为研究对象。《赤壁歌》直接取材于《三国演义》，讲述了自桃园结义至华容道这一段故事。但盘骚俚《赤壁歌》的内容与《三国演义》并不完全一致。作品不仅在《三国演义》原有故事情节的叙述上有简有繁，还增添了许多《三国演义》中所没有的新内容。可以说盘骚俚《赤壁歌》取材于《三国演义》的同时，在创作过程中也进行了大量的改编，而这样的改编除了与作品本身所反映的思想意识有关之外，也是为了演出的需要，体现了盘骚俚的艺术特点。作者在篇尾处写道："如此令人赞叹之事若只以史记相传，目不识丁者则无从可知，故作此篇，令广大与歌客于座上传唱，使关公之忠义万古不朽。"[①]由此可见，盘骚俚是有别于书面文学的口传文学，而其受众也是有别于贵族阶层的平民百姓。《三国演义》的内容一旦以盘骚俚的面貌呈现出来，也必然完成了由书面文学向口传文学的转换。具体来说，盘骚俚《赤壁歌》以"天下大势，分久必合，合久必分。此乃圣叹先生的万古确论"[②]开篇，而后以简明的笔调叙述了黄巾乱起、桃园结义、三顾茅庐等故事。其中，三顾茅庐的前两次基本上是一笔带过，第三次才叙述得较为详细，重点突出。而此后的博望之战、长坂之战，乃至舌战群儒、草船借箭等场面也是蜻蜓点水般一掠而过，叙述的重点放在了赤壁之战前夕曹营士兵的慨叹、赤壁之战后曹操的狼狈逃窜以及曹操于华容道卑躬乞命和关羽义释曹操的场面描写上。

盘骚俚《赤壁歌》将赤壁之战前的故事无一遗漏地娓娓道来，保证了叙事上的完整性，同时又大胆创新，根据盘骚俚表演的需要增添了许多《三国演义》中所没有的新内容。同我国的评书艺术一样，盘骚俚也是一种口头表演艺术。这种口头表演艺术非常重视对细节的描述，在《赤壁歌》中就有许多根据《三国演义》的内容而拓展的细节描写。东南风可谓是决定赤壁之战胜败的关键所在。《赤壁歌》不仅详细描写了孔明借东风的场面，还杜撰了借风时孔明所念的祭文内容。作者在这里还特意指出，此祭文是依照其个人意思所作，不知孔明先生是否怪罪[③]。此外，与《三国演义》的内容相比，赵云箭射徐盛战船篷索的场面在《赤壁歌》中也描写得相当细致。作者不但描写了赵云张弓搭箭的动作，还用拟声

---

① 引文原文：
이러ᄒᆞᆫ 쟝ᄒᆞᆫ 일을 ᄉᆞ긔로만 젼ᄒᆞ 오면 무식ᄒᆞ ᄉᆞ람들이 다 알 수가 업삽기로 타령으로 만드러서 광ᄃᆡ와 가 ᄉᆡᆨ덜이 풍류좌상 장 부르니 늠늠ᄒᆞ 그 츙의가 만고에 아니 셕을가ᄒᆞ노라

② 引文原文：
텬하 ᄃᆡ셰 분구필 ᄒᆞᆸ구필분이 셩탄셩 ᄉᆡᆼ의 만고 확논이라

③ 가만가만ᄉᆞᆷ 빈 말 을 알 슈가 업건마 ᄂᆞᆫ제ᄉᆞ 를 지 ᄂᆡ실 졔 축문이 잇것기예 이ᄉᆞ셜 짓 ᄒᆞ ᄉᆞ졔 의ᄉᆞ로 지어시니 공명션ᄉᆡᆼ 알으시면 ᄯᅮ중이나 안ᄒᆞ실지 유셰ᄎᆞ ᄃᆡ한 건안 십이년 십일월 을ᄉᆞ ᄉᆞᆨ이십일ᄀᆞᆸ 좌장군 의셩졍후 영예쥬목 유비의 군ᄉᆞ 신제갈양은 감쇼고우 황천후토 풍ᄇᆡᆨ 젼ᄒᆞ옵나니 한실이 경퇴ᄒᆞ 고 ᄀᆞᆫ신이 졀명키로 양의 쥬인 유예쥬가 졔실의 말쥬로셔 ᄃᆡ의를 펴랴다가 지술이 단천ᄒᆞ 야 장판에 를 보고 하구에 몸을 붓쳐 동오와 화친ᄒᆞ 야 조조를 치옵ᄂᆞᆫᄃᆡ 병미장과하와 화공을ᄒᆞ 랴ᄒᆞ 되 셔북풍이 부러셔ᄂᆞᆫ 반수긔앙ᄒᆞ 테오니 미셩을 하촉ᄒᆞᄉᆞ ᄯᆡ아닌 동남풍을 삼일삼야 빌리옵셔 쇼멸역적ᄒᆞ고 흥복한실ᄒᆞ옵쇼셔

拟态语表现了离弦之箭的声音、帆篷断裂和落水的声音以及徐盛战船在水中打转的情形，可谓形象逼真、栩栩如生。其描写如下：

> 赵云张开铁弓，搭上短箭，胸虚腹实，稳住身形。只见他用下三指托住弓，拽满弓弦，那箭如疾风一般“嗖”一声直飞过去。箭到处，射断徐盛船上篷索，折断的帆篷“扑通”一声落入水中，其船在水中团团打转。①

这种细致入微的刻画和描写正是口头表演艺术中常见的手法，表演者往往以此作为吸引观众注意力的有效手段。与申在孝本相比，宋春燮本《赤壁歌》对这一场面的描写更为细致。可见重视细节描写是盘骚俚的特点之一②。除了这些细节描写之外，作者还运用移花接木的手法描述了曹操在兵败后弃袍割须、仓皇逃窜的场面③。这一场景本源自于《三国演义》中的潼关之战，作者将衬托马超勇武的描写转接到了黄盖身上。这一场景也曾出现在《山阳大战》描写赵云追赶曹操的段落中，意在表现赵云的勇猛无敌。由此可见，曹操弃袍割须的场景作为《三国演义》中的经典描写已为韩国文学作品所广泛运用。虽然《山阳大战》和《赤壁歌》都分别插入了这一场景，但其意义却有所不同。如果说前者是意在衬托赵云的勇武，那么后者则重在表现对曹操这一统治者形象的嘲讽。正如前文所述，盘骚俚是一种草根文学，反映了平民意识。在作品中对当权者进行辛辣的嘲讽是盘骚俚的惯用表现方式，《春香传》中李梦龙的仆人房子就时常嘲弄身为两班贵族的主人，而《赤壁歌》中曹操的谋

---

① 引文原文：
쳘궁에 왜젼 먹여 흉허복실 만작ᄒᆞ 야 하삼지 바다즛 고 머문ᄉᆡ 지ᄧᅢ 이니 바ᄅᆞᆷ ᄀᆞᆺ치 은 살이 퓔울울 건너가셔 셔셩 탄ᄇᆡ 돗ᄃᆡ 질근 용춍쥴 어져 ᄯᅳ기ᄯᅳ기 ᄶᅧ어진 돗폭 물에 둥둥ᄯᅳ 나가니 머리 도라 라갈 슈 잇것나냐

②가는배 머무르고 오는 배 바래보며 뱃보 안에가 드듯마듯 장궁철전(長弓鐵箭)을 먹여 비정비팔(非丁非八)허고 흉허(胸虛) 복실(腹實)하야 대두(大頭)를 숙이고 호무뻐 거들며 주먹이 터지게 좀통을 꽉 쥐고 삼지(三指)에 힘을 올려 궁현(弓弦)을 따르르르르 귀밑 아씩 정기일발(精氣一發) 딱지손을 딱 떼니 번개같이 빠른 살이 해상으로 피르르르 서성 탄 배 덜컥 돛대 와지끈 물에 풍 오든배 가로저 물결이 뒤채여 소슬광풍(蕭瑟狂風)에 뱃머리 빙빙빙빙빙 워리렁 출렁 뒤둥그러져 본국으로 떠나간다

③조조가 넉을 일코 각ᄇᆡ 어더 타고 쥬먹 쥐고 도망 제 범ᄀᆞᆺ 튼 션봉 황 장창을 손에ᄲᅵ 고 벽녁 ᄀᆞᆺ튼 호령 쇼ᄅᆡ 홍포 입은 져 조조놈 네 어ᄃᆡ 로 가랴ᄂᆞ 냐 션봉 황ᄀᆡ 여긔 잇다 조조가ᄒᆞᆯ 슈 업셔 홍포 벗고 도망ᄒᆞ니 ᄯᅳ크게 웨ᄂᆞᆫ 쇼 슈염 진 놈 조조니라 슈염을 썩 버이니 슈염 벤 놈 조조니라 깃발 ᄶᅦ여 턱을 ᄊᆞ고 반ᄉᆡᆼ 반ᄉᆞ 도망ᄒᆞ 제

士程昱也经常讥讽曹操。当曹操兵败赤壁，缩颈逃窜之时，程昱就嘲笑道："丞相还是把脖子伸出来吧。本来就患有严重的头疼病，若是恰好中一箭，将血放出来，就不治自愈了。"[①]不仅是程昱，曹操手下的军卒也对其进行嘲弄："也只有在我们军中才称呼他为丞相、将军，若是在吴汉两国，别说是将帅了，就连五六岁的孩童也叫他'该死的家伙'。"[②]这样的对话场景在一般的小说中显然是不合理的，试想作为谋士的程昱或是军中的士卒又怎敢以下犯上，嘲弄曹操呢？但在反映民众意识的盘骚俚作品中，这样的场景设置却随处可见。这样的场景设计不仅能够增强作品本身的趣味性，还能够反映民众的心声。曹操作为统治阶级的代表人物，在《赤壁歌》中被极度丑化。他不仅刚愎自用，招致了战争的失败，在逃跑的途中出尽洋相，还在华容道卑劣地以肚子疼为由要求程昱穿上他的盔甲，替他向关羽乞命[③]。可以说曹操是以一个跳梁小丑的形象出现在《赤壁歌》中的，与《三国演义》中的曹操形象是相背离的。作者继承了《三国演义》拥刘反曹的蜀汉正统思想，又通过盘骚俚作品将其表现得更加淋漓尽致。在作品中，曹操由一代奸雄变成了卑鄙自私的小丑，成了众人嘲讽和戏弄的对象，而观众则往往会通过这样诙谐幽默的表现感受到直抒胸臆的快感。

与《三国演义》的内容相比，盘骚俚《赤壁歌》最为不同之处是插入了对士兵的描写。如果说《三国演义》主要描写了圣主、智臣和勇将，那么，《赤壁歌》则更加关注普通士兵。《赤壁歌》对士兵的描写主要集中在大战前夕士兵的慨叹和兵败后清点士兵这两个场景中。在赤壁大战前夕，曹军士兵喝得酩酊大醉，纷纷吐露对战争的不满，慨叹自己人生的不幸。有的士兵表达了对父母兄弟的思念之情，有的士兵则诉说了离妻别子之苦，还有的士兵则表达了对赤壁之战的悲观情绪和对战争带来的苦痛的无奈。在赤壁兵败之后，曹军先于乌林中伏，而后逃往葫芦口，作者在这里又插入了一个清点士兵的场景。大部分被点到名的士兵都在战争中丢了性命，而寥寥无几的幸存者也是断腿折臂、身受重伤。

---

① 引文原文：
정욱이 비소ᄒᆞ야 승상 목 좀 ᄂᆡ노시오 근본 두풍 과ᄒᆞ 시니 죠타ᄂᆞᆫ 편젼으로 쏩박 통겨 피시면 두풍이 낫소리다

② 引文原文：
우리 군중에서 승상님 장군님ᄒᆞ제 오 한 양국 사 들은 그러ᄒᆞᆫ 장수 말고 오륙셰 아ᄒᆡ 덜도 모도 다ᄒᆞᄂᆞᆫ 말이 조조 그놈 죽일놈

③ 나ᄂᆞᆫ ᄇᆡ압프니 ᄂᆡ투긔 네가 씨고ᄂᆡ갑옷 네가 입고ᄂᆡ ᄃᆡ로 가 비러 보라

与战争前夕士兵们慨叹的场景一样，这一场景的设置同样反映了民众对战争疾苦的控诉。《赤壁歌》对士兵的描写并不仅仅是为了增强作品的趣味性以适应表演的需要，而是与作品产生的时代背景也有着紧密的联系。盘骚俚作品产生于17世纪末到18世纪初之间，在此之前，朝鲜半岛已经经历了壬辰倭乱和丙子胡乱两次战火的洗礼。伴随战乱而来的社会动荡给民众的生活造成了极大的影响，战争带来的疾苦也必然反映在文学作品中。然而，这种对战争的反感和控诉并非是通过沉重的笔调表现出来的，而是采用了盘骚俚作品惯用的喜剧化表现手法。在描写清点士兵这一场景时，作者利用谐音将点到的士兵名字的最后一字都设定为“铁”字。清点到前几个人时，下面都答道：“物故”[①]。接下来，为了避免重复，则出现了诸如“死了”“他也那样了”式的风趣回答。当问到为何“铁”字行列的人都死了的时候，下面又答道：“任他什么‘铁’在赤壁大火中也融化了。”[②]这种风趣幽默的表现方式背后却隐含着战争带给民众的辛酸。这种以幽默诙谐的方式表现深刻思想内涵的手法也常见于盘骚俚作品当中。《兴夫传》中的兴夫到哥哥孬夫家借米，嫂子不但不给，还用饭铲打了他一耳光，饭铲上的饭粒也随之黏到了兴夫的脸上。兴夫见状，要求嫂子再打一下，以便能多得到些饭粒。同《赤壁歌》中清点士兵的场景描写一样，兴夫的悲苦和辛酸也是通过喜剧化的手法表现了出来。取材于《三国演义》的《赤壁歌》不仅在表现手法上具有典型的盘骚俚作品特点，其表现的思想内容也是与其他盘骚俚作品一脉相承的。《赤壁歌》在极力贬损曹操的同时，高度赞扬了关羽的忠义。朝鲜王朝建立初期，儒家思想就成为了其统治思想，而此后程朱理学的传人更是影响深远，儒家所提倡的忠、义、节、孝等始终蕴含在韩国文学作品中。如果说《赤壁歌》表现了“忠义”，那么，《沈清传》就是着重突出“孝道”，而《春香传》则是在宣扬“贞烈”。

《赤壁歌》虽然取材于《三国演义》，描写了以中国为背景的赤壁大战，但作品中也有很多本土文化的因素。作品在描写赤壁之战前夕的

① “物故”是指有名人士的死亡。

② 引文原文：
일ᄃᆡ 쟝 공중쇠 긔총이 엽페 셔셔 ᄃᆡ답ᄒᆞ 야 물고요 이ᄃᆡ 쟝 륙두쇠 물고오ᄉᆞᆸᄃᆡ 장쇠 무거오 물고오ᄉᆞᄃᆡ 쟝 허망쇠 물고 쇼ᄅᆡ 장ᄒᆞ기가 긔총도 무안ᄒᆞ 야데븐답을 곳쳐 셔 죽엇쇼 오ᄃᆡ 쟝 ᄆᆡᆼ낭쇠 그 놈도 글렛쇼 낭쳔슈 팔낭쇠 앗가ᄒᆞ든 말이오 엇다 이놈아쇠ᄎᆞ항렬은 다 죽엇단 말이냐 젹벽강 그 불 속에 무슨쇠가 안 녹것쇼

曹营士兵时，就提到有一个士兵在看谚文书，而此后清点士兵时所叫到的名字都是本土化的名字。《赤壁歌》虽然是按照《三国演义》的故事情节发展脉络来展开叙事，但其表现手法却是本土化的，在人物形象的刻画上也有颠覆性的创新。《三国演义》与盘骚俚这种韩国传统艺术表演形式一经结合，就呈现出了与原著不同的面貌，这种变异是盘骚俚本身的艺术特点所决定的，也是文化传播过程中必然出现的现象。可以说《三国演义》与盘骚俚艺术表演形式有机结合而产生的《赤壁歌》是文化传播与变异的典型范例。

三、《三国演义》与其他艺术表现形式

通过前文的论述，我们可以看到，《三国演义》作为一部不朽的文学名著，在传入朝鲜半岛后，不仅产生了许多派生作品，还以分解和变异的形态存在于古代小说当中。然而，《三国演义》作为文化产物，其影响是多元的，绝不仅仅局限于小说创作的层面上。通过韩国的语言、诗歌以及民俗画等我们都可以发现《三国演义》在韩国文化中的投影。笔者在这一小节将立足于前人研究成果的归纳和整理，以期对《三国演义》在韩国的多元化影响有所把握。

（一）《三国演义》与韩国诗歌

这里所说的韩国诗歌主要是指朝鲜王朝后期的时调和歌辞。韩国诗歌在经历了上古诗歌、乡歌、俗谣、景几体歌和乐章等一系列形式变化后，在朝鲜王朝时期主要以时调和歌辞的形态出现在韩国文学史上。时调是朝鲜王朝五百年间集中创作并广为流传的文学形式，作品数量相当可观。而歌辞是由每两句为一组的韵文构成的内容不限的文体。因其可以任意延长，又被称为长歌，其格式简单，内容丰富。一些时调和歌辞作品正是取材于《三国演义》，歌颂了小说中人物的智慧和忠勇。前人研究表明，《历代时调作品全书》[①]所载的时调作品中，与《三国演义》内容相关的时调有八十余首，而与其他小说作品内容相关的时调只有二十余首。相比之下，取材于《三国演义》的时调作品要远远多于取材于其他小说的时调作品。由此可见，《三国演义》对时调作品的影响要大于其他小说。两乱之后，随着《三国演义》在朝鲜半岛的盛行，时调的

① 〔韩〕沈载皇：《历代时调作品全书》，首尔：世界文化社，1972年。

作者也同小说和盘骚俚的作者一样，在这部小说作品中挖掘了创作素材，丰富了作品内容。而时调作品对于《三国演义》素材的运用也可以分为两种形式。一种是只在作品中引用《三国演义》的人物故事，另一种是通篇都吟咏了《三国演义》的人物故事。从前人研究成果来看，时调作品所涉及的《三国演义》人物故事仍然是以蜀汉人物为主，诸葛亮、关羽、赵云等人物依旧是作者所钟爱的对象。歌辞作品只是引用了《三国演义》的人物故事，与其他文学形式相比，歌辞创作所受到的《三国演义》的影响相对较小[①]。但从歌辞所引用的《三国演义》人物故事来看，同时调一样，蜀汉人物依然占主流，其中又以引用诸葛亮的作品为最多。我们将几篇与《三国演义》内容相关的时调和歌辞作品翻译整理如下，以供参考。

时调和歌辞作品中所引用的《三国演义》人物故事[②]：

时调

①智谋当属汉相诸葛武侯，胆略谁堪吴侯孙伯符

②关云长的青龙刀和赵子龙的长枪震撼宇宙，横行四海

③苏秦的辩才和诸葛亮的智谋

歌辞

①汉代诸葛亮，躬耕于南阳（乐贫歌）

②卧龙居士居草堂，手摇白羽扇，鹤氅衣带飘。八阵图、缩地法，孙吴兵书胸中藏。草堂春睡时，只诵梁甫吟（思亲歌）

③赵云、张飞、魏延皆蜀汉之勇将（玉楼宴歌）

通篇吟咏《三国演义》人物故事的时调作品：

五丈原　秋月夜　可叹诸葛武侯
竭忠辅国　怎奈将星落
空余两表忠言至今仍遗恨

千古义气男儿　寿亭侯关云长

① 李庆善在《三国志演义的比较文学研究》一书中列举事例的同时指出，仅凭作品中插入的三国人物故事，很难判断这完全是来自《三国演义》的影响。

② 引文原文见附录二。

山河星辰之气　忠肝义胆与日月争光
至今麦城空遗恨　怎不伤悲

常山真定人　相貌堂堂
盘河无敌手　长坂为主忠
如此慷慨男　世上也无双

（二）《三国演义》与韩国俗谈

韩国的俗谈就如同中国的谚语，都是人们长期生活经验的浓缩体现，言简意赅，极富表现力。而韩国的部分俗谈与《三国演义》有着紧密的联系，可见三国文化已经深入人心，成为了韩（朝）民族日常生活中不可割裂的组成部分。李庆善在《三国志演义的比较文学研究》一书中列举了与《三国演义》内容相关的韩国俗谈，并进行了阐释。我们将其中的一部分翻译整理如下：[①]

①像假张飞一般：形容貌似文雅，实际粗鲁的人。
②钱就是诸葛亮：形容只要有钱，就没有办不成的事情。
③刘备善哭：形容爱哭的人。
④如同刘备相信汉中一样：形容抱有坚定信念，毫不怀疑。
⑤张飞军令：形容突然下达的命令或是严格的命令。
⑥张飞大喝：形容高声叫喊的样子。
⑦像张飞被关押在捕厅中一样：形容不能随心所欲的样子。
⑧曹操一笑，就要坏事：责备经常笑的人时所使用的俗谈。
⑨用曹操的箭射曹操：形容以其人之道，还治其人之身。

除了上述俗谈外，韩（朝）文中还有一部分与《三国演义》相关的汉字俗谈，我们也将其转录如下：

①鸡肋
②宁人负我，无我负人。（曹操话语的反用）
③水鱼之交

① 引文原文见于附录二。

④三顾草庐

⑤七纵七擒

⑥谋事在人，成事在天。

从以上的这些韩国俗谈内容来看，与蜀汉人物相关的俗谈还是占据多数，而少数与曹操相关的俗谈也基本上都带有负面含义。此外，值得注意的是，与其他人物相比，有关张飞的俗谈较多。这也许是因为张飞直爽的性格更加贴近民众的缘故。

（三）《三国演义》与韩国绘画

一部分韩国绘画作品也是取材于《三国演义》。前人研究表明，与《三国演义》相关的韩国绘画作品主要包括了《中国小说绘模本》中的部分作品和朝鲜王朝后期盛行的民间绘画作品中的一部分。朝鲜王朝英祖三十八年（1762 年），画工金德成（1729—1797）等受完山李氏（据推测是英祖第九个女儿花缓翁主，但不确定）之命临摹中国小说中的插图，制成了《中国小说绘模本》。除了《西游记》《水浒传》等小说作品的插图外，《中国小说绘模本》中还收录了与《三国演义》相关的绘画。此外，朝鲜王朝后期盛行的民间绘画作品中也有一部分描绘了《三国演义》的人物故事。有关《三国演义》人物故事的民间绘画流传保存下来的数量很多，但在质量上存在着较大的差异。大体上可以通过民间绘画所特有的自由奔放的表现手法和色彩了解当时人们诙谐的想象力和天真的造型观。相当数量的民间绘画作品都绘于屏风之上，因而画面狭长，所反映的内容也仅限于一些重要的场面。

描绘《三国演义》人物故事的绘画作品在韩国被称为“三国志图”，也称作“三国志演义图”。我们主要根据首尔历史博物馆编纂的《我们的三国志故事》一书中所收录的民间绘画作品对韩国的三国志演义图作简要的介绍。慑于版权问题，我们的介绍也只能限于文字说明。

17 世纪的三国志演义图几乎没有流传下来，但通过王和士大夫的文集可以得知当时的画作有《寿亭侯关云长图》《三顾草庐图》、《赤壁鏖兵图》等。18—19 世纪期间，描绘桃园结义、三顾茅庐、长坂坡大战、赤壁大战等场面的民间绘画开始流行，并主要绘于屏风之上。19 世纪末至 20 世纪初的三国志演义图仍然以写实风格为主，但 20 世纪以后的三国志演义图则体现了民间绘画所特有的夸张和省略。

从首尔历史博物馆编纂的资料来看，《中国小说绘模本》中的三国志演义图共有 10 幅，分别描绘了三英战吕布、割股救君、火烧新野、长坂坡救主、舌战群儒、草船借箭、火烧赤壁、水淹七军、汉将大战祝融夫人和空城计等 10 个场景。[①]

首尔历史博物馆编纂资料中共收录了 19 世纪三国志演义图 18 幅，从色彩和人物形象来看，基本上可以断定这是两组屏风画，其中一组包含了 10 幅画卷，而另一组为 8 幅。两组屏风画均为彩色，画面中除了主要人物以外，还有远山、树木等背景。第一组屏风画中出现的《三国演义》人物主要有张飞、关羽、曹操和诸葛亮。描绘的场景主要有张飞大闹长坂桥、七星坛诸葛祭风，火烧赤壁以及华容道等。这些画面虽然没有文字说明，但从人物的容貌、手中的武器以及背景便可以作出判断。例如张飞独据长坂桥的画卷就可以通过人物的络腮胡须、手中的丈八蛇矛以及小桥流水等背景来判断其内容。而华容道的场景也可以通过赤兔马、青龙刀以及人物的神态等来作出判断。第二组屏风画中出现的《三国演义》人物有马超、黄忠、赵云、刘备、诸葛亮、关羽、张飞、关平。这些人物基本上都标注了姓名，因此可以确定其身份。但有些画卷中的人物虽然标注了姓名，但所描绘的故事场景却无法与《三国演义》的内容直接联系起来。例如，其中一幅画卷描绘了赵云与徐晃交战的场面。画面中的赵云用手中长枪刺伤了徐晃的坐骑。虽然我们可以通过所标注的人物姓名确认画中人的身份，但这一场景却是《三国演义》中所未出现的。《三国演义》并没有描写赵云与徐晃的正面交锋，第七十一回“占对山黄忠逸待劳　据汉水赵云寡胜众”虽然描写了赵云为救黄忠而与徐晃相遇，但徐晃因见赵云勇猛无敌而心惊胆战，不敢迎敌。而此画卷的前一幅描绘了黄忠斩夏侯渊的场面，其后的一幅则是刘备进位汉中王。从前后两幅画的内容来推断，该画卷所描绘的内容应该是源自《三国演

① 这 10 个场景是笔者根据画面内容而自行命名的。画面上原来标注有韩（朝）文和汉字，汉字标记的内容为：三战吕布、割股救君、火放新野、长坂救主、说战群儒、赤壁鏖兵、受曹前孔明谢送、水淹七军、汉将大战祝融氏、诸葛相徐城弹琴。其中“说”应为“舌”的误记，因为在韩（朝）语中，“说”与“舌”为同一发音。同样，“前”应为“箭”的误记，而“徐”应为“西”的误记。此外，汉字标记的内容与相对应的韩（朝）文基本上是一致的，有些只有细微的差别。例如“长坂救主”对应的韩文内容为“赵将军长坂救主”；“汉将大战祝融氏”对应的韩文内容是“汉将大战祝融夫人”；“诸葛相徐城弹琴”对应的韩（朝）文内容为“卧龙先生弹琴”等。不过有些汉字标记内容则与所对应的韩（朝）文相去较远。例如“赤壁鏖兵”所对应的是“卧龙借箭”，“受曹前孔明谢送”所对应的是“赤壁大战”。从画面的内容来看，应该说韩（朝）文标记更为准确。

义》第七十一回的描写，只是画者在创作的过程中又添加了自己的想象。此外，还有一幅描绘关平与文聘交战的画卷，画中的关平右手持刀，左手持叉状武器，端坐在飞奔的马背上，而文聘则是人仰马翻，狼狈不堪。这一场面也是《三国演义》中所没有的内容，应该是画者凭借想象创作的。值得注意的是，该画卷中关平左手所执的叉状武器在《三国演义》中几乎没有一个武将使用过，而在韩国小说中却常出现这种武器，名为“三支枪”。在这一组屏风画中，可以明确判断出与《三国演义》内容有直接关联的场景只有黄忠斩夏侯渊和刘备进位汉中王。由此可见，这一组屏风画基本上是凭画者的想象而作，而其刻画的重点是蜀国的五虎大将。

《我们的三国志故事》中所收录的20世纪三国志演义图是4组屏风画。第一组由6幅画卷组成，第二组由10幅画卷组成，第三组和第四组各由8幅画卷组成。从内容上来看，第一组屏风画的6幅画卷主要描绘了桃园结义、三英战吕布、千里走单骑、斩蔡阳兄弟释疑、三顾茅庐以及张翼德大闹长坂桥这几个场景。由于场景典型，手法写实，所以很容易作出判断。第二组屏风画的线条较为简洁，颜色也只限于红、黄、蓝、黑四色。画面中基本上没有什么背景，只是突出了人物，每一幅画还配有汉字说明。画面中的人物主要有关羽、张飞、赵云、诸葛亮以及曹操。这一组屏风画并没有采用写实的创作手法，与其他的画作相比，人物有些变形，不过每个人物的基本特征还是表现出来了。比如关羽的赤面长髯、张飞的黑色脸膛、诸葛亮的纶巾等。从其内容来看，这一组屏风画所描绘的《三国演义》场景主要有三顾茅庐、张飞大闹长坂桥、七星坛祭风后赵云迎接诸葛亮回营、赵云箭射徐盛战船篷索、火烧赤壁以及华容道等。值得注意的是，这一组屏风画并非全部是在描绘《三国演义》中的场景，其中有两幅画卷所描绘的就是《三国演义》派生作品《山阳大战》中的场景。一幅描绘的是赵云骑马跃江杀入曹军重围救关羽的场景，而另一幅描绘的则是曹操在赵云的追赶下弃袍割须，以旗角围住下颌的场景。此外，在这一组屏风画中，除了关羽手中的武器为大刀外，赵云和张飞的武器均为三支枪。第三组屏风画采用的也是写实手法，描绘了桃园结义、三英战吕布、斩蔡阳兄弟释疑、三顾茅庐、长坂坡救主、大闹长坂桥、七星坛祭风以及火烧赤壁时张辽背负曹操跳上小船的场景。《三国演义》描写火烧战船的场景时，只写了张辽扶曹操上小船，并没有背负曹操的描写。而许褚背负曹操跳上小船的情节描写则是出现于《三国演义》第五十八回“马孟起兴兵雪恨　曹阿瞒割须弃袍”中。应当说画者是在融合了这两个场景描写的基础上创作了画卷。此外，值得注意的是，画卷中所有士卒的服饰均为朝鲜服饰。第四组屏风画体现了民间绘画所特有的省略和夸张。画卷的线条极为简略，但表现手法较为夸张。例如，《三国演义》所描写的七星坛为三层，但在画卷中却变为了七层。这一组屏风画所描绘的场景有斩蔡阳兄弟释疑、三顾茅庐、大闹长坂桥、草船借箭、七星坛祭风、火烧赤壁、华容道以及空城计。这一组屏风画中的人物无一例外地穿上了古代朝鲜服饰。在斩蔡阳兄弟释疑的画卷中出现在城楼上的甘、糜二夫人不但穿着古代朝鲜服饰，就连发型也是古代朝鲜女性的发型。这表明《三国演义》的人物故事在画卷中已经完全本土化了。

除了这几组屏风画以外，《我们的三国志故事》中还收录了一幅朝鲜王朝时期的三顾草庐图。这幅画卷采用了浓重的色彩，不仅将人物描绘得栩栩如生，就连景物也刻画得极为细致。此外，原来位于首尔关帝东庙中的9幅画卷也被收录在《我们的三国志故事》中。这9幅画卷均为宫中画风，应当是东庙修建之时由宫廷画师所绘制。9幅画卷均有标题，所表现的内容分别是诸葛孔明初用兵、卧龙先生舌战群儒、卧龙先生用奇计借箭、庞士元议连环计、志星坛诸葛祭风、乌林火起阿瞒惊走、张将军守益州城、关兴斩将救张苞、卧龙先生胜战告。徐舟英在其著述中通过论证指出，首尔东庙的三国志演义图原为11幅，缺失的两幅分别是长坂坡赵云救主和张将军大闹长坂桥。此外，金相业的论文中所提及的一幅画卷也颇有趣味。该画卷为屏风画中的一幅，现收藏在韩国启明大学博物馆内。这幅画卷描绘了手执刀枪，端坐在赤兔马上的关羽斩落曹营将领首级的场景，关羽身着古代朝鲜军装，而曹军士卒穿的都是日本巡警的服装。这幅民间绘画借用《三国演义》的人物故事反映了对日本的仇恨情绪。

综上所述，韩国绘画作品中有相当数量的作品描绘了《三国演义》的人物故事。蜀汉人物以及桃园结义、三英战吕布、斩蔡阳兄弟释疑、三顾茅庐、大闹长坂桥、七星坛祭风、赤壁大战、华容道等场面都是韩国绘画作品的主要表现内容。这一点与文学作品等其他文化形式所表现的《三国演义》内容是相一致的。同时，我们还应注意到，在与《三国演义》相关的韩国绘画作品中同样存在着文化传播与变异及细分化的现象。部分取材于《三国演义》的派生作品和画卷中出现的朝鲜服饰和兵器就是例证。

（四）《三国演义》与报纸连载和漫画

《三国演义》最初以报纸连载的方式与韩国读者见面是在1929年。报纸连载小说往往可以决定报纸的销售量，因此，报纸连载小说必须具有趣味性。每回刊载的内容不能过长，但却要充实。梁白华（1889—1944）以毛本《三国演义》为底本翻译创作的小说自1929年5月5日至1931年9月21日在《每日申报》上共连载了859回。梁白华是1920—1930年间韩国国内唯一一位翻译介绍中国文学作品的翻译文学家。梁白华的翻译非常忠实于《三国演义》原文，甚至对小说中插入的诗词也作了翻译。但梁白华却没有照搬《三国演义》的回目，而是重新设定了小标题。他还将《三国演义》中的一回分成了两回，全文共有204个回目。梁白华的作品是韩国最早的《三国演义》现代语译本、最早的报纸连载《三国演义》，其作品结构上的调整对于后来出现的单行本小说也有一定影响。

除梁白华之外，万海韩龙云（1879—1944）也以毛本《三国演义》为底本进行了翻译创作，并在《朝鲜日报》上连载。韩龙云在翻译创作的过程中也对原来的回目做了调整，而且省略了原著中的诗词。不过，韩龙云的作品自1939年11月1日至1940年8月11日连载了280回后就中断了。

除了小说、报纸连载等形式外，《三国演义》在韩国还通过漫画形式拥有了更广泛的受众。韩国最早出现的漫画形式《三国演义》当属金龙焕的《大鼻子三国志》。《大鼻子三国志》最初于1952年至1955年连载于《学院》杂志上，但讲述到袁术称帝后就中断连载了。此后，又以单行本的形式再度发行。

高羽荣（1938—2005）创作的漫画版《三国志》在韩国也极受欢迎。高羽荣的漫画作品幽默滑稽，与日本漫画的风格截然不同，不仅受到了儿童的欢迎，而且还是许多成年人爱不释手的读物。《高羽荣三国志》曾于1978年1月1日至1980年7月31日连载于《每日体育》之上，其间又以单行本的形式出版，共10卷。高羽荣在漫画作品中对《三国演义》的人物进行了新的诠释，还塑造了一些平民化的现实人物形象，给读者带来了一种亲近感。高羽荣后期还创作了多种版本的漫画《三国志》，其中包括了1979年的《高羽荣儿童三国志》和1987年的《漫说高羽荣现代版喜剧讽刺三国志》。除此以外，韩国漫画版《三国志》作品还有2005年出版的《黄锡英漫画三国志》和2007年出版的《李文烈漫画三国志》等。

《三国演义》通过报纸连载以及漫画等形式拥有了更为广泛的受众，但《三国演义》在由小说向其他表现形式转变的过程中也不可避免地产生了结构上乃至内容上的变化。这种变化一方面是为《三国演义》注入了新的生命力，一方面也造成了韩国读者对《三国演义》理解上的偏差。

第四节 《三国演义》与韩国关公信仰

《三国演义》的核心人物之一关羽素来以其高义和勇武而深受广大人民的喜爱。作为忠义勇节的代表，关羽不仅在中国受到尊崇，在朝鲜半岛也备受信奉和追崇。关公信仰最初是在壬辰倭乱时期通过明朝的援军将领传入朝鲜半岛的，并逐渐成为今天韩国民间信仰的一个重要组成部分。与其他的民间信仰不同，关公信仰在朝鲜半岛的传播和普及经历了一个自上而下的过程，也就是说关公信仰首先是一种官方行为，然后才逐渐演变成民间信仰。虽然不能说朝鲜半岛的关公信仰是完全因为《三国演义》而产生的，但是古代朝鲜的民众对《三国演义》小说的喜爱无疑在关公信仰的传播与普及过程中起到了重要的作用。在本节，笔者主要以韩国的关帝庙和相关的传说为例讨论朝鲜半岛的关公信仰及其与《三国演义》的关系。李庆善在其《三国志演义的比较文学研究》中对韩国的关公信仰做了综合考察，笔者将在其研究成果的基础上结合国内外其他新近相关研究成果和资料作一些补充论述。[①]

明清时期朝鲜燕行使节记载的途中见闻中记录了当时的关公信仰。朝鲜王朝人写的这些游记，遣明使所写的称为《朝天录》，遣清使所写

---

① 有关韩国关公庙和关公传说，笔者主要参考了以下几种研究成果。金荣华：《汉城关庙的传说和特色》，载金荣华著：《民间故事论集》，台北：三民书局，1997年。孙卫国：《朝鲜王朝关王庙创建本末与关王崇拜之演变（上）》，《韩国研究论丛》2010年第1期。孙卫国：《朝鲜王朝关王庙创建本末与关王崇拜之演变（下）》，《韩国研究论丛》2012年第1期。〔韩〕姜春爱：《韩国关庙与中国关庙戏台》，《戏剧》（中央戏剧学院学报）2003年第3期。〔俄〕李福清：《关公传说与关帝崇拜》，载〔俄〕李福清著，李明滨编选：《古典小说与传说（李福清汉学论集）》，北京：中华书局，2003年。

的称为《燕行录》。李庆善等学者梳理了《燕行录》中与关公信仰相关的记载，按照年代顺序列举如下。

（1）西厓柳成龙的关庙记：是朝鲜王朝宣祖二年（1569 年）柳成龙以圣节使的书状官身份在燕京参观关庙所作的记录，比韩国第一座关帝庙建立早 29 年。柳成龙从辽东到燕京，记录了途中所见关公庙和关公祭祀的风俗。据柳成龙的记载，当时的中国北方家家墙上挂关公画像，画像前点香烛，供饭菜。（《西厓文集》卷十六“杂著·关庙记”）

（2）潜谷金的关庙记：朝鲜朝仁祖十四年（1636 年），潜谷金（1580—1658 年）以冬至使身份到明朝，描述了自己所看到的关王庙。不过，潜谷金是把关王庙当作奇怪的异教淫祀记录下来的。（《燕行录》上册，大同文化研究院刊本，第 214 页。）

（3）陶谷李宜显的关庙记：朝鲜王朝肃宗四十六年（1720 年）陶谷李宜显记载辽阳、沈阳、山海关等地的关王庙，并记录民间祀奉关公的情况，“朔焚香致虔，烧纸祈福，称曰关老爷”。（《燕行录》下册，大同文化研究院刊本，第 504 页。）

（4）李基宪的关庙记：朝鲜王朝纯祖元年（1763 年），李基宪记录了关王庙的情况。(《燕行录》下册，大同文化研究院刊本，第 739 页。)

（5）湛轩洪大容的关庙记：朝鲜王朝英祖四十一年（1765 年），洪大容随同书状官洪叔父游览燕京风物，回国后对中国北方的关帝庙与当时朝鲜半岛的关帝庙做了比较。洪大容描述关帝像道：“塑像为深枣色，刀矛森严，旁有青龙刀，与韩国的关庙很相似。但是余往年赴燕都自远东至帝京数千里，名城人邑及阎忠盛处，无不立庙宇以祀汉寿亭侯关公，至于人家亦私设画像挂置，香火其前饮食必祭，凡有事祈祷，官员新赴任者，齐宿谒庙甚虔，余怪之问于人，不独北方为然，再在如此，便于天下云。”（《燕行录》上册，大同文化研究院刊本，第 338 页。）

（6）心田朴思浩的燕行杂著：朝鲜王朝纯祖二十八年（1787 年），心田朴思浩的《燕蓟纪程》中记载了关帝庙。（《燕行录》上册，大同文化研究院刊本，第 875 页。）

（7）燕岩朴趾源的关庙记：朝鲜王朝正祖四年（1789 年），燕岩朴趾源（1737—1805）随着堂房叔伯哥哥朴明源，为了参加清朝乾隆皇帝寿宴，在北京和热河等地停留四个月，写成《热河日记》二十六卷，其中第六卷记载了关帝庙。“关帝庙遍天下……在辽阳及中后所，最著灵异。其在皇城，称白马关帝庙；载于祀典，则正阳门右关帝庙是也。每年五月十三日致祭。前十日，太常寺题遣本寺堂上官行礼。是日，民间香火尤盛。凡国有大灾，则祭告之。皇明万历时特封三界伏魔大帝、神威远镇天尊。旨由中出，我国南关庙墙壁上所揭，盖摹此笔也。由明朝学者焦刻的庙碑文和明朝有名的毛笔家董其昌的字体成为世上独一无二的名物。”

（8）金景善的关庙记：朝鲜王朝纯祖三十二年（1832 年），金景善在其《燕辙直至》卷一“栅门关庙记”中对关帝与财神的关系发表了议论。（《燕行录》下册，《燕辕直指》卷一“栅门关庙记”，大同文化研究院刊本，第 955 、968 、973 、1117 页。）

从《燕行录》的相关记载可以看出，朝鲜王朝的文人关注和记载我国的关公信仰和关公庙，并且与当时在朝鲜半岛开始创建的关公庙做了比较和描述。

一、文献史料和民间文学中的关帝显圣和建关帝庙传说

朝鲜王朝的史料文献和文人笔记等记录了不少关公显灵的传说，这些传说多与抗击倭寇的历史有关。韩国民间也流传着丰富多彩的与关公庙来历相关的传说。

朝鲜王朝柳成龙《西厓文集》卷十六“记关王庙”记载：“五月十三日，大祭庙中，是关王生日。若有灵风之异，则神至矣。是日天气晴朗，午后黑云四起，大风自西北来，雷雨并作，有顷而止。众人皆喜曰，王神下降矣。”

《过化存神》的传说记录了明朝将领陈寅修建朝鲜半岛上第一座关公庙的来由：

> 万历壬辰，倭寇朝鲜蹂躏汉都直抵平壤，天子命师东援，一月三捷。临战，关帝辄显灵，每间穰穰，云雾溟渤间有戈甲声，士卒勇气益倍，擒斩累百千。天将陈寅肋创甚。委卧汉都。梦关帝谕曰：“汝疾无患，当起从四路破贼。”觉而异之。次日，从闻载道宣传，关圣已出山海，征倭平当有日矣，陈创顿愈已而，果以四路进兵，克捷恢复旧疆。戊戌剏建帝庙于汉都城南门外。东援诸将捐资助成，庚子天子赐金，命立一庙于城东，春秋崇祀，以报神庥也。

李源命《东野汇辑》中也记载了关公阴佑朝廷的传说：

从壁上观战，于时，黄尘蔽天，愁云布地，忽闻空中隐隐钲鼓之声，杀气突起，阴风飒飒，又有旗麾交映，戈釖疾超，一支军马，风驰电掣之状。中有一将，骑赤兔马，挥大刀，指麾千军万马，弼杀一场，皆从虚空而往来。承绪遥见而恍惚，莫省其故，俄而狂风大作，贼兵大剑而远遁。承绪览此，莫渊其瑞从归，奏此状于榻前。上问杨经理曰："此何兆也？"经理曰："此是关帝显圣也。贵国运唑之绵远，此可推知，不胜欣贺。关公英灵不泯于千載之下，中国处处虔奉，而开贵国别无安飨之所，岂非欠典乎？"遂劝设东南两庙，经理亦出财力以助建。倭寇纔平……柳承绪奉命，督出师于湖西，南道帅臣归路，将渡铜雀津。于船上，忽然假寐，梦见一人，蚕眉凤眼，面如重枣，身长八尺，绿袍长髯，威风凛然，横大剑，骑赤兔马而来谓承绪曰："我即汉寿亭侯关云长也。有紧急事情见汝矣。"仍使承绪平开其手掌，以墨华着画押谓曰："汝渡江勿入京师，小留津头以待。则当朝幼绳三丁裹笼满载七驮，渡江向京者，汝招隼其人，示以手掌画押，其人当有所自处。然后汝留积其笼。慎勿开见，即告于朝家，赴速焚之，此乃大事，毋达误也。"承绪邃然而悟寒栗遍身，惊汗洽背，即视其手，画押完然在掌，墨痕淋漓未干，心甚恠讶。一夜梦中所教，伫待津头，果有三丁裹笼七驮，自南北渡，一衣冠人随其后。既渡，承绪呼谓驮笼人曰："有一可言之事，谓暂聚于一处。"其人等亦相惊讶，即自来聚，承绪展手示之曰："此是何物？请共观之。"画押纔触目，其衣冠者，先自左手脱持其冠，急走投江，其从者八九人 亦相继急急投江，一瞬并死。承绪呼津丁谓之曰："笼中之物乃祸崇也。吾将入朝廷，告处之。汝等因守以待，且戎以勿开。"即驰入城，告于兵曹，细陈变状。兵曹即送一即监载而致。从承绪言，积柴之，火炽笼圻，木偶兵马，其长寸许者，择荡十四笼矣。承绪乃兵即见者，莫不心惊而舌吐。良久，画为灰烬，始知幻术之士，乃梦鹤所送，而载运木偶兵马，将作变于京中。时新建关王庙，于东南享祀，故关王之神亦为邦家阴佑也。①

①〔韩〕李源命：《东野汇辑》，《韩国文献说话全集》第四册。

壬辰倭乱之时，关帝显圣于首尔，击退倭寇。白昼间犹如见到三国时代的战争场景一般。

在南原也有关帝显圣，斩杀倭寇，营救百姓之事。

1889年前后，关帝显圣于全州南固山城的别将（负责山城、渡津、浦口、堡垒、小岛等守备的武将官制）李文臣的梦中。此外，关帝还出现在观察使金声根的梦中并嘱托建造庙宇，因而，在南固山城建造了关帝庙。

朝鲜王朝正祖时期，十二岁的洪奭周到全州关帝庙玩耍，关帝显圣于其父梦中，告知其父前去救助洪奭周。

文豪李宇相（号昌启，堂号松牧官）的父亲常到全州的关帝庙求子，一日得了一个异梦而生下了李宇相。李宇相后来成为有名的文豪。

光武年间，全州府一个叫申泰然的人在家中供奉了关帝的画像。每月逢初一和十五祭祀，因有事问卜，似梦非醒之间见到关帝责其无理太甚。其人猝然倒地，约两个时辰后方得醒转，询问缘由之后，将关帝画像请至南固庙供奉。①

据李庆善的调查研究，有关安东关王庙的由来，共有两种传说。我们翻译整理如下。其中，庙堂管理人员辛奉先讲述的安东关王庙由来的传说是这样的：

朝鲜王朝宣祖年间壬辰倭乱之时，武安王碑本立于木城山上。孟思诚（年代不符）为了视察民情来到安东，在梦中见到一神将说："吾受雨淋之苦。"孟思诚起初没有在意，只当作一般的梦而已。可是后来一连数日都梦到相同的景象，孟思诚不禁感到十分奇怪。通过讯问查访，他终于弄清了原委，于是将石碑旁边的岩石雕刻成了关公像，并准备物色一个好的位置来安放。北山有虎像，而安东关王庙原来位置正相当于虎头，于是孟思诚决定将石像安置在那里。谁知数十名壮士也无法搬动石像。神将又托梦给孟思诚说："吾乃武将，应以军礼相待。"孟思诚按梦中指示行事，建造了庙宇，将石像和碑石安置于此。

① 〔韩〕河继镐编：《注解明圣经》附录，1959年。

另据小学校长安承一讲述的传说：

壬辰倭乱之时，柳成龙作为明援军的接宾使来到义州，见到了明军将领李如松。闲谈之中，李如松问道：“贵国将哪位将军奉为军神？”柳成龙随口回答说是关云长。然而，这并非实情，为了自圆其说，柳成龙快马传书，在家乡安东的木城山上供奉了牌位。同时他还联络了李舜臣的水使，在南原也供奉了牌位。壬辰倭乱平定前夕，安东府使梦见一位神将对他说：“吾乃中原关云长是也。如今来到这里立于山顶饱受露水之苦。”于是府使决定在此地修建关王庙，并将旁边的石头雕刻为石像。然而，由于此处距文庙较近，不能供奉武将，在儒林的反对之下于宣祖三十一年迁至当前所在地。

除此以外，李庆善还援引了柳增善《岭南（庆北）地方的民间传说研究》，介绍了岭南（庆北）地区的关王庙传说，其内容与安承一所讲述的传说大致相同。

韩国民俗学家孙晋泰的《朝鲜民谭集》中也记录了关公显灵的传说：

宣祖壬辰年间，倭寇的先锋官小西行长如入无人之境一般率军从釜山一直攻打到首尔的南大门外。而倭寇将领加藤清正也随之率军攻打至首尔东大门外。此时，宣祖带领群臣向北方避乱，而城中只留有守城的将卒和不及逃难的百姓。就在小西行长和加藤清正攻陷城池的前夜，关羽在守城将军的梦中显灵说道：“明日吾将与倭兵一战，唯惮清正所乘之马，尔等若能斩杀其坐骑，所余之事吾自当之。”翌日，正值倭寇大举攻城之际，关帝显圣于今南庙所在之处。只见关帝乘赤兔马，挥青龙刀，如秋风扫落叶一般赶杀倭寇，直至今东庙所在之处。然而，朝鲜的军兵却无法除掉加藤清正的坐骑。加藤清正意识到这是关帝显灵，庇佑朝鲜，大惊之下，斩其马首，将马血喷向关帝。关帝之灵瞬间消逝，倭寇趁机杀入城内。倭乱平定之后，宣祖还驾首尔。听说关帝显灵之事后，为其高义所动，遂命礼曹在关帝显圣之处分别建造了南庙和东庙。同时颁令全国，在各府郡县也建造关帝庙，每年春秋两季进行祭祀。在壬辰倭乱之前，朝鲜并没有祭祀关帝的先例。[①]

崔常寿的《韩国民间传说集》中记载了两则关羽因中吕蒙之计而死，因此向吕姓之人复仇的民间传说。其中，1925年东莱郡东莱面校洞徐先生讲述的东莱关羽庙的传说如下：

庆尚南道东莱郡东莱面校洞（今釜山市东莱区明伦洞）有一座关羽庙，当地人都称其为“影堂”。朝鲜王朝时期，修建这座关羽庙时，许多人夫登着梯子将所背的瓦片运至屋顶。其中一个姓吕的人夫在登上屋顶之际，突然眼前一黑，从屋顶坠落致死。人们说这是因为三国时期蜀国大将关羽因中吕蒙之计而死，因此抱怨，所以只要吕姓之人来到庙的附近，就会为关羽所杀。姓吕的人夫也正是因此丢了性命。此后还发生了不明原委的吕姓之人来到庙中，突然双目流血，昏厥倒地的事件。因而，如今凡吕姓之人都不再进入庙内。

而1937年平壤府上需里金鲜在有关平壤西庙的传说中讲述道：

在平壤镇卫队后面的一处高地上建有一座南向的辉煌建筑，这便是供奉关帝的西庙。在建造西庙之时，动用了许多劳力，其中一人姓吕。一日，正当吕氏人夫背着瓦片想要登上屋顶之际，却不知为何突然间两眼发黑，一脚踏空，失足殒命。人们传说这是由于当年关公为吕蒙所害，因而抱怨于吕姓之人。据说，自此以后，凡吕姓之人都不得进入西庙。

两个传说内容雷同，可见由《三国演义》的情节延伸而来的说法在朝鲜半岛民间的广泛流传。

二、韩国的关帝庙——李庆善实地考察成果的整理与补充

除了文献资料的整理之外，李庆善还对韩国的关王庙做了实地考察。

---

①〔韩〕孙晋泰：《朝鲜民谭集》（日文），东京：乡土研究社，1930年，第80—82页。1927年8月京城府馆洞72金泰卿讲述。相关内容参见台湾学者金荣华《汉城关庙的传说和特色》一文，载金荣华著：《民间故事论集》，台北：三民书局，1997年，第161页。

笔者结合新近收集的有关资料将李庆善的调查结果整理如下。

韩国的关帝庙又称关王庙或关圣庙，大多是在壬辰、丁酉年间由明朝援军将领始建的。最早建造的关帝庙是朝鲜王朝宣祖三十一年（1598年）建在首尔崇礼门（现南大门）外的南关王庙，而南关王庙正是应明朝将领陈寅之请而修建的。除了南关王庙之外，首尔还有一座东关王庙。东关王庙的工程耗时三年，于1602年春季完工。这座关王庙是完全模仿中国关王庙的样子而建造的。此外，在地方上也建有关王庙。1598年前后，在康津、安东、星州、南原四处都先后修建了关王庙。康津的关王庙是由明朝水军提督陈璘修建的，始建于1684年。在这座关王庙的别祠中还供奉了李舜臣和陈璘。安东的关王庙是由明朝的真定营都司薛虎臣修建的。这座关王庙最初位于安东城内，后于1604年迁至西岳的东台。星州的关王庙是由明朝将军茅国器修建的，最初坐落在成州城东门外，后来于朝鲜王朝英祖三年（1727年）迁至南亭下。南原的关王庙位于西门外，是由明朝都督刘綎修建的。到了高宗年间，在首尔又修建了北庙和西庙，而全州和河东等地也修建了关王庙。现在位于首尔特别市钟路区明伦洞和中区奖忠洞的关圣庙分别被指定为首尔特别市民俗资料第1号和第16号。

首尔的南关王庙（关圣庙）：首尔的南关王庙位于中区桃洞1街68番地，朝鲜战争时被烧毁的部分由管理者徐东辰家在私邸内重建，只是规模较小。南关王庙由明朝游击将军陈寅始建于宣祖三十一年（1598年），与此相关的记录主要见于《朝鲜王朝实录》《西厓文集》《林下笔记》等文献中。《朝鲜王朝实录》中记载：

> 上下教曰，关武安王，精忠大义，昭如日星。皇明太祖皇帝，肇刱寿亭侯庙，天下都邑，莫不立祠。崇奉之意，槩可想也矣。我国崇礼门外，即壬辰游击陈璘所建也，其时我国出财力以助之。
>
> 《肃宗实录》卷二九“癸未六月壬辰”

柳成龙的《西厓文集》中记载：

> 万历壬辰，我国为倭贼所侵几亡，天朝发兵救之，贼垒不利，戊戌正月初四日退师。有游击将军陈寅，力战中贼丸，载还汉都，

调病乃于所寓，崇礼门外山麓，创起庙堂一坐，中设神像，以奉关王。诸将杨经理以下，各出银两助其费。

《西厓文集》卷十六“杂著·记关王庙”

《林下笔记》记载：

宣朝三十一年，创庙于崇礼门外。享汉武安王关羽，礼郎许筠，撰进庙庭碑。沈喜寿曰，今兹建庙之举，实出皇旨，而撰碑之人官微。皇上闻之，恐有慢忽之嫌，遂不竖。

《林下笔记》卷十六“文献指掌编 6”

从以上的记录来看，关王庙是由明朝将领始建于宣祖三十一年（1598 年），当时位于首尔崇礼门（今南大门）外。但《朝鲜王朝实录》和《西厓文集》的记录在创建人的记述上有所出入，实录中为“陈璘”，而文集中则为“陈寅”。李庆善根据丁酉再乱时明援军的情况以及柳西厓参加过“蔚山战”等事实，推断出始建南关王庙的明军将领应为陈寅。有关这一点从前文所引用的“过化存神”的记述中也可以得到相同的结论。

首尔历史博物馆于 2008 年 8 月编纂并发行了一部《三国演义》相关资料集，名为《我们的三国志故事》。这部资料集收录了大量的图片，系统地介绍了《三国演义》乃至三国文化在韩国的传播情况，极具参考价值。该资料集为非卖品，笔者有幸得到了一本，并从中受益良多。根据这部资料集的记载，首尔的南关王庙现位于首尔特别市铜雀区舍堂洞。南庙于 1899 年被焚毁后虽然得以重建，在朝鲜战争中再次被烧毁。现在的南庙是于 1957 年重新修建的。

首尔的东关王庙：东关王庙现在位于首尔东大门区崇仁洞 220 番地，被指定为 142 号国宝。东关王庙同样是由明军将领提议建造的。明援军将领认为平壤、岛山城等战役的胜利都源于关帝的庇佑，因此希望建庙供奉。明神宗皇帝不仅下令建庙，还出资相助。相关记载见于《五洲衍文长笺散稿》：

庚子（宣祖三十三年）皇帝以四千金付抚臣万世德，命立关王祠于王京，以享之。时东征将士，皆言平壤之捷，岛山之战，二路驱倭之役，关王辄现灵来助故也。于是择地于兴仁之门外东，命大臣董之，壬寅春始讫。宪仿中国制大享，以落之。请额于中朝，命以敕建显灵昭德关公之庙，俗传关王南现东消。故崇礼门外庙生像，兴仁之门外庙死像镀金。

《五洲衍文长笺散稿》 卷二九 “关壮缪辩证说”

东关王庙的工程始于朝鲜王朝宣祖三十二年（1599 年），历时三年竣工，耗费了相当大的财力和人力。因而，东庙在建造之初朝鲜民众就有反对意见，而明军撤走之后，这里也一度成为了民怨和骚动的问题焦点所在。

根据《我们的三国志故事》的记载，首尔的东关王庙现位于首尔特别市钟路区崇仁洞 238-1 番地，总占地面积为 8381.48 平方米，其主要结构由大门、中门、东庑、西庑以及正殿组成。在中门前左右分别立有禁杂人碑和下马碑。中门内院左右建有东庑和西庑，其内立有东庙碑和武安王庙碑。在经过中门之后便可看到东关王庙的正殿——显圣殿，正殿中央供奉着关羽的死时像，右侧则供奉了关羽的生时像。关羽的生时像及其前面的众将军像是在首尔的北关王庙拆毁后迁于此地的。该资料集也介绍了东关王庙工程的起止年代，只是将工程的起始年代误记为了 1590 年。东庙在 1602 年竣工后分别于肃宗十七年（1691 年）和英祖十九年（1739 年）进行了修缮和重建。此外，东关王庙原来还存有十幅三国志图，关于这一点我们已经在前面论述过。

首尔的其他关王庙：除了南关王庙和东关王庙以外，在首尔供奉关公的庙堂还有北关王庙、中庙以及西庙。北关王庙原先坐落在前钟路区崇一洞 2 番地，旧京畿女子大学也曾经位于此地。北关王庙是由深得闵妃宠爱的巫堂真灵君在壬午军乱的第二年 1883 年（高宗二十年）建造的。甲申政变（高宗二十一年）之时，北庙曾是清军的兵营，高宗自昌德宫避乱至此。高宗和闵妃相信由于关帝的庇佑才逃过一劫，因而在第二年重建此庙。光武五年（1901 年）北庙改称关帝庙，并进行国家祭祀。此后，在纯宗隆熙二年（1908 年）七月间，北庙和其他关王庙的国家祭祀被废止。北庙建筑于 1913 年 2 月被拆除，但关公塑像和朝廷碑现存于东庙内。朝廷碑文为高宗御制，由闵忠正公（泳焕）书写，碑文内容为：“乃者相地，营庙于崇教坊东北隅，宋洞之会朱壁立下，出内府金，后庀其工，翌年癸未秋始迄役。是日，北庙象设仪章，审遵南庙。十月戊辰，亲行奠酌礼，王世子随驾焉。”西庙是严妃于光武六年（1902 年）建造的，位于西大门区天然洞 38 番地，本名为崇仪庙，西庙是后来的名称。西庙供奉的主要对象是刘备，同时也供奉了关公和张飞。此外，还有坐落在钟路普信阁后面的中庙以及位于奖忠洞、忠正洞、芳山洞等地的由民间建造的圣帝庙和显圣庙，只是如今已不复存在。根据《我们的三国志故事》的记载，北庙和西庙先后于 1908 和 1909 年并入东庙。

安东关王庙（武安王庙）：安东关王庙由明军将领薛虎臣建于朝鲜王朝宣祖三十一年（1598 年），坐落在安东市太华洞西岳寺东面，后迁至西岳寺东台。《朝鲜王朝实录》记载：“安东关庙万历戊戌真定营都司薛虎臣所建。有石像初在府城内北山之顶，立碑以记东征之役。丙午移安西岳寺东台，碑文漫漶而碑阴诸将名号俱存。庙去寺三四间许，庙前地亦三四间许，而有层阶，缺平垣。”（《肃宗实录》卷五十上 “辛卯正月”）《海东圣迹志》卷一“庙祠考”中记载：“宣祖三十一年戊戌，天将真定营都司薛虎臣刱建于庆尚道安东府，奉安石像，初在府城门内北山之顶，且立石碑以记其东征之役。三十九年丙午移安西岳东台。”《林下笔记》卷十六记载：“在安东府，宣祖三十一年，皇朝真定营都司薛虎臣刱建，奉安石像，初在府城门内北山之顶，且立石碑以记其东征之役。丙午移安西岳东台。”《五洲衍文长笺散稿》卷二十九“关壮缪辩证说”记载：“安东关王庙，万历戊戌，真定营都司薛虎臣建，有石像以乌水晶嵌作目瞳。”安东关王庙的入口处悬挂的匾额上书写了“武安王庙”四字。庙堂的正面中央是关公的石雕坐像。在关公的右侧有两个武将立像，左侧有两个文臣立像，均为木雕。此外，右壁上部为《赤壁大战图》，左壁上部为《三顾茅庐图》。庙堂中还立有武安王碑。

星州关王庙：星州关王庙坐落在星州面京山洞 256 番地，由明军将领茅国器始建于宣祖三十年（1597 年），英祖三年（1727 年）迁至当前位置。《朝鲜王朝实录》记载：“星州关王庙，左东门外，万历丁酉，天将茅国器所建。有塑像，庙宇两间，庭广两间。”（《肃宗实录》卷五十上“辛卯正月壬辰”）而同一年五月庚子条又记载：“庆尚观察使状启，安东关王庙则命仍旧而恢拓庭阶，星州关王庙移建改塑像。”《海东圣迹志》卷一“庙祠考”记载：“宣庙三十年丁酉，天将游击茅国器刱建于庆尚道星州牧，奉安塑像，初在州城东门外，英庙三年丁未移建于南亭下，以皇明总兵祖承训游击茅国器卢得功配享。正庙十六年，牧使徐有重重修。”《五洲衍文长笺散稿》卷二十九“关壮缪辩证说”记载："星州关王庙，万历丁酉，天将茅国器建，有塑像甚着灵异。王考寒竹堂涉笔星州府所有关侯庙，金冠绿袍据椅而坐，右手持枪，左手执釰。左有一将白皙踞坐，右有二将，一将两手持枪椎，一将四臂，一手持镋钯，三手无所执，二将俱赤颜号怒，竟不识其何名也。"星州关王庙入口处悬挂的匾额上写有"关云寺"三字，正面中央为大雄殿。由此建筑内有一个小的土制关羽塑像，塑像之上悬挂的匾额镌刻着"金善泽赠"四字。据当地居民所述，朝鲜战争时，该地由于战火而蒙受了巨大损失。然而，令人感到惊奇的是关王庙虽然也披有弹痕，却神奇地保留了下来。裴準基老人所讲述的星州关王庙传说如下：

> 从前星州牧所属的地界中有一个叫胜倭里的地方，关于这个地名还有一段故事。壬辰倭乱时期，倭寇以破竹之势攻入朝鲜。此时，一员神将出现在这里，击退了倭寇。这员神将正是关云长，因而在这里修建了关王庙。最初是由使道在这里进行祭祀，后来民间的名士也来此朝拜。中日战争时，日本警察署长以不能供奉敌对国武将为由毁坏了六尺多高的关公塑像，并将破损的塑像丢弃在京畿道利川。不久，日本警察署长遭横祸而死。

南原关王庙（诞报庙）：南原关王庙位于南原市王亭里 63 番地。据《海东圣迹志》的记载，南原关王庙是由明军将领蓝芳威始建于朝鲜朝宣祖三十年（1597 年）。与其他地方的关王庙相比，此地关王庙的规模相当大。《海东圣迹志》卷一"庙祠考"记载："宣庙三十年丁酉，天将游戎蓝芳威刱建于全罗道南原府城西门外，肃庙四十二年丙申改建，神像悉仿华制，以皇明总府中军李新芳总府千总毛承先配享。英庙十七年辛酉，命额诞报。正庙五年辛丑，御笔赐额。"《青庄馆全书》收《寒竹堂涉笔》卷六十八"诞报庙"记载："正祖朝，南原府城西有关王庙。辛丑春，今上御笔诞报庙三字，命监书斋往揭之。壬寅秋，余赴沙驿历谒焉，关王木像甚壮大，金冠红袍，前有三将侍立。庭有碑，万历已亥，都督刘綎所刱，而碑皆剥落，文亦綎所制，语甚野拙亦荒仄。"《五洲衍文长笺散稿》卷二十九"关壮缪辩证说"记载："南原庙未详何世所建，肃朝丁酉，重建以三天将李新芳、蒋表、毛承先配享。王考炯庵公寒竹堂涉笔，南原府城西有明王庙，辛丑春，今上正庙御笔诞报庙三字，命监书斋往揭之。壬寅秋，余于公行历谒焉，关王木像甚壮大，金冠红袍，前有三将侍立。庭有碑，万历己亥，都督刘綎所刱，而碑皆剥落，文亦綎所制，语甚野拙，笔亦荒仄。”①

南原关王庙占地300余坪，共有三栋建筑。东侧建筑悬挂的匾额上书写有“诞报庙”三字。庙堂内中央是高约三米的关公坐姿塑像。塑像左边有一幅关公画像，前面有关平和周仓的塑像侍立左右。在塑像的右后方竖立着长约八尺的青龙偃月刀。左前方有一个用白布绳索拴着的大鼓。庙宇管理人员朴凤云讲述了一个有关这面大鼓的传说，其内容梗概为：

> 数年前，拴鼓的绳索本是电线。一日，居住在南原锦里的牟在根在梦中见到一员神将大声责问他为什么庙堂中的鼓要用电线来拴缚。于是牟在根拿了30匹白布来到庙中，搓成绳索后拴缚了大鼓。在南原关王庙的前院立有明朝都督刘綎建庙事迹碑、武安王庙重建碑以及塑像复设功绩碑。同其他地方的关王庙一样，南原关王庙的祭祀日主要有惊蛰、霜降、诞日以及殁日等，但6月24日的磨刀日稍显与众不同。

古今岛关王庙：古今岛关王庙坐落在莞岛郡古今面润洞里15番地，从相关记载来看，此地的关庙是由明军将领陈璘始建于朝鲜朝宣祖三十年（1597年）。而李庆善则根据震檀学会编写的《韩国史》内容，推断陈璘修建古今岛关王庙的时间为宣祖三十一年（1598年）。如今的关王庙只留下一座石碑，从碑文来看，这座石碑当立于1713年12月。《朝鲜王朝实录》记载：“礼曹启言，大臣于前秋，以全罗道古今岛陈都督璘及忠武公李舜臣祀宇赐额事，陈达蒙允追闻，陈都督创建关王庙。”（《肃宗实录》卷四九“庚寅十二月丁丑”）《海东圣迹志》卷一“庙祠考”记载：“宣祖三十年丁酉，天将都督陈璘创建于全罗道康津县古今岛镇北涌金山下。显庙七年丙午，节度使柳斐然募僧天辉重修，以都督陈璘、副揔兵邓于龙、本朝统制李舜臣配享。肃庙十年甲子，观察使李帅命增修。三十六年庚寅，原任议政李颐命请秩祀典岁以惊蛰霜降之节，具牲币遣官享祀。正庙五年辛丑，御笔揭额。”《林下笔记》卷十六记载：“在康津县古今岛，宣祖三十年，皇朝都督陈璘创建，肃宗十年改修，别立一祠于其旁，以陈都督主享，忠武公李舜臣为配。”《五

---

①〔韩〕李圭景：《五洲衍文长笺散稿》卷二十九，首尔：东国文化社，1959年影印本。

洲衍文长笺散稿》卷二十九“关壮缪辩证说”记载：“我国有庙四处，康津所在都督陈璘所建，后别立一祠于其旁，陈璘主壁，李舜臣配。”

全州关王庙（关圣庙）:全州关王庙位于全州市东栖鹤洞 2 街 613 番地，为徐贞义的个人财产。在文献当中并没有发现与全州关王庙相关的记载。李庆善根据《完山志》中“在南固山城内，开国五百四年乙未州人刱建”的记述推断此庙始建于 1895 年。全州关王庙占地数百坪，共有八栋建筑，其中最主要的建筑当属显圣殿和两个绘画庙，其余均为私用。全州关王庙悬挂的匾额上写有“关圣庙”三字，规模虽然不大，但保存完好。关帝的信徒可以随时前来参拜，祈求各种事情。元旦时分，不仅是信徒，一般民众也可以来到关王庙内求签，以此来占卜一年的运势。当地流传的传说中提到，曾出任全罗道观察使的金声根（1835—1918）是一位虔诚的关帝信徒，是他在此地修建了关王庙并在惊蛰时节举行祭祀。

显圣殿的两边排列着将军和马的雕像，每尊雕像前都摆放了一碗净水。显圣殿内部中央是关圣大帝的坐姿雕像，其右侧依次为张仙君、龙逄位（关帝始祖）、孔明先生，左侧依次是王天君和廖将军，后面挂有多幅佛像。从中央向前一两步的右侧有两尊武将雕像，各自手执枪刀，左侧是一文一武两尊雕像，武将手中执枪，而文官则手捧书卷。显圣殿的左右两边是画廊。右侧画廊的前方墙壁上绘有“义释曹操”，右边墙壁上是“赤壁大战”和“孔明祈东南风”，左边墙壁上是“西城弹琴”和“孔明借箭”。显圣殿左侧画廊的前方墙壁上绘有“斩蔡表心”“子龙单骑救主”以及“三顾草庐”，左边和右边的墙壁上则绘有“单刀赴肃”和“宰牛马昭告天地”，在前方还摆放了一个直径约 2 米的大鼓。

河东、东莱、镇安关王庙：除了上述各地关王庙外，在河东和东莱以及镇安等地也建有关王庙，但在文献中很难找到与此相关的记载。河东关王庙原来位于河东邑西解良村，现在只能见到庙基、下马碑以及一棵数百年的堂山树。据当地老人说，河东关王庙的中央供奉着关公塑像，还放置了青龙刀。塑像的右边是关平，左侧是张飞，后面的墙壁上绘有“赤壁大战图”。河东地区的住民崇尚关羽的忠义勇节，为了抵御倭寇的进犯，早在壬辰倭乱数年前就修建了庙宇，供奉关帝。然而有关河东关庙修建年代的说法却令人难以置信。此外，无论是谁经过下马碑都要礼拜。该地区的居民每逢春秋两季就聚在一起，进行祭祀，主持祭祀的人在祭日一周之前要在江水中沐浴。日本殖民时期，虽然有人数次怂恿拆除关王庙，但考虑到关帝对于西解良村的庇佑，并没有人协助。由于地名与关羽的故乡一致，此地对于关羽的崇拜尤为狂热。

在文献中无法找到东莱关王庙的相关记载。关于东莱关王庙的修建，朴章浩老人讲述了一个相关传说，其内容如下：

> 居住在多大浦的某人打捞起了一尊漂浮在水中的关公像。此时，正值釜山检使郑日复卧病，向关公像祈愿之后，病即痊愈。一日，关公托梦给朴氏的曾祖父朴璟采，嘱托他去找住在多大浦的金仁得，从其手中拿回自己画像供奉。与此同时，金仁得也在梦中见到关羽嘱托他将画像交给朴璟采供奉。此时是清道光十四年(1834 年甲午)前后。

镇安关王庙位于全罗北道镇安郡马灵面马耳山现银水寺内，关于其由来及传说均没有确实的说法。相传大约在 60 年前，一个叫李舟浦（音译）的人修建了此庙，但这只是现存祠宇的相关传说，此地关王庙的始建年代应较之更为久远。镇安关王庙内室所供奉的关羽像并非雕像，而是画像。与关王一同被供奉的还有七星神和山神。

武侯庙（卧龙堂）:武侯庙位于中区艺场洞山 5 番地，庙宇悬挂的匾额上写有“武侯庙”三字，俗称卧龙堂。据说寺庙中原有雕刻在岩石上的卧龙像，后因火灾烧毁的部分于 1938 年 7 月重建。庙内中央供奉了诸葛孔明，其右侧是檀君，左侧为关云长，均为画像。

在武侯庙上方是极乐宝殿，每年 7 月 8 日至 15 日七天间举行地藏祈祷。极乐宝殿始建于日本殖民时期，当时旁边有朝鲜神宫，为韩国人的自主信仰。在极乐宝殿上方是三圣阁，供奉了七星神、山神和独圣，据说这是严妃于 1934 年修建的。武侯庙的定期祈祷日主要有卧龙先生的生日阴历七月二十三日（午前 11 时）和祭日阴历八月二十四日（午后 1 时）。此外，自阴历三月一日至二十日，阴历八月一日至二十日，每隔 20 天也为祈祷日。

笔者通过在线的影像资料对武侯庙进行了考察，现在的武侯庙内只供奉了诸葛孔明和关云长，而且均为塑像。这应当建于李庆善实地考察之后。

关帝信仰虽然最初是由明朝的援军将领传入了朝鲜半岛，但随着时间的推移，关帝信仰逐渐本土化，成为了韩国民间信仰的一部分。朝鲜王朝高宗之后，对于关羽的崇拜逐步转化为民间信仰，并与韩国的巫俗紧密结合起来。关公不仅是人们祈求物质财富的祭拜对象，还是一个能够治病驱鬼的万能神。这种对关羽的崇拜和信仰还逐渐拓展到了《三国演义》中其他人物的身上。刘备和诸葛亮被当作昭烈皇帝和卧龙先生也广受人们的崇拜。不仅如此，张飞等五虎大将以及甘夫人、糜夫人、孙夫人等也成了民间信仰的对象，甚至关羽的夫人同样被供奉了起来。

关公信仰虽然最初是通过援助朝鲜抗倭的明军将领传入朝鲜半岛的，但是小说《三国演义》的传入和兴盛无疑对关公信仰在韩国的本土化起到了推动的作用。因为在《三国演义》中关羽就是忠勇的化身。而从关公显圣以及相关传说的内容来看，民间的说法也与《三国演义》的内容极为相似。关公显圣击败加藤清正的传说就是很好的例子。

结语

《三国演义》在韩国的传播与影响可以说是一个相当大的课题，而韩国学者在这方面已经积累了相当多的研究成果，要想在这一研究领域内取得一些进展实非易事。笔者首先对《三国演义》的传播问题进行了考察。这一部分的研究主要是通过相关史料记载来分析中国书籍传入韩国的途径以及《三国演义》在韩国的传播和植根过程。根据史料记载，中国书籍传入韩国的途径主要有购买、赠送以及口传等，而购买是中国图书传入韩国的主要途径。关于《三国演义》的传入和植根过程，笔者根据史料对其进行了阶段性的考察，基本上理清了《三国演义》从不被接受到兴盛的脉络。

关于《三国演义》在韩国的版本情况，笔者主要是立足于前人研究的梳理工作，对一些研究成果作了翻译整理，例如《三国演义》在韩国的版本情况以及仁荷大学韩国学研究所编辑的《〈三国志〉韩国语译本解题》等资料，以期对国内的相关研究有所帮助。

在参考和借鉴前人研究的基础上，笔者用原典性的实证研究方法着重对《三国演义》的派生作品进行了考察。通过文本间的对比分析，笔者认为大部分《三国演义》派生作品都兼有《三国志通俗演义》和毛本《三国演义》的内容。这说明此类《三国演义》派生作品很有可能是以首尔大学奎章阁所藏的30卷本为底本来进行创作的。通过文本比较分析，我们基本上把握了《三国演义》派生作品的存在状况。此外，笔者还通过分析，发现《五关斩将记》和《黄夫人传》等作品都含有明显的韩国本土文化因素。《五关斩将记》反映了韩国的七星信仰，而在《黄夫人传》中不仅有对于本土文化的描写，作品本身也具有浓厚的本土文学特征。

《三国演义》在韩国的盛行刺激了韩国军谈小说的创作，然而具有英雄传记叙事模式的军谈小说并没有全盘照搬《三国演义》的内容。《三国演义》的内容主要是以典故和故事情节的借用等形式存在于军谈小说中。《三国演义》在对军谈小说的创作产生影响的同时，其自身也被解体，以变异的形态融入了军谈小说中。当然，这种影响现象还不仅仅是存在于军谈小说当中，在《九云梦》《玉楼梦》等小说中也都可以发现《三国演义》的投影。此外，无论是《三国演义》的派生作品还是在创作过程中受到《三国演义》影响的军谈小说，其关注的对象都是蜀汉人物及其相关事迹，这一点与蜀汉正统论有着密不可分的关系。

盘骚俚作品《赤壁歌》是文化传播与演变现象的典型范例。盘骚俚《赤壁歌》把曹操当作嘲讽和愚弄的对象，还描写了《三国演义》中从未登场的普通士兵。盘骚俚是韩国传统表演艺术，具有独特的艺术特点。比如说口头表演的表现方式、诙谐幽默的表现手法等。其自身的艺术特点和特定的时代背景就决定了它必然会演绎出与《三国演义》不同的赤壁大战故事。盘骚俚从《三国演义》中汲取创作素材的同时，也根据自身的特点和表演的需要对其进行了加工，也只有经过这样的变异过程，《三国演义》才能真正与盘骚俚实现完美的结合。从另一个角度来说，也只有发展成熟的文学形式才能驾轻就熟地对外来文化加以利用。

笔者对于韩国诗歌和俗谈的考察主要是借鉴了前人研究成果，在韩国诗歌和俗谈中出现的《三国演义》人物仍然是以蜀汉人物为主。《三国演义》人物和事件在韩国诗歌以及俗谈中的出现也说明了《三国演义》影响的多元性。与《三国演义》相关的韩国绘画作品基本上都是屏风画，所表现的人物也是以蜀汉英雄为主，而内容则主要有桃园结义、三英战吕布、斩蔡阳兄弟释疑、三顾茅庐、大闹长坂桥、七星坛祭风、赤壁大战、华容道等场面。此外，韩国绘画作品中的《三国演义》人物形象也逐渐趋于本土化，这一点通过服饰和武器上的变化就可见一斑。除此之外，《三国演义》还以报纸连载以及漫画的形式呈现在韩国读者面前。《三国演义》通过报纸连载以及漫画等形式确立了更为广泛的受众，但《三国演义》在由小说向其他表现形式转变的过程中也不可避免地产生了结构上乃至内容上的变化。这种变化一方面为《三国演义》注入了新的生命力，另一方面也造成了韩国读者对《三国演义》理解上的偏差。

在对关帝信仰的考察一节中，笔者主要是总结了前人研究成果，并在此基础上作了相应的补充论述。关帝信仰最初虽然是由明朝援军将领自中国传入韩国，而且韩国关帝庙的相关传说也基本上都是在《三国演义》的影响下产生的，但随着时间的推移，关帝信仰已经逐渐本土化，成为了韩国民间信仰中的一部分。这也是文化传播与演变现象的具体体现。这一点通过韩国关帝庙中的关帝画像就可以得到确认。

通过文本间的对比分析以及对相关资料的考察，笔者在前人研究成果的基础上对《三国演义》在韩国的传播和影响问题进行了研究，并取得了一些成果。鉴于课题的难度和笔者自身的研究水平，论述中还存在着一些不足。没有对军谈小说逐一进行分析给本文留下了遗憾。此外，对韩国《三国演义》相关作品进行发生学层面上的考察也将是笔者将来主要面对的一个重要课题。《三国演义》的卓越创作技法、蜀汉正统论、韩国文学的关键词及其本土文学的发展成熟等均是生成《三国演义》相关作品的文化语境的重要组成因素。对此，笔者将在后续研究当中弥补不足，逐步完善，以期取得更大的成果。

参考文献

原典

1.〔韩〕李钟桢：《关云长实记》，首尔：光东书局，1918年。

2.〔韩〕李钟桢：《张飞马超实记》，首尔：光东书局，1918年。

3. 卢弼：《三国志集解》，北京：中华书局，1982年。

4. 罗贯中：《三国演义》，北京：人民文学出版社，2014年。

5. 罗贯中：《三国志通俗演义》，上海：上海古籍出版社，1980年。

6. 罗贯中：《醉耕堂本四大奇书第一种 三国志演义》，北京：中华书局，1998年。

7.〔韩〕南宫楔：《山阳大战》，首尔：唯一书馆，1916年。

8.〔韩〕玄公廉：《诸葛亮传》，首尔：广益书馆，1917年。

中文专著

1. 陈其欣：《名家解读《三国演义》》，济南：山东人民出版社，1998年。

2. 陈寿：《三国志》，郑州：中州古籍出版社，1996 年。

3. 陈跃红：《比较诗学导论》，北京：北京大学出版社，2005 年。

4. 关四平：《三国演义源流研究》，哈尔滨：黑龙江教育出版社，2001 年。

5. 金宽雄：《韩国古小说史稿》（上卷），吉林：延边大学出版社，1998 年。

6. 李殿元、李绍先：《三国演义悬案解读》，成都：四川人民出版社，2004 年。

7.〔韩〕闵宽东：《中国古典小说在韩国之传播》，上海：学林出版社，1998 年。

8. 齐裕焜：《中国历史小说通史》，南京：江苏教育出版社，2000 年。

9. 沈伯俊：《沈伯俊说三国》，北京：中华书局，2005 年。

10. 王学泰、李新宇：《《水浒传》与《三国演义》批判为中国文学经典解读》，天津：天津古籍出版社，2004 年。

11. 韦旭生：《韦旭生文集 2》，北京：中央编译出版社，2000 年。

12. 熊笃、段庸生：《《三国演义》与传统文化溯源研究》，重庆：重庆出版社，2002 年。

13. 杨昭全、何彤梅：《中国—朝鲜·韩国关系史》，天津：天津人民出版社，2001 年。

14. 张哲俊：《东亚比较文学导论》，北京：北京大学出版社，2004 年。

15. 张志和：《透视三国演义三大疑案》，北京：中国社会科学出版社，2002 年。

16. 郑光、梁伍镇、郑丞惠：《原本老乞大》，北京：外语教学与研究出版社，2002 年。

17. 郑铁生：《三国演义叙事艺术》，北京：新华出版社，2000 年。

18. 周兆新：《三国演义丛考》，北京：北京大学出版社，1995 年。

韩文专著

1.〔韩〕曹喜雄：《古典小说故事梗概集成》，首尔：集文堂，2002 年。

2.〔韩〕崔俊植：《作为韩国文化来读的韩国宗教》，首尔：四季出版社，1998 年。

3. 〔韩〕丁奎福、苏在英、金光淳：《韩国古小说研究》，首尔：二友出版社，1983 年。

4. 韩国古小说学会：《韩国古小说论》，首尔：亚细亚文化社，1991 年。

5. 韩国古小说学会：《韩国古小说研究》（제 4 집），首尔：国学资料院，1998 年。

6. 纪念论丛刊行委员会：《韩国古典小说과 叙事文学》，서울：集文堂，1998 年。

7.〔韩〕金东旭：《春香传研究》，首尔：延世大学出版部，1985 年。

8.〔韩〕金一烈：《古典小说新论》，서울：새문사，1998年。

9.〔韩〕李庆善：《三国志演义的比较文学研究》，首尔：一志社，1976年。

10.〔韩〕李相翊：《韩中小说的比较文学的研究》，首尔：三英社，1983年。

11.〔韩〕柳东植：《韩国巫教的信仰和构造》，首尔：延世大学出版部，1997年。

12.〔韩〕柳铎一：《韩国古小说批评资料集成》，首尔：亚细亚文化社，1994年。

13.〔韩〕全海宗：《韩中关系史研究》，首尔：一潮阁，1970年。

14.〔韩〕全骏杰：《朝鲜朝小说의 武艺意识과 龙宫说话》，首尔：亚细亚文化社，1992年。

15. 首尔历史博物馆：《我们的三国志故事》，2008年。

16.〔韩〕徐大锡：《军谈小说的结构和背景》，首尔：梨花女子大学出版社，1985年。

17. 강신주：《동양의 고전을 읽는다》，휴머니스트，2006。

18. 김종윤：《동양문화의 기초》，전주대학교출판부，2003。

19. 박희병：《韩国传奇小说의 美学》，서울：돌베개，1997年。

20. 이윤석：《세책 고소설 연구》，혜안，2003。

21. 인하대학교 한국학연구소 기초학문연구단：《《삼국지》한국어 역본 해제》，인천: 인하대학교 한국학연구소，2005。

22. 인하대학교 한국학연구소 기초학문연구단：《《삼국지연의》한국어 번역과 서사 변용》，인천: 인학대학교출판부，2007。

23. 조동일 외 6인：《한국문학강의》，서울：길벗，1994。

24. 한국정신문화연구원：《고전소설의 기초연구》，서울：태학사，2001。

中文论文

1.〔韩〕大塚秀高：《关羽的故事》，周兆新主编：《三国演义丛考》，北京：北京大学出版社，1995。

2. 严绍璗：《文化传递的基本形态》，《在北大听讲座》第十三辑，北京：新世界出版社，2005年。

3. 严绍璗：《“文化语境”与“变异体”以及文学的发生学》，《多边文化研究》第一卷，北京：新世界出版社，2001年。

4. 严绍璗：《“原典性的实证研究”的方法论问题》，《多边文化研究》第一卷，北京：新世界出版社，2001 年。

韩文论文

1. 车允焕：《〈淑香传〉的构造和意义》，韩国古小说学会：《古小说研究》第 4 辑，首尔：国学资料院，1998。

2. 崔根德：《朝鮮古代小說에 있어서의 中國三國志演義의 影響》，《成均館大大學院》第 14 號，1961.

3. 丁奎福：《韩国古代军谈小说考——以三国志演义的影响为中心》，高丽大学硕士论文，1958.

4. 丁來東：《中國小說이 韓國文學에 끼친 影響》，《國語國文學》（國語國文學會）제 27 집，1964.8.

5. 金道焕：《〈三国志演义〉的旧活字本古典小说改作样相》，《中国小说论丛》第 20 辑，2004。

6. 金基铉：《〈朴氏传〉研究》，高丽大学学硕士论文，1967。

7. 金仁会：《〈黄夫人传〉研究》，《兜率语文》15，檀国大学，2001。

8. 金时俊：《三国志演义考》，《首尔大学教养课程部论文集 I》，1969。

9. 李炳漢：《中國과 韓國의 古典小說（그發達과 影響에 대한比較考察）》，《中國學報》（中國語文論叢）第 9 號，1968.10.

10. 李恩奉：《旧活字本〈诸葛亮传〉的创作样相研究》，《古小说研究》，2007。

11. 李慶善：《韓國의 軍談小說 및 九雲夢，玉樓夢과 三國志演義의比較》，《車相轅博士頌壽論文集》，1971.6.

12. 李慶善：《韓國文學에 끼친 三國演義의 研究》，《漢陽大論文集》第 5 輯，1972.1.

13. 李慶善：《三國志演義의 傳來와 定着》，《漢陽大論文集》第 4 輯，1971.1.

14. 李相圭：《中國古典小說對韓國古典小說之影響》，《中國語文論叢》創刊號，1984.10.

15. 李相翊：《韓中小說의 比較文學的 研究（軍談小說과三國志演義）》，《韓國古小說研究》，1983.2.

16. 李在秀：《韓國小說發達段階에 있어서 中國小說의影響》，《慶北大論文集》第 1 輯，1956.10.丁奎福：《韓國軍談小說에 끼친 三國志演義의影響序

說》，《國文學》（高麗大國文學會）第 4 號，1960.9.

17. 李镇国：《〈三国演义〉对比修辞法研究——与毛评分析相关联》，《人文科学研究》第 2 辑，1999.

18. 李镇国：《〈三国演义〉构成上的“连断”技法分析——与毛宗岗的评点相关联》，《中国语文学》第 32 辑，1998.

19. 闵宽东：《对于中国古典小说在国内流入和受容的研究》，《中国与文学》第 49 辑，2007。

20. 閔寬東：《朝鮮時代 中國古典小說의 出版樣相》，《中國小說論叢》第 11 輯，2000.2.

21. 閔寬東：《國內中國古典小說翻譯作品目錄과書誌狀況》，《中國小說研究會報》第 32 號，1997.11.

22. 閔寬東：《三國演義 國內流入과 板本研究》，《中國小說論叢》第 4 輯，1995.3.

23. 閔寬東：《三國演義在韓國的流傳與再創作》，《稗海新航》（中國大連），1996.7.

24. 閔寬東：《在韓國中國古典小說的流入與研究》，《明清小說研究》（中國）第 46 期，1997.12.

25. 閔寬東：《中國古典小說의 翻譯史研究》，《中語中文學》第 21 輯，1997.12.

26. 閔寬東：《中國古典小說의 國內出版史研究》，《中國小說論叢》第 12 輯，2000.8.

27. 閔寬東：《中國古典小說의 國內翻譯，出版，研究概況》，《中國小說研究會報》第 17 號，1994.3.

28. 閔寬東：《中國古典小說의 國內受容에 관한 研究》，《中國小說論叢》第 6 輯，1997.6.

29. 閔寬東：《中國古典小說의 國內流入時期와 過程 및 板本에 대한考察》，《中國小說論叢》제 3 輯，1994.8.

30. 朴晟義：《韓國小說에 끼친 中國小說의 影響》，《高麗大 50 周年紀念論文》，1955.5.

31. 朴在渊：《对于朝鲜刻本〈新刊古本大字音释三国志传通俗演义〉的考察》，《中国语文学志》，2008。

32. 朴在淵：《朝鮮時代 中國通俗小說의 傳來와 翻譯文學的受容》，《韓國敍事文學史의 研究》（敬山史在東博士華甲紀念論叢），1995.

33. 朴在淵：《朝鮮時代三國志演義한글翻譯筆寫本의 研究:서울대奎章閣本（27 冊本）을 중심으로》，《돈암어문학》제 14 호，2001.10.

34. 朴在淵：《韓國所見中國通俗小說翻譯本目錄》，《中國小說研究會報》第 5 號，1991.3.

35. 朴在淵：《韓國所見中國通俗小說目錄》，《中國學研究》（外大中國學研究會）第 6 輯，1991.4.

36. 权纯肯：《〈三国志演义〉的受容及其指向——以活字本古小说为中心》，《泮桥语文研究》第 9 辑，1998

37. 权勇善：《吉川英治本〈三国志〉的受容及历史意义》，《〈三国志演义〉的韩国语翻译和叙事转换》，仁何大学出版部，2007。

38. 申秉澈：《朝鮮正祖時代文人의 中國小說觀試探》，《中國小說論叢》第 15 輯，2002.2.

39. 史在东：《〈朴氏传〉的形成过程》，《佛教系国文小说的研究》，中央文化社，1994。

40. 文璇奎：《中國小說東進과 그影響》，《國語文學》（全北大國文學會）4 號，1953.7.

41. 吳淳邦：《朝鮮時代中韓兩國小說翻譯交流考》，《文化與翻譯國際學術研討會論文集》（中國翻譯學會），1999.8.

42. 吴秀美：《三国志演义的演变和比较文学研究》，首尔大硕士论文，1973。

43. Wang Meirong：《〈黄夫人传〉与〈朴氏传〉的叙事形态比较》，《国语教育研究》第四十一辑，2007。

44. 咸恩仙：《三國演義在韓國》，《中國现代文學研究》第 6 輯，1997.12.

45. 尹世旬：《16 世纪中国小说的国内流入和享有样相》，《民族文学史研究》，2004。

46. 赵东一：《英雄的一生，其文学史的展开》，《东亚文化》10，首尔大学东亚文化研究所，1971。

47. 鄭東國：《三國演義轉入韓國與韓國人喜好原因之研究》，《人文科學研究》，1982.12.

48. 정옥근：《朝鮮時代中國明清小說五代奇書의 傳播와 影響》，《中語中文學》第 25 輯，1999.12.

49. 정옥근：《朝鮮時代中國通俗小說的傳播和影響》，《華東師大學報》（中國），1994.4.

50. 정옥근：《朝鮮時代中國通俗小說의 傳播範圍와 方式》，《中國語文

論叢》第 13 輯，1997.12.

附录一 《三国志》韩国语译本解题

安吉焕《三国志（1）》 译者：安吉焕；原作者：周大荒；书名：《反三国志》；系列：独立再创作；出版社：大提学；出版地：首尔；出版年度：1992 年；卷数：3 卷；版型：15×22（cm）简装；价格：每本 4 800 韩元

本书不同于毛宗岗和吉川英治的版本，正如作者所说，“我在路过北京时，在反古纸堆里发现了一本《三国旧志》。”为区别于《三国演义》，故名《反三国志》。

安吉焕《三国志（2）》 译者：安吉焕；原作者：周大荒；书名：《反三国志》；系列：独立再创作；出版社：翰林院；出版地：首尔；出版年度：1997 年；卷数：3 卷；版型：15×22（cm）简装；价格：每本 8 500 韩元

本书和大提学出版的《反三国志》相同。

奥胁雅晴《三国志》 导演：奥胁雅晴；制作方：西卡里制片；原作者：横山光辉；题目：《三王的追寻》；系列：吉川英治；上市地点：首尔；出版年度：1990 年；数量：DVD 24 张/ VIDEO 24 张；价格：DVD 298 000 韩元，VHS 480 000 韩元，英韩对译台词本：240 000 韩元

日本西卡里制片的作品曾在KBS放映，以教育为目的，所以使用英语配音，分为DVD和VHS两类。

白蒙烈《三国志》 译者：白蒙烈；原作者：萧玉寒；书名：《风水三国志》；系列：再创作；出版社：초록배 매직스；出版地：首尔；出版年度：2001 年；卷数：10 卷；版型：15.3×22.4（cm）精装；价格：每卷 7 500 韩元

白云哥《三国志》 作者：白云哥；书名：《易术小说三国志》；出版社：图书出版山号；出版地：首尔；出版年度：1991 年；卷数：1 卷；版型：18×22.5（cm）简装；价格：4 000 韩元

BM高丽亚《三国志（1）》 原作者：Shinano kikaku Production；译者：BM 高丽亚；题目：《漫画录像三国志》；系列：独立再创作；制作方：Shinano kikaku Production；提供商：Enoki Films；上市地点：首尔；出版年度：1998 年；数量：VHS 5 个（每集平均 80 分钟，共 402 分钟）；价格：120 000 韩元

韩国的BM高丽亚公司引进日本Enoki Films公司的漫画电影《三国志》，并添加韩语配音，以刘、关、张三兄弟为中心，对原作中没有的历史事件进行了补充。

BM高丽亚《三国志（2）》 原作者：Shinano kikaku Production；译者：BM 高丽亚；题目：《DVD三国志》；系列：独立再创作；制作方：Shinano kikaku

Production；提供商：Enoki Films；上市地点：首尔；出版年度：2003 年；数量：DVD 3 张（包括广告共 417 分钟）；价格：33 000 韩元

与BM高丽亚发行的VHS版属于相同的作品。

蔡正弦《三国志》 译者：蔡正絃；原作者：罗贯中；书名：《三国志》；系列：吉川英治；出版社：三中堂；出版地：首尔；出版年度：1982 年；册数：7 册；版型：10.3×14.9（cm）简装；排版：竖行书写；价格：不详

此版本根据吉川英治版本翻译而成，内容与 1982 年 9 月善一文化社出版的李容浩版一致。

车京雨《三国志》 译者：车京雨；原作者：罗贯中；书名：《三国志》；系列：吉川英治；出版社：gana出版社；出版地：首尔；出版年度：1990 年；册数：3 册；版型：15.1×22.5（cm）简装；封面图片：不详；价格：每册 2 500 韩元

此版本是车京雨针对小学高年级学生和初中学生，根据吉川英治版本自己改编和创作的韩文作品。

陈圭奈《三国志》 译者：陈圭奈；原作者：罗贯中；书名：《漫画看三国》；系列：吉川英治；出版社：图书出版；出版地：首尔；出版年度：2001（初版），2002（初版第 2 次印刷）；卷数：3 卷；版型：18.5×23.5（cm）简装；插画：尹胜浩；价格：每本 7 000 韩元

本书以儿童为主要阅读对象，前半部分附有三国志地图和登场人物画像。

陈起焕《三国志》 译者：陈起焕；书名：《三国志古词名言三百选》；出版社：明文堂；出版地：首尔；出版年度：2001 年；卷数：1 卷；版型：15×22.5（cm）简装；价格：7 500 韩元

成元圭《三国志》 译者：伏翁成元圭；原作者：罗贯中；书名：《成元圭直译三国志》；系列：毛宗岗；出版社：伏翁轩舍；出版地：首尔；出版年度：1991 年；册数：10 册；版型：17.5×24.5（cm）简装；排版：竖行书写；价格：每册 12 000 韩元

此书是“青冰书院”和“光禄书堂”的经营者成元圭翻译版本，是运用了近代以前的韩（朝）语书写方式的直译型翻译书籍。

川边优《三国志》 作者：川边优；书名：《暴风三国志》（《我王之乱》）；系列：独立再创作；出版社：图书出版社；出版地：首尔；出版年度：1998 年；卷数：12 卷（2004 至今连载中）；版型：13×18.8（cm）简装；图画：山口正人

这本书是日本漫画的韩译本，以川边优的《三国志》为蓝本，“我王”指刘备。

崔丙焕《三国志》 译者：崔丙焕；原作者：罗贯中；书名：《三国演义》；系列：毛宗岗；出版社：金星青年出版社；出版地：平壤；出版年度：1991 年；册数：1 册；版型：不详；插图及装订：姜尚俊、玄日；编辑：李道贤

此版本是将中国古典小说《三国演义》进行缩编、翻译和润色的简译本。

崔龙云《三国志（1）》 译者：崔龙云；原作者：未注明；书名：《图片三国志》；系列：毛宗岗；出版社：三省出版社；出版地：首尔；出版年度：1990 年；册数：20 册；版型：21×26.8（cm）精装；插图：梁厚英；推荐：李文烈；价格：全套 140 000 韩元

此版本是附有彩色插图的中国古典小说《三国演义》的简译本。

崔龙云《三国志（2）》 译者：崔龙云；原作者：未注明；书名：《少年三国志》；系列：毛宗岗；出版社：三省出版社；出版地：首尔；出版年度：1992 年；册数：5 册；版型：15×29（cm）精装；插图：梁厚英；推荐：李文烈

此版本是将三省出版社 1990 年版《图片三国志》（共 20 册）重新编辑出版的简译本。

崔明《三国志（1）》 译者：崔明；书名：《不是小说的三国志》；出版社：朝鲜日报社；出版地：首尔；出版年度：1993 年初版，1994 年（第八次印刷）；卷数：1 卷；版型：15×22.4（cm）简装；价格：6 000 韩元

崔明《三国志（2）》 译者：崔明；书名：《三国志里的三国志》；出版社：人间爱；出版地：首尔；出版年度：2003 年；卷数：2 卷；版型：15.3×22.5（cm）简装；价格：6 000 韩元

崔松岩《三国志》 译者：崔松岩；原作者：罗贯中；书名：《三国志》；系列：毛宗岗；出版社：太乙；出版地：首尔；出版年度：1998 年；册数：3 册；版型：15.2×22.2（cm）简装；价格：每册 6 000 韩元

此版本是崔松岩根据毛宗岗版本进行翻译、改编、缩编的。

崔泰应《三国志》 译者：崔泰应；原作者：罗贯中；书名：《三国志》；系列：毛宗岗；出版社：启蒙社；出版地：首尔；出版年度：1992 年；册数：1 册；版型：15.1×22.3（cm）简装；价格：全套 380 000 韩元

此书是“少男少女世界文学全集”（共 70 册）丛书的第 65 册。书中在“文学纪行”部分收录了主要人物的画像、主要遗迹的照片等。

崔文莲《三国志》 作者：崔文莲；原作者：三好彻；书名：《兴亡三国志》；系列：三好彻；出版社：礼艺院；出版地：首尔；出版年度：2002 年；册数：5 册；版型：12.8×18.8（cm）简装；价格：每册9 000韩元

此书是原作者根据中国正史——陈寿的《三国志》，将三国时代历史重新编写成册的小说。

崔铉《三国志》 译者：崔铉；原作者：罗贯中；书名：《三国志》；系列：毛宗岗；出版社：汎友社；出版地：首尔；出版年度：1984 年（第 1 版）、1990 年（第 5 次印刷）；册数：3 册；版型：12.5×18（cm）简装；价格：每册 2 000 韩元

此版本在保持原著的故事梗概和内容不变的前提下，适当地减少了分量。第一册为“英雄”篇，第二册为“三国之争”篇，第三册为“天下统一”篇。

崔乙林《三国志》 译者：崔乙林；原作者：未注明；书名：《三国志》；系列：吉川英治；出版社：三正出版社；出版地：首尔；出版年度：1974 年；册数：5 册；版型：15×21（cm）精装；排版：竖行书写；价格：每册 2 000 韩元

此版本看似是吉川英治版的直译本，但事实上在目录、正文中都可以发现译者编译过的痕迹。

崔映海《三国志（1）》 译者：崔映海；原作者：罗贯中；书名：《三国志》；系列：毛宗岗；出版社：正音社；出版地：首尔；出版年度：1953 年；册数：10 册；版型：12.9×18.4（cm）简装；排版：竖行书写；价格：每册 700 韩元

此书是共分 10 册，每册都有四个字的标题。1.桃园结义，2.单骑千里，3.三顾茅庐，4.赤壁大战，5.曹操执政，6.关公显圣，7.八阵法图，8.孔明出师表，9.大星归天，10.天下统一。封面内侧有“三国时代形式图”。

崔映海《三国志（2）》 译者：崔映海；原作者：罗贯中；书名：《三国志》；系列：毛宗岗；出版社：正音社；出版地：首尔；出版年度：最初版 1959 年、1970 年（第 1 版）、1979 年（上）、1971 年（中）、1979 年（下）；册数：3 册；版型：12.9×18.4（cm）精装；装订及插图：金溶焕；排版：竖行书写；价格：3 200 韩元（上）、1000 元（中）、3200 元（下）

此版本将 1955 年版本重新编辑成上、中、下 3 册而成。

崔映海《三国志（3）》 译者：崔映海；原作者：罗贯中；书名：《三国志》；系列：毛宗岗；出版社：正音社；出版地：首尔；出版年度：1984 年；册数：6 册；版型：15.1×22.4（cm）简装；价格：每册3 000韩元

此版本是将崔映海 3 卷本的《三国志》重新编辑成 6 册的版本。每册的内容为：1.桃园结义、大权归曹；2.单骑千里、三顾茅庐；3.赤壁大战、伏龙凤雏；4.曹为魏王、关公显圣；5.八阵法图、孔明出师；6.大星归天、天下统一。

崔勇现《三国志》 译者：崔勇现；书名：《三国，人物》；出版社：稀星出版社；出版地：首尔；出版年度：1993 年；卷数：1 卷；版型：15×22.5（cm）简装；价格：5 800 韩元

大明社《三国志》 译者：未注明；原作者：罗贯中；书名：《三国志》；系列：毛宗岗；出版社：大明社；出版地：首尔；出版年度：1982年；册数：1册；版型：15.1×22.2（㎝）简装；排版：竖行书写；价格：6 000韩元

此版本以毛宗岗版本为底本，但由于是普及用图书，因此翻译时删除了描写和背景说明，只是收录了三国故事的主要内容。

EBS RADIO《三国志》 导演：EBS；原作者：罗贯中；题目：《Radio三国志》；系列：吉川英治；制作方：EBS RADIO局；上市地点：首尔；出版年度：2004年3月1日至8月28日；数量：共156集，每集20分钟；网址：http://www.ebs.co.kr/contents/vodlistasp?category=A0B06C03D02_E00&_progcd=0001956

从"桃园结义"到"诸葛亮死于五丈原"，共156集，解释和改编的态度都明显受到高宇英的影响。

儿童教养图书编撰委员会《三国志》 译者：儿童教养图书编撰委员会；原作者：罗贯中；书名：《三国志》；系列：吉川英治；出版社：科学教育社；出版地：首尔；出版年度：1985年；册数：3册；版型：15×22（cm） 简装；推荐：金东里；价格：每册2 000韩元

此版本是吉川英治版本的简译本。每册都附有主要人物的插图和照片，以便儿童读者理解故事内容。

方基焕、李元燮《三国志（1）》 译者：方基焕、李元燮；原作者：未注明；书名：《新译三国志》；系列：1—5册（前半部）吉川英治，6—10册（后半部）无外者；出版社：知星出版社；出版地：首尔；出版年度：1980年；册数：10册；版型：13×19（㎝）精装；1—5册 方基焕负责，6—10册 李元燮负责；排版：竖行书写；题字：金相沃；插图：金世钟；价格：全套"中国古典文学系列"33册 132 000韩元

此版本的1—5册根据吉川英治版本翻译，6—10册根据无外者中村昂然的《后三国志》翻译。

方基焕、李元燮《三国志（2）》 译者：方基焕、李元燮；原作者：未注明；书名：《完译新大三国志》；系列：1—5册（前半部）吉川英治，6—10册（后半部）无外者；出版社：文理社；出版地：首尔；出版年度：1980年；册数：10册；版型：13×19（㎝）精装；1—5册方基焕负责，6—10册李元燮负责；排版：竖行书写；价格：全套 40 000韩元

此版本与知星出版社1980版是同一版本。

方基焕、李元燮《三国志（3）》 译者：方基焕、李元燮；原作者：未注明；书名：《完译新大三国志》；系列：1—5册（前半部）吉川英治，6—10册（后半

部）无外者；出版社：昊浩出版社；出版地：首尔；出版年度：1981 年；册数：10 册；版型：13×19（㎝）精装；1—5 册方基焕负责，6—10 册李元燮负责；排版：竖行书写；价格：全套 40 000 韩元

此版本与知星出版社 1980 年版是同一版本。

方基焕、李元燮《三国志（4）》 译者：方基焕、李元燮；原作者：未注明；书名：《原本完译三国志、后三国志》；系列：1—5 册（前半部）吉川英治，6—10 册（后半部）无外者；出版社：日种阁；出版地：首尔；出版年度：1983 年；册数：10 册；版型：15×23（㎝）精装；1—5 册方基焕负责，6—10 册李元燮负责；排版：竖行书写；价格：全套 80 000 韩元

此版本与知星出版社 1980 年版相比，只是版型变大而已，其他完全一样。

方基焕、李元燮《三国志（5）》 译者：方基焕、李元燮；原作者：罗贯中；书名：《原典完译三国志》；系列：1—5 册（前半部）吉川英治，6—10 册（后半部）无外者；出版社：三仙；出版地：首尔；出版年度：1983 年；册数：10 册；版型：不详，简装；排版：竖行书写；价格：全套 50 000 韩元

此版本与知星出版社 1980 年版是同一版本。

方基焕、李元燮《三国志（6）》 译者：方基焕；原作者：未注明；书名：《大三国志》；系列：1—5 册（前半部）吉川英治，6—10 册（后半部）无外者；出版社：新光书籍；出版地：首尔；出版年度：1984 年；册数：10 册；版型：16×23.4（㎝）简装；排版：竖行书写；价格：全套 50 000 韩元

此版本的内容与 1980 年知星出版社的方基焕、李元燮版《新译三国志》完全一致。

方基焕、李元燮《三国志（7）》 译者：方基焕，李元燮；原作者：罗贯中；书名：《大三国志》；系列：1—5 册（前半部）吉川英治、6—10 册（后半部）无外者；出版社：星韩；出版地：首尔；出版年度：1985 年；册数：10 册；版型：14×19（㎝）精装；排版：竖行书写；价格：全套 40 000 韩元

此版本的页数、插图等与 1980 年知星出版社的方基焕、李元燮版《新译三国志》完全一致。

方基焕、李元燮《三国志（8）》 译者：方基焕，李元燮；原作者：未注明；书名：《大三国志》；系列：1—5 册（前半部）吉川英治，6—10 册（后半部）中村昂然；出版社：三吴出版社；出版地：首尔；出版年度：1987 年；册数：10 册；版型：16×22（㎝）精装；价格：全套 80 000 韩元

此版本是将 1980 年知星出版社的方基焕、李元燮版《新译三国志》重新排版成横写形式的译本。

方基焕、李元燮《三国志（9）》 译者：方基焕，李元燮；原作者：未注明；书名：《原本完译大三国志》；系列：1—5 册（前半部）吉川英治，6—10 册（后半部）无外者；出版社：韩国中央文化公社；出版地：首尔；出版年度：1990 年；册数：10 册；版型：16×22.5（cm）精装；价格：全套 80 000 韩元

此版本与 1987 年三吴文化社出版的方基焕、李元燮版《大三国志》一致。

方基焕、李元燮《三国志（10）》 译者：方基焕，李元燮；原作者：未注明；书名：《大三国志》；系列：1—5 册（前半部）吉川英治，6—10 册（后半部）无外者；出版社：青化；出版地：首尔；出版年度：1991 年（再版）；册数：10 册；版型：16×22（cm）精装；价格：全套 150 000 韩元

此版本与 1987 年三吴文化社出版的方基焕、李元燮版《大三国志》一致。

方基焕、李元燮《三国志（11）》 译者：方基焕，李元燮；原作者：未注明；书名：《原本完译大三国志》；系列：吉川英治/无外者；出版社：图书出版荷那；出版地：首尔；出版年度：1997 年；册数：10 册；版型：16×23.4（cm）精装；排版：竖行书写；价格：全套 150 000 韩元

此版本是方基焕转译吉川英治版本的《三国志》和李元燮翻译的《后三国志》的合集。此版本的内容与 1980 年知星出版社的方基焕、李元燮版《新译三国志》以及 1985 年星韩出版社发行的《大三国志》的内容大致相同。

方基焕《三国志（1）》 译者：方基焕；原作者：罗贯中；书名：《三国志》；系列：吉川英治；出版社：学友社；出版地：首尔；出版年度：1953 年；册数：10 册；排版：竖行书写；价格：每册 350 韩元

此版本根据吉川英治版本翻译，译者只是在非常细微的地方做了一些改动。

方基焕《三国志（2）》 译者：方基焕；原作者：未注明；书名：《三国志》；系列：吉川英治；出版社：三熙社；出版地：首尔；出版年度：1977 年；册数：5 册；版型：16×23.4（cm）精装；排版：竖行书写；价格：全套 10 000 韩元

此版本是日本吉川版本的转译本。正文内容与 1980 年知星出版社的方基焕、李元燮版《新译三国志》的前半部（1—5 册）完全一致。

高恩择《三国志》 译者：高恩择；原作者：早稻田大学三国志研究会；书名：《谜语三国志研究》；出版社：进化企划；出版地：首尔；出版年度：1997 年初版；卷数：1 卷；版型：15×22（cm）简装；价格：6 500 韩元

高盛义《三国志》 译者：高盛义；原作者：罗贯中；书名：《三国志》；系列：吉川英治；出版社：三省书籍；出版地：首尔；出版年度：1991 年；册数：5 册；版型：15.3×22.5（cm）简装；封面设计：庾炳镕；价格：每册 4 000 韩元

此版本是吉川英治版本的译本。全书按照吉川版本的目录将全部内容分为桃园篇、群星篇、草莽篇、臣道篇、孔明篇、赤壁篇、望蜀篇、图南篇、出师篇、五丈原篇、天下统一篇等，每两篇为一册。整体内容上与李容浩的众译本一致。

高宇英《三国志（1）》 作者：高宇英；书名：《高宇英漫画三国志》；系列：吉川英治；出版社：自由文化社；出版地：首尔；出版年度：1997年；卷数：5卷；版型：12.2×18（cm）简装；价格：每本700韩元

高宇英漫画多为成人漫画，而1979年由自由文化社出版的《高宇英漫画三国志》是唯一一部儿童漫画，共分为五卷五篇。

高宇英《三国志（2）》 译者：高宇英；书名：《高宇英三国志》；系列：再创作；出版社：宇石；出版地：首尔；出版年度：1999年；卷数：5卷；版型：15.2×22.2（cm）简装；价格：每卷5 000 韩元

这本漫画是连载在《每日体育》（1978年1月1日至1980年7月31日）内容的集成册。

高宇英《三国志（3）》 译者：高宇英；书名：《高宇英三国志》；系列：再创作；出版社：ANIBOOKS；出版地：首尔；出版年度：2002年；卷数：10卷；版型：17.1×22.4（cm）简装；价格：每卷6 500 韩元

《高宇英三国志》作为韩国漫画三国志的代表作，一直到现在还具有很高的大众认知度。

高宇英《三国志》 作者：高宇英；书名：《三国志》；制作：松坡路制片；漫画电影：电影剧本；价格：不详

松坡路制片制作的漫画电影《三国志》是韩国历史上首次上映的2小时长篇历史漫画电影，剧本仍由高宇英担当，动用了大量的人力物力。

高裕相《三国志》 译者：高裕相；原作者：未注明；书名：《第一奇书三国志》；系列：毛宗岗；出版社：博文书馆；出版地：首尔；出版年度：1911年；册数：4册；版型：15×21（㎝）简装；排版：竖行书写、无格写；价格：2.50韩元

此版本严格地沿袭毛宗岗的章回和内容。此版本的出版社并不是博文书馆一家，有的以宝文馆、新旧书林、唯一书馆、汇东书馆的名义出版。

葛弘基《三国志（1）》 译者：葛弘基；原作者：罗贯中；书名：《三国志》；系列：毛宗岗；出版社：三省文化社；出版地：首尔；出版年度：1983年；册数：3册；版型：13×18（㎝）精装；排版：竖行书写；价格：全套 60 000韩元

此版本沿袭着毛宗岗版本的一百二十章回，同时缩减了部分内容。但主要事件无一例外地沿袭毛宗岗版本。《东洋四大奇书全集》10卷中的第三卷便是“三国志”。

葛弘基《三国志（2）》 译者：葛弘基；原作者：罗贯中；书名：《三国志》；系列：毛宗岗；出版社：三省文化社；出版地：首尔；出版年度：1985 年；册数：4 册；版型：14×21（㎝）精装；价格：全套 60 000 韩元

此版本由三省文化社的 1983 年版重新横行排版而成。与其他一般书籍相比行间距和字体都大，因此多出了一册的分量，成了四卷本。

郭夏信《三国志（1）》 译者：郭夏信；原作者：不详；书名：《少年三国志》；系列：独立再创作；出版社：大光出版社；出版地：首尔；出版年度：1978 年；卷数：5 卷；版型：12.5×18.5（cm）简装；价格：每本 400 韩元

本书以小学生为主要阅读对象，对原作进行适当修改，使得内容简单，便于理解。

郭夏信《三国志（2）》 译者：郭夏信；原作者：罗贯中；书名：《少年三国志》；系列：独立再创作；出版社：汎友社；出版地：首尔；出版年度：1988 年；卷数：2 卷；版型：14.8×21（cm）简装；价格：每本 2 500 韩元

本书以小学生、初中生为主要阅读对象，参考各个版本的《三国志》，进行独立改写。本书以教育性和启蒙性为主要目的，强调以刘备为中心的蜀汉正统论。

韩国教育文化社《三国志》 译者：不详；原作者：罗贯中；书名：《战术三国志》；系列：再创作；出版社：韩国教育文化社；出版地：首尔；出版年度：1994 年；卷数：15 卷；版型：15×22.4（cm）简装；价格：每卷 4 000 韩元

这本书正如其标示的那样，是一部小说漫画，青少年及成人都可以读的有一定难度的书。

韩洁《三国志》 译者：韩洁；原作者：罗贯中；书名：《漫画三国志》；系列：吉川英治；出版社：能人出版；出版地：首尔；出版年度：1998 年；卷数：3 卷；版型：18.7×25.6（cm）简装；价格：每卷 7 000 韩元

这本漫画书参考了吉川英治的版本，在插图以及设计等方面受到横山光辉的影响。

韩龙云《三国志》 译者：韩龙云；原作者：罗贯中；书名：《三国志》；系列：毛宗岗；出版社：朝鲜日报社；出版地：首尔；出版年度：1939 年 11 月 1 日—1940 年 8 月 11 日（连载中断）；册数：无此项信息；插图：熊樵

此作品是韩龙云发表于《朝鲜日报》的未完成的版本。共连载了 280 次。种种迹象表明此译本是以当时传播较为广泛的博文书馆的《悬吐三国志》为底本。

韩美玉《三国志》 译者：韩美玉；原作者：罗贯中；书名：《笑话三国志》；系列：再创作；出版社：大院キズ；出版地：首尔；出版年度：2003 年；卷数：3 卷；版型：19×22.5（cm）简装；价格：每卷 8 500 韩元

翰林传媒《三国志》 作画：翰林传媒；原作者：罗贯中；书名：《全球化三国志》；系列：毛宗岗；出版社：教感科学院；出版地：首尔；出版年度：2004 年；卷数：74 卷；版型：18×24.3（cm）简装；监修：丘仁焕

本书共 70 卷，附录 4 卷，以漫画形式重新诠释三国志的相关内容。以毛宗岗作品为蓝本，相对充实地再现了原版漫画的全貌。

何书堂《三国志》 作者：何书堂；书名：《汉语读写三国志》；出版社：奈克斯CHINESE；出版地点：首尔；出版年度：2002 年；数量：1 卷；版型：12.5×17（cm）简装；价格：11 000 韩元

本书以有效学习汉语为主要目的，希望能够流畅地读、听《三国志》内容，每一章都有汉语原文和主要单词注释，便于学习。

焕文社《三国志》 译者：焕文社；原作者：罗贯中；书名：《三国志》；系列：毛宗岗；出版社：焕文社；出版地：首尔；出版年度：1978 年；册数：2 册；版型：13.3×19（cm）精装；排版：竖行书写；价格：每册 1 500 韩元

此版本是中国古典小说《三国志演义》的简译本，是朴泰远版本的盗版。

黄炳国《三国志（1）》 译者：黄炳国；原作者：罗贯中；书名：《原本三国志》；系列：毛宗岗；出版社：汎友社；出版地：首尔；出版年度：1984 年（第 1 版）、1990 年（第 5 次印刷）；册数：5 册；版型：15.2×22.4（cm）简装；插图：摘自“观华堂第一才子书三国志”；价格：每册 4 500 韩元

此书是毛宗岗系列的一百二十章回全译本。此版本以台湾文源书局的大字足本《三国演义》和毛宗岗批、饶彬校注的三民书局的《三国演义》为底本。

黄炳国《三国志（2）》 译者：黄炳国；原作者：罗贯中；书名：《原本三国志》；系列：毛宗岗；出版社：汎友社；出版地：首尔；出版年度：1993 年（第 2 版）、1995 年（第 3 次印刷）；册数：10 册；版型：15.3×22.4（cm）简装；价格：每册 5 000 韩元

此书是将 1984 年第 1 版中的错别字进行修改之后，重新编辑成 10 册的版本。

黄炳国《三国志（3）》 译者：黄炳国；原作者：罗贯中；书名：《原本三国志》；系列：毛宗岗；出版社：汎友社；出版地：首尔；出版年度：1999 年（第 3 版）、2004 年（第 5 次印刷）；册数：5 册；版型：16.6×23（cm）简装；排版：横写；封面：陈全胜；价格：每册 10 000 韩元

此书是重新排版之后再版的全译本。此版本大量补充了插图及附录。

黄哲映《三国志（3）》 译者：黄哲映；原作者：罗贯中；书名：《原本三国志》；系列：毛宗岗；出版社：创作与批评；出版地：坡州；出版年度：2003 年（第

1 版）、2004 年（第 9 次印刷）；册数：10 册；版型：15.3×22.4（cm）简装；校阅：全弘哲；插图：王宏喜；价格：每册 8 800 韩元

黄哲映于 2003 年重新翻译出版了毛宗岗系列定本翻译书。黄哲映在翻译时使用的底本是中国江苏古籍出版社的繁体字《绣像三国演义》，而全弘哲在进行校阅时使用的是人民文学出版社的简体字《三国演义》。

黄哲暎《三国志（1）》 译者：黄哲暎；原作者：陈舜臣；书名：《秘本三国志》；系列：再创作；出版社：日月书阁；出版地：首尔；出版年度：1986 年；卷数：6 卷；版型：15.3×22.4（cm）简装；价格：全集 15 000 韩元

黄哲暎翻译了陈舜臣改编的《三国志》。

黄哲暎《三国志（2）》 译者：黄哲暎；原作者：陈舜臣；书名：《秘本三国志》；系列：再创作；出版社：中原文化；出版地：首尔；出版年度：1990 年；卷数：6 卷；版型：15.3×22.4（cm）简装；价格：每卷 5 500 韩元

这个版本与日月书阁出版的《秘本三国志》内容一样。

黄哲映《三国志（3）》 译者：黄哲映；原作者：罗贯中；书名：《原本三国志》；系列：毛宗岗；出版社：创作与批评；出版地：坡州；出版年度：2003 年（第 1 版）、2004 年（第 9 次印刷）；册数：10 册；版型：15.3×22.4（cm）简装；校阅：全弘哲；插图：王宏喜；价格：每册 8 800 韩元

黄哲映于 2003 年重新翻译出版了毛宗岗系列定本翻译书。黄哲映在翻译时使用的底本是中国江苏古籍出版社的繁体字《绣像三国演义》，而全弘哲在进行校阅时使用的是人民文学出版社的简体字《三国演义》。

黄义白《三国志》 译者：黄义白；书名：《三国志的智慧》；出版社：博友社；出版地：首尔；出版年度：1995 年初版，2004 年第二版；卷数：1 卷；版型：11×17.3（cm）简装；价格：2 800 韩元

黄正雄《三国志》 译者：黄正雄；原作者：中村昂然；书名：《小说后三国志》；系列：中村昂然；出版社：空间；出版地：首尔；出版年度：1992 年；册数：7 册；版型：15.4×22.5（cm）；封面设计：openter；价格：每册 4 500 韩元

此版本是转译日本元禄年间由无外者中村昂然翻译的后《三国志》的译本。

黄宗勋《三国志》 译者：黄宗勋；原作者：罗贯中；书名：《三国志》；系列：吉川英治；出版社：圭文社；出版地：首尔；出版年度：1966 年；册数：5 册；版型：大小不详，简装；排版：竖行书写；价格：450 韩元

此版本是黄宗勋根据吉川英治版本翻译的译本。

姜妍《三国志》 译者：姜妍；原作者：罗贯中；书名：《一册读完有趣的三国志》；系列：毛宗岗；出版社：图书出版仁和；出版地：京畿道光明市；出版年度：

2001 年；册数：1 册；版型：15.2×22.2（㎝）简装；插图：金希真；价格：7 800 韩元

此书是中国古典小说《三国演义》的简译本。

姜义洙《三国志》 译者：姜义洙；原作者：未注明；书名：《原本校正谚文三国志》；系列：毛宗岗；出版社：永昌书馆；出版地：首尔；出版年度：1928 年；册数：5 册；版型：15×21（㎝）简装；排版：竖行书写、无格写；价格：2.50 韩元

以“第一回 宴桃园豪杰三结义 斩黄巾英雄首立功”开始的此版本忠实地沿袭着毛宗岗版本。

姜元《三国志》 译者：姜元；原作者：不详；书名：《学习名著漫画三国志》；系列：吉川英治；出版社：能人出版；出版地：首尔；出版年度：1998 年；卷数：3 卷；版型：18.7×25.6（cm）简装；价格：每卷 7 000 韩元

姜正熙《三国志》 译者：姜正熙；原作者：罗贯中；书名：《统一天下儿童三国志》；系列：毛宗岗；出版社：东江出版社；出版地：首尔；出版年度：2002 年；册数：40 册；版型：18.8×24（㎝）精装；插图：孙道英；价格：全套 438 000 韩元

与荷那出版社出版的作者为魏英美、插图为孙道英的“全面教育丛书”中国古典文学故事之《三国志》是同一版本。两版本只是终结词尾有所不同。此版本的附录中有对书中主要官职名称的说明及部分常识问题等。

金爱娜《三国志》 导演：金爱娜；原作者：高宇英；题目：《裴哲洙的漫画列传高宇英三国志》；系列：吉川英治；制作方：MBC无线电台；上市地点：首尔；出版年度：2000 年 10 月—2005 年；数量：共 224 集，每集 20 分钟；价格：免费

可以通过网络免费复制CD，非常受欢迎。基本沿用了高宇英的漫画风格，但删除了其漫画中浓厚的成人漫画色彩和歧视女性的色彩。

金东成《三国志（1）》 译者：金东成；原作者：未注明；书名：《三国志》；系列：毛宗岗；出版社：乙酉出版社；出版地：首尔；出版年度：1960 年（第 1 版），1966 年（第 14 版）；册数：5 册；版型：12.5×18（㎝）精装；插图：金基昶；题字：金基升；排版：竖行书写；价格：1 800 韩元

1960 年出版的乙酉出版社的《三国志》，至 1966 年共出版印刷了 14 次之多，足见其受欢迎程度。此版本将一百二十章回的原文重新编译而成：1 册“桃园结义篇”、2 册“群雄逐鹿篇”、3 册“赤壁大战篇”、4 册“开辟西蜀篇”、5 册“三国鼎立篇”等 5 册。第 5 册卷尾附有“三国志地理词典”。金东成译本同时参考了毛宗岗版本和吉川英治版本，但就小说全文的整体构成与内容而言偏向于吉川版本。

金东成《三国志（2）》 译者：金东成；原作者：未注明；书名：《三国志》；系列：毛宗岗；出版社：乙酉出版社；出版地：首尔；出版年度：1976年（第1版），1977年；册数：5册；版型：12.5×18（cm）精装；插图：金基昶；题字：金基升；排版：竖行书写；价格：1 770韩元

此版本与1960年的第1版金东成译本几乎完全一致。

金东里、黄顺元、许允硕《三国志》 译者：金东里、黄顺元、许允硕；原作者：未注明；书名：《三国志》；系列：吉川英治；出版社：博英社；出版地：首尔；出版年度：1958年（第一版）、1965年（第八版）；册数：5册；版型：12.5×18（cm）精装；排版：竖行书写；价格：300韩元

由博英社出版的《三国志》于1958年第一版印刷以来，至1964年共增印了7次之多，可见此版本受读者欢迎程度。篇首部分有主要事件和人物插图。编译人员中有两名是韩国著名的小说家。

金东里《三国志》 译者：金东里；原作者：未注明；书名：《金东里三国志》；系列：毛宗岗；出版社：图书出版 宇石；出版地：首尔；出版年度：1984年；册数：4册；版型：15×22.5（cm）简装；价格：每册3 000韩元

为了与其他众多译本有所不同，此版本将韩国著名小说家的名字作为书名的一部分。此书作者将一百二十章回重新编成了六十九章，并将全书分为四册。同时给每册都起了卷名。一册为《大陆之星》，二册为《谋略与战场》，三册为《三国鼎立》，四册为《历史的循环》。第一册的前几页有与小说的内容相关的图片、地图、人物肖像等，还收录了反映译者观点的三国主要人物介绍。

金光烈、姜范求、崔玉实《三国志》 译者：金光烈、姜范求、崔玉实；原作者：罗贯中；书名：《三国志》；系列：毛宗岗；出版社：三省出版社；出版地：首尔；出版年度：1993年；册数：6册；版型：18.8×24（cm）精装；价格："中国五大奇书全集" 共32册，总价 200 000韩元

此译本根据人民出版社《三国演义》（1991年），并且参考上海章福记、广益书局、武记书局的《足本绘图三国志演义》（1915年）翻译的毛宗岗版一百二十回的全译本。此译本是由中国的韩国语翻译专家翻译，在词语的选择和语言的表达上受到了朝鲜族和延边方言的一些影响，不过由于未受西方语言的影响，因此语言更加古朴、更具韩国韵味。正如延边的三国志研究者李东赫所指出的，此译本不足之处是在"天戒"等的理解和翻译上存在一些错误。

金光远《三国志》 作者：金光远；书名：《一卷三国志》；系列：独立再创作；出版社：书旨院；出版地点：首尔；出版年度：1999年；数量：1卷；版型：15.3×22.3（cm）简装；价格：7 000韩元

与其称这本书为小说，不如说是三国迷的一本随笔，由此可以看出《三国志》在韩国的影响之深。

金光洲《三国志（1）》 译者：金光洲；原作者：未注明；书名：《新译三国志》；系列：吉川英治；出版社：创造社；出版地：首尔；出版年度：1965年；册数：3册；版型：12×18（㎝）精装；封面设计：河鸠；封面内侧图：晓岚；排版：竖行书写；价格：250韩元

1965年由创造社出版的金光洲的《新译三国志》是根据《足本三国演义》（世界书局版）翻译的一百二十章回的全译本。

金光洲《三国志（2）》 译者：金光洲；原作者：未注明；书名：《三国志》；系列：吉川英治；出版社：三中堂；出版地：首尔；出版年度：1969年（再版）；册数：3册；版型：18.5×26（㎝）简装；排版：竖行书写；价格：1 500韩元（特价：1 200韩元）

此书的题字、封面、正文插图都是金世钟所画。此版本与创造社版《新译三国志》或瑞文堂版《三国志》在结构上有很大差异。将一百二十章回的原著重新组合成11个本篇（桃园篇、群星篇、新野篇、臣道篇三国志〔1〕、臣道篇三国志〔2〕、孔明篇、赤壁篇、望蜀篇、图南篇、出师篇、五丈原篇）和1个篇外余录，而且每篇又以事件为单位分成了若干部分。

金光洲《三国志（3）》 译者：金光洲；原作者：未注明；书名：《三国志》；系列：吉川英治；出版社：三中堂；出版地：首尔；出版年度：1974年；册数：3册；版型：15×20.5（㎝）简装；排版：竖行书写；价格：650韩元

此版本在内容上与三中堂的1969年版《三国志》完全一致。

金光洲《三国志（4）》 译者：金光洲；原作者：未注明；书名：《新译三国志》；系列：吉川英治；出版社：瑞文堂；出版地：首尔；出版年度：1981年；册数：6册；版型：10×17.5（㎝）简装；排版：竖行书写；价格：每册900韩元

此版本在内容上与创造社的1965年版《新译三国志》完全一致。

金光洲《三国志（5）》 译者：金光洲；原作者：未注明；书名：《三国志》；系列：吉川英治；出版社：瑞文堂；出版地：首尔；出版年度：1996年；册数：6册；版型：12.5×19（㎝）简装；价格：每册5 000韩元

此版本共6册，每册20回，每册封面有以本册最为重要的事件为在内容的插图。此版本的正文内容与1972年版完全一致。

金光洲《三国志（6）》 译者：金光洲；原作者：罗贯中；书名：《少年三国志》；系列：吉川英治；出版社：三中堂；出版地：首尔；出版年度：1974年；册数：3册；版型：13.5×20（㎝）精装；价格：每册1 000韩元

1974年由启蒙社出版的金光洲翻译的《三国志》将青少年设定为主要读者，因此文体也采用了青少年容易接受的现代形式。

金光洲《三国志（7）》 译者：金光洲；原作者：未注明；书名：《图片三国志》；系列：吉川英治；出版社：启蒙社；出版地：首尔；出版年度：1985年（再版）；册数：8册；版型：14×22（cm）精装；插图：金希俊；价格：每册2 400韩元

由启蒙社出版的金光洲翻译的《图片三国志》是将小学生设定为主要读者的儿童版书籍。

金海哲《三国志》 译者：金海哲；原作者：吉川英治；书名：《完译三国志》；系列：吉川英治；出版社：不二出版社；出版地：首尔；出版年度：1969年；册数：3册；版型：12.9×18.7（cm）简装；排版：竖行书写；价格：每册500韩元

此版本转译了日本的吉川版本。与1969年康友出版社发行的李仁光版本相比，内容和封面设计都完全一致。

金韩经《三国志》 译者：金韩经；原作者：周大荒；书名：《反三国志》；系列：再创作；出版社：野花世上；出版地：首尔；出版年度：1991年；卷数：3卷；版型：15×22（cm）精装；价格：全卷4 000韩元

金汉成《三国志（1）》译者：金汉成；原作者：罗贯中；书名：《小说三国志》；系列：吉川英治；出版社：礼智苑；出版地：首尔；出版年度：1991年；册数：3册；版型：15.2×22.2（cm）简装；价格：每册3 000韩元

此版本的封面虽然标记的原作者是罗贯中，但实际上是转译了吉川英治的改写日语小说《三国志》的简译本。

金汉成《三国志（2）》 译者：金汉成；原作者：罗贯中；书名：《小说三国志》；系列：吉川英治；出版社：Han A Rem 出版社；出版地：首尔；出版年度：1999年；册数：3册；版型：15.2×22.2（cm）简装；价格：每册3 000韩元

此版本的版型、内容、封面设计等都与1991年礼智苑出版的金汉成版一致。

金汉龙《三国志（1）》 译者：金汉龙；原作者：未注明；书名：《少年三国志》；系列：毛宗岗；出版社：大日出版社；出版地：首尔；出版年度：1985年；册数：5册；版型：12.5×18.7（cm）简装；价格：1 000韩元

此书是中国古典小说《三国演义》的简译本。此版本针对少儿读者，根据毛宗岗所改编和评论的中国版本缩编和翻译。每册都有标题，正文中有插图。

金汉龙《三国志（2）》 译者：金汉龙；原作者：罗贯中；书名：《三国志》；系列：毛宗岗；出版社：大日出版社；出版地：首尔；出版年度：2000年；册数：

1 册；版型：15.2×22.3（㎝）简装；封面图片：金天正；正文插图：金范哲；价格：3 000 韩元

此版本是 1985 年由大日出版社发行的《少年三国志》（共 5 册）的缩编本，是“世界名著”（共 60 册）系列的第 12 册。是中国古典小说《三国演义》的简译本。

金汉龙《三国志（3）》 译者：金汉龙；原作者：罗贯中；书名：《跨越时代的英雄故事三国志》；系列：毛宗岗；出版社：太西出版社；出版地：首尔；出版年度：1992 年（第 1 版）、1995 年（再版）；册数：3 册；版型：15.3×22.5（㎝）简装；插图：李圭成；价格：3 800韩元

此版本是在 1985 年由大日出版社发行的《少年三国志》（共 5 册）的基础上做了适当补充的版本。

金河中《三国志（1）》 译者：金河中；原作者：罗贯中；书名：《三国志》；系列：毛宗岗；出版社：金星出版社；出版地：首尔；出版年度：1984 年（修订版）；册数：1 册；版型：13×18（㎝）精装；排版：竖行书写；价格：3 000 韩元

此书是“青少年世界文学”64 册中的第 35 册。书尾部分有关于《三国志》的概要性说明。

金河中《三国志（2）》 译者：金河中；原作者：罗贯中；书名：《三国志》；系列：毛宗岗；出版社：金星出版社；出版地：首尔；出版年度：1990 年（修订版）；册数：1 册；版型：15×22（㎝）精装；插图：李协；价格：4 000 韩元

此版本与金星出版社的《三国志》（1984 年修订版）完全一致。

金恒午《三国志》 作者：金恒午；原作者：不详；书名：《精华三国志》；系列：吉川英治；出版社：鸡林；出版地：首尔；出版年度：1999 年；卷数：3 卷；版型：22×30（cm）简装；插画：车正元；价格：每本 8 500 韩元

本书以吉川英治的《三国志》为蓝本，由车正元进行绘画，是儿童用漫画书，内容较为简单，便于理解。

金洪信《三国志（1）》 译者：金洪信；原作者：罗贯中；书名：《三国志》；系列：毛宗岗；出版社：大山出版社；出版地：首尔；出版年度：1999 年第 1 版第 8 次印刷；册数：10 册；版型：15×22（㎝）简装；插图：金荣圭；价格：每册 7 000 韩元

此版本正如译者在序言中所说：“试图创作属于自己的《三国志》译本。在翻译过程中除导论部分外参考了清朝毛宗岗系《三国志通俗演义》的改编作品。与原著过于平淡的叙述相比，此译本更具现实感。对当时地名全都标注了当代地名。”每册都有三国势力图和主要人物插图，第一册还附有《三国志》变迁史。

金洪信《三国志（2）》 译者：金洪信；原作者：罗贯中；书名：《三国志》；系列：毛宗岗；出版社：三省堂；出版地：首尔；出版年度：不详；册数：10 册；版型：15×22（cm）精装；价格：不详

此版本与大山出版社出版的《三国志》的页数与插图位置完全一致。

金吉衡《三国志》 译者：金吉衡；原作者：罗贯中；书名：《原本三国志》；系列：吉川英治；出版社：Item Books；出版地：首尔；出版年度：2003 年；册数：10 册；版型：18×22.5（cm）简装；价格：8 500韩元

内容上与《三国演义》相似，但由于译者的随意编辑和叙述，与其说是译本，不如说成改写本更为恰当。

金吉衡《三国志》 译者：金吉衡；原作者：罗贯中；书名：《原本三国志》；系列：吉川系列和毛宗岗系列的混合；出版社：Item Books；出版地：首尔；出版年度：2003 年（第一版），2004 年（第二次印刷）；册数：10 册；版型：15.4×22.4（cm）简装；价格：每册8 500韩元

此版本的封面虽然标记的原作者是罗贯中，但实际上正文的前半部分翻译的是吉川英治的改写小说《三国志》，而对诸葛孔明死后的部分则是翻译了毛宗岗系列作品的内容。

金进哲《三国志》 译者：金进哲；原作者：罗贯中；书名：《倒过来读三国志》；系列：独立再创作；出版社：青阳；出版地：首尔；出版年度：1998 年；卷数：1 卷；版型：15.2×22.3（cm）简装；价格：6 800 韩元

金美玉《三国志》 译者：金美玉；原作者：罗贯中；书名：《三国志》；系列：毛宗岗；出版社：预林堂；出版地：首尔；出版年度：2004 年；册数：1 册；版型：17.4×22.5（cm）简装；插图：骆松斋；价格：7 000 韩元

此书是中国古典小说《三国演义》的简译本。此书是“论述项目世界名著”系列第 10 册。

金模世《三国志（1）》 作者：金模世；原作者：罗贯中；书名：《三国志》；系列：吉川英治；出版社：民书出版社；出版地：首尔；出版年度：1990 年；卷数：5 卷；版型：15×22（cm）简装；漫画：高乐俊；价格：每本 2 500 韩元

本书是由“学习漫画系列”构成的丛书，以促进学习为目的，是将《我们国家的历史》《世界历史》《围棋》《汉字俗语》《明心宝鉴》等改版为漫画的图书之一。

金模世《三国志（2）》 作者：金模世；原作者：不详；书名：《三国志》；系列：吉川英治；出版社：民书出版社；出版地：首尔；出版年度：1990 年（第 6

次印刷）；卷数：5卷；版型：15×22（cm）简装；漫画：高乐俊；价格：每本4 000韩元

本书是由金模世执笔、高乐俊作画，是民书出版社第6次印刷的版本。

金清基《三国志（1）》 导演：金清基；原作者：罗贯中；作品名称：《高宇英的三国志》；系列：毛宗岗；制作方：首尔动画有限公司；提供方：新VIDEO制片厂；上市地点：首尔；出版年度：剧场版1980年（VHS1983）；数量：82部；改编：高宇英

1978—1980年《日间体育》连载了高宇英的《三国志》漫画，本剧以此为蓝本，由高宇英担任编剧，与之前的成人漫画风格不同，改变为戏剧之后主要以青少年为观众。

金清基《三国志（2）》 导演：金清基；原作者：罗贯中；作品名称：《关云长大破五关》；系列：毛宗岗；制作方：金清基电影（首尔动画制片）；提供商：金清基电影（首尔动画制片）；上市地点：首尔；出版年度：1993年；数量：VHS1个 80分钟；企划：洪斗安

本片是1980年上映的金清基导演的《三国志》续篇，主要讲述了关云长沦为俘虏之后，听到刘备的消息，独闯五关的故事。

金丘庸《三国志（1）》 译者：金丘庸；原作者：罗贯中；书名：《全译本三国志》；系列：毛宗岗；出版社：一潮阁；出版地：首尔；出版年度：1974年；册数：5册；版型：16×23.5（cm）精装；排版：竖行书写；价格：每册8 000韩元

作为金丘庸《三国志》的原著，此版本陆续被再版。此版本的最大优点是最为完整地体现了毛宗岗《三国演义》的本来面目。但由于太过忠实于原文，译文有些冗长和乏味。此版本于2000年和2004年由松出版社两度再版。

金丘庸《三国志（2）》 译者：金丘庸；原作者：罗贯中；书名：《全译本三国志》；系列：毛宗岗；出版社：松；出版地：首尔；出版年度：2000年；册数：7册；版型：15.3×22.1（cm）简装；插图：摘自明末金陵周日校版本；相关人物图：摘自《绘图三国演义》；价格：每册8 000韩元

此书是由松出版社发行的修订本新版《三国志》。此版本的底本和体系等都与2003年出版发行的新版修订本一致。

金丘庸《三国志（3）》 译者：金丘庸；原作者：罗贯中；书名：《三国志演义》；系列：毛宗岗（博文书馆《悬吐三国志》）；出版社：松；出版地：首尔；出版年度：2003年；册数：10册；版型：15.5×22.5（cm）简装；插图：摘自明末金陵周日校版本；封面：无图片；相关人物图：摘自《绘图三国演义》；价格：每册7 500韩元

2003 年由松出版社出版发行的新版修订本《三国志》的底本是 1911 年由博文书馆发行的 5 卷本《悬吐三国志》，是进一步完善了 1974 年由一潮阁出版的金丘庸《全译本三国志》的力作。

金丘庸《三国志（4）》 译者：金丘庸；原作者：罗贯中；书名：《全译本三国志》；系列：毛宗岗；出版社：三德出版社；出版地：首尔；出版年度：1981 年；册数：5 册；版型：15.4×22.8（cm）；排版：竖行书写；价格：全套 30 000 韩元

是与 2003 年版本完全一致的版本。扉页内侧有两页彩色插图，正文中也有插图，但没有有关插图作者的信息。虽然是一百二十章回的全译本，但有不少错字和漏字现象。第 5 册的卷尾有“三国志年代表”“三国前后历代略系”“三国世系”“主要人物”“三国志地图”等附录。

金仁洙《三国志》 译者：金仁洙；原作者：未注明；书名：《少年少女三国志》；系列：毛宗岗；出版社：高丽出版文化公社；出版地：首尔；出版年度：1993 年；册数：1 册；版型：15.2×22.4（cm）简装；插图：黄仁焕；编辑：黔书；价格：3 000 韩元

此书是中国古典小说《三国演义》的简译本。此书正文使用的是韩语敬语体。

金荣庄《三国志》 译者：金荣庄；书名：《又一个三国志》；出版社：范友社；出版地：首尔；出版年度：1997 年；卷数：1 卷；版型：15×22.5（cm）简装；价格：7 000 韩元

金荣庄的《又一个三国志》是把罗贯中《三国志通俗演义》里的人物分为 3 部分进行性格分析。

金溶镇《三国志》 译者：金溶镇；原作者：罗贯中；书名：《三国志》；系列：毛宗岗；出版社：中央文化社；出版地：首尔；出版年度：1981 年；册数：1 册；版型：15.1×22.3（cm）简装；插图：金永珠等 2 人；价格：全套 160 000 韩元

此书是现代文体形式的中国古典小说《三国演义》的简译本。此书是“少男少女世界文学全集”（全套共 50 册）的第 22 册。

金善民《三国志》 译者：金善民；原作者：罗贯中；书名：《新三国志》；系列：毛宗岗；出版社：中国语文学院；出版地：首尔；出版年度：2000 年；册数：3 册；版型：15.1×22.3（cm）简装；插图：毛国保等 4 人；编辑：黔书；价格：每册 7 000 韩元

此书是现代文体形式的中国古典小说《三国演义》的简译本。此书根据 1992 年中国湖南少年儿童出版社版《三国》翻译。

金胜日《三国志》 译者：金胜日；原作者：모리야 히로시；书名：《人物

三国志》；出版社：博友社；出版地：首尔；出版年度：1995 年；卷数：1 卷；版型：11×17.3（cm）简装；价格：2 000 韩元

金泰安《三国志（1）》 译者：金泰安；原作者：罗贯中；书名：《三国志》；系列：毛宗岗；出版社：跃进文化社；出版地：首尔；出版年度：1980 年；册数：3 册；版型：12.4×18.6（cm）简装；排版：竖行书写；价格：每册 4 500 韩元

此书是中国古典小说《三国演义》的简译本。此书根据 1992 年中国湖南少年儿童出版社版《三国》翻译。此版本是根据毛宗岗所改编和评论的中国版本缩编和翻译。故事以刘备之死结束。

金泰安《三国志（2）》 译者：金泰安；原作者：罗贯中；书名：《三国志》；系列：毛宗岗；出版社：跃进文化社；出版地：首尔；出版年度：1981 年；册数：3 册；版型：13.4×18.1（cm）精装；排版：竖行书写；价格：每册 4 400 韩元

此书是典型的盗版《三国志》简译本。封面的出版社是跃进文化社，但是在版权栏里却是艺苑春秋社。

金泰昊、李正模《三国志》 译者：金泰昊、李正模；书名：《三国志科学》；出版社：不详；出版地：首尔；出版年度：2004 年；卷数：1 卷；版型：16.2×25（cm）简装；价格：每卷 12 800 韩元

从科学的角度分析了《三国志》里的一些神奇的故事。

金文景《三国志》 作者：金文景；书名：《三国志的光荣》；出版社：四季；出版地：首尔；出版年度：2002 年；卷数：1 卷；版型：13×20.5（cm）精装；价格：9 800 韩元

金贤镇《三国志》 译者：金贤镇；书名：《三国志》；系列：再创作；出版社：昊山文化；出版地：首尔；出版年度：1994 年；卷数：3 卷；版型：19.5×25.5（cm）简装

金英权《三国志》 译者：金英权；原作者：罗贯中；书名：《漫画古典三国志》；系列：再创作；出版社：大山出版社；出版地：首尔；出版年度：2002 年；卷数：30 卷；版型：15.3×22.4（cm）简装；图画：金英权；价格：全集 220 000 韩元

这是把《三国志》《水浒传》《孙子兵法》《论语》等中国古典作品以漫画的形式编纂出版的漫画中国古典系列。

金英万《三国志》 作画：金英万；原作者：罗贯中；书名：《大画三国志》；系列：毛宗岗；出版社：泰书出版社；出版地：首尔；出版年度：2001 年；卷数：3 卷；版型：18.7×25.2（cm）简装；图画：张远；价格：每本 9 000 韩元

本书压缩了三国古典小说《三国演义》的相关内容，编者金英万曾获得“现代儿童文化奖”和“佛教儿童文化奖”等殊荣。

金英宣《三国志（1）》 译者：金英宣；原作者：罗贯中；书名：《漫画小说三国志》；系列：吉川英治；出版社：大现；出版地：首尔；出版年度：1993 年；卷数：10 卷；版型：17.5×24.5（cm）简装；漫画：园田光庆；价格：每本 4 000 韩元

金英宣翻译的《漫画小说三国志》由久保田千太郎执笔，园田光庆作画，虽然借用了原漫画的形式，但主要以儿童为阅读对象，内容较为简单。

金英宣《三国志（2）》 译者：金英宣；原作者：罗贯中；书名：《漫画小说三国志》；系列：吉川英治；出版社：洪文书馆；出版地：首尔；出版年度：2001 年；卷数：15 卷；版型：17.5×24.5（cm）简装；价格：全书共 120 000 韩元

与 1993 年大现出版社出版的版本相同。

金庸济、赵成出《三国志（1）》 译者：金庸济、赵成出；原作者：罗贯中；书名：《三国志》；系列：1—5 册：吉川英治，6—10 册：中村昂然；出版社：文友社；出版地：首尔；出版年度：1974 年；册数：10 册；版型：12.5×18.5（cm）精装；排版：竖行书写；价格：8 000 韩元

此版本的前 5 册是金庸济翻译的《三国志》，后 5 册是赵成出翻译的《后三国志》。金庸济版《三国志》是将一百二十回的原著重新组合成 11 个本篇和 1 个篇外余录的吉川系列的典型版本。赵成出版的《后三国志》是中村昂然写于 1703 年的《通俗续三国志》的译本。

金庸济、赵成出《三国志（2）》 译者：金庸济、赵成出；原作者：罗贯中；书名：《三国志》；系列：1—5 册：吉川英治；6—10 册：中村昂然；出版社：平凡社；出版地：首尔；出版年度：1981 年；册数：5 册；版型：12.5×18.3（cm）精装；价格：全套 44 000 韩元

此版本内容与 1974 年文友社的金庸济、赵成出版《三国志》完全一致。

金宇英《三国志》 译者：金宇英；原作者：罗贯中；书名：《笨蛋漫画三国志》；系列：再创作；出版社：绿鸟 儿童；出版地：首尔；出版年度：1998 年；卷数：5 卷；版型：15×22（cm）简装；封面图画：金宇英；价格：每卷 5 500 韩元

这本书是儿童《三国志》中在作品的完成度或者构成等方面都非常优秀的图书。

金元基《三国志》 作者：沈伯俊；译者：金元基；书名：《不同的方法读三国志故事》；出版社：有书的村庄；出版地：首尔；出版年度：2001 年；卷数：1 卷；版型：15.4×22.4（cm）简装；价格：12 000 韩元

本书是选取沈伯俊的《三国漫谈》里的“人物漫谈”“情节密探”“名段鉴赏”进行翻译后而编成的。

金元式《三国志》 译者：金元式；书名：《漫画后三国志》；系列：再创作；出版社：学隐媒体；出版地：首尔；出版年度：2003 年；卷数：2 卷；版型：19×25.8（cm）简装；图画：元成浩；价格：每卷 10 000 韩元

本书是根据中国古典小说《三国演义》改编创作的漫画。

金元锡《三国志》 译者：金元锡；原作者：未注明；书名：《小说、漫画三国志》；系列：吉川英治；出版社：大教出版社；出版地：首尔；出版年度：1990 年（第 1 版），1992 年（第 7 次印刷）；册数：5 册；版型：15.1×22.4（cm）简装；漫画：崔达洙；价格：每册 3 500 韩元

此版本是小说与漫画形式相结合的中国古典小说《三国演义》的简译本，与 1997 年大教出版社的权龙哲版《小说、漫画三国志》内容完全一致。

金云会《三国志》 译者：金云会；书名：《读三国志》；出版社：三人；出版地：首尔；出版年度：2004 年；卷数：2 卷；版型：15.3×22.3（cm）简装；价格：每卷 12 000 韩元

这本书是将自 2004 年 1 月起网络新闻上连载的金云会的《三国志》分析评论的文章集合而成的。

金允成《三国志》 作者：园田光庆；译者：金允成；原作者：罗贯中；书名：《三国志》；系列：吉川英治；出版社：韩株书馆；出版地：首尔；出版年度：1999 年；卷数：1 卷；版型：18.6×25.7（cm）简装；漫画：久保田千太郎；价格：每本 8 000 韩元

本书共 15 章，主要内容截止到关羽、张飞死后刘备准备征伐东吴，最后一章中简述了刘备死后三国的历史。

李炳注《三国志》 译者：李炳注；原作者：罗贯中；书名：《新译三国志》；系列：吉川英治；出版社：锦浩书馆；出版地：首尔；出版年度：1985 年；册数：5 册；版型：15.3×22.4（cm）简装；价格：每册 2 200 韩元

此版本的封面虽然标记的原作者是罗贯中，但实际上是转译了吉川英治系列的简译本。

李昌建《三国志》 译者：李昌建；原作者：未注明；书名：《三国志》；系列：毛宗岗；出版社：大宇出版社；出版地：首尔；出版年度：1991 年；册数：1 册；版型：18.5×24（cm）精装；插图：郑仙智；价格：全套 398 000 韩元

此版本是大宇出版社 1991 年版“少男少女世界文学文艺复兴”丛书 60 册中的一本，系毛宗岗版本的简译本。全书以赤壁大战结束。

李昌洙、黄义洙《三国志》 译者：李昌洙、黄义洙；原作者：罗贯中；书名：《一册读完少儿三国志》；系列：吉川英治；出版社：隐藏书；出版地：首尔；出版年度：1997 年；册数：1 册；版型：15×22.5（cm）简装；价格：8 000 韩元

此版本是将吉川英治版本缩编、翻译成一册 400 页的简译本。

李成学《三国志》 译者：李成学；原作者：罗贯中；书名：《三国志演义》；系列：吉川英治；出版社：先进文化社；出版地：首尔；出版年度：1958 年；册数：10 册；版型：12.5×18.5（cm）简装；插图：金基昶；价格：每册 800 韩元

此版本是忠实遵从吉川英治版本的译本，译者只是对目录名有所改动。

李德豪《三国志（1）》 译者：李德豪；原作者：未注明；书名：《少年三国志》；系列：吉川英治；出版社：教育出版公社；出版地：首尔；出版年度：1980 年；册数：1 册；版型：18.5×20.7（cm）精装；插图：张锡浚；价格：15 000 韩元

此版本没有直译《三国演义》，而是译者将三国故事重新编辑并翻译的儿童版《三国志》译本。

李德豪《三国志（2）》 译者：李德豪；原作者：未注明；书名：《少年三国志》；系列：吉川英治；出版社：教育研究社；出版地：首尔；出版年度：1992 年；册数：5 册；版型：18.5×20.7（cm）简装；插图：张锡浚；价格：全套 30 000 韩元

与 1980 年教育出版公社出版的李德豪版《少年三国志》是同一译者的同一版本。

李东浩《三国志》 作者：李东浩；原作者：罗贯中；书名：《漫画三国志》；系列：毛宗岗；出版社：学恩传媒；出版地：首尔；出版年度：2003 年；卷数：2 卷；版型：19.1×25.7（cm）简装；价格：10 000 韩元

本书主要内容以《三国演义》为蓝本，略作缩减，并添加漫画，共分为两卷六章。本书主要以教育性为主，所以作者并未添加自己的观点和解释。

李东协《三国志》 译者：李东协；书名：《三国志正在哭呢》；出版社：图书出版金土；出版地：首尔；出版年度：2003 年；卷数：1 卷；版型：15×22.5（cm）简装；价格：每卷 9 500 韩元

作者李东协在读《三国志》的时候发现了很多错误，他认为是在韩国翻译的时候出现了错误。

李东震《三国志》 译者：李东震；原作者：罗贯中；书名：《三国志》；系列：毛宗岗；出版社：海洋世界；出版地：首尔；出版年度：2000 年；册数：1 册；版型：13×19.3（cm）精装；价格：15 000 韩元

此版本是中国小说《三国演义》的简译本。全书由 9 章 83 项构成。

李二宁《三国志》 译者：李二宁；书名：《处世学三国志》；出版社：

마당；出版地：首尔；出版年度：1986 年；卷数：1 卷；版型：19.5×25.5（cm）简装；价格：120 000 韩元

这个版本是“人类·经营战略 1—3”的系列 2。

李范基《三国志（1）》 译者：李范基；原作者：罗贯中；书名：《三国志》；系列：再创作；出版社：三星出版社；出版地：首尔；出版年度：1997 年；卷数：1 卷；版型：17×23（cm）简装；价格：5 000 韩元

李范基是韩国文人协会、出版美术家协会、儿童文学振兴会会员。

李范基《三国志（2）》 作者：李范基；原作者：罗贯中；书名：《漫画三国志》；系列：吉川英治；出版社：三星出版社；出版地：首尔；出版年度：1999 年；卷数：3 卷；版型：19×25（cm）简装；图画：李范基；价格：每本 9 500 韩元

本书以吉川英治的《三国志》为蓝本，但人物刻画较为简略。

李范基《三国志（3）》 译者：李范基；原作者：罗贯中；书名：《漫画看三国志》；系列：再创作；出版社：有意思的BOOKS；出版地：首尔；出版年度：2003 年；卷数：3 卷；版型：19×24（cm）简装；价格：9 500 韩元

这本书是折中了毛宗岗版本和吉川英治版本后加进了图画编成的漫画书。

李范基《三国志（4）》 译者：李范基；原作者：罗贯中；书名：《三国志》；系列：再创作；出版社：文公社；出版地：首尔；出版年度：1994 年；卷数：5 卷；版型：15.5×23（cm）简装；价格：每卷 3 500 韩元

这本书是文公社出版的“学习版故事漫画系列”之第 11 卷至 15 卷。

李根《三国志》 译者：李根；书名：《三国志的策士诸葛孔明》；系列：再创作；出版社：ILB；出版地：首尔；出版年度：2002 年；卷数：2 卷；版型：19×25（cm）简装；价格：7 500 韩元

这本书是从《三国志》登场的众多人物中选择了以诸葛亮为中心创造的漫画。

李光福《三国志（1）》 译者：李光福；原作者：罗贯中；书名：《三国志》；系列：毛宗岗；出版社：大教出版；出版地：首尔；出版年度：1997 年；册数：8 册；版型：15.3×22.4（cm）简装；插图及封面：崔炳容；价格：每册 6 000 韩元

此版本是对中国小说《三国演义》进行适当编辑的近乎全译的翻译版本。每册的书尾附有对主要人物的解说。原著中的诗词部分未作翻译。

李光福《三国志（2）》 译者：李光福；原作者：罗贯中；书名：《一册三国志》；系列：毛宗岗；出版社：大教出版；出版地：首尔；出版年度：1999 年；册数：1 册；版型：15.3×22.4（cm）简装；插图：池成勋；价格：75 000 韩元

此版本是曾在 1997 年出版了 8 卷本《三国志》的李光福针对小学生读者重新编译的简译本。

李桂胜《三国志》 译者：李桂胜；原作者：키타가타 겐조；书名：《英雄三国志》；系列：再创作；出版社：首尔文化社；出版地：首尔；出版年度：1992年；卷数：3卷；版型：14×19.5（cm）精装；价格：每卷5 900韩元

李恒圭《三国志》 译者：李恒圭；原作者：罗贯中；书名：《一卷读破三国志》；系列：毛宗岗；出版社：东海；出版地：首尔；出版年度：2003年（再版）；册数：1册；版型：17.5×22.5（㎝）简装，11×15（㎝）简装；大版型价格：12 000韩元；小版型价格：8 000韩元

此版本虽然有两种版型，但内容完全一致，都是大幅缩编毛宗岗版本的简译本。

李家亨《三国志》 译者：李家亨；原作者：사바다 렌자부로；书名：《新时代三国志》；系列：独立再创作；出版社：友利涛；出版地：首尔；出版年度：1995年；卷数：1卷；版型：14.5×22.3（cm）简装；价格：6 000韩元

本书是一部推理小说，以日本国内各种版本的《三国志》为蓝本，由已故的李家亨先生翻译。

李俊范《三国志》 译者：李俊范；原作者：罗贯中；书名：《三国志》；系列：毛宗岗；出版社：金星出版社；出版地：首尔；出版年度：1986年（新版修订版）、1990年（修订版再版）；册数：1册；版型：15.3×22.5（㎝）精装；插图及封面：崔炳善；价格：4 375韩元

此版本是中国古典小说《三国演义》的简译本。此书的第5页到第194页是《三国志》，其他部分是另两篇小说。此书有抄袭太极出版社1984年版《三国志》的嫌疑。

李奎晚《三国志》 译者：李奎晚；书名：《形象三国志》；出版社：들녘；出版地：首尔；出版年度：2002年；卷数：1卷；版型：15×21（cm）简装；价格：10 000 韩元

这本书与其说是传统的《三国志》，不如说只是借《三国志》的名字一本实用性图书。

李曼玉《三国志》 译者：李曼玉；原作者：이미이즈미 준노스케；书名：《关羽》；出版社：预谈；出版地：首尔；出版年度：2002年；卷数：1卷；版型：13.2×19.2（cm）简装；价格：13 000 韩元

李仁光《三国志（1）》 译者：李仁光；原作者：吉川英治；书名：《完译三国志》；系列：吉川英治；出版社：康友出版社；出版地：首尔；出版年度：1969年；册数：3册；版型：12.9×18.7（cm）简装；排版：竖行书写；价格：每册500韩元

此版本是日本吉川英治版本的转译本。此版本的目录与1957年出版的吉川英治版本（共11册）的大目录一致。

李仁光《三国志（2）》 译者：李仁光；原作者：吉川英治；书名：《三国志》；系列：吉川英治；出版社：新潮社；出版地：首尔；出版年度：1972年；册数：5册；版型：12.9×18.1（cm）精装；排版：竖行书写；价格：每册1 200韩元

此版本的基本内容与1969年康友出版社李仁光版内容一致，只是册数不同而已。

李仁光《三国志（3）》 译者：李仁光；原作者：吉川英治；书名：《三国志》；系列：吉川英治；出版社：韩国读书文化院；出版地：首尔；出版年度：1974年；册数：5册；版型：12.9×18.1（cm）精装；排版：竖行书写；价格：全套7 000韩元

此版本的内容、册数、排版、扉页设计等都与1972年新潮社出版的李仁光版一致。

李仁光《三国志（4）》 译者：李仁光；原作者：吉川英治；书名：《三国志》；系列：吉川英治；出版社：光学社；出版地：首尔；出版年度：1975年；册数：5册；版型：12.9×18.1（cm）精装；排版：竖行书写；价格：全套12 000韩元

此版本的内容、册数、排版、扉页设计等都与1972年新潮社出版的李仁光版一致。

李仁光《三国志（5）》 译者：李仁光；原作者：吉川英治；书名：《完译版三国志》；系列：吉川英治；出版社：长韩出版社；出版地：首尔；出版年度：1979年；册数：1册；版型：19.5×25.5（cm）精装；排版：竖行书写；价格：13 000韩元

此版本是将1972年新潮社出版的李仁光版的内容缩编成1册的简译本。

李仁光《三国志（6）》 译者：李仁光；原作者：吉川英治；书名：《三国志》；系列：吉川英治；出版社：艺书阁；出版地：首尔；出版年度：1980年；册数：5册；版型：12.9×18.1（cm）精装；排版：竖行书写；价格：全套20 000韩元

此版本的内容、册数、排版等都与1972年新潮社出版的李仁光版一致。

李容浩《三国志（1）》 译者：李容浩；原作者：吉川英治；书名：《三国志》；系列：吉川英治；出版社：白潮；出版地：首尔；出版年度：1966年；册数：10册；版型：12.5×18.5（cm）简装；收录插图；价格不详

1966年白潮出版社发行的李容浩版《三国志》根据吉川英治版本翻译。

李容浩《三国志（2）》 译者：李容浩；原作者：吉川英治；书名：《吉川三国志》；系列：吉川英治；出版社：善一文化社；出版地：首尔；出版年度：1978

年；册数：5 册；版型：13.2×18.2（cm）精装；排版：竖行书写；价格：全套 15 000 韩元

此版本是吉川英治版本的转译本。正文内容与 1966 年白潮出版社发行的李容浩版《三国志》（10 册）内容完全一致。

李容浩《三国志（3）》 译者：李容浩；原作者：吉川英治；书名：《三国志》；系列：吉川英治；出版社：善一文化社；出版地：首尔；出版年度：1980 年；册数：10 册；版型：12.9×18.6（cm）简装；排版：竖行书写；价格：每册 1 700 韩元

此版本是将 1978 年善一文化社出版的《吉川三国志》重新改编为 10 册的译本。正文内容也与 1978 年版本完全一致。

李容浩《三国志（4）》 译者：李容浩；原作者：吉川英治；书名：《吉川三国志》；系列：吉川英治；出版社：善一文化社；出版地：首尔；出版年度：1982 年；册数：5 册；版型：13.2×18.2（cm）精装；排版：竖行书写；价格：每册 6 000 韩元

此版本是将 1978 年善一文化社出版的《吉川三国志》更名为“东洋圣书中国古典”《三国志》后，重新出版的译本。

李容浩《三国志（5）》 译者：李容浩；原作者：未注明；书名：《小说三国志》；系列：吉川英治；出版社：光信出版社；出版地：首尔；出版年度：1993 年；册数：5 册；版型：15.2×22.3（cm） 简装；价格：每册 5 000 韩元

此版的目录和内容与 1978 年善一文化社出版的《吉川三国志》几乎完全相同。

李太福《三国志》 作者：李太福；书名：《小说赵子龙》；系列：独立再创作；出版社：共生出版社；出版地：首尔；出版年度：1991 年；卷数：2 卷；版型：15×22（cm）简装；价格：每本 3 800 韩元

本书以赵子龙为主人公，《三国演义》中赵子龙的忠勇形象深入人心，本书也未脱其窠臼。

李文烈《三国志》 译者：李文烈；原作者：罗贯中；书名：《漫画三国志》；系列：评译；出版社：儿童세움；出版地：首尔；出版年度：2004 年；卷数：10 卷；版型：18.5×25.5（cm）简装；价格：8 500 韩元

李文烈《三国志》 译者：李文烈；原作者：罗贯中；书名：《三国志》；系列：评译；出版社：民音社；出版地：首尔；出版年度：1988 年（第 1 版）、2004 年（修正版第 20 次印刷）；册数：10 册；版型：15.4×22.5（cm）简装；封面设计：郑炳圭；价格：每册 9 000 韩元

此版本是在毛宗岗版本上，附以译者的解说和评论的评议版本。

李相培《三国志》 作者：李相培；原作者：未注明；书名：《三国志口碑童话》；系列：独立再创作；出版社：蓝鸟儿童；出版地：坡州；出版年度：2002 年（第 1 版）、2003 年（第 5 次印刷）；册数：5 册；版型：18.5×23.5（cm）简装；图片：郭银淑等；价格：每册 7 000 韩元

此版本的内容并不是由我们所熟知的一般三国故事构成。是适合儿童读者阅读的、倾注了作者很多想象力的独立性再创作版本。

李孝成《三国志》 译者：李孝成；原作者：未注明；书名：《黎明长篇小说漫画三国志》；系列：毛宗岗；出版社：黎明出版社；出版地：首尔；出版年度：1995 年（第一案）、1998 年（第 5 次印刷）；册数：5 册；版型：15.3×22.2（cm）简装；插图：金英圭；价格：每册 4 500 韩元

此版本是中国古典小说《三国演义》的简译本。书中只是对原著的非重要部分进行缩编，并在正文中插入漫画。

李行烈《三国志（1）》 译者：李行烈；原作者：罗贯中；书名：《三国志》；系列：毛宗岗；出版社：作文园；出版地：首尔；出版年度：2000 年；册数：2 册；版型：15.3×22.3（cm）简装；封面设计：B & For；价格：每册 5 000 韩元

此版本是中国古典小说《三国演义》的简译本，是“有梦想的书籍”青少年图书系列第 11、12 册。书中只是对桃园结义到刘备登上蜀汉皇位部分进行了缩编和翻译。

李行烈《三国志（2）》 译者：李行烈；原作者：罗贯中；书名：《三国志》；系列：毛宗岗；出版社：慧远出版社；出版地：首尔；出版年度：2001 年；册数：1 册；版型：15×20.1（cm）简装；实例：李义才；价格：4 500 韩元

此版本是中国古典小说《三国演义》的简译本，是“慧远世界之最”青少年图书系列第 76 册。书中只是对桃园结义到刘备登上蜀汉皇位部分进行了缩编和翻译。

李型根《三国志》 译者：李型根；书名：《21 世纪三国志》；出版社：新星文学社；出版地：首尔；出版年度：2000 年；卷数：1 卷；版型：15×20（cm）简装；价格：8 000 韩元

这本书集合了《三国志》的一些有名的场面，让进入 21 世纪的人们能从中获得一些教训。

李学仁《三国志》 译者：李学仁；原作者：不详；书名：《苍天航路》；系列：再创作；出版社：大院；出版地：首尔；出版年度：1999 年；卷数：15 卷；版型：13×18（cm）简装；图画：王欣太；价格：每卷 3 000 韩元

这本书是以曹操为中心编成的漫画。

李永镐《三国志》 译者：李永镐；原作者：罗贯中；书名：《三国志》；系列：吉川英治；出版社：预林堂；出版地：首尔；出版年度：1987 年；册数：3 册；版型：15.3×22.4（cm）简装；插图：洪圣灿；价格：每册 3 500 韩元

此版本是吉川英治版的儿童版简译本。

李有圣《三国志》 译者：李有圣；原作者：다카시마 도시오；书名：《三国志오디세이》；出版社：心山文学；出版地：首尔；出版年度：2004 年初版；卷数：1 卷；版型：18×22.5（cm）简装；价格：12 000 韩元

李元变《三国志（1）》 译者：李元变；原作者：未注明；书名：《完译三国志》；系列：毛宗岗；出版社：大洋书籍；出版地：首尔；出版年度：1977 年（第 1 版）；册数：5 册；版型：13×19m 精装；排版：竖行书写；价格：每册 2 000 韩元

此书是直译一百二十回毛宗岗系列的版本。每册的重要部分都有黑白插图。

李元变《三国志（2）》 译者：李元变；原作者：未注明；书名：《后三国志》；系列：中村昂然；出版社：东洋出版社；出版地：首尔；出版年度：1968 年；册数：5 册；版型：13.5×19.5（cm）简装；题字：金相沃；插图：金世钟；价格：全套 3 500 韩元

此版本是翻译了中村昂然写于 1703 年的《通俗续三国志》。

李元变《三国志（3）》 译者：李元变；原作者：罗贯中；书名：《后三国志》；系列：中村昂然；出版社：明文堂；出版地：首尔；出版年度：1992 年；册数：5 册；版型：15.2×25（cm）简装；封面设计：朴赫镕；价格：4 500 韩元

作者虽然注明为罗贯中，但实际上是中村昂然的原作。与方基焕、李元燮版《大三国志》的后半部内容完全一致。

李元斗《三国志》 译者：李元斗；原作者：加来耕三；书名：《90 分钟读的三国志》；出版社：东方媒体；出版地：首尔；出版年度：1998 年；卷数：1 卷；版型：15.3×22.2（cm）简装；价格：8 000 韩元

李元洙《三国志》 译者：李元洙；原作者：罗贯中；书名：《单卷译述三国志》；系列：吉川英治；出版社：真文出版社；出版地：不详；出版年度：1961 年；册数：1 册；版型：12.5×18.5（cm）简装；价格：1 500 韩元

此版本没有收录全部《三国志》故事，只翻译了从“黄巾贼”到“孔明归天”的部分。

李载运《三国志》 作者：李载运；书名：《小说三国志》；系列：独立再创作；出版社：东方媒体；出版地：首尔；出版年度：2000 年；册数：5 册；版型：15.3×22.5（cm）简装；价格：7 000 韩元

此版本以三国的故事梗概为主线的小说。小说设定曹操的本家夏侯氏是东夷族，讲述曹操成为中原的主人建设新国家的故事。

李在政《三国志（1）》 译者：李在正；原作者：诸葛孔明——立间祥介，刘备——守屋洋；书名：《英雄的历史 4——诸葛孔明、刘备》；系列：独立再创作；出版社：松林；出版地：首尔；出版年度：2000 年；卷数：1 卷；版型：14.3×23（cm）精装；价格：每本 9 500 韩元；全集责任编辑：陈舜臣、尾崎秀树

本书是日本讲谈社发行的“中国群雄”的韩国语版本，在全 10 卷中特别偏爱 4—6 卷，以列传的形式讲述三国中出现的英雄豪杰。

李在政《三国志（2）》 译者：李在正；原作者：诸葛孔明——立间祥介，刘备——守屋洋；书名：《英雄的历史 4——诸葛孔明、刘备》；系列：独立再创作；出版社：松林；出版地：首尔；出版年度：2002 年；卷数：1 卷；版型：14×20.6（cm）简装；排版：横向排版；价格：每本 8 000 韩元；全集责任编辑：陈舜臣、尾崎秀树

本书是 2000 年松林出版社刊行的《英雄的历史 4——诸葛孔明和刘备》的单行本，题目虽然有所变化，但内容完全一致。

李在政《三国志（3）》 译者：李在政；原作者：曹操——伴野朗，孙权——伊藤挂一；书名：《英雄的历史 5——曹操和孙权》；系列：独立再创作；出版社：松林；出版地：首尔；出版年度：2000 年；卷数：1 卷；版型：14.3×23（cm）精装；价格：每本 9 500 韩元；全集责任编辑：陈舜臣、尾崎秀树

本书是由日本讲谈社出版的“中国群雄”的韩语版第五本，以列传形式讲述了曹操和孙权的故事。

李瓒建《三国志》 译者：李瓒建；原作者：罗贯中；书名：《三国志》；系列：再创作；出版社：大宇；出版地：首尔；出版年度：1999 年；卷数：1 卷；版型：18.8×23.8（cm）精装；插话及封面画：정선지；价格：全集 398 000 韩元

这个版本是供小学低年级的学生使用的，内容比较简单。

李兆熊《三国志》 导演：李兆熊；题目：《长篇历史剧三国志》；系列：独立再创作；制作方：D&S International；提供商：三元动作制作；上市地点：首尔；出版年度：1988 年；数量：VHS 90 分钟×20 个（共 1800 分钟）；主演：郑少秋

与其说这是一部《三国志》历史剧，不如说是借用三国中的人物改编的一部长篇武侠电视剧，结合正史和野史的相关内容，开创了电视剧新天地。

李志清《三国志》 译者：李志清；原作者：不详；书名：《漫画人间三国志》；系列：再创作；出版社：弘益里书处；出版地：首尔；出版年度：1996 年；卷数：10 卷；版型：15×21（cm）简装；价格：每卷 4 500 韩元

李志清生在香港，是在中国、日本等地活动的漫画家。

李中洙《三国志》 作者：李中洙；书名：《月明星稀》；系列：独立再创作；出版社：青鱼蓝；出版地：首尔；出版年度：2004 年；册数：2 册；版型：15.2×22.2（cm）简装；价格：每册 8 000 韩元

此版本是借用《三国志》名称的典型的幻想小说。此书只是借用了三国的时空背景，作品的真正主人公既不是刘备也不是曹操，而是曹操帐下的左将军李神。篇名取自曹操的“短歌行”。

李准范《三国志》 译者：李准范；原作者：罗贯中；书名：《青少年世界文学——三国志》；系列：独立再创作；出版社：金星出版社；出版地：首尔；出版年度：1986 年；卷数：1 卷；版型：15.3×22.3（cm）简装；排版：竖向排版；插画：崔秉善；价格：不详

金星出版社预计出版 32 卷世界文学系列作品，本书为第 29 卷，以小学生和初中生为主要阅读对象，全书 288 页中共有 194 页讲述三国相关内容，属于中篇小说。

梁白华《三国志》 译者：梁白华；原作者：未注明；书名：《三国演义》；系列：毛宗岗；出版社：每日申报社；出版地：首尔；出版年度：1929 年；册数：报刊连载（859 期）；排版：竖行书写；插图：李承万

此翻译作品从 1929 年 5 月 5 日至 1931 年 9 月 21 日分 859 期连载于《每日申报》上。《每日申报》上连载的《三国演义》是根据中国古典小说《三国演义》毛宗岗版本（一百二十回）翻译而成。

梁柱东《三国志（1）》 译者：梁柱东；原作者：未注明；书名：《新译三国志》；系列：吉川英治；出版社：进贤书社；出版地：首尔；出版年度：1976 年；册数：7 册；版型：13×19（cm） 精装；价格：每册 2 000 韩元

此版本根据吉川英治版本翻译，只是目录稍作调整而已。

梁柱东《三国志（2）》 译者：梁柱东；原作者：吉川英治；书名：《新译三国志》；系列：吉川英治；出版社：明文堂；出版地：首尔；出版年度：1977 年；册数：7 册；版型：13×19.1（cm）精装；排版：竖行书写；价格：全套 12 000 韩元

此版本根据吉川英治版本翻译，全文都是按照吉川英治版本的体制进行的翻译。

林静《三国志》 译者：林静；原作者：罗贯中；书名：《三国志》；系列：毛宗岗；出版社：大原；出版地：首尔；出版年度：1990 年；册数：6 册；版型：15×22.5（cm）简装；审稿：姜衍锡；价格：每册 3 800 韩元

此版本是在 8 000 幅插图边上记述与插图相关的内容的连环画形式的《三国志》。《三国志》连环画共 60 部，每部为一个故事。

林喜善《三国志》 译者：林喜善；原作者：세토 타츠야；书名：《三国志100年战争》；出版社：数字BOOKS；出版地：首尔；出版年度：2003年初版；卷数：1卷；版型：17.8×25.6（cm）；获奖：2004年韩国出版人协会选定青少年教养图书；价格：15 000 韩元

刘惠纯《三国志》 译者：刘惠纯；原作者：常一诺；书名：《探知真实三国志》；出版社：북토피아；出版地：首尔；出版年度：1999年；卷数：1卷；版型：15.3×22.3（cm）简装；价格：7 000 韩元

刘吉万《三国志》 作者：刘吉万；书名：《正史小说三国志》；出版社：韩国广播出版；出版地：首尔；出版年度：2003年；卷数：5卷；版型：18×22.5（cm）简装；价格：每本8 500韩元

刘吉万的《正史小说三国志》参考正史《三国志》独立创作，书中收录的插画选自中国明末的《三国志通俗演义》，登场人物画像取自清朝的《绘图三国演义》。

刘胜根《三国志》 译者：刘胜根；书名：《三国志桃园结义思索》；出版社：第三企划；出版地：首尔；出版年度：1991年；卷数：1卷；版型：15×22.5（cm）简装；价格：每卷3 500 韩元

不是对《三国志》的直译或意译，而是重新进行编辑的一个版本。

柳在州《三国志》 作者：柳在州；书名：《孔明的选择》；系列：独立再创作；出版社：woongjin.com；出版地：首尔；出版年度：2003年；册数：3册；版型：15.3×22.3（cm）简装；封面设计：文字媒体；价格：每册7 000韩元

此书是作者参考罗贯中的《三国志通俗演义》、陈寿的《三国志》、陈舜臣的《诸葛孔明》等作品，并以诸葛亮为中心人物创作的小说。

柳中夏《三国志》 译者：柳中夏；原作者：罗贯中；书名：《柳中夏教授重写三国志》；系列：独立再创作；出版社：熊津；出版地：首尔；出版年度：2001年；卷数：5卷；版型：17.3×23.5（cm）简装；插画：李尚权；价格：每本8 500韩元

本书以青少年为主要阅读对象，结构、装帧、设计、纸质等具有较高水平。而且本书作者为中国文学的专业研究者，所以文本可行性较高。

卢益亨《三国志》 译者：卢益亨；原作者：未注明；书名：《修正三国志》；系列：毛宗岗；出版社：京城博文书馆；出版地：首尔；出版年度：1914年第1版，1928年第3版；册数：5册；版型：13.8×20.3（cm）精装；排版：竖行书写；价格：2韩元

此版本是中国古典小说《三国演义》（一百二十回）的简译本。正文无格写法和标点符号，是古韩（朝）语体。部分内容和大部分诗词未作翻译。大体上此版本是以毛宗岗版本为底本，参考了之前的谚解本。

罗采勋《三国志》 作者：罗采勋；书名：《非凡的领导者曹操》；出版社：북폴리오；出版地：首尔；出版年度：2004 年；卷数：10 卷；版型：18×22.5（cm）简装；价格：9 000 韩元

罗体勋《三国志》 译者：罗体勋；原作者：罗贯中；书名：《教科书三国志》；系列：吉川英治；出版社：动画村；出版地：首尔；出版年度：2001 年；册数：3 册；版型：18×24（cm）简装；插图：吴起哲；价格：7 500 韩元

此版本是根据《三国演义》改编、缩编和翻译的儿童版简译本。

裴恩静《三国志》 译者：裴恩静；原作者：罗贯中；书名：《写实画三国志》；系列：毛宗岗；出版社：慧智源；出版地：首尔；出版年度：2004 年；册数：3 册；版型：19×25（cm）简装；编辑：王金粉；价格：8 500 韩元

此版本为了让儿童和青少年读者更容易理解，在正文中插入了以中国传统服装和背景为内容的四百余幅写实画。

裴进勇《三国志（1）》 作者：裴进勇；书名：《英语会话三国志》；出版社：图书出版；出版地点：首尔；出版年度：1995 年；数量：5 卷；版型：15×22.5（cm）简装；价格：5 000 韩元

用英语叙述《三国志》的主要内容，提高英语学习的趣味性，读者可以一边阅读三国志，一边学习英语会话。

裴进勇《三国志（2）》 作者：裴进勇；书名：《Jr. 英语学习三国志》；出版社：图书出版；出版地点：首尔；出版年度：1996 年；数量：2 卷；版型：15×22.5（cm）简装；价格：6 500 韩元

与《英语会话三国志》采用相同的版式，只是句子长度有所缩短，以单词为中心，在阅读的同时学习英语。

片山正之《三国志》 译者：片山正之；书名：《날라리 三国志》；系列：再创作；出版社：塔媒体；出版地：首尔；出版年度：1999 年；卷数：3 卷；版型：13×19（cm）简装；价格：每卷 3 000 韩元

这本是翻译片山正之的书。

朴昌允《三国志（1）》 作者：常一诺等 35 人；译者：朴昌允；原作者：罗贯中；书名：《正统漫画三国志》；系列：毛宗岗；出版社：如愿传媒；出版地：首尔；出版年度：1999 年；卷数：60 卷；版型：17.8×24.9（cm）简装；价格：不详

本书由韩国的如愿传媒和中国山东省的名泉出版社合作出版，每一卷即为一章，每一章中又可分为三至五小章。

朴昌允《三国志（2）》 作者：常一诺等35人；译者：朴昌允；原作者：罗贯中；书名：《正统漫画三国志》；系列：毛宗岗；出版社：韩国教院；出版地：首尔；出版年度：2001年；卷数：60卷；版型：15.3×22.4（cm）简装；价格：不详

本书与如愿传媒的版本相同，只是版型减小，插图内容略有改变。

朴淳和《三国志》 译者：朴淳和；书名：《三国志时代与丝绸之路》；系列：再创作；出版社：韩国教育项目开发院；出版地：首尔；出版年度：1998年；卷数：1卷；版型：15.1×25（cm）简装；编审：金泰守；封面设计：POINT LINE；价格：6 000 韩元

这本书是儿童历史学习漫画“世界历史”系列（共16卷）中一本，它的前一卷是《秦始皇与万里长城》（第3卷）。

朴峰生《三国志》 译者：朴峰生；书名：《三国志》；系列：再创作；出版社：图书出版牛步；出版地：首尔；出版年度：2000年；卷数：第一部7卷，第二部13卷，第三部29卷（未完）；版型：16.3×25（cm）简装；价格：每卷5 500 韩元

这部漫画是以毛宗岗的《三国演义》为基础，在这里也反映了各种正史以及现代的历史研究，然后以漫画的形式予以反映。

朴洪根《三国志》 译者：朴洪根；原作者：未注明；书名：《少男少女本色剧三国志》；系列：毛宗岗；出版社：金星出版社；出版地：首尔；出版年度：1989年（1983年第1版）；册数：16册；版型：15×22（cm）精装；价格：每册5 000 韩元

此版本的主要读者是青少年，因此文体比较简洁，删除了不必要的描写，对白比较多。

朴健会《三国志》 译者：朴健会；原作者：未注明；书名：《删修三国志》；系列：毛宗岗；出版社：京城朝鲜书馆；出版地：首尔；出版年度：1904年（第1版）；册数：全集3册，后集5册；版型：14.9×22.7（cm）简装；排版：竖行书写（标记汉字）；价格：全集每册0.30韩元，后集每册0.40韩元

此版本是将中国古典小说《三国演义》（一百二十回）的前一百五回（至诸葛亮之死）进行缩编、翻译以及对目录稍作改动的版本。全集中收录原著的前三十六回的内容，后集中收录原著的第三十七回到第一百五回的内容。

朴敬民《三国志》 作者：朴敬民；书名：《数码三国志》；系列：独立再创作；出版社：亚细亚文化社；出版地：首尔；出版年度：2000年；卷数：3卷；版型：15×22.5（cm）简装；价格：每本8000韩元

鉴于《三国志》的晦涩难解，以及反对事大思想的立场，本书作者认为新时代必须重写《三国志》，于是写下这本《数码三国志》。为便于读者阅读，书中对各种用语和相关背景进行了详细说明。

朴敬用《三国志》 译者：朴敬用；原作者：罗贯中；书名：《三国志》；系列：毛宗岗；出版社：正义社；出版地：首尔；出版年度：1991 年；册数：3 册；版型：18×22.5（㎝）简装；插图：白明植；价格：2 500 韩元

朴敬用的《三国志》是“少男少女正义文库”系列的儿童版《三国志》。书中对插图和《三国演义》的内容进行了摘录。

朴日峰《三国志（1）》 译者：朴日峰；原作者：罗贯中；书名：《三国志》；系列：毛宗岗；出版社：教育文化出版社；出版地：首尔；出版年度：1989 年；册数：1 册；版型：16×22.8（㎝）精装；封面及插图：白贵贤、全相均；价格：6 000 韩元

此版本是由朴日峰翻译，白贵贤和全相均插图的毛宗岗系列的简译本。

朴日峰《三国志（2）》 译者：朴日峰；原作者：罗贯中；书名：《少儿三国志》；系列：毛宗岗；出版社：儿童教育文化研究会；出版地：首尔；出版年度：1991 年；册数：1 册；版型：15.3×22.4（㎝）简装；插图：赵俊相；价格：2 700 韩元

与文化教育出版社的版本是同一内容。只是插图是由赵俊相所画。

朴泰勋《三国志（1）》 译者：朴泰勋；原作者：罗贯中；书名：《少年大三国志》；系列：毛宗岗；出版社：朝光出版社；出版地：首尔；出版年度：1980 年（第 1 版）、1981 年（第 2 版）；册数：10 册；版型：15.3×22.5（㎝）精装；价格：每册 4 000 韩元

此版本是毛宗岗系列的少儿版，翻译上比较忠实于原著。按事件将原著的一百二十回细分为一百二十章。

朴泰勋《三国志（2）》 译者：朴泰勋；原作者：罗贯中；书名：《少年大三国志》；系列：毛宗岗；出版社：朝光出版社；出版地：首尔；出版年度：1981 年；册数：10 册；版型：15×22（㎝）精装；书前附有彩图；价格：每册 4 400 韩元

朴泰勋《三国志（3）》 译者：朴泰勋；原作者：罗贯中；书名：《学生大三国志》；系列：毛宗岗；出版社：儿童文化社；出版地：首尔；出版年度：1994 年；册数：16 册；版型：15.3×22.4（㎝）简装；价格：84 000 韩元

此版本与 1980 年由朝光出版社发行的版本内容一致，只是将 10 册分成了 16 册。书尾有主要官职名称的说明和读后感写作要领。

朴泰勋《三国志（4）》 译者：朴泰勋；原作者：罗贯中；书名：《学生大三国志》；系列：毛宗岗；出版社：童话世界；出版地：首尔；出版年度：1994 年；册数：16 册；版型：15.3×22.4（cm）简装；价格：全套 84 000 韩元

此版本与 1994 年由儿童文化社发行的版本是同一个作品。

朴泰勋《三国志（5）》 译者：朴泰勋；原作者：罗贯中；书名：《学生大三国志》；系列：毛宗岗；出版社：itempool；出版地：首尔；出版年度：1998 年；册数：16 册；版型：15.3×22.4（cm）简装；价格：全套 96 000 韩元

此版本与 1994 年由儿童文化社发行的版本是同一个作品。

朴泰勋《三国志》 译者：朴泰勋；原作者：罗贯中；书名：《戏说三国》；出版社：新文化社；出版地：首尔；出版年度：1994 年；卷数：不详；版型：15.1×22.2（cm）简装；价格：每本 4 000 韩元

本书通过漫画形式讲述了中国古典小说《三国演义》的主要内容，遵循了原作的主要脉络，但每卷的题目都由作者自己添加。

朴泰远《三国志（1）》 译者：朴泰远；原作者：罗贯中；书名：《新译三国志》；系列：毛宗岗；出版社：新时代；出版地：首尔；出版年度：1941 年 4 月—1943 年 1 月；分量：共 22 回；版型：12.9×18.4（cm）简装；排版：竖行书写；插图：熊樵金圭泽；收藏地点：高丽大学中央图书馆

朴泰远的《三国志》连载于月刊《新时代》（1941 年 4 月—1943 年 1 月）。朴泰远的《三国志》以事件和人物为中心分割作品内容，并赋予新标题。

朴泰远《三国志（2）》 译者：朴泰远；原作者：罗贯中；书名：《全译本三国志》；系列：毛宗岗；出版社：正音社；出版地：首尔；出版年度：1950 年；册数：不详；版型：12.2×18.1（cm）简装；排版：竖行书写；价格：1 000 韩元

此版本只收藏了第 2 册《单骑千里》一本。通过比较基本上可以认定与崔映海的 1955 年以后的版本属于同一版本。

朴熙俊《三国志》 译者：朴熙俊；原作者：陈舜臣；书名：《小说诸葛孔明》；系列：独立再创作；出版社：麻雀；出版地：首尔；出版年度：1991 年；册数：2 册；版型：15.3×22.4（cm）简装；封面图片：佐多芳郎；价格：每册 4 000 韩元

此版本是《秘本三国志》的原作者陈舜臣的再创作版本的韩语转译本。此书以诸葛孔明为主人公，叙述了孔明出世前的生活和选择刘备做主公的过程以及如何让刘备当上三分天下的主人的故事。

朴相律《三国志》 译者：朴相律；原作者：罗贯中；书名：《三国志》；系列：毛宗岗；出版社：时空青少年；出版地：首尔；出版年度：2004 年；册数：10 册（附录 1 册）；版型：18×23.3（cm）精装；插图：白南元；价格：每册 12 000 韩元

此版本是毛宗岗对罗贯中原著进行评论和改编的一百二十回中国版本的全译本。翻译的底本是1999年由中国江苏古籍出版社出版的《绣像三国演义》。

朴新水《三国志》 导演：朴新水；剧本：千尚敦；原作者：罗贯中；题目：《三国志》；系列：毛宗岗；制作方：仁凯；上市地点：首尔；出版年度：1997年；数量：CD 1张 （共23小时16分32秒）；演出人员：金世涵、黄在京、朴圭雄，金守中、韩泽新等（120 名）；工作室：韩音音乐广播；录音：白胜济；作曲：罗英豪；后期效果：金明书、李哲宇等；价格：不详

利用特殊技术将23小时内容压缩与一张CD上，共分为“桃园结义”“美人计”“出师表”等六部分内容。

朴英《三国志（1）》 译者：朴英；作者：横山光辉；书名：《漫画三国志》；系列：吉川英治；出版社：自由时代；出版地：首尔；出版年度：1989 年；卷数：60卷；版型：15×22（cm）简装；价格：每本2 000韩元

横山光辉的《漫画三国志》有以下三个特征：以吉川英治的原作为蓝本，用现实主义手法进行创作；添加了谋略性故事；舍弃原作者的评论和批判，以客观的立场进行叙述，给读者留下思考的空间。

朴英《三国志（2）》 译者：朴英；作者：横山光辉；书名：《战略三国志》；系列：吉川英治；出版社：大现出版社；出版地：首尔；出版年度：2002年；卷数：60卷；版型：15×22（cm）简装；价格：全集425 000韩元

本书与1989年自由时代出版社出版的译本相同。

朴玉锦《三国志》 译者：朴玉锦；原作者：罗贯中；书名：《书信三国志》；系列：独立再创作；出版社：文学与青年；出版地：首尔；出版年度：2003年；卷数：1卷；版型：18×22.5（cm）简装；价格：每本10 000 韩元

本书译者朴玉锦以书信形式向朋友解释《三国志》的内容，用敬语体写作，文脉流畅柔和。

朴在渊《三国志》 译者：朴在渊；原作者：罗贯中；书名：《三国志通俗演义》；系列：毛宗岗；出版社：以会文化社；出版地：首尔；出版年度：2001 年第 1 版；册数：1册；版型：19.5×26.5（cm）精装；价格：60 000韩元

此书录入乐善斋版本（39卷）韩（朝）语手抄本《三国志通俗演义》，并对其进行了校注。是嘉靖本二百四十回的韩（朝）语古语全译本。校注者朴在渊以嘉靖本《三国演义》为原著，并对与首尔版（27卷）韩（朝）语手抄本《三国志通俗演义》不同的部分，在脚注里进行了标注。

朴正洙《三国志》 译者：朴正洙；原作者：未注明；书名：《少儿三国志》；系列：毛宗岗；出版社：荣光图书；出版地：首尔；出版年度：1993 年；册数：3 册；版型：15×22（㎝）简装；价格：3 500 韩元

此书的读者层是小学生，因此每两页就有与正文内容相关的插图，除人名之外没有使用汉字。

朴中观《三国志》 作者：朴中观；原作者：罗贯中；书名：《漫画照片三国志》；系列：毛宗岗；出版社：韩国儿童教育研究院；出版地：首尔；出版年度：2000 年；卷数：2 卷；版型：22.3×29.5（cm）简装；价格：全集 11 000 韩元

本书以中国古典小说《三国演义》为蓝本，共分为 12 章，为了便于读者理解，每章题目进行了重新编排。

朴钟浩《三国志》 译者：朴钟浩；原作者：罗贯中；书名：《三国志》；系列：吉川英治；出版社：大亚；出版地：首尔；出版年度：1976 年；册数：1 册；版型：12.5×18.5（cm）简装；价格：1 500 韩元

此版本是典型的吉川系列韩国语译本。

朴钟和《三国志（1）》 译者：朴钟和；原作者：未注明；书名：《朴钟和三国志》；系列：毛宗岗；出版社：三省出版社；出版地：首尔；出版年度：1967 年；册数：5 册；版型：13×18.5（㎝）精装；排版：竖行书写；插图：金世钟；题字：金基升；封面图片：金世钟，封面字：朴钟和；价格：每册 550 韩元

译者在序文中指出："此书是根据由文艺评论家金人瑞圣叹写了评论和序言的元本圣叹外书 120 回的毛宗岗的第一才子本翻译的"。但实际上没有沿用毛本典型的特征七言二句式标题和一百二十章回体系，而是更多地参照吉川英志本的目录和体系，以自己所独有的方式编写。

朴钟和《三国志（2）》 译者：朴钟和；原作者：未注明；书名：《月滩朴钟和三国志》；系列：毛宗岗；出版社：语文阁；出版地：首尔；出版年度：1974 年；册数：8 册；版型：15×22.2（㎝）简装；排版：竖行书写；题字：朴钟和；封面图片：俞在英；价格：每册3 000韩元

与 1967 年由三省出版社发行的《三国志》是同一版本。

朴钟和《三国志（3）》 译者：朴钟和；原作者：未注明；书名：《月滩朴钟和三国志》；系列：毛宗岗；出版社：永文出版社；出版地：首尔；出版年度：1975 年；册数：5 册；版型：13.5×19.3（㎝）精装；排版：竖行书写；封面图片：郑圭东；价格：每册 1 500 韩元

除出版社、封面图片等细微的差异之外，都与前两个版本一致。

朴钟和《三国志（4）》 译者：朴钟和；原作者：未注明；书名：《朴钟和三国志》；系列：毛宗岗；出版社：三庆出版社；出版地：首尔；出版年度：1978 年；册数：6 册；版型：13×18（cm）精装；排版：竖行书写；封面图片：郑圭东；价格：全套 40 000 韩元

与 1967 年由三省出版社发行的《三国志》是同一版本。

朴钟和《三国志（5）》 译者：朴钟和；原作者：未注明；书名：《朴钟和三国志》；系列：毛宗岗；出版社：语文阁；出版地：首尔；出版年度：1984 年；册数：8 册；版型：14.8×22.4（cm）简装；题字：朴钟和；价格：每册 3 000 韩元，3 700 韩元（第二版），5 500 韩元（第三版）

与前几个版本是同一版本。所不同的是在第 8 册里有 280 页的附录。附录的主要内容是“人物解说”“官职解说”“三国志演义年代表”“中国历代官职制度一览表”等。

朴钟和《三国志（6）》 译者：朴钟和；原作者：未注明；书名：《小说三国志》；系列：毛宗岗；出版社：大贤出版社；出版地：首尔；出版年度：1999 年；册数：10 册；版型：15.2×22.4（cm）简装；排版：横写；插图：摘自上海人民出版社《三国演义》绘画本、日本小学馆《三国志武将画传》；价格：每册 7 000 韩元

除出版社和书的大小之外，与前几个版本是同一版本。

启蒙社《三国志》 原作者：Shinano kikaku Production；译者：BM 国际（启蒙社）；题目：《新千年漫画三国志》；系列：独立再创作；制作方：Shinano kikaku Production；提供商：Enoki Films；上市地点：首尔；出版年度：不详；数量：VIDEO 5 个 （每集平均 80 分钟，共 400 分钟）；价格：450 000 韩元（包括《新千年三国志》65 卷）

和BM高丽亚的DVD制品相同，韩国牛顿出版的《超级三国志》、韩国克莱恩出版的《数码三国志》和《新千年漫画三国志》属于同一系列。

全钟勋《三国志》 译者：全钟勋；原作者：야마구치 히사카즈；书名：《世间读的三国志》；出版社：理学社；出版地：首尔；出版年度：2000 年；卷数：1 卷；版型：14×25（cm）简装；价格：8 500 韩元

权大宇《三国志》 译者：权大宇；原作者：罗贯中；书名：《速读三国志》；系列：毛宗岗；出版社：书与路；出版地：首尔；出版年度：1997 年；册数：1 册；版型：15.5×22.5（cm）简装；编者：村石利夫；价格：7 800 韩元

此书是将《三国志》缩编翻译成一册的简译本。

权龙哲《三国志》 译者：权龙哲；原作者：未注明；书名：《小说、漫画三国志》；系列：毛宗岗；出版社：大教出版；出版地：首尔；出版年度：1996 年（第 1 版）、1997 年（第 6 次印刷）；册数：5 册；版型：15.1×22.4（cm）简装；漫画：崔达洙；价格：每册 5 000 韩元

此书是小说和漫画相结合的中国古典小说《三国演义》的简译本。

权熙哲《三国志》 译者：权熙哲；原作者：未注明；书名：《家庭三国志》；系列：毛宗岗；出版社：阿里郎社；出版地：首尔；出版年度：1976 年；册数：3 册；版型：12.8×18.9（cm）简装；装订及插图：洪圣灿；价格：每册 1 700 韩元

此书是中国古典小说《三国演义》的简译本。此版本根据毛宗岗所改编和评论的中国版本缩编和翻译。

权正铉《三国志》 译者：权正铉；原作者：罗贯中；书名：《青少年三国志》；系列：独立再创作；出版社：irum；出版地：首尔；出版年度：2004 年；册数：5 册（另有附录一册）；版型：15.3×25（cm）简装；插图及封面图片：朴基钟；价格：每册 7 500 韩元

此版本是针对初、高中生读者而设计的版本。文中的语言简洁、明了，书中相隔 3—10 页就有一幅插图。

申昌汉《三国志》 译者：申昌汉；原作者：罗贯中；书名：《汉字三国志》；系列：再创作；出版社：快乐的孩子们；出版地：首尔；出版年度：2004 年；卷数：2 卷；版型：19×25.5（cm）简装；价格：8 800 韩元

这是为了进行汉字教育而编写的。

申东基《三国志》 译者：申东基；原作者：陈舜臣；书名：《秘本三国志》；系列：独立再创作；出版社：慈仁出版社；出版地：首尔；出版年度：2002 年（第 1 版）；册数：5 册；版型：15.3×22.4（cm）简装；题目集字：何石、朴元圭；价格：全套 40 000 韩元

此版本的特点是在完全转译陈舜臣版本的同时，还翻译了黄皙映翻译版本中被省略的以《正史三国志》为依据的作者解说。翻译语言比较平实、观点比较客观。

申尚澈《三国志》 译者：申尚澈；原作者：罗贯中；书名：《三国志》；系列：毛宗岗；出版社：润晨文化社；出版地：首尔；出版年度：1994 年；册数：1 册；版型：15×22.5（cm）简装；插图：天地生产；价格：4 000 韩元

此版本是《三国演义》儿童版简译本。

申忠行《三国志》 译者：申忠行；原作者：罗贯中；书名：《三国志》；系列：毛宗岗；出版社：梦谈；出版地：首尔；出版年度：2004 年；册数：1 册；版型：16.5×22.5（cm）简装；插图：李汉中；价格：5 500 韩元

此书是中国古典小说《三国演义》的简译本，是“老师推荐的学习专用世界名著”系列（共30册）的第21册。

石庸源《三国志》 译者：石庸源；原作者：未注明；书名：《图片三国志》；系列：毛宗岗；出版社：玄岩社；出版地：首尔；出版年度：1984年；册数：3册；版型：18.5×26（㎝）精装；插图：李成博；价格：3 000韩元

作为儿童版《三国志》，此版本删除了《三国演义》的大部分时代背景事件的叙述，重点叙述了《三国演义》中围绕刘、关、张三兄弟所发生的事件。

21世纪英语教育研究会《三国志》 译者：亚西亚21世纪英语教育研究会；原作者：不详；书名：《看漫画学习英文版三国志》；出版社：利知书社；出版地点：首尔；出版年度：2001年；数量：20卷；版型：17×23.5（cm）简装；价格：每本6 000韩元

本书汇集了现在执教于高中的英语教师，将《三国志》的内容改编为20本漫画，同一内容有英语和韩语两种语言，每一页都有主要词汇和俗语。

书乡里《三国志》 译者：编辑部；原作者：罗贯中；书名：《高学年小说漫画三国志》；系列：毛宗岗；出版社：书乡里；出版地：首尔；出版年度：1996年；册数：3册；版型：19×25.5（㎝）简装；价格：全套12 000韩元

此版本是专为小学高年级策划出版的简译本。每册的前几页有该册的内容概要。

司马俊《三国志》 译者：司马俊；原作者：罗贯中；书名：《三国志》；系列：毛宗岗；出版社：蓝盈盈；出版地：首尔；出版年度：2002年；册数：5册；版型：8.8×19（㎝）；审稿：丘仁焕；价格：每册4 000韩元

设计为便于携带的小册子。全书共75章。

宋纯《三国志》 译者：宋纯；原作者：罗贯中；书名：《血战三国志》；系列：吉川英治；出版社：图书出版东林；出版地：首尔；出版年度：1992年；卷数：16卷；版型：15×22.5（cm）简装；插画：园田；价格：每本2 000韩元

《血战三国志》以《刘备—乱世出英雄》开篇，以《刘备之死》结尾，由日本漫画家园田创作完成。

宋明镐《三国志》 译者：宋明镐；原作者：罗贯中；书名：《高学年小说漫画三国志》；系列：吉川英治；出版社：正远；出版地：首尔；出版年度：1999年；册数：3册；版型：18×22.5（cm）简装；价格：5 000韩元

此版本是针对小学高年级儿童读者而设计的简译本。

宋泰贤《三国志》 译者：宋泰贤；原作者：罗贯中；书名：《SF漫画三国志》；系列：再创作；出版社：画的书；出版地：首尔；出版年度：2000年；卷数：3卷；版型：18.8×25.7（cm）简装；图画：金昌贤；价格：6 500 韩元

运用《三国志》的人物和事件编成的漫画。虽然标榜SF，但是没有考虑其科学的合理性。

孙进策《三国志》 导演：孙进策；改编：裴三植；原作者：罗贯中；题目：《三国志》；系列：独立再创作；制作方：极端美丑；上市地点：首尔；出版年度：2004年11月；数量：120份；导唱：清唱《赤壁歌》

作品以盘骚俚《赤壁歌》为线索，共分为12章，穿插华丽的音乐和舞蹈，使影片生动有趣。

孙经淑、金进哲《三国志》 译者：孙经淑、金进哲；原作者：李元进、李小善；书名：《三国志考证学》；出版社：青阳；出版地：首尔；出版年度：1997年；卷数：2卷；版型：15.3×22.3（cm）简装；价格：7 000 韩元

孙忠义《三国志》 译者：孙忠义；原作者：罗贯中；书名：《漫画小说三国志》；系列：吉川英治；出版社：格书莱；出版地：首尔；出版年度：1993 年；卷数：5卷；版型：18.5×25.5（cm）简装；图画：徐熙；价格：每本5 000韩元

本书是小说和漫画相结合的形式，其中漫画既是叙事结构中的独立部分，也起到补充内容的作用。

泰昌《三国志》 译者：名著选编委员会；原作者：罗贯中；书名：《三国志》；系列：毛宗岗；出版社：泰昌；出版地：首尔；出版年度：1978 年；册数：1 册；版型：菊版（14.8×20〔cm〕），简装；选编委员：金耀燮、朴和睦、徐廷柱、李元寿、张秀哲

此版本是以青少年读者为对象的正文中有插图的简译本。

陶景一、陶景国《三国志》 作者：陶景一、陶景国；书名：《三国志人名录》；出版社：星火；出版地点：首尔；出版年度：2000 年；数量：2 卷；版型：15.3×22（cm）简装；价格：每本15 000韩元

这本书是人名辞典，收录了《三国志》中出现的1 200个人物，详细介绍了他们的出身背景、个人事迹、在作品中所占的地位等，专为热衷于《三国志》的读者设计。

图画地板《三国志》 译者：图画地板；原作者：罗贯中；书名：《天下英雄三国志》；系列：再创作；出版社：中央出版社；出版地：首尔；出版年度：2004年；卷数：5卷；版型：19×25.5（cm）简装；价格：8 800 韩元

这个版本的作者“图画地板”是有志于漫画事业的三位作家组成的一个漫画创作集团。

VIDCOM《三国志》 导演：不详；原作者：不详；作品名称：《新三国志》；系列：独立再创作；制作方：VIDCOM；销售商：米拉克商行；上市地点：首尔；出版年度：1990 年；数量：VHS 3 个；制作地点：日本

王扶林《三国演义（1）》 导演：王扶林；原作者：罗贯中；题目：《三国演义》；系列：毛宗岗；制作方：CCTV；提供商：China Int'l VE Corp；上市地点：首尔；出版年度：1994 年；数量：VHS 28 个 （每集 120 分钟，共 3360 分钟）；价格：不详

由中国CCTV出品的《三国演义》，总导演是王扶林，市场上流通的长篇电影几乎皆为此版本，是与《三国演义》最为接近的作品。

王扶林《三国演义（2）》导演：王扶林；原作者：罗贯中；题目：《三国演义》；系列：毛宗岗；制作方：CCTV；提供商：China Int'l VE Corp；进口销售商：斯奈克传媒；上市地点：首尔；出版年度：1994 年；数量：DVD 28 个 （每集 135 分钟，共 3780 分钟）；价格：5 9 0 0 0 0韩元

和西进通商的VHS相同。

魏英美《三国志》 译者：魏英美；原作者：罗贯中；书名：《故事三国志》；系列：毛宗岗；出版社：荷那出版社；出版地：首尔；出版年度：2004 年；册数：40 册；版型：18×23.5（cm）简装；插图及封面：孙道英；价格：全套 396 000 韩元

“全面教育丛书”中国古典文学故事《三国志》是以教育青少年为目的的教育专用版本。虽然沿袭毛宗岗版本，但是将一百二十回改成了四十回。书尾附有全文的摘要。

文敬恩《三国志》 作者：文敬恩；原作者：罗贯中；书名：《小学生三国志》；系列：毛宗岗；出版社：item图书；出版地：首尔；出版年度：2003（初版），2004（第二版）；卷数：5 卷；版型：18.5×23.5（cm）简装；插画：郑 动画设计；价格：每本 7 000 韩元

文敬恩的《小学生三国志》以小学生为主要阅读对象，为了便于读者理解，将原版《三国志》的内容进行适当的删减和缩略，并且穿插了大量插画，容易引起读者的兴趣。

吴映《三国志》 译者：吴映；原作者：罗贯中；书名：《三国志》；系列：吉川英治；出版社：恩光社；出版地：首尔；出版年度：1988 年；册数：5 册；版型：15×21（cm）简装；价格：每册 3 500 韩元

译者并没有对吉川英治版本进行直译，而是将吉川英治版本的桃园、群星、草莽、大江、臣道、新野、孔明等 7 大篇缩编为桃园结义、三兄弟重聚、赤壁大战、凤雏周瑜、孔明出师等 5 篇，对正文内容也进行了润色。

乡民社《三国志》 译者：未注明；原作者：罗贯中；书名：《三国志》；系列：毛宗岗；出版社：乡民社；出版地：大邱；出版年度：1998 年；册数：4 册；版型：不详，简装；排版：竖行书写；价格：每册 120 韩元

此书是以毛宗岗版本为底本进行翻译、改编、缩编的版本。

徐仁局《三国志》 译者：徐仁局；原作者：未注明；书名：《三国志》；系列：吉川英治；出版社：平凡社；出版地：首尔；出版年度：1952 年（第 1 版）；册数：10 册；版型：不详；排版：竖行书写；编审：金东里、黄顺元、许允硕；装订设计：洪渟文；封面设计：金龙焕；板画：崔起映；价格：全套 300 韩元

此版本沿用了吉川英治版本的篇名，但在下一级目录却与吉川版有很大的不同。正文内容与 1958 年（第一版）、1964 年（第八版）由博英社出版的金东里、黄顺元、许允硕版《最新完译三国志》内容完全一致。

徐英守《三国志（1）》 作者：徐英守；原作者：罗贯中；书名：《学习漫画三国志》；系列：毛宗岗；出版社：知耕社；出版地：首尔；出版年度：1991（初版）；1997（终版）；卷数：5 卷；版型：15.2×22.4（cm）简装；价格：每本 4 000 韩元

本书以中国古典小说《三国演义》为蓝本，但每卷的题目都是作者自己重新添加的。

徐英守《三国志（2）》 作者：徐英守；原作者：罗贯中；书名：《漫画三国志》；系列：毛宗岗；出版社：知耕社；出版地：首尔；出版年度：2001（初版）2002（终版）；卷数：3 卷；版型：18.8×25.7（cm）简装；价格：每本 9 000 韩元

本书以中国古典小说《三国演义》为蓝本，删除了原版的章回体题目，添加“桃园结义”“义兵聚首”等题目。

许文纯《三国志（1）》 译者：许文纯；书名：《东西三国志》；系列：独立再创作；出版社：东西文化社；出版地：首尔；出版年度：1985 年；册数：15 册；版型：14.9×23.2（cm）精装；价格：每册6 900韩元

此版本是将吉川英治版本和毛宗岗版本的内容整合之后，重新编辑、翻译的作品。此版本在 1981 年许文列版本的基础上进行了修订和补充。

许文纯《三国志（2）》 译者：许文纯；书名：《三国志兵法》；系列：独立再创作；出版社：东西文化社；出版地：首尔；出版年度：1986 年；册数：15 册；版型：13.9×29（cm）简装；价格：每册3 000韩元

此版本的内容与1985年东西文化社出版的内容完全一致。

许文列《三国志》 译者：许文列；书名：《东西三国志》；系列：独立创作；出版社：东西文化社；出版地：首尔；出版年度：1981年；册数：10册；版型：13.8×20.1（cm）精装；封面字：苏轼《寒食帖》集字；封面图：中国古壁画《战图》；价格：每册4900韩元

此版本是将吉川英治版本和毛宗岗版本的内容整合之后，通过作者的推理，重新编辑、翻译的作品。

许雄《三国志（1）》 作画：许雄；原作者：罗贯中；书名：《超级三国志》；系列：吉川英治；出版社：韩国牛顿；出版地：首尔；出版年度：2001年（第1版1999年）；卷数：65卷；版型：14.9×22.1（cm）简装；监修：金山浩；价格：全集共558 000韩元

本书和韩国克莱恩出版社的《数码漫画三国志》、启蒙社的《新千年漫画三国志》属于同一版本。

许雄《三国志（2）》 作画：许雄；原作者：罗贯中；书名：《数码漫画三国志》；系列：吉川英治；出版社：韩国克莱恩；出版地：首尔；出版年度：不详；卷数：65卷；版型：14.9×22.1（cm）简装；监修：金山浩；价格：不详

本书和韩国牛顿出版的《超级三国志》属于同一版本，出版年度及价格等情况不详。

许雄《三国志（3）》 作画：许雄；原作者：罗贯中；书名：《新千年漫画三国志》；系列：吉川英治；出版社：启蒙社；出版地：首尔；出版年度：不详；卷数：65卷（附录1卷）；版型：15.5×23.1（cm）精装；监修：金山浩；价格：全集共450 000韩元（包含5张DVD光盘）

本书和韩国克莱恩的《数码漫画三国志》、韩国牛顿的《超级三国志》属于同一版本，是以许雄为主的集体再创作。

许智英《三国志》 导演：许智英；原作者：罗贯中；题目：《电视剧录音三国志》；系列：吉川英治；制作方：声音社；上市地点：首尔；出版年度：1968年；数量：33/sec， 20分钟×2名×10张；改编：朴书林、李辉福

讲解员讲述主要的背景、事件以及人物性格，充满想象力。是从全新角度解读《三国志》的大胆尝试。

延边人民出版社《三国志（1）》 译者：延边人民出版社《三国演义》翻译组；原作者：罗贯中；书名：《三国演义》；系列：毛宗岗；出版社：延边人民出版社；出版地：延边；出版年度：1978年；册数：3册；版型：13.2×18.2（㎝）简装；序言：夏雷；价格：0.75元（人民币）

由延边人民出版社《三国演义》翻译组翻译出版的早期版本。此版本是根据人民文学出版社 1973 年在北京出版的第三版《三国演义》翻译出版。

延边人民出版社《三国志（2）》 译者：延边人民出版社《三国演义》翻译组；原作者：罗贯中；书名：《三国演义》；系列：毛宗岗；出版社：延边人民出版社；出版地：延边；出版年度：1996 年；册数：4 册；版型：14×20（㎝）简装；价格：全套 82 元（人民币）

此版本是将 1973 年延边人民出版社版重新编辑成 4 册的版本。

延边人民出版社《三国志（3）》 译者：延边大学《三国演义》翻译组；原作者：罗贯中；书名：《定本三国志》；系列：毛宗岗；出版社：青年社；出版地：首尔；出版年度：1990 年；册数：6 册；版型：15.1×22.4（㎝）简装；价格：每册 4 500 韩元

此版本是由青年社重新排版发行的延边人民出版社版本。书中的插图摘自上海金章书局的《增像全图三国演义》。

严基元《三国志》 译者：严基元；原作者：罗贯中；书名：《学生三国志》；系列：毛宗岗；出版社：河西出版社；出版地：首尔；出版年度：1992 年；册数：10 册；版型：15.3×22.4（㎝）精装；插图：李仁求；价格：全套 70 000 韩元

此版本是中国小说《三国演义》译本。每册都有独立的标题，如“结义兄弟”“英雄时代”“忠臣烈士”“阴谋之渊”“赤壁之战”等。

野雪录《三国志》 译者：野雪录；书名：《野雪录三国志》；系列：再创作；出版社：庙；出版地：首尔；出版年度：1999 年；卷数：11 卷；版型：14.6×22（cm）简装；价格：每卷 3 800 韩元

这本书是故事作家、现在仍在活动的漫画家野雪录的漫画。

异园树《三国志》 译者：异园树；原作者：未注明；书名：《三国志》；系列：吉川英治；出版社：白羊出版社；出版地：首尔；出版年度：1984 年；册数：1 册；版型：15×22.5（cm）简装；价格：3 200 韩元

此版本是异园树以自己独特的方式缩编和翻译吉川英治版《三国志》的译本。此版本完全抄袭了 1961 年真文出版社发行的李元洙版《单卷译述三国志》的目录。

尹富铉《三国志（1）》 译者：尹富铉；原作者：罗贯中；书名：《三国志》；系列：毛宗岗；出版社：鸡林文库；出版地：首尔；出版年度：1992 年；册数：1 册；版型：15.3×22.4（㎝）简装；插图：安丙元；价格：3 000 韩元

此书也是《三国演义》的简译本。全书内容分为 3 篇 34 部。

尹富铉《三国志（2）》 译者：尹富铉；原作者：罗贯中；书名：《三国志》；系列：毛宗岗；出版社：鸡林文库；出版地：首尔；出版年度：1997 年；册数：1 册；版型：15.3×22.4（㎝）简装；插图：安丙元；价格：4 000 韩元

此版本与鸡林文库出版的 1992 年版是同一版本，只是封面设计上稍有变更。

尹明锡《三国志》 译者：尹明锡；原作者：罗贯中；书名：《一册读完三国志》；系列：吉川英治；出版社：Best Books；出版地：首尔；出版年度：1999 年；册数：1 册；版型：15.3×22.4（cm）简装；价格：8 000 韩元

此版本的缩编十分拙劣，以至于吉川英治版本强调固有家族和关系的特点已无影无终，前后连贯性很差。

尹世霖《三国志》 译者：尹世霖；原作者：罗贯中；书名：《三国演义故事》；系列：毛宗岗；出版社：东北朝鲜民族教育出版社；出版地：延边；出版年度：1992 年；册数：1 册；版型：13.2×18.2（㎝）简装；价格：4.70 元（人民币）

此版本是将毛宗岗版本的一百二十回缩编成五十回的儿童版简译本。

尹素暎《三国志（1）》 译者：尹素暎；原作者：荀彧——春名徹，关羽——立间祥介，刘备——寺尾善雄，司马懿——尾崎秀树；书名：《英雄的历史——荀彧、关羽、刘备、司马懿》；系列：独立再创作；出版社：松林；出版地：首尔；出版年度：2000 年；卷数：1 卷；版型：14.3×23（cm）精装；价格：每本 9 500 韩元；全集责任编辑：陈舜臣、尾崎秀树

日本讲谈社出版了“中国群雄”系列丛书，本书为韩语版第五卷，以列传形式讲述了荀彧、关羽、刘备、司马懿的故事。

尹素暎《三国志（2）》 译者：尹素暎；原作者：荀彧——春名徹，关羽——立间祥介，刘备——寺尾善雄，司马懿——尾崎秀树；书名：《英雄的历史——荀彧、关羽、刘备、司马懿》；系列：独立再创作；出版社：松林；出版地：首尔；出版年度：2002 年；卷数：1 卷；版型：14×20.6（cm）简装；价格：每本 8 000 韩元；全集责任编辑：陈舜臣、尾崎秀树

本书为 2000 年松林出版社发行的《英雄的历史 6——大陆名将》的单行本。

永昌企划《三国志》 译者：永昌企划；原作者：罗贯中；书名：《三国志》；系列：毛宗岗；出版社：三吴文化社；出版地：首尔；出版年度：1992 年；册数：1 册；版型：15.3×22.4（㎝）简装；价格：3 000韩元

此书是“世界文学全集”的一篇，是韩国儿童文学家协会推荐图书。但文章较为粗糙，人名等多有误解。

友利企划《三国志》 译者：友利企划；原作者：罗贯中；书名：《三国志》；系列：毛宗岗；出版社：鸡林；出版地：首尔；出版年度：2001 年；册数：1 册；版型：17×23.3（cm）简装；插图：俞道英；价格：5 500 韩元

全书内容分为三篇，故事以刘备三兄弟为中心展开。书中附有与小说相关的选择题和简答题。

于中九《三国志》 译者：于中九；书名：《三国志》；出版社：中央电影社；出版年度：1979 年；数量：1 卷；版型：不详；排版：电影剧本横向排版；制作：权顺宰；导演：宋正勋

本电影以中国古典小说《三国演义》为蓝本制作，因为用作电影剧本，在书店中并不销售。

俞升焕《三国志》 译者：俞升焕；原作者：罗贯中；书名：《三国志》；系列：吉川英治；出版社：Han A Rem 出版社；出版地：首尔；出版年度：1993 年；册数：3 册；版型：15.3×22.4（cm）简装；插图：郑明浩；价格：每册 3 800 韩元

此版本是吉川英治系列《三国志》的简译本。

禹汉镕《三国志》 译者：禹汉镕；原作者：罗贯中；书名：《三国志》；系列：毛宗岗；出版社：国民书馆；出版地：首尔；出版年度：不详；册数：1 册；版型：15.3×22.4（cm）精装；插图：梁厚英；价格：不详

此书是“少男少女世界文学全集”（共 30 册）的第一册。全书内容分为 46 篇，围绕刘备三兄弟所展开故事，逐个起了小标题。

禹玄民《三国志（1）》 译者：禹玄民；原作者：罗贯中；书名：《戏说大三国志》；系列：毛宗岗；出版社：瑞文堂；出版地：首尔；出版年度：1981（初版）；卷数：12 卷；版型：13×21（cm）软皮封面；插图：香港新雅文化事业有限公司；价格：每本 2 500 韩元

本书作者禹玄民是中国文学专业出身，曾在学校和出版社工作。香港新雅文化事业有限公司曾出版中国四大名著，本书为《三国志》的韩译本。

禹玄民《三国志（2）》 译者：禹玄民；原作者：未注明；书名：《三国志》；系列：吉川英治；出版社：博英社；出版地：首尔；出版年度：1975 年（第 1 版），1977 年（再版）；册数：6 册；版型：10×16.5（cm）简装；价格：每册 500 韩元

此版本是博英社出版的文库系列之一，对吉川英治版本进行了接近于直译的翻译。

禹玄民《三国志（3）》 译者：禹玄民；原作者：未注明；书名：《完译三国志》；系列：吉川英治；出版社：博英社；出版地：首尔；出版年度：1980 年（第

1版）；册数：5册；版型：15×21（cm）精装；排版：竖行书写；价格：7 800韩元

此版本是将1975年博英社出版的文库6册《完译三国志》重新改编为5册的译本。

禹周亨《三国志》 译者：禹周亨；原作者：罗贯中；书名：《三国志》；系列：毛宗岗；出版社：日新书籍出版社；出版地：首尔；出版年度：1998年（第一版）；册数：8册；版型：15×22（cm）简装；价格：每册6 000韩元

由禹周亨编译的正文基本上遵循毛宗岗版本的基本结构，只是在数字和人物描写部分有些差异。对于理解难度大的部分进行了详细的注解。一百二十回的此版本将每个章回分成了若干小题目。每册都有魏、蜀、吴三国各4名主要人物的插图以及各国的建国、灭亡时间和简单介绍。每册的封面内侧有反映本册中最主要战斗的情形图。

张善英《三国志》 作者：张善英；原作者：罗贯中；书名：《道义三国志》；系列：独立再创作；出版社：玉和；出版地：首尔；出版年度：2000年；卷数：3卷；版型：15.3×22.4（cm）简装；插画：张善英；价格：每本 7 500韩元

本书以关云长为中心人物，主要讲述了刘、关、张三人的兄弟之情，赞扬了三人为朋友不惜牺牲自我的深厚感情。

张秀哲《三国志》 译者：张秀哲；原作者：罗贯中；书名：《三国志》；系列：毛宗岗；出版社：玄岩社；出版地：首尔；出版年度：2003年；册数：3册；版型：15×20.5（cm）简装；插图：王宏喜等60人；价格：每册7 800韩元

此版本是毛宗岗版本的简译本，但一百二十回的题目与毛宗岗版本完全一致。彩色插图由善于中国传统画法的61位中国画家所画。

张正日、金云会、徐东勋《三国志》 译者：张正日、金云会、徐东勋；书名：《三国志解释》；出版社：金英社；出版地：首尔；出版年度：2003年；卷数：1卷；版型：15.8×23.2（cm）简装；价格：24 000 韩元

对《三国志》进行新的理解与解释。

张正一《三国志》 译者：张正一；原作者：未注明；书名：《三国志》；系列：评译；出版社：金英社；出版地：首尔；出版年度：2004年；册数：10册；版型：18×22.5（cm）简装；插图：金泰权；价格：每册8 900韩元

此版本采用的文体既没有遵循罗贯中版本，也没有遵循毛宗岗版本，而是采用了张正一式的文体的《三国志》。内容上以毛宗岗版本为原典，并依据自己的感觉进行了重构。

赵秉德《三国志》 作者：赵秉德；书名：《三国志中的汉字旅行》；出版社：东洋文库；出版地点：首尔；出版年度：1997 年；数量：1 卷；版型：15.4×22.4（cm）简装；照片提供：KBS遗迹探访团；价格：9 000韩元

本书对以《三国志》中出现的四字成语进行解释，通过这一过程将教育部指定的 1 800 个汉字自然而然地进行讲解，有助于汉字的学习。

赵丰衍《三国志（1）》 译者：赵丰衍；原作者：未注明；书名：《少年版三国志》；系列：毛宗岗；出版社：鸡林出版社；出版地：首尔；出版年度：1980 年（第 1 版）、1982 年（第 2 版）；册数：5 册；版型：13.5×18（cm）精装；价格：全套 36 000 韩元（第 1 版）、42 000韩元（第 1 版）

此书是以中小学生读者为对象的版本。主张蜀汉正统性的立场，因此诸葛孔明死后的三国统一过程仅用两页纸一笔带过。注重对刘关张三兄弟所表现出的不屈不挠的意志、勇气、爱民思想的描写。

赵丰衍《三国志（2）》 译者：赵丰衍；原作者：未注明；书名：《少年版三国志》；系列：毛宗岗；出版社：鸡林文库；出版地：首尔；出版年度：1985 年；册数：12 册；版型：15×22.5（cm）简装；插图及封面：洪圣灿；价格：每册 3 500 韩元

此书是以青少年读者为对象的毛宗岗版本。想通过《三国志》激发青少年的爱国心和冒险精神。

赵丰衍《三国志（3）》 译者：赵丰衍；原作者：未注明；书名：《少年版三国志》；系列：毛宗岗；出版社：新太阳社；出版地：首尔；出版年度：1992 年；册数：18 册；版型：15×22.5（cm）简装；价格：全套 85 000 韩元

此书是以中小学生为读者对象的版本。主张蜀汉正统性的立场。将诸葛孔明的战术和主要战法整理后，作为附录单独载于第 18 册。

赵星基《三国志》 译者：赵星基；原作者：罗贯中；书名：《三国志》；系列：毛宗岗；出版社：阅林苑；出版地：首尔；出版年度：2001 年；册数：10 册；版型：15.2×22.4（cm）简装；插图：任香翰；价格：全套 75 000 韩元

此版本是以台湾三民书局 11 版《三国》为底本的翻译版本。此书标明原作者为罗贯中，编辑为毛宗岗。

郑成焕《三国志》 译者：郑成焕；原作者：周大荒；书名：《反三国志》；系列：独立再创作；出版社：良木；出版地：首尔；出版年度：1982 年；卷数：3 卷；版型：15×22（cm）简装；价格：每本4 500韩元

本书是郑成焕翻译周大荒作品的译作，并且收录了原作者的话。

郑飞石《三国志（1）》 译者：郑飞石；原作者：未注明；书名：《三国志》；系列：独立再创作；出版社：光熙文化社；出版地：首尔；出版年度：1975 年；册数：5 册；版型：13×18（cm）精装；排版：竖行书写；价格：全套 15 000 韩元

此版本是在吉川版本的基础上，通过译者的再创作，改编目录和内容之后成型的小说。此版本的排版很粗糙。

郑飞石《三国志（2）》 译者：郑飞石；原作者：未注明；书名：《三国志》；系列：独立再创作；出版社：大贤出版社；出版地：首尔；出版年度：1978 年；册数：5 册；版型：13×18（cm）精装；排版：竖行书写；价格：全套 16 000 韩元

此版本的正文和序言与 1975 年光熙文化社出版的版本完全一致。只是字体大小和行间距有所不同。1978 版正文中有插图。

郑飞石《三国志（3）》 译者：郑飞石；原作者：未注明；书名：《三国志》；系列：独立再创作；出版社：智慧文化社；出版地：首尔；出版年度：1982 年；册数：5 册；版型：13×18（cm）精装；排版：竖行书写；价格：全套 25 000 韩元

此版本的正文和序言与 1975 年光熙文化社出版的版本完全一致。只是字体大小和行间距有所不同。1978 年版正文中有插图。此版与 1978 年大贤出版社版类似。

郑飞石《三国志（4）》 译者：郑飞石；原作者：未注明；书名：《小说三国志》；系列：独立性再创作；出版社：高丽苑；出版地：首尔；出版年度：1985 年（第 1 版）、1997 年（第 5 版）；册数：6 册；版型：15×21（cm）简装；价格：每册 3300 韩元

此版本是与 1975 年光熙文化社出版的版本类似。此版本是在 1975 年版的基础上将整体体例和正文内容做了一定的推敲之后，重新出版发行的版本。

郑飞石《三国志（5）》 译者：郑飞石；原作者：未注明；书名：《三国志》；系列：独立再创作；出版社：银杏树；出版地：首尔；出版年度：1985 年（第 1 版）、2004 年（第 6 版）；册数：6 册；版型：15×21（cm）简装；价格：每册 9 000 韩元

此版本的基本内容与高丽苑发行的版本类似。两个版本都收录了题为“《三国志》的形成过程与文学价值”的韩武熙的解说。

郑飞石《三国志（6）》 译者：郑飞石；原作者：未注明；书名：《三国志》；系列：吉川英治；出版社：民晶社；出版地：首尔；出版年度：1979 年；册数：1 册；版型：20.3×27.2（cm）精装；排版：竖行书写；价格：15 000 韩元

此版本按照修改过的吉川版本体例，将全篇内容分成桃园篇、群星篇、草莽篇、臣道篇、孔明篇、赤壁篇、望蜀篇、图南篇、出师篇、五丈原篇、天下统一篇，但

是下一级目录译文与原文有差异。正文中有插图，文尾附录中附有“孙子兵法”和“春秋左氏传”的原文与译文。

郑飞石《三国志（7）》 译者：郑飞石；原作者：未注明；书名：《看图读三国志》；系列：吉川英治；出版社：高句丽出版社；出版地：首尔；出版年度：1979年；册数：12册；版型：12.8×18.8（cm）简装；价格：全套45 000韩元

此版本同1979年民晶社出版的版本一样，也是根据修改过的吉川版本进行的翻译。此版本事实上是民晶社版本的简译本。

郑飞石《三国志（8）》 译者：郑飞石；原作者：罗贯中；书名：《三国志》；系列：吉川英治；出版社：新光文学社；出版地：首尔；出版年度：1994年；册数：12册；版型：15×22.3（cm）简装；价格：全套72 000韩元

此版本的内容与1979年民晶社出版的《彩色版三国志》一致。每页都有插图。

郑飞石《三国志（9）》 译者：郑飞石；原作者：未注明；书名：《三国志》；系列：独立再创作；出版社：凯旋门出版社；出版地：首尔；出版年度：1976年；册数：5册；版型：12×18.8（cm）精装；排版：竖行书写；价格：1 600韩元

此版本的正文和序言与1975年光熙文化社出版的版本完全一致。只是字体大小和行间距有所不同。1978年版正文中有插图。

郑明镐《三国志》 译者：郑明浩；原作者：罗贯中；书名：《一册读完三国志》；系列：吉川英治；出版社：Item Books；出版地：首尔；出版年度：2004年；册数：1册；版型：15.3×22.3（cm）简装；价格：9 800韩元

此版本是《三国演义》的简译本。此译本收录了从“黄巾贼”到“三国统一”的故事。

郑尚默《三国志（1）》 译者：郑尚默；原作者：罗贯中；书名：《三国志》；系列：毛宗岗；出版社：东亚出版社；出版地：首尔；出版年度：1987年；册数：1册；版型：12.5×18.7（cm）简装；价格：1 200韩元

此版本是大量缩编毛宗岗版本的简译本，是“东亚太阳文库（世界名著篇）”全集140册中的第137册。此书的前160页为三国志故事，160页以后是关于成吉思汗的故事。

郑尚默《三国志（2）》 译者：郑尚默；原作者：罗贯中；书名：《三国志》；系列：毛宗岗；出版社：东亚出版社；出版地：首尔；出版年度：1993年；册数：3册；版型：16.5×22（cm）简装；实例：尹万基；价格：4 000韩元

郑尚默《三国志》是作为东亚出版社“新芽文学观”系列之一策划、翻译、出版的。此翻译版本设定的读者对象是低年级的小学生。

郑少文《三国志》 译者：郑少文；原作者：罗贯中；书名：《三国志》；系列：毛宗岗；出版社：图书出版远景；出版地：首尔；出版年度：2000 年；册数：10 册；版型：15×22（cm）简装；插图：郑骏溶；价格：每册 9 000 韩元

此版本是根据毛宗岗版本翻译而成。特别之处是各章回的末尾附有总评、谬误、释疑。在翻译中通过与正史记载作对比，对不同之处用脚注和尾注形式进行了说明。

郑勋怡《三国志（1）》 译者：郑勋怡；书名：《TROUBLE 三国志》；系列：再创作；出版社：图书出版大院；出版地：首尔；出版年度：1999 年；卷数：4 卷；版型：12.8×18.9（cm）简装；价格：每卷 3 000 韩元

作为一般常识在《三国志》里的各种流行语再加上一些笑话等编成的版本。

郑勋怡《三国志（2）》 译者：郑勋怡；书名：《TROUBLE 三国志》；系列：再创作；出版社：大院씨아이；出版地：首尔；出版年度：2004 年；卷数：4 卷；版型：12.8×18.9（cm）简装；价格：每卷 3 500 韩元

和 1999 年图书出版大院出版的版本是一样的。

郑元基《三国志》 译者：郑元基、朴明进、李恩英；原作者：申白俊、谭良所；书名：《三国志辞典》；出版社：范友社；出版地点：首尔；出版年度：2000 年；数量：1 卷；版型：17.5×23.7（cm）精装；价格：30 000 韩元

这部辞典将《三国志》登场的主要人物、人名、地名、年号、书籍、典故故事、成语俗语等一目了然地整理出来，囊括了《三国志》相关的各种知识信息。

知耕社《三国志》 译者：不明；原作者：罗贯中；书名：《儿童梦境剧场三国志》；系列：独立再创作；出版社：知耕社；出版地：首尔；出版年度：1990 年；卷数：1 卷；版型：15.6×23（cm）精装；插画及标识图画：黄明熙；价格：每本 2 500 韩元

本书以小学一至三年级学生为阅读对象，以梦境形式讲述冒险故事，以此达到进行历史教育的目的。

周锋烈《三国志》 译者：周锋烈；原作者：罗贯中；书名：《三国志》；系列：毛宗岗；出版社：太极出版社；出版地：首尔；出版年度：1984 年（第 1 版）、1987 年（再版）；册数：1 册；版型：12.5×18.8（cm）简装；价格：1 400 韩元

此版本是中国古典小说《三国演义》的简译本，是“太极版新星文库”丛书的第 72 册。书中重点叙述了刘备三兄弟从相遇到死亡的故事以及赤壁大战的部分内容。

自由知性社《三国志》 译者：剪辑部；书名：《一本通读人物三国志》；出版社：自由知性社；出版地：首尔；出版年度：1996 年初版年；卷数：1 卷；版型：15×20（cm）简装；价格：7 000 韩元

这本书主要是对罗贯中《三国志通俗演义》里出现人物的性格进行了分析。

附录二 本章所引时调、歌辞原文

时调

①智謀는 漢相 諸葛武侯요 膽略은 吳侯 伯符ㅣ라

②關雲長의 靑龍刀와 趙子龍의 날ᄂᆞᆫ 槍이 宇宙를 흔들면서 四海의 橫行 ᄒᆞᆯ제

③蘇秦의 口辯과 諸葛亮의 智慧로다

五丈原 秋夜月에 에엿블쓴 諸葛武侯

竭忠輔國다가 將星이 ᄯᅥ러진이

至今히 兩表忠言을 못내 슬허 ᄒᆞ노라

千古에 義氣男兒 壽亭侯 關雲長

山河星之氣요 忠肝義膽이 與日月爭光이로다.

至今히 麥城에 깃친 恨은 못ᄂᆡ 슬허 ᄒᆞ노라

常山 眞定 사ᄅᆞᆷ 相貌도 堂堂ᄒᆞᆯ 샤

盤河에 敵手 없고 長坂에 爲主忠誠

아마도 慷慨 ᄒᆞᆯ英男이 업슨가 ᄒᆞ노라

歌辞

①漢代 諸葛亮은 南陽의 밧츨 갈고 （樂貧歌）
②臥龍居士 草堂中에 白羽扇 손에 쥐고 학창릐에 衣帶로다（思親歌）
③趙雲・張飛・魏延이는 蜀漢의 勇將이오（玉樓宴歌）
俗谈
①가 장비（假 張飛） 같다
②돈이 제갈량（諸葛亮）
③유비（劉備）냐 울기도 잘 한다.
④유비（劉備）가 한중（漢中） 믿듯.
⑤장비 군령（張飛 軍令）
⑥장비 호통이다.
⑦장비 포청（捕廳）에 갇힌 것 같다.
⑧조조（曹操）는 웃다 망한다.
⑨조조의 살이 조조를 쏜다

第二章

《三国演义》在蒙古地区

陈岗龙　聚宝

在有清一代，《三国演义》首先与清朝的统治阶级满族结下了不解之缘，被清朝政府组织人员翻译成满文刻印颁行；随着满洲与蒙古的军事联盟和文化交流，《三国演义》的满文译本又被翻译成蒙古文，在内外蒙古广泛流传并对蒙古民族的思想和文化产生了深远的影响。因此，研究《三国演义》在蒙古地区的传播和影响，必须考虑以下几个方面的因素：首先，《三国演义》的翻译和传播，必须在清朝的历史语境中进行讨论，必须充分考虑当时的满蒙关系和清朝政府的政治格局与形势。其次，《三国演义》被翻译成蒙古文，经过了几个阶段，并有不同的翻译版本。其中，蒙古文《三国演义》最早从满文翻译而来这个问题，在学术界还没有翔实的实证研究。而对于满文和蒙古文《三国演义》译本的比较研究，不仅对《三国演义》在蒙古地区的传播和影响具有重要的关键性意义，而且对满文译本的一些未解决问题的研究也具有重要参考意义，甚至对整个《三国演义》的版本源流与传播的研究也具有参考意义。再次，在《三国演义》在东方各国的传播和影响的各种译本中，满文和蒙古文译本出现的时间比较早，而且满文译本涉及韩（朝）语译本、锡伯语译本和欧洲最早的译本——法文译本等问题。这些译本，有的是国内民族语言译本，有的是外文译本，因此研究满文和蒙古文《三国演义》译本及其传播和影响，必须把民族语言译本和外文译本结合起来，尤其探讨蒙古文译本的时候要考虑清朝时期内外蒙古的具体情况和今天蒙古民族的跨境民族特征。

第一节 蒙古国所藏《三国演义》蒙译本述略

汉族古典文学经典作品《三国演义》在蒙古地区传播的最基本、最普遍的途径当推翻译传播。蒙古族广大群众开始熟知并广泛地接受《三国演义》还是以翻译为媒介的。质言之，它的蒙译使其得以在蒙古地区广泛流传和普及。

《三国演义》蒙译研究的第一篇专题论文是《〈三国演义〉满蒙译本比较研究》，该文论及《三国演义》蒙译研究现状时提到："《三国演义》满文和蒙古文译本的研究，目前基本停留在翻译版本的书目文献梳理阶段。"[①]《三国演义》蒙译本的文献学研究理应以版本研究为基础。只有通过版本的发掘和整理，才能梳理出《三国演义》蒙译史实。然而，据目前研究概况来看，对于今存《三国演义》蒙译本古旧版本的具体分布情况尚缺乏完整、全面的认识和了解，特别是作为《三国演义》蒙译研究之基础工作，目录整理也处于极不完备阶段。其表现有三：

其一，国内出版的蒙古文古旧书目虽然著录了《三国演义》蒙译本的目录，但是所列译本仅限域内各省市公共图书馆或私人收藏。如《全国蒙文古旧图书资料联合目录》[②]《中国蒙古文古籍总目》[③]等书中虽然列入部分《三国演义》蒙译本的版本，然而这仅仅为国内所藏部分，且经初步查阅核实，其中颇有著录目录与收藏实际不尽符合之情况。

其二，有些学者在其论著中虽然提及有关《三国演义》蒙译本的版本情况，但是都属于简短的说明。如卓日格图著《翻译学概论》[④]第二章第三节，还有纳古单夫、那林高夫著《特睦格图传》[⑤]，巴·苏和、宝音陶克涛著《蒙古文学发展概要》[⑥]第五章"蒙古翻译文学发展概要"的第三

---

① 陈岗龙：《〈三国演义〉满蒙译本比较研究》，《民族文学研究》2011 年第 4 期。

②《全国蒙文古旧图书资料联合目录》（蒙古文），呼和浩特：内蒙古人民出版社，1979 年，第 269 页。

③《中国蒙古文古籍总目》（蒙古文），北京：北京图书馆出版社，1999 年，第 1265—1267 页。

④ 卓日格图：《翻译学概论》（蒙古文），北京：民族出版社，1988 年，第 105 页。

⑤ 纳古单夫、那林高夫：《特睦格图传》（蒙古文），赤峰：内蒙古科学技术出版社，1989 年，第 74、92、133 页。

⑥ 巴·苏和、宝音陶克涛：《蒙古文学发展概要》（蒙古文），沈阳：辽宁民族出版社，1996 年，第 254 页。

节中都有关于《新译带批三国演义》版本的简要描述；席·哈斯巴特尔在《〈三国演义〉对蒙古民间文学的影响》[①]一文的"《三国演义》的蒙译"一节对《三国演义》的蒙译史做了概述，然有失简略，难能窥其全貌。

其三，蒙古国境内所藏蒙译本尚未引起国内学界足够的关注和重视。彼国所藏《三国演义》蒙译本在数量上几占迄今流传诸译本之三分之一。除蒙古国少数学者对其中一部分进行了书目整理或版本介绍外，绝大多数抄本仍被束之高阁、无人问津。整理、研究蒙古国所藏《三国演义》古旧蒙古文译本遂成为当今《三国演义》蒙译研究的紧迫工作。

有鉴于此，本节旨在着重介绍蒙古国首都乌兰巴托地区所藏《三国演义》蒙译本概况，希冀为《三国演义》蒙译研究，乃至为其在整个蒙古地区的传播研究提供极其珍贵的第一手文献资料。

一、蒙古国所藏《三国演义》蒙译本的整理研究概况

关于蒙古国所藏《三国演义》蒙译本的信息不曾见于国内学者论著。仅有蒙古国少数学者提及关于蒙古国国立图书馆所藏《三国演义》蒙译本的情况，另外，蒙古国出版的某些书目中也曾著录蒙古国国立图书馆所藏部分《三国演义》蒙译本的书目。

蒙古国学者策·达木丁苏伦在《蒙古文学研究的一些问题》一文中指出："著名的《三国演义》肯定至少三次被翻译成蒙古文。波兹德涅耶夫出版的《蒙古文学范例》中发表的三国故事是不同于前两个译本的另一种译本。甚至蒙古国国立图书馆收藏的手抄本《三国演义》也是不同于前两个译本的另一种译本。"据笔者核查，蒙古国国立图书馆的确藏有不同于译自满文译文的转译本和特睦格图译《新译带批三国演义》的一种译本。蒙古国出版的《国立图书馆抄本文学作品目录》[②]《策·达木丁苏伦私人博物馆蒙古文古籍目录》[③]《蒙古文抄本版本目录》[①]《第

---

① 席·哈斯巴特尔：《〈三国演义〉对蒙古民间文学的影响》，《内蒙古大学学报》2005 年第 5 期。

② Жадамба Д. Улсын Нийтийн Номын сангий бичмэл уран зохиолын номын гарчиг. Улаанбаатар.1960. pp. 38—40.

③ Билгүүдэй Г. Ц. Дамдинсүрэнгийн гэр музейн монгол номын бүртгэл Улаанбаатар. 1998. pp. 99—101.

八世哲布尊丹巴呼图克图图书馆抄本目录研究》②等古籍书目中列入了蒙古国各图书馆所藏《三国演义》蒙译本。但是，上述目录未能反映出蒙古国所藏《三国演义》蒙译本的整体面貌。蒙古国所藏《三国演义》古旧译本书目的全面系统的整理及其具体内容的挖掘和实证研究是《三国演义》蒙译本研究的基本前提和核心内容。

二、蒙古国所藏《三国演义》蒙译本的数量、类型与分布

据初步统计，目前蒙古国所藏蒙古文《三国演义》手抄经卷本、线装书及刊本共计 267 册。以其登录号为单位分类，手抄经卷本和线装书共有 45 种，220 册；刊本 6 种，47 册。

蒙古国所藏《三国演义》古旧蒙译本种类极为丰富。

就文本形式而言，既有手抄本又有刊本。该图书馆蒙古学抄本特藏部刊本目录里列有《三国演义》蒙译本 8 种，共 52 册。但是通过笔者对上述 52 册的依次检读，发现被列入刊本目录里的登录号为 10607—08/97 的 2 册（款式 30×21cm，148 页）和登录号为 11659—61/97 的 3 册（款式 24×24 cm） 均非刊本，而是手抄本的复印件。因此，蒙古国国立图书馆所藏蒙古文《三国演义》 刊本数量不是 52 册，准确册数应为 47 册，上述 47 册全部都是中华民国十七年（1928 年）特睦格图译，北京蒙文书社所印铅印本。手抄本均为毛边纸，墨笔书写，字体或为楷体，或为草体。书的形式既有经卷式又有线装书。手抄经卷本和线装书占总收藏量的八成多。这说明《三国演义》蒙译本在蒙古国主要以传抄形式传播。

就译本的底本而论，分属汉文《三国演义》版本的两大系统，即二百四十回本和一百二十回本的译本。其中二百四十回本的译本占总收藏量的多数，且全部都是手抄本。一百二十回本的译本既有刊本又有手抄本，包括北京蒙文书社颁行的 47 册铅印本刊本和部分手抄本。从这部分手抄本中选取具有代表性的登录号为 7985—86/96 的 2 册经卷本，与特

---

① Тунгалаг Б. ДуламсүрэнЦ Монгол гар бичмэл барын номын номзүй Улаанбаатар. 2011. p.208, 325.

② Тунгалаг Б. Наймдугаар Богд Жавзанданба хутагтын номын сангийн гар бичмэл номын номжүйн судалгаа.Улаанбаатар. 2011. p.66.

睦格图译铅印本和二百四十回的满文转译本进行比较，结果发现此类译本与上述两种译本间存在诸多明显的区别，可以当成为另一种译本。

从翻译过程考察，既有译自满文译本的转译本，又有译自汉文原著的直接译本。经过缜密的研读和比勘，笔者发现二百四十回本的译本全部都是译自满文译本的转译本，而一百二十回本的译本则都是译自汉文原著的译本。国内外学者曾多次提及蒙古族文人自满文译本转译《三国演义》。陈岗龙甚至在其专题论文《〈三国演义〉满蒙译本比较研究》中，对满文、蒙古文、汉文《三国演义》的文本做了缜密的跨语言比较。[①]该文有力地论证了蒙古族文人曾从满文译本转译《三国演义》的事实。蒙古国国立图书馆今藏《三国演义》蒙译本的版本特点也证实了蒙古族曾从满文译文转译过《三国演义》的事实。登录号为 2682—83/96、5430—35/96、5472—75/96、5589/96、5891—94/96 的手抄本封面上的书名不是用畏吾体蒙古文写的，而是用满文写成“ilan gurun i bithe”，而且译文中还保留了原满文译本中的人名、地名、官衔的满文读音。这说明蒙古族译者从满文译本转译《三国演义》时，未翻译书名、人名、地名、官衔等名词。另外，其中有几种译本之末回署有“顺治七年正月十七日恭呈”。如登录号为 5385/96 和 7960/96 的手抄本最后均题有上述一句话，上述时间是由内弘文院大学士祁充格等译者奉旨译竣《三国演义》后禀奏翻译告成之日。这说明蒙古族译者自满文译文转译的《三国演义》的底本是清政府于顺治年间译成的满文译本的事实毋庸置疑。

根据书籍形式来看，既有经卷本，又有线装书。据笔者查阅，蒙古国国立图书馆今藏《三国演义》蒙译古籍中有 4 册经卷本，即登录号为 5297/96、7985—86/96、7960/96 的 4 册手抄经卷本。

登录号为 5297/96 的最古旧的手抄经卷本款式为 50×17×15 cm，在有红色栏线的淡黄色毛边纸上用墨笔书写，字体为楷体，每页 33 行。二百四十回本的每两回（即一百二十回本的每一回）合成一项，包括 2—60 项的共 59 项内容，每项扉页上从左向右地横写着“Gurban ulu-un bichig ×× dugar/ (düger) jüil bolai” 的标题。从第二页次第抄写了两回的内容，回目写在各回的前面，如将二百四十回本的一百七至一百八回合成第 54 项，在扉页上横向写成“Gurban ulus-un bichig.tabin dörbedüger jüil bolai”。从第二页开始先以“jagun doludugar bülüge.jeu yiui arga togtaju Jingjeu-i absugai kemegsen”开头抄写第一百七回的内容，接着再以“Jagun

① 陈岗龙：《〈三国演义〉满蒙译本比较研究》，《民族文学研究》2011 年第 4 期。

naimadugar büiüge. Liu Siuvan De sanamsar ügei Sün qatun-i abugsan”开头抄写了第一百八回的内容。本回最后将回末词翻译成“Jirüke tügsijü gergei abqu anu bayarlaqu baital-a ban basa ayumui.Jidgün baiju jigsagsan jarucha emes eche ayun buchamui”。回末词的翻译与特睦格图译本的回末词翻译迥然不同。

登录号为7985—86/96、7960/96的手抄经卷本是由6卷组成的《三国演义》同一部蒙译经卷本的第一、二、六卷。依次是一百二十回本的第一至二十回、第二十一至四十回、第一百一至一百二十回的内容。款式为61×20 cm，每页34行，在淡黄色纸上用墨笔楷体字书写。第一卷的黄色封面上的横排书名为“Dörben gaiqamsigtu bichig-ün terigün.Gurban yeke ulus-un arg-a uqagan mergelen, asur küchüten bagaturlan,ashida sidurgu-bar temecheldün, dumdadu ulus-tur törü togtaniqu kürtel-e ögülegsen angqadugar bolai”。封面上还有蒙古国国立图书馆的圆形和长方形的印章。上述三卷中人名、地名、官号等汉语名词旁皆以藏文注音。持此全卷的总序、回目、回前批、夹批、回末词和内容与其他译本相比较，可以看出这一部译本比较注重《三国演义》的文学性。

线装书中包括款式不一的多种手抄本，其中有的是用普通毛边纸装订成册，另外还有不少是由带红色栏线的抄经纸装订成册的。经笔者统计，据款式大小（页宽/页高）加以区分，共有20种。即29×26、27×26、25×28、20×26、26×26、18×27、26×26.5、24×24、25×27、27×27、26×25.5、22×22、32×32、25×16、26×20、25×22、19×25、26×25、26×20、13×26，单位为cm。每种包括最少1本，最多19本等不同册数。同一种书，仅线装书就有如此繁多的种类，足以说明《三国演义》在蒙古地区备受青睐，其传播之广，弥足惊叹。

从蒙古国现藏《三国演义》古旧蒙译本的数量分布来看，主要集中在蒙古国首都乌兰巴托地区。按收藏形式可分为公共图书馆收藏和个人收藏两种。

（一）公共图书馆收藏

从数量分布来看，在蒙古国庋藏《三国演义》古旧蒙译本最多的单位，当推蒙古国国立图书馆。该图书馆蒙古学手抄本特藏部共收藏刊本和手抄经卷本、手抄线装书45种，249册。其中6种47册被列入刊本的目录中，39种202册被列入手抄本目录当中。收藏于此的《三国演义》

蒙译古籍并非全部都是国立图书馆固有收藏，其中有相当一部分是蒙古国政府通过行政指令将国内各图书馆的古籍集中到这里来的。收藏在蒙古国国立图书馆的《三国演义》古旧译本中一部分是从当时被称为“圣帝图书馆”的第八世哲布尊丹巴呼图克图图书馆的“沙日沃尔多”（黄宫）和蒙古国科学院语言文学所图书馆转移过来的，原手抄本上所钤印章足以印证这一点。

（二）个人收藏

蒙古国科学院历史研究所研究员色·朝伦书房收藏了一册《三国演义》蒙译手抄本。据收藏者接受采访时说，此书是他在旧书市场上廉价购买的。红底白花的布料封面，内容为一百二十回本的第二十一回“曹操煮酒论英雄 关公赚城斩车胄”的译文。21 页， 42 面，每半页 14 行，淡黄色毛边纸上用墨笔抄写，楷体字。奇怪的是本册正文内容是第二十一回“曹操煮酒论英雄 关公赚城斩车胄”的译文，但是回目却写成“Gurban ulus-un bichig.qorin nigedüger bülüge. Shou Aman Siui tiyan keker-e aba abalabai.Tüng güwejiü dotugadu ordun-u jarlig-i dagabai”，显然是第二十回的回目。而且回前总批开头写有“orusil anu”两字，内容也不是第二十一回的回前批，而是第二十回“曹阿瞒许田打围 董国舅内阁受诏”的回前批。这有可能是译者或者传抄者疏忽所致，此册也是译自一百二十回本的译文。

位于乌兰巴托市苏和巴托区的策·达木丁苏伦私人博物馆藏有 18 册《三国演义》手抄蒙译本。没有封面，也没有书名。有些册子扉页上回目前写有“Gurban ulus-un bichig.×× bülüg”，每半页 8 行，款式为 12×25cm，在淡黄色的毛边纸上用墨笔书写，楷体字，线装，每册扉页上钤有语言文学所粉色长方形的印章和策·达木丁苏伦私人印章。18 册次第是一百二十回本的第九、十、二十三、四十五、四十六、四十八、四十九、八十五、八十九、九十六、九十七、一百、一百九、一百十四、一百十五、一百十六、一百十七、一百十八回的内容。这些书被编入蒙古国学者嘎·毕勒古岱编《策·达木丁苏伦私人博物馆蒙古文书目》一书中。

三、蒙古国所藏《三国演义》蒙译本的庋藏现状及文献特征

（一）庋藏现状

庋藏比较集中，这是蒙古国所存《三国演义》蒙译古籍的显著优势。蒙古国收藏的《三国演义》蒙译本古籍主要分布在蒙古国首都乌兰巴托地区的公共图书馆，以国立图书馆居多。蒙古国国立图书馆所存《三国演义》蒙译古籍占蒙古国总收藏量的80%左右，占国内外总收藏量的三分之一左右。

1. 编排有失严谨。

就庋藏情况而论，这也是不容忽略的缺欠。笔者在检索蒙古学手抄本特藏部阅览室的目录时发现，该特藏部所藏《三国演义》蒙译古籍目录中存在不少舛误。其表现为：

其一，书名与书的内容不尽一致。如根据检索目录，登录号为7985—89/96的5卷经卷本当为《三国演义》蒙译手抄经卷本的1—5卷。但是，通过检读上述5卷经卷本，发现登录号为7985—86/96的两卷经卷本是一百二十回本的第一至二十、第二十一至四十回的译文，第3—5卷经卷本竟然不是《三国演义》的译文，而是《五守护神大乘经》等其他书籍。实际上第3—5卷没有被著录到目录当中。而且该部经卷本的第6卷一百二十回本的第一百一至一百二十回的译本却被编成7960/96的登录号。

其二，同一部手抄本被编成几个不同的登录号。如登录号为5891—94/96的4册手抄本是一部传抄本的13—16册，内容是二百四十回本的第一百二十一至一百六十回的译文。登录号为5591—94/96的4册是该部传抄本的第17—20册，二百四十回本的第一百六十一至二百回的内容。但是在目录中上述两种共8册书被拆分为两个登录号中，而且在两个登录号中间还编入其他登录号。更其甚者，款式完全相同的8册书中登录号为5891—94/96的4册书款式被标成26×25.5cm，登录号为5591—94/96的4册书款式被标成26×25cm。除此之外，目录中还存在册次顺序颠倒的舛误。上述问题的存在，对后人《三国演义》蒙译古籍的阅读和研究造成了很多不便。这也是该目录中存在的普遍问题。

蒙古国国立图书馆蒙古学手抄本特藏部的蒙古文文献的收藏量居世界首位。据蒙古国国立图书馆蒙古学手抄本特藏部工作人员、目录学家

巴·通拉嘎的精心统计，该特藏部所存手抄本和刊本有 21 000 册左右。[①]遗憾的是，截至目前尚无对这些庋藏中的蒙古文文献进行科学编目的著作问世。

2. 保存质量差，抢救工作力度不够。

由于年代久远，加之许多自然与人为的因素，乌兰巴托地区所存《三国演义》蒙译本中封面残缺、装订线脱落的古籍很多。如收藏在蒙古国国立图书馆的登录号为 5297/96 的经卷装抄本，已发霉，一触即破，无法翻阅。还有一本登录号为 2746/96 的以韵文形式编译《三国演义》全部内容的手抄本《三国演义概要一册》，书页已经残缺不全。尤其是收藏于策·达木丁苏伦私人博物馆的 18 册手抄线装书的收藏条件更差。既无包裹，更无函套，被塞在一只陈旧的木箱里，其中有的抄本因装订线脱落，书页散乱，已经残缺不全。蒙古族历来有用羊皮包裹婴儿，用绸缎包裹书籍的优良传统，蒙古文古籍是祖先们留给后代的珍贵的文化遗产。在现代科学技术高度发展的今天，采取各种有效措施保护蒙古文古籍，并将其用现代复制技术科学地加以保存已成为目前亟待解决的问题。然而，包括蒙古国国立图书馆在内的各处古籍收藏机构都尚未启动这方面的工作。

（二）文献特征

收藏在蒙古国的《三国演义》蒙译本古籍文献是以最原始的流传形式保存下来的蒙古族古代文学的珍贵资料。与庋藏在我国的《三国演义》蒙译本古籍比较，具有以下三个方面的特征：

原始性。在国内收藏的《三国演义》蒙译古籍中，20 世纪 20 年代刻印颁行的石印本和铅刊本占总收藏量的多半数以上。而在蒙古国所藏《三国演义》蒙译本古籍中未经刻印的手抄本、经卷本和线装书约占蒙古国总收藏量的八成多。这些古籍几乎都没有翻译时间、地点和译者、传抄者等信息的记载。与国内同类古籍抄本，如辽源儒林印刷局印行的和北京蒙文书社铅印发行诸版本相比较，蒙古国收藏《三国演义》蒙译古籍模糊性比较明显。甚或其中的一些抄本损毁比较严重，面目全非，已难以翻阅。这些仅仅藉以抄本这种特殊的文献形式得以保存和流传至今的版本，较国内收藏的《三国演义》蒙译古籍具有明显的原始性。

---

① Тунгалаг Б. ДуламсүрэнЦ., Монгол гар бичмэл барын номын номзүй. Улаанбаатар. 2011. p.6.

完整性。蒙古国收藏《三国演义》蒙译古籍的完整性首先表现在这些译本的时空意义的延续上。既有最早期的从满文译本转译的译本和一百二十回本的译本，又有较晚期的北京蒙文书社颁行的铅印版译本。更值得一提的是还收藏有最早的满蒙合璧版的《三国演义》刻本。某些经卷装抄本以及抄在经卷纸上的册页式译本无疑属于年代久远的文献。其次，表现在版本种类的多样性上。蒙古国收藏的《三国演义》蒙译古籍既存有二百四十回本的译文，又存有一百二十回本的译文；既存有散文译本，又存有韵文简译本；既有刊本又有手抄本；既有译自汉文原文的译本，又有译自译文的转译本，几乎囊括了《三国演义》蒙译史的所有成果。

珍贵性。蒙古国收藏《三国演义》蒙译古籍的珍贵性表现在某些藏本为我国所阙如。如色·朝伦书房收藏的 1 册手抄本、策·达木丁苏伦私人博物馆所存 1 册手抄本、国立图书馆所存登录号为 7985/96、7986/96 的手抄经书和登录号为 2585/96、2641/96、5590/96 的手抄线装书等。这些译本最明显的特色是翻译了特睦格图翻译毛宗岗批一百二十回本中没有翻译的夹批和回中词。国内从未发现此类译文的传抄本。蒙古国地区也未发现这一种类的足本。这些抄本都是国内外学者在研究中未经采用的珍本。这一种抄本系列对《三国演义》蒙译研究具有补充资料空白的重要文献价值，可以说是无可估价的珍贵资料。此外，蒙古国国立图书馆还存有一本押头韵形式简译《三国演义》的韵文手抄本，共 52 页，书名为“Gurban ulus-un üliger-ün quriyanggui nigen debter”（《三国演义概要一本》），译文遣词造句优美、韵律优雅。此本系清朝宣统二年（1910 年）伊克昭盟鄂尔多斯右翼中扎萨克多罗贝勒旗索诺木拉希直接译自汉文原文的译本，国内外未曾发现其传抄本，应该是一部孤本。这些抄本是《三国演义》在蒙古地区流传的珍贵资料，具有独一无二的学术价值和无可估价的收藏价值。

四、蒙古国收藏《三国演义》蒙译古籍的学术价值

发掘整理乌兰巴托地区所藏《三国演义》蒙译古籍对于《三国演义》传播研究及蒙汉文学关系研究具有极为重要的学术价值。

译本的文献研究。能为译自满文译文的《三国演义》蒙译本的研究提供丰富的第一手资料。蒙古国国立图书馆所存《三国演义》蒙译古籍

里有一部分译本仍然保留满文人名、地名、官号、书名。尤其值得一提的是，有的手抄本篇末还附识刊行时间的年款。这无疑成为从满文译文转译《三国演义》的极具说服力的佐证。从收藏量来看，译自满文译文的转译本占总收藏量的多半。这些译本成为研究译自满文译文的《三国演义》蒙译本的第一手资料，亦是研究满蒙文学交流的文献依据。

译本的传播研究。能使《三国演义》译本系统更为完整，进一步补充和丰富《三国演义》传播研究的内容。策·达木丁苏伦曾说："《三国演义》肯定至少三次被翻译成蒙古文。"但是没有举出具体的例子和可靠的依据。迄今为止，学界普遍认为《三国演义》前后被两次翻译成蒙古文，即最早从满文译文转译二百四十回本后到20世纪20年代特睦格图等从一百二十回汉文原文直接译成蒙古文译本。据此，学界形成了《三国演义》蒙译本系统是由译自满文译文的转译本系统和译自汉文原文的译本系统构成的普遍认识。当然，这是根据国内所存《三国演义》蒙译古籍的收藏现状下的结论。实际上《三国演义》曾至少前后三次被翻译成蒙古文。将二百四十回本从满文译文转译成蒙古文后，特睦格图等从汉文原文翻译颁行一百二十回本之前，佚名的蒙古族文人或群体直接从汉文原文翻译过一次一百二十回本。蒙古国色·朝伦书房收藏的1册手抄本、策·达木丁苏伦私人博物馆所存1册手抄本、蒙古国国立图书馆蒙古学及手抄本特藏部所存登录号为7985/96、7986/96的手抄经书和登录号为2585/96、2641/96、5590/96的手抄线装书即是极有力的佐证。据此，我们应该将《三国演义》蒙译本系统看成由译自二百四十回本的一个系统和译自一百二十回本的两个系统组成的完整的体系。发掘珍贵的第一手资料，发掘整理有明显区别于译自满文的译本和特睦格图译本的第三类译文的全部译文，可以清晰地勾画出《三国演义》蒙译史轨迹，能够补充、丰富《三国演义》传播研究的材料与内容。

另外，发掘整理蒙古国所藏《三国演义》蒙译古籍，能补充和丰富其在域外传播研究的材料与内容。收藏在蒙古国的《三国演义》蒙译刊本和手抄本有力地印证了《三国演义》不仅传播于与汉族地区接壤的漠南蒙古地区，而且在远离中原的漠北喀尔喀蒙古地区传播的情况也很广泛。发掘这些古籍的具体内容，一方面，能拓宽《三国演义》在蒙古地区传播的空间，另一方面，也能补充《三国演义》域外传播研究的空白。之前，未曾获见有关《三国演义》在蒙古国传播研究的论著问世。《三国演义》在域外传播的系列研究是近年《三国演义》研究的热门课题。

收藏在蒙古国的丰富多种的《三国演义》蒙译古籍的整理研究，定会产生诸多《三国演义》在蒙古国以及整个蒙古地区传播研究的硕果。

第二节 蒙古国所藏蒙古文《四大奇书第一种》研究

《三国演义》是一部传播十分广泛，版本极其复杂的经典作品。其版本分属两大系统，即二百四十回本和一百二十回本。其中最早流传的刊本是二百四十回本之嘉靖本，流行最广的版本当为一百二十回本之毛评本。以往，学界关于《三国演义》蒙译本的关注基本都集中于二百四十回本译本和一百二十回本的特睦格图译本上。除了蒙古国学者策•达木丁苏伦和中国学者陈岗龙先后提及该小说被译成蒙古文的次数之外，学界未曾关注一百二十回本《三国演义》的其他译本。策•达木丁苏伦在《蒙古文学研究的一些问题》一文中指出："著名的《三国演义》肯定至少三次被翻译成蒙古文。波兹德涅耶夫出版的《蒙古文学范例》中发表的三国故事是不同于前两个译本的另一种译本。甚至蒙古国国立图书馆收藏的手抄本《三国演义》也是不同于前两个译本的另一种译本。"陈岗龙在《〈三国演义〉满蒙译本比较研究》一文中略作判断称："一百二十回本的译本流传比较广，可能有两个以上的不同译本，其中特睦格图1928年翻译修订的译本可能是最后的译本。"

2010年10月，聚宝在赴蒙古国乌兰巴托市各图书馆查阅资料过程中，有幸获见与国内广泛流传的毛评本《三国演义》的特睦格图译本迥异的两种译本。次年，为进一步探究这两部译本，聚宝再度前往蒙古国，持毛评本汉文原著和国内广泛流传的毛评本特睦格图译本与之比对，比勘其异同。与此同时，还就该两种译本的文献特点、底本来源及其不同传抄本、译成时间、地点、学术价值等相关问题进行了考证和研究。下面论及的即是其中的第一种译本，蒙古国国立图书馆所藏蒙古文《四大奇书第一种》。

一、蒙古国所藏蒙古文《四大奇书第一种》之文献特征

蒙古国所藏蒙古文《四大奇书第一种》目前收藏于蒙古国国立图书馆的蒙古文古籍特藏部，存两卷，登录号分别为 7895/96、7896/96，手

抄经卷本，规格为 61×20cm。第一卷的棕黄色硬皮纸封面上的横排书名为“dörben gaiqamsigtu bičig-ün terigün：gurban yeke ulus-un arg-a uqagantan mergelen asur küčüten bagaturlan ašida sidurgu-bar temečeldün dumdadu ulus-tur törü togtaniqu kürtel-e ögülegsen angqadugar bolai.”（汉译为：“《四大奇书第一种》，是叙述三大国之智者用其谋，力者用其威，拼搏争斗到中国大一统国家建立的第一书”），封面上方钤有两枚“ulus-un nom-un sang”（“蒙古国国立图书馆”）的圆形和长方形朱文印，封面中部右侧和左侧还分别钤有两枚长方形和正方形朱文印，由于年代久远，封面磨损严重，中部的两枚印文已无法识读。

扉页前段的书名和题记为“dörben gaiqamsigtu bičig-ün terigün.gurban ulus-un bičig terigün debter-e: bogda goniglagsan gadagadu bičig”（汉译为：“四大奇书第一种，三国演义，卷之一，圣贤悲愤之外一书”）。书名以下到第三页中段载有开卷词一首：

dagulal-iyar ögülegsen anu：urtu mören-u usu jegün teisi orgilun urusču dabalg-a inu üjesküleng/urgumal čečeg-ün öngge naran esergüü qandugad ulam delgerekü anu üjesküleng/orčilang teki sain eres jöb burugu kemelčen temečeldükü anu qogusun-i adalidqabasu/urusqal usun-u dabalg-a delgemel čečeg-ün öngge yagun-u öger-e/öndör agulan-deki modučin mören-ü jaq-a-deki jigasučin anu namurun sara qaburun salqin-i üjeküi-dü dasqal bolugad/nige qobing bolingqar-tai ariqi-ban bayasqulang-iyar učaraldun/önggeregsen ba edügeki kečinen kereg-i iniyelčeküi-ber ariqidaqu dotur bagtagabai/ügen-ü dagulal-iyar ekileged dagulal-iyar baragdagsan kedün üge-yi qinaqu keregtei.

第 4 页中段开始，载有译者短序一篇，文曰：

mongguljigsan-u yeke tölüb anu gurban ulus-un bičig kemegdekü nigen teüke anu erten eče inagsi dörben yeke gaiqamsig bičig-ün terigün anu bolai:egüni ulus manglai erdemten Čen Šeü joqiyagsan ajigu.üge anu eres tasu udq-a anu masi gün ünenkü yabudal čoqum kü kereg-yi temteglegsen böged öčüken čü jasadag ügei kememü. gagčaqu qitad üsüg-ün ayalg-a anu adalisig baital-a üsüg udq-a anu yekele öger-e ilangguy-a teüke-ün doturaqi kümün-ü ner-e ba gajar orun qagalg-a bogumtan-u ner-e bükün-i mongguljiqui-du masi berke böged ayalg-a-yi dagaju monggul-iyar bičibečü üsüg-i ilgaragulun ülü čidamui. eimü-yin tula gurban ulus-un bičigdür tagalagči erkim-üd erkebsi ulus muji-yin ner-e-ün jerge-yi todorqailan temdeglebesü joqimui.kerbe burugu-yin ner-e-yi buqa-dur jegüged oliguu soliguu uqamsarabasu bičig-ün doturaqi gün uqagan-i olquy-a berke böged qarin ču bičigsen arad-un tasiyaral gekü yagun-u boljug-a kemen urida eče temteglen bičibei. jiči üsüg bičig-ün udq-a anu dalai eče gün tula ügen-ü ayas-bar jirum-i dagaju čidan yadan orčigulugsan egüni engdegdel tašiyaral masi olan boi j-a. aguu yeke örüsiyeltü erdemten jasan jalaragulun burugu engdegdel-yi sigümjilen eleglekü ügei bögesü qoisida enečilen surqui-dur duratai arad-tu yekele kesig bolai.

汉译：蒙译之缘由，《三国志》之一史者，乃是自古流传下来的《四大奇书》之第一种。本书由国家鸿儒陈寿所撰就。文字刚健，意蕴深邃，所叙均属真实史事，未经润色修改。只是汉字多有音同而义异、迥然不同，特别是史事中的人名、地名、关隘名等，逐一蒙译，要为难事。循音音译，则难辨字义。故雅好《三国志》的诸尊者，须就朝代及郡县名称加以注明。倘或妄为鱼鲁，遂生曲解，难能领略志书之深意，或致归之撰书者的舛误，故特在卷端先行识之。窃思文字之涵义深若大海，虽循原词句勉力译之，谬误亦或弘多。倘蒙博雅君子出于仁爱，予以斧正，且不以舛误指摘相讥，则实属吾辈好学之人的幸事。

译本显然属《四大奇书》之第一种《三国志通俗演义》，然而上引短序中竟然称“陈寿所撰《三国志》”，这无疑是无名氏蒙古族译者将罗贯中所撰历史演义小说《三国志通俗演义》与陈寿所撰史书《三国志》相混淆而致。尽管如此，作为一名蒙古族文人，译者对该书语言、文字、题材、内容的独到理解和客观评价，以及所提出的读法等亦不乏精辟之处，这一点应予肯定。

正文是在淡黄色纸上用墨笔书写，楷体字，每页34行，每回前附有本回回批的全译文。夹批则用小字，双行并列。页码数字用蒙古文标注，人名、地名、官号等汉语名词右侧皆以藏文注音。

根据该图书馆的检索目录，该两卷译本当为6卷经卷本《三国演义》登录号为7895—99/96的蒙译手抄经卷本的1—2卷。但是，通过到实地检读发现，登录号为7895—96/96的两卷经卷本是一百二十回本的第一至二十、第二十一至四十回的译文，第3—5卷经卷本竟然不是《三国演义》的译文，而是“Banjaragča”（《五守护神大乘经》）等其他书籍。实际上第3—5卷没有被著录到目录当中。而且该部经卷书的第6卷是二百四十回本的第二百一至二百四十回的译文，却被编成7960/96的登录号。目录著录与原书不尽相符或同一部书的不同部分被分散著录为不同系列号等舛误是蒙古国国立图书馆所藏汉族文学译本目录中存在的普遍现象。这很可能是编目人员的语言文字障碍或缺乏汉族古代文学知识等缘故造成的。

二、蒙古国所藏蒙古文《四大奇书第一种》之底本考证

在《三国演义》版本系统里，署名为《四大奇书第一种》的版本极其丰富。但是根据蒙古国所藏蒙古文《四大奇书第一种》书名后的题记、开卷词、序文和正文、夹批、回批内容，可以断定该译本的底本是毛评本中名为《四大奇书第一种》，卷首有“圣叹外书”四字和金圣叹序的一种版本。依据如下：

第一，卷首开卷词译文中尽管有误译之处，但不难发现这显然是毛评本之开卷词“滚滚长江东逝水，浪花淘尽，……古今多少事，都付笑谈中。以词起，以诗结。”的全译。以“滚滚长江东逝水”为开头的这首词本是明代著名文学家杨慎所作《廿一史弹词》之“说秦汉”段的开篇词，词牌名为《临江仙》。清初毛宗岗父子在对罗贯中《三国志通俗演义》一书进行评改时将此词列为全书卷头词。所以，从开卷词看，该译本源于毛评本是毋庸置疑的。

第二，从封皮和扉页上的“dörben gaiqamsigtu bičhig-ün terigün”这一书名，我们可以判定译本的底本是毛纶、毛宗岗评《三国演义》版本系统里卷端书名和回前书名均为《四大奇书第一种》的版本。众所周知，《四大奇书第一种》这个称号，先由冯梦龙提出，后获得李渔的赞同，并由李渔在毛评本的序言中公开提名定位的。

第三，扉页前段署于书名后的题记能够进一步证实该译本不仅来源于毛评本，而且在一定程度上限定了底本的所属版本范围。扉页题记

“dörben gaiqamsigtu bičig-ün terigün.gurban ulus-un bičig terigün debter-e: bogda guniglagsan gadagadu bičig”（汉译为：“四大奇书第一种，三国演义，卷之一，圣贤悲愤之外一书”）中虽有一句与毛评本毫无相干的“bogda guniglagsan gadagadu bičig”，但是细析其内容不难发现此句乃“圣叹外书”的误译。实际上“圣叹”是本为“金圣叹”这一人的字。金圣叹（1608—1661），明末清初著名文学家、文学批评家。他曾评点过《水浒传》《西厢记》《左传》等经典作品，是中国文学批评史上最有影响的评论家之一。金圣叹对文学作品进行评点时，往往在他撰写的总序、读法、回批前题署“圣叹外书”四字。《三国演义》毛评本版本系统里有仿照金圣叹批《水浒传》，在总序、读法、回批前题署“圣叹外书”四字，卷首有金圣叹序的版本相当多。我们认为，译者是一位对汉族古代文学甚至《三国演义》版本特点了解并不十分深入的人。译者未能把“圣叹”一词准确地理解为“金圣叹”这一人名，而把“圣叹”理解为由“圣”和“叹”两字组成的主谓关系的词语，所以把“圣”和“叹”分别译成“bogda”（“圣贤”的意思）和“guniglagsan”（“悲愤”的意思），“外书”则从字面上直接译成了“gadagadu bičig”。于是产生了“圣贤悲愤的外书”这种极其怪异的书名。关于毛评本上的金圣叹序和回批前的“圣叹外书”四个字，学界有毛氏父子伪作和书商伪作两种说法，但在序和题记绝非出自金圣叹本人这一观点上基本达成了共识。

魏安在《三国演义版本考》里介绍了毛评本的7种重要版本。据该书有关毛评本版本介绍，书名为《四大奇书第一种》的毛评本中除了李渔作序的和金圣叹作序的两种版本外还有未注作序者名氏的版本流传。金圣叹作序的版本里介绍了 17 种版本。未注作序者的版本里介绍了 5 种版本。李渔序本里只介绍了醉耕堂本，谓：“醉耕堂本。此本似为毛评本的原刊本……版心书名《四大奇书第一种》。卷端书名：《四大奇书第一种》。题‘毛苑毛宗岗序始氏评，吴门杭永年资能氏评定，……前有读法，正文中有毛纶、毛宗岗父子的回前综评和双行小子夹批”[①]。何晓苇在《毛本〈三国〉研究述评》中谈到醉耕堂本时称：“书名不作‘第一才子书’,而作‘四大奇书第一种’，题名无‘圣叹外书’字样而作‘声山别集’，尤其值得注意的是卷首有一篇署名为‘李渔笠翁氏’的序”[②]。据此，蒙古国国立图书馆所藏蒙古文《四大奇书第一种》的底本

① 〔英〕魏安：《三国演义版本考》，上海：上海古籍出版社，1996 年，第 30 页。
② 何晓苇：《毛本〈三国〉研究述评》，《中华文化论坛》2006 年 4 期。

断非是“似为毛评本的原刊本”的醉耕堂本，而是一种毛评本中卷端、回批前均有《四大奇书第一种》这一书名，回前书名后署有“圣叹外书”四个字的版本。但是这一种版本也不尽相同，其中包括诸如60卷一百二十回小本、60卷一百二十回大本、19卷一百二十回本、英雄谱本等卷数不等的版本。卷数一致的版本里也有出自不同书坊的各种版本，如60卷小本里就有萃古堂刊本、富文堂刊本、广州永安堂刊本(1820年)、文会堂刊本、广州会文堂刊本、广州永安堂刊本(1845年)、维经堂刊本、振元堂刊本、苏州云林楼刊本、文林堂刊本、芥子园刊本等。不仅版本如此复杂，译本小序里所承载的信息也很多，所以我们暂且还不能断定蒙古国所藏蒙古文《四大奇书第一种》的底本是出自何书坊的何种版本。

三、蒙古国所藏蒙古文《四大奇书第一种》之诸传抄本述略

经过我们在蒙古国乌兰巴托市各图书馆和古籍收藏单位的实地调研和文本比勘，从蒙古国国立图书馆蒙古文古籍特藏部、策•达木丁苏伦私人博物馆、蒙古国科学院历史研究所色•朝伦私人书房里还发现了几部与蒙古国国立图书馆所存两卷蒙古文《四大奇书第一种》同源的不同传抄本。

（一）蒙古国国立图书馆所藏登录号为2585/96的抄本

封皮上的书名为“gurban ulus-un bičig eče”（汉译为：“取自《三国演义》”），存1册，该抄本内容属于毛评本《三国演义》的第七回“袁绍磐河战公孙 孙坚跨江击刘表”。缺回目和前1/4的内容，红色布质封皮，线装，共9张18面，规格为27×26cm，毛头纸，正文毛笔楷体字抄录，正文第一页钤有蒙古国国立图书馆长方形朱文印和蒙古国科学院正方形朱文印，正文半页20行，夹批则用小字，双行并列。该抄本的正文和夹批内容与蒙古国国立图书馆所藏登录号为7895/96的贝叶经式抄本毫无二致，不难看出，这是与蒙古文《四大奇书第一种》同源的毛评本蒙译本的一种抄本。

（二）蒙古国国立图书馆所藏登录号为5590/96的抄本

无封皮，亦无书名，存1册，该抄本内容是毛评本《三国演义》的第二十一回“曹操煮酒论英雄 关公赚城斩车胄”的译文。线装，共18

张36面，款式为25×16cm，淡黄色毛太纸，红色行格栏线，正文毛笔楷体字抄录，钤有蒙古国国立图书馆长方形朱文印，正文半页16行，夹批则用小字，双行并列。持该译本与汉文原著仔细比勘，发现该译本正文内容为一百二十回本的第二十一回“曹操煮酒论英雄 关公赚城斩车胄”，然而回前的回批内容不是该回的回批，而是第二十回“曹阿瞒许田打围 董国舅内阁收诏”的回批。这很可能是由于译者或传抄者的混淆导致。该抄本的正文、回批、夹批内容与蒙古国国立图书馆所藏登录号为7896/96的贝叶经式抄本毫无二致，这也是与蒙古文《四大奇书第一种》同源的毛评本蒙译本的一种抄本。

（三）策•达木丁苏伦私人博物馆所藏抄本

位于乌兰巴托市苏和巴托区的策•达木丁苏伦私人博物馆藏有一部《三国演义》抄本，该抄本被著录到蒙古国学者嘎•毕勒古岱编《策•达木丁苏伦私人博物馆蒙古文书目》一书的第371项，著录号为A2-39(MH-792)。无封皮，存1册，规格为12×25cm，在淡黄色的毛边纸上用墨笔抄录，楷体字，线装，共59张118面，首页上钤有粉色的蒙古国科学院语言文学所的长方形印章和策•达木丁苏伦私人藏书印。正文半页8行，夹批则用小字，双行并列。回批译于回前，附之小标题“orusil anu”(汉译：“序曰”)。回批前标有书名和回数，如：“gurban ulus-un bičig yisüdüger bülüg”、“gurban ulus-un bičig arbadugar bülüg”。该抄本内容是毛评本《三国演义》的第九回“除凶暴吕布助司徒 犯长安李傕听贾诩》、第十回“勤王室马腾举义 报父仇曹操兴师”的译文。持该译本与汉文原著和蒙古国国立图书馆所藏登录号为7896/96的贝叶经式抄本的对应内容仔细比勘，可以看出正文、回批、夹批内容与登录号为7896/96的贝叶经式抄本惊人的一致，因此可以断定这又是一种与蒙古文《四大奇书第一种》同源的毛评本蒙译本的再录本。

（四）蒙古国科学院历史研究所色•朝伦书坊所藏抄本

蒙古国科学院历史研究所研究员色•朝伦书坊藏有一本毛评本《三国演义》蒙译本手抄本，红底白花布质封皮，存1册，封皮上无书名，在淡黄色的毛边纸上用墨笔书写，楷体字，线装，共21张42面，正文半页14行，夹批则用小字，双行并列。回批译于回前，附小标题“orusil anu”（汉译：“序曰”）。回批前标有书名和回数，如：“gurban ulus-un bičig qorin nigedüger bülüg”。该抄本内容也是毛评本《三国演义》的第二十一回“曹操煮酒论英雄 关公赚城斩车胄”的译文。特别需要指出的是，该抄本同蒙古国国立图书馆所藏登录号为 5590/96 的抄本一样，正文内容为毛评本的第二十一回“曹操煮酒论英雄 关公赚城斩车胄”，然而回前的回目和回批内容不是该回的回目和回批，则是第二十回“曹阿瞒许田打围 董国舅内阁收诏”的回目和回批译文。如：“gurban ulus-un bičig qorin nigedüger bülüg Cou A Man Sioi Tiyan keker-e aba abalabai, Düng Guwe Jiü dotugadu ordun-u jarlig-i dagabai”，这一舛误足以说明该抄本与蒙古国国立图书馆所藏登录号为 5590/96 的抄本的同源关系。该抄本的正文、回批、夹批内容与蒙古国国立图书馆所藏登录号为 7896/96 的经叶式抄本也是一致的，亦复可以确定又是一部与蒙古文《四大奇书第一种》同源的毛评本蒙译本的传抄本。

蒙古国国立图书馆所藏登录号为7895/96、7896/96的贝叶经式抄本和登录号为2585/96、5590/96的册页式抄本，还有策•达木丁苏伦私人博物馆所藏抄本、蒙古国科学院历史研究所色•朝伦所藏抄本是毛评本同一部蒙译本的不同传抄本。其中蒙古国国立图书馆所藏登录号为7895/96、7896/96的贝叶经式抄本蒙古文《四大奇书第一种》是诸传抄本中成书时间相对早、篇幅最大、版本包含的信息量也最丰富、保留毛评本原著特征最多的抄本。

四、关于蒙古国所藏蒙古文《四大奇书第一种》译成时间和地点

蒙古文《四大奇书第一种》序文中未注明译者、抄录者名氏以及译成抄成时间和地点，而且目前还未发现能够证实其译者或抄录者名氏、译成时间和地点的文本实物。但是我们可以根据译本的收藏分布特点以及相关文献作初步的推断。

1928 年北京蒙文书社刊行的毛评本特睦格图译本《新译带批三国演义》的“跋”中提到：

> man-u olan monggul-dur delgerejü aqu gurban ulus bolbasu čöm qagučin bičig-i orčigulugsan böged dotor-a olangqin gegejü aldagsan gajar boi deger-e uul udq-a eča öger-e čoqolal silühlel-i ogtu gargagsan

ügei ene anu nigen iji bičig bolgaqu-dur arai dutagdal bolqu-yin tula man-u qoriy-a kündü ün-e-i ese qairalan olan erdemten bagsi nar-i čuglagulun arban jirgugan sar-a-yin urtu edür-i süidhejü qabsuran orčigulugad bülüg büri-yin qoin-a-dur darumlaju ungsiqui-dur dögüm bolgagsan-i olan bagsinar yerü-yin gurban ulus lug-a ülü adali-bar üjekü bolbau.gagča nanggiyad udq-a gün-e tula uqagan-i nebteregülün ese čidagsan gajar ügei kemen magadlaquy-a berke oldaqula erdemten bagsinar-un jalaragulun ögkü-yi gün-e eremeljemüi.:

汉译为：在我们蒙古民众中流传的《三国演义》皆译自旧版本，其中存在颇多遗漏和舛误，而且除了正文内容，未译出原著中所有批语和诗词。难能作为一部完整的书。故本社不吝重资，召集众多博学之士，花费长达十六个月的时间连同回批译出。为赏读便利，回批印于回末，望诸位师长切勿与《三国演义》之普通本等同视之。惟汉文意蕴深邃，不敢断言尽达其意，敬祈贤师斧正。

根据此小跋，我们对蒙古文《四大奇书第一种》的译成时间、地点可以做出两种判断。一、蒙古国所藏蒙古文《四大奇书第一种》很可能是特睦格图译本在国内问世之前译成于喀尔喀蒙古。二、因喀尔喀蒙古地区距离中原地区较远，信息沟通和交通比较闭塞，所以当时活跃于东南蒙古和北京地区的特睦格图未能发现喀尔喀蒙古地区已有翻译原著中所有批语和诗词的蒙译本。根据译本和传抄本的收藏分布地域和文本特点、文献特征，我们更倾向于第二种可能。其根据有：

首先，以库伦（今蒙古国首都乌兰巴托市）为核心的喀尔喀蒙古地区是清代汉文小说蒙译活动的两个核心之一。我国学者扎拉嘎长期致力于汉文小说的蒙译研究，他通过诸多汉文小说蒙译本的版本研究认为，近代汉文小说的蒙译活动曾经先后出现过两个中心。一个是环绕土默特左旗和土默特右旗的东南蒙古地区。另一个中心是环绕库伦的喀尔喀蒙古中部地区。这些小说的蒙译活动曾得到过第八世哲布尊丹巴呼图克图的支持。在该地区曾经翻译过《水浒传》《金瓶梅》《今古奇观》等一批汉文小说。蒙古国国立图书馆今存很多译本上都钤有第八世哲布尊丹巴呼图克图的藏书印。这些译本是当时的蒙古人民共和国国政府通过行政指令将国内各图书馆的古籍集中到国家图书馆古籍特藏部时从被称为“bogda-yin ordun”(圣帝宫苑)的第八世哲布尊丹巴呼图克图图书馆的

“sir-a ordu”(黄宫）转移过来的。这说明第八世哲布尊丹巴呼图克图确曾青睐汉文小说，因而也从另一方面印证了蒙古国所藏蒙古文《四大奇书第一种》在喀尔喀蒙古地区译成蒙古文的可能。

其次，据目前搜集到的资料，国内从未发现和蒙古国所藏蒙古文《四大奇书第一种》同源的传抄本。在国内现存500多册《三国演义》蒙译本中，除了特睦格图译毛评本的140余册铅印本，其余360余册均属于从满文转译的二百四十回本的译本。但是在蒙古国，仅乌兰巴托地区就有三处藏有该译本的传抄本。

第三，蒙古国所藏蒙古文《四大奇书第一种》的语言风格、翻译方法与我国内蒙古地区翻译家翻译的其他明清小说译本有较明显的区别。较之漠南地区译成的含有很多汉语音译词汇的小说译本，蒙古国所藏蒙古文《四大奇书第一种》中极少出现汉语音译词汇，甚至有不少地名、官号等汉语名词也被意译成蒙古文词汇。不难看出译者面对的很可能是生活在距离内地较远的喀尔喀蒙古地区的，几乎都读不懂汉文的蒙古民族读者群。

五、蒙古国所藏蒙古文《四大奇书第一种》之学术价值

蒙古国所藏蒙古文《四大奇书第一种》的发现和整理不仅是《三国演义》版本研究和流传研究的一个新收获，对蒙古古代文学研究和蒙古古代文艺批评研究也具有相当重要的学术价值。

（一）《三国演义》版本的研究价值

蒙古文《四大奇书第一种》的发现能使《三国演义》译本系统更为完整，进一步补充和丰富《三国演义》整个版本系统。策•达木丁苏伦曾说过：“著名的《三国演义》肯定至少三次被翻译成蒙古文。”但是没有举出具体的例子和可靠的依据。陈岗龙曾提道：“一百二十回本的译本流传比较广，可能有两个以上的不同译本。”亦未曾论及具体译本情况。除上述两位学者提出的推断之前，学界普遍认为《三国演义》前后被两次翻译成蒙古文，即最早从满文译本转译二百四十回本，其后到20世纪20年代特睦格图等从一百二十回本的汉文原著直接译成蒙古文。因此，学界曾形成《三国演义》蒙译本系统是由译自满文的转译本系统和译自汉文原著的译本系统构成的普遍认识。当然，这是根据国内所存《三国

演义》蒙译古籍的收藏现状下的结论。事实上《三国演义》曾至少前后四次被翻译成蒙古文。将二百四十回本从满文译本转译成蒙古文之后，特睦格图等从汉文原著翻译刊行一百二十回本之前，佚名的蒙古文人或群体直接从汉文原著曾两次翻译过一百二十回本。以上论及的蒙古国的四种抄本即是有力的佐证。据此，我们应该将《三国演义》蒙译本系统看成由译自二百四十回本的一种译本和译自一百二十本的三种译本组成的完整的体系。

（二）《三国演义》传播研究价值

蒙古文《四大奇书第一种》的发现不仅拓宽了《三国演义》在蒙古地区传播的空间，另一方面也补充和丰富了其在域外传播研究的材料与内容。《三国演义》传播研究是21世纪《三国演义》研究的新视角、新课题，其中以其海外传播研究最为引人注目。如英国、日本、朝鲜、韩国、越南、泰国等国家的传播研究成果颇多。究其传播史上的最初成果而论，其在蒙古国的传播尤为值得研究。然而，此项研究尚未引起学界足够的关注。蒙古国所藏蒙古文《四大奇书第一种》及其不同传抄本有力地印证了《三国演义》不仅传播于漠南蒙古地区，而且在漠北喀尔喀蒙古地区的传播也很广泛。蒙古国不仅是《三国演义》译本的重点庋藏地区之一，也是抄录、传播、研究的重点地区。

（三）蒙古文学与文艺理论研究价值

通过蒙古文《四大奇书第一种》和国内流传的特睦格图译本的回目、批语、诗词、正文等内容的比较，可以发现蒙古文《四大奇书第一种》和特睦格图译本之翻译方法的异同。特睦格图译本仅注重历史小说《三国演义》的历史性和思想性，而忽略了其文学性和艺术性。蒙古文《四大奇书第一种》则不同，不仅注重了其历史性和思想性，同时对其文学性和艺术性也给予了更多的关注。其具体表现在以下三个方面：首先，在正文的翻译方法上，蒙古文《四大奇书第一种》在不歪曲原文基本意义的前提下，为体现原作神韵风貌，多用蒙古语恰当的语句来进行意译，译文中移位、增补之处屡见不鲜。特睦格图译本则试图坚持原著语句规范和结构成分而多用了直译方法。其次，在诗词翻译上，蒙古文《四大奇书第一种》不仅翻译汉文原著中所有的诗词，而且在有些片段的译文中，融入了译者不少再创作因素。特睦格图译本则选择性地翻译了原著中那些衔接故事情节的诗词，甚至大刀阔斧地删节了占原著诗词多半数的论赞诗。诗词译文也基本囿于原诗词的格律和结构。再次，前者翻译了原著中所有夹批和回批，夹批和回批中也增加了很多译者主观评价和价值判断。特睦格图译本只字未译对原著艺术特点进行点评的夹批，只翻译了原著中评论思想内容的回批。以上特征使得蒙古国所藏蒙古文《四大奇书第一种》在文学研究、文艺批评研究价值上远远高于从满文转译的嘉靖本蒙译本和毛评本之特睦格图译本。

第三节 满文、蒙古文、汉文《三国演义》比较研究

对《三国演义》满文和蒙古文译本的研究，目前基本上还是停留在翻译版本的书目文献梳理阶段，满文、蒙古文《三国演义》译本之间的关系以及两者与汉文原著之间的关系还没有得到充分的文本层面上的跨语言文本的逐字逐句的比较研究和实证分析。因此，本节的目的，就是在前人的版本描述和书目文献梳理的基础上对满文、蒙古文、汉文《三国演义》进行跨语言的文本比较，通过三种语言文本具体内容的逐字逐句的比较来探讨《三国演义》满文和蒙古文译本的一些基本问题，从而促进这方面的研究有一个实质性的进展。

一、清朝重视《三国演义》的原因和满蒙译本的重要性

这里，笔者想对以下三个问题做简约的学术史梳理：一是清朝为什么特别重视《三国演义》并将其翻译成满文？二是《三国演义》在蒙古地区的流传为什么表现出不均衡性？三是满文和蒙古文译本《三国演义》为什么重要？对这三个问题，我先梳理一下前人学者的观点，再把相关的问题提炼出来，最后通过本节的具体探讨来思考这些问题。

首先是清朝政府或者说满族统治者特别重视并翻译《三国演义》，这很早就成为相关研究领域学者们争相议论的焦点，关系到清朝政府或者满族对《三国演义》这部历史小说的基本定位问题。黄润华在《满文翻译小说述略》一文中提到："满文《三国演义》在清初一再刊印，于统治者本意来说，并非因为它是一部著名的文学作品，而主要是认为此书的军事意义十分重要。皇太极虽痛斥'汉文史书，殊多饰词'，'野

史所载，皆系妄诞’，但在戎马倥偬之中，却命达海翻译《三国演义》全书；进关后，多尔衮又组织力量重译刊布，实以此书为兵略”①。李士娟在《记满文抄、刻本〈三国演义〉》中也提到清朝统治者将《三国演义》翻译成满文的原因是为了政治需要，并指出《三国演义》的兵法作用，但李士娟更倾向认为清朝政府用《三国演义》忠孝节义的故事来为建立和维护清朝新统治秩序服务的观点。②国内学者基本上是简约地用文献来印证自己的观点，而国外学者则在他们的基础上进一步展开论述。德国学者马丁·吉姆（Martin Gimm也作金马丁）在《汉文小说和短篇故事的满文译本》中对汉文小说满文译本目录进行了比较系统的介绍和论述，并对满族翻译汉文小说的动机和情况进行了论述。在谈到《三国演义》时马丁·吉姆指出：“引人注目的是在这一时期，杰出的学者达海承担了一部长篇小说——《三国演义》的翻译工作，这项工作的最后完成是在 1647 年。（蒙古文《太宗实录》③中也有记载：kitad-un bichig-i Manju-in hele-ber orchigulju tegüs bičigsen inü jargu-in yabudal-un yamun-u bügüde bičig, Sü šü, Gurban onul, Wan bao čiuwan šü, basa dorgun bičigsen inü Gegen toil, Liü dou, Mengzi, Gurban ulus, Dai čeng ging-i bičin egüsgegsen bülüge.）将汉书译成满洲语完成的有《刑部会典》《素书》《三略》《万宝全书》，尚未译写完成的有《通鉴》《六韬》《孟子》《三国》，并开始译写大乘经。之所以选择这部作品，也许是因为它表现了传统的军事战略，或者是在这部小说中描写了正统的王朝衰亡期间新兴帝国的崛起，因而可能被看成是当时现实政局的反映——反映了满洲诸部落的强大，特别是可以使满族的征服愿望合理化。这种寓意，在木刻版的序言中已经做了强调。”④这个木刻版的序言指的是《译印〈三国演义〉谕旨》：“皇父摄政王旨。谕内三院：着译《三国演义》，刊刻颁行。此书可以忠臣、义贤、孝子、节妇之懿行为鉴，又可以奸臣误国、恶政乱

① 黄润华：《满文翻译小说述略》，《文献》第 16 辑，1983 年。

② 李士娟：《记满文抄、刻本〈三国演义〉》，《中国典籍与文化》第 2 期，2005 年，第 35 页。

③《清实录》（第二册），《太宗实录》（一）（蒙古文），海拉尔：内蒙古文化出版社，1988 年，第 361 页。该蒙古文《清实录》为中国第一历史档案馆收藏《清实录》影印本。

④〔德〕马丁·吉姆著，定宜庄译：《汉文小说和短篇故事的满文译本》，载〔法〕克劳婷·苏尔梦编著，颜保等译：《中国传统小说在亚洲》，北京：国际文化出版公司，1989 年，第 130—190 页，特别是 132 页。

朝为戒。文虽粗糙，然甚有益处，应使国人知此兴衰安乱之理也。”[①]这里强调的是政治作用，是从统治角度考虑的。

英国汉学家魏安对清朝统治者重视翻译和传播《三国演义》做了两个方面的解释，一个是政治的，一个是军事的：

> 清政府如此重视《三国演义》的原因之一可以理解为他们认为《三国演义》中的三国鼎立局面与他们的实际情况相似。《三国演义》讲述了一个王朝的衰退与覆灭，和新王朝权利的兴起的故事。满族人需要去评判明清交替的成功性，并且自认为自己就像是《三国演义》中的蜀国一样（被认为是汉朝的合法的继承者），满族很有可能认为这个可以将其替代明朝政府统治的行为进行合法化。多尔衮在论述翻译《三国演义》的初衷的话语支持了这一观点。多尔衮论述道：“此书可以忠臣、义贤、孝子、节妇之懿行为鉴，又可以奸臣误国、恶政乱朝为戒。文虽粗糙，然甚有益处，应使国人知此兴衰安乱之理也。”满族人将自己看成蜀国的另一个原因便是他们可以将清朝的军队与其支持者蒙古的亲友关系阐释为刘关张的关系：“本朝羁縻蒙古，实是利用《三国志》一书。当世祖之未入关也，先征服内蒙古诸部，因与蒙古诸汗约为兄弟，引《三国志》桃园结义事为例，满洲自认为刘备，而以蒙古为关羽。其后入帝中夏，恐蒙古之携贰焉，于是累封忠谊神武灵佑仁勇威显护国保民精诚绥靖翊赞宣德关圣大帝，以示尊崇蒙古之意。时以蒙古于信仰喇嘛外，所最尊奉者，厥唯关羽。二百余年，备北藩而为不侵不叛之臣者，专在于此。其意如关羽之于刘备，服事唯仅也。”这种相似性可以进一步地延伸为确认刘备的义弟张飞与汉朝的关系。清太祖努尔哈赤（1583—1626）建立八旗制度，所有满族子弟都归属于八旗之中的一旗，而清太宗皇太极（1627—1643）则将八旗制度更加完善，他添加了蒙古八旗和汉八旗，用以将那些归属于清朝统治的汉族和蒙古族子弟予以分类。满、蒙、汉的关系与刘备（大哥=满族）、关羽（二哥=蒙古）和张飞（三弟=汉族）的义兄弟关系极为相似；如果说刘关张的义兄弟关系使得汉朝得以在曹操的军事倾轧下得以保存，那么满族统治则期望中国人民认为满、蒙、汉的军事联盟可

① 黄润华、王小虹译辑：《满文译本〈唐人小说〉〈聊斋志异〉等序言及译印〈三国演义〉谕旨》，《文献》1983 年第 16 辑。

以救明朝于李自成（于1644年攻占北京从而引起满族进攻中国）的军事攻击之下。满族将自己看做刘备或者蜀国利于他的宣传，但这并不能解释为何《三国演义》的翻译对于清政府来说如此急迫。另外一个更为实际的解释清朝敕令翻译《三国演义》的原因便是满族认为这本书可以作为一部很好的军事战略书籍。例如，王嵩儒（1873—？）曾道："本朝未入关之先，以翻译《三国志演义》为兵略，故其崇拜关羽。"①

可见，马丁·吉姆和魏安的看法和观点是比较相似的，他们的观点中多了一个用《三国演义》合理化解释清朝统治的正统性的层面，并对满族统治者重视《三国演义》的原因做了文学社会学的解释。纵观上述学者们的观点，基本倾向于清朝政府把《三国演义》翻译成满文主要是因为《三国演义》的政治军事作用，而主要不是它的文学欣赏功能。我们将在下面的具体研究中也进一步探讨这个问题。

与此相关的就是，满文《三国演义》被翻译成蒙古文，在蒙古族人中传播开来。但是，蒙古文《三国演义》并没有在所有蒙古部落中普遍流传，其传播范围基本上还是局限在东蒙古即与当时的卫拉特蒙古相对而言的内蒙古和喀尔喀，这与蒙古族和满族统治者的关系是有一定关联的。现存的蒙古文《三国演义》的各种版本基本上是从内蒙古和蒙古国搜集到的，而卫拉特蒙古和布里亚特蒙古虽然有大量的蒙古文木刻本和手抄本流传，但是在相关的图书目录中我们并没有见到蒙古文小说《三国演义》。笔者查阅了布里亚特学者王奇科娃编的《布里亚特蒙古文手抄本目录》、俄罗斯学者沙兹金编的《俄罗斯科学院东方学研究所藏蒙古文手抄本目录》，也没有发现《三国演义》。但只发现有《关老爷占卜书》。而在卡尔梅克没有发现《三国演义》流传，实际上是因为《三国演义》翻译成蒙古文的时候卡尔梅克已经迁徙到伏尔加河边。

大库伦（今天的乌兰巴托）是清代汉文小说在喀尔喀蒙古传播流传的中心。法国学者法兰·奥班在《简论中国文学在蒙古的传播》一文中指出："中国文学在蒙古的传播分两个时期：第一期可追溯到十四世纪。……第二个时期为汉文小说在蒙古产生影响的时期，只能追溯到十七世纪初即蒙古归顺于满族的时候。而且这种影响的扩大与十八世纪到

① 〔英〕魏安：《三国演义满文版本考》，上海：上海古籍出版社，1996年。此处引文见 http://www.babelstone.co.uk/SanguoYanyi/ TextualHistory/ Bibliography.html#LiFuqing1992b

二十世纪殖民者在南方大草原的势力不断扩张有密切关系。这是内蒙民族固有的现象，这种现象主要由南蒙的移民传播到其他地区，特别是库伦（Urga）一带（现今之乌兰巴托）。”①

李福清院士在《中国古典小说的蒙古文译本——尝试性文献综述》中也提出了相似的问题：

> 值得一提的是这些译本在整个蒙古民族栖息的疆域之内的传播状况是很不均衡的。大多数本子产生并传播在南蒙古地区，这一地区相当于目前南蒙古边界以内和古代的库伦（Urga）一带。有些我们下面要加以讨论的手抄本，显然是流行于蒙古西部和新疆的西蒙古地区——额鲁特地区；突出的例子如，乌兰乌德的布里亚特藏有大量的手抄本，可是其中竟没有发现汉文小说的译本；在伏尔加的卡尔梅克的藏书里也没有发现任何这类译本。伏尔加的卡尔梅克是一支西蒙古族及额鲁特的后裔，于十七世纪进入俄罗斯境内。②

从上面的关于包括《三国演义》在内的古代汉语小说蒙古文译本的传播情况的描述看，《三国演义》被翻译成蒙古文后，其传播重心一直在东蒙古——内蒙古和喀尔喀。而这个区域是清朝时期与满族统治阶级关系最密切的科尔沁蒙古和不久就归顺清朝的喀尔喀蒙古。

最后谈一下《三国演义》满文译本和蒙古文译本的重要性。英国汉学家魏安在《三国演义满文版本考》中说：“有清一代，《三国演义》满文版作为清朝的官方语言译本影响甚大，是很多《三国演义》译本的依据。《三国演义》的满文译本影响范围不限于远东，甚至影响到欧洲。欧洲的很多早期汉学家更熟悉满文而不是中文。《三国演义》第一个欧洲语言译本——法文译本③——主要是以满文译本为基础的。”但是，迄今为止，《三国演义》满文译本的研究还没有成为有规模的研究。实际

---

①〔法〕法兰·奥班著，黄春露译：《简论中国文学在蒙古的传播》，载〔法〕克劳婷·苏尔梦编著，颜保等译：《中国传统小说在亚洲》，北京：国际文化出版公司，1989年，第96页。引文中“内蒙民族”为原文翻译所原有。

②〔俄〕布里斯·李福清著，梁丽丽译：《中国古典小说的蒙古文译本——尝试性文献综述》，载〔法〕克劳婷·苏尔梦编著，颜保等译：《中国传统小说在亚洲》，北京：国际文化出版公司，1989年，第100—101页。

③ Pavie, Théodore (trans.), San-koué-tchy（Ilan kouroun-i pithé）: *Histoire des Trois Royaumes.* Paris: Benjamin Duprat, 1845—1851.

上，满文《三国演义》的研究特别是满文译本与原著和法文译本等的比较研究，不仅仅是国内少数民族文学的比较研究，而且是超越民族文学研究范围的比较文学命题。

二、《三国演义》满文和蒙古文译本版本综述

（一）满文《三国演义》版本

《三国演义》的满文译本大约有以清朝顺治七年内府刻本为代表的纯满文译本、以雍正年间坊刻本为代表的满汉合璧本、以《三译总解》为代表的满朝合璧本三种译本，另外还有用满文字母拼写汉语读音的《三国演义》片段。黄润华的《满文翻译小说述略》、李士娟的《记满文抄、刻本〈三国演义〉》比较详细地介绍了国内满文《三国演义》收藏情况。马丁·吉姆详细列出了满文《三国演义》的各种版本，魏安在《三国演义版本考》中也提供了中国和国外收藏的满文《三国演义》版本目录。根据这些书目文献研究论文和《全国满文图书联合目录》、蒙古国学者米西格著《乌兰巴托市国立图书馆满文文库满文图书目录》等满文图书目录，《三国演义》满文译本的各种版本归纳如下：

1. 顺治七年刻本满文《三国演义》：

《三国演义》二十四卷，“ilan gurun i bithe”，祈充格等译，清顺治七年（1650 年）内府刻本，24 册，包背装，白口，页面 32.4×21.6cm，半叶版框 29×20.6cm。四周双边 9 行，版口有双鱼尾。国家图书馆、故宫博物院图书馆藏。国家图书馆藏本存 16 册。[①]

《三国演义》二十四卷，“ilan gurun i bithe”，祈充格等译，清雍正年间坊刻本，48 册，满汉合璧，线装，白口，页面 24.5×16.7cm，半叶版框 21.7×15.8cm。四周双边 7 行，版口有汉文书名。国家图书馆、中央民族大学图书馆、中国科学院图书馆、中国民族图书馆藏。[②]

《三国演义》二十四卷，“ilan gurun i bithe”，清顺治七年（1650 年）抄本，24 册，页面 28.4×19.7cm。故宫博物院图书馆藏。未见到书籍。[③]

---

① 北京市民族古籍整理出版规划小组办公室满文编辑部编：《北京地区满文图书总目》，沈阳：辽宁民族出版社，2008 年，第 384 页。

② 同上。

③ 同上书，第 384—385 页。

马丁·吉姆提供的目录：1650 年版满文刻本（殿本），24 册，二十四回，规格为 36×22.9（28.1×20）cm。伊尔库斯科收藏 2 部；俄罗斯科学院东方学研究所和圣彼得堡大学图书馆各藏 2 部；沈阳辽宁省图书馆、纽约美国自然历史博物馆、巴黎国家图书馆收藏的版本为残本 2 部，为 1721 年、1767 年残本，为第一至十回和第十二至十八回。巴黎高级中国问题研究院、故宫博物院图书馆、北京国家图书馆收藏残抄本，为 1—16 册。乌兰巴托国家图书馆收藏 2 部。

满文《三国演义》抄本：哈佛大学图书馆收藏两部残本，分别仅存九至二十四回和一至五回；伊尔库斯科收藏 2 部，一部为 4 函 24 册稿本，书名为“Ilan gurun-i suduri”，一部为残本，4 函，第 1 册散失；俄罗斯科学院东方学研究所收藏了几部残本：a）1888 年、1895 年抄本，存 11 册，分别为：1、5、7—9、12、15、17、20、23、24 册；b）1909 年残本；c）残本，仅存第 1 册；圣彼得堡大学图书馆收藏残本，仅存六至十一回；巴黎国家图书馆收藏残本，18 册，存三十四至九十九回；巴黎国家图书馆收藏 1769 年满汉合璧插图本，书名为“Ilan gurun-i niguran”，存 1 册；故宫博物院图书馆收藏残本，6 册，为第七至十二回；罗马教皇图书馆收藏残本，仅存 2 册，第十四回，书名为“Manju nikan hergen-i kamcime araba Ilan gurun-i bithe”。马丁·吉姆还提到了乌兰巴托个人收藏的满文《三国演义》。①

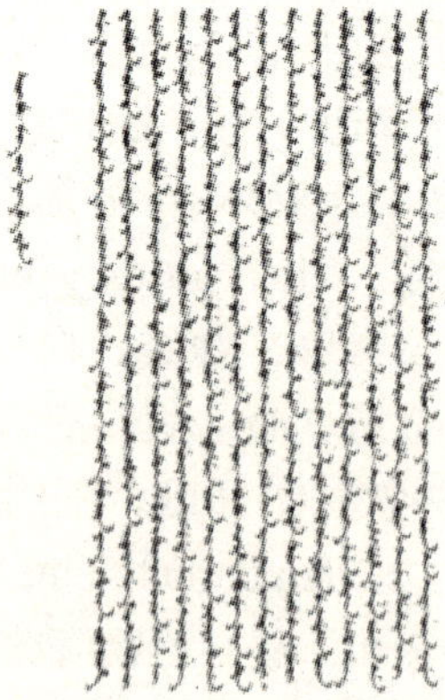

满文《三国演义》抄本书影

①〔德〕马丁·吉姆著，定宜庄译：《汉文小说和短篇故事的满文译本》，载〔法〕克劳婷·苏尔梦编著，颜保等译：《中国传统小说在亚洲》，北京：国际文化出版公司，1989 年，第 158—159 页。

蒙古国学者米西格所著《乌兰巴托市国立图书馆满文文库满文图书目录》记录了1650年内府刻本和手抄本，而且是完好无损的藏本。[①]

内府刻本的页数为：

序号	页数	序号	页数	序号	页数	序号	页数
第1册	134	第2册	95	第3册	117	第4册	99
第5册	75	第6册	92	第7册	97	第8册	98
第9册	102	第10册	82	第11册	91	第12册	103
第13册	96	第14册	101	第15册	102	第16册	89
第17册	95	第18册	90	第19册	103	第20册	90
第21册	104	第22册	85	第23册	89	第24册	93

手抄本的规格为24.5×12.5cm，每页20行左右。页数为：

序号	页数	序号	页数	序号	页数	序号	页数
第1册	133	第2册	119	第3册	163	第4册	139
第5册	86	第6册	128	第7册	127	第8册	88
第9册	86	第10册	93	第11册	94	第12册	91
第13册	102	第14册	103	第15册	110	第16册	96
第17册	95	第18册	110	第19册	120	第20册	121
第21册	91	第22册	108	第23册	93	第24册	105

从国内外收藏的满文《三国演义》刻本和抄本的情况看，蒙古国国立图书馆收藏的两部满文《三国演义》刻本和抄本都是完整的足本，具有重要的收藏和研究价值。

2. 满汉合璧《三国演义》：

黄润华的《满文翻译小说述略》从满汉合璧《三国演义》中避讳“玄”“贞”而未避讳“弘”推断出该刻本年代为雍正年间，并从刻工、纸张判断出自民间刻坊，而不是内府刻本。[②]满文部分与顺治本相同，学界认为应为顺治七年版本的衍生本。而中文部分是后来根据一百二十回本补上去的，与满文部分并不是逐字逐句对应。

---

①〔蒙古〕米西格：《蒙古学研究》第一卷第29册，《乌兰巴托市国立图书馆满文文库满文图书目录》（回鹘式蒙古文），《蒙古学研究》第一卷第29册，乌兰巴托：科学与高等教育学术出版社，1959年，第204—206页。

② 黄润华：《满文翻译小说述略》，《文献》1983年第16辑。

满汉合璧《三国演义》：约为 1770 年，不附序言，8 函，48 册，二十四回，规格为：24.8×16.6cm。柏林国家图书馆、剑桥大学图书馆、大连图书馆、俄罗斯科学院东方学研究所收藏二至三部；圣彼得堡大学图书馆藏两部残本，一部为第二至二十四回，一部为仅存第一、二、四回；辽宁省图书馆、日本大阪大学图书馆、巴黎国家图书馆、北京国家图书馆、首都图书馆、民族文化宫图书馆、中央民族大学图书馆、中国社会科学院图书馆、大连图书馆、罗斯托克大学图书馆（残本，仅存 2 册，第十四至二十四回）、东京东洋文库、齐齐哈尔市图书馆、图宾根大学图书馆（仅存 37 册，第十四至二十四回散失）各收藏一部。

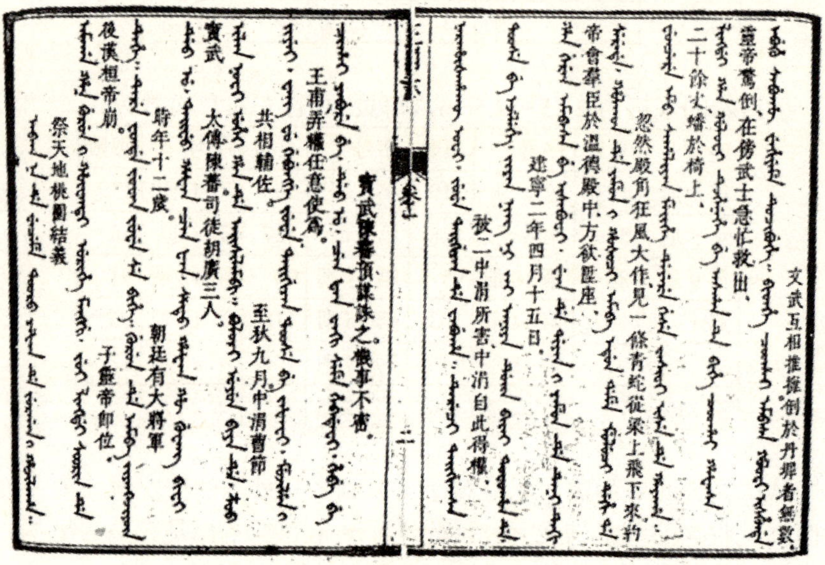

满汉合璧《三国演义》

3.《三译总解》：

至今，我们还没有发现满蒙合璧《三国演义》。满文和朝鲜文对应的《三译总解》是一种朝鲜族人学习满文的教科书，其做法类似于朝鲜王朝的《老乞大》，用朝鲜文拼写和翻译蒙古文、满文（清语），供朝鲜族人学习这些语言。

4. 满文字母拼写汉语《三国演义》片段

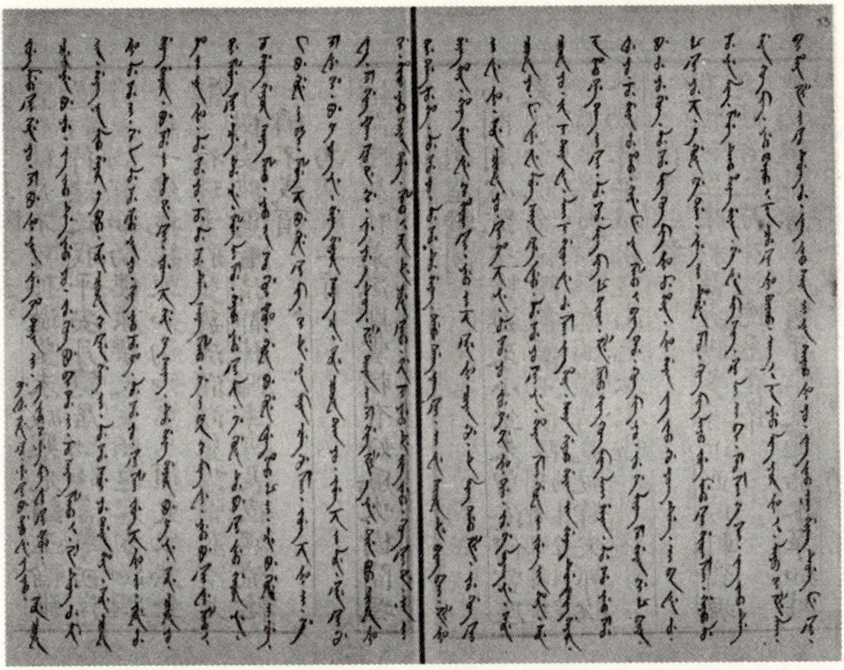

满文字母拼写汉语《三国演义》书影

这种音译本可能是供满族学习汉语用的，其中把早期老满文拼写的人名进行了个别的修订，对满文发展的研究和满文《三国演义》演变的研究有一些参考价值。

（二）蒙古文《三国演义》版本

蒙古文《三国演义》的版本大约有根据二百四十回本、一百二十回本两种汉语原本翻译或修订的版本。其中，一百二十回本的译本流传比较广，至少有两个以上的不同译本，其中明确的是特睦格图 1928 年翻译修订的译本可能是最后的蒙古文译本。

1. 二百四十回本系统的蒙古文《三国演义》抄本：

根据《中国蒙古文古籍总目》，二百四十回本蒙古文《三国演义》在国内仅在国家图书馆收藏一部，而且不全。07499 “gurban ulus-un bichig”，二百四十回本，清末毛笔抄本，2 函 13 册，规格 22.5×22.5cm，存 12—24 册，第一百十一至二百四十回。国家图书馆藏。

蒙古国学者扎敦巴所著《八世哲布尊丹巴所藏蒙古文手抄本目录》中有："gurban ulus-un bichig"，第 1—24 册，每页 13 行，规格 25.5×25 cm。①

我们手中的 48 册本蒙古文《三国演义》存 20 册，目录分别为：

第二册:

吕布刺杀丁建阳/废汉君董卓弄权/曹孟德谋杀董卓/曹操起兵伐董卓/虎牢关三战吕布

第三册:

董卓火烧长乐宫/袁绍孙坚夺玉玺/赵子龙磐河大战/孙坚跨江战刘表/司徒王允说貂蝉

第四册:

凤仪亭布戏貂蝉/王允授计诛董卓/李傕郭汜寇长安/李傕郭汜杀樊稠/曹操兴兵报父仇

第六册:

杨奉董承双救驾/迁銮舆曹操秉政/吕布夜月夺徐州/孙策大战太史慈/孙策大战严白虎

第七册:

吕奉先辕门射戟/曹操兴兵击张绣/袁术七路下徐州/曹操会兵击袁术/决胜负贾诩谈兵

第十一册:

云长延津诛文丑/关云长封金挂印/关云长千里独行/关云长五关斩将/云长擂鼓斩蔡阳

第十二册:

刘玄德古城聚义/孙策怒斩于神仙/孙权领众据江东/曹操官渡战袁绍/曹操乌巢烧粮草

第二十九册:

黄忠馘斩夏侯渊/赵子龙汉水大战/刘玄德智取汉中/曹孟德忌杀杨修/刘备进位汉中王

第三十册:

① Jadamba, *Collection of Mongolian Manuscripts from the Library at His Holiness Jebsundamba Khutuktu in State Public Library*, STUDIA MONGOLICA, Tomus I, Fasciculus 6, Ulaanbaatar, 1959, p.26.

关云长威震华夏/庞德抬榇战关公/关云长水淹七军/关云长刮骨疗毒/吕子明智取荆州

第三十一册:

关云长大战徐晃/关云长夜走麦城/玉泉山关公显圣/汉中王痛哭关公/曹操杀神医华佗

第三十二册:

魏太子曹丕秉政/曹子建七步成章/汉中王怒杀刘封/废献帝曹丕篡汉/汉中王成都称帝

第三十三册:

范强张达刺张飞/刘先主兴兵伐吴/吴臣赵咨说曹丕/关兴斩将救张苞/刘先主猇亭大战

第三十八册:

孔明祁山破曹真/孔明大破铁车兵/司马懿智擒孟达/司马懿智取街亭/孔明智退司马懿

第三十九册:

孔明挥泪斩马谡/陆逊石亭破曹休/孔明再上出师表/诸葛亮二出祁山/孔明遗计斩王双

第四十册:

诸葛亮三出祁山/孔明智败司马懿/仲达兴兵寇汉中/诸葛亮四出祁山/孔明祁山布八阵

第四十一册:

诸葛亮五出祁山/木门道弩射张郃/诸葛亮六出祁山/孔明造木牛流马/孔明火烧木栅寨

第四十三册:

司马懿退公孙渊/司马懿谋杀曹爽/司马懿父子秉政/姜维大战牛头山/战徐塘吴魏交兵

第四十五册:

邓艾段谷破姜维/司马昭破诸葛诞/忠义士于诠死节/姜维长城战邓艾/孙琳废吴主孙休

第四十六册:

姜维祁山战邓艾/司马昭弑杀曹髦/姜伯约弃车大战/姜伯约洮阳大战/姜维避祸屯田计

第四十七册:

钟会邓艾取汉中/姜维大战剑门关/凿山岭邓艾袭川/诸葛瞻大战邓艾/蜀后主舆榇出降

该蒙古文抄本的特征是人名、地名均用满文，而且是不带圈点的老满文。笔者认为，该抄本可能是最接近直接从满文译本翻译的蒙古文稿本。

2. 一百二十回本系统的蒙古文《三国演义》抄本：

根据《中国蒙古文古籍总目》，一百二十回本蒙古文《三国演义》最多，而且抄写活动也一直持续到中华民国年间。

07500“gurban ulus-un bichig”，一百二十回本，清光绪二十一年若拉玛扎布毛笔抄本，3 册，线装，规格 26.3×24.3cm，存第八回。内蒙古赤峰市民族事务委员会古籍办公室藏。

07501“gurban ulus-un bichig”，一百二十回本，清光绪二十三年额尔顿特古斯毛笔抄本，1 册，线装，规格 26×27 cm，存第八回。内蒙古赤峰市民族事务委员会古籍办公室藏。

07502“gurban ulus-un bichig”，一百二十回本，清光绪二十六年（1900年）毛笔抄本，1 函 4 册，线装，规格 23.3×19.8 cm，存第 5—8 册。内蒙古自治区图书馆藏。

07503“gurban ulus-un bichig”，一百二十回本，清末毛笔抄本，45 册，线装，规格 23×22.5cm。辽宁省阜新蒙古族自治县蒙古语文办公室藏。

07504“gurban ulus-un bichig”，一百二十回本，清末毛笔抄本，24 册，线装，规格 27.2×25.2cm。内蒙古自治区社会科学院图书馆藏。

07505“gurban ulus-un bichig”，一百二十回本，清末福兴嘎毛笔抄本，1 册，线装，规格 22×23cm。内蒙古赤峰市民族事务委员会古籍办公室藏。

07506“gurban ulus-un bichig”，一百二十回本，清末毛笔抄本，1 册，线装，规格 23.7×11.8cm。内蒙古赤峰市民族事务委员会古籍办公室藏。

07507“gurban ulus-un bichig”，一百二十回本，清末毛笔抄本，39 册，线装，规格 24.7×20cm。存第 10—48 册。辽宁省阜新蒙古族自治县蒙古语文办公室藏。

07508“gurban ulus-un bichig”，一百二十回本，清末毛笔抄本，1册，线装，规格 26.3×24.8cm。内蒙古赤峰市民族事务委员会古籍办公室藏。

07509“gurban ulus-un bichig”，一百二十回本，清末毛笔抄本，25册，线装，规格 28.4×25.3cm。存第 1、25—48 册。内蒙古赤峰市民族事务委员会古籍办公室藏。

07512“gurban ulus-un bichig”，一百二十回本，中华民国年间毛笔抄本，5 册，线装，规格 26×22.7cm。存第 25、27、32、37、40 册。内蒙古自治区社科院图书馆藏。

07513“gurban ulus-un bichig”，一百二十回本，中华民国年间毛笔抄本，3 册，线装，规格 41×21.4cm。存第 14、27、46 册。内蒙古自治区社科院图书馆藏。

07514“gurban ulus-un bichig”，一百二十回本，中华民国年间毛笔抄本，1 册，线装，规格 28×15cm。存第 25、27、32、37、40 册。内蒙古自治区社科院图书馆藏。

07515“gurban ulus-un bichig”，一百二十回本，中华民国年间毛笔抄本，1 册，线装，规格 23.5×23.6cm。内蒙古自治区社科院图书馆藏。

07516“gurban ulus-un bichig”，一百二十回本，中华民国年间毛笔抄本，2 册，线装，规格 29×19.5cm。存第 20、21 册。内蒙古自治区图书馆藏。

07517“gurban ulus-un bichig”，一百二十回本，中华民国年间毛笔抄本，1 册，线装，规格 30×21.5cm。存第 10 册。内蒙古自治区鄂尔多斯市档案馆藏。

07518“gurban ulus-un bichig”，一百二十回本，中华民国年间毛笔抄本，2 函 9 册，线装，规格 28×22.3cm。存第 25、27、32、37、40册。内蒙古自治区图书馆藏。

07519“gurban ulus-un bichig”，一百二十回本，中华民国年间毛笔抄本，1 函 5 册，线装，规格 27×21cm。存第 24、26、27、28、29 册。内蒙古自治区图书馆藏。

07520“gurban ulus-un bichig”，一百二十回本，中华民国年间毛笔抄本，24 册，线装，规格 28.5×25.5cm。存第 25、27、32、37、40 册。内蒙古自治区社科院图书馆藏。[①]

---

①《中国蒙古文古籍总目》，北京：北京图书馆出版社，第 1265—1267 页。

蒙古国学者扎敦巴所著《八世哲布尊丹巴所藏蒙古文手抄本目录》中有：“gurban ulus-un bichig”，第1—24册，每页13行，规格25.5×25cm。

以上这些抄本在《中国蒙古文古籍总目》中虽然统称为一百二十回本，但是并没有进行更详细更具体的内容描述，因此只看目录还不能完全确定是根据满文译本翻译的还是根据毛宗岗评本一百二十回《三国演义》汉文原本翻译的。

3. 蒙古文《三国演义》石印本：

07510“gurban ulus-un bichig”，一百二十回本，中华民国十四年（1925年）辽源石印出版。8卷24册，有题图，线装，规格27.2×24.9cm。内蒙古自治区图书馆、内蒙古大学图书馆、内蒙古师范大学图书馆、辽宁省阜新蒙古族自治县蒙古语文办公室、民族出版社资料室、内蒙古日报社蒙古文资料室收藏。

07511《新译带批三国演义》，特睦格图译，1928年北京蒙文书社石印本，12册，有三国彩色地图和彩色插图，规格20.5×14.5cm，平装。国家图书馆、中国民族图书馆、内蒙古自治区图书馆、辽宁省图书馆、云南省图书馆、中央民族大学图书馆、内蒙古大学图书馆、内蒙古师范大学图书馆、内蒙古民族大学图书馆、中国社会科学院民族研究所图书馆、内蒙古自治区社科院图书馆、民族出版社蒙古文资料室、内蒙古日报社蒙古文资料室藏。

4.《三国演义手绘图册》：

蒙古国国立图书馆收藏一部《三国演义手绘图册》“gurban ulus-un teuhe-yin gar jirug”。1册，100页，每幅插图都有蒙汉文题名，白纸彩色绘图，丝绸镶边，规格53.5×50cm。[①]

从蒙古文《三国演义》的传播情况看，一百二十回本的传播比较广，而且不断被传抄。

---

① Jadamba, *Collection of Mongolian Manuscripts from the Library of His Holiness Jebsundamba Khutuktu in State Public Library*, STUDIA MONGOLICA, Tomus I, Fasciculus 6, Ulaanbaatar, 1959, p.26.

三、满文和蒙古文译本的书目文献研究情况

比较满文和蒙古文《三国演义》译本的研究，相对来说满文译本的研究多一些，而且部分地涉及了翻译文本的内容。

黄润华在《满文翻译小说述略》中对满文《三国演义》的翻译过程、译印目的和版本进行了初步的简略介绍。

王丽娜在《三国演义在国外》一文的结尾简单介绍了《三国演义》的满文和蒙古文译本情况，列出达海、祁充格译顺治七年（1650年）抄本《三国演义》，《三国演义》满汉合璧雍正刻本等《三国演义》现存满文译本三种，并进行版本内容描述。王丽娜指出满文译本内容根据嘉靖壬午刻本《三国志通俗演义》译出。但是，王丽娜并没有交代为什么。[①]

魏安在《三国演义版本考》中把满文译本纳入《三国演义》版本演化体系中，并提出了自己的观点。魏安认为："满译本的内容基本上跟嘉靖本相通，但是根据串句脱文的情况可以证明满译本并不是翻译自嘉靖本。有三个地方嘉靖本脱文而满译本不脱文。据此满译本不可能是直接翻译嘉靖本，而应该是根据另外一个A支的祖本（满译本原文的传抄错误比嘉靖本少）。满文本是内府翻译的，大概是翻译明宫本《三国演义》，如都察院本或者司礼监本。"[②]魏安在满文译本与《三国演义》原著之间的跨语言文字比较方面做了初步的具体的尝试。但是，完全澄清满文译本根据的汉文原著底本还需要更多的更细致入微的比较和考证。[③]魏安的《三国演义版本考》的一个特点是根据串句脱文来确定《三国演义》的基本演化结构，按照《三国演义》的演化结构对诸版本进行分类。魏安把满文译本包括在嘉靖本即24卷本《三国志通俗演义》版本体系中[④]，并在串句脱文的例子中比较了满文译本和汉文原著版本中的相关对应段落。[⑤]这实际上就意味着满文译本译自《三国志通俗演义》。但是，魏安在《三国演义版本考》中没有提到蒙古文译本。不过，他在另一篇文章中说："有一种早期的蒙古文译本，但我没见过。李福清研究了蒙古文版本，但不确定蒙古文版本是否是由满文版本翻译的，他提到

① 王丽娜：《三国演义在国外》，《文献》1982年第12辑。

②〔英〕魏安：《三国演义版本考》，上海：上海古籍出版社，1996年，第94页。

③ 同上书，第17—18页。

④《三国演义》演化图见〔英〕魏安：《三国演义版本考》，上海：上海古籍出版社，1996年，第138页。

⑤ 同上书，第68页。串句脱文的例子见第187—189页。

曾看到过一卷《三国演义》的蒙古文人物表。由于满文版是唯一常见的保留了明朝版本中常见人物表的清朝版本，这意味着蒙古文版本很有可能是由满文译本翻译过来的。”其实，魏安先生的研究方法对确定满文译本、蒙古文译本的关系以及满蒙译本与汉文原著的关系也有一定的启发性借鉴意义。

而在蒙古文《三国演义》方面，学界的研究比较薄弱。国内《三国演义》学界对蒙古文《三国演义》的了解也并不多。松柏年主编的《中国古典文学在国外》第五编《明代文学在国外》第一章“《三国演义》”介绍了《三国演义》在日本和欧美以及亚洲其他国家的流传，但是对《三国演义》在蒙古地区的传播根本却没有涉及。[①]

蒙古国著名学者策·达木丁苏伦于1959年在《蒙古文学研究的一些问题》一文中指出：

> 在翻译文学的研究中，从汉语翻译的文学作品的研究占有重要地位。但是，研究从汉语翻译过来的文学作品的工作才刚刚开始。我们现在还没有全面掌握有多少部中国文学作品被翻译成蒙古文。我们知道蒙古人中以手抄本的形式广泛流传着从汉语翻译的很多长篇小说。但是，我们还没有来得及考证多数长篇小说是什么时候什么人从汉语翻译成蒙古文。其中经典长篇小说曾经多次被翻译成蒙古文。譬如说，著名的《三国演义》肯定至少三次被翻译成蒙古文。波兹德涅耶夫出版的《蒙古文学范例》中发表的三国故事的片段不同于特睦格图出版的译本。甚至蒙古国立图书馆收藏的手抄本《三国志》也是不同于前两个译本的另一种译本。

我们在本节的研究中实际上对达木丁苏伦院士的上述问题给出了明确的答案。

俄罗斯著名汉学家李福清院士在《中国古典小说的蒙古文译本——尝试性文献综述》一文中简单提到了蒙古文《三国演义》：“蒙古学者B.索德诺姆认为，题为‘Gurban ulus-un bičig’的蒙古文译本是从满文翻译来的，不过要下断语尚需进行核实。1925 年，中国出现了一本石印本的

---

① 松柏年主编：《中国古典文学在国外》，北京：北京语言大学出版社，1994年，第380—400页。

不同稿本，后来在1928年铁木格图[①]出版了一种新译本并成为1959年呼和浩特最新版本的底本。在LBIOSAS还收藏一种单行本，用蒙古文罗列了《三国演义》里所有主要英雄的名字，这类副本有时在汉文小说的木刻本中也能找到，它可以帮助读者阅读。”[②]李福清所指的1925年稿本收藏于美国华盛顿大学远东图书馆(西雅图)和纽约哥伦比亚大学图书馆。

我国学者扎拉嘎长期致力于清代蒙汉文学关系的研究，曾经系统地研究过《红楼梦》《水浒传》《今古奇观》等古代汉文小说的蒙古文译本，但是对《三国演义》的涉猎不多。扎拉嘎的《汉文小说蒙古文古旧译本述略——兼与满文译本书目分类比较研究》是一篇从目录资料角度对蒙、汉两个民族遗留至今的汉文小说古旧译本进行比较研究的重要论文，其中他提到了蒙古文和满文《三国演义》，但是没有做内容的比较研究。扎拉嘎根据《全国蒙古文古旧图书资料联合目录》《中国蒙古文古籍总目》和《蒙古国国立图书馆书目》，统计出中国和蒙古国收藏的清光绪二十一年（1895年）抄本蒙古文《三国志演义》（内蒙古赤峰市民委古籍办）等《三国演义》蒙古文译本抄本22部。[③]

李福清说：“从笔者可资利用的事实判断，不知名的蒙古译者翻译了不下80部汉文散文体叙事作品。对蒙译汉文小说的发现和研究还仅仅是开始。无疑进一步的研究会提供全面、系统、独特的新材料，不仅对蒙古文学史而且对中国文学本身都十分重要，并且对现在已近死亡的满族翻译文学也同样重要。”[④]

---

① 铁木格图应为特睦格图。该文注释11对特睦格图出生地的翻译“朱苏特西旗恰拉岑”完全是错误的，应该是“卓斯图盟喀喇沁旗”，该文翻译中对蒙古语专用术语和名词的翻译有多处错误。因此，引用的时候最好核实一下原文。〔俄〕布里斯·李福清著，梁丽丽译：《中国古典小说的蒙古文译本——尝试性文献综述》，载〔法〕克劳婷·苏尔梦编著，颜保等译：《中国传统小说在亚洲》，北京：国际文化出版公司，1989年，第122—123页。王丽娜在《三国演义在国外》中也把特睦格图写成德木格图，北京蒙文书社写成北京蒙文出版社。这可能主要是依据西文音译资料翻译的结果。

②〔苏〕布里斯·李福清著，梁丽丽译：《中国古典小说的蒙古文译本——尝试性文献综述》，载〔法〕克劳婷·苏尔梦编著，颜保等译：《中国传统小说在亚洲》，北京：国际文化出版公司，1989年，第108页。

③ 扎拉嘎：《比较文学：文学平行本质的比较研究——清代蒙汉文学关系论稿》，呼和浩特：内蒙古教育出版社，2002年，第118页。

④〔俄〕布里斯·李福清著，梁丽丽译：《中国古典小说的蒙古文译本——尝试性文献综述》，载〔法〕克劳婷·苏尔梦编著，颜保等译：《中国传统小说在亚洲》，北京：国际文化出版公司，1989年，第121页。

李福清也批评了扎丹巴的做法："1960年，蒙古文献学者扎丹巴继续这一工作，他简单地谈及藏于蒙古人民共和国国立图书馆的大量珍贵译本。他引用了大量中国小说和故事的译文。不过，他和自己的前辈们一样，没有致力于鉴别蒙文小说和它们的汉文原作，而仅止于对有用的手抄本进行形式上的描述。"①

从满文和蒙古文译本的书目文献研究来看，国内外收藏的已知的现存满蒙文《三国演义》译本的版本情况已经比较清楚，并且一些最基本的问题也得到了初步的研究。但是，满文和蒙古文译本之间的具体翻译关系和两者与汉文原著之间的关系的研究还没有上升到文本分析与实证研究的层面。而只有通过具体的细致入微的逐字逐句的跨语言对比研究才能最终解决满文译本与蒙古文译本之间的关系以及满文译本与汉文原著具体版本之间的关系。

四、满文、蒙古文、汉文《三国演义》的跨语言比较研究

徐朔方在《论〈三国演义〉的成书》一文中指出：

> 从《三国志通俗演义》嘉靖元年（1522年）刻本到崇祯年间（1628—1644年）雄飞官合刻"英雄谱"本《三国志》，海内外收藏的三国小说明刻本有二十多种，每种都在五六十万字上下，对它们一一做出校勘，即使各种版本（或复印件）都会聚一堂，那也难以做到，可能也没有这样做的必要。它们之中无意的仅仅由于雕版工作的偶尔失误即纯技术原因而造成的文字出入和有意的增删校订并存，有的简直无法加以区别，有的似乎容易分辨，而实际上校勘者的主观判断却不一定符合版本的实际。如果把它们巨细无遗地写成校记，盈千累万的条条罗列在一起，不会比二十多种版本（或复印本）陈列在眼前更为醒目。但是如果没有具体地逐字逐句地校勘而要论定它们的版本源流，那又无疑空中楼阁，无根之木。②

---

① 〔俄〕布里斯·李福清著，梁丽丽译：《中国古典小说的蒙古文译本——尝试性文献综述》，载〔法〕克劳婷·苏尔梦编著，颜保等译：《中国传统小说在亚洲》，北京：国际文化出版公司，1989年，第102页。

② 徐朔方：《古代戏曲小说研究》，杭州：浙江大学出版社，2008年，第292页。

因此，徐朔方也选取代表性的一个版本同嘉靖本进行了扼要对照。笔者认为，如果将《三国演义》原著同满文译本和蒙古文译本进行逐字逐句的对照和校勘，也存在同样的问题。首先，到目前为止还没有人对满文《三国演义》进行校勘和整理出版。顺治七年内府刻本和相关抄本与雍正年间的满汉合璧本之间的校勘和对照本身就是一项艰巨的工程，在当今满语人才奇缺，全国仅有的不足百人的满语人才都扑在满文历史档案上还忙不过来，不大可能有人去进行满文《三国演义》的逐字逐句的对照校勘工作，虽然这项工作也是非常重要的。而且，满文《三国演义》的最早译本和后来的合璧本都有刻本和抄本相互对照和校勘，从抄写和刻工等纯技术角度也可以进行巨细无遗的比较。其次，蒙古文《三国演义》也存在同样问题，而且更甚者，蒙古文《三国演义》在20世纪之前从来没有刻印出版过，完全是通过辗转手抄的方式流传和传播的，因此难度就更大。再次，最重要的是，对满文、蒙古文译本与汉文原著的比较，需要精通满语和蒙古语，并广泛而深入了解《三国演义》版本发展情况的学者来完成这三合一的校勘和比较研究工作。而这一点，在中国古典文学研究领域和蒙古文学史研究领域或者满族文学研究领域至今还没有人去从事这样的工作。扎拉嘎在《汉文小说蒙古文古旧译本述略——兼与满文译本书目分类比较研究》中说："这样的比较研究（指书目文献的比较研究——引者），无论就探讨蒙、满、汉三个民族的文学与文化关系而言，或者仅仅是探讨满、蒙两个民族在翻译汉文小说方面的异同而言，都还属于表象的工作。"[①]扎拉嘎先生还说："关于汉文小说蒙古文和满文古旧译本的研究，离不开译本与原著的比较。根据笔者对一定数量蒙古文译本与汉文小说原著的比较，可以确信过去许多汉文小说的蒙古文译本，都存在着对原著的增删和有意识的改写。而且，有许多汉文小说，不止只有一个译本。还有许多汉文小说译本，在传抄的过程中被改动。但是，这方面的研究，目前仍然处于冷僻的状态。在汉文小说蒙古文译本中，还有相当数量尚未与原著进行比较。关于汉文小说的满文译本，也没有发现与原著进行细致比较的文章。"[②]

基于上述思考，在《三国演义》满文和蒙古文译本研究的滥觞阶段，在目录文献综述的工作基础上，我们应该做一些内容上的具体的比较研

① 扎拉嘎：《比较文学：文学平行本质的比较研究——清代蒙汉文学关系论稿》，呼和浩特：内蒙古教育出版社，2002年，第109页。

② 同上书，第110—111页。

究。学界目前所指的“蒙古文《三国演义》最初从满文转译而来”和“满文译本根据嘉靖本译出”等说法虽然都得到认可，但是实际上还都没有具体的实证研究的依据。因此，笔者在这里，从局部的小小个案切入，对满文和蒙古文译本与《三国演义》的原著之间进行三种文字文本的逐字逐句的比较研究，通过跨语言的细致入微的比较，探讨三种文字《三国演义》之间的关系的一些基本问题。

在比较中，满文《三国演义》，我们选取顺治七年内府刻本或抄本系统的译本以及锡伯文的《三国演义》（笔者认为，锡伯族离开科尔沁蒙古迁徙到遥远的新疆，其带走的满文《三国演义》保持最初状态，受后来修改的满文译本的影响比较小。按照日本民俗学家柳田国男的“方言周圈论”的观点，离文化中心越近的文化事象的发展变化越快，离文化中心越远的文化事象的发展变化越慢，犹如水中投掷的石子所引起的波浪圈。）；蒙古文译本，我们选取二百四十回本译本，即不同于后来特睦格图翻译版本的译本；《三国演义》原著，我们就选取嘉靖本影印本。而具体内容，我们选取了“吕布刺杀丁建阳”一节。在三种语言版本的比较中，我们主要考察了汉文原著与译本之间的文字对应关系，其中魏安所做的串句脱文的考察也是我们比较的一个关注点。而在满文与蒙古文译本的比较中，我们也在词汇和语法上给予了相当的观照。

至于满文译本的来源，满文本中没有关于花关索的故事。满文译本第十一册中的“Jou Zilung argai Guiyang be gaiha. Huwang Zung, Weiyan Changsha be alibuha”与嘉靖本的“赵子龙智取桂阳 黄忠魏延献长沙”相对应。[①]而“玉泉山关公显灵”的内容，在我们依据的蒙古文译本中是空白的，只抄写或者译到“关公夜走麦城”就停住。但是，蒙古族人是知道关公玉泉山显灵的故事。在蒙古族高僧察哈尔格西·罗布桑楚勒特木（1740—1810）的《护法关老爷祭祀仪轨满足一切愿望》中就讲述了玉泉山关公显灵的故事。而且，满文《三国演义》也是称关公为“关某”。[②]从这些内容的对应看，满文译本与嘉靖本《三国志通俗演义》的对应关系应该是没有大的问题的。

① 关于《三国志通俗演义》版本的讨论主要参考了徐朔方：《古代戏曲小说研究》，杭州：浙江大学出版社，2008年，第295页。

② 关于“玉泉山关公显灵”相关内容的讨论主要参考了徐朔方：《古代戏曲小说研究》，杭州：浙江大学出版社，2008年，第296页。

序号	文种	对应的内容	备注
1	汉文	吕布刺杀丁建阳	
	满文	Lioi bu, Ding jiyan yang be waha.	
	蒙古文	Liüi bu Ding jian yang yi jidalan alaba.	
2	汉文	董卓视之，此人官拜荆州刺史，姓丁，名原，字建阳。	
	满文	Dung dzo tuwaci, tere niyalma jing jeu i sysy hafan, hala ding. Gebu yuwan.tukeyehe gebu jiyan yang.	
	蒙古文	Dung ju üjibesü tere hümün Jing jeü yin seše tüsimel obog Ding ner-e yuan, ergügsen ner-e jiyan yang.	
3	汉文	因何进降诏，遂引军至洛阳。	
	满文	Ho yin i joo bithe wasimbuha durgunde. Cooha γaifi Lo yang de jihebi.	
	蒙古文	Hu jin-ü jou bičig yi hagulugsan učir dur čerig abaču Lö yang dur irejüküi.	
4	汉文	当日倚恃兵权，敢出抗拒。	
	满文	Tere inenggi ini coohai hŭsun de ertufi Dung dzo de geleraqŭ eljeme jabuqa.	
	蒙古文	Tere edür überün čerig-ün küčün dür ertüjü Dung ju eče ayuqu ügei, üčüken üjebei.	
5	汉文	董卓大怒，叱之曰：“朝廷大臣尚不敢言，汝何等之人，辄敢多言耶！” 遂掣佩剑在手，欲斩之。	
	满文	Dung dzo ambura jili bajifi esugeyame hendume. Gurun i ujulaha ambasa hono jaburaqŭ donjire de. Si ai jergi niyalma. Gelhun aqŭ fulu gisun tucimbi seme hendufi uthai loho γocifi saciki serede.	
	蒙古文	Dung ju yekel-e kilinglejü jangduran ögülerün: “ulus-un terigülügsen tüshimed-i čü ujikü ügei, sonusqui dur či yambar jerge-yin kümün ayul ügei, ilegüüüge gargamui kemen ügülejü, darui ildü sugulaju čabčisugai kemeküi dür.”	

序号	文种	对应的内容	备注
6	汉文	时李儒见丁原背后一人，身长一丈，腰大十围。弓马熟娴，眉目清秀。	
	满文	Li žu tuwaci Ding yuwan i fisai amara iliha emiu niyalma i bajihangge, biye den juwe da, hetu muwa zut to. γabtara niyamniyara mangγa waidan yasa bajiha saihan.	满文翻译成“biye den juwe da”，即“身长二丈”。
	蒙古文	Li ru üjibesü Ding yuan-u aru yin qoin-a jogsugsan nigen kümün-ü törügsen anu, bey-e yin öndür qoyar alda, bidegün arban töge, qarbuqu namnaqu kečegüü. kümüsge nidün urgugsan saiqan.	蒙古文也跟着满文翻译成“身长二丈”。
7	汉文	五原郡九原人也，姓吕，名布，字奉先，官拜执金吾。自幼随从丁原，拜为义父。	
	满文	U yuwan jiyŭn i jiu yuwan i be niyalma. Hala lioi, gebu bu, tugiyehe gebu Fung siyan hafan yi jin u. ajigen ci Ding yuwan be dahamen ama jui arahabi.	
	蒙古文	U yuan jiyün-ü Jiu yuan gajarun kümün, obug Liüi, ner-e Bü, ergügsen ner-e füng sian, yin ü bičiqhan eča Ding yuan-i dagan ečige köbegün boljuqui.	
8	汉文	当日，布执方天画戟，立于丁原之后。	
	满文	Tere inenggi γala de wang tiya yi giden jarafi. Ding yuwan i amala iliha be.	
	蒙古文	Tere edür gar-tagan fang tian ji jida bariju, Ding yuan-u hoitu dur jogsogsan i.	
9	汉文	李儒会意，急向前曰：“今日饮宴之处，不可以谈国政，来日向都堂公论未迟。”众人皆劝丁原上马。	
	满文	Li žu sabufi aqšeme julisi ibefi hendume. Inenggi sarilara bade. Gurun i doro be gisureci acaraqŭ. Cimaha inenggi amba yamun de iletuleme gisureci γonidara ai bi. Geren niyalma gembu Ding yuwan be tadulame morin yalubufi genereden.	

序号	文种	对应的内容	备注
	蒙古文	Li rüüjejü, yagaran debšijü ögülerün: “Ene edür qurimlaqu gajar dur ulus un yosu yi kelelčebesü joqiqu ügei. Managar edür yeke yamun dur ilerkeilen kelelčebesü udaqu yagun bui?” olan kümün čüm Ding yuan-i qoriglan morin unugulju mordagulqui dur.	
10	汉文	吕布手执画戟，目视董卓而出。众皆奉送丁原上马而去。	
	满文	Lioi bu γala de Wang diyan yi gede jafafi Dung dzo be hirame tuwame tucike. Gere hafasa gemu Ding yuwan be judefi amasi dosiqan manggi.	
	蒙古文	Liüi bü gartagan fang tian ji jida bariju Dung jü yi gülüin üjin garbai.	
11	汉文	董卓与百官曰：“吾所见者，合公道否？”	
	满文	Dung dzo geren hafasa i baru hendume. Tani mii gisurehe gisun juraγa de acimbio aqu.	
	蒙古文	Olan tüshimed Ding yuan-i üdejü qoiši orogsan qoin-a Düng jü olan tüshimed-ün jög ögülerün: “Önüken minü ögülegsen üge jirum dur joqildumui uu? ügei üü?”	
12	汉文	卢植立于筵上曰：“明公所见差矣。昔商之太甲不明，伊尹放之于桐冈宫；昌邑王登位，方立二十七日，造罪三千余条，霍光告太庙而废之。进上皇帝年纪虽幼，聪明仁智，并无分毫过失。汝乃外郡刺史，素不曾参与国政，又无伊尹、霍光之大才，何敢强主废立之事？圣人有云：‘有伊尹之志则可，无伊尹之志则篡也。’汝莫不待篡汉天下耶？”	
	满文	Lu hi ilafi hendume. Genggiye gung ni γǔnin tašaraha. Julge šang gurun i tai geyan genggiyen aqu ofi, i in gebungge amban tong g'ang gung de jailabuha. Han gurun i Cang i wang soorin de tefi	满文翻译加了词，翻译成“Han gurun i Cang i wang”

序号	文种	对应的内容	备注
		orin nadan inenggi dolo ilan mingγan fuceme weile bifi. Ho guwang gebungge amban Dai minyoo de alafi jailabuhabi. Te qan udu se ajigen bicibe sure genggiyen mergen γosiden emu funiyehe i gese endebuheba aqŭ. Si seci tulergi, γoloi emu tsysy hafan, daci gurun i dasa de dahaqŭ bihe. Geli I in. Ho guwang ni gese amba erdemu aqŭ bime. Ai gelhun aqŭ etenggileme han be naqabure jailabure be gisurembi. Enduringge niyalma i henduhengge. I in i gese γonin bifi gisureci ombi. I in i gese γonin aqŭ ofi gisureci durirengge sehebi. Si qan gurun i abqai fejergi be dujirengge waqa semeo.	（汉朝昌邑王）。而且，从《三国演义》的角度讲，这个“汉朝”是没有必要的。显然是译者所加。
	蒙古文	Lü Zhi bosču ögülerün: “Gegeken gung-ün sanag-a tašiyarabai. Erte Šang ulus-un tai jiyan gegeken ügi tula, yi yin neretü tüshimel-i tung kang hüng dür jailagulbai. Kan ulus-un čang yi wang sahurin dur saguju qorin dolun edürün dotor-a gurban minggan ilegüü yal-a baiyu, Qu guang neretü tüshimel Tai-liyou kelejü jailaguijuqui. Edüge qagan nasun bičiqan bolbaču bar sečin gegeken mergen örüšiyeltü nigen üsü-ü tedüi endegüregsen gajar ügei, či yambar kemebesü gadagadu moji yin nigen seše tüshimel ajigur eča ulus-un jasag dut ümüglegsen ügei bölüge. Basa Yi yin Qu guang-un metü yeke erdem ügei böged yambar ayul ügei iderkeilen qagan-i jogsugaju jailagulqhu yi kelelčemüi? Bogda kümün-ü ögülegsen anu, Yi yin-ü metü sanag-a baiju kelelčebesü bolumui.Yi yin-ü metü sanag-a ügei bolbasu kelelčebesü buliyagdaqu bolai kemejüküi. či Kan ulus-un delekei dakin-i buliyasugai kemekü anu busu uu?”	蒙古文随满文译本。
13	汉文	董卓大怒，拔剑向前欲杀植。	

序号	文种	对应的内容	备注
	满文	Dung dzo ambula jili bajifi loho γocifi julesi ibefi waki sereden.	
	蒙古文	Dung jü yekel-e kilinglejü ildün sugulaju urugši dabšiju alasugai kemeküi dür.	
14	汉文	侍中蔡邕、议郎彭伯谏曰："卢尚书海内大儒，人之望也。今先害之，天下震怖。"卓乃止，但免植官。遂逃难而隐于上谷。	
	满文	Sy dzung hafan tsai yung. i Lang hafan peng be tadolame hendume. Lu šang šu duin mederi dorgi de bithe de gebu tucike. Niyalmai ereme tuwarangge. te waci abqai fejergi niyalma γolombi. Dung dzo tani naqafi Lu jy hafan be efulehe. Lu jy šang g'u bade jailafi beye be somime tehe.	
	蒙古文	Se zhüng tüshimel Cai yüng, Yi lang tüšimel Peng be idqan ögülerün: "Lü šang šü dörben dalai dotur-a bičig dur ner-e garba, kümün-ü qaran üjikü anu, edüge alabasu delekei dakin-u kümün ayumui." Dung jü sayi jogsuju Lü zhi-yin tušyal-i ebdelbe. Lü zhi sang hü gajar tur jailaju nigun saguba.	
15	汉文	司徒王允出曰："废立之事，不可酒后商议，别日再听约束。"于是百官皆散。	
	满文	Sy tu hafan wang yuja hendume. Han be naqabure ilibure weile be omihade gidu-reci ojoraqǔ. γo-（这个词下半部分看不清） jenenggi jai gisun be dojiki sefi. Tereci geren hafasa gemu wacaha.	
	蒙古文	Se tu tüšimel wang yün ögülerün: "Qagan-i jogsugaju baigulqu üile-i uuguqui dur kelelčebesü bolqu ügei. Busu edür jiči üge-yi sonussugai" kemeged, tegünče olan tüshimed čöm tarqabai.	
16	汉文	董卓按剑立于园门，意欲伤害百官。	
	满文	Dung dzo loho jafafi yafan i duqa de ilifi geren hafasa be waki seme bisire de.	

序号	文种	对应的内容	备注
	蒙古文	Dung jü ildun-i bariju küriyen-ü egüden dür jogsuju olan noyad-i alasugai kemen baiqvi dur.	
17	汉文	忽一人跃马持戟，于园门外往来。	
	满文	Holhonde emu niyalma gidan jafafi morin fekumbume yafan i duqai tule amasi julesi yabumbi.	
	蒙文	Genedte nigen kümün jida bariju morin harailan küriyeleng-ün qagalgan-u gadan-a qoiši urugši yabumui.	
18	汉文	卓问李儒：“此何人也？”儒曰：“此丁原义儿吕布，勇极不可当也。”	
	满文	Dung dzo, Li žu i baru fonjime. Ere ainaha niyalma. Li žu hendume. Ere Ding yuwan i jurγan i hajilaha jui Lioi bu. Alici ojoraqŭ baturu sehe manggi.	
	蒙古文	Dung jü Li rü-yin jög asagurun: “Ene yagaqigsan kümün?” Li rü ögülerün: “Ene Ding yuan-u jirum-iyar amaraglan tejigegsen köbegün Liüi bü, küliyebesü bolqu ügei bagatur” kemegsen qoin-a.	
19	汉文	卓乃潜入园回避，百官因此得脱回家。	
	满文	Dung dzo jendu jailame yafan de dosiqa. Geren hafasa tuttu guwefi boo de genehe.	
	蒙古文	Dung jü sem-iyer jailan küriyen dür oruba. Olan noyad teinkü keltürejüküi. Tus tus gertegen odjuqui.	
20	汉文	次日，人报董卓：“丁原引军，城外搦战。” 卓怒，引军马出。	
	满文	Jai inenggi Dungdzo de niyalma alajime hecen i tule Ding yuwan cooha γaifi afaki seme jihebi. Dung dzo ambula jili bajifi uthai cooha γaifi hecen tucifi baqcilame faidaha.	
	蒙古文	Jiči edür Dung jü dür kümün keler-e iren: “Qotan-u gadan-a Ding yuan čerig abaju baildusugai kemen irebe.” Dung jü yekel-e agurlaju darui čerig abachu qota-eča garču esergüčilen jigsagaba.	

序号	文种	对应的内容	备注
21	汉文	两阵对圆，卓见对阵吕布出马，顶束发金冠，披百花战袍，擐唐猊铠甲，系狮蛮宝带，骑一匹冲阵劣马，持方天画戟，往来驰骤，貌若天神。卓心中惊骇。	
	满文	Lioi bu uju de aisin i saca, beye de hacin hacin i ilγa ifiha. Tang i gebungge uqsin etuhebi. arsalan man gurgu boobai sindame araha umiyesun umiyelehebi. Faidan be fondoloro doqsin morin yaluhabi. γala de wang diyan ji gidan jafahabi. Amasi julesi leoleme yabure be tuwaci, uthai abqai enduri. Dung dzo γolofi mujilen jobome bisirede.	满文翻译成吕布骑一匹冲阵“烈马”（doqsin morin yaluhabi）。
	蒙古文	Liüu bü terigün degen altan u dugulag-a bey-e dür jüil jüil-ün čečeg oyugsan debel tang ni neretü quyag emüsčüküi. jerlig mal görügad-ün erdeni šigidkegsen büse büselejüküi. Jigsagal-i shibtulqu dogšin morin unujuqui. Gartagan fang tiyan ji jida barijuqui. Qoiši urugši šigümjilen yabuqu-yi üjebesü darui tngri-yin qubilgan adali. Dung jü ayuju sedkil joban baiqui dur.	蒙古文随满文译本，也译成“烈马”。
22	汉文	丁建阳于阵中纵马直出，亦指卓而骂曰：“汉天下不幸，阉官弄权，以致万民受于涂炭。尔乃凉州刺史，于国无寸箭之功，焉敢乱言废立，侮慢朝廷？实欲反耶！”董卓无言可答。	
	满文	Ding jiyan yang geli faidan i dulimbaci tucifi. Dung dzo be šusiha i jorime doome hendume. Han gurun i abqai fejergi de kesi aqǔ. Taigiyasa toose jafafi tumen irgen gemu boihon yaha oho. Si tulergi γoloi s’ys’y hafan gurun i jarin waššame emu da sirdan γabdaha gung aqǔ bime. Ai gelhun aqǔ ilibure jailabure wacuhǔn gisun tucime han be gidašambi. Si yarsiyan i ubšaki serengge. Dung dzo jabure gisun aqǔ.	满文译本少了“董卓无言可答”一句。

序号	文种	对应的内容	备注
	蒙古文	Ding jiyan yang basa jigsagal-un dumdača garču, Dung jü-yi tashigur-iyar jigan qariyan ögülerün: "Kan ulus-un delekei dakin dur kešig ügei, taigančuud erke-yi bariyu, tömen irgen čöm široi ünesü bolbai. či gadagadu muji-yin seše tüshimel, ulus-un učir jidkün nigen jib qarbugsan gabiy-a ügei böged, yambar ayul ügei baigulqu jailagulqu samagun üge gargan, qagan-i darulamui?"	蒙古文随满文译本。
23	汉文	吕布飞马挺戟杀过来。董卓先走了。建阳率军马一掩，卓军大败，走三十余里。	
	满文	Lioi bu gida jafafi deyere gese fondo dosime jidere de. Dung dzo uthai burlaha Ding jiyan yang cooha γaifi bošome. Dung dzo i cooha ambula gidabufi γosin ba i dubede ing iliha.	
	蒙古文	Liüi bü jida bariju niskü metü shibtu orun ireküi dür Dung jü darui burugulbai. Ding jian yang čerig abču högen, Dung jü-yin čerig yekel-e darugdaju, gučin gajarun üjügür küriy-e baigulbai.	
24	汉文	卓收军下寨，聚众商议。卓曰："吾观吕布，非常人也。吾若得此人，何虑天下哉！"	
	满文	Dung dzo geren be isabufi hebšeme hendume. Bi Lioi bu be tuwaci. jergi niyalma waqa. Ere niyalma be baha de. Abqai fejergi jalin joboraqŭ.	
	蒙古文	Dung jü olan-i čuglagulju jöblen ögvlerün: "Liüi bü-yi üjebesü jerge yin kümün busu, ene kümün-i olakula delekei dakin- u učir jobaqu ügei" kemegsen dür.	
25	汉文	帐前一人出曰："主公勿忧。某与吕布同乡，足知其人勇而无谋，见利忘义。凭三寸不烂之舌，说吕布拱手来降主公，可乎？"卓大喜，观其人，乃虎贲中郎将李肃。	
	满文	Mongγo booi juleri emu niyalma tucifi hendume.	满文翻译成

序号	文种	对应的内容	备注
		Een gung ume joboro. Bi, Lioi bu be taqambi. Daci emu γaša de tehe bihe. Baturu γojima bodohon aqŭ.Ulin be saqa de juryan be ongγombi. Bi tere be ninggun urgun i niyaraqŭ ilenggu i gisureme Lioi bu i sela be joo-labufi ejen gung de dahabuci antaha. Dung dzo ambula urgunjeme tere niyalma be tuwaci. Hŭ ben Dzung lang jiyang hafan Li ts'u.	“六寸不烂之舌”（ninggun urgun）。
	蒙古文	Monggul gerün emün-e nigen kümün garču ögülerün: “Ejen güng bedki jobagtun. Ene Liüi bü-yi bi tanimui, ug-eča nigen aildur sagugsan bölüge. Bagatur gebečü bodulg-a ügei, ed-i üjeküi dür jirum-i umartamui. Bi tegüni jirgugan imaqu-yin iljaraqu ügei kelen-iyer helelčen Liüi bü-yin gar-i teberigüljü ejen güng dür dagagulbasu kerkin?” Dung jü yekel-e bayarlan tere kümün-i üjebesü ku ben zhüng lang jiyang tüshimel Li sü ögülerün.	蒙古文随满文译本。
26	汉文	卓曰：“汝去说吕布，以何而进？” 肃曰：“某闻主公有名马一匹，号曰‘赤兔’，日行千里。须得此马，更用金珠，以利结其心，吕布必反丁原，来投主公也。”	
	满文	Dung dzo hendume. Si Lioi bu be gisureme geneci ai γamaki sembi. Li ts'u hendume. Bi donjici ejen gung de emu inenggi mingγan babe yabure c' ytu morin bi sere. Urunaqŭ ere morin be baha de jai aisin tana be bume. Ulin i terei mujilen be faliki. Lioi bu urunaqŭ Ding jiyan yang ci ubšafi. Ejen gung de dahame jimbi.	满文翻译成“ Lioi bu urunaqŭ Ding jiyan yang ci ubšafi.”（吕布必反丁建阳。）
	蒙古文	Bi sonusbasu ejen güng dür nigen edür minggan gajar yabuqu čitü morin bui kememü? Erkegüi morin-i olqui dur jiči altan tan-a mönggün ed-iyer tegünü sedkil-i kelkisügei. Liüi bü erke ügei Ding jiyan yang-eča urbaju ejen güng dür dagaju iremüi	蒙古文随满文译本将“丁原”写成“丁建阳”。少了“卓曰：‘汝去说

序号	文种	对应的内容	备注
			吕布，以何而进？’”
27	汉文	卓问李儒曰：“此言可乎？”儒曰：“主公欲取天下，何惜一马！”卓欣然与之，更与黄金一千两、明珠数十颗、玉带一条。	
	满文	Dung dzo, Li žu de fonjime. Ere gisun antaqa. Li žu hendume. Ejen gung abqai fejergi be γaiki seci, emu morin be ainu hairambi. Dung dzo urgunjeme c’ytu morin. Mingγan yan aisin. Genggiyen tana, gu i umiyesun buhe. C’ytu morin be yalufi. Aisin tana be γamame.	
	蒙古文	Dung jü Li rü-eče asagurun: “Ene üge kerkin?” Li rü ögülerün: “Ejen güng delekei dakin-i absugai kemebesü nigen morin-i yagundu qairalamui?” Dung jü bayarlan čitü morin, minggan lang alta, gekehen tan-a has-un büs tei ügbe.	
28	汉文	李肃骑了赤兔，带二匹从马，三个人投吕布寨来。	
	满文	Juwe niyalma be dahabume ilan nofi Lioi bu i ing be baime genere de.	
	蒙古文	Li rü čitü morin-i unuju altan tan-a-yi abun, qoyar kümün-i dagagulan gurbagula Liüi bü-yin küriyen-ü erin odqui dur.	
29	汉文	伏路军人围住，肃曰：“可报与吕将军知道，故人来见。”军士报入帐中来。	
	满文	Juγ ŭ n de buqsiha cooha šurdeme qaha. Li žu hendume. we gucu jihebi seme Lioi jiyangjiyŭn de alana coohai niyalma alanafi.	
	蒙古文	jam dur böggügsen čerig togurin qagaba. Li rü ögülerün: “Qagučin nökür chinu irejüküi kemen Liüi jangjun dur kele” kemegsen dür čerig-ün kümün keler-e odču, Li sü-yi monggul gertür orugulba.	
30	汉文	肃与布曰：“贤弟别来无恙？”布半晌，思想不	

序号	文种	对应的内容	备注
		起，问曰："足下果何人耶？"李肃曰："乡中故人，何故失忘？某乃李肃是也。"布下拜曰："乡兄，久不相见，见居何处？"	
	满文	Li žu, Lioi bu i baru hendume. mergen deu faqcaha ci ebsi saiyun. Lioi bu. γŭnici bahanaraqŭ ofi fonjime si we, Li žu hendume. Emu γašan i we gucu be adarame ongγoho. Bi Li žu qai. Lioi bu šumin cajurafi hendume. Emu γašan i aqŭ be acaraqŭ inenggi γŭidaha. Te ši aide bi.	
	蒙古文	Li sü Liüi bü yin jög ögülerün: "Mergen degüü salagsan eče inagši sain u?" Liüi bü sedkibesü tösübleküügei tula asagurun: "či kerkin kümün?" Li sü ögülerün: "Nigen ailun qagučin nökür kerkin umartdaba? Bi Li sü bulai." Liüi bü gün-e yosulaju ögülerün: "Nigen ailun qagučin nökür aq-a-yi aguljagsan ügei edür udaba, edüge či qamig-a bui?"	
31	汉文	肃曰："仕于汉朝，见任虎贲中郎将之职。闻贤弟匡扶社稷，不胜之喜。有良马一匹，日行千里，渡水登山，若履平地，名曰'赤兔'。李肃不敢乘坐，特来献与贤弟，以助虎威。"	
	满文	Li žu hendume. Han gurun de Hŭ ben Dzung lang jiyang hafan ofi bi. Mergen deu i gurun be wehiyere be donjifi. Alimbaharaqŭ urgunjeme emu sain morin benjihe. Emu inenggi mingγan babe yabumbi. Muke be dore, alin be tafarangge necin babe yabure adali. Gebu c'ytu morin, Li žu mini beye de yaluci teisu aqŭ ofi cohome mergen deu i tas'ha i horon de aisilame alibunjiha.	
	蒙古文	Li sü ögülerün: "Kan ulus tur ku ben zhüng lang jiang tüšimel bolju bui. Mergen degüü-yin ulus tur tedkujü yabuqu-yi sonusču teskel ügei bayarlan nigen sain morin kürgejü irebe. Nigen edür minggan	

序号	文种	对应的内容	备注
		gajar yabumui. Usun-i getülkü, agulan-i dabaqu anu töbshin gajar dur bayuqu adali. Ner-e čitü morin. Li sü minu bey-e dür unugsagar tusa ügei tula, tuqailan mergen degüü-yin bars-un küčün dur tusalan ergür-e irebe."	
32	汉文	布听罢，便牵过来，果然那马浑身上下，火炭般赤，无半根杂毛；从头至尾长一丈；从蹄至项鬃高八尺；嘶喊咆哮，有腾空入海之状。	
	满文	Lioi bu morin seju seme γajifi tuwaci yala sain morin mujangγa. Beye, gubci tuwa i gese fulgiyan, suwaliyata funiyehe emken aqŭ. γolmin juwe da. De jaqŭn c'y. incara γubadarangge abqa de tafara, mederi de dosire hŭsun bi.	满文翻译成“Beye, gubci tuwa i gese fulgiyan”（浑身火一样赤），没有译出“火炭般赤”。
	蒙古文	Liüi bü morin-i abaju ir-e kemen abčiragulju üjebesü üneker sain morin mön. Bey-e-yin qotalagar gal metü ulagan, qolimčag üsün nigenčü ügei, urtu qoyar alda, öndür naiman či, ingkarčaqu dalaluqu anu tngri dur abariqu, dalai dur oruqu küčün bui.	蒙古文随满文译本。特睦格图译成“buku bey-e gal-un cog metu ulagan”（浑身火炭般赤）。
33	汉文	吕布见了大喜。史官有四句诗，单道赤兔马。诗曰：奔腾千里荡尘埃，渡水爬山紫雾开。掣断丝缰摇玉辔，火龙飞下九天来。	
	满文		诗词没有翻译。
	蒙古文		随满文未译本。
34	汉文	布谢肃曰：“兄与此龙驹，布将何报之？”	
	满文	Lioi bu tuwafi ambula urgunjeme. Li žu de baniha	

序号	文种	对应的内容	备注
		bume hendume. Aqǔn i buhe ere muduri deberen de. Lioi bu bi ai i qarulara.	
	蒙古文	Liüi bü üjejü yekel-e bayarlan, Li sü dür tal-a öggün ögülerün: “Aq-a-yin öggügsen ene luu-yin julyig du Liüi bü bi yagun-iyar qarigulumu?”	
35	汉文	肃曰：“某为义气而来，岂望报乎！”布置酒相待。	
	满文	Li žu hendume. neneme guculehe be dahame banjihe dere, qaru be ereme γǔniha doro bio. Lioi bu sarin dagilafi nure omicame wenjehe manggi.	
	蒙古文	Li sü ögülerün: “Urida nökürlegsen-i sanan kürgegsen boi ja.Qarigu-yi eren sanaqu yosun buyu?”Liüi bü qurim beledkejü, darasun uugulčan kelelčegsen qoin-a.	
36	汉文	酒酣，肃曰：“肃与贤弟少得相见，令尊多曾会来，此马亦不可说。”	
	满文	Li žu hendume. bi deu simbe bahafi acahaqǔ. Sini ama be kemuni bahafi acaha. Ere morin be sini ama de ume alara.	
	蒙古文	Li sü asagurun: “Bi degüü chimayi olju aguljagsan ügei, chinü ečige-yi basa olju jolgubai.Ene morin-i chinü ečige-dür bedki kelegtün.”	
37	汉文	布曰：“兄醉矣。”肃曰：“何以知之？”	
	满文	Lioi bu hendume. Aqǔn soqtohobi aise, Li žu hendume. Adarame saha.	
	蒙古文		蒙古文少了这个对话的翻译。
38	汉文	布曰：“先父弃世多年，安得与兄多会？”肃大笑曰：“非也。某说今日丁刺史。”	
	满文	Lioi bu hendume. Mini ama jalan be waliyafi, γǔidaha qai. Aqǔn adarame bahafi acaha. Li žu	

序号	文种	对应的内容	备注
		ambula injefi hendume. Tuttu waqa, mini henduhengge. Te bisire Ding s'ys'y be qai.	
	蒙古文	Liüi bü ögülerün: "Aq-a, minü ečige yirtinčü-i gegejü bulai. Aq-a kerkin olju aguljabai?" Li sü yekel-e iniyejü ögülerün: "Teimü busu, minu ögülekü anu edüge baiqu Ding seše-yi kelekü bulai."	
39	汉文	布惶恐而言曰："在丁建阳处亦出于无奈。" 肃曰："贤弟有擎天架海之才，而四海孰不惧怕？功名富贵，如探囊取物，何言无奈而在人之下乎？"	
	满文	Lioi bu yertefi hendume. Bi Ding jiyan yang ni jaqade hafiraburi bi. Li žu hendume. Mergen deu i abqa be alire. Mederi be aqŭnara erdemu de. Duin mederi dorgi niyalma we geleraqŭ. Gung gebu bayan wesihun be bahaki seci fulhŭ de tebuhe jaqa be γaijara gese qai hafi-rabufi bi sere gisun be ainu gisurembi. Si niyalma i fejile banjire niyalmao.	
	蒙古文	Liüi bü ičigürejü ögülerün: "Bi Ding jiyan yang-un dergete čiquldaju bainam." Li sü ögülerün: "Mergen degüü-yin tngri-yi tulqu, dalai-yi damnaqu erdem dur dörben dalai-yin doturaki kümün ken ayuqu ügei. Kerbe gabiy-a ner-e bayan erkim-i olsugai kemebesü ugutan dur kigsen yagum-a-yi abqu metü qilbar bulai. čihuldaju bainam kemen yagundur ögülemüi? či kümün-ü door-a aju törükü kümün buyu?"	
40	汉文	布曰："布欲大展其能，恨不逢主。" 肃笑曰："'良禽相木而栖，贤臣择主而佐。'青春不再，悔之晚矣。"	
	满文	Lioi bu hendume. Mini erdemu be tucibuki seci. Damu sain ejen be bahafi ucararaqŭ. Li žu geli injefi hendume. Sain γas'ha moo be tuwafi dombi. Mergen amban. Ejen be sonjofi weilembi. Asiha erin dahŭme	

序号	文种	对应的内容	备注
		jideraqǔ aliyaha seme amcambio.	
	蒙古文	Liüi bü ögülerün: "Minü erdem-i gargasugai kemebesü, gagča sain ejen-i olju učaragsan ügei." Li sü basa iniyejü ögülerün: "Sain shibagun modun-i songguju orušimui, mergen tüshimel ejen-i songguju üiledmüi. Jalagus-un dakin ireküügei-yi gemšibesü kemen güičemüi üü?"	
41	汉文	布曰："兄在朝廷，观何人为世英雄？"肃曰："某遍观大臣，皆不如董卓。董卓为人，礼贤敬士，宽人厚德，赏罚分明，终成大事。"	
	满文	Lioi bu hendume. Aqǔn gurun de tuwaci. Jalan de we sain. Li žu hendume. ujulaha ambasa be aname tuwaci. Dung dzo de isirengge aqǔ. Dung dzo mergen be doroloro saisa be kundulere. γosin onco nomhon erdemungge, šang qoro ararangge getuken. Uru-naqǔ amba weile mutembi.	
	蒙古文	Liüi bü ögülerün: "Aq-a üjebesü yirtinčü dür ken sain?" Li sü ögülerün: "Terigülügsen said-i daragalan üjibesü, Düng jü-yi kürkü anu ügei. Dung jü merged-i yosulaqu, said-i kündülekü, örüšiyel agudam nomuqan erdemtei, shang hoor kikü anu todurqai, erke ügei yeke üile-yi bütügemü."	蒙古文随满文译本"šang qoro ararangge getuken"（赏罚分明）。
42	汉文	布曰："某欲从之，恨无门路。"肃取金珠玉带列于布前。布惊曰："何为有此？"	
	满文	Lioi bu hendume. Bi dahaki seci damu yarure niyalma aqǔ. Tere gisun de Li žu aisin tana,gu i umiyesun be tucibufi Lioi bu i julergi faidame sindaha. Lioi bu sesulefi hendume, ere ainarangge.	
	蒙古文	Liüi bü ögülerün: "Bi dagasugai kemebesü gagča uduridqu kümün ügei,teinkü jobamui." Tere üge dür Li sü alta tan-a qas-un büs-i gargaju Liüi bü yin emün-e jigsagan talbibai. Liüi bü kirtigijü ögülerün:	

序号	文种	对应的内容	备注
		"Ene yagaqiqu anu?"	
43	汉文	肃令叱退左右，告布曰："此是董刺使久慕贤弟之德，特令某送礼物以献。赤兔马亦董公所赠也。"	
	满文	Li žu hasqů inci niyalma be jailabu seme jailabufi Lioi bu i beru hendume. Ere Dung s'ys'y i ulin mergen deu i erdemu be aifinici buyeme. Mimbe taqůrafi doro i jaqa be benjihe. C'ytu morin inu Dung gung ningge.	
	蒙古文	Li sü jegün baragun eteged-ün kümün-i jailagulju Liüi bü-yin jög ögülerün: "Ene Dung seše yin ed, erkim degüü-yin erdem-i kedüinei-eče küsen, namayi jaruju yosun-u yagum-a-yi kürgegülbei. čitü morin mön Dung seše-yin mori."	蒙古文译成"赤兔马也是董刺史的马。"
44	汉文	布曰："董刺史如此见爱，某将何礼报之？"肃曰："如某之不才，尚加为虎贲中郎将；公若到彼，贵不可言。"布曰："恨无功可往报之。"肃曰："功在反手之间，弟不肯为耳。"	
	满文	Lioi bu hendume. Dung sysy uttu mimbe γosici, bi qaru ai doroloro Li žu hendume. Mini erdemu aqů beye be qono wesimbufi. Hů ben Dzung Lang jiyang hafan obuha bade gung genehe de wesihun ojoro ba ai hendume.Lioi bu hendume. Damu qarulara gung aqů ainara. Li žu hendume. Gung serengge γala falangγů i ubšara dese. Damu deu i yaburaqů be hendumbi dere.	
	蒙古文	Liüi bü ögülerün: "Dung seše einkü namayi örüšiyebesü bi qarigu yagun-iyar qarigulumui?" Li sü ögülerün: "Minu erdem ügei bey-e-yi čü ailaduju Ku ben zhüng lang jiyang tüšimel bolgagsan gajar dur, güng odqui dur erkim bolqu-yi yagun ögülekü." Liüi bü ögülerün: "gagča qarigulqu gabiy-a ügei kerhimü?" Li sü ögülerün: "Güng-ün garun alag-a	

序号	文种	对应的内容	备注
		urbagulqu metü qilbar. gagča degüü-yin yabuqu ügei-yi ögülemüi ja.”	
45	汉文	布沉吟久曰："兄长少待，容吾到军中杀了丁原，引军归董刺史，若何？"肃曰："但恐贤弟不能为耳。"布提刀便起，径到军中。	
	满文	Tere gisun de Lioi bu uju gidafi γŭidame seolefi hendume. Aqŭn ubade majige aliyame bisu. Bi genefi Ding yuwan be wafi cooha γamame dung sysy de dahaci antaqa. Li žu hendume. Deu aiqabade muteraqŭ ayoo. Lioi bu uthai loho jafafi coohai dulimbade dosime geneci.	
	蒙古文	Tere ügen dür Liüi bü terigün daruju udagan ulamjilaju ögülerün: “Aq-a ende tür küliye. Bi odču Ding yuwan-i alaju, čerig abun Dung jü dür dagabasu kherkin?” Li sü ögülerün: “Degüü kerber čaidqu ügei bolbau?” Liüi bü darui ildün bariju, čerig-ün dumda dur orun üjebesü.	蒙古文译成"我杀死丁原，归董卓如何？"
46	汉文	丁原秉烛观书，当见提刀而至，丁原曰："吾儿来，有何事故？"布曰："吾乃当世之大丈夫也，安肯为汝子乎！"	
	满文	Ding yuwan dengjan dabufi bithe tuwame tehebi. Lioi bu loho jafafi dosinara jaqade. Ding yuwan fonjime, Mini jui ai baida jihe. Lioi bu hendume. Bi jalan de haha niyalma seme banjifi, adarame sinde jui ofi banjimbi.	
	蒙古文	Ding yuwan deng sitagaju bičig üjemüi. Liüi bü ildün bariju orun ečiküi dur Ding yuwan asagurun: “Minu köbegun yambar kereg tei irebe?” Liui bu ögulerun: “Bi yirtinču dur er-e kemen töruju kerkin čimadur köbegun bolju aju törumui?”	
47	汉文	丁原曰："奉先何故心变？"布向前，一刀砍下丁原首级，大呼左右："丁原不仁，吾已杀之。	

序号	文种	对应的内容	备注
.		肯从吾者在此，不从者自去！”军士散其太半。	
	满文	Ding yuwan hendume. Fung siyan ai turgunde mujilen γŭwaliyaqa. Lioi bu julesi ibufi Ding yuwan i uru be sacime tuhebufi de jilaγa i hŭlame Ding yuwwn i γosin aqŭ turgunde bi waha. Mimbe dahaki sere niyalma oci ubade bisu daharaqŭ niyalma meni meni cihai genen sehe manggi coohai niyalma amba dulin genehe/ Tereci.	
	蒙古文	Ding yuwan ögulerün: “Fong siyan yambar učir dur sedkil qubilbai?” Liui bu urugši dabšiju, Ding yuwan-u terigün-i čabčin unagaju, öndür dagun-iyar dagudan: “Ding yuwan-i örüšiyel ügei učir du bi alaba. Namayi dagasugai kemekü kümün bolbasu ende baitugai, dagaqu ügei kümün öber öberün jorig-iyar tarq-a kemegsen qoin-a, čerig-ün kümün qagas odba.”	
48	汉文	布提首级见肃。肃又曰：“某当先去报主公，来接将军。”布一面收军。肃报董卓。	
	满文	Lioi bu Ding yuwan i uju be γaifi Li žu de acanjiha manggi. Li žu hendume. Bi neneme ejen gung de alanaki jiyangjiyŭn be oqdokini seme genehe. Lioi bu cooha bargiyaha. Li žu Dung dzo de alanafi Dung dzo sarin dagilafi. Lioi bu oqdoqo.	
	蒙古文	Tegünče Liüi bü Ding yuwan-u terigün-i abču, Li sü dür aguljar-a iregsen qoin-a, Li sü ögülerün: “Bi urida ejen güng dür keler-e odsugai, jangjyun-i ugtulsugai” kemen odbai. Liüi bü čerig quriyaba. Li sü keler-e odču, Dung jü qurim beledkejü, Liüi bü-i ugtuba.	
49	汉文	卓置酒去迎吕布，布献了丁原首级。卓下马，携手入帐中。	
	满文	Lioi bu, Ding yuwan i uju be alibuha. Dung dzo	

序号	文种	对应的内容	备注
		morin ci ebufi Lioi bu i γala be jafafi mongγo boode dosiqa.	
	蒙古文	Liüi bü Ding yuan u terigvn I ergvbe. Dung ju morin etse baguju, lv bu yin gar I bariju monggul gertvr oruba.	
50	汉文	卓先下拜，曰："卓今得将军，旱苗而得甘雨也。"布纳卓而拜之，曰："布今弃暗投明，愿以父事之。"卓大喜，重赏李肃。是日，以金甲锦袍赐布，畅饮而散。董卓又得吕布并带来军马，其势越大，乃自领前将军事，封弟董旻为左将军、鄠音户侯，封吕布为骑都尉、中郎将、都亭侯。	
	满文		
	蒙古文	Dung ju urida yosu jijv vgvlervn, Dung ju ene edvr zangyvn I olugsan anu, kang dur bogugdagsan tariya saihan huri I olugsan adali bulai, lv bu Dung ju I shihardan sagulgaju yusu hijv vgvlervn, lv bu bi ene edvr haranggvi I gegejv, hegehen I iribe, echige bolgaju viledhv I hvsemvi. Dung ju yehele bayarlan li su dur yehele shangnaba.	

在上面表格的比较中，满文《三国演义》的版本，我们使用的是1985年新疆人民出版社影印出版的锡伯文《三国演义》。从对"吕布刺杀丁建阳"的逐字逐句的比较中，我们得出的结论是我们所依据的蒙古文《三国演义》的版本与锡伯族传抄的最早的满文《三国演义》是完全一致的，其中甚至包括了蒙古文译本随满文译本出现的"六寸不烂之舌"和"身高二丈"等具体的翻译错误。这就比较清楚地说明了一个问题：锡伯族迁徙到新疆以后传抄的本子基本上是 1650 年内府刻本的满文《三国演义》，其中的翻译错误都没有改正过来。而这个本子，很可能是锡伯族在西迁之前就已经开始阅读和传抄了。那时候锡伯族隶属科尔沁蒙古王公，极大可能是当时的科尔沁蒙古和锡伯族所阅读的满文《三国演义》都是从同一个底本传抄而来的，而且这个抄本可能是最早的满文《三国演义》的稿本，还没有和后来的汉文《三国演义》版本对勘修改的版本。

蒙古人正是在那个时候把这个最早的满文《三国演义》版本翻译成了蒙古文，所以蒙古文译本和后来传抄多年的锡伯族《三国演义》都共同保留了一些翻译错误。如果这个判断正确，那么蒙古人把满文《三国演义》翻译成蒙古文的活动开始于锡伯族离开科尔沁蒙古西迁新疆伊犁之前，或者退一步讲，蒙古人依据的满文底本是锡伯族与科尔沁蒙古共同生活的时候的底本。

从满文译本、蒙古文译本和汉文原著的逐字逐句的比较中我们得出明确的结论：满文《三国演义》是根据明嘉靖壬午年间刻本《三国志通俗演义》翻译的。满文《三国演义》保留了《三国志通俗演义》24册二百四十回的结构，后来满汉合璧《三国演义》因为加上汉文《三国演义》内容，把原书分成48册，一些蒙古文《三国演义》也随了满文《三国演义》，抄本出现了48册，但是仍然是二百四十回，每册5回。如我国国家图书馆收藏的二百四十回本。

这样，我们对蒙古人曾经多次翻译《三国演义》的问题就可以做出明确答复了：1. 蒙古人最早不是从汉文直接翻译《三国演义》，而是从满文间接翻译了《三国演义》。蒙古人通过满文译本翻译的《三国演义》版本是明嘉靖刻本《三国志通俗演义》；2. 后来，蒙古人又翻译了毛宗岗评本一百二十回《三国演义》，而且国内各图书馆收藏的蒙古文《三国演义》版本基本都是这个一百二十回《三国演义》；3. 1928年特睦格图翻译修订出版了《三国演义》。这个译本成了后来内蒙古人民出版社1959年出版的蒙古文《三国演义》的底本。

在满文译本、蒙古文译本和汉文《三国志通俗演义》的逐字逐句的对照中我们还得出一个结论：蒙古人最早翻译《三国演义》的时候，完全是按照满文译本翻译的，并没有和汉文原著核实，因此蒙古文译本中保留了满文译本的翻译错误。而且，因为蒙古文和满文词汇和语法上的相似性导致了蒙古文翻译完全遵从满文译本。在蒙古文译本中没有出现蒙古人习惯于《今古奇观》等其他汉文小说翻译中经常出现的创造性的编译和删节、改写等情况。这可能还有一个原因，那就是蒙古人翻译《三国演义》的时候也是和满族一样，把《三国演义》当作兵书翻译而不是当作文学作品翻译的。另外，蒙古人翻译的底本是内府刻本，可能也限制了蒙古文翻译者的自由发挥。对蒙古人翻译的汉文小说中的编译问题，扎拉嘎在大量具体作品的蒙古文译本和汉文原著的比较的基础上提出了结论性的观点。但是，蒙古人根据满文译本翻译的《三国演义》则是个例外，蒙古人确实是忠实地逐字逐句地翻译了《三国志通俗演义》。

五、满、蒙译本与《三国演义》原著中的诗词翻译问题

李福清指出蒙古人没有翻译诗词的问题。

笔者对满文、蒙古文译本和《三国志通俗演义》之“吕布杀丁建阳”进行了逐字逐句的比较，满文译本和蒙古文译本都少有形容赤兔马的诗词。

满文[①]和蒙古文译本“虎牢关三战吕布”中对刘、关、张虎牢关三战吕布的如下一长段诗词描写省略，没有翻译出来：

汉朝天数当桓灵。炎炎红日将西倾。
奸臣董卓废少帝。刘协懦弱魂梦惊。
曹操传檄告天下。诸侯奋怒皆兴兵。
议立袁绍作盟主。誓扶王室定太平。
温侯吕布世无比。雄才四海夸英伟。
护躯银铠砌龙鳞。束发金冠簪雉尾。
参差宝带兽平吞。错落锦袍飞凤起。
龙驹跳踏起天风。画戟荧煌射秋水。
出关搦战谁敢当。诸侯胆裂心惶惶。
踊出燕人张翼德。手提蛇矛丈八枪。
虎须倒竖翻金线。环眼圆睁起电光。
酣战未能分胜败。阵前恼起关云长。
青龙宝刀灿霜雪。鹦鹉战袍飞蛱蝶。
马蹄到处神鬼嚎。目前一怒应流血。
枭雄玄德掣霜锋。抖擞天威施勇烈。
三人围绕战多时。遮拦架隔无休歇。
喊声震动天地翻。杀气迷漫牛斗寒。
吕布力穷寻走路。遥望家山迫马还。
倒拖画杆方天戟。乱散销金五彩幡。

---

① 《三国演义》（锡伯文），乌鲁木齐：新疆人民出版社，1985年，第76页。

顿断绒绦走赤兔。翻身飞上虎牢关。[1]

在“王允授计诛董卓”中吕布杀董卓之后有一段诗词和评论。“卓大呼曰：‘吕布何在？’吕布从车后厉声出曰：‘有诏讨贼！’一戟直透咽喉。李肃早割头在手。布右手持戟，左手怀中取诏，大呼曰：‘奉诏讨贼臣董卓，其余不问。’于是，内外将吏皆呼万万岁，拜伏在地。卓此时年五十四岁。汉献帝初平三年，岁在壬申，四月二十二日也。”这之后满文和蒙古文直接接上“吕布曰：‘今董卓欺君者，皆李儒也，谁可擒了？’李肃应声而出。”[2]省略了下面的一大段诗词和评论：

史官有诗叹曰：

董卓迁都汉帝忧。生灵滚滚丧荒丘。
狗衔骸骨筋犹动。乌啄骷髅血尚流。
眉坞追魂凭李肃。宫门取命有温侯。
奸雄已死戈矛下。直到如今骂未休。

又诗曰：

董卓欺君自古无。岂知天地有荣枯。
宫门搠透方天戟。万姓歌欢满路途。

又诗曰：

霸业成时履帝王。不成且作富家郎。
谁知天意无私曲。郿坞方成已灭亡。

邵康节有诗曰：

董卓无端擅大权。焚烧宫阙废坟原。
两朝帝主遭魔障。四海生灵尽倒悬。
力斩乱臣凭吕布。舌诛逆贼是貂蝉。
世间造恶终须报。上有无穷不老天。

论曰：董卓初以虓阚（音枭坎）为情，因遭崩剥之势，故得蹈藉彝伦，毁裂畿服。夫以刳（音枯）肝斮（音酌）趾之性，则群生

① 罗贯中：《三国志通俗演义》（一），北京：人民文学出版社，1957 年。又见罗贯中编次，〔日〕井上泰山编：《三国志通俗演义史传》（上），上海：上海古籍出版社，2009 年，第 92—93 页。个别字有出入。特睦格图翻译的 1928 年版《三国演义》将该描写争战场面的优美诗歌段落翻译成蒙古文。参见《三国演义》（蒙古文）（第一册），呼和浩特：内蒙古人民出版社，1959 年，第 99—101 页。可以看出，特睦格图的翻译是侧重于文学欣赏方面。

②《三国演义》（锡伯文），乌鲁木齐：新疆人民出版社，1985 年，第 131—132 页。

不足以猒其快，然犹折意缙绅（折屈也，谓忍性屈情，擢用郑泰、蔡邕、何颙、荀爽等）迟疑凌夺，尚有盗窃之道哉。及残寇（残寇，谓傕、汜等）乘之，倒山倾海，昆冈之火，自兹而焚；《版》《荡》之篇，于焉已极。呜呼，人之生也难矣！天地之不仁甚矣！

赞曰：百六有会，《过》《剥》成灾。董卓滔天，干逆三才。方夏崩沸，皇京烟埃。无礼虽及，余祲遂广。矢延王路，兵缠魏象。区服倾回，人神波荡。[①]

在“吕奉先辕门射戟”中，满文和蒙古文译本在“酒毕，布挽起袍袖，搭上箭，扯满弓，口呼：‘箭中！’这的确是刘玄德有福处，弓开如秋月行天，箭去似流星落地，一箭正中画戟小枝。帐上帐下将齐喝一声采。”之后直接接上“吕布见射中戟小枝，弃弓就坐。”省略了下面的诗词，没有翻译：

后有史官题吕布射戟诗曰：

昔日将军解斗时，全凭射戟释雄师。
辕门深处如开月，一点寒星中小枝。

又宋贤有诗曰：

温侯神射世间稀，曾向辕门独解危。
落日果然欺后羿，号猿直欲胜由基。
虎筋弦响弓开处，雕羽翎飞箭到时。
豹子尾摇穿画戟，雄兵十万脱征衣。

又诗曰：

吕布当年解备危，万军谁敢效公威？
早知“大耳”全无信，悔向辕门射戟时。

又赞玄德有福诗曰：

弯弓百步喜穿杨，休说当年有纪昌。

---

① 罗贯中：《三国志通俗演义》（一），北京：人民文学出版社，1957 年。又见罗贯中编次，〔日〕井上泰山编：《三国志通俗演义史传》（上），上海：上海古籍出版社，2009 年，第 141—142 页。个别字有出入，并少“论曰”“赞曰”两段。特睦格图翻译的 1928 年版《三国演义》将“霸业成时履帝王。不成且作富家郎。谁知天意无私曲。郿坞方成已灭亡。”一首翻译成蒙古文。参见《三国演义》（蒙古文）（第一册），呼和浩特：内蒙古人民出版社，1959 年，第 164 页。

射戟万年夸吕布，谁知天佑汉中王。[①]

可见，《三国演义》的满、蒙译本确实把《三国演义》当作兵书来翻译，重视其实用性而省略了其以诗词为特征的文学性。

从蒙古文《三国演义》的目录看，它是完全按照满文《三国演义》翻译，并没有考虑汉文《三国志通俗演义》目录的七言特征。由此也可以看出，满、蒙译本翻译中确实没有重视汉文原著中的诗词的格律特征。

特睦格图在《新译带批三国演义》"跋"中说："我们诸蒙古中流行的《三国演义》均系从旧本翻译而来，多有遗漏，且除了本义根本没有译出评注诗词。此为作书之一缺憾也。故本社不惜重金，邀集博学之士费十六个月之漫长时日翻译评注附于每回回后，望诸贤者与往时之《三国演义》区分明察。"[②]特睦格图的"跋"也说明了特睦格图之前的蒙古文《三国演义》没有翻译汉文原著中评注和诗词的实际情况。而特睦格图重新组织人员翻译毛宗岗的评注，说明了特睦格图对《三国演义》文学功能的重新认识。特睦格图翻译修订出版的《三国演义》补充翻译了毛宗岗评本《三国演义》原著中的所有诗词。

第四节 关公信仰在蒙古地区

《三国演义》被翻译成蒙古文以后在蒙古地区广泛传播的同时，清朝统治者在蒙古地区修建了数量众多的关帝庙，久而久之，在蒙古人那里，关羽和格斯尔被结合在一起，甚至混合在一起，出现了"汉地的关云长就是蒙古的格斯尔"的说法。对此，研究蒙古英雄史诗《格斯尔》的学者们很早就开始争论和加以否定，但是对这种现象和观念形成的历史文化原因，却很少有人去深入探讨。因此，笔者在这里重新梳理一下

① 罗贯中编次，〔日〕井上泰山编：《三国志通俗演义史传》（上），上海：上海古籍出版社，2009年，第250页。个别字有出入。特睦格图翻译的1928年版《三国演义》将"温侯神射世间稀，曾向辕门独解危。落日果然欺后羿，号猿直欲胜由基。虎筋弦响弓开处，雕羽翎飞箭到时。豹子尾摇穿画戟，雄兵十万脱征衣。"一首翻译成蒙古文。参见《三国演义》（蒙古文）（第一册），呼和浩特：内蒙古人民出版社，1959年，第164页。

② 巴・格日勒图编注：《蒙古族作家文论选（1721—1945）》（蒙古文），呼和浩特：内蒙古教育出版社，2006年，第450—451页。

前人的研究成果及观点，并在认真考察相关文献记载的基础上对这个老问题进行另一个角度的探讨。

著名学者韩儒林于1941年在《华西协和大学中国文化研究所集刊》第二卷发表的《罗马凯撒与关羽在西藏》一文探讨了格萨尔[①]与关羽的关系，其中说："蒙古野史除由中文翻译之《三国演义》外，尚有《三国志》一书，叙述凯撒（Ge-sar）征讨白帐突厥、黑帐突厥及黄帐突厥三族故事。蒙藏诸地，均甚流传，俗称《蛮三国》。我国人士宿喜'中国本位'，故不惟为凯撒建立庙宇，香火供奉，且往往张冠李戴，竟以关圣帝君呼之。"[②]韩儒林的文章是从汉族对格萨尔的误称的角度写的，即探讨了汉族误将格萨尔当作关帝的现象，并列举了文献中的藏地格萨尔庙和关帝庙的记载。韩儒林的文章是70多年前写的，当时对蒙古文《三国演义》方面的资料匮乏，因此韩儒林以为蒙古文《三国演义》是从汉文原著直接翻译的，另外韩儒林把格萨尔看做罗马的凯撒这个问题已经在格萨尔学领域里得到了解决。不过，韩儒林文章中的文献资料对我们的探讨非常有用。韩儒林虽然没有列举蒙古地区关帝庙的资料，但是把1716年蒙古文木刻本《十方圣主格斯尔可汗传》纳入了自己的探讨中。

蒙古国著名学者策·达木丁苏伦在其著名的副博士论文《格斯尔传的三个特征》中着重谈了格斯尔与关帝的关系。策·达木丁苏伦指出："为什么《格斯尔传》的某些研究者（如卡拉帕尔特等）认为格斯尔可汗和关羽是一个人呢？这是因为蒙古和西藏人民把清代所建立的武庙——关帝庙误称为'格斯尔庙'而引起的说法。"[③]达木丁苏伦还指出："满洲人侵入蒙藏地区后，在蒙藏各地驻屯军队，大事修建关帝庙，作为驻屯军所信奉的武神。"[④]从达木丁苏伦的论述中我们可归纳出两点：一、清朝在蒙藏地区修建关帝庙，是作为驻屯军队的武庙来祭祀的；二、因为关帝庙的出现，格斯尔和关羽便联系到一起了。下面，笔者对蒙古地区关帝庙的历史文献记载和旅行者记录做一个梳理，从中探讨一下达木丁苏伦提出的问题。

---

① 一般情况下，提到蒙古时用"格斯尔"，提到西藏时用"格萨尔"。——作者注

② 韩儒林：《罗马凯撒与关羽在西藏》，《华西协和大学中国文化研究所集刊》第二卷，1941年，第50页。

③〔蒙古〕策·达木丁苏伦（今译呈·达木丁苏伦）著，白歌乐译：《格斯尔的故事的三个特征》，载赵秉理编：《格萨尔学集成》（第二卷），兰州：甘肃民族出版社，1990年，第754页。

④ 同上书，第752、754页。

蒙古文文献中把“关帝庙”直接翻译成“格斯尔庙”，最早出现的文献可能就是《满洲实录》。而《满洲实录》的蒙古文翻译者是按照清朝统治者的意旨进行翻译修订的，因此代表清朝的国家意识而不是翻译者个人的意识。《满洲实录》卷一记载：“甲申岁明万历十二年宁远伯李成梁受哈达国贿以赐敕书为由诱清佳努扬吉努至开原关王庙并所带兵三百皆杀之。”相应的蒙古文为：“Wan li qagan-u arban qoyadugar on, köke bečin jil-e Činggiyanu Yangginu qoyar noyad-eča terigülen gurban jagun čerig-ün kümün-i Geser-ün süm-e-yin küriyen-ü dotur-a qoriju bügüde-yi qitulug-a.”相应的满文是：“Wan li han i juwan juwa chi niuwanggiyan boniu aniya, Chinggiyanu Yanggiyanu, juwa beile dahama genehe ilan tanggu chooha be Guwan yei miyou i dolo hotifi gemu waha.”[①]这里，汉文的“关王庙”，满文对应以音译的“Guwan yei miyou”，而蒙古文对应的是“Geser-ün süm-e”即格斯尔庙。《满洲实录》现存四部，分别绘写成书于天聪九年（1635年）、乾隆四十四年（1779年）和四十六年（1781年）。笔者认为，在《满洲实录》中将关帝庙翻译成蒙古文的格斯尔庙，实际上就是清朝的国家意识形态里已经把关帝有意识地当作蒙古族的格斯尔了。而且，清朝统治者对关帝和格斯尔的关系的认识实际上是很清晰的。因为，满文部分并没有把关帝庙翻译成格斯尔庙，而是音译成“Guwan yei miyou”（而且与汉文的“关王庙”还不一致）。由此还可以推断出，满族人是知道蒙古族人崇拜格斯尔的（这在下面谈的17世纪以前的有关格斯尔崇拜的祭祀文献中可以得到证明），意思也即清朝统治者是知道格斯尔在蒙古人中的影响。在国家的史书里把“关帝庙”翻译成“格斯尔庙”写进去，绝对不是笔误和翻译错误，清朝的修史者是认可这种翻译的。根据这一点，可以说，蒙古地区的关帝庙，蒙古族人民误称为“格斯尔庙”，不是自下而上的，而是自上而下的，是国家意识在民间的渗透。我们再看下面要提到的俄罗斯蒙古学家波兹德涅耶夫详细描述的外蒙古乌里雅苏台关帝庙的蒙古文木匾上的格斯尔的姓名。“Guwan obugtu bogda Geser qagan”，直译为“关姓圣主格斯尔可汗”，格斯尔在关帝庙里就变成姓关了。而与此对应的汉文和满文仍然是“关圣大帝”。可见，这里格斯尔成为被关帝的符号来解释的对象。在这里，关帝是解释格斯尔的资源。而关帝本身是清朝的国家武神。下面再看一

① 《清实录》第一册，《满洲实录》（影印本）卷一，北京：中华书局，第24页。

下 18—19 世纪外国旅行者所描述的外蒙古即今天蒙古国境内的关帝庙的记载。

1772 年，在俄罗斯工作的德国学者P.S.Pallas在西伯利亚旅行时，参观俄罗斯恰克图及对面的（属于清朝中国的）买卖城时，也参观了那里的关帝庙（大概北部最远的关帝庙）。当地的蒙古人告诉他，这就是格斯尔庙。[①]

俄罗斯蒙古学家阿·马·波兹德涅耶夫在其《蒙古及蒙古人》的第一卷中记载了两处今蒙古国境内的关帝庙，从中我们可以看出 1892—1893 年间喀尔喀蒙古或者外蒙古地区的关帝信仰的一些情况：

> 赛尔乌苏驿站坐落在一片辽阔的平原上。……驿站的房屋散布在这片平川上，大致可分为四个地段。最南面，在单独的围墙中，是一座中国式的庙宇，里面祀奉着清王朝所崇拜的关老爷。……赛尔乌苏的这座中国式庙宇离开驿站所有的房屋，孤零零地建在一座低低的山冈上。尽管它的建筑材料十分简陋——是土坯造的，但其结构和式样完全符合中国营造法式。庙宇四周有围墙，庙门前面是照壁和两根高高的木杆。院内正中有一烧香用的祭台，然后是大殿，大殿后面是几间库房，里面放着驿站和庙内的物品。庙内所有的房屋，包括大殿，全都刷成粉红色，不过因为日久，颜色已褪了。大殿本身分为三部分，即三间，它们的入口都在大殿正面的柱廊里。正面上方挂着一块木匾，上面用三种文字写着：
>
> Jarlig-iar ergümjilegsen sidurgu jirümtü biligtü čogtu gaiqamsigtu ibegeltü Guwan obugtu bogda Geser qagan
>
> 敕封忠义神威灵佑关圣大帝
>
> Hesdungnuhe tundu jurahangga sengge hurunggu wergudečuge ayusingga Guwan aduringgu amba han
>
> 除了这块表明在庙中受崇拜者之身份的木匾外，在大殿正面墙壁的两侧，乃至整个柱廊里，还到处挂着各种颜色的其他的匾额，约有二十来块，上面写的都是中国贤者颂扬庙宇的词句。柱廊两边的墙上还有图像：右边画的是马，左边画的是狮子。大殿里面却极

---

①〔俄〕李福清：《关公传说与关帝崇拜》，载李福清著，李明滨编选：《古典小说与传说：李福清汉学论集》，北京：中华书局，2003 年，第 95 页。

> 其简陋和局促。进门两步远的地方，有两盏吊在天花板下的纸灯笼。灯笼后面挂着几条脏破不堪的哈达，把关老爷，即格萨尔的像遮得严严实实。这里的关老爷连个泥塑的像也没有，只是被画在一块布上。画像前面照例也有一张桌子，上面有一对插着红蜡烛的烛台、香和一只香炉。两边侧殿里的陈设和物件与正殿完全一样，只是更窄小、更脏罢了。[①]

波兹德涅耶夫考察完这座关帝庙以后马上到另一个蒙古式佛教寺庙去，那里虽然不大，只有五六个喇嘛，但是依然人气旺盛，寺庙还正在分批购买《甘珠尔经》。[②]这与关帝庙形成了鲜明对比，说明当地的关帝庙主要是由屯驻的军人祭祀的，而佛教寺庙则是当地蒙古人日常宗教生活的重要场所。

波兹德涅耶夫接着描述：

> 院子里是乌里雅苏台城堡里最古老的庙宇之一——格萨尔庙，汉人称之为关帝庙。这座庙也和所有其他的官署一样，是用青砖砌成的平房，但它比其他的房屋要高出一半。寺庙宽大的柱廊里挂着许多匾额，它们大都是乌里雅苏台的历任将军和参赞大臣们赠送的。……乌里雅苏台的这座格萨尔庙的内部结构及其陈设都没有什么特别吸引人的地方，与所有其他的中国寺庙也无甚区别。佛殿中央只供着三尊佛像：格萨尔汗、阎罗和火神。大将军及参赞大臣每月初一、十五朝拜关帝庙。此外，我们前面已说过，这里每年春天正月初一和秋天八月初一还有人们贡献祭品。在每年的这两天祭祀日里，对格萨尔汗的祭奉总是特别隆重。祭祀的前几天就从官家的畜群里挑出贡献给格萨尔的大公羊。进行祭礼时，所有在职的乌里雅苏台官员，无论是汉族、满族还是蒙古族的，都须参加。参加祭礼的官员们总是于半夜 3 点钟左右就在内务署聚齐，然后在将军和昂邦们的率领下向寺庙走去。[③]

---

①〔俄〕阿·马·波兹德涅耶夫著，刘汉明、张梦玲、卢龙译：《蒙古及蒙古人》（第一卷），呼和浩特：内蒙古人民出版社，1989 年，第 186—188 页。

② 同上书，第 189 页。

③ 同上书，第 268—269 页。

《蒙古人民共和国民族学语言学地图集》第 44 图“寺庙分布图”中也标出了 6 处格斯尔庙，其中也标出了乌里雅苏台的格斯尔庙即关帝庙。①

波兹德涅耶夫的书中还记载了乌里雅苏台建立关帝庙的情况：

> 但是有一点要指出，即使在乌里雅苏台统辖整个喀尔喀的时期，它对喀尔喀来说也仅仅是一个政治中心而已，对蒙古人来说，它还不如库伦那样深得人心。蒙古人到乌里雅苏台仅仅是为了办事，只身一人，从不携家带口，只是在此暂住，这里没有任何社会生活。最能证明这一点的是，尽管蒙古人对宗教的虔诚举世闻名，在整个这段时期中，乌里雅苏台连一座寺庙也未曾有过。《宝贝念珠》直到 1787 年的条目中才有定边左副将军及参赞大臣们在奏折中请建乌里雅苏台第一座寺庙的记载。奏折的简要内容如下：“乌里雅苏台自建城之日起，尚未由朝廷建过一座寺庙，今根据官员及军民的愿望，在城堡中心兴建关帝庙一座。如蒙俞允，臣等拟按中国之例，每年春秋二季于公余之暇偕同轮值之王公、扎萨克及官员恭行祭祀。一应祭品之费用知照有关官署拨付。”②这一奏章呈准后，乌里雅苏台才开始有每年春秋二祭的惯例。城堡中心的关帝庙也一直保留至今，蒙古人称它为格萨尔庙，它是城中最古老的一座建筑物。1869 年东干人大肆入侵时，城堡中唯有它未遭破坏。③

而笔者认为，关公庙在东干人的袭击中未遭破坏，是因为东干人也信仰关公。

《宝贝念珠》：

> mön on jangjun Gebei ambas-un gajarča ailadqagsan anu, baičagabasu Uliyasutai-yin gajar-tur ijagurča ogtu baigulugsan alban-u

---

①〔蒙古〕宾·仁钦主编：《蒙古人民共和国民族学语言学地图集》，乌兰巴托：蒙古人民共和国科学院语言文学研究所、蒙古人民共和国科学院地理、冻土学研究所、蒙古人民共和国部长会议建筑指挥署、国家大地测量学、测绘局，1979 年。第 44 图。

②〔蒙古〕J.格日勒巴达日胡等校勘注释：《宝贝念珠》（西里尔蒙古文），乌兰巴托：蒙古国立大学蒙古学研究中心， 2006 年，第 261 页。

③〔俄〕阿·马·波兹德涅耶夫著，刘汉明、张梦玲、卢龙译：《蒙古及蒙古人》（第一卷），呼和浩特：内蒙古人民出版社，1989 年，第 262—263 页。

süm-e ügei, odo qota-yin dotur-a tüšimel čerig arad-un durabar baigulugsan Guwan dei süm-e büküi-yin tulada bogulčud oldabasu egün-eče urugši jil büri dotugadu gajar-un qauli yosugar qabur namur qoyar čag-tur alban-u yagum-a sidgejü endeki jisiy-e saguqu wang, gung, jasag, kiy-a, tüšimed-i abču yosulaju takiy-a. Taiqui-dur kereglekü yagum-a jüil-i tuqai-dur öber jurgan-dur medegülüged tailun boduguluy-a. egün-ü tula kičiyenggüilen sonusqan ailadqaba kemen ailadqagsan-dur ulagan biir-ier čoqulagsan jarlig jüi tei kemejüküi.[1]

这里，明确提出按照内地春秋两次祭祀关帝的惯例来祭祀乌里雅苏台的关帝庙。吴振棫记载：“本朝崇祀关帝，宫内祠宇亦多。顺治间封忠义神武大帝。旧时惟五月十三日致祭。雍正六年，定春秋二祭，如文庙仪。”[2]实际上，在清朝边疆乌里雅苏台的关帝庙的祭祀是按照清朝的国家祭祀惯例举行春秋两次祭祀的。《乌里雅苏台志略》“祭祀”条：“关帝庙每年春秋二祭，牺牲牛一羊二烛银一两，报部。雪山每年六月初旬祭，牛一羊二烛银三两，缎一足，小二尺（作小旗用）报部。”[3]

这种关帝庙的祭祀，在西藏也是相似的。如《卫藏通志》卷六载何琳撰《扎什伦布关帝庙碑》记载：“唐古忒在圣朝为乌斯藏。自圣祖仁皇帝归入版图，驻兵扎什城，旧建有帝君庙，灵应异常，僧俗无不敬礼。”[4]韩儒林说：“倘此碑果建于康熙驻兵后藏之前，则其寺为罗马大将香火之地，决无疑矣。”意思是说，如果扎什伦布寺关帝庙碑撰写的时间早于康熙驻兵后藏的时间，那么被后人认为关帝庙的这座寺庙原来无疑是格萨尔庙。不管怎样，碑文透露出这座关帝庙主要还是和驻兵有关系，这和蒙古地区的关帝庙的功能是一样的。在这一点上，达木丁苏伦先生的观点是正确的。

---

① Galdan: *Erdeni-yin erike, Monumenta Historica,* Tomus 3, Fasclculus 1, Ulaanbaatar 1960, pp.144—145. 内容为：“乌里雅苏台自建城之日起，尚未由朝廷建过一座寺庙，今根据官员及军民的愿望，在城堡中心兴建关帝庙一座。如蒙俞允，臣等拟按中国之例，每年春秋二季于公余之暇偕同轮值之王公、扎萨克及官员恭行祭祀。一应祭品之费用知照有关官署拨付。”

② 吴振棫撰，童正伦点校：《养吉斋丛录》，北京：中华书局，2005 年。

③ 中国社会科学院中国边疆史地研究中心编：《清末蒙古史地资料汇萃》，全国图书馆文献缩微复制中心出版，1990 年，第 100 页。

④ 韩儒林：《罗马凯撒与关羽在西藏》，《华西协和大学中国文化研究所集刊》第二卷，1941 年，第 50 页。

因此，从祭祀上我们看出，乌里雅苏台的关帝庙祭祀是对关帝的祭祀，而不是对格斯尔的祭祀。当地蒙古人只是习惯上把关帝庙叫做“格斯尔庙”，而官方的祭祀实际上是国家祭祀。而蒙古地区，农历五月十三日祭祀关帝的风俗则在一些地方的格斯尔祭祀中保留下来。这可能和雍和宫的“老爷庙”祭祀有关系。雍和宫祭祀关帝的五月十三号叫做“磨刀日”，而蒙古地区则把这一天叫做“格斯尔洗马日”，实际上互相之间是有联系的。

格日勒扎布在论文《格斯尔和关帝合二为一人的原因》中提出格斯尔与关帝结合为一人开始于清朝康熙年间，而关帝成为佛教护法神则与章嘉活佛有关系。该文认为蒙古地区的格斯尔庙中崇拜的格斯尔大体上都是关老爷。①但是，格日勒扎布的这篇论文使用的材料比较少，而且格斯尔与关公合二为一的时间也不会是康熙时代，而是要早很多。

下面，我们再看一下关帝祭祀和格斯尔祭祀的文献上的不同。

在蒙古地区，有关格斯尔可汗的祭祀仪轨文献非常流行，而且都比较古老。沙兹金的《苏联科学院东方学研究所藏蒙古文手抄本与木刻本目录》中也收入了不少《圣主格斯尔祭祀仪轨文》，如“Geser bogda-yin sang sudur orosibai”“Gesür bogda-yin tuuji-yin dalalg-a orosibai”“Geser qagan-u qatariqui-yin ubsang orosiba”“Boqdo Geseriyin sang orosiboi”“Geser boqdoyin sang orosiboi”等。②

在蒙古国哈喇·布哈·巴拉噶孙出土的蒙古文桦树皮文献中有《圣主格斯尔祭祀仪轨文》，大约是17世纪以前的作品，由此可见有关格斯尔的崇拜和相关祭祀文献的抄写和传播不晚于17世纪。③也就是说，在《满洲实录》中把关帝庙用蒙古语改称为格斯尔庙之前，其实包括喀尔喀蒙古（今天蒙古国）在内的外蒙古地区已经有了格斯尔崇拜，并广泛流行有关格斯尔祭祀的仪轨文了。然而，在蒙古地区出现关帝庙之前是否先有了格斯尔庙的问题则不好回答。虽然有格斯尔崇拜并有格斯尔祭

---

① 格日勒扎布：《格斯尔和关帝合二为一人的原因》（蒙古文），《中国蒙古学》2006年第6期。

② А. Г. Сазыкин:Каталог Монгольских Рукописей и Ксилографов, Института Востоковедения Акадэмии Наук СССР, Том I, Москва 1988. pp.220—221. Том 2, Москва 2001. pp.316—317.下面简称Каталог Монгольских Рукописей и Ксилографов.

③ Elisabetta Chiodo: *The Mongolian Manuscripts on Biech Bark from Xarbuhyn Balgas in the Collection of the Mongolian Academy of Sciences,* Part 1, Harrassowitz Verlag, Wiesbaden, 2000, pp.148—159.

祀仪轨文等流传，但是和蒙古地区的所有藏传佛教神灵和本土山水神灵一样，格斯尔也可能被包括在藏传佛教与蒙古本土信仰诸神共同组成的神灵万神殿中受到崇拜和供奉。另外，在现存的蒙古文古籍中我们虽然发现过《关帝灵签》《关圣帝君觉世宝训》等从汉文和满文翻译过来的文献，但是却没有发现过像《圣主格斯尔祭祀仪轨文》那样按照藏传佛教供养仪轨文的固定模式创作和撰写的祭祀文献。这说明关帝的信仰，对蒙古民族来讲，依然还是外来的信仰。而且，关帝一直没有融入蒙古人所信仰的藏传佛教的神灵体系。另外，在一些蒙古地区的信仰民俗中有“游关老爷”的古老民俗。就是农历五月十三这一天，要把关帝像抬出来游街，最后到班丹拉姆女神庙中，让关帝拜见班丹拉姆女神以后再把关帝请回关帝庙。这就体现出了民间信仰中的等级观念。

在蒙古地区也流传着祭祀格斯尔的传说。农历五月十三据说是格斯尔洗枣红马的日子，因此要祭祀。而实际上这是关公的祭日。而在蒙古地区，农历五月十三基本上是祭祀敖包的时节。

在格斯尔与关帝的关系中，还有一个有趣的现象。那就是1716年在北京木刻出版蒙古英雄史诗《十方圣主格斯尔可汗传》时，制版时出现了三处与《三国演义》有关系的标志和符号：一是版框的左上角刻“三国志”三个字；二是题图上把格斯尔画成关公形象；三是最后一页图的人物中出现诸葛亮形象。对此，研究《十方圣主格斯尔可汗传》的一些学者提出观点认为，之所以这样做，是因为《十方圣主格斯尔可汗传》的刻印者为了回避清朝统政府的文字狱，但是清朝推崇《三国演义》，因此把《十方圣主格斯尔可汗传》说成是蒙古《三国志》就可以躲过清朝统治者的追究和迫害。[①]当时的蒙古文图书刻印，都有一个特点，就是版框都有汉字标志。如1708年刻印的《目连救母经》有“目”字，1714年刻印的《故事海》有“顺”字。[②]由此可推断，当时是把《十方圣主格斯尔可汗传》当作蒙古文《三国演义》刻印的。至少从图像看，把格斯尔描绘成红脸关公是有意所为。

韩儒林在《罗马凯撒与关羽在西藏》中也提到了蒙古文《十方圣主格斯尔可汗传》被称为《三国志》的现象。根据韩儒林的解释，《十方圣主格斯尔可汗传》史诗讲述的是格斯尔征讨白帐突厥、黑帐突厥和黄

① 巴雅尔图：《蒙古小说种类的发展演变——以北京版〈格斯尔〉为例》（西里尔蒙古文），乌兰巴托:蒙古国科学院语言文学研究所，2000年，第115页。

② 同上。

帐突厥三族的故事，因此俗称《蛮三国》。这种解释实际上有些牵强附会，但是却和《十方圣主格斯尔可汗传》版框上印“三国志”字样不谋而合。

1716年北京木刻本《十方圣主格斯尔可汗传》的“三国志”标志

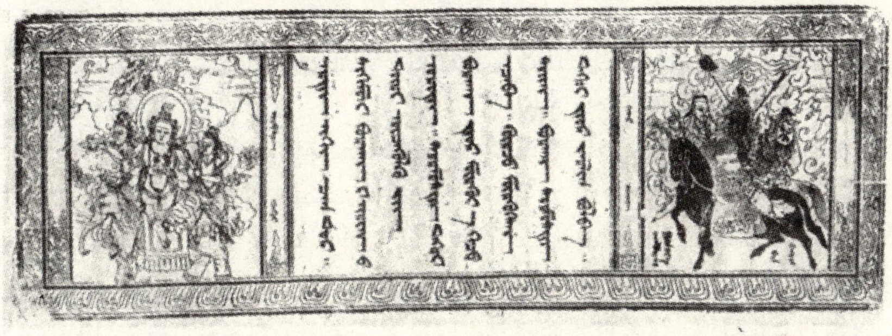

1716年北京木刻本《十方圣主格斯尔可汗传》的格斯尔像

参考文献

一、蒙古文、满文古籍目录

〔蒙古〕B. 通拉嘎、Ts. 杜拉姆苏伦：《蒙古文手抄本木刻本目录学》（基里尔蒙古文），乌兰巴托，2011年。（Тунгалаг Б. Дуламсүрэн Ц. Монгол гар бичмэл барын номын номзүй. Улаанбаатар. 2011.）

〔蒙古〕B. 尼玛米雅格玛日：《蒙古国科学院语言文学研究所藏蒙古文手抄本木刻本目录》（基里尔蒙古文），乌兰巴托，2012年。（Няммягмар Б. Хэл зохиолын хүрээлэнгийн монгол бичмэл дармал номын бүртгэл.Улаанбаатар.2012.）

〔蒙古〕B. 通拉嘎：《八世哲布尊丹巴图书馆蒙古文手抄本目录学研究》（基里尔蒙古文），乌兰巴托，2011年。（Тунгалаг Б. Наймдугаар Богд Жавзанданба хутагтын номын сангийн гар бичмэл номын номжүйн судалгаа.Улаанбаатар.2011.）

北京市民族古籍整理出版规划小组办公室满文编辑部编：《北京地区满文图书总目》，沈阳：辽宁民族出版社，2008年。

〔蒙古〕嘎·毕勒古岱：《策·达木丁苏伦博物馆蒙古文图书目录》（基里尔蒙古文），乌兰巴托，1998年。（Билгүүдэй Г. Ц.Дамдинсүрэнгийн гэр музейн монгол номын бүртгэл. Улаанбаатар. 1998. ）

〔蒙古〕米西格：《乌兰巴托市国立图书馆满文文库满文图书目录》（回鹘式蒙古文）《蒙古学研究》第一卷第29册，乌兰巴托：科学与高等教育学术出版社，1959年。（STUDIA MONGOLICA, Tomus I, Fasciculus 29.）

《全国蒙文古旧图书资料联合目录》（蒙古文），呼和浩特：内蒙古人民出版社，1979年。

〔俄〕沙兹金：《俄罗斯科学院东方学研究所蒙古文图书目录》（俄文），第一卷，莫斯科，1988年；第二卷，莫斯科，2001年。（А.Г. Сазыкин:Каталог Монгольских Рукописей и Ксилографов, Института Востоковедения Акадэмии Наук СССР , Том I , Москва 1988. Том 2, Москва 2001.）

〔蒙古〕雅·策伯乐：《国家图书馆亚洲部藏蒙古文手抄本、木刻本目录》（基里尔蒙古文），乌兰巴托，1937年。（Цэвэл.Я .Улсын номын сангийн Азийн ангид бүхий Монгол ангийн бичмэл ба дармал ном бичгүүдийн бүртгэл. Улаанбаатар.1937. ）

〔蒙古〕扎丹巴：《八世哲布尊丹巴收藏蒙古文图书目录》（基里尔蒙古文），乌兰巴托，1959年。（Жадамба Д.Наймдугаар Жавзанданбын монгол бичмэл номын чуглуулга, Улаанбаатар. 1959. Jadamba: *Collection of Mongolian Manuscripts from the Library of His Holiness Jebsundamba Khutuktu in State Public Library,* STUDIA MONGOLICA, Tomus I, Fasciculus 6, Ulaanbaatar, 1959, p.26.)

〔蒙古〕扎丹巴：《国家图书馆文学手抄本目录》（基里尔蒙古文），乌兰巴托，1960年。（Жадамба Д.Улсын Нийтийн Номын сангий бичмэл уран зохиолын номын гарчиг. Улаанбаатар. 1960.）

《中国蒙古文古籍总目》（蒙古文），北京：北京图书馆出版社，1999年。

二、蒙古文著作

巴·格日勒图编注：《蒙古族作家文论选（1721—1945）》（蒙古文），呼和浩特：内蒙古教育出版社，2006年。

〔蒙古〕宾·仁钦主编：《蒙古人民共和国民族学语言学地图集》，乌兰巴托：蒙古人民共和国科学院语言文学研究所、蒙古人民共和国科学院地理、冻土学研究所、蒙古人民共和国部长会议建筑指挥署、国家大地测量学、测绘局，1979年。

《清实录》（蒙古文），海拉尔：内蒙古文化出版社，1988年。

《三国演义》（蒙古文），呼和浩特：内蒙古人民出版社，1959年。

三、中文著作

〔俄〕阿·马·波兹德涅耶夫著，刘汉明、张梦玲、卢龙译：《蒙古及蒙古人》（第一卷），呼和浩特：内蒙古人民出版社，1989年。

〔法〕克劳婷·苏尔梦编著，颜保等译：《中国传统小说在亚洲》，北京：国际文化出版公司，1989年。

〔俄〕李福清著，李明滨编选：《古典小说与传说（李福清汉学论集）》，北京：中华书局，2003年。

罗贯中：《三国志通俗演义》，北京：人民文学出版社，1957年。

罗贯中编次，〔日〕井上泰山编：《三国志通俗演义史传》，上海：上海古籍出版社，2009年。

松柏年主编：《中国古典文学在国外》，北京：北京语言学院出版社，1994年。

〔英〕魏安：《三国演义版本考》，上海：上海古籍出版社，1996年。

徐朔方：《古代戏曲小说研究》，杭州：浙江大学出版社，2008年。

扎拉嘎：《比较文学：文学平行本质的比较研究——清代蒙汉文学关系论稿》，呼和浩特：内蒙古教育出版社，2002年。

中国社会科学院中国边疆史地研究中心编：《清末蒙古史地资料汇萃》，北京：全国图书馆文献缩微复制中心出版，1990年。

附 录 《三国演义》东方国家流传文本注释目录

教育部人文社会科学重点研究基地北京大学东方文学研究中心

2005年度重大项目
《三国演义》在东方各国的流传和影响

项目批准号：05JJD750.47-99160

课题主持人：张玉安教授

一、《三国演义》韩国语译本流传文本注释目录

韩国学者闵宽东针对《三国演义》在韩国国内的传播以及版本问题展开了研究，特别是对韩国国内所藏的《三国演义》版本进行了梳理，并整理编辑了《三国演义》版本目录。该目录以韩国国内 30 余个主要图书馆出版的《古书目录》为主要依据，并收录了学术杂志以及论文所介绍的个人藏书。从收录的对象来看，中国版本截至于 1911 年（中华民国）以前，而日本版本则截至于 1910 年（韩日合邦）以前。

韩国国内所藏《三国演义》版本目录：

書名	編著者名 出版事項	對照事項 版式	一般註記事項	現所藏
四大奇書第一種	羅貫中(明)撰, 金聖歎(淸)編, 毛宗崗(淸)評. 中國木版本. 刊年未詳(淸版本).	*60卷20冊. 圖畫. 16.4X11.	序:時順治歲次甲申(1644)金人瑞聖歎氏題. 表題:三國志演義. 版心題:第一才子書	高麗大
	羅貫中(明)撰, 金聖歎(淸)編, 毛宗崗(淸)評. 中國木版本. 淸光緖14年(1888)層業山房刊.	*19卷. 目錄. 合20冊. 圖畫. 23.5X15.5, 半郭:20X14, 四周單邊, 12行26字, 白口上黑魚尾	序:時順治歲次甲申(1644)金人瑞聖歎氏題. 表題:三國志. 版心題:第一才子書	澗松本 高麗大(華山本 晚松本) 中央圖
		*殘本17冊. 殘本11冊		高麗大(六堂本)
	羅貫中(明)撰, 金聖歎(淸)編, 毛宗崗(淸)評. 中國木版本. 淸光緖23年(1897)江左書林.	*19卷. 合20冊. 圖畫 23.X15.4, 半郭:19X14.3, 四周單邊. 註雙行, 12行26字, 上內向黑魚尾	序:時順治歲次甲申(1644)金人瑞聖歎氏題. 表題:三國志演義. 表題:第一才子書. 紙質:綿紙.	東國大
		*12冊		朴在淵
	羅貫中(明)撰, 金聖歎(淸)編, 毛宗崗(淸)評. 中國木版本. 淸版覆刻本.	*殘本(卷14). 28X17.6, 半郭:20.5X14.2, 12行26字.		中央圖(無窮齋)
	羅貫中(明)撰, 金聖歎(淸)編, 毛宗崗(淸)評. 中國木版本. 刊年未詳(淸版本).	*19卷20冊中(卷4.9.10.12-13.17缺).30.5X20.5, 半郭:22X14.5, 四周單邊. 12行26字. 上白口黑魚尾	序:時順治歲次甲申(1644)金人瑞聖歎氏題. 表題:三國誌. 版心題:第一才子書	澗松本
		*19卷20冊中(卷4.16.18缺)		澗松本
		*19卷20冊. 29X19, 半郭:21X14,5		澗松本
		*19卷20冊中(卷3-11.13.14.16.19存).28X? 半郭:22.1X14.5		연세대
		*19卷20冊. 半郭:20.5X15, 上花紋魚尾		연세대
		*19卷20冊中(卷2.6.15-17存).25.8X15.9	表題:三國誌. 版心題:三國誌.	高麗大(晚松本)
		*19卷20冊中(卷1缺). 圖畫. 26.6X18.8, 半郭:21.6X14.6, 四周單	序:時順治歲次甲申(1644)金人瑞聖歎氏題. 表題:三國誌	高敎部 玄谷書

		邊. 無界. 12行26字.	版心題:第一才子書	院
		*殘本13冊. 29.1X18.7. 1806-1906.:.高麗大(六堂本) *20卷20冊……中央圖 *殘本16冊……中央圖(無咎齋) *殘本2冊……嶺南大		
		*10卷11冊存(卷1-4. 8.15-19. 目錄). 圖畵. 27.5X18.7, 半郭:19.7X14, 四周單邊. 無界. 12行26字.	序:時順治歲次甲申(1644)金人瑞聖歎氏題. 表題:四大奇書. 版心題:第一才子書.	全北大
		*1권1책(권10). 24.9X16.6, 半郭:22X14.1, 無界. 四周單邊. 12行字數不定.	紙質:綿紙.	洪川郡鄕校
	羅貫中(明)撰, 金聖歎(淸)編, 毛宗崗(淸)評. 鄒梧岡(淸)參定 中國木版本. 淸末刊.	*51권16책(卷首.권1-51). 25X15.5.	版心題:第一才子書. 標題:繡像第一才子書.	高麗大(華山本)
	羅貫中(明)撰, 金聖歎(淸)編, 毛宗崗(淸)評. 杭永年(淸)參定 中國木版本. 淸末刊.	*19권20책. 圖畵. 26.5X18, 半郭:22.6X14.4, 無界, 12行26字. 四周單邊.	版心題:第一才子書. 表題:三國誌. 序:時順治歲次甲申(1644)金人瑞聖歎氏題.	全北大
		*殘本16冊……朴在淵		
	羅貫中(明)撰, 施耐菴評. 中國木版本 淸光緖19年(1893)	*殘本11冊(권9-19). 23.3X15.8.		고려대(景和堂本)
	羅貫中(明)撰, 施耐菴評. 中國木版本. 刊年未詳(淸末).	*51권16책. 圖畵.25.6X15.7.	序:時順治歲次甲申(1644)金人瑞聖歎氏題. 版心題:第一才子書. 表題:繡像第一才子書.	고려대(景和堂本)
貫華堂第一才子書	羅貫中(明)撰, 金聖歎(淸)編, 毛宗崗(淸)評. 韓國木版本. 朝鮮肅宗年間(1674-1720年). 有覆印	*卷首,19卷,合20冊. 圖畵. 30.4X20.4. 半郭:20X13.8,有界. 8行15字. 四周單邊. 上花紋魚尾.	序:時順治歲次甲申(1644)金人瑞聖歎氏題. 表題:三國志. 卷首書名:四大奇書第一種.	奎章閣 朴在淵
		*卷首,19卷,合20冊. 圖畵. 27.7X18.2,半郭:20.5X14.4, 無界. 12行26字. 四周單邊. 註雙行, 上二葉花紋魚尾.	序:時順治歲次甲申(1644)金人瑞聖歎氏題. 表題:三國志. 卷首書名:四大奇書第一種.	계명대
		*30X19.7……高麗大 *28.9X18.8……고려대(新菴本) *30.7X20, 版心題:第一才子書……高麗大 *殘本1冊. 28.5X18.5……고려대(晩松本)		

		*20권20책(影印)……朴在淵		
		*卷首,19卷,合20冊 圖書. 27.6X18.4,半郭:20.5X14.4, 無界 12行26字. 四周雙邊 註雙行, 上黑魚尾	序:時順治歲次甲申(1644)金人瑞聖歎氏題. 表題:三國誌. 卷首書名:四大奇書第一種. 版心題:第一才子書.	고려대(晩松本). 고려대.
		*卷首,19卷,合20冊 圖書. 26.2X16, 半郭:25X15.2, 無界. 12行26字. 四周雙邊 註雙行, 上黑魚尾	序:時順治歲次甲申(1644)金人瑞聖歎氏題. 表題:三國志. 卷首書名:四大奇書第一種. 版心題:第一才子書.	강릉시 船橋莊.
		*2권2책(권9.18). 28.4X18, 半郭:21.9X15, 封面題:奇書……江陵市船橋莊 *2권2책(권15.16). 26.5X17.6, 半郭:21.5X14.4 封面題:三國志. 紙質:楮紙……江陵市船橋莊 *20책. 30X?, 半郭:20.6X14.6, 表題:四大奇書……연세대. 卷首1冊(연세대) *卷首1冊. 28X18.2, 半郭:21.3X14, 紙質:楮紙. 版心題……성균관(誠菴本) *殘本1冊. 23.5X15.5, 半郭:19.8X14……建國大		
		*1冊. 圖書. 四周單邊. 29.5X19, 半郭:21.3X14.2, 無界. 12행26자. 上黑魚尾	序:時順治歲次甲申(1644)金人瑞聖歎氏題. 表題:鼎峙志.	奎章閣(白想本)
		*合20冊中卷10缺……朴在淵		
新刊校正古本大字音釋三國志通俗演義	羅貫中(明)撰. 韓國木版本. 朝鮮改刻版 仁祖5年刊(1627).	*1권1책. 四周單邊. 31X21.3, 半郭:21.4X17.2, 有界. 13行24字.上下內向花紋魚尾	版心題:三國演義	奎章閣(白想本)
	羅貫中(明)撰. 林周日校. 朝鮮木版本 仁祖5年刊(1627). 朝鮮改刻版	*1권1책(권5). 25X20, 半郭:22.5X18, 13行24字. 上下一葉花紋魚尾	封面題:三國志通俗演義. 紙質:竹紙.	東國大
	陳壽(晉)史傳. 羅貫中編次. 朝鮮木版本. 宣祖5年刊.	*1권1책(권12). 21.8X20, 半郭:21X17. 13行24字.	版心題:三國演義. 紙質:楮紙. 刊記:耽羅開刊.	李謙魯
	陳壽(晉)史傳. 羅貫中編次. 葉才音釋. 朝鮮寫本. 刊年未詳	*1권1책. 11行20字.	封面題:三國誌. 弘治甲寅(1494)仲春幾望庸愚子拜書.	연세대
	羅貫中(明)撰. 金聖歎(清)編. 毛宗崗(清)評. 中國石印本. 清光緖庚寅年(1890). 上海書局刊.	*卷首.60卷.合12冊. 20X?, 半郭:15X10 四周雙邊. 註雙行. 25行40字,上黑魚尾	序:時順治歲次甲申(1644)金人瑞聖歎氏題. 內題:繡像三國演義. 外題:增像全圖三國演義	연세大

第一才子書	羅貫中(明)撰. 金聖歎(清)編. 毛宗崗(清)評. 中國鉛活字本. 咸豐3年(1853)上海廣益書局刊.	*16卷16冊. 四周單邊. 20X?, 半郭:17.5X11.6, 註雙行. 15行31字,上黑魚尾	序:時順治歲次甲申(1644)金人瑞聖歎氏題. 內題:足本鉛印三國志演義. 外題:精校全圖三國志演義.	연세大
	羅貫中(明)撰. 毛宗崗(清)評. 中國石印本. 咸豐3年(1853)上海鴻章書局刊.	*60卷60冊. 四周雙邊. 20X13.3, 半郭:17.4X12, 圖畫.有界 16行32字,上黑魚尾	序:咸豐3年(1853)孟夏....吳清溪居士書 外題:增像三國全圖演義.	崔鍾琡(강능시)
	*三多齋藏板, 19卷20冊, 清初中期刊……朴在淵			
	羅貫中(明)撰. 毛宗崗(清)評. 中國石印本. 刊年未詳(清末)上海鴻章書局刊.	*60卷20冊. 四周雙邊. 20X13.5, 圖畫有界	序:時順治歲次甲申(1644)金人瑞聖歎氏題. 外題:增像全圖三國演義.	고려대
		*27권4책(권19-31.38-44.54-60). 20.8X14,6, 半郭:17X12, 16행32자. 紙質:竹紙……洪在昭(春川)		
	羅貫中(明)撰. 金聖歎(清)編. 毛宗崗(清)評. 中國鉛印本. 清末 同文書局刊.	*殘本(卷首.卷1-8.17-20, 41-60).20.2X13.3.	序:時順治歲次甲申(1644)金人瑞聖歎氏題. 表題:增像全圖三國演義.	高麗大
	羅貫中(明)撰. 毛宗崗(清)評. 中國木版本. 掃葉山房刊.	*19권20책.		嶺南大
	羅貫中(明)撰. 金聖歎(清)編. 毛宗崗(清)評. 中國木版本. 清末 成文堂刊.	*卷首.31卷9冊. 26X15.7, 半郭:20X13.5, 四周單邊. 有界. 12行28字,上黑魚尾.	序:時順治歲次甲申(1644)金人瑞聖歎氏題. 紙質:竹紙.	成均館
		*殘本8冊(卷8-15)……朴在淵		
	羅貫中(明)撰. 毛宗崗(清)評. 中國鉛活字本. 1911年 時中書局刊.	*60卷16冊. 四周單邊. 20X13.5, 圖畫. 半郭:17.3X12.3, 有界. 15行30字. 上內向黑魚尾.	序:時順治歲次甲申(1644)金人瑞聖歎氏題. 表題:校正全圖三國志演義	東國大
	羅貫中(明)撰. 毛宗崗(清)評. 中國鉛活字本. 咸豐3年(1853) 上海時中書局刊.	*60卷16冊. 四周單邊. 20X13.6, 圖畫. 半郭:16.9X11.6, 有界. 15行30字. 上內向黑魚尾.	序:時順治歲次甲申(1644)金人瑞聖歎氏題. 序:咸豐3年(1853)孟夏...吳清溪居士書. 封面題:三國志. 紙質:竹紙.	金大鏈(全州)
三國志演義	羅貫中(明)撰. 毛聲山(清)評. 中國木版本(覆刻). 刊年未詳(清後期).	*20卷20冊. 四周單邊. 圖畫. 25.8X17.3 半郭:22.3X14.4, 無界. 12行26字. 註雙行. 上二葉花紋魚尾.	內題:毛聲山先生批點貫華堂第一才子書. 表題:三國志.	中央圖
		*19卷20冊. 四周單	序:時順治歲次甲申	

		邊, 20.3X19, 半郭: 21X14.5, 無界, 12行20字. 上黑魚尾	(1644)金人瑞聖歎氏題. 表題:三國誌	梨花大
		*20卷40冊. 四周單邊, 29X19, 半郭:19X15, 12行15字.上花紋魚尾	序:時順治歲次甲申(1644)金人瑞聖歎氏題. 表題:三國誌	建國大
		*殘本10冊. 左右雙邊, 23X15, 半郭:19.6X13.7, 12行26字 上黑魚尾	序:時順治歲次甲申(1644)金人瑞聖歎氏題. 表題:三國誌	建國大
	羅貫中(明)撰, 金聖歎(清)編, 木版本 刊年未詳	*20卷20冊. 四周單邊. 27X18.5, 半郭: 21.5X14.5, 12行26字. 下向花紋魚尾	序:時順治歲次甲申(1644)金人瑞聖歎氏題. 表題:三國志.	建國大
		*殘本(15권12책). 圖讚. 23.6X15.6, 上海善成堂刊		全北大
	羅貫中(明)撰, 木版本. 刊年未詳	*殘本18冊. 四周單邊 26X18,半郭:22X14.3 12行26字. 上黑魚尾	表題:三國誌	建國大
		*殘本9冊(卷2-11). 四周雙邊. 33X21.5, 半郭: 21.3X17, 13行24字. 有界. 上下內向花紋魚尾	表題:三國誌	奎章閣
	羅貫中(明)撰, 金聖歎(清)編, 毛宗崗(清)評. 中國木版本. 清順治(1644).後印 翠筠山房刊.	*19卷20冊. 四周單邊, 23.3X16, 半郭: 20.8X14, 註雙行. 無界. 12行26字,上黑魚尾	序:時順治歲次甲申(1644)金人瑞聖歎氏題. 紙質:竹紙.	成均館
	羅貫中(明)撰, 金聖歎(清)編, 毛宗崗(清)評. 中國木版本. 刊年未詳(清末).播業山房刊.	*19卷20冊. 四周單邊, 23.6X15.3, 半郭:18.4X12.3, 註雙行. 12行26字,上黑魚尾. 無界	序:時順治歲次甲申(1644)金人瑞聖歎氏題. 紙質:竹紙.	成均館
	羅貫中(明)撰, 金聖歎(清)編, 毛宗崗(清)評. 中國木版本. 刊年未詳(清末). 文興堂刊.	*19卷20冊. 四周單邊, 24.7X15.6, 半郭:18.8X13.6, 註雙行. 12行26字,上黑魚尾. 無界	序:時順治歲次甲申(1644)金人瑞聖歎氏題. 紙質:竹紙. 裏題:繡像第一才子書.	成均館
	羅貫中(明)撰, 金聖歎(清)編, 毛宗崗(清)評. 中國木版本. 刊年未詳(清末).	*20卷20冊……建國大 *20卷20冊……中央圖 *20卷20冊……全北大 *20卷20冊……國民大		
	羅貫中(明)撰. 木版本. 刊年未詳.	*20卷20冊……경희대. 중앙대. 충남대. 慶州市立圖 *8책, 1책(釜山大). 8책:(姜周鎭). 7책:(李廷毅) *16책, 10책:(丁鳳泰). 1책<卷3-4>:(趙潤濟). *4책, 5책:(韓國銀行圖). 21책, 18책:(徽文高校圖)		

		*1책:(東亞大). 5책(淑明女大).		
	羅貫中(明)撰. 朝鮮木版本. 1859年紅樹洞刊. 한글본.	*3책. 四周單邊. 25.7X20, 半郭:21.5X17.5 上花紋魚尾		金東旭

**三國志通俗演義：木版本, 1冊……嶺南大
**三國志通俗演義：木版本, 12冊……서울시 農協圖書館

繡像全圖三國演義	羅貫中(明)撰, 金聖歎(淸)編, 毛宗崗(淸)評. 中國石印本. 刊年未詳(淸後期). 上海錦章書局刊.	*16卷8冊. 四周雙邊 20.5X13.6, 半郭:17.7X11.9, 圖畵. 有界. 28行56字.	序:時順治歲次甲申(1644)金人瑞聖歎氏題. 紙質:洋紙. 板心題:繪圖三國志演義	高敎部 玄谷書院
		*上海錦章書局刊(1903年). 20.2X13.4, 半郭:17.3X12, 25行54字……成均館		
	羅貫中(明)撰, 金聖歎(淸)編, 毛宗崗(淸)評. 中國石印本. 刊年未詳(淸後期).	*2冊. 四周雙邊. 20.6X13.8, 半郭:17.2X12, 無界. 25行34字.	表題:三國志. 紙質:竹紙.	高敎部(黃秉觀)
	羅貫中(明)撰, 毛宗崗(淸)評. 中國鉛印本. 淸末 上海蔣春記書刊.	*60권20책중(권29-32.37-39.41-60) 19.8X13.3, 有界.	版心題:繡像全圖三國志演義	高麗大(晩松本)

**精校全圖繡像三國志演義：8책. 活字本……中央圖(東谷本)
：鉛印本, 鴻文……朴在淵
：活字本, 7冊, 圖畵, 19.9X13.2, 中新書局刊……中央圖(東谷本)

增像全圖三國演義	羅貫中(明)撰, 金聖歎(淸)編, 毛宗崗(淸)評. 中國石印本. 刊年未詳(淸末).	*16卷8冊. 圖畵. 20.2X13.4,	序:時順治歲次甲申(1644)金人瑞聖歎氏題. 表題:繪圖三國志演義	奎章閣
		28권10책. 圖畵. 20.2X12.6……全南大		
	羅貫中(明)撰, 金聖歎(淸)編, 毛宗崗(淸)評. 中國石印本. 淸後期 錦章書局刊.	*7冊. 四周雙邊. 20.2X13.5, 半郭:17.5X11.5, 有界. 16行32字,上內向黑魚尾		建國大
	羅貫中(明)撰, 金聖歎(淸)編, 毛宗崗(淸)評. 中國石印本. 淸後期 天寶書局刊.	*16卷8冊. 四周雙邊 20.5X13.5, 半郭:18X12.3, 行字數不定 上黑魚尾	序:時順治歲次甲申(1644)金人瑞聖歎氏題	啓明大
	羅貫中(明)撰, 金聖歎(淸)編, 毛宗崗(淸)評. 中國木版本. 淸後期刊.	*16卷8冊. 圖畵. 20.4X13.6,	序:時順治歲次甲申(1644)金人瑞聖歎氏題	全南大

*** 筆寫本 ***

*三國誌：30권30책(한글). 37.8X22.4,……奎章閣
：17권17책(한글). 33.5X20, 1871년 光州李氏……中央圖
：1권1책(한글). 30.5X19.8,……中央圖

		: 1책(한글).30X21.5.....國史編纂委　20책(한글).24X21		梨花大
		: 15책(권2-19), 13책(권4-19), 6책(권6-12), 5책(권1-5),		
		: 1책(권12), 3책(권 天地人), 2책(권6-7), 1책(권4), 1책(권5),		
		: 1책(권3), 1책(권1), 한글본		金東旭
		: 38권38책(한글). 34.5X22.8,		高麗大
		: 殘本7冊(권1.2.3.4.5.6.7), 漢文		朴在淵
		*三國志演義 : 1책, 31X20,		嶺南大
		*正本三國誌 : 18권18책(한글). 27.7X16.4		奎章閣
		*三國誌通俗演義 : 39권39책(한글). 25.4X17.4, 9行20字. 紙質 : 楮紙		精文研
		: 27권27책(한글). 28X19.5,		奎章閣
後三國石珠演義	梅溪遇安(淸)撰. 中國木版本. 淸後期(刊年未詳).	*6책. 22.9X14.2	版心題:後三國演義 表題:三國後傳. 序: 庚申(?)....澹園主人	中央圖
		*34권4책		嶺南大
	梅溪遇安(淸)撰. 中國木版本. 淸後期 武林大成齋刊.	*4책. 23X14.4, 半郭 22.7X14.2, 上下單邊 左右雙邊. 無界. 10行 22字. 白口上黑魚尾	版心題:後三國演義 表題:三國後傳. 序: 庚申(?)....澹園主人	澗松本
繡像後三國演義	陳元評釋. 中國石版本. 1911年 上海源記書莊刊.	*10권8책. 四周雙邊. 20.4X13.6, 半郭:17.5X12, 23行50字. 上黑魚尾	表題:繪圖後三國演義. 紙質:竹紙	成均館

除了在编者、版式以及所藏等几个方面对《三国演义》的版本进行了整理之外，闵宽东还对《三国演义》在韩国的翻译以及改作作品进行了统计。

完全翻译：

《三国志通俗演义》

39 卷 39 册（藏书阁），金东旭所藏有 15 册（2—19 卷），13 册（4—19 卷），6 册（6—12 卷），5 册（9—13 卷），圆光大朴顺浩所藏本

《三国志》

38 卷 38 册（高丽大学），17 卷 17 册（中央图书馆），20 册（梨花女子大学），红树洞坊刻本（咸丰已末〈1859 年刊〉残本 5 卷 3 册），美洞坊刻本同治（1862—1874 年刊，5 卷 5 册：缩约本），安城坊刻本（残本一册，光绪年间刊），修正三国志（5 卷 5 册，1904 年博文书馆发行），外数种

部分翻译：

《赤壁大战》：《三国演义》第43—50回翻译，总8回

《大胆姜维实记》：《三国演义》第105—120回翻译（1922年刊行），共16回

《华容道实记》：《三国演义》第37—50回节选翻译，共16回，第1—5回与《黄夫人传》类似

《三国大战》：《三国演义》第36—50回节选翻译，第1—7回与《山阳大战》类似

翻案（改作）：

《关云长实记》：部分改作

《赤壁歌》（Pansori）：部分改作

《山阳大战》（《赵子龙实记》，同种异本）：全面改作

《张飞马超实记》：《三国演义》第27—73回添削[①]

韩国仁荷大学的韩国学研究所基础学问研究会于2005年6月编辑发行了《〈三国志〉韩国语译本解题》，对《三国演义》的韩（朝）语译本进行了比较全面整理和介绍。以下摘取并翻译两个例子，以供参考。

（一）朴钟和《三国志》

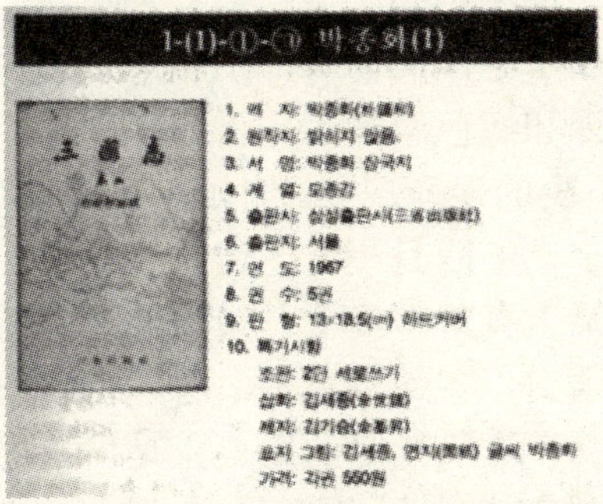	1. 译者：朴钟和 2. 原作者：未注明 3. 书名：《朴钟和三国志》 4. 系列：毛宗岗 5. 出版社：三省出版社 6. 出版地：首尔（汉城） 7. 出版年度：1967年 8. 册数：5册 9. 版式：13×18.5cm（精装本）

①〔韩〕闵宽东：《三国演义在韩国的流传与再创作》，《比较文化研究》，2004年，第55—56页。

	10. 特记事项： 排版：竖版 插图：金世钟 题字：金基升 封面绘画：金世钟 扉页题字：朴钟和 价格：每册 550 元

朴钟和《三国志》与韩龙云、李文烈等的《三国志》一样，在读者群中具有较高的认知度，是《三国志》代表版本之一。由三省出版社于 1967 年出版的该版本可以称得上是十余个现存朴钟和版本的母本。

虽然译者在序文中提到本书是依据毛宗岗版本翻译编写而成，但实际上却没有采用毛本的七言二句式章回标题，也没有遵循一百二十回的体例，而是参照了吉川英治的体例，自成一体。例如，毛本的叙述起于第一回“宴桃园豪杰三结义 斩黄巾英雄首立功”，终于第一百二十回“荐杜预老将献新谋 降孙皓三分归一统”。而朴钟和本的叙述则是从歌辞、十常侍、祭天地桃园结义等开始，到天下统一结束。此外，朴钟和还将一百二十回的章回体分为五卷，分别冠以“桃园结义”“群雄割据”“赤壁大战”“伏龙凤雏篇”“孔明出师篇”。虽然朴钟和本与吉川英治本都是在星落五丈原（毛本一百四回）的章节中终了了叙述，但朴钟和本还将毛本一百五回至一百二十回的内容浓缩处理，作为了译本的附录。

还有一点应当指出的是，本书是对自 1963 年 1 月 1 日至 1968 年 5 月 8 日在《韩国日报》上连载内容的整理润色的结果。

尽管朴钟和《三国志》基本上遵循了毛本的内容，但相对于忠实原文的译作来说，本书更近似一部融翻译和润色添加于一体的新创作。不仅如此，在书中我们还可以发现为数不少的误译现象。例如在第一卷“十常侍篇”中有如下的描写：“灵帝建宁二年四月望日，帝御温德殿。方升座，殿角狂风骤起，一条大青蛇从梁上直落于椅上，帝惊到，满朝百官俱奔避。卫士救帝入内，欲擒之，须臾，青蛇不见了。忽然雷电震天动地，雨雹交加，殿阁房屋坏却无数。”这段描写的原典正是出自毛本第一回“宴桃园豪杰三结义 斩黄巾英雄首立功”，原文如下：“方升座，殿角狂风骤起，只见一条大青蛇，从梁上飞将下来，盘于椅上，帝惊到，左右急救入宫，百官俱奔避，须臾，蛇不见了。忽然大雷大雨，加以冰雹，落到半夜方止，坏却房屋无数”。朴钟和本在对原文进行添加润色的同时，却将原文中插入的诗词全部删减掉了。此外还有一些细小的错误，例如将刘备的叔父刘元起误作刘元等。

朴钟和本之所以能具有较高的人气与认知度主要是缘于以下几方面原因。首先是突出夸大了张飞鞭打督邮的场面。这代表了饱受欺压，备受苦痛的普通百姓的心声，有大快人心之感。此外，朴钟和本还添加杜撰了一些毛本中所没有的吕布戏貂蝉的相关场景，以起到吸引读者眼球，引发读者兴趣的作用。吕布在清晨闯入衣衫不整的侍女房间等场面描写就是很好的例子。

总之，朴钟和《三国志》充分体现了大众小说的风格与指向，展现了作者历史小说家的独特视角与文采，因而深受广大读者的欢迎。

该版本先后由语文阁（1974，1984，1991，1992，1994），英文出版社（1975），三京出版社（1978），大现出版社（1999）再版发行，详情请参照相应版本的解题。

（二）卢益亨译《三国志》

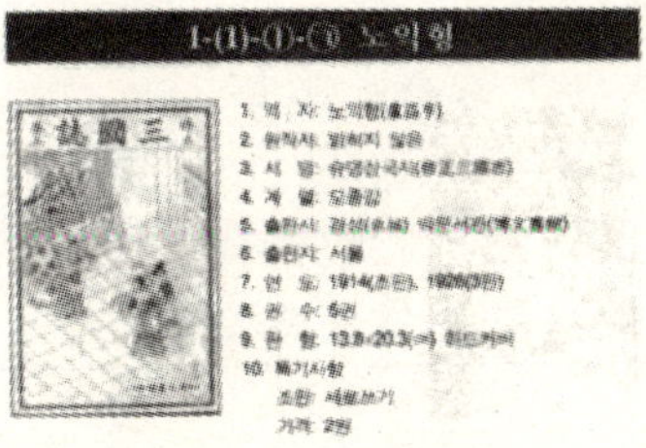	1. 译者：卢益亨 2. 原作者：未注明 3. 书名：《修正三国志》 4. 系列：毛宗岗 5. 出版社：京城博文书馆 6. 出版地：首尔（汉城） 7. 出版年度：1914 年（第一版），1928 年（第三版） 8. 册数：5 册 9. 版式：13.8×20.3cm（精装本） 10. 特记事项： 排版：竖版 价格：2 元

该版本是对中国古典小说《三国演义》（一百二十回本）的缩略翻译，译者的姓名并未单独标注，只是注明了由博文书馆编纂。行文没有

句读，并使用了古韩（朝）文。每一章回的标题都采用了直译的方式，并没有标注原文。原文中的部分内容在翻译的过程中被略过，特别是插入的诗词大部分没有被翻译。总体上来看，该版本是以毛宗岗本为底本，并参照既有的谚解本，进而翻译润色而成。

二、《三国演义》蒙古文译本流传文本注释目录

（一）《新译带批三国演义》

	1. 译者：特睦格图 2. 原作者：罗贯中 3. 书名：《新译带批三国演义》 4. 系列：无 5. 出版社：北京蒙文书社 6. 出版地：北京 7. 出版年度：1928 年 8. 册数：12 册 9. 页数：不详 9. 版式：平装本，函套 10. 特记事项： 彩色地图，彩色插图 排版：回鹘体蒙古文

特睦格图翻译铅印的一百二十回《新译带批三国演义》是流传最广的蒙古文《三国演义》版本。后来内蒙古人民出版社两次出版的蒙古文《三国演义》都是根据特睦格图的这个译本为底本的。特睦格图在《新译带批三国演义“跋”》中说：“我们诸蒙古中流行的《三国演义》均系从旧本翻译而来，多有遗漏，且除了本义根本没有译出评注诗词。此为作书之一缺憾也。故本社不惜重金，邀集博学之士费十六个月之漫长时日翻译评注附于每回回后，望诸贤者与往时之《三国演义》区分明察。”

特睦格图重新组织人员翻译毛宗岗的评注，补充翻译了毛宗岗评本《三国演义》原著中的所有诗词。特睦格图的这个译本也流传到蒙古国。

（二）《三国演义》

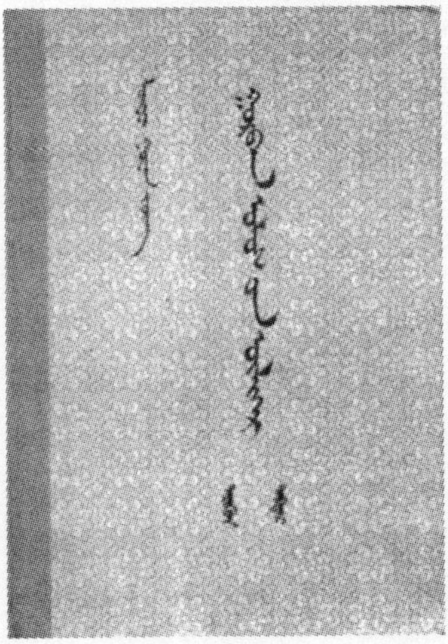	1．译者：特睦格图 2．原作者：罗贯中 3．书名：《三国演义》 4．系列：无 5．出版社：内蒙古人民出版社 6．出版地：呼和浩特 7．出版年度：1959 年 8．册数：4 册 9．页数：不详 9．版式：精装本 10．特记事项： 黑白地图，黑白插图 排版：回鹘体蒙古文

内蒙古人民出版社 1959 年出版的《三国演义》是在特睦格图 1928 年译本的基础上修订的译本。修订时参考人民文学出版社 1954 年版本，并翻译收入周汝昌写的序言。原书回后批注和注释部分保留。这个版本也是蒙古国学者和读者根据的主要版本之一。

（三）《三国演义》

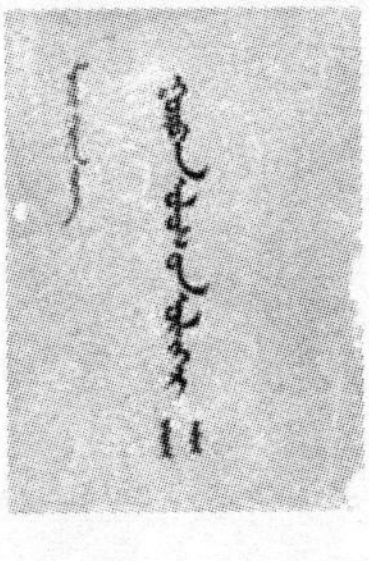	1．译者：特睦格图 2．原作者：罗贯中 3．书名：《三国演义》 4．系列：无 5．出版社：内蒙古人民出版社 6．出版地：呼和浩特 7．出版年度：1974 年 12 月

	8．册数：4 册 9．页数：不详 10．版式：平装本 11．特记事项： 黑白地图，黑白插图 排版：回鹘体蒙古文

该书实际上是内蒙古人民出版社 1959 年出版的《三国演义》的修订本。也是在特睦格图 1928 年译本的基础上修订的译本。修订时删除了 1959 年版本中周汝昌写的序言和地图、人物插图。这个版本也是蒙古国学者和读者根据的主要版本之一。

后　记

三卷本《〈三国演义〉在东方》是教育部人文社会科学重点研究基地北京大学东方文学研究中心2005年度重大项目“《三国演义》在东方国家的流传和影响”（项目批准号：05JJD750.47-99160）的终期成果。参加该项目的有：张玉安（主持人）、陈岗龙、张哲俊、李简、肖伟山、裴晓睿、金勇、夏露、李勇、聚宝、杨静、黄跃民、谢爱萍。

该项目是将东方文学研究和中国古代文学研究结合起来的一次有益探索。我们试图拓宽以往对海外汉文学研究的传统视角，充分发挥东方文学学者的语言优势，把重点放在东方相关国家接受《三国演义》之后对原著的翻译、改编和再创作上，探讨《三国演义》在这些国家的本土化以及对其民族文学的深远影响。因此，我们希望，我们的研究能够为连接东方文学与中国古代文学在海外传播的研究搭建一座桥梁：一头是对中国古代文学的研究，一头是对东方相关国家接受《三国演义》之后对原著的翻译和再创作的研究。而要成功地进行这样的研究，课题组成员必须具有东方相关国家的语言能力和学术积累，同时又要熟悉《三国演义》，并掌握研究中国古代文学所需要的专业知识。

在三卷本《〈三国演义〉在东方》即将问世之时，我们首先要感谢参加本课题研究和本书写作的各位课题组成员。本课题的成功实施实际上与四篇研究《三国演义》的博士论文有关，这四篇博士论文分别是：严绍璗教授指导的肖伟山的博士论文；裴晓睿教授指导的金勇的博士论文；刘勇强教授指导的夏露的博士论文；而聚宝在完成博士论文的过程中所做的调查研究丰富了本课题的蒙古文《三国演义》研究。其实，人才的培养比课题成果的出版更重要，因为课题研究过程中成长起来的博士们将是我们课题生命的延续，本课题的进一步深入探讨寄希望于他们。为此，我们特别感谢严绍璗教授、裴晓睿教授和刘勇强教授，正是他们培养的博士成为我们课题研究的中坚力量和新鲜血液。我们还要感谢其他课题组成员，特别是北京师范大学的张哲俊教授，他一贯支持北大东方文学研究中心的工作，当然本课题也不例外。张哲俊教授和他的学生李勇博士高质量地完成了课题任务。北大中文系的李简教授是明清戏曲研究专家，她在日本讲学期间和杨静一同完成了课题任务并认真反复修改了多次。我们也不能忘记马来西亚的华人学者谢爱萍，她的尽力合作为我们解决了燃眉之急。

《〈三国演义〉在东方》中卷的朝鲜半岛部分是肖伟山在自己的博士论文基础上修改完成的。令人遗憾的是，在本书初稿完成之后，肖伟山博士不幸英年早逝。作者本人的缺席，给朝鲜半岛部分书稿的编辑和修改带来了很大的困难。主编除了逐字逐句地进行统稿、修改（当然力求保持作者的观点不变），还特邀北京大学李先汉教授通读书稿，对相关的朝韩文献和敏感问题提出了修改意见。肖伟山的同事林成姬老师认真地核对书稿并查找注释的资料出处，为解决诸多难题，她联系家属，多方奔走，让我们十分感动。在此，真诚地感谢林成姬老师的无私奉献。同时需要说明的是，因为作者不在，书中个别韩文史料的引用和注释尚有令人遗憾之处。

捧在读者面前的三卷本《〈三国演义〉在东方》，从最初的课题立项到研究实施，再到正式出版，得到了不少专家、学者和其他热心人士的关心、指导和帮助。我们不会忘记，在课题研究过程中北京师范大学的董晓萍教授、日本的金文京教授和中国《三国演义》研究会会长刘世德先生以及已故俄罗斯著名汉学家李福清院士给予我们的热情鼓励和许多有益的建议，在此一并致以衷心的谢意。最后还要感谢北京大学出版社外语编辑室张冰主任和责任编辑李娜。李娜十分敬业和精益求精，她总是那么认真负责，从具体内容到文字表述，直到双方满意她才放心。感谢李娜为本书付出的辛勤劳动。

主编

2016年1月28日